U0937408

王志国 著

辽宁人民出版社

图书在版编目（CIP）数据

西游前传 / 王志国著 . —沈阳：辽宁人民出版社，2018.7

ISBN 978-7-205-09303-7

Ⅰ . ①西… Ⅱ . ①王… Ⅲ . ①长篇小说—中国—当代
Ⅳ . ① I247.5

中国版本图书馆 CIP 数据核字 (2018) 第 109022 号

出版发行：辽宁人民出版社
地址：沈阳市和平区十一纬路25号　邮编：110003
电话：024-23284321（邮　购）　024-23284324（发行部）
传真：024-23284191（发行部）　024-23284304（办公室）
http://www.lnpph.com.cn
印　　刷：辽宁星海彩色印刷有限公司
幅面尺寸：170 mm × 240 mm
印　　张：23.75
字　　数：400千字
出版时间：2018年7月第1版
印刷时间：2018年7月第1次印刷
责任编辑：赵维宁
装帧设计：鼎籍文化创意　杨光玉 刘晴
责任校对：刘保华
书　　号：ISBN 978-7-205-09303-7

定　　价：68.00 元

序言

让昙无竭高僧回到民间

贺绍俊

王志国的《西游前传》会让我们联想到中国的四大名著之一《西游记》，二者的确有许多相似之处：写的都是“西游”的故事，主人公都是一位不辞辛劳的僧人，都有神话传奇色彩，更重要的相似之处是，两部小说写的都是僧人去西方取经的故事。《西游记》里的唐僧历经九九八十一难，终于从西方取回了真经。《西游前传》里的这位僧人叫昙无竭，他从中国的东北出发，长途跋涉，同样历经千辛万苦，从西方取回了真经。两部小说写的都是历史上真实的人物。唐僧的原型是唐代的高僧玄奘，他随着《西游记》

的广泛传播，早已是一位家喻户晓的人物了。而《西游前传》中的昙无竭生活在十六国时期，要比玄奘早两百多年，但我估计知道这个名字的人很少很少，这是令人非常惋惜的事情。因为昙无竭为中国的佛教以及中国文化做出了很大的贡献，他的贡献一点也不逊色于玄奘高僧，但人们仅仅记住了玄奘，却忘掉了昙无竭，造成这一结果的很大原因是一部文学名著《西游记》的流传。《西游记》只写了玄奘的西天取经，却放过了昙无竭的西天取经。现在好了,今天终于有王志国来弥补这一历史的大缺憾了。他的《西游前传》就是专门写昙无竭西天取经故事的，想必一直默默长眠在天国的昙无竭高僧也一定会露出欣慰的笑容。我们也应该感谢王志国，因为他的执着和努力，才让昙无竭这位历史文化名人，在沉寂了一千多年以后又回到人们的视线中。我也期待《西游前传》能够像《西游记》一样广泛传播下去，让一代又一代的中华儿女记住昙无竭的名字。

我想说说为什么我们应该记住昙无竭的名字。昙无竭和玄奘都是佛教高僧，他们对中国佛教的发展付出了毕生的心血。佛教作为一种宗教思想对中国文化具有重要的影响。佛教虽然是从印度传过来的，但传入中华大地之后，与中国传统文化碰撞出火花，通过本土化的改造，成为中国文化的重要内涵。现在，人们多以“儒释道”来概括中国文化的思想传统。儒指的是孔子开创的学派，长期居于主流思想体系的地位。道指的是东周时期黄老道神仙家依据老庄哲学思想创立的宗教。儒和道都是中国本土的产物。释则是指古印度乔达摩·悉达多所创立的佛教，因为尊释迦牟尼为佛，因此又称释教。儒释道贯穿中国历史文化的始终，是中国文化的精髓所在。古人曾总结：以佛治心，以道治身，以儒治世。由此看来，要真正把握中国文化的真精神，就应该认真学习一些佛教思想，了解佛教文化在中国的源流和发展。从源头上来说，早在西汉时期丝绸之路的开通，印度的佛教就随着丝绸之路向东方传播。佛教正式被朝廷认可则是汉明帝时期，公元

64 年，汉明帝派遣使者前往西域访求佛法，后来在洛阳建造了中国第一座佛教寺院，并翻译了一部分佛经。但大量的佛教经文是通过一代又一代人的努力才逐步被译介到中国来的。除了前面提到的唐代的玄奘和十六国时期的昙无竭以外，去西方取经的高僧还有东晋时期的法显，他于公元 399 年从长安出发，去天竺取经，前后历时十四载，被认为是中国第一位去海外取经求法的大师。我不久前读到甘肃作家徐兆寿的长篇小说《鸠摩罗什》。鸠摩罗什也是一位对中国佛教思想的发展做出了卓越贡献的高僧。他出生于西域龟兹国(即今新疆库车),七岁出家,修炼成佛学大师。他有一个愿望，就是要将佛法传播到东方去，这是一种弘法传道的精神。鸠摩罗什一路向东行走，一路传播佛法，最后在长安开设了译经场，组织了三千弟子，将三百多种佛教经书翻译成汉文。鸠摩罗什对中国佛教的贡献，可以与玄奘和昙无竭相提并论。但这么一位伟大的历史人物，也和昙无竭一样的遭遇，几乎不被当代人所知。无论是鸠摩罗什，还是昙无竭，都是历史上的伟大人物，但同时又是被人们淡忘了的历史人物。尽管现实中走进佛教寺庙里的人越来越多，但那些求神拜佛的人并不见得知道和了解对佛教做出伟大贡献的鸠摩罗什和昙无竭，即使知道他们的名字，也不见得知道他们的思想精髓在哪里。这种现象并不是好现象，至少说明我们今天对自己的文化遗产不重视，如果任由这种现象蔓延开去，实在是民族的悲哀。我在阅读徐兆寿的小说时，也为徐兆寿的写作所感动。因为他正是痛感鸠摩罗什的事迹不被众人所知晓，才决定为鸠摩罗什写一部小说。我当时称赞徐兆寿说，你的写作就是在继承鸠摩罗什的弘法传道的精神。现在我又读到了王志国的《西游前传》，同样也为王志国的写作所感动，王志国让另一位被岁月遮蔽了的昙无竭通过小说进入人们的视野，所以我觉得王志国同样也是在做一件弘法传道的工作。

写一部以昙无竭为主人公的小说并不是一件很容易的事情，因为昙无竭的生平事迹在史籍中留下的记载不多。但王志国有自己的优势，他与昙无竭是相隔千年的老乡，王志国生活在东北辽西，当年昙无竭就是在这里出家当和尚的。在王志国的家乡，也就是在昙无竭的家乡，民间还流传着许多昙无竭的传说和故事。王志国写这部小说时就充分利用了这些民间流传的传说和故事。这也带来这部小说的重要特点：具有浓郁的民间性和通俗性。其实历史往往就存贮在民间。历史以口述的方式在民间一代又一代地传承下来，民间口述的历史显然与书本记载的历史不完全相似，被书本所遮蔽或遗漏的历史也许就在民间被保存了下来。书本记载的历史基本上体现了正统和权威的意志，权威既指政治权威也指思想权威。而活在民间的历史则体现出普通民众的价值判断和历史取舍。这一点在小说中有明显的表现。阅读这部小说，我们就会发现，昙无竭不仅是属于佛教的，也是属于民间的。

王志国的《西游前传》让昙无竭又回到了民间。

（作者为沈阳师范大学教授、中国当代文学研究会副会长）

前言

一部长篇小说《西游记》，让唐僧师徒四人去西天取经的故事闻名遐迩，在我国几乎家喻户晓、人人皆知，在世界文学史上也有着重要的影响。然而在笔者的家乡辽西，曾有一位高僧叫昙无竭，率领一行二十五位僧人去天竺取经，却很少有人知道。他们于公元420年从龙山出发，吃尽千辛万苦，历时十六年，最后仅昙无竭一人在公元436年回到祖国，圆满完成了取经的使命，比唐朝的玄奘法师整整早了二百零七年。

昙无竭回国以后，组织僧众翻译佛经，游历各地宣扬佛法，首创在山洞里雕刻石经，发起并参与了开凿云冈、龙门、莫高山和万佛堂等佛门石窟，并通过他和弟子们的不懈努力，把从天竺取经带回来的“两佛”舍利，安放在神州各地，推动了佛教在中华古国的传播与发展，对当时和后世都产生了极为重要的影响。

本书所陈述的故事起源于东晋十六国，形成于南北朝时期。那时候国家长期分裂，天下大乱，到处是军阀混战，各霸一方，今天你立国，明天他称王，兵戈连年，战祸频发，田园荒芜，饿殍遍野，黎民百姓生活在极端困苦的水深火热之中。

本书的故事发生在龙城，也许大家对这个地名并不陌生。唐代诗人王昌龄的一首诗歌《出塞》脍炙人口："秦时明月汉时关，万里长征人未还。但使龙城飞将在，不教胡马度阴山。"诗人向我们展示了边关的雄奇和征战的凄苦，赞美了飞将军李广的报国情怀。但诗中所说的龙城，指的是什么地方呢？许多人未必知道。据史料记载，李广在受命抗击匈奴的时候，曾被朝廷任命为右北平郡守。而西汉时期的右北平郡，就在如今的辽宁省朝阳地区，现在的朝阳市城区在那时候叫作柳城，是右北平郡的治所。那么柳城什么时候改名叫龙城了呢？事情还得从头说起。

方圆数百里的龙山，在十多万年前就有鸽子洞人居住。蜿蜒的白狼河水，滋润了这块古老的土地。牛河梁红山文化遗址的发现，证明了这里是世界文明的摇篮。地球上第一只鸟——中华龙鸟在这里起飞，地球上第一枝花——辽宁古果在这里开放。五千五百多年以前，这里就诞生了有着高度文明的古国。东方女神雕像的出土，告诉我们这里是中华母祖的故乡。

古老的历史孕育了灿烂的文化。这里有文字可考的历史，可以追溯到战国时期。郭沫若先生考证，商代的孤竹国就在朝阳的白狼河畔。秦汉时期，这里曾设右北平郡和辽西郡。曹操北征乌桓路过此地，曾写下"老骥伏枥，志在千里，烈士暮年，壮心不已"的壮丽诗篇。东晋十六国时期，居住在辽西和内蒙古南部的鲜卑族强大起来，他们在白狼河畔迅速崛起，占领了东西一万二千里、南北七千多里的辽阔疆域。公元 337 年，东部鲜卑族大单于慕容皝建立前燕王朝，自立为燕王，定都棘城（今朝阳市章吉营子乡）。当时就有朝臣提出，棘城地域狭小，无险可守，不宜建都，燕王慕容皝即刻派人勘察新址。两个受命的大臣带着风水先生观测了许多地方，最后发现柳城东依百里龙山，南临白狼河水，地势高阔，聚气向阳，森林茂密，祥云笼罩，遂表奏朝廷批准，在此营建新都。公元 342 年春，在新都城即将竣工之际，传说燕王慕容皝率领文武百官前来巡视工程，忽有宫人来报，说龙山之中出现黑白二龙，正在峰峦间嬉戏玩耍。慕容皝急带群臣趋往视之，见果然不假，即刻下令备猪、牛、羊三牲，以最隆重的太牢之礼祭之。两条龙盘桓许久方才离去。燕王慕容皝大喜，遂下令将柳城改称龙城，将新修的皇宫命名为和龙宫，并在龙山二龙盘旋的地方修建了龙翔佛寺。这是有史料记载的东北地区最早的佛寺，也是当时东北亚地区佛教的中心。本书故事的主人公昙无竭，就在这里出家为僧，也是在这里出发去天竺取经。

目录

第一回

李本元含冤诛恶霸　段玉莲仗义救英雄

昙无竭这个名字是他出家以后长老给他起的法号。他原本姓李，名小龙。父亲李本元是河北燕山人，因为从小跟随爷爷和父亲进山打猎，练就了一身好本事。李本元长到十八岁时，身材魁梧、相貌堂堂，成为远近闻名的好猎手。一日清晨进山，苦踅了半天都没有收获。正垂头丧气、坐在大树下休息之时，忽然一阵风起，吹得松树枝丫咔咔作响，吹得他浑身发紧、头皮发麻。李本元感到一定有情况，"嗖"地站起来隐藏在大树之后，循着风向看去，见一只大老虎向他扑来，距离已不到两丈远。李本元来不及细想，本能地拈弓搭箭，"嗖、嗖、嗖"连发三箭，一支射中老虎前额，一支射中前胸，最后一支竟然射在老虎的口腔里。那只大老虎疼得一阵抽搐，身躯竖起，随后"扑通"一声摔倒在地上。这让李本元高兴万分！

须知有许多猎人一辈子连虎都没有遇到过，别说捕获了。这下子全家几年的吃喝都不用愁了，爷爷也能有钱买药了。

沉浸在无比喜悦之中的李本元，正想上前去拖那只死虎，忽听得有人高声大喊："哪里来的狂徒！竟敢抢夺大爷我的猎物？"李本元抬头看时，见二十几个刁徒来到跟前，为首的一人骑在马上，一脸横肉，正是燕山恶少贺天吼。那些个如狼似虎的随从上来就去抬那只死虎，李本元见状急了，上前用胳膊一横，说道："这只老虎是我射中的，你们凭什么要抬走？"

那贺天吼眼睛一瞪，骂道："放屁！老子一直追踪至此，分明是我射死的嘛！你要抢，也不看看我是谁？"

李本元听闻怒火满腔，"我知道你是贺天吼，但你也不能明抢啊！我那几支箭还在老虎身上，你们看不见吗？"

"是吗？"一个瘦狗般的随从嘿嘿冷笑，"我看咋不是你的箭呢？"一边说着，一边伸手拔出死虎身上的那两支箭，随后又从贺天吼的箭壶中抽出两支，照原样插在死虎身上，然后冲着李本元狡黠地一笑，说："你再看看，这是谁射中的呢？"

李本元长这么大，还没有见过这等无耻之人，不由得怒火冲天，一步抢上前去，抓住那随从的衣领，一甩手扔出一丈多远，同时大声喝道："光天化日，公然强抢，你们就不怕天打雷劈？！"

贺天吼一见冷笑道："好家伙！你一个黄嘴丫子还没褪干净的小毛猴，竟敢跟我动武？给我打！"一声令下，十几个恶眉瞪眼的随从挥舞着木棒，把李本元团团围住。虽然他们伤不到本元，但本元也脱不开身。趁着这边十几个恶徒纠缠本元的当口，贺天吼领着另外几个随从，七手八脚把死虎抬上马背抢走了。正所谓双拳难敌四手，饿虎架不住群狼，这帮恶徒见贺天吼得手了，一声呼哨，四散而去。气得李本元瞠目结舌，忍无可忍。他不相信天下没有说理的地方，于是没有回家，直接去了燕山县衙。到了县衙门前，抓起木槌对着大鼓一阵猛擂，几个衙役不容分说，就把他抓进大堂。

那位县官好像没有睡醒，再不就是酒劲没过，带着公鸭嗓哈欠连天地问道："你……你……你是什……么人？大晌午头还来告状？"

李本元从头至尾把事情说了一遍，末了气愤地说："贺天吼仗势欺人，公开抢我的猎物，请大人为小民做主！"

那县官说："这好办！传贺天吼！"不一会儿，贺天吼大摇大摆地来到了县衙，

县官一见忙走下公堂到门口迎接，二人互相见礼。

县官说："今天请贺公子来不为别的，有人告你抢了他的猎物，可有此事？"

贺天吼哈哈大笑："真是天大的笑话！我贺家家大业大，金钱数以万计，何时抢过别人的东西了？是哪里来的臭小子，穷疯了咋的，疯狗似的乱咬人？"县官请贺天吼坐下，又问李本元，两人各执一词。

县官一声："带人证！"贺天吼那帮随从闻风而至，异口同声地指证老虎是少爷射中的，现在箭还在老虎身上："不信请老爷验看！"

那县官又问李本元："你还有什么话说？"

李本元义正词严："是我连发三箭射死猛虎。第一箭射中额头，第二箭射中前胸，第三箭射进老虎的嘴里。前两支箭已被他们换过，请大人检查那第三支箭。"

县官不信，命人将死虎抬上大堂，果见那死虎的身上插着两只箭，但那箭杆上明明白白地写着"燕山贺家"字样，待用木棍撬开死虎的口腔看时，并没有发现里面有箭镞。

李本元看了不由得暗暗叫苦，对县官说："那只箭一定是射进老虎的肚子里去了，请大人剖腹验看！"

县官勃然大怒："大胆刁民！不思勤恳劳作，竟敢无事生非！物证人证俱在，还敢巧言令色，如不惩治，怎正民风？"遂以"见财起意、讹人猎物、诬陷良民"的罪名，将李本元痛打一百大板，轰出公堂。李本元连气带痛，急火攻心，一下子昏了过去。

先不说李本元一家天黑不见人回如何着急。且说李本元醒来的时候，发现自己躺在一间破屋子里，窗户无纸漏缝，熹微的月光从窗格射进来，在对面的墙壁上留下一小片斑驳的亮色。屋子里很暗，一只豆大的油灯火苗忽闪忽闪地抖动着，随时有被贼风吹灭的危险。他伸手摸了摸身下，发现自己是躺在一堆乱草上，稍微一动，浑身就针扎似的疼痛。他掀起盖在身上的一件破衣服，挣扎着坐起来，忽听窗外传来一阵窸窣的声响，一个身影不知何时已出现在面前，吓了他一大跳。只见那个身影蹲了下来，递给他一个陶碗，轻轻地说："你醒了？那就喝碗粥吧！"听声音虽然有些沙哑，但能感觉出是个女人。

李本元接过了粥碗，双手端着并没有喝。那女人大概看出了他的心思，于是从墙角处端过油灯，李本元这才看清，这个女人虽然衣衫很破旧，但是身体很健壮，头发虽然很散乱，但是容貌很俊美。尤其是那一副浓眉大眼，坚毅中透露出和善的目光，给人一种可以信赖的印象。李本元本能地感觉到她不会是坏人，于是迫不及待地拿过粥碗，一口气喝了下去。那女人见他喝完，又给他盛上一碗，李本元一连喝了三碗。他感觉这种粥太香了、太甜了！喝到肚子里暖暖的、热热的，又解渴、又解饿，他感到有生以来从未喝过这么好喝的粥。他不由得对那女人投去感激的目光，用袖子一抿嘴角，放下粥碗，对她说："谢谢您帮我！请问您是谁呀？我怎么会在这里？这是什么地方啊？"

那女人轻轻地告诉他，昨天晚上天已经黑了，她从县衙门前经过，见台阶边上倒着一个人，一群小孩在围着看。一打听，方知是白天告状时被县官打晕了。有个小孩子还说，他之所以被打，是因为得罪了贺家。一听说是被贺家害的，就知道必是好人。

"因为我的表哥也是被贺家害死的！"那女人停顿了一下，又接着告诉他，她在几个小孩子的帮助下，才把他背到这里，还说这是城西的破土地庙，平时没有人来的，这是她栖身的地方。李本元听后很是感激，他这才知道自己被县官打晕了，是这个女人救了他，忙起身施礼。

那女人慌忙阻止："不用的！不救你回来，我怕夜里会有人害你。"李本元听了越发感动，便问她叫什么，为什么来到这里？那女人告诉他，她姓段，名唤玉莲，是关东人氏。因为战乱，随母亲来这里投奔表哥，没想到表哥因为田产被贺家霸占，告状到县衙，被县官伙同贺家抓进大牢，活活打死，表嫂闻讯投河自尽。母亲听了后一股火得了重病，也撒手西去了。表哥家破人亡，母亲也没了，她一时无处可去，身上又没有路费，只好每日出去找些零活换碗饭吃，晚上就在这破庙里藏身，受尽了流氓地痞的欺辱，说完已是泪流满面，"过几天攒下几个盘缠，我就一边讨饭一边走，准备回去了！没想到遇见了你，都是苦命的人！"

李本元一听百感交集，这姑娘遭此苦难，还能够仗义出手，帮助自己，殊为难得，心地真如黄金一般，又想到她与自己都是被贺家所害，不由恨得咬牙切齿！就是为了感谢她，也要报仇雪恨。想到这里，李本元忘了疼痛，腾地站起来说："我已经一天多没回家了，家里人肯定都急坏了。玉莲姑娘，你先在这里小住几日，待我回家办完了事情，会再来找你的。记住！你可一定要等着我！"说完李本元头也不回走出土地庙。等他一瘸一拐地回到家中，已是次日黎明。

一见本元回来，全家从爷爷、父母到两个妹妹都哭了。母亲哽咽着问："你这一天一宿都上哪儿去了？天黑了也不回家呀，这身上咋被打成这样啊？"

父亲说："全家人加上亲戚朋友，几十人找你多半宿哇！听说有个告状的后生被县官打了，可活不见人、死不见尸呀！全家都急死了！"

爷爷则摸着他的头说："回来就好！吃亏是福！有人在咱啥也不怕！快说说是咋回事？"

李本元把昨日白天发生的事情原原本本地学了一遍，然后气呼呼地说："我这口气一定要出！非杀了这个贺天吼不可！"

爷爷和父亲都气得咬牙切齿，母亲则劝他说："算了吧！咱惹不起人家，再找人家晦气，咱在这儿就待不下去了！不过，你可千万别忘了救你的那个姑娘，那可是个好人哪！"

一连几日，李本元都在家休息，好在年轻力壮，肉体上的伤痛很快就好了，但心灵深处仇恨的怒火却越烧越旺。终于有一天，在一个月黑风高的夜晚，趁着家人都睡熟了，李本元偷偷地爬起来，带上短刀和弓箭，悄悄地摸进贺府，一口气杀死贺天吼及其恶徒十三口，然后匆匆忙忙地赶回家中，向在屋里急得打转的爷爷和父母双膝跪下，流着泪说："我闯下大祸了！贺天吼让我给杀了！好汉做事好汉当，天亮我就去县衙自首。只是觉得对不起爷爷和二老，我不能再孝敬你们了！"

母亲一听，上去就是一巴掌："你个虎犊子！你咋这么傻呢？自首了还不得丧命啊！妈就你这么一个儿子，你赶快逃命去吧！"说完就张罗着给本元找衣服、打包袱。父亲抽着旱烟一声不吭。爷爷叹口气说："贺天吼作恶多端，巧取豪夺，害死平民百姓何止百八十人，早就该死！你小子敢为民除害，也是个英雄。不过杀人偿命，欠债还钱，何况贺家与县官勾搭连环，他们会饶了你吗？还是信你娘的话，赶快逃命去吧！"两个妹妹只是一个劲儿地哭。

李本元斩钉截铁地说："我不能走！我若走了，就会害了全家！官府怀疑是我，就会缉捕你们，那我则生不如死！我意已决，不必劝我！"说完向爷爷和父母"咚、咚、咚"磕了三个响头，与两个妹妹拉了拉手，起身就走。

天亮时，李本元来到城西郊土地庙。这个时候来，着实把段玉莲吓了一大跳。她打开破旧的庙门，端详着几天不见的李本元，想念之情化为一阵激动，半晌才说："你好了？眼睛怎么红红的，哭过吗？"

李本元看着段玉莲，平静地说："伤早好了！仇也报了！贺天吼已经被我杀死，我一会儿就去县衙自首。你也离开这里吧！否则恐要受到牵连。"

玉莲一听，十分惊讶。虽然只在上次见过一面，但她已经对这个充满阳刚之气的青年有了好感。如今听说他杀了贺天吼，还要去自首，不免非常着急，顺口说：“你傻呀你！你去自首了，贺家就满意了吗？你去自首了，家里人怎么办？我怎么办？”

本元听了很受感动，耐心地解释道：“如果我不去自首，家人必然会受牵连，因此我必须自己担当。你救过我一命，所以特来感谢你！”说完单腿跪下，拱手一拜，随即摘下项上玉坠，对玉莲说：“这是我小的时候，母亲送给我的。如今留着也没用了，我没有什么贵重的东西，就把它送给你。说不上感谢，算是留个念想吧！”说完转身欲走。

玉莲忙说：“你别走！我们相识一场，也是缘分。不然你就跟我下关东吧！那是我的老家，到了那儿，仇家就找不着你了！”

李本元说：“我去自首，决心已定，谁也不要拦我。姑娘！你走吧！你心眼儿好，将来会有好报的！”玉莲见劝不动他，顺手拿过剪刀，剪下自己的一缕秀发，用一块旧布包好，递与本元说：“我实在没有东西送给你。这缕头发受于父母，生于我身，你就带上吧！”说完竟流下泪来，弄得本元心中五味杂陈，说不上是什么滋味。他接过旧布包，一种柔情如潮水般上涨，真想伸出双臂，拥抱一下这位可爱的姑娘。但他马上意识到自己是将死之人，想这些还有用吗？“那就多谢姑娘了！来生再报！”本元说完，转身大踏步离开了破庙。

杀人者自动上门投案，这让县官大感意外。之前贺家来人报案，他已疑心是李本元所为，正准备派员缉捕，不想自己送上门来，这案子就好办了。县官立即当堂取供，行文上报，把李本元投入大牢，只等行文批回，就开刀问斩。没承想贺家不依不饶，老老少少又哭又闹，说杀死十几个人绝非凶犯一人所为，定有帮手，要求株连全家。加上贺天吼的父亲贺黑龙又送来一百两金子，县官见钱眼开，即刻派衙役将李本元的爷爷、父母和妹妹一并缉拿归案，打昏以后强行画押，投入死牢，定于七天以后一起问斩。

行刑那天风和日丽，刑场四周人山人海。几百名手持刀枪的兵丁围住监斩台，六辆木笼囚车缓缓驶进刑场。那县官和师爷坐在台上，命兵丁将犯人绑缚于斩台之上。两名彪形大汉持着鬼头刀，光着大膀子，穿着红肚兜，虬须豹眼，凶神恶煞一般，扭着李本元走在最前面。

李本元昂首挺胸，面无惧色，他抬头望着朗朗乾坤，低头瞥一眼四外黑压压的人群，高声喊道：“父老乡亲们！贺天吼作恶多端，杀了他我死而无憾！只可恨

这贪财的狗官，竟连我的家人也不放过。苍天何在？公理何在？”声震长空，口眦滴血。

人群中有人高喊：“贺天吼罪该万死！死有余辜！李本元为民除害！李家人不该杀！”

立刻有上万人附和：“李家人无罪！不能杀！不能杀！”人声鼎沸，吼声如潮。

县官见状，惊恐万分，强撑着精神头儿站起来说：“请勿大声喧哗！国有国法，家有家规。杀人偿命，欠债还钱，自古以来天经地义。李本元杀死贺天吼，供认不讳，理当问斩。本官查此案共死亡十三人，绝非李本元一人所为，其家人均为同案罪犯，已经招认画押，必须杀之，以平民心！”

本元的爷爷朗声说道：“堂堂燕山县衙，竟然不问青红皂白，只知严刑拷打，打昏之后强行画押，这就是你所取的罪证吗？敢问你收了贺家多少钱财？为什么贪赃枉法？你就不怕下十八层地狱吗？”

县官闻言瞠目结舌，一时无言以对。百姓们听明白了更加愤怒。有人喊道：“贪赃枉法，罪大恶极！”立刻有成千上万人跟着同喊。有人喊：“放了李家人！李家人无罪！”吵吵嚷嚷，人流涌动，一齐向监斩台拥去，兵丁们横拉竖挡，已经有些控制不住。县官见场面如此混乱，急忙抛下令箭，命令行刑。

正当那刽子手的鬼头刀高高举起，在太阳的照射下闪着寒光，将要落下来的时候，忽听得平空里炸雷般一声断喝：“刀下留人！”随着声音传过，又听到“当”的一声响，那刽子手的鬼头刀被击落在地上。众皆一惊，只见刑场北面来了一支人马，为首一人，银盔银甲，着白袍，骑白马，手执一杆银枪，转眼旋风般来到眼前。县官一抬头，慌忙跑下监斩台上前施礼。

那来将并不理他，一面命军士将刑场团团围住，一面让人给李本元和家人松绑，然后一手拉着县官走上监斩台，向众人一拱手，朗声说道：“我乃大秦国当今太子殿下部将冯跋是也。因前日有民女去涿城告状，太子殿下亲览案情，又暗暗派员私访，方知燕山县贺天吼无恶不作，横行乡里，残害百姓，已有多人冤死其手，罪大恶极，死有余辜。其随从恶徒被杀，也非偶然，因其多年来狐假虎威，助纣为虐，多有血案在身，死亦足为后者戒。查李本元家人，亦猎亦农，善良本分，平日里并无违法犯罪之言行，乃国家社稷之基石也，应予无罪释放。李本元行凶杀人，事出有因，虽已触犯刑律，但属为民除害。念其年少尚可造就，令其从军服役五年。太子嘱我，望乞周知，彰我大皇帝之功德，延大秦国千秋之伟业！”

百姓一听，欢声雷动，齐叫："苍天有眼！善恶有报！"遂陆续散去。

李本元一家觉得事出偶然，喜从天降。本元的爷爷拉住冯跋将军的手连声道谢："朝廷有良将，百姓得青天！您是我们李家的大恩人哪！"

李本元上前双膝跪地，连磕十几个响头仍不抬头，直至额头流血了，才被冯跋将军拉起。

冯跋说："壮士为民除害，人人敬佩！你不要感谢我，你要记住两个人，一个是当今的太子殿下，再一个是那位姑娘，你的红颜知己段玉莲。若不是她到涿城告御状，你的头早就搬家了。好了，收拾一下，明天随我去当兵吧！"

至此，李本元才明白是段玉莲救了他们全家，心中不禁无限感激。冯跋将军走后，李本元一家人紧紧地拥抱在一起，欣喜异常。虽说惊魂未定，毕竟死里逃生，母亲张罗着做些菜肴，晚上为李本元饯行。

晚饭后，李本元带着全家的嘱托，急不可待地跑到城西土地庙，去找他的救命恩人段玉莲。可是前后找了数遍，等了足足两个时辰，哪里还有她的踪影？他失望地坐在那堆干草之上，思前想后，不由得黯然神伤。玉莲先后两次救他，还救了他的全家，这样的大恩大德，自己今生今世得怎样报答她呢？今后还能遇见她吗？想到玉莲一个人生活的艰难，一种无尽的惦念涌上心头，他在破庙里坐到半夜才离开。

次日早饭后，李本元收拾停当，告别了家人，到冯跋将军的营地报到。冯跋见小伙子精明强悍，武艺又好，就把他留在身边当护卫。一晃数年过去，由于前秦皇帝苻坚穷兵黩武，李本元跟着冯跋将军东讨西杀，立下了赫赫战功，已由护卫晋升为校尉，成了人人羡慕的青年将领。但他的情绪却越来越差，每当看到战场上无数的人倒下去，鲜活的生命顷刻间变成堆积如山的尸体的时候，他就有一种深深的负罪感。他觉得自己就是朝廷的杀人工具，时间越长，罪孽越重。后来冯跋离开了秦军，不知去向。他觉得失去了依靠和知己，几次也想离开，但始终在犹豫。他不知家人现在怎么样了，玉莲如今在哪里？他无时不在想着他们。终于在一次大战之后，他下定了出走的决心。

那是公元395年的春季，前秦已经灭亡。李本元所在的这一支军队投靠了北魏的拓跋珪。拓跋珪派大军攻打后燕，在内蒙古的参合陂一举大败燕军，俘虏燕国士兵四万余人，并将这些士兵全部活埋。李本元目睹了这一惨剧的整个过程，一想起来就浑身发抖，呕吐不止。他觉得再也不能待下去了，于是趁着一次夜间查哨的机会，他凭借自己矫健的身手，躲过巡逻队伍，逃进深山老林。他白天隐蔽，夜间走路，饿了靠采些野菜充饥。一个月以后，他回到了燕山老家。可是当他推开院门的时候却惊呆了！房屋的门紧锁着，院子里空无一人，连那只看家护院的大黄狗也不见了。

他好生纳闷，问过街坊邻居，人们告诉他，在他当兵走后不久，家里人为了避开贺家的报复和陷害，就已经悄悄地搬走了，至于去了哪里，谁都不知道。本元又去询问了几家亲属，也都不知道去向，急得他昏头涨脑，心乱如麻，不知怎么地就拐进了一家小酒馆，要了两碟小菜，喝起酒来。正喝得烦闷没趣，忽听得窗外有人说道："堵住后门，别让他跑了！"还没等他站起，就见房门一开，进来四五个彪形大汉。为首一人矮胖横宽，贼眉鼠眼，厉声喝道："大胆李本元！你还敢回来？告诉你，明人不做暗事，我是贺天吼的弟弟贺铁锤！找你多长时间了找不着，没想到你自己送上门来了。真是天堂有路你不走，地狱无门自来投！给我上！砍了他！"几个彪形大汉一拥而上。

李本元一急之间，这才想起，这家小酒馆是贺家开的黑店，自己真是没眼猫瞎闯，咋跑这儿来了呢？纯是找死！情急之中，他抓起桌子向前扔去，趁着贺铁锤一闪身的工夫，拎起酒馆的小木凳，一手一个，一阵猛抡，弄得那几个大汉一时上不得跟前。李本元瞅准一个空子，两只凳子飞出，一齐向门口那个大汉砸去，吓得那大汉急忙一个翻滚，躲向一边。李本元趁机身子一纵，跳出一丈开外，撒腿就跑。由于事出突然，屋子又小，那几个大汉施展不开，加之李本元又有些功夫，竟让他跑掉了，气得贺铁锤哇哇怪叫："快给我追！追不上回来我剐了你们！"吓得那几个大汉使出吃奶的力气，拼命追赶。可他们哪里知道李本元自小儿打猎，穿山越岭健步如飞，那几个夯汉怎是他的对手？一转眼的工夫，李本元拐进一片松林就不见了。

李本元一口气跑出足有三十里。当他确信已经安全的时候，才靠在一棵大树边坐下来。寻思起来，感到有些后怕。哎呀！还真是得感谢那两壶酒几碟小菜了，不然怎么能跑得动？这一惊一跑，酒全醒了，脑袋也清凉了许多，他开始盘算着，上哪儿去呢？家是没有了，家里人又找不着，看起来暂时难以相聚。回去当兵吗？肯定不行了，这条路已经堵死了。想来想去，他突然发现自己的心里始终惦记着一个人，那就是段玉莲。如今她在哪里呢？对了！她曾经说过，她的老家在关东、在辽西，还曾经说过她要回老家去。只要走到辽西，找到龙城，就一定能够找到玉莲。于是立刻迈开长腿，向关东走去。

第二回

结良缘夫妻生贵子　道玄机圣母得灵童

那时候后燕已经建国，在慕容垂的治理下，国家显得很有生机。虽然战火刚熄，但通往龙城的大路上车水马龙，显得十分繁忙。半个多月以后，李本元来到龙城，他还是第一次见到这么宏大和繁华的都市。城墙方圆几十里，城楼高大雄伟，城内道路四通八达，各种商铺鳞次栉比。尤其是燕国皇宫，红墙黄瓦，金碧辉煌，翘脊飞檐，霞蔚云蒸，楼台殿阁连成一片，一眼望不到边。李本元不由得感叹："幸亏没死呀！不然怎么会看到这么好的地方！"但是此地再好，他也只能走马观花，匆匆地看上几眼。因为他知道，玉莲不会在这种地方。她说过，她的家乡在龙城东面，龙山脚下。因此他并没有在城中歇息，而是径直向龙山走去。

通向龙山的古道上人流如潮。骑马的、坐轿的、背包的、挑担的，本地的、外地的，

男女老幼络绎不绝。多数都带着时鲜瓜果，香烛糕饼，还有的抱着鸡、牵着羊。李本元好生奇怪，他借着扶起一位摔倒在路边的老婆婆的机会，问道："老妈妈，你们这些人都是干什么去呀？"

老婆婆哆哆嗦嗦地拍打着身上的泥土，见李本元一脸真诚，才慢声细气地告诉他说："你是外地人吧？这龙山上有个龙翔佛寺，那龙树菩萨可灵啦！真是有求必应，慈悲心肠。我就是爬，也要爬上去，求菩萨保佑我的晚生后代平平安安！"

李本元忙问她："您的儿子干什么去了？老妈妈您在哪里住哇？"

老婆婆看了他一眼，喘着气说："我儿子五年前就当兵去了！至今下落不明，想得我天天都睡不好觉。这两条腿也不行了，才三十多里路，我已经走了两天了！"

李本元低头一看，见这位老婆婆衣衫褴褛，脚上的旧布鞋已经开了口子，腿上有几处已经磕破，结着黑红的血痂。李本元不由得一阵心酸。看这位老婆婆的年纪，和自己的母亲差不多，可母亲如今在哪里呢？是不是也和这位老婆婆一样，在盼着儿子回家呀？看着老婆婆实在步履艰难，他俯下身子对老婆婆说："老妈妈！我来背您吧！您就像我的妈妈一样啊！"说着拉住老婆婆的双手，把她背起来，随着人流向山上走去。老婆婆没有再客气，也许她真的是太累了！

李本元自小在山里长大，当兵打仗这几年也没少遇见山，但等他来到龙山一看，不觉大为惊奇：他从来没有见过这么瑰丽的山！只见群峰高耸，峻岭相连，翘起的山巅似双龙交会；云蒸霞蔚，紫气飞腾，隐约的庙宇如蓬莱仙境。草厚林深，放眼望去皆是碧绿;莺歌燕舞，顺耳听来一片和谐。溪流淙淙，增添龙山秀色；经声朗朗，带来天外佳音，真乃人间仙境。李本元虽早已汗流浃背，但此时依然神清气爽，健步如飞，只觉得不大一会儿，就来到了山门之前。哎呀！好大的一座佛寺呀！只见半山之中，丛林掩映，殿宇错落，直上青云。溪水旁边，古松相伴；宝塔顶上，瑞霭飞旋。山门后一座宽大的石壁，平滑如镜，雕刻着一幅双龙戏水图，工艺精绝，栩栩如生。绕过石壁往上，是一道长长的石阶，状如天梯。石阶中间竖着一块巨石，上书"龙翔佛寺"四个大字，笔势古拙，苍劲有力，乃是前燕皇帝慕容皝所书。李本元放下老婆婆，搀着她一步一个台阶慢慢地走，一边走一边欣赏着路边的风景。放眼远望，茂密的森林如碧绿的大海，突起的山峰像海中的征帆;俯首近观，竞放的野花似通晓人意，流连的蜂蝶若礼迎嘉宾。微风吹过，让人顿觉心旷神怡；香烟飘来，使人如同身到凌霄。

李本元扶着老婆婆走进大殿，搀着她向佛祖礼拜叩首，然后自己找个空位，对着佛祖跪了下来。他想起全家人不知下落，玉莲也不知身在何处，不觉悲上心头，一边磕头一边叨咕："愿佛祖保佑全家人平安！保佑我的恩人玉莲姑娘一生平安！"正默祷间，耳边听得一人说道："愿佛祖保佑本元弟弟平安无事！大吉大利！"听得真真切切，是他的名字，而且一连说了好几遍。

李本元不禁侧头看去，这一眼让他惊喜万分！旁边跪着的这个女人不是别人，正是他朝思暮想要去寻找的段玉莲！天下竟有这样巧的事？两个人都有点不敢相信自己的眼睛，对视良久，一时都说不出话来，直到身后有人催促他们腾跪位，两个人才如梦方醒，不约而同地拉住对方的手走向一边。刚说上几句话，本元忽然想起那位老婆婆，急忙去找，却发现已经不见了，只好同玉莲走出庙宇，在人群中张望。

玉莲领着他在头前走，边走边告诉他说："自打那天早晨分别以后，我就猜想你肯定凶多吉少，必遭贺家毒手。想来想去，觉得县官和贺家穿一条裤子，在县衙告状是不管用了，但是县里的案子要报府里审核，只有府里批准了才能行刑，说不定到府里告状还有一线希望。我不能眼看着你含冤被杀，只有死马当成活马医了。我当天就直奔涿城，走了两天一夜呀，心里头着急，鞋又不跟脚，满脚掌都是大泡。第三天早晨打听着走到府衙，我都站不起来了，就趴在地上喊冤。站岗的衙役们用棍子打我，赶着我走，弄得我浑身是血，加上蓬头垢面，都以为我是疯子。围观的人里三层外三层，就是没有人管我，急得我号啕大哭。这时候有个衣衫褴褛的老婆婆，从人群中走出来，拄着根棍子扶起我，告诉我说：'孩子！别哭了，我领你去个地方告状，说不定有人能管。'我们俩互相搀扶着来到将军府。正好赶上太子苻丕带着人出来，我就拦住马头跪在地上喊冤。太子命人将我扶起，立即指令身后的一位将官：'查清案情、秉公处理！'后来我才知道这位将军叫冯跋，是他微服到燕山私访，调查了前因后果，又亲自跑了一趟把你救了。我本来是想回燕山找你的，可是这位老婆婆要回关外，非要我陪着她。我见她白发苍苍，步履蹒跚，十分可怜，就答应了她，一直陪着她来到辽西，我才回到家中。家里什么值钱的东西都没有了，仅留下几间破草房，一个老院子，我只好又收拾收拾住下来。白天去山上采些野菜和药材，拿到集上去卖，换来些米面度日，忙忙叨叨，还不觉得怎么难过，可是一到晚上，一个人孤零零的，满脑子不是想妈妈，就是惦着你，不知道你干什么去了，现在怎么样？有时候成宿也睡不着，就是睡着了，一声蛐蛐叫，或者几片树叶响，也能惊醒，简直是度日如年。昨天晚上就是说啥

也睡不着了，一心想着今天来山上拜佛，非来不可。还真就遇见你了，咋这么巧呢？是缘分吧？”玉莲一口气说了这么多，眼泪汪汪，最后脸竟有些红了，偷偷地用衣袖擦着自己的脸。

李本元听了十二分感动。他觉得玉莲为他做的太多了！两次救了他的命，还这般惦记他，是他哪辈子修来的福，让她对自己这样好？于是情不自禁地拉住玉莲的手，向她跪下说道："多谢姐姐救命之恩！感谢姐姐如此牵挂！本元不知如何报答才好！"慌得玉莲忙拉起本元责怪似的说道："你怎么能这样？我能见死不救吗？换了谁能坐视不管！"

李本元说："那可不一定！这世道，像你这样的好心人，实在太少了！"

二人说话之间，忽然听到一个苍老的声音传来："山野之中，一男一女，拉拉扯扯，这成什么了？"二人闻之慌忙松手，不约而同地抬头一看，见老婆婆已经来到眼前，笑盈盈地看着他俩。

李本元红着脸问道："老妈妈！你到哪里去了？我在大殿里四处找你。"

玉莲则亲昵地扶着老婆婆说："龙妈妈！人家都想你了，都多长时间没见了！"

老婆婆调侃似的一笑，"是吗？是光想我了还是净想别人了？我可是一天也没忘了你们。告诉我，是不是都有心了？要不要我做个媒？"两个人心中虽然都有此意，但经老婆婆一点破，还是觉得有些突然。

李本元说："玉莲姐姐是我的救命恩人，我没敢往别处想，只是觉得应该报答她，当牛做马都可以！"

玉莲虽值妙龄，是个黄花大姑娘，但她是草原上的鲜卑人，有着开朗而且鲜明的性格，她毫不掩饰地喜欢李本元这个浓眉重眼、正直厚道的小伙子。于是她附在老婆婆耳边说："只凭龙妈妈做主！"

老婆婆闻言收起笑容，正色说道："既是这样，我就给你们主婚。但我还有个条件，不知你们能否答应？"

两人不约而同地问道："不知老妈妈有什么条件？"

老婆婆慢条斯理地说："如今我也是一个人了，孤苦伶仃的。如果你们肯收留我，那我就给你们做媒，否则，我才不管这闲事呢！"

玉莲一听，忙拉着本元双双跪倒，"龙妈妈在上，请受您的儿女一拜！有您做我们的妈妈，是我俩前世修来的福分，今后我们就是一家人了！您就是我们的亲妈妈！"说罢"咣、咣、咣"三个响头磕在地上。

老婆婆倒十分坦然，等他俩磕完之后，才说道："既然如此，我也就不嫌弃你们了！这兵荒马乱的年头，也别讲什么固定的礼节和程序了，今天就是好日子，你们俩就算成亲吧！走，咱们回家！"说完起身头里走了，好像她知道路在哪里，玉莲和本元紧紧跟着。这回她既不用搀也不用扶了，走得相当轻快，让本元和玉莲都很纳闷儿。三个人一前两后，不一会儿就到了玉莲那个简陋的家。

晚饭相当简单，玉莲摆上几样野果，煮熟了几碟山菜，打来一罐香甜的山泉水。本元采摘了几种鲜花，扎成一个美丽的花环，还不知从哪里挖来一棵老山参。他把花环给玉莲戴上，才发觉玉莲非凡的美丽。他把老山参送给老婆婆，祝她福如白狼河水，寿比龙山顶峰。老婆婆乐得合不拢嘴。一张旧木桌摆在茅屋之前，明朗的月光下，三个人一起坐下来。玉莲先给老婆婆倒上一碗山泉水，然后两人一起跪下，以水代酒，祝老婆婆福寿绵长。接着两个人又互敬互让，表达爱慕之情。夜色蒙蒙，山影重重，秋虫唧唧，水流淙淙。虽无喧闹奢华，倒也其乐融融。

老婆婆喝下两碗山泉水，站起身来说道："乱世之中，好人难做。你俩根地纯洁，实属不易！祝愿你俩好生相守，白头偕老！希望你俩早生贵子，造福天地！"说着向二人敬酒，慌得二人急忙站起。老婆婆接着说："你们俩成亲了，我的第一步计划完成了。家里还有些杂事要办，我得先走了！"

二人一听急了，玉莲忙拉住老婆婆的衣袖说："妈妈！天这么晚了，你何苦要走？明天让本元陪你去不行吗？再说了，你不是说要和我俩一起过的吗？怎么说走就走？"

老婆婆笑着说："我这个人年岁太大了，想干什么就得干什么。想待就得待，说走就得走。天晚了怕什么？难不成野兽还敢吃了我？放心吧，好好过，我还会来看你们的。"说完拎起棍子，风一般走了，转眼已不见踪影。惊得二人目瞪口呆，都觉得老婆婆有些奇怪。

本元和玉莲成亲以后，两人相依为命，相亲相爱，日子过得十分美满。白天，两个人一起进山，一个打猎，一个采药。晚上一齐回来，一个劈柴，一个做饭。虽是草舍茅屋，粗食野菜，他们却吃得比肉还香、比蜜还甜。本元的身子一天比一天健壮，玉莲的脸蛋一天比一天漂亮，连干活都哼着歌，走路都踩着点儿，万般遂心如意，好像生活在糖罐之中，只盼着早点生个孩子了。可成亲三年了，却一点动静也没有。本元倒觉得没有什么，玉莲却有些沉不住气了。她悄悄地去佛寺烧了好几次香，还去龙城药铺抓过好几回药。愿也许了，药也喝了，肚子仍是平平的，没信儿。

终于有一次在晚上睡觉的时候，靠在本元宽阔的胸膛上，她哭了。清凉的眼泪滴在身上让本元觉得有事，于是轻声细语地问她："你怎么了？我哪些地方做错了吗？你说呀！"于是玉莲告诉他，她觉得不生孩子就是对不住他。

本元一听"扑哧"乐了，"我还以为什么事呢？这算什么，还要掉眼泪！要不要孩子能怎的，我们这不是过得挺好的吗？何况有没有孩子，也不能怪你呀！放心吧！我们一定会有的！"说罢他用力搂紧了玉莲，想用亲热化解她内心的痛苦。

说归说，一连五年都没有孩子，本元也急了。这中间两个人又是寻方又是买药，玉莲可吃了不少的苦头，连呕带吐不说，饭也吃不下，觉也睡不好，脸色已没那么红润，心情也不如从前那么好了。

一天晚饭后，两个人正趁着月色择药材，忽然一阵香风吹过，眼前一亮，老婆婆不知从何而来，已经笑呵呵地站在他俩面前了。

玉莲高兴得一下子扑在老婆婆怀里，连捶带喊："妈妈！妈妈！您老人家说话也不算数呀！说好了收拾一下就回来的，怎么去得这么久？我和本元去找过您十多回哪！您也没在家呀！可想死我们了！"玉莲一口气说个没头儿，老婆婆只是笑而不答。

本元忙搬来个木墩子，"还不快请妈妈坐下说话！"

玉莲这才破涕为笑地说："怪我！光顾说话了！慢待了妈妈！"忙扶着老婆婆坐下。

本元这时端来了野果、松子和山茶，老婆婆拈起一枚松子，笑着说："日子过得不错嘛！有吃有喝，夫妻恩爱，多好哇！"

玉莲红着脸说："好是好哇！可是我俩心中总是惦记您老人家，一辈子也报答不完您的恩情。再说也没个孩子，不然该会叫您姥姥啦！"说完倒在老婆婆怀里哭了。

老婆婆轻轻地抚摸着玉莲的头，爱抚地说："该有了！该有了！到时候会有的！"

本元接过话茬："妈妈，不瞒您说，她吃过不少药呢，就是没有。不过没有也好，这年头，来了也是受罪呀！"

老婆婆收起笑容说："孩子是一定得要的！不该有时，吃药也没有；该有时，不吃药也能有。该享福时，尽管享福；该受罪时，一定得受罪，自己受罪是为别人不受罪。”

本元虽然听不太明白，但他懂得这其中一定有深刻的道理。三人坐了好大一会儿，娘儿俩说了不少悄悄话，最后，老婆婆叮嘱玉莲尽早准备好婴儿的小衣服，玉莲幸福地答应了。待夜深时，尽管两个人一再挽留，老婆婆还是执意要走，转眼就消失在夜幕之中。

这一夜，玉莲倒在本元的怀里做了一个奇怪的梦。她开始时梦见老婆婆一身盛装，在一群仙女的簇拥之下，来到龙翔佛寺，好像在和如来佛祖说着什么。接着老婆婆乘着一条白龙，驾临她的茅屋之前。玉莲忙起身和老婆婆说话，可老婆婆根本不搭理她，只是一挥手，把一颗白光闪闪的珠宝投在她的身上，她听得“噗”的一声，顿觉腹中一热，好像有什么东西进到了她的肚子里。待抬头看时，那条白龙不见了，老婆婆已驾着彩云，往龙山顶峰去了。玉莲急忙大声喊着：“妈妈！妈妈！”起身撵去，可两条腿怎么也迈不动。一个急劲儿，她醒了。

本元推着她的肩膀，问道：“你喊什么呀？做梦啦？”玉莲没有说话，她用手轻轻地抚摸着自己的肚腹，感觉到里面仍是热热的，暖暖的，似乎还在跳动。望着窗外月光如水，树影婆娑，四外寂静无声，梦中的场景依稀可见。于是她把梦境讲给本元听，两个人都感觉十分奇怪。

然而，更奇怪的事情发生了。不长时间，玉莲就觉着有些不适。开始时只是心慌气短，能吃能睡，干活时常冒虚汗，过些日子就常感恶心、呕吐，吃饭时尤其严重。到了两个多月以后，肚子渐渐大起来。找龙城里的郎中瞧脉，知道是怀孕了。两个人欢天喜地，快乐无比，天天听着、摸着、亲着、盼着。终于到了第二年春天，喜讯降临了！他俩得了一个九斤左右的大胖小子！这孩子降生时茅草屋内异香扑鼻，经久不息。小家伙生得虎头虎脑，浓眉大眼，下生时连蹬带踹，健壮无比，哭起来惊天动地，笑起来咯咯有声，把个小两口乐得像做了神仙，成天围着孩子忙这忙那，脚底下像装了弹簧，咋干也不觉得累，似乎浑身有使不完的劲儿。

孩子说长也快，一个多月就像懂人语似的，见着父母就大眼睛忽闪忽闪地笑，两个多月就能坐起来，三个多月就会爬，四个多月就会打站儿，五个多月已能跟着大人迈步，半年以后就会走了。尤其乐意洗澡，每次坐在本元特制的那个小浴盆里，都会咯咯笑着玩上半天。这孩子聪明好动，累得玉莲一会儿也离不开身，脸上却乐得合不拢嘴儿。本元这一阵子也忙得够呛，白天上山打猎、砍柴、采药、摘菜、进城忙个不停，晚上回家灶前屋后劈柴做饭也不得消停，却总觉得有使不完的劲儿。说起来这段时间也顺心，进山就有收获，山鸡、野兔、黄羊、狍子可没少打，还捞了不少的鱼，采了不少的红蘑。暂时吃不了的都让玉莲收拾好晒成干儿了，他们要留些好的孝敬老婆婆。按说孩子大了，早该起名字了，可他俩总觉着这孩子来得不一般，有老婆婆的功劳，名字应该由她老人家来起。但是这一段时间老婆婆没来，两个人在逗孩子的时候，只能“宝贝、宝贝”叫着，还没有正式的名字。

孩子过一周岁了，小两口带着他去龙翔佛寺祈福，求个吉利。开始离家的时候，一直由本元抱着走，当来到山门前快到大殿的时候，这孩子不知怎么了，一下子从本元怀里挣了出来，下到地上就往前走，两只小手挓挲着，两条小腿迈得可有劲儿了，连台阶都上得去。玉莲和本元都感到有些奇怪，但又怕他摔了，就在旁边紧紧地跟着、护着。这小家伙像知道路似的，头也不回，逗得来拜佛的人们都停下脚来看，大家都觉得十分惊奇。走了一会儿，玉莲怕孩子累坏了，忙伸手去抱，可这孩子说啥也不让，不让走就哭。小两口无奈，只好紧紧跟着他走。龙翔佛寺的山门离大殿很远，足有一千多级台阶，中间虽留有缓步平台，但是也够陡的，连大人走下来都要喘气，可这一岁多的孩子竟一直走到头了，简直不可思议。到了大殿门口，小家伙累得满脸通红，脑门儿上全是汗，把玉莲心疼得不得了，忙给孩子擦汗。可这小家伙好像兴犹未尽，又蹦又跳，围着大人们来回跑。玉莲领着他随着人流走进大殿，好一阵子才等到了一个跪位，还没等玉莲告诉他，小家伙竟懂得跪在软垫之上，像模像样地学着大人给佛祖叩头。磕完头还双手合十，闭上大眼睛，小嘴里不知叨咕些什么，让拜佛的信众们赞叹不已。

莲座前一位须发皆白、身披袈裟的长老见状放下木鱼，走上前来问道：“这位女施主，你的公子小小年纪，慧根非凡，将来必能光耀佛门，请问可有名讳？”

玉莲忙答道：“回师父，这孩子刚满一岁，还没有名字。如蒙师父赐名，贫妇将感激不尽。”

那位长老略一沉思，随口说道：“贫僧自打燕王建寺，已来此三十余载，尚未见过如此聪慧的小施主，说来也是我和他的缘分，就给他取个名字吧！我看小名就以此山为称，叫小龙吧！大名呢，看他对佛门的悟性，就叫他慧根吧！”

玉莲听后连声道谢，又叫过孩子：“小龙，快来拜谢长老！”这孩子像完全听懂了大人们的对话，答应得相当脆快，还规规矩矩地给长老磕头行礼。高兴得长老抚摸着他的小脑袋，顺手拿过一只开过光的银锁，给孩子戴上，慌得玉莲连忙掏钱，长老阻止道："不必了！这是我和他的缘分！"说完转身走了。

玉莲千恩万谢地领着孩子出来，正好赶上本元卖完山货，三口人又到庙会上转了一圈。玉莲买了两把梳子、几支蜡烛，本元买了几斤食盐、一只火镰。两个人想给孩子买几样玩具，可这小家伙的眼睛滴溜乱转，小手紧摆，什么也不要。最后停在一个小摊前，手指着一尊铜铸的弥勒佛，说什么也不动地方了。本元只好掏出所有的铜钱，却也不够。

玉莲哄着孩子说："小龙，咱们这回不买了，下回来妈妈给你买，行吗？"可小家伙就是不走，惹得摊主笑个不停："既然孩子喜欢，我就送给他好了。我出摊几十年，还没见过这么小就会礼佛的。"

玉莲说："老伯伯，那多不好意思呀！怎么好白拿您老人家的宝物呢？"

本元也忙拿出那些铜钱说："我今天只有这些了，先给您老人家，改日上山来，余下的我再补上。"

那位老摊主说："说不要钱我就一文不要。佛是讲缘分的，既然孩子喜欢，这也是我们爷儿俩的缘分！"说完将佛像用一块黄绸包好，递与玉莲。小家伙高兴极了，临走时给老摊主弯腰行礼，让围观的人们啧啧称奇。

说来也怪，自打从佛寺回来以后，小龙就会说话了，"爸爸、妈妈"叫得清清楚楚，一般眼前的话都会说。本元喜欢喊他小龙，玉莲有时喊他慧根，小家伙一听，不但答应得相当脆快，而且屁颠儿屁颠儿地跑到跟前来，大眼睛看着你，爱得小两口像喝了蜂蜜似的。玉莲干活的时候，他也会搬个小木墩坐在对面，陪着妈妈。每当夕阳西下，他总会蹲在门口迎接爸爸，等候本元满载归来。更多的时候，他喜欢坐在自己的小床上，对着弥勒佛铜像叨叨咕咕，不知嘴里在说些什么，那一本正经的样子，逗得玉莲直想笑。

长到两岁多，这孩子就淘得不得了。大人干啥他都想干，屋里屋外的不用说，还要跟本元上山打猎，不让去就闹，本元、玉莲只好带上他。好在他也不乱跑，还帮着玉莲采蘑菇、摘野菜。上山下山也很少让大人背着、抱着，倒也很省事。只有一点让父母气得不行，那就是一遇见下大雨、飘大雪，他就往外跑。玉莲咋说都不行，本元也拿他没办法。

一晃孩子三周岁了。一天傍晚本元刚从山上回来，孩子正帮着妈妈做饭，忽听得空中一阵响声。晚霞辉映之中，缕缕香风从山上吹来，小草屋前亮如白昼。

三口人跑出来一看，见一乘玉辇停在半空之中，一群仙女簇拥着一位女神。只见她云鬓高挽，身着绣龙紫袍，手提藤龙拐杖，雍容华贵，仪表高古。玉莲、本元慌忙上前施礼，“不知上仙驾临，请受山民一拜！”

那女神笑了，“换了身衣服，你们就不认识我了吗？还说要奉养我一辈子哪！你们不认得，慧根却认得。来，到奶奶这边来！”

说也奇怪，这孩子像很熟似的，一溜儿小跑扑到女神怀里，连声叫着：“奶奶好！奶奶好！”

女神抚摸着慧根的头乐了，“这就对了！这才是我的孙子！”

玉莲此时才仔细端详这位女神，发现眉眼之间的表情太熟悉了，尤其是那笑容更为印象深刻，不禁脱口而出：“难道您是龙妈妈？”

本元开始也觉得像，但没敢说出口，如今听玉莲一说，也连声叫道：“是龙妈妈！就是龙妈妈！我们可真是太想您了！”

那位女神听后笑了：“没错！我就是龙妈妈。我是龙山圣母，是这华夏大地共有的母祖。这北部天下的炎黄子孙，都是我的后代。三千五百多年以来，我的子孙们在这里生生不息，男耕女织，创造了人类最发达的古国和灿烂的文化。可近年来劣根频出，妖孽横行，杀伐过重，世风日下，让我忧心忡忡。我知道西方佛教能悟三界真谛，可为万物启蒙，涤世间之污浊，还众生于觉醒，恢复我中华民族之美德，故面谒如来佛祖，欲选一高僧去天竺取经，归来弘扬佛法，教化万民。但这取经之人须三世至诚，六根清净，具大智之心胸，有大勇之体魄，方能历尽艰难险阻，完成取经使命。因此我十年来遍访天下，体察何止万人，才遇到你们夫妻两个，心地纯如金玉，性格刚若山石，确是可托之人。慧根虽是汝子，却是仙家之根，未来要担当起取经的重任。为此，他不仅要磨炼心志，还要强筋壮骨，有超乎常人的体魄。我今番来，是要把他抱走，让他从小受些非人之苦，教他练些超人之技。孩子这么小，知道你们会有些舍不得，但这件事必须从小就做起。”

玉莲听罢，眼泪汪汪，心如刀割一般难受。孩子这么小就要离开父母去受苦，她不敢去想，一时不知说什么才好。

龙山圣母拉住玉莲的手慈祥地说：“做母亲的心情我能理解，不难受那是假的。但是你想想，孩子是你们的，也是天下的。如果他能为天下的黎民百姓做件好事，那也是你们俩天大的功德。何况取完经以后还会回来的，到时候我再把他完好地还给你们，怎么样？”

玉莲和本元听完之后，彻底明白了。圣母这些年来对他们的恩情天高地厚，没有圣母的帮助，哪有他俩的今天！孩子这么小就离开父母，是有些舍不得，但想到这种割舍是为天下苍生，那是他们的光荣！何况圣母说得这般真诚，令二人十分感动。于是玉莲说道："孩子为圣母所选，我俩为之自豪。慧根能得到圣母的教诲，那是他的造化。一切愿听圣母所示。"说罢二人一起叩头致谢。

圣母命仙姬抱起孩子，"如此说来，那就别过。过几年再来看望你们，到时候你们又会有孩子了，可要好好地招待我！"说罢登上玉辇，转眼消失在晚霞之中。看得小两口目瞪口呆，心中充满了无限的怅惘。

第三回

进山林结缘虎狼伴　入仙境相识龙凤友

玉辇停在龙山之巅，圣母带着慧根走向祥云古洞。一下玉辇，慧根的眼睛就不够用了。他虽然生在山里，见惯了高峰深涧，鲜花野果，但这里却截然不同。只见这里到处祥云缭绕，紫气蒸腾，霞光万道，满目葱茏。抬头看青峰如玉簪直入蓝天，高不见顶；俯首观百花若锦缎镶嵌绿草，妙不可言。山禽野兽飞来走往互不相扰，珍果古木参差错落一片和谐。泉水皆从天上来，清澈见底；和风都从林中过，尽染芳香。看得小家伙满眼惊奇，眉飞色舞。进得古洞来却又是一番世界，只见岩壁上青苔片片如贴挂绿毯，洞顶上钟乳根根似倒长玉林。脚底下色彩斑斓石分五色，正前方阳光射进曲径通幽。道两旁仙姬侍立如蟠桃侍宴，古洞内百花争艳同春色满园。

小慧根一路跟着龙山圣母，走进古洞深处，来到玉座之前。但见正面洞壁上雕刻着一幅女娲补天图，那女娲娘娘如真人一般大小，模样同圣母别无二致。下面一张玉座由黑白二龙盘就，腾挪缠绕，栩栩如生，好像随时就能飞走。玉座前边有一张形状并不规则的石桌，上面绘着九州山川地理图，通体赤红发亮，如一块块火炭，显然是名贵的玛瑙石精雕而成。桌案两旁各立着一只白玉琢就的仙鹤，如同真的一般。桌子的前方石地之上，立着一只金色的香炉，袅袅升起的香烟弥漫开来，让古洞充满了神秘的气息。

龙山圣母让慧根在小板凳上坐下。一位仙姬给他倒上一碗泉水，端过一盘瓜果。圣母告诉他："孩子！让你来的意思，我方才已和你的父母说过，想必你也听明白了。如今奶奶领你来，不是让你享福的，是让你受苦的，你要受常人没有受过的罪，遭别人没有遭过的难。这样你长大了，才能完成奶奶交给你的使命。从明天开始，你就得离开奶奶，在这大山中自己活下去。你只要什么都不怕，那么一切都会怕你。记住！孩子，你有着空前的重任，你得做一个顶天立地的男人！你懂吗？慧根！"

"奶奶，我明白，我长大了要干大事，先吃点苦头。您就放心吧！我不会让您失望的！也不会让父亲、母亲白白生养我一场！"小家伙眼睛瞪得大大的，小拳头握得紧紧的，说的都是大人的话，俨然就是一个小男子汉。

龙山圣母满意地笑了。慧根喝了一碗泉水，吃了几个瓜果，立时感到心里特别暖和，脑袋特别清亮，浑身特别有劲儿。当晚他就在圣母身边睡下。他梦到自己变成了一条巨龙，飞到父亲、母亲身边，母亲紧紧地抱着他，拍着他，摸着他的头。他忍了又忍，还是哭了。

醒来的时候，慧根发现自己正躺在圣母的腿上，泪水已经洇湿了她紫色的衣裤。圣母笑着对他说："这是慧根离开父母哭的第一次，也应该是最后一次。从今以后，我们的慧根就是男子汉了！而男子汉是不会轻易哭的。"慧根用小手背抹去眼泪，似有所悟地点点头。

圣母招手唤来一位仙姬，吩咐她说："你先领着慧根去金丝园吧！那里有许多他这么大的同伴。"慧根依依不舍地拜别了圣母，跟着这位仙姬姐姐出了古洞。两个人走了好大一会儿，来到一座山林。只见树枝错落，藤萝缠绕，绿叶蔽天，朽木纵横。山崖树杈之上，小溪石洞之中，到处都是猴子，大大小小，肥肥瘦瘦，一群群，一伙伙，腾挪跳跃，趣味非凡。慧根一见，觉得很有意思，四下张望，倍感神奇。一转身，发现仙姬姐姐已经走了，眼前却来了几只猴子，差不多同自己一般大，瞪着圆圆的眼睛望着他。它们有着毛茸茸的身子、长长的尾巴、灵活的双手和矫健的后腿，一个个小眼圈儿红红的，小眼睛睁得大大的，月牙形的小嘴巴一张，露出坚利的牙齿。它们有的拿着野果，有的啃着松塔，围着慧根前钻后跳，样子十分友好。有一只小猴子还送给他几枚酸枣。

慧根接过那几枚酸枣，正在把玩，忽听"嗖"的一声，一只半大的猴子从树上跳下来，落在他的面前，一掌打落了他手中的酸枣，嘴里还发出"唧唧"的叫声，吓得其他的小猴子"吱吱"叫着，霎时都跑光了。这只半大的猴子有着白眼圈和黑色的体毛，目光凶凶的，一伸爪把慧根推倒在地上，慧根从地上爬起来，又被它推倒。一连五六次，明显是在欺负他。这"白眼圈"大概觉得，慧根这个长相和打扮，不是它的同类，又生得这般弱小，收拾他一顿理所当然，这是一件极为好玩儿的事。因此站在那里看着慧根，一脸嘲笑的神情，样子十分得意。慧根被推倒了好几次，有些急了，等他再爬起来的时候，趁那"白眼圈"不备，一头撞去，一下子把它撞了个四仰八叉，倒在地上"吱吱"怪叫，显然是撞疼了。慧根想，谁让你欺负我来的？活该！我才不怕你呢！捡起地上那几枚酸枣，向林子深处走去。

慧根走出不远，就发现在一棵松树的根部，长着许多蘑菇，又大又肥，十分可爱。这才感到自己有些饿了，肚子立刻"咕咕"叫了起来。他跟着父母进山多次，认得哪些蘑菇是能吃的。于是他蹲下身来，摘下一只肥大的松蘑，放进口里，觉得甘甜无比，既解饿又解渴。慧根刚吃下两片松蘑，第三片摘下来还没吃到嘴，推他的那个"白眼圈"又来了，而且还搬来了救兵，一下子来了七八个壮硕的家伙，一个个抓耳挠腮，不怀好意地向他逼来。慧根善意地摘下几片蘑菇扔给它们，希望与它们和解，但那"白眼圈"仗着猴多势众，毫不领情，带头纷纷给撇了回来，而且捡起地上的枯枝土块，向他猛砸。一时间这些轻武器雨点般落在他的身上，给他的头上打了好几个大包，疼得他想哭。可他想起圣母告诉他男子汉是不能哭的，男子汉什么都不怕！于是他站起身来，从地下捡起一根粗硬的干木棒子，挥舞起来向"白眼圈"打去，一棒子正打中它的头部，打得它嗷嗷怪叫，抱头打滚。慧根又是一阵猛抡，吓得那几只帮凶的猴子四散奔逃。慧根想，没什么了不起！猴子们也怕硬的，论实力咱不行，但是咱有理，它们没理。有理咱就不怕，有理走遍天下。于是慧根不再搭理它们，自己饱餐了一顿松蘑，觉得有些困了，便像往常跟着父母上山一样，选了一块朝阳的山石，靠在那儿睡着了。

这一觉醒来，太阳已经压山了。他坐起来才感到身子暖暖的，一只大猴子像堵墙一样地兜着他，大大的乳房垂在他的额前，长长的手臂紧紧地护着他的腰背，慈祥的双眼爱怜地望着他，硕大的身躯向他传递着温热的气息。慧根忽然感到它就像自己的妈妈，于是他爬起来跪在地下，给这位母猴磕了几个响头，而且非常亲昵地贴了贴母猴的面颊。这位母猴显然是高兴了，它把慧根紧紧地搂在怀里，然后打了一个长长的呼哨。不一会儿，一大群大大小小各色各样的猴子，有成百上千，挤挤压压地围在母猴的跟前，极有规矩。不管是远的近的、地下的树上的、公的母的、大的小的，一齐目视着母猴，一声不吭，一片肃静。

慧根感到这些猴子比人强多了，他跟父母去过大庙，那里的人们吵吵嚷嚷，一点儿秩序都没有。慧根见这位母猴个头最大，威望最高，显然是这里的猴王。他靠在母猴的怀里，只听到母猴叽叽咕咕、比比画画，不知道它说了些什么，却见这些猴子们一个个老老实实，圆眼睛紧眨，一副小心谨慎的模样，好像怕受到惩罚。果然不一会儿，推他的那个“白眼圈”从后面被揪了出来，两只身强力壮的公猴拃着它像抓只小鸡，把它摁倒在母猴面前，吓得那“白眼圈”抖成一团。母猴王一巴掌扇出去，打得那“白眼圈”翻了好几个滚儿，慌忙又跪在地上，磕头如捣蒜般求饶。母猴王不知又说了些什么，众猴才“哄”的一声散了。

慧根明白，猴王是在给他做主，让谁都不准再欺负他，真有点猴王的做派和胸怀。慧根有些感动，于是他再一次给猴王叩头，并亲热地叫了一声“妈妈”，眼圈又红了。那猴王似乎明白了慧根的意思，用毛茸茸的脸紧紧地贴着他，好像在亲着自己的孩子。

至此，慧根在金丝园里住了下来。由于得到了猴王的庇护，他受到了猴子们的普遍尊重，时常有猴子送些野果和松子给他吃，再也没有猴子敢欺负他。那个曾经推打他的“白眼圈”，以后见到他时，总是低着头站在一旁，等他过去了才走，显然已经不敢惹他了。但慧根并没有因此骄傲自大、狐假虎威，反倒显得更谦虚、更孝顺。他每次采得好吃的东西，比如说野果大一点，蘑菇肥一点或是松子榛子成熟一点，总是先跑回来献给猴王吃，有时候也分给别的猴子。跟他常在一起玩的，是只跟他一般大的美丽而秀气的小母猴。这小猴的身材、面貌、前臂、后腿和尾巴都长得特别好看，毛管黄黄的、亮亮的，眼光清清的、柔柔的，样子十分乖巧可爱。看得出猴王非常喜欢它，常把它抱在怀里梳毛皮，捉虱子，这样的待遇别的猴子是没有的，看样子它应该是或至少是猴王的小孙女。

慧根跟着这位小妹妹学会了爬树、跳跃和快速奔跑，学会了打秋千、蹦河沟，从这棵树悠到几丈远的另一棵树上去。他也教会了这位小妹妹哪些野果子甜而香腻，哪些野果子酸而苦涩，怎样剥松子才快，啥样的草籽不能吃，同时他还跟着猴王学会了用木棍子在河沟里叉鱼。而且在长期的接触中，他还懂得了猴子们的一些动作和语言。比方说，打什么样的呼哨是集合，什么样的呼叫是分散，什么声音表示危险，什么动作暗示快逃，等等。一年的时间下来，他的衣服早没了，身上结了一层厚厚的黑色的茧子，两条胳膊变得又细又长，十分灵巧有力，两条腿立起来能走，俯下身能爬，蹦起来能飞，他成了一个名副其实的“人猴”。冷的时候，他便蜷缩在猴王的怀里，像披了件棉袄；热的时候，他便藏在猴王的身后，像遮了块大片的阴凉。春夏秋冬过去，他没吃过一粒粮食，却比来时更高了、更壮了。几次发热、发冷或头疼、肚子疼，都是猴王喂他几碗山泉水，也不知嚼了什么草叶喂给他，就什么事都没有了，第二天日头出来，照样健步如飞。

一天早晨，太阳刚刚升起，慧根和那位小妹妹正一边一个，依偎在猴王的怀里玩耍，忽然一阵香风吹过，送他来的那位仙姬姐姐脚步轻轻，已经站在了猴王的面前。她告诉慧根，奉圣母指令，领他即刻去狮虎山，虎王已在那里等他。慧根听说圣母有令，即刻站起。他已有些舍不得猴王和猴群，不愿意离开金丝园了。但他知有使命在身，不容迟疑，只好用眼神和手势告诉猴王：他要走了。猴王明白了他的意思，立即把他紧紧地抱在怀里，亲了又亲，然后一声呼哨。不一会儿，猴子们都来了，大家都静静地看着慧根，默默地与他告别。

慧根再一次给猴王叩头，抱住它叫了许多声妈妈，再三控制才没有流下眼泪，然后又亲了亲他的那位小猴妹妹，一步三回头地跟着仙姬姐姐走了。猴子们都依依不舍地向他挥爪，那个小猴子妹妹一直跟着他送出去好远，竟呜呜地哭出声来。慧根心想：猴子们有时比人都讲感情啊！

慧根跟着仙姬姐姐翻过两道梁、趟过两条河，才来到狮虎山。这里跟金丝园明显不一样了。山坡高高的，峡谷深深的，树林密密的，野草疯疯的。不远处时而响起一声虎啸，天空中经常飞过几只苍鹰。仙姬姐姐把他领到一个山洞前停下来。一声口哨，一只斑斓猛虎摇摇摆摆地迈着方步走出洞口。后边跟着四只小虎崽儿，像一只大猫带着四只小猫，扭扭搭搭，憨态可掬。仙姬姐姐走上前去，用手拍了拍大虎的脑袋，不知说了句什么，就风一般走了，连个招呼都没打，留下慧根孤零零的有些害怕。他虽然自小跟着父亲进山，也见过老虎，但从来没有这么近距离地接触过。何况父母告诉他，老虎是山神，见着它就躲着点，千万不要去招惹它，否则就会厄运缠身。因此他吓得战战兢兢，不敢靠前。

过了一会儿，他见老虎并无恶意，而且几只小老虎已经围上前来，开始拱他。这时他想起圣母奶奶的话，自己是男子汉，什么都不要怕！何况仙姬姐姐肯定交代过了。于是他站起身来，大大方方地走向前去，给大老虎深施一礼，说道："老虎妈妈！我奉圣母之命，要到山上住些时日，还请妈妈帮助！"说完大胆地走上前去，抱住老虎的面颊去亲昵。果然那老虎十分友好，用和善的眼神望着他，而且用嘴巴轻轻地磨蹭着他的身体，弄得他热热的、痒痒的，十分舒服。慧根放下心来，转身与小老虎们玩在一起。他与它们四个在小溪边摔了一大阵跤，又去草地中追逐、打滚儿，玩累了，随大老虎到洞中休息。

这老虎洞里什么都没有。洞口不大，但是里边很深很宽敞。洞底有些杂乱的干草，洞壁上尽是些裸露的石头，显得很干净、干燥和清爽。洞口处垂下一排半干半青的藤萝，前面不远还有一排灌木丛，不仔细瞅，你是不会发现这里有个山洞的。老虎的警惕性很高，责任心也很强。睡觉的时候，那只大老虎卧在外边贴近洞口的地方，四只小虎挨着母虎睡在里面。母虎用嘴巴示意，让慧根睡在最里面。白天洞里有些光亮，到了夜间就漆黑一片。不见满天星斗，只听松涛阵阵。偶尔传来一阵阵虎啸声，惊天动地，十分瘆人。四只小老虎拱在母亲身边睡得呼噜噜直响，慧根却一点儿也睡不着。那只大老虎的眼睛虽眯缝着，像在睡觉，但是只要稍有风吹草动，耳朵立刻竖起，两眼睁开像两盏绿色的灯，让人胆寒。慧根吓得一夜未眠。

这狮虎山跟金丝园完全不一样，条件太差了。山上除了松子、草籽，连山枣树都很少，别的果树就更不用说了。慧根饿了，想出去自己打食吃，大老虎挡着不让去。有时大老虎出去猎取动物，也会让小老虎们看着他。慧根刚要走，几只小老虎就连撕带掠，把他推倒在地上。没办法，再饿也只有等了。等到大老虎回来了，有时候叼个山羊、野兔、狍子、麋鹿什么的，几只小老虎上去就啃，吃得热火朝天，他却有些不习惯。最后实在饿得不行了，就俯下身去舔食些动物的血液。开始时觉得腥腥的、膻膻的，但是解渴解饿。后来大老虎撕扯下一些成块的兽肉扔给他，他慢慢地嚼起来，觉得也很香，而且吃一顿一天都不饿。慢慢地一个多月过去了，他倒适应了这种茹毛饮血的生活，反倒对那些松子和草籽有些吃不惯了。

狮虎山的夏天到了，林丰草茂，小野兽们逐渐多起来。于是母老虎领着他和小虎们走出石洞，开始了它们的训练生涯。他们有时藏在树林内，有时趴在草丛中，有时隐在山石后，等山羊或马鹿们过来的时候，乘其不备，突然出击。每次小老虎们都是在虎妈妈的授意下，或分割包抄，或前后夹击。策略绝无问题，但是收效甚微。原因是那四个小家伙实在太笨了！几乎每次都会让猎物跑掉，自己还会受些轻伤。但母老虎耐性极好，每一次不论成功与否，从不责备，反而挨个用舌头舔过，以示鼓励。比我们人类有些母亲都强多了，不会动不动使劲儿训孩子、打孩子。慧根每次都跟着小老虎们跑，他身子轻，跑得快，手脚灵巧，有几次还抓到了山鸡和野兔，被母老虎着实褒奖了一番。它用舌头轻轻地舔遍了慧根的全身，还用前爪轻轻地拍打着他的后背，这让小老虎们十分羡慕。慧根抓到猎物之后，往往都会让小老虎们先吃，他自己去捋些草籽，采些蘑菇充饥。这也让母老虎十分高兴，每次出猎都带着他。有一次他们守候了一天，傍晚来了一群梅花鹿。还没等母老虎发出指令，小虎们因为饥渴难耐，就抑制不住了，抢先发动攻击，结果梅花鹿闻声而逃。这些家伙不但长得好看，而且跑得特快，一眨眼蹿出老远。还是慧根健步如飞，双手抓住一根松枝一悠，身子飞出几丈远，一下子骑在一只梅花鹿的身上，吓得那只公鹿瘫倒在地，浑身乱抖，被随后扑上来的小老虎们牢牢地按住，拖回洞去，美餐了好几天。小老虎们高兴得不得了，围着慧根连抓带拱，好一阵欢喜。

都说虎是山林之王，但有时也会遇到危险。一次是母虎领他们去山外草原蹲守，在草丛中刚藏下不大一会儿，就看到过来两只狼，一大一小。那只青灰色的是只大狼，一瘸一拐地走在前面，长长的尾巴耷拉着，跟草梢一样颜色，后边那只黑灰色的是只小狼，跌跌撞撞地跟在后面跑，像是娘儿俩。四只小老虎全神贯注，身子弓起，做出随时进攻的架势。慧根同父亲进山时见过狼，但父亲从来不伤它们，不知道为什么。这一次见母虎没有示意，他也没有动。但那四只小老虎却等不得了，在两只狼离他们不到三十步的时候，突然出击，一下子把两只狼按在草丛之中，但没有下嘴咬，它们在等待母亲的命令。母老虎慢条斯理地走过去，见那只小狼还没有猫大，看起来只是个脱胎一两个月的小狼崽儿，那只大的倒是只老狼，眉毛和尾梢都白了，躺在草棵中发出绝望的哀鸣，眼角还淌下几滴泪水。慧根只见那只小狼吓得两眼失神，小小的躯干在虎爪之下抖个不停。母老虎见状没有发出用餐的指令，而是呜地叫了一声，摆动了一下巨大的头颅。小老虎们立刻松开爪子，不解地望着它们的母亲。母老虎没再表示什么，转过身躯先走了，小老虎们只好跟了过去。不过它们仍有些不甘心，等那两只狼爬起来，一只小老虎“嗖”地又扑过去，再次把大灰狼按在地上，但仍是没敢吃，恋恋不舍地走了。看起来是母老虎动了同情之心，它也知道关照母婴，慧根想。

这一天除了抓住两只野兔，别无收获，这对于五只老虎来说，不够塞牙缝。慧根倒好将就，他捋了些草籽，还摘了不少野菜充饥，不饱也不饿。但那几只小老虎却饿得连走路都有些打晃了。天黑的时候他们往回走，在快出草原的时候，忽然见到来路上黑乎乎的一大片，而且还闪动着绿色的亮光，像是飘动的鬼火。母老虎在前头走着，忽然停住脚步，那些绿色的荧光越来越近了，到了跟前才发现是一群狼，至少几百只。一个个面目狰狞，龇牙咧嘴，发出吓人的呜呜声。为首的正是那只大灰狼。他们拦住老虎们的去路，把包围圈缩小到咫尺之间。几只小老虎须毛倒竖，神情十分紧张，慧根也吓得不知所措，他从来也没见过这样的场面。但母老虎显然没有惊慌，它虽然停步不前，但并未失掉虎王的尊严。

狼群中有些高大的公狼蠢蠢欲动，但显然是在等待母狼的指令。那头大灰狼半蹲在虎王面前，丝毫没有退让的意思。两支众寡悬殊的队伍这样对峙了好长时间。虎王大概感到这样下去，自己的孩子有巨大的危险，于是仰起头来，对着山里发出一声长啸。那惊天动地的吼声在寂静的夜里产生巨大的回响，一时间就听四面八方风声阵阵，似有千军万马杀来，那群狼顷刻间跑得无影无踪。不一会儿，三三两两的虎群从四外赶来，转眼间聚集了上百只。它们围在虎王的周围发出亲昵的叫声。有几只大老虎还走上前来，同小老虎和慧根打招呼，用长长的虎须扎它们，弄得身上痒痒的，好舒服。又有几只老虎叼来些山羊、野兔等猎物，扔在虎王面前，大概算是慰问品，给虎王和它的孩子们压惊。这一夜，上百只老虎一直围着虎王坐到天亮。直到东方发白，才陆陆续续分散离去。慧根这才明白，绝对的权威是没有的，什么时候团结都是力量。

还有一次他们捉到一只马鹿，因为饿极了，没有拖回洞里，就拽到山坡上吃。正吃得高兴，忽听得空中一声尖叫，随着一阵疾风掠过，一只巨大的苍鹰俯冲下来，一伸爪，把马鹿的肠子抓了起来。还没等虎王有所反应，一只小老虎生气了，伸出前爪，抓住肠子，使劲儿一拉，滴里嘟噜，又把肠子拉了下来。慧根知道，老虎们是历来不吃动物肠胃的，每次这些下货，都留给老鹰了。但是也得等老虎们把肉吃完了再来呀，哪有半路就来搅局的？也太目中无虎了吧！不但小老虎们生气，慧根也很气愤。但那只苍鹰却不这样想，它大概感到丢了面子，于是一声怪叫，不一会儿就飞来几十只苍鹰。有只大鹰的翅膀展开，能有一间房子那么宽，爪子比小老虎的脑袋还要大。它们一齐俯冲下来，这回的目标不是马鹿的肠子，而是老虎们的眼睛。吓得虎王大叫一声，领着孩子们惊慌逃走。但还是有两只小虎的背部被抓伤了，鲜血直流。它们眼睁睁地看着那大半只马鹿被老鹰们享用了，连虎王也气得呼呼地喘气。看起来这自然界里卤水点豆腐，一物降一物，各有各的领地，又各有各的无奈，慧根想。

慧根同虎王和它的孩子们待了一段时间，对它们的脾气属性和动作、语言有了一个基本的了解，他已能够同它们会心地交流。随着小老虎们逐渐长大，捕猎的技能日渐成熟，它们开始独自觅食了，晚上也从山洞搬了出去。慧根仍同虎王住在一起，白天出去独自活动。有时候也同小老虎们结伴，捉些猎物来献给虎王。一晃的工夫，一年又过去了。

一日清晨慧根正想出去，虎王拦住他，跟他亲昵了好大一会儿，然后领着他走出洞来。它们钻出山林，蹚过小溪，穿过草场，越过两道山梁，来到树林稀疏的荒原。这里的山岗虽然低矮，水草却很丰厚。成群的驴马在远处游弋，成帮的鸟儿在空中翱翔。虎王刚一出现，立刻有十几只狮子凑过来，不远不近地打着招呼。不一会儿，有一只身体极为硕大的雄狮，从草丛中站起来，看样子比虎王还高半头、大一圈儿。它摇摇摆摆地走过来，围着虎王转了一圈儿，然后与虎王吻颈缠绵，轻撕慢咬，滚在一起，样子十分亲密，看来关系不太一般。慧根怔怔地站在那里，狮子们都怪怪地看着他，大概在猜这个头发长长的、身体黑黑的，脑袋像同类、四肢却不同的家伙，是个什么东西呢？他也不是咱们虎王那边的亲戚呀！

这时候，那狮王已走近前来，用钢针一般坚硬的须子撩拨他，那和善的眼神表现出一种友好的信息。慧根在兽群里待的时间长了，他已懂得一些兽性，于是伸过头去，同狮王交颈贴脸。好一会儿，才立起身来回到虎王身边。这时候，其他的狮子们都已经走了，只有狮王与虎王撕扯着滚在草丛里。慧根也知趣地走到一棵大树下。嘿！竟是一棵高大的海棠，上面还挂着一些干透的果实。慧根便伸手揪些来吃。酸酸的，涩涩的，很好吃。正在吃着、嚼着，猛一抬头，忽见仙姬姐姐从天而降："慧根弟弟！想我了吗？圣母有令，唤你去呢！"慧根一听，喜出望外，差点流出眼泪来。他一声呼哨，走下山坡，狮王、虎王和狮子们立刻围拢过来。慧根用野兽们的礼节，一一同它们吻颈告别，还特别向虎王深施一礼，然后蹦蹦跳跳地跟着仙姬姐姐走了。

来到两年多不见的祥云洞，像回到了久别重逢的家，慧根心里特别激动。看到玉座上慈祥的圣母，情不自禁地一下子扑到她的怀里，抽泣不停。他不想哭，但实在憋不住了。圣母不再说他，只是爱抚地梳理着他的头发，抚摸着他的后背，轻轻地拍打着，像是哄着一个吃奶的孩子。慧根哭了一阵，迷迷糊糊地躺在圣母怀里睡着了。睡梦中，他见到了父亲和母亲。他喊他们，可父亲和母亲谁也不理他，急得他大喊："为什么不理我啦？我是小龙啊！我是慧根哪！"一边喊一边哭，抽泣着醒来，发现他依然躺在圣母的怀里，泪水已经打湿了她的衣衫。

慧根望着圣母说："奶奶，我要回家找妈妈，我想妈妈了！"龙山圣母爱抚地摸着慧根的脸，轻轻地对他说："好孩子！慧根是个懂事的孩子。你这两年做得非常好！奶奶特别满意。我知道你想妈妈了，到时候我会让你去看妈妈的。"停了一下，又说："不过你要担负重大的使命，你的磨炼还不够哇！你还要再耐上两年，到时候奶奶就放心了！"

听说又要让他离开，慧根的眼泪止不住又流了下来，小脑瓜拱在圣母的怀里不抬头。圣母也有些心软了。他毕竟是个五岁的孩子呀！但事已至此，绝不能半途而废。为了天下苍生，自己的心必须硬起来，这个孩子必须挺下去。想到这里，龙山圣母推开慧根说："你可以在这玩几天，然后再去。不过不去是不行的！将来你就会知道了。"说完掉过头去，不再理他。

慧根无奈，只好跟着仙姬姐姐走出来。他们围着祥云古洞绕了一大圈儿，最后来到了天龙池。呵！这下慧根高兴了，他从来没见过这么大的一片水！无边无沿的，与天连在一起。两边的山峰啊、树林啊全都倒映在水里，好像水中还有一个世界。仙姬姐姐告诉他："你自己下去洗洗吧！这是圣母送给你的肚兜，围上它就不会着凉了。一会儿你见到龙、蛇都不要害怕，它们全是你的朋友。原本你也是这里的常客！"说完头也不回地走了。慧根穿上这件红色的肚兜，非常高兴。他感到自己是大人了，应该穿衣服了，于是"扑通"一声，跳进水里，开心地游了起来。

慧根在水中得心应手，咋待着都得劲儿，啥姿势都会游。他自己觉得好奇怪：自己从来没学过游泳，怎么啥姿势都会呢？正想着、玩着、扑腾着，忽然波涛骤起，平静的水面上掀起一丈多高的水柱。水雾迷蒙之中，一黑一白两条巨龙，不知从何处钻了出来，围着慧根左右飞腾，上下翻舞，溅起的水花淋了慧根一身一脸。不知怎的，慧根一点都没有害怕，好像在哪儿见过它们，但一时又想不起来。于是他和两条龙尽情玩耍，一会儿拍拍黑龙的头，一会儿摸摸白龙的尾，一会儿骑着黑龙钻入水底，一会儿跨着白龙跃上蓝天。两条龙跟他也十分亲近，好像相处多年的好朋友。慧根玩累了，爬上岸来，“嗖嗖嗖”爬上树梢，摘下些野果扔在水里，送给它们。可那两条龙并不吃，而是推着一只水草做的花篮，把水果都放在篮子里，撂在岸边。慧根一看，还有两篮新鲜的鱼虾，也放在那里，不知道给谁预备的。他在树上边摘边吃，吃饱了又在树杈上歇了一会儿，才想起水中还有两位朋友，于是下得树来去找它们，可水中那两条龙已经不见了。

正琢磨间，只听“噌、噌、噌”几声响过，一条大蟒蛇不知从何而来，停在他的脚下，昂起的头颅有笆斗大小，红色的信子直舔着他的肚兜儿，圆圆的眼睛像两只铜铃，碗口粗的身躯有两丈多长。慧根看了不由得心里一紧，有些害怕。他跟父母进山的时候见过蛇，虽然样子差不多，但比这条要小得多。那时候他看见父亲用手掐住那蛇的脑袋把它提起来，或者拎住它的尾巴一抡，蛇们便老老实实地躺在地上，不敢动弹。而如今这么大的蟒蛇，恐怕父亲在这儿也没啥办法了，慧根想。但他是男子汉，他要想办法征服它，何况仙姬姐姐已经告诉他，什么都不用害怕。于是他大着胆子，一纵身骑在蟒背上，双手抱住它昂起的脖子，嘴里喊着：“驾！驾！驾！”像父亲在赶小毛驴。谁知道那大蟒相当听话，笆斗大的脑袋竖起有半人多高，尾巴一摇一摆，一下子飞起来，离地面足有一尺多，在草梢上、树空里蜿蜒穿行。慧根只觉得耳边风呼呼作响，身边的景物纷纷往后倒，有几次差点撞在树干上，但都有惊无险、安全通过，能看出这大蟒蛇的运行极有分寸。不一会儿，大蟒蛇驮着他来到“地龙谷”。

写着三个大字的石牌后面，是一条长长的峡谷，峡谷的中间是条长长的溪流，溪流的两侧是条长长的草地，稀疏的树木旁是陡峭的山坡。溪流边、草地里、树杈上、石缝中，到处都是各种各样的蛇，让人看了心里发紧、头皮发麻。慧根从来没见过这么多的蛇，脑袋里一片空白，手脚有些不听使唤。但他既然来了，而且是骑在蟒蛇的背上，由不得他退却。于是大着胆子四下张望，口里学着黑龙、白龙的叫声，用手拍着大蟒的脑袋，继续前行。嘿！灵得很！那些个蛇们都规规矩矩，没有一个敢进攻他，有些个头很大的家伙还昂起头来向他致意。不大的工夫，他们来到一个石洞旁。嶙峋的断崖边有一片草坡，草坡上有一块更平坦的绿地，绿地上盘着一条更大的蟒蛇。竖起的那部分身子有一人多高，盘着的身体有磨盘般大小，金色的脖子有瓦盆般粗细，高昂的头颅比狮王的脑袋还要大，两只眼睛如两盏大灯，放出可怕的寒光。慧根知道它一定是这里的蟒蛇王了，于是恭恭敬敬地走上前去，低下头拱起手向它行礼。

那蟒蛇王似通人性，也向慧根点了点头，回转身子向洞中爬去。慧根不解其意，也不由自主地跟了进去。这个洞穴不是很高，刚好碰不着慧根的头，但是很长，而且很亮，不知道光是从哪里来的。走了好大一会儿，感觉洞已经很深了，那蟒蛇王才停下来。慧根见眼前的洞穴已经大了许多，好像一个宽敞的厅堂。石头地面像被打磨的一样，光光的、亮亮的、滑滑的。洞壁上、洞顶上，挂满了银白色的冰凌，那像玻璃片一样的东西交相辉映，放射出柔和的、异样的光彩，照耀得洞穴里像升起了月亮。慧根觉得身上有点冷，比虎王那个山洞冷多了。现在外面繁花似锦，而洞穴里却冷若严冬。那蟒蛇王大概明白了慧根的心意，张口从洞壁上衔下一些碎片，直接送到慧根的口边，慧根觉得那东西碰到嘴唇凉凉的、麻麻的，样子像是冰糖。

慧根随父亲母亲去龙翔佛寺赶庙会时，吃过冰糖，那东西甜甜的、脆脆的，可好吃了，至今记忆犹新。于是他像吃冰糖一样，伸嘴接过蟒蛇王递过来的东西，嚼巴嚼巴就咽了下去。慧根感觉这东西跟冰糖不一样，不香不脆更不甜，吃到嘴里麻麻的、酥酥的，直冒凉风，咽到肚子里以后却热热的、烧烧的，一股暖流顷刻间遍及全身。嘿！怪事了，一点儿都不冷了，浑身感到非常的舒服。慧根才明白这绝对是好东西，是比冰糖不知珍贵多少倍的好东西，于是他感激地向蟒蛇王点了点头。那蟒蛇王又伸嘴叼下许多，送给慧根。慧根解下肚兜，小心翼翼地包好，带在身上。为了表示感谢之情，慧根恭恭敬敬向蟒蛇王深施一礼，那蟒蛇王点点头表示回礼。两个一前一后，慢慢地走出洞来。

出来以后，那蟒蛇王依旧盘在那里，闭上眼睛，不再理他，好像什么事也没发生一样。慧根知道他该走了，于是不管蟒蛇王知与不知，再次深深地行了个礼，转身走下草坡。待他再四下寻找驮他来的那只大蟒蛇时，哪里还有它的踪影？没办法，他只好自己迈开双腿，慢慢地往回走。

不知是因为林子太大，还是他记差了，他觉得自己是沿着那条来路回去的，可是一直走到天黑，也没有找到地龙谷，更没有看到那些蟒蛇，而是来到一片洼地。两边的山峰已经不见了，眼前是一片摇曳的芦苇，随风发出“唰唰”的响声。没有芦苇的地方是白亮亮的水，月亮在水中调皮地向他微笑。往回走呢，已经没有了路，脚下黑色的东西都是淤泥，一脚踩下去陷得很深，吓得他不敢走了，只好推倒了一小片芦苇，在上面坐下来。好在他并不觉得冷，因为刚吃过蟒蛇王给他的东西，肚子里仍是暖暖的、热热的。他也不觉得黑，因为天上和水中有两个月亮。

不知道什么时候睡着的，慧根醒来的时候天已经大亮了，太阳早就跳到了树梢上。慧根揉揉眼睛坐起来，感觉到身子痒痒的。低头一看，身上爬满了大大小小的蚂蟥，在死命地叮他，但由于他的皮肤太厚，叮也叮不透，一个个蜷曲着黑扁的身子，拼命地拱，好像不拱进去誓不罢休，结果毫无进展。慧根觉得好笑，站起来一抖身子，这些家伙纷纷落在水中，有几个仍不甘心，还在往上爬。慧根四下一望，正南方有块干地，上面长满绿草，开着各色各样的野花，中间还有一块很大的石头。

慧根很高兴，他从浅水中蹚过去，踏上了这块沼泽中的高地，立刻觉得心情敞亮了许多。他发现这块石头很宽很长，像是一张石床，躺在上面十分舒服，倒像是专给他预备的。躺了一会儿，他觉得有些饿了，便坐起来四下打量，看有些什么可吃的没有。可这块干地上除了野草，连草籽都没有，更别说野果了。水中倒有些小游鱼，但那鱼也太小了，还没有手指甲大，又极不好抓。蚂蟥倒是不少，慧根试着抓两条放在口里，嚼了好半天仍不烂，赌气吐在水中，抻巴两下子又游走了。本来就不是吃的玩意儿！慧根想。吃什么呢？什么都没有！他随手揪下几枚野花放在口里，嚼是嚼得动，但根本不解饿呀！他有些愁了。于是躺在石头上，不知不觉又睡着了。

中午的太阳火辣辣的，硬是把慧根晒醒了。他发觉肚子上有些凉，低头一看，是蟒蛇王给他的东西包在肚兜里，但他知道这不是食物，是宝物，不能再吃了。于是他爬下石头，双脚落在地上，突然发现石头边上有些蚂蚁在爬。这些蚂蚁的个头很大，样子很凶，它们在排着不规则的队形往返奔走，十分繁忙。慧根一见乐了！父亲领他进山时，带他掏过蚂蚁洞，洞里有许多蚂蚁蛋，又大又白，父亲说那是可以吃的，炸熟了可香了。于是他俯下身子，视线随着蚂蚁们的运动轨迹挪移，终于发现了一个很大的蚂蚁洞。这个洞藏在一块小石头下面，旁边泛起了不少的暄土。慧根小心地揭开石块，用小草棍挑开湿土，果然发现里面有许多蚂蚁蛋，个头儿有小酸枣大，比以前见过的大多了。慧根揪下一片宽宽的叶子，把那些蚂蚁蛋一个个捡起来装在叶片里，又放在石床上。好家伙，足足有一小碗那么多，一个个晶莹剔透，十分诱人。慧根饿得实在不行了，他抓起来不一会儿就吃了个精光，没感觉出有什么香甜的味道。也许放在石床上多晒一会儿，晒熟了就好吃了，但他实在等不得了。

吃完了蚂蚁蛋，慧根开始四下踅摸，想走出去，他不能困在这儿。但一时又找不着哪里是路，只好拣水浅的地方走。走了好大一阵，水是没有了，脚下尽是稀泥。芦苇也没有了，但是地下也没长草。放眼一望，好大一片，黑乎乎的，无边无沿。眼见得天又要黑了，往前走没有路，退回去更不行，这回慧根真的蒙了。他怔怔地站在那里，倾耳静听。他知道哪里有鸟鸣，哪里应该有树，哪里有兽叫，哪里应该有山。但是听了好大一会儿，什么动静也没有。他有些泄气了，一屁股坐下来。坐的工夫大了，又躺下来。躺的工夫大了，就睡着了。

第二天太阳刚升起来，慧根又爬起来向前走。开始还有些凉快，过一会儿就又闷又热，到小晌午的时候，则有些喘不上气来了，他便坐在泥地里休息。好在他并不孤独了，天空中出现了一群不知道叫啥名的鸟儿，叽叽喳喳叫个不停，一会儿扎下来啄一口，一会儿飞上天去踅一圈，上下翻飞，左右盘旋，忙个不停，十分好玩儿。慧根仔细一看，原来它们是在啄蚯蚓。这潮湿的泥地被太阳一晒，蒸汽腾腾，像个加火的大锅。蚯蚓们大概在泥地里闷得实在受不了了，才出来透气，没想到把命丢了，成了这些飞鸟的美食，真是祸从天降。

见那些鸟儿吃得高兴，慧根的肠子也叫了。“你们能吃，我也能吃！”他低头捉住一条大的蚯蚓，用手一撸，一股稀泥被从一头撸出，然后闭上眼睛放进嘴里，一阵猛嚼，使劲咽了下去，他感觉不香不臭，有股土腥味，还有些牙碜。小时候母亲在屋里做饭，他在房前玩过蚯蚓，但从来没吃过。今天实在饿急了，尽管非常难咽，甚至有些恶心，但他还是坚持一口气吃了十几条，感觉到有些饱了。他见那些鸟儿还在忙活，不由得笑了，“你们瞎忙活半天，连泥都吃了，还没弄饱，真笨！”他想，人就是比鸟强，别看它们会飞。

人吃饱了，腿就有劲儿了。临近傍晚的时候，慧根终于走出了这片洼地。眼前是一片低矮的山岗，长着一些高低不平的杂木，树上挂着些半青不红的野果，虽然很苦很涩，但是能吃。慧根先忙活一阵填饱了肚子，然后爬到一棵粗壮些的树杈上歇息。这是他在金丝园的时候跟猴王学的，既舒服又安全。他闭着眼睛坐了一会儿，觉着上边有动静。抬头一望，乐了！上边的另一个树杈上有一个很大的鸟窝，窝里边不断传来“唧唧”的叫声。他三胳膊两脚就爬了上去，看见那个窝里有三个黄嘴丫子还没褪干净的小鸟，老老实实地并着排趴在那里，见他来了，扬起小脑袋张开小嘴，“唧唧”叫着要吃的。

慧根觉得很好玩儿，但手头上也没有吃的呀！在家的时候父亲给他捉过小鸟，养在笼子里，要天天喂些谷粒和虫子，可是这里也没有法子找到哇！他抬起头来，

灵机一动，顺手摘下一枚红透些的果子，掰下些果肉来喂它们。嗬！还真吃得挺香，一个个抢着伸嘴要。慧根喂它们吃了三枚野果子，这三个小家伙不再叫了，而是瞪起小眼睛看着他，十分乖顺。慧根正逗着它们玩，忽然一阵风起，一只大鸟“唰”的一声落在前边的树杈之上，体形比慧根还要大。慧根连忙爬下来，回到下边的树杈上。那只大鸟嘴里不知叼了些什么，忙过来喂这三个小宝宝。显然那三个小家伙已经吃饱了，用餐并不积极，只是不断发出欢快的叫声。估计是告诉这只大鸟，方才已有人喂过了。于是大鸟向慧根投来友好的目光，吃掉了剩余的食物，也蹲在树上小憩。慧根看了一会儿，感觉眼皮发沉，不知不觉间就睡着了。睡觉的时候他感到十分温暖，好像倒在母亲的怀里。

一觉醒来，东方已经发白。他发觉那只大鸟正蹲在自己身边，巨大的翅膀像床棉被，盖着自己。怪不得昨晚睡得暖暖的，慧根心中十分感激，他向大鸟点点头，拍拍它的翅膀，表示谢意。那只大鸟收拢了翅膀，靠过身来，用长长的尖嘴梳理着慧根的头发，弄得慧根头皮痒痒的、酥酥的，十分舒服。慧根这才看清，这支大鸟金翅金翎，黄嘴红腿，秀气的脖颈挺拔高挑，七彩斑斓；长长的尾巴如西天彩霞，星光点点；妩媚的眼睛美妙绝伦，柔情万种；额头上晶莹剔透，长着五根冲天冠羽，在晨风中微微抖动，十分好看。慧根长到这么大，还从来没见过这么美丽的鸟儿。他不由得双手轻轻地抚摸着它的羽毛，小脸儿紧紧地贴着它的脖子，感受着那只大鸟热热的体温，真好、真好！

太阳出来了，霞光万道。大鸟飞上树杈，挨个儿亲了亲三只小鸟儿，然后展翅向西方飞去。慧根有点舍不得这只大鸟，他还没有看够呢。于是急忙跳下树来，瞄着大鸟飞去的方向，朝前跑去。不知是他跑得太快了，还是大鸟在有意等他，反正始终落他不远。跑了好大一会儿，来到一片树林，那树的叶子肥肥的、亮亮的，树干却直直的、光光的。树杈上落着好几只同样的大鸟。慧根早就识数了，他数了一下，共九只，个个好看。慧根停下脚步，发现带他来的那只大鸟的树下，并排摆着好几篮鲜虾和水果。那只水草织成的篮子慧根见过，他想起是在天龙池边，但是怎么会在这里？慧根好生奇怪。他的肚子极不争气，见到吃的东西就叫起来，于是他抓起一枚野果想吃，忽然觉得应该先敬主人，小时候在家父母亲告诉过他，要讲礼貌才是好孩子。因此他虽然把水果拿了起来，但是自己没吃，先抛给了大鸟，那只大鸟用嘴接住。然后慧根又连续抛出几枚，送给那些树上的大鸟，那些大鸟技艺极高，一个个轻松接住、灵巧进食，好像天生的杂技演员。等给它们全发完了，慧根才拿起一枚自己吃。还没等他把这枚水果吃完，那只大鸟又给他衔来一条很大的活鱼。慧根跟猴王们抓过鱼，知道怎么吃，他用长长的指甲挠去鱼鳞，抠开肚子，丢掉肚肠，然后放进口里大咬大嚼起来。这顿饭他吃得特别香、特别饱，有鱼有果，很长时间没享受着这样的待遇了。吃饱了以后，他很懂事地向大鸟们行低头礼，并在沙滩上蹦蹦跳跳，把小猴子妹妹教给他的舞蹈表演给它们看。

大概是受到了慧根快乐情绪的感染，九只大鸟齐齐地落在沙滩上翩翩起舞。它们时而横队，时而纵队，时而三行，时而两行，时而前后跳跃，时而上下飞旋，时而双翅展开，时而长尾翘起，在朝阳的染映中光彩夺目，绚丽生辉，美妙无比，好看之极。乐得慧根手舞足蹈，也随着跳了起来。玩过一阵，九只大鸟一齐停下来，围在慧根身边，如众星捧月般一个亮相，胜过任何天才的演员。慧根高兴极了，他从来没看过这么美丽的舞蹈，兴奋得左顾右盼，和大鸟们亲近个没完。

正欢乐间，忽然一阵清风吹来，异香扑鼻。慧根抬眼一看，原来是仙姬姐姐到了。他冲动地一下子扑上前去，抱住姐姐的大腿，颤声说道："仙姬姐姐！你怎么才来呀？前几天我差点就饿死了！你怎么不来救我哪？"

那仙姬摸着他的头，笑道："我们的慧根是万能的，是顶天立地的男子汉，怎么会饿死呢？你看，连这些凤凰都这样羡慕你，你很了不起呢！"

慧根这才知道这些大鸟叫凤凰，他说："仙姬姐姐，这些大鸟真美丽，它们像姐姐一样好看！"

那仙姬说："傻弟弟！姐姐怎么能同它们比呢？这百里大山既叫龙山，又叫凤凰山，龙和凤是这大山的万物之灵，是上天的使者，是圣母最尊贵的客人。姐姐只是只仙鹤，能跟着圣母修炼，已是三生的造化。好了！不说了，跟我回去吧！圣母在古洞等着你哪！"

慧根听说，忙上前同凤凰们告别。可哪里还有那九只大鸟儿？眼前是一排美丽的姑娘，慧根有些莫名其妙。那领头的姑娘说："谢谢你，小弟弟，那是我领养的三个孤儿，是你好心地帮了他们，你会有好报的！"说着从长袖中取出一根凤尾翎，送给慧根说："这根凤尾翎是极有灵气的，带在身上可保你一世平安吉祥，就送给你做个纪念吧！"

慧根双手接过，行礼相谢，有些留恋地说："我们还会见面吗？"那姑娘说："会的！我们一定会再见面的，到时候可别不认识我们！"说罢长袖一挥，九个人腾空而起，又化作九只大鸟，向着太阳飞去。

慧根随着仙姬姐姐回到祥云古洞，龙山圣母已在洞口迎接。她笑吟吟地拉住慧根的双手，左端详右察看，一脸慈爱的神情。慧根见到圣母也亲得不得了，小嘴巴不停地诉说着这些天来的经历。圣母说："奶奶都知道，你受了不少的苦。就在这里好好歇两天，然后我送你回家，去看爸爸和妈妈，好吗？"慧根一听，高兴得跳了起来，一连翻了好几个跟头。

这两天，仙姬姐姐先领他去天龙池洗了个澡，亲自给他修剪了手指甲和脚趾甲，帮他梳理了头发，然后又给他找来几件新衣服、几双新鞋子，同时给他盘起头发，带上头巾，里里外外收拾得干干净净，焕然一新，俨然像个富家的小少爷。但慧根穿上以后，却十分不舒服，哪儿都磨得慌。仙姬姐姐告诉他，要回家去见爸爸、妈妈，不穿衣服是不行的。何况他已经长大了，今后必须得穿衣服了。这两天的饭食也不错，想吃什么都有，但他喜欢的还是水果和生肉。

第三天傍晚，圣母带着慧根坐上玉辇，在众仙姬的陪伴下，乘着满天的晚霞，轻轻地落在他家的茅屋之前。随着一个小男孩轻轻地呼喊，慧根见父亲、母亲一齐跑了出来。他等不得圣母发话了，一溜烟儿跑上前去，一头扑到母亲的怀里，眼泪止不住一串串掉下来。他已经三年多没见到妈妈了，心中一阵阵地难受。圣母在父亲的陪同下走进院子，在茅屋前的木墩上坐下来。母亲忙推开慧根，同圣母打招呼。

圣母笑着说："让他好好跟你近乎近乎吧！也难为这孩子了，毕竟几年都没见了嘛！"

父亲李本元试探着问圣母："这次回来，什么时候还走哇？"

龙山圣母收起笑容，说："我领他回来见过你们，却不能让他在家久留。使命大于天地，时间很是紧迫。明日即可送他去龙翔佛寺出家。我这里有一封书信，去时交与昙真长老，自会收留于他。这几年他已历些苦难，生存能力很强，你们尽可放心。我且先走了，让他在家住上一宿，明日就由你送他去庙上吧！"说完转身就走。慧根舍不得圣母走，又要跟着回去。

圣母说："你暂且不要跟我了，要去寺院静修十年，习文练武，研读佛学，将来才堪大任。切记不要辜负我的期望！"慧根跪地磕头，目送圣母离去，心下极为不舍，好久才站起身来。

第四回

入佛门苦上修行路　别寺院乐登取经途

本元和玉莲见儿子长高了、长壮了，俨然已是个懂事的少年，心中十分高兴，张罗着给他做好吃的。慧根见母亲身边有个两岁多的男孩儿，知道定是弟弟，就亲热地领着他玩儿。可能是血缘相亲，两个孩子不一会儿就混得很熟，非常融洽，好像从小就在一起似的。

这一夜母亲身边一边一个，左手搂着弟弟，右手搂着慧根。弟弟不一会儿就睡着了，慧根则拱在妈妈的怀里说个不停。说着说着就哭了，好像受到了莫大的委屈，终于找着倾诉对象了。后来他发现，母亲也哭了，泪水滴在他的脸上。

第二天天刚亮，母亲就起床了。她和父亲一起，给慧根做了一桌丰盛的饭菜，还给他煮了好多鸡蛋，装在布袋子里，让他带到寺院里去吃。母亲还给他打了一

个小包袱，里面装上些针线碎布和几件换洗的衣服，千叮咛万嘱咐，让他一定要听师父的话，不要辜负圣母的期望。父亲什么也没有说，只是默默地领着他走，走到半路，还把他扛在肩上。慧根说他长大了，早已习惯了爬山越岭，但父亲执意不肯。他一路扛着慧根，后背都湿透了，一直到山门前才放下来。

昙真长老是个清瘦的老和尚，须发皆白却步履矫健，满脸皱纹却两眼放光，接过本元递过来的书信，他笑了："这小家伙果然与我有缘，他的名字还是我起的哪，你就放心吧！不过寺里要苦些累些，也不允许常来看望，还望施主海涵。"

本元说："这孩子啥苦都能吃，已离家三年多了。但他独来独往惯了，请您用寺里的规矩严加管教，我就先谢过了！"说罢向昙真长老深施一礼，又嘱咐了慧根几句，转身走了。

本元走后，昙真长老唤来知事僧，给慧根剃去头发，换上僧衣，领着他去佛祖莲座前拜过，然后一本正经地对他说："宇宙无限，佛法无边。禅可无虑，意可无竭，此佛门修行之道也。从此你不要再叫慧根了，法号唤作无竭。望你不懈努力，早成正果。"慧根叩首致谢，随知事僧去寮房，放下包袱，认准铺位，到后堂听课去了。

至此，无竭在佛寺住了下来。这龙翔佛寺现是北燕国的皇家寺院，不仅殿宇辉煌，规模宏大，而且信众极多，香火旺盛，光僧众就有一千多人。像无竭这种年纪的小沙弥，也有一百多个。他们同住在六间宽大的寮房里，每间房都是对面搭炕，住着二十多人。这些小沙弥每天的活动就是三件事：上课、拜佛、练武，由一名十七八岁的师兄领着他们。这位师兄虽然长得眉清目秀，但是相当严厉，武功也很高强。谁若是不听话就要被罚站，在火毒的太阳下一晒半天，不晒昏倒不让回来，因此，小沙弥们都很怕他。

无竭自从离开家门，多数时间同野兽们在一起生活，很少同这么多人打交道，一时还真有些不习惯。练武的时候在外边倒还好，一到室内上课的时候，就有些坐不住，总爱东瞅西看，左顾右盼，手脚也不老实。很快，来了不到三天，就被领班师兄昙无病发现了，一把提拎出来放在烈日之下，罚他站两个时辰。无谒并不在乎，站在院子里虽然热些，也比坐那儿上课强多了。因此小眼睛滴溜乱转，四外观看。一会儿弯腰屈膝，抓耳挠腮，像只猴子；一会儿腰背挺直，目光炯炯，像个金刚。晒了半天一点汗没出，也没晕倒，小沙弥们甚觉惊奇，却把师兄无病气得不轻。

更可气的是，早晨习武的时候，师兄教大家基本功，练站桩。别的小沙弥们都老老实实，一动不动，唯独无竭站了一会儿，觉得乏味，“嗖”的一下跳起来，蹲到前边的树杈上乘凉去了。师兄无病走过来发现空位，大声喊着无竭的名字，他就是不答应，还对着师兄的光头撒起尿来。师兄无病觉得奇怪：大晴的天气，初升的太阳，哪来的雨点呢？浇在脸上还热乎乎的？他抬头一看，气得发晕，一个纵身，就想把无竭拽下来，没想到这小崽子比猴子还敏捷，双腿一弹，又跳到另一根树杈上去了，任凭无病怎么跳跃也抓不住他。气得无病捡起一根一丈多长的木棒，搂头打去，吓得这一群小沙弥齐声大叫。这一棒要是打上，脑袋准得开瓢。不过木棒虽然下得凶狠，却只打在树杈之上，无竭早已跳下，落在无病的身后，气得无病要发疯了，转过身来又追又打。可怜他累得满头大汗，就是打不着，站在那里呼呼喘气，脸色铁青，已经说不出话来。

吵闹声惊动了满院的僧人，围观的和尚里三层外三层。昙真长老闻讯赶来，轻声喝道：“无竭还不跪下！”慌得无竭忙从无病身后钻出来，“扑通”一声，跪在长老面前。

长老屏退众人，对无竭生气地说道：“你父送你到此，圣母派你前来，是望你学习深造，功成西行。你这般胡闹，如何担此大任？看你这不成器的样子，还是回家去吧！不要坏了寺院的清静。”

无竭一听心中害怕，初时只觉好玩，没想到后果如此严重。如果就这样被撵回去了，如何向父母交代？怎么对得起圣母奶奶？那三年多的罪不是白受了？于是他忙向昙真长老叩头说道：“无竭知错了！今后再也不敢了！我只是有些坐不住，改了就是，请师父莫要撵我回去！”

长老说：“你能改过固然很好，但此次犯错却不能不罚你。你不是坐不住吗？坐不住是无法悟道成佛的！就罚你坐高桩，四个时辰不准下来。你若坚持不住，就回去吧！不必再来见我。”说完转身走了。

长老说的坐高桩，实际是龙翔佛寺成年和尚练习坐禅的一个硬功。静静的禅房里，竖着一根根一尺粗细的木桩，离地面约有一丈多高。一个人如果骗腿坐上去，刚好能坐得下，但是没有任何余地。假若稍一歪斜，就会摔落下来，而掉在坚硬的青砖地面上，不死也会受伤。因此，即便是练习多年禅定的老和尚，一提起坐高桩，也会打怵。这对于只有七岁多的昙无竭来说，算是很重的惩罚了。

无竭按照执戒僧的指点，手脚并用爬上木桩，双腿盘起，双手合十，两眼微闭，

一心念佛。他年龄小，身子轻，开始坐那儿还不觉得怎么难受，可是工夫一大就不行了，觉得腰和腿、脚和屁股都不得劲。再过一会儿已疼得相当厉害，简直如同针扎的一样。他睁开眼睛一看，那两个执戒僧坐在桌旁喝着茶水，也正斜眼瞧着自己，那讥讽的眼神，分明是在取笑他。无竭身子一摇晃，差点掉下来，那两个家伙竟咧嘴乐了。气得无竭决心顿起，心想你们不用笑话我，看我能不能坚持下来！我昙无竭是见过龙虎的人，还怕了你们不成？疼还能疼死人咋的？他小小的人儿瞪大了眼睛，紧紧地盯着那两个执戒僧，一声不吭，咬紧牙关，全神贯注，倒看得那两个和尚心虚面馁，不好意思起来，把目光转向别处。又过了一会儿，双腿似乎已失去了知觉，不再疼痛，只感到麻麻的，凉凉的，酸酸的，木木的。

大约过去两个时辰了，那两个执戒僧开始吃饭。他们故意拿着窝头，端着粥碗，在木桩下边转来转去，惹得无竭肚肠内一阵阵咕咕乱叫，口水直流。再待一会儿，已饿得心虚气短，浑身打晃，心口发悸，冷汗直流，好几次险些掉下桩来。但无竭想起长老的警告、圣母的教诲、父母的期待和师兄无病那轻蔑的眼神，脖筋一梗挺了下来。他知道没有挺不过去的事。一次在虎王洞中，他饿了两天一夜，头都昏了，不是也过来了吗？他又想起那条蟒蛇王，那天送给他吃的那种像冰片一样的东西，吃完了以后几天都没觉得怎么饿。若是知道今天坐高桩，事先吃点儿就好了。想着想着，肚子里一股东西涌上来，返到口腔里又下去了，暖暖的，黏黏的，好像就是那种东西的味道。奇怪，肚子倒不感到怎么饿了。他笑了，看了一眼那两个无聊的家伙，心想哪天你们俩上来试试，不掉下来才怪。

无竭整整坐了四个时辰，中间一口东西也没吃，而且还是自己爬下来的，这让昙真长老大为惊奇，也让他有些后悔。万一摔坏了这个弟子，他的父母好说，自己怎么向龙山圣母交代？这件事让全寺的僧人对无竭刮目相看，也使昙真长老彻底明白，这个昙无竭不同寻常，绝非一般僧人可比。于是他亲到沙弥班，宣布让无竭做沙弥班的班首，协助师兄无病做事。这让许多小沙弥不服气。尽管都是出来当和尚，但这些小沙弥的来路也不一样，有许多是皇亲国戚和王公大臣们介绍来的，真正的贫家子弟凤毛麟角。如今见无竭因祸得福，有的人就拿话来讥讽他，但无竭听了什么都不再生气了。通过这次坐高桩，他好像变了一个人，明白了许多事，他要靠自己的努力让大家心服口服，不能让人家再瞧不起他。

练武的时候，他最刻苦，总是要比别人多付出一倍的时间和汗水。比如说练站桩，无病要求大家一次站半个时辰，他往往晚上自己加练一个时辰；再比如说练奔跑，无病要求每次绕法坛跑二十圈，他总是坚持跑四十圈；又比如说练举重，无病要求每个小沙弥举起二十斤，他则加到四十斤。还有练投掷、练眼力，无病要求每人每次投掷一百粒石子，他每次都投掷两百多粒，而且大多数准确命中目标。他想自己是班首，一定要比别人练得好，反正有多练的机会。

听课的时候，他更认真，生怕漏掉一个字，少听一句话。往往任课师兄要求写五遍，他则写十遍；要求会复述的，他则会背诵；要求做完十道题的，他则要做二十道；要求练好一百个字，他则坚持练好二百个字。不论什么活动，他总是主动加码。他觉得如果不是做得最好，他就不配当班首。

无病师兄从开始的时候烦他、恼他、不愿意搭理他，到后来信他、服他、一天也离不开他，他成了师兄最好的助手。小伙伴们谁有难处，他豁出命去也要帮忙。有一次无虑师弟病得很厉害，开始的时候发冷发热，昏迷不醒，说胡话，大家都争着照顾他。可后来发现他出了天花，吓得谁也不敢上前了。昙真长老怕这种病在寺中传播，只好对无虑进行隔离，命杂役把他抬进菜园小房，每日派人送些粥水和汤药，生命已是相当危险。无竭闻讯后，主动找到长老，央求去陪护无虑，生死由命，无怨无悔。长老让他立下具保文书，才答应他去服侍。无竭七天七夜衣不解带，人未休息，多次去山中采药，日夜在小屋中陪护，终于把无虑从死神那里夺了回来。这件事让众僧极为叹服，大家都对无竭小小年纪竟有如此爱心钦佩不已，无虑更是把他当成自己的亲哥哥。

无竭对每一个小伙伴都诚心诚意。父母每一次来看望他，都会带来一些吃的、用的，他都先分给家贫的小伙伴，宁可自己不吃不用；小伙伴们谁若是有道题不会做，或者有个招数没练好，无竭一陪就是小半宿，又是出主意，又是做示范，直到小伙伴们满意为止；闲暇的时候，无竭常领着小伙伴们上山摘野果、采蘑菇、挖山参、找药材。他小小年纪却有丰富的知识和灵活的身手，赢得了大家一致的赞誉。

无竭来到佛寺这几年，一天也没有忘记龙山圣母，常想起在山中的那些日子。圣母也一天都没有忘记他，常派人打听他的消息。每年的八月中秋以后，圣母都派仙姬姐姐来接他，让他去山中住些日子，命他跟仙姬们学轻功、练绝技。由于他的父亲李本元重视习武，在他刚学会走路的时候便教他抻胳膊拽腿，练基本功，又在山上那几年跟猴子和狮虎们接触，体质大为长进，身子十分灵巧，因此具备习练轻功的基本功。仙姬姐姐们从一点一滴开始教他，循序渐进，而无竭则十分刻苦，日渐精进，事半功倍。几年工夫下来，进步非常惊人。蹿房越脊、飞檐走壁极为轻松；腾挪无影、闪跳无声身法轻盈；发石克敌、点穴制胜殊为轻便；水中漫步、树上飞行疾若轻风。教他的那几位仙姬极为赞赏，连龙山圣母也十分满意，当面夸他是可造之材。

光阴荏苒，日月如梭，转眼八年过去。沙弥班的学习结束，无竭已经摩顶受戒，正式剃度为比丘，并被昙真长老任命为知事僧，负责指导僧众们练功习武。这时候的无竭，已经长得身材高挑，气宇轩昂。不仅在佛学知识上大有进步，而且在武功上日臻成熟，尤以轻功超凡闻名于寺。同时在讲经弘法方面，以其精辟的分析和独到的见解，令昙真长老和许多长辈们也心悦诚服。

一日上午，来自于高句丽首府丸都古寺的一名游方武僧来佛寺进香，见古松之下众僧正在习武练棍，便伫立观看。停留许久，一言未发，只是嘿嘿冷笑，一个劲儿摇头。师弟无忧有些看不过，便上前施礼，说道："师父远道而来，必是高手。想方才冷眼相觑，难道我等有什么可笑之处？"那高句丽僧身高体瘦，额头前突，两眼深陷，手若鹰钩，接过无忧递过来的一碗凉茶，一饮而尽，仍是一言未发，只是手上略一用力，那只陶碗已是粉碎，变成粉末从指缝间撒落下来。众僧观之大吃一惊，无忧却十分生气，大声说道："斋碗乃是佛祖所赐，你便有些力气，怎可毁我佛寺器物？"

那高句丽僧不知是听不懂，还是听懂了不说，顺手捡起无忧所用的楛木哨棍，手稍一用力，"叭、叭、叭、叭"，折成四五节扔在地上，仍是冷笑不语。无忧大怒，厉声喝道："你一游方和尚，讨口吃喝也就罢了，怎的碎我茶碗折我哨棍，显示你有些功夫怎的？看我们龙翔佛寺无人了吗？"

这回那高句丽僧说话了："龙翔佛寺是声名在外，好评不绝于耳，乃关东地区最大的寺院，我也是慕名而来。到这一看，不过如此，也只是庙宇修建得华丽一点，至于别的嘛，不好说！就像方才你们这帮人，在此比比画画，那也叫练武吗？真是笑话！"

无忧听他一说，顺手捡起一根木棍扔给他，"你先不要吹嘘！咱俩就走两招，看你到底有什么本事？"说完纵身向前，拱手施礼，舞起哨棍，搂头便打。那高句丽僧并未使用哨棍，仍是徒手。等无忧棍到，脚步未移，稍一侧身躲过，顺手抓住棍身一拉，无忧收不住，一下子摔出一丈多远，趴在地上。

那高句丽僧越发冷笑道："就这两下子也敢动手？真是不知深浅！"弄得无忧

羞愧难当，悻悻而退。气得众僧个个摩拳擦掌，跃跃欲试。

师兄无病朗声说道："此人功力非凡，不可小视，待我会他一会！"说完对着高句丽僧合掌施礼，然后展开拳脚，向那僧上三路打来。

那僧并未接招，待无病拳到眼前时，一伸手，把无病的一只拳头抓住，右手一扭，左手一托，想把无病的肩膀卸下来。无病心中一惊，就势上身侧转，下边双脚跟上，朝那僧的肚腹踹去，吓得那高句丽僧急忙侧身，但胯骨上早着了一脚，一阵剧痛，险些跌倒。无病不容他缓手，双臂倒剪，颈项前伸，铁砧一般的头颅向那僧腰部撞击，如果撞上，非腰断骨折不可。不过无病并没想真的争强斗狠，只是想点到为止，吓他一跳。头颅触到那僧的胸部即已收住，伸手想把那高句丽僧拉起来。不料那僧毫不领情，竟然乘无病不备之机，双手倒拄，脚下用力，"嗖"的一声弹上寮房的屋檐，顺手揭起一块泥瓦，向无病的头上砸去。无病说什么也想不到这高句丽僧这般无耻，毫无防备，那片泥瓦实实地拍在他的头上，立时头破血流。众僧看得十分清楚，明明是师兄无病让了他，他却下此狠手，人人义愤填膺，呼声四起。那高句丽僧却依然冷笑，不以为意。

无病吃了一个大亏，撕下衣襟擦了擦脑袋，正想发作，就听一人轻声说道："师兄莫急，稍作休息，待我来！"

众人抬头看时，正是无竭。只见无竭彬彬有礼，向那高句丽僧合掌说道："师父功力高深，令人折服。不过暗算伤人，却是不好。小僧别无本事，就喜欢与人捉迷藏，开玩笑。我见师父轻功甚好，想必十分灵巧，就与你打一个赌，不知意下如何？"

那高句丽僧轻蔑地说道："你说吧！打什么赌我都奉陪！"

无竭笑着说："我见师父前额高古，甚是好玩，便想在半个时辰之内，打它一百下，如能躲过一下，便是高手，就算你赢，我们大家全都拜你为师，你看如何？"

那高句丽僧听罢，两腮鼓起，深目圆睁，似觉受了奇耻大辱，立刻放下褡裢，脱下直裰，大声吼道："黄口小子！口出狂言！莫说你打一百下，你若打中一下，我便算输，立刻滚出龙翔佛寺！"

无竭正色道："那怎么可以？我必须打够一百下，让你记住山外有山、天外有天，不可再狂！让你知道龙翔佛寺不同寻常。你若输了不必滚出，只须向我师兄道歉，并立下失败文书便可！"说完回头告诉无虑："请师弟记一下时辰记一下数，如果超时了打不够数，都算我输！"这才面向那高句丽僧复又施礼，说道："来吧！接招！”慌得那僧全神贯注，不敢怠慢，却不见无竭动身。

正迟疑间，忽地一阵风起，一块僧帕如一朵白云，向他飘来。那僧伸手去抓，不想僧帕却改变了方向，又踅了回去。往复两次，并未见无竭出招，那高句丽僧有些烦了。原以为这小和尚话说得很大，想必有真本事，没敢含糊，如今见他只会玩僧帕，分明是在戏耍他，正欲发作，忽然又一阵风来，僧帕飘到眼前没有踅回，那高句丽僧伸手去抓，发现对面的那位小和尚已经不见了。正疑惑间，他便觉得脑门上一阵发麻，像天上下冰雹全打在他的额头上一样，又痛又麻。

原来无竭已立在他的身后，双掌雨点般地向他那高耸的额头拍去，一边拍一边查数。等到那高句丽僧反应过来，额头上已着了二十多下，羞得他驴脸变红，勃然大怒，急转身伸出鹰爪，如毒蛇吐信儿，恶狠狠地向无竭的两眼抓去。眼见得就要抓到眼睛了，忽然觉得眼前一亮，哪里还有小和尚的身影？只有毒辣辣的太阳照在脸上，高大的古松面目狰狞，好像在嘲笑他。没等高句丽僧转身，无竭掏出衣兜中的泥弹，瞄准那僧凸起的僧头，“啪、啪、啪、啪、啪”一阵猛砸，打得那僧蒙头转向，一刹那又着了二十多下，额头立刻肿起，显得更高更凸了。气得那高句丽僧火冒三丈：“有本事你小子出来，面对面打，别搞那些歪门邪道！”

无竭如一阵风从树上悄然落下，站在那高句丽僧的对面，笑着说道：“我这也是跟你学的！谁让你拿瓦片打我的师兄来的？我这是替他还你！”

那高句丽僧气呼呼地嚷道：“这回咱俩画个圈，面对面地站着，你再打上，我认口服输！”

无竭说：“一切都随你！小心你的额头！又来了！”那高句丽僧急摆头躲过，伸出巨爪来抓，恨不得一把将这位小和尚撕得粉碎。可他左抓右打、手脚并用，硬是一下也碰不到人家身上。他只觉得眼前一片灰色，那小和尚一会儿跳上他的肩膀，一会儿蹲在他的脚下，一会儿钻进他的腋窝，一会儿绕到他的身后，像连在他身上的一团灰色的影子。累得他气喘吁吁，无可奈何，找不着具体目标，自己的额头上反倒“噼、噼、啪、啪”连遭了数十下，立时觉得头昏脑涨，脚步不稳，最后被昙无竭一掌打趴在砖地之上。

“一百下了！这才多大一会儿，还不到半个时辰呢。”无虑高声喊道。众僧一阵大笑，羞得那高句丽僧趴在地上，不好意思起来。无竭捡起僧帕，顺手扶起那僧。

那高句丽僧四下踅摸，见到无病，忙过去施礼道歉，连说：“罪过！罪过！是我有眼无珠！”灰溜溜地捡起衣服，下山去了。

有僧人喊道："你还没写失败文书哪，往哪儿跑！"那高句丽僧哪敢回头，一溜烟儿跑得无影无踪。良久，众僧仍笑个不停。

这年九月，大江南北的佛学界在洛阳白马寺召开弘法大会，各地的高僧大德均云集于此。无竭有幸随昙真长老参加，并在法坛上代表龙翔佛寺作了演讲。他在《佛门的现在与众生的未来》中提出的一些观点，令很多高僧十分佩服，但也有人提出了尖锐的批评。双方引据的都是佛陀的论断，但谁也说服不了谁。法会上下，无竭耳听心记，虚心求教，让他明白了许多道理，但也使他更陷入迷蒙。高僧们所有的论点、论据最终都是"如是我闻……"，但他们的有些说法又往往自相矛盾，难以自圆其说，别说让别人服气，自己都觉得论据不足。这也难怪，自打汉明帝时白马驮经，佛教传入中国以来，已有三百多年的历史，中间历经战乱，经卷损失殆尽，佛学典籍严重缺乏，各地寺庙普遍存在"缺粮"的问题。曾经去过天竺的山东高僧法显告诉无竭一条偈语："如来在西方，真经在天竺，要悟三界事，须登不归途"，让无竭恍然大悟，他这才明白了龙山圣母的一片苦心。

从洛阳白马寺回来以后，无竭向师傅昙真长老告假，顺便回家看望父母。望着父母鬓边的白发和渐渐长大的弟弟，无竭感慨万分。自己都长这么大了，还从来没给家里做过些什么，他心里有些不安和愧疚。这晚龙山圣母来了，再次嘱咐他应以天下苍生为己任，去天竺取经的时机已经成熟，让他做好准备，年底前必须动身，不能拖到明年。

无竭回到寺里，即向师父昙真长老提出了自己的意愿。长老十分高兴，他说他自己早有此意，只恨年老体衰，不能成行，无竭能有此举，乃是龙翔佛寺的一大盛事，定举全寺之力，促其成功。无竭又与曾在沙弥班的那些伙伴们计议，获得了许多人的赞同。和尚们在寺院里待得久了，年轻人都愿意出去走一走，但对取经路上的艰难险阻显然估计不足。无竭根据龙山圣母的指点，再三陈述了可能遇到的凶险，指出这是一条不归路，真经没有取成，半路上丢了性命，是极其可能的，但仍有一百多人报名。最后经昙真长老把关筛选，挑选出二十四名身体强壮、素质较高和决心最坚定者相随，并定于腊月二十六日启程。寺里为他们准备了一应器物用具，长老亲自上朝为他们办妥了通关文牒，并给他们放假十天，让他们回家省亲。

临行之日，阳光灿烂。无竭与伙伴们斋戒更衣，叩拜佛祖，又向师父昙真长老和师兄弟们施礼告别，全寺上下一千多名僧众齐刷刷俱来相送。还没等走出山门，

有钦差飞马来报，北燕国皇帝冯跋率文武百官在龙城长亭饯行。闻风而来的百姓们人山人海，在官道两旁挤成了两道宽宽的十多里长的人墙。无竭等人见状十分感动，一时不知道该说什么才好，只得一边行走，一边连连向大家合掌致意。龙山脚下，长亭之前，冯跋率文武百官已候多时，他命侍卫给二十五位取经的僧人都倒上龙山的山泉水，送上二十五包龙山的红土，意味深长地说："众位师父此行山高路远，任务重若千钧，望不负百姓重托，不忘家乡故国，早日取经归来，弘佛法于天下，积福祉于苍生！记住，家乡的民众始终惦记着你们！"

无竭率二十四位僧人齐齐跪下，向朝廷和百姓发誓："一定不负众望，早日取经归来！"说罢端起水碗，一饮而尽，把水碗和红土包揣入怀中，与所有送行者挥手告别，踏上征程。

第五回

逢姑母河南国脱险　出戈壁流沙河丧僧

这日傍晚时分，众僧行至长城脚下。守关将领早得朝廷旨意，带队出辕门迎接，并设宴款待他们。席间攀谈起来，这位将军名叫冯朗，乃是皇帝冯跋的本家侄子，现任蓟城郡守，与无竭的父亲李本元也是老相识。

冯朗见无竭一行年轻体壮，精神焕发，十分羡慕。他说："我自小信佛，少年时期曾在冀县感业寺出家。今虽不能与你们同往，心愿却是有的。我就送你们二十五匹良马，赶一赶取经的路程，也是对佛祖的一点心意。"

无竭等人本来是想一路步行的，因为他们身上不带分文，食宿全须化缘，没有银两支付脚费，见冯朗如此说，便婉言谢绝道："僧人出门，四海为家，天作被、地当床，一个钵盂吃四方。将军厚意我们心领了！"

冯朗懂得无竭等人的意思，笑着说道："师父尽管放心，草料钱我也一并备好了。你们先骑上马赶路，也可以加快点进度。什么时候用不着了，随手一扔便是。"

无竭见如此说，不好再拒绝，只得连声感谢。不想这批马却救了他们的性命，此是后话。

次日众僧早早与冯朗将军告别。过了长城便骑上马走路，倒是快多了。大家一路说说笑笑，夜住晓行。一个多月以后来到陕西，听说这里的法门寺名扬天下，他们便到寺中拜谒，给佛祖上香。

正当无竭等人陆续进殿叩拜佛祖之时，不知是哪位师弟在祈祷的时候说破了行程，被殿中一位当地僧人听到，竟然当场讥讽他们说："一群关外的小沙弥，不知天高地厚，还想去西天取经，真是笑话！不如住到我们法门寺来吧，够你们学几年的，怎么样？"

无忧一听十分生气，便回击说道："我们取经与你何干？你不是咸吃萝卜淡操心吗？"

那和尚横眉立目："你说谁是蛋？人不大嘴还不干净！"走过来伸手想打。

无竭连忙跑过去深施一礼，恭恭敬敬地说道："师父不必动怒，小师弟不会说话，我在这厢给您赔罪了！请您大人大量，不必计较。不过我们去西天取经，是敬天礼佛，并非玩笑，还请师父理解才是。"

"屁个敬天礼佛？一些个关外的野小子，玩玩算了！古往今来，你们听说谁去过吗？知道西天在哪儿？别死在半道，后悔就晚了！"那僧人有些出口不逊。

无竭并不生气，仍然心平气和地说道："正因为没有人去过，我们才去。宁可死在半道上，也要勇往直前。不知如果我们取经归来，师父作何感想？"

那僧人冷笑道："作何感想？什么也不用想，你们若是成功归来，我去给你们看寺门！"

无竭微微一笑："那就请您准备好了！十年之后去龙翔佛寺看大门吧！请不要食言！"

"决不食言！"那僧人说道，"今年是辛酉年！我记住了！就怕你们活不到十年！"说完哈哈大笑，惹得无忧、无虑等人义愤填膺。

无竭与众僧出得寺来，刚要上马，却见山门外彩旗飘动，香风袭来，耳边传来一阵阵好听的仙乐之声，龙山圣母率众仙姬笑盈盈地看着他们。无竭一见心情激动，忙上前见礼。

圣母摆手道："不必了！前些日子我去昆仑山参加王母的盛会，耽误了一些时日，没来得及到龙山送你。今天路过此地，就算与你话别。此番西去，艰难之处、凶险之事比想象的要大得多、多得多！你们有信心吗？"

无竭与众僧齐声说道："放心吧！我们就是豁出性命，也要把真经取回来！"

龙山圣母正色说道："有决心是好的！但一定要活着回来！切记一定要百折不挠，万难不悔！我这里有一盒难香，共一百支，是王母娘娘赠予我的，现在我把它送给你们。若路上遇到极端危急情况，可以点燃难香，我会闻香赶到，帮助你们。"说着从随侍仙姬手中接过难香，递与无竭："务必好生保管，绝对不可丢失。到达天竺灵音禅寺，住持会见香知人，热情接待于你。"说完登上玉辇，转身走了。无竭与众僧目送了很远，方才动身，心存无限感激。

昙无竭等人当年的取经路线，用今天的话说，就是广义的丝绸之路。他们从辽西过长城到河北，从河北到山西，又从山西到陕西，从陕西到甘肃。半年多过去了，次年夏日，他们来到了甘肃北部，走出了中原王朝控制的势力范围。前边是许多割据的部落和自立的小国，地域情况非常复杂，路也非常难走。无竭一行按照地图所示，边问边走，小心翼翼，倒也平安无事。

这一日无竭他们越过一片沼泽，走出一片荒野，翻过一片山岗之后，进入青海。连绵不断的高山，巍峨耸立的雪峰，奔腾汹涌的大河，一望无际的花海，如一幅巨画一般，突然展现在他们面前，令无竭与伙伴们心胸开阔，神清气爽，多少天来烦闷、寂寞的情绪一扫而光。一行人时而步行，时而骑马，时而走路，时而观光，旅途充满快乐。傍晚时分，他们走进了一座土城。

这里的房屋、街道、客栈、酒肆以及行人的衣着穿戴，与中原地域已是大不相同。黄土夯就的土城墙，土坯砌成的土楼、土屋，黄土铺垫的街路，黄尘弥漫的天空，连太阳也面黄肌瘦，无精打采，早早下山去了。街上赶着驴马的、牵着骆驼的、贩卖皮毛的、沿街摆摊的，大多反穿着羊皮袄，戴着羊皮帽，亦是一脸的灰尘。无竭与伙伴们走得累了，无心领略土城的风情，进城不久就选了一家宽敞的客店，住了下来。

店家是个身材瘦小、极好说笑的中原人。从他的口中，无竭知道这里已是河南国，是西部鲜卑人吐谷浑部族建立的国家。这座土城就是他们的国都，居民有五六万人，其中大多数都是鲜卑人，少数是汉人或西域各族人。正说着话，饭菜已经端上来了。一麻管箩大如小锅盖一般的馕饼和一大盆汤，顷刻间被一扫而光。

一间搭有南北大炕的土屋，容纳了无竭一行人。伙伴们疲惫不堪，倒头便睡，只有无竭尚未入眠。他躺在一头紧把门边，思绪漫无边际。朦胧的月色透过窗格，照在墙上，留下一片斑驳的图形，他的心想着茫茫的取经之路，也像这图形一样无法明朗。

迷迷瞪瞪似睡没睡，忽闻外面一片嘈杂之声，无竭起身一看，灯笼火把将窗户照得明亮，外屋已有人在砸门，伙伴们闻声惊醒。无竭腾地坐起，点燃蜡烛，来到外间。只听“咣当”一声，门被撞开，一阵冷风吹过，烛火险被刮灭。还没等无竭说话，七八个凶神恶煞般的壮汉，手持鬼头大刀，推开无竭闯入内间，一人高声喊道：“该死的杀才，快快起来，跟我们到王府受死！”

无竭闻言上前说道：“几位壮士，且容我说。我们是东方大燕国去天竺取经的和尚，刚来此地，到此投宿，不知何处得罪了列位，还请明示！”

“你们是大燕国来的？那就对了！不是得罪了我们，是国王下旨要抓你们，走吧！别磨蹭了！”那些人不由分说，上前就捆。

众僧欲反抗，见无竭没有表示，不敢动手。

无竭平静地说道：“大家来到陌生的地方，不可造次。国王可能有些误会，我们过去说开了便是，且随他去。”

众僧随即束手就擒，被捆绑成一串，押出客店。拐弯抹角走了不一会儿，他们被押到一座高大的土楼跟前。月光下这一片黑黝黝的建筑只有大门开着，像一只张着嘴将要吃人的怪兽。院子里有几堆篝火，四排兵丁腰挎长刀，杀气腾腾立于火光之中，厅堂内几盏硕大的油灯，粗大的捻子烧得呼呼直响。

十几名手持长枪的壮汉，簇拥着一位“黑脸金刚”，只见他虎目虬须，肤如生铁，体似黑熊，一开口声若炸雷：“你等可是大燕国来的和尚？”

无竭朗声答道：“正是。请问您就是国王陛下？”

旁边一人尖声细语：“真是有眼不识泰山！这正是我们河南国的国王霍普巴拉陛下。还不快快行礼！”

无竭闻声，正色说道：“我闻河南也是西域大国，礼仪之邦，霍普巴拉名震青海，威风赫赫，乃有道明君，难道就是这样待客，让我们绑着说话吗？”

霍普巴拉听了无竭这几句话，也觉得有失待客之道，何况人松绑了，也不怕他们跑掉，于是一摆手说道：“给他们都松开！”

几个侍卫闻声解开绳索，无竭这才率领众僧正式给国王见礼，朗声说道：“东方大燕国和尚昙无竭等二十五人叩见河南国国王陛下。我等奉命去天竺取经，途经宝地，在此申报倒换关文，还请行个方便！”说罢，从怀中取出通关文牒，双手呈了上去。

那尖声细气之人接过，稍一过目，即递与国王。霍普巴拉瞥了一眼通红的大印，一甩手把文牒抛在地上，激愤地说：“冯跋小儿，如今称孤道寡，也当了皇上了，行什么狗屁文书？想当初漠西一战，杀我吐谷浑人五万之众，追赶我部族七天七夜，把我们从梦溪草原赶到这里，令我们蜗居在这不毛之地，不能重返家园。血海深仇，不共戴天！我正想兴兵雪恨，不想你们这帮秃驴送上门来，该着让我解恨！我就拿你们祭旗，杀了你们，再突袭龙城，取冯跋小命！”

无竭等人这才听明白，十年前冯跋御驾亲征，大败吐谷浑人，眼前这位便是仇家了，于是无竭拱手施礼，向国王说道：“陛下与燕国的兵戈之争、略地之恨我能够理解。但两国交兵，尚且不斩来使，何况我们是去天竺取经的僧人，更与此番纠葛无关。还请国王开恩，广施善念，放我们过去，乃佛门不世之功也！”

那河南国王霍普巴拉听无竭说得在理，一时语塞，正迟疑间，却听那尖声细语之人笑道：“说得好听！谁知你们是不是燕国的奸细？去天竺取经这事，从来都没听人说过，就是有，哪有骑马去的？分明是军中的探子化装而来，还敢巧言令色？来人哪！押入后牢，明日开斩！”

无竭还想分辨，霍普巴拉炸雷一般的声音响起：“幸亏丞相提醒，险些被你们蒙了！就依丞相之见，拉下去，明日卯时开刀祭旗！”话音刚落，一群如狼似虎的军兵一拥而上，重新把他们捆绑起来，推入后牢。

这一下众僧全傻了，刚刚走出国门，就遭此横祸！如果在这里命丧黄泉，岂止是前功尽弃，简直是阎王殿前告状——冤死了！无忧、无虑等众僧一齐把目光投向了无竭，好像他的身上就有办法。无竭手扶木窗，眼望明月，一声不吭。

众僧一齐嚷道：“师兄，点难香吧！圣母会来救我们的！”无竭知道，只要点上难香，龙山圣母一定会来相救的，但他暂时还不想这么做。一是火候没到，还不是万不得已的时候；二是遇上点事就求救，显得他们也太无能了。因此他在默然地想办法，他相信天无绝人之路。

正思考间，忽听得外面有人说话，仔细听来，是一个女子在和狱卒对话。只听那女子说：“这些和尚都是我的同乡，就是该死了，我来看看有何不可？”

那狱卒说：“丞相吩咐过，谁也不能见的，明早卯时就开斩了！”

“放肆！丞相给一根鸡毛，你们就当成令箭了？我说话就不行吗？”那女子十分气愤，吓得狱卒忙说：“小的不敢！这就让王妃进去！”那狱卒稀里哗啦地打开牢门。两个女子轻轻地走了进来，前边的一个提着灯笼，后边的一个显然就是王妃。

“各位师父！你们谁是领头的？王妃来看你们了！”那个提着灯笼的侍女说。

无竭趋前一步施礼，“小僧昙无竭见过王妃！感谢王妃深夜探望！我代表大燕国百姓向王妃致意！”

那王妃身着紫衣貂翎，雍容华贵，灯光之下显得慈祥端庄、怡然大方。她轻声对无竭说：“你们既是大燕国来的，就是我的同乡，方才我在厅堂的帘后，已知道了你们的事情。你这领头的和尚，且到跟前来！我怎么觉得你的面目长得特别像我的一个亲人。”

无竭见说，又趋前两步，站在王妃面前，偷眼端详王妃，那眉眼轮廓也觉得在哪儿见过，可一时又想不起来。

这时只听那王妃说：“太像了！太像了！不过这怎么可能呢？”

无竭见王妃如此说，便试探着问道：“不知王妃所说何意？难道说小僧像什么人？”

“哎！正是！”王妃答道：“不瞒你说，我是大燕国旧都蓟城附近燕山人，十八年前随父亲逃难，流落至此。我有个哥哥因为杀了坏人被迫从军，至今下落不明，提起来就心如刀绞。今晚在帘后见你面貌，太像我哥哥了，故而夜不能眠，前来探望。请问小师父，你叫什么名字？”

无竭答道：“小僧法号无竭，释家姓昙，俗家名字叫慧根。父亲姓李，母亲姓段。”

那王妃一听，眼前一亮，迫不及待地问道：“那你父亲叫什么，他是哪里人？”

无竭缓缓说道：“家父李本元，祖籍也是河北燕山。”“哎呀！孩子，我是你的姑姑哇！我说怎么这样像啊！”那王妃激动得一把抓住无竭的双手，摇晃着说，“我是你父亲的小妹妹，你父亲还好吗？你妈妈还好吧？他们现在住在哪里呀？”

王妃一口气问了好多话，无竭一一作答。临了，无竭说：“姑姑，侄儿奉龙山圣母之命，一行二十五人去天竺取经，在此遇难了，还望姑姑相救。”

王妃说：“你姑父倒是个直爽汉子，丞相却坏得出奇，这也是多年来河南国不能与大燕修好的原因。我来这里一是看望，二来也是想搭救你们。”说着掏出两把短刀递与无竭说道：“这牢房墙外就是北街。你们可用短刀挖开土墙，悄悄逃命。马匹就拴在前院树下，我会派人暗中接应你们。切记，孩子，取经归来想着看望姑姑，别忘了给你父母问好！”说完抱住无竭，好一阵亲热，然后与侍女迈出牢门，转身走了。

无竭让人盯住牢门口值班的狱卒，自己带人轮番用短刀挖掘后墙。那墙壁虽是黄土夯成，但年深日久，十分坚硬，一挖一个白点儿，进展非常缓慢。眼见得已经后半夜了，照这样挖下去，到天亮也挖不通。众僧正在着急，有一个师弟挖着挖着想要撒尿，让无竭灵机一动。他说："你撒尿就往这里浇！"果然土墙被尿水一洇，湿了一大片，好挖多了！无竭大喜，令众僧轮番撒尿，换班挖掘，不到半个时辰，一个一尺多粗的大圆洞就挖通了。无竭让无忧、无虑二人领头，先钻出去察看动静，自己留在最后。直到所有的同伴都爬了出去，他才悄悄地钻了出来，领着众僧蹑手蹑脚，绕到前院门口。

无竭让大伙儿在墙外等候，自己飞身跃入院内，见早有两人看着马匹，即摸上前去，正待动手，只听一人轻声说道："王妃吩咐多时了，请师父快走吧！"说完轻轻地打开院门。无竭一招手，众僧悄悄地牵着马匹，迅速来到客店，拿好行囊，飞身上马，二十五匹战马如一阵风飞出店门。

这时只听那快嘴快舌的店主大喊："有人逃跑啦！快报官哪！"无竭等人忙打马疾驰，到得土城门口，见大门紧闭，无法出去，急忙大喊："快开城门！放我们出去！"

城上军兵应声答道："什么人想夜出城门？有丞相府的令牌吗？"正说话间，只听得后边马蹄声声，人喊马嘶。不一会儿已见火把连天，将到跟前，想是巡夜的队伍到了。无竭一见情况紧急，在马上一纵身，飞上城楼，一转身，手脚并用，推倒两个士兵，然后掏出短刀，砍断吊桥缆绳。

只听"啪"的一声巨响，吊桥放下，众僧发一声喊，奔向城门，打开门杠，一拥而出。无竭腾地跳下城楼，追上自己那匹战马，带领众僧拼命奔逃。一口气跑出一百余里，听后边已无喊杀的声音，料到追兵已远，才稍稍放下心来。

由于无竭他们已行走了一日，人虽吃了饭，但马未进料，再加上方才这一阵急驰，所有马匹均汗流浃背，有些站立不住，众僧也都一下子瘫软在地上。无竭选一处高阜之地坐了下来，被戈壁滩上的冷风一吹，立刻感到后背上冰凉刺骨，也顿时让他清醒起来。朦胧的月光下，眼前黑乎乎的一片，周围并不见村落和灯光，甚至也听不到犬吠。

"这是什么地方呀？"无竭不禁心里打鼓。刚才慌不择路，只顾逃命，是不是

走错了，不然怎么一点动静都没有呢？众伙伴们一个个鼾声如雷，无竭却睡意全无。

等到东方刚刚发亮，无竭就看明白了。无怪乎昨晚上没有人追赶了，原来他们这里是一片荒凉的戈壁。除了黑灰色的石头、沙砾，就是一丛丛尖硬的野草。那些马匹饥不择食，可能都已啃过这些草丛，结果一个个被尖硬的草尖扎得嘴巴上鲜血淋漓，再也不敢下嘴了，一个个垂头丧气地趴在地上。随着太阳升起，一望无际的戈壁开始炎热起来，天空中连一只飞鸟也没有，伙伴们从梦中醒来一看，全傻了，一个个目瞪口呆，不知所措。无竭取出随身携带的西域地理地形图，查找出吐谷浑古堡的位置，见只有出北门向西北走，才可以进入海西郡，其余的地方看标志都是戈壁或沙漠。但他们目前的位置在哪里，怎么样才能找到正路呢？无竭犯愁了。

无忧、无虑二僧对他说："不如我们向东走吧！向西是肯定没有路的！"无竭征求了大家的意见，遂唤起众僧，慢慢地向东走去。

天气越来越热，体力越来越差，人马都有些走不动了。无竭让大家坐下休息，自己想为大家寻找点吃的东西。可是转了好半天，什么也没找见，只好用石片挖那些尖硬的草丛。可那些草丛由于长年缺水，草根又粗又硬，比树根还结实，根本无法充饥。无竭无奈，回过头来一看，二十多匹马全部趴在地上，任众僧怎么使劲也拉不起来。无竭让大家保存些体力，待一会儿再走。可是由于水米未进，伙伴们都已有气无力，其中有三个师弟面色灰白，已经休克过去。众僧围在一旁，一边捶胸抚背，一边掐人中，方才清醒过来。无竭忙把自己水袋里还剩下的那点水，分给三个人喝了，三个师弟才稍有缓解。

临近中午，天气更热，戈壁滩就像一个巨大的蒸笼，别说走路了，连喘气都费劲。而且由于没有树木，晒得人马没处躲没处藏的，有三匹马已经死亡。和尚们也都蔫头耷脑没一点精神了，一个个趴在地上不吭声。有一个师弟提出要无竭燃起难香，向龙山圣母求救。无竭与无忧、无虑、无怨、无悔等几位领头师弟商议了一下，大家认为才出国门，就要求救，显得我们见硬就回，太没有佛家弟子的意志和智慧了。无忧提出，不如我们自己想办法，渡过难关。无竭要大家想办法。

无虑说："现成的办法就在眼前。我们佛门虽不讲杀生，但这几匹马已死，何不用来充饥？也算是它们为取经做出了贡献。"

无怨说："这一路它们与我等风餐露宿，也是不易，虽为异类，却情同手足，食其肉，终是有些不忍。"

无悔说："我们不吃，它们也会烂掉，而且大家会活活饿死。佛祖有好生之德，我想会赞同我们的。"

无竭听了大家的话，镇静地说："取经是我们的使命，是大燕国百姓的重托，我们必须活着完成它。佛说慈悲为本，方便为门，我们应该深刻领会佛祖的教诲。我同意先给那几匹马超度一下，然后解大伙燃眉之急。"说罢与众僧打坐诵经，为死去的几匹马祈福。默祷完毕，即领着众僧分解死马。大家先用钵盂分喝了这几匹马的血液，然后剥开马皮，将马肉分割来吃。除了无竭，师弟们是吃不惯生肉的，但茫茫戈壁，竟没有可燃之物，无法生火，大家又饥饿难耐，只好啃食生马肉。开始几口还行，不一会儿，多数师弟都哇哇吐了起来。

无竭自己先吃了几块生肉，补充些体力，然后用小刀把马肉割成一块块的薄片，放在石头子上面晒，不一会儿就见打卷儿，稍大会儿工夫就半生不熟，可以食用了。师弟们分食之后不再呕吐，也学着无竭的办法去做。好赖弄了个半饱，人也有些精神了。

吃过东西之后，无竭让大家不要动，自己同无忧、无虑、无怨、无悔、无欲六人分成三组，两人一伙，出去探路，兜里带些晒干的马肉，分别去东、北、西三个方向寻找，约定各走出十里左右就回来，千万不可走远失散。师弟们依命而行。到下午太阳落山之前，三路人马都陆续回来了，但皆没有收获。晚上西北风上来了，气温明显下降，众僧只好躲在躺倒的马匹身后，又熬过了一夜。

次日天刚放亮，无竭等人又出去探路，这回各走出二十里，累得人人打晃，眼冒金星，但仍没有找到出去的路。下午回来一看，马匹已经全部死亡了。无竭感到再这样下去，根本不是办法，于是召集师弟们说："我们困在这里已经三天了，路也探了两次，没有进展，看来必须往远走些，才能找到正路。现在马匹已经全部死亡，趁着血未凝固，大家把马血放出来给水囊灌满，然后明天割死马肉晒肉干，准备一天，后天我们一起走。"众僧一听，觉得也确实别无办法，只好按无竭说的去做。大家七手八脚地一阵忙活，倒也十分顺利。水囊里都灌满了马血，衣兜里装满了肉干，人也精神了不少。经过一夜的休息，到第五天的早晨，太阳刚刚露脸，无竭就领着众僧向北出发了。

说也奇怪，连续几天的时间，连一个人一只鸟也没有见到。这天早晨他们刚一动身想走，竟飞来十几只老鹰，疯了似的俯冲下来，争食那些死马的内脏和残肉。他们向北刚走出不远，就见一只老鹰在他们头顶上盘旋，"嘎、嘎"叫了两声，

领头向北飞去。众僧不解其意，无竭却已明白，这只老鹰是在给他们带路。果然，它飞了一会儿就停下来，等他们跟上来又领头前飞。无竭笑着对众僧说："我们有救了！雄鹰是不飞死路的！它领着我们的方向，一定就是取经的大路！"众僧闻之一阵喜悦，脚步不由得加快了许多。

连续两日，无竭等人在雄鹰的带领下，夜宿晓行，渐渐走出了黑色的戈壁滩。眼前的路上石头子渐少，细沙开始多起来。又走了几日，虽然仍不见村落和人家，但已可以看到有些水洼，水洼边上长满了野草，而且开了许多不知名的野花。这让多日萎靡的队伍为之一振，大家的心情渐渐开朗起来。到第十六日，前面的雄鹰飞去又飞回，一阵欢叫，似在告诉着什么。无竭领众人一阵急行，果然看见他们已经走出戈壁滩。前边的道路两侧树木杂生，隐隐间还有些房舍。无竭心中一阵高兴，他掏出肉干，打一声唿哨，把肉干抛向空中，向领路的雄鹰致谢。那雄鹰俯下又翘起，把肉干叼在口中，到一边享用去了。

无竭与众僧赶到房舍之前，见是一座四面有树林、门前有小溪、周围用木栅栏圈成的院落。正面有草房四间，东西各有茅屋两间，南面还有一个用木棒栅成的院门，院里堆着许多木棒和柴草。无竭站在木栅之外，接连轻唤了几声。正面的房门打开了，一位白发苍苍的老婆婆走了出来，看年纪至少已经年过花甲。无竭上前一步，深施一礼，谦恭地说："老妈妈，我等是东方大燕国去天竺取经的和尚，今天路过此地，想借贵舍一歇，并趁机打听道路，给您添麻烦了！"

那老妈妈见这些僧人虽衣衫褴褛，蓬头垢面，但为首之人面目和善，彬彬有礼，便打开院门，把众僧让进来坐，同时端出一盆清水来让众人喝。无竭见屋内陈设简陋，似是十分贫穷，便向老婆婆问起家境状况。老婆婆告诉他，此地尚属海西部落，但前面不远就是流沙河，过了河就是流沙国了。家里除了她，还有一位老公公，在流沙河上帮人渡河。老两口相依为命，已来此多年，虽然贫困凄苦，却无兵灾匪祸。

"活一天算一天吧！说不上哪天就死了！"老婆婆说，"在哪儿住都有哪儿的难处，老家若是得过，就不来这里了。这把老骨头，扔哪儿都一样！"老婆婆说得很伤感。

从她口中，无竭还得知，老两口都是关中人，因为躲避战乱和仇人追杀来到这里，无儿无女，很是凄苦。无竭听后，悲从心起，一股怜悯之情油然而生。他取出背包里尚未用完的草料钱，双手递与老婆婆，动情地说："老妈妈年高体弱，生活多有不易。我们这里还有些银两，就给您和老公公贴补些家用吧！”

老妈妈拒绝说：“出家人哪来的钱财？何况你们山高路远，要用钱的时候多了。我们两个老东西好对付，没钱的日子过惯了。有时候在河套上挣一点就花一点，买点盐巴。挣不着时，吃点青菜树皮也能过活。”

无竭闻言，双膝跪下，两眼已经流下泪来：“老妈妈，您太辛苦了！您就是我们的亲妈妈！我虽是出家之人，但这钱却是干净的，是马匹的草料钱。现在马已经死了，留下也无用了，就请老妈妈一定收下，也是我们佛家弟子的一点心意！”众僧见无竭如此说，一齐跪请老婆婆收下。

那老婆婆见如此，双手扶起无竭，颤声说道：“难得孩子们一片诚心！我就权且收下。愿佛祖保佑你们心想事成！”

说着话的时候，一位老汉已经健步走了进来，虽然满头白发，但步伐坚定，两眼有神，身体十分健壮。老婆婆把无竭等人介绍给他。那老汉十分爽朗，笑声震得小屋产生回响：“恰好我今天采到一篓香蘑，晚上就它下饭，明天我送你们过河。”随后一夜无话。

次日早晨天刚放亮，众僧就起来了。无竭又让师弟们留下些马肉干给老两口，然后随老汉去流沙河。老汉很健谈，一路上不断地讲些当地的趣闻逸事。他告诉无竭，这流沙河是东西方交流的必经之路。从西汉以来，东方的商人带着茶叶和丝绸，来到西域贸易，走的都是这条路。但他们都是从东南方的丝绸古道过来的，那边比较好走。无竭等人误入黑戈壁是走错了路，多少年来还没有人敢走这条路，而且那里也没有路。他佩服无竭等人，相信他们是有超凡才能的人，不然是不会活着走出来的。

大约走了一个时辰，老汉把他们带到流沙河边。这流沙河水从雪山流来，一路穿过高山峻岭，奔腾咆哮，裹沙而下，地势险要，几同绝境。说是渡口，其实并无渡船，只是在河两岸的悬崖峭壁之上，横空悬系着两根小胳膊粗细的绳索，那绳索显然用桐油浸透了，光滑黑亮，看样子十分结实。过河之人需要抓住绳索上的牛皮套子，顺势滑过岸去。这流沙河宽倒不宽，只有三十多丈，但水流湍急，声震寰宇，绳索高悬于波涛之上，令人头晕目眩。恐高之人别说过河，看一眼都心惊肉跳。

老汉告诉他们，只要心定神闲，不思杂念，过河是安全的，多少年来无数人在此过河，出事的极少。但若是做过坏事的，心虚气短，神情不专，掉下去的也有，

那是河神对他的惩罚。不过他也只是听说过，还没有看见过。“我在这里就是帮人渡河和运送货物的。这绳索被桐油浸过，牢固得很，尽管放心。我先做一个示范，你们看好了！”说罢单手伸进绳套，脚下用力一蹬河岸岩石，只听“唰”的一声，老汉箭一般地离岸而去，转眼间到达对岸，旋即又飞了回来，看得众人目瞪口呆。

老汉对无竭说：“你们都很年轻，又无货物，只管放心过去好了！”

无竭转身对师弟们说：“我们在寺中是练过的。老公公年过花甲，尚能来去自如，我想大家不该有问题。谁若是没把握，我来帮他！”说完，学着老汉的样子，“嗖”的一声，如一粒弹丸飞去，顷刻间落在对岸，令众人羡慕不已。

接着是无忧、无虑、无怨、无悔等师弟相继滑了过来。到最后只剩下无言、无语、无根、无蒂四人，均显得有些迟疑。无竭隔岸一边高声喊道：“要不要我去帮助你们？”但四人均摇头摆手表示不用。可是当小师弟无言走到崖边，还没等将手伸进绳套里，就脚下一滑栽了下去，“啪嚓”一声掉进激流，瞬间无影无踪，吓得两岸之人一齐惊呼。无竭心里一紧，眼泪立刻掉了下来。这位小师弟年龄最小，才十六岁，跟随自己都走出这么远了，竟然命丧此处，不由他不心寒，急得他大声喊道：“你们谁都别动了！我去带你们吧！”

那边老汉答道：“不用你再过来！让他们稳定一下，我再带他们过去！”说完解下水囊，让三人喝了点水，定了定神，又歇了好一会儿，才拉住无语的手，让他伸进后牢牢地扣住套子，脚上又给他套上另一只滑套，然后老汉自己一手套上滑套，另一只手拉住无语，脚下一蹬，向对岸滑去。眼看着已过了河的中心，却见无语的手突然松开了，只有脚还挂在绳索之上。一阵惊涛掠过，待滑到对岸之时，众人帮助老汉把大头朝下的无语解开放在地上，见无语已经两眼翻白，瞳孔散开，活活地被吓死了。

“怎么会是这样？”连六十多岁的花甲老汉也深感诧异，“我在此帮渡多年，也算见多识广，像这样被吓死的还是奇之又奇、少之又少！”弄得他不敢再带人了。

无竭见此情景，平静地说：“我们出家人一身系佛，生有来处，死有去处，万般皆有因果。大家不要惊慌，我且去救他们两个！”说完套上滑套，飞驰而过，敏若猿猴。到了对岸之后，他一手抱定无根，一手扣住滑套，一悠而过，气定神闲，脸不红气不喘。

连续援渡两人，只在顷刻之间，让老汉佩服得五体投地。他向无竭深施一礼：“我老汉在此二十来年，尚未见过谁有此绝技，小师父真世外高人也！请受老夫一拜！”

无竭慌忙还礼：“老公公如此大礼，真是折煞小侄儿。我只不过自小习武，身子轻一些而已，哪有什么绝技？”说完领众僧谢过老汉：“对面还有待渡之人，就不再耽搁老爹了！我们有缘还会相见！”老汉也依依不舍地与众僧告别,飞驰而去。

因为折了两位师弟，无竭心中十分难受。他觉得对不起他俩，更对不起昙真师父和家乡的父老乡亲。在掩埋了无语并给两位师弟诵经超度之后，他们又踏上了西去的路。

一路上，无竭始终默然无语。“这才几天呀？就有两位师弟送命了，无论如何也说不过去呀！”他后悔当时自己没有早去帮助他们，否则他们也不会死。倒是无忧的一句悄悄话，让他心里略宽。无忧说，在龙翔佛寺的时候，无言、无语这两个师弟就经常结伙偷偷去龙城，到青楼楚馆去玩，他不止一次发现过，但因为他们年龄小，没在意。这次渡河出事，看似偶然，其实必然。“是他们自己心里发虚呀！”无忧说。

第六回

遇沙暴痛失六师弟　克艰难越过火焰山

过了流沙河没走多远，天就黑了。好在这一带有山有水，虽然没有什么人家，但随身携带的马肉干还有，胡乱就着些泉水嚼一嚼，可以充饥。无竭又去林中采集了些半生不熟的野果，虽然十分青涩，但非常开胃解渴。

沿着西去的丝绸古道，又走了数日，中间也遇到了几拨来自东方的商贾和当地逃难的流民，不少人饿累交加，生命垂危。无竭等人心慈面善，遇上那些衣食无着的过客，不是给些马肉干就是脱下件衣服施舍。到了这一天傍晚，他们身上的干粮基本耗尽了。一行人来到一座土山之前，无竭张目四顾，想找个地方休息过夜。

忽然一个师弟高声喊道："师兄你看，那是什么？"

无竭顺其手指的方向一看，只见落日的余晖之中，西边天空烧成一片火红。四周一点儿风丝也没有，树梢一点儿都不动，宇宙仿佛停止了运转，听不到一点儿异样的声响。在一片可怕的静谧之中，西边天上升起一个黑色的云柱，顶天立地、高大无比，越来越粗、越来越近。远处传来一阵阵沉闷的、隆隆的响声，犹如惊涛骇浪在怒吼或千军万马在奔腾。转眼间一阵飓风吹来，扬沙舞尘，遮天盖地。

无竭大声喊道："不好！沙暴来了，快趴下！"他在临行前做取经准备的时候，曾听说西域这一带常有沙暴出现，可以折树拆屋，移山填水，致死人命更不在话下。可是他这一声喊出时，已经没有什么人能听到了。转眼间沙暴到了跟前，他自己已经身不由己，被轻轻地卷到半空，又被重重地抛到地下。折腾了几番之后，他已经看不见、听不着了，浑身疼痛得如万把钝刀子割肉，不一会儿就什么都不知道了。

等到昙无竭醒来的时候，已不知道过了多长时间、来到什么地方了。他开始只知道自己还没死，眼睛能转动，可以看到天上的星星，心脏在跳动，能够感受到胸腔内"咚咚"的响声。他感到浑身沉得厉害，手脚动弹不了。他试图挣扎了一下，便又昏过去了。

昏睡之中他做了很多梦。他梦到了父亲、母亲和弟弟，梦到了龙山圣母和仙姬姐姐，梦到了昙真师父，梦到了皇帝冯跋，梦到了猴王、虎王、狮王和鸟王，最后他梦到了如来佛祖。他跪拜了佛祖，说他是来取经的，请佛祖把经卷送给他。佛祖告诉他说，你的磨难还远远不够，还需要经受住烈火的考验。于是命金刚力士把他投入火中，烧他、烤他，热得他口干舌燥，通体欲裂，五脏俱焚。疼痛中他惊醒了，发现自己仰躺在沙堆之中，正午毒辣的阳光，照在他的脸上和身上。沙滩被晒得滚烫滚烫，如同一只正在加火的大炒锅。

无竭被火辣辣的太阳烤了一整天，又被滚烫的沙滩蒸了一整天，昏昏沉沉地不知昏过去多少次、醒过来多少次。他觉得体内的水分被烤没了，血液被烤干了，身体像一块马肉干或是一片枯树叶子，轻得不得了，自己的灵魂仿佛已经走了，只有这躯壳还留在沙滩之上。

半夜里有冷风吹来，沙滩上开始发凉。无竭再次从梦中疼醒，他感觉自己能动了，胳膊和腿又回归了自我。于是他挣扎着爬起来，先摸了摸牢牢地缚在身上的包袱，还好还在，正热热地贴着他，连着他的体温和心跳，他放心了。只要通关文牒、取经地图还在，只要他还活着，他就一定完成这神圣的使命。想到这里，

不知是靠着信念的力量，还是久经磨难练就的超凡体魄，他居然站了起来，走向前去。他知道月亮升起和落下的方向，他知道北斗星的勺柄指示着何方，他自信方向不会错。走一阵，歇一阵，走一阵，爬一阵。直到天亮了，他知道其实并未走出多远。因为在这茫茫的沙海之上，没有一棵树，也没有一个人影，自己的师弟们一个也没有遇到。只在自己的身后，留下两道并不规则的划痕。

就这样整整爬了一天，周围还是沙滩，什么吃的、喝的东西也没有，只有无穷无尽的闷热与烦恼。临近傍晚的时候，无竭感到自己的体力要耗尽了，便不再向前爬行。他仰面朝天地躺在沙滩之上，右手放在自己的胸口，他感觉到心脏还在跳，而且跳得很有力量，这让他又增加了信心。他的手顺势向下滑去，摸到了缚在身上的包袱。马肉干是一点也没有了，大前天都送给过路的难民了。除了文书和地图，他的手摸到了一包东西，不是难香，是那位蟒蛇王送给他的宝贝，他从来没有对任何人讲过。他知道那东西能吃，现在已经没有什么可以充饥的东西了，无奈之中，他很不情愿地打开层层布包，取出那个用龙山圣母送给他的肚兜包着的小包，剥开层层隔水油纸，拿出那包裹得严严实实的东西。那东西在朦胧的夜色中发出熹微的白光，无竭小心地拈起一小片放进嘴里，慢慢地含化，又一点一点地咽下去。他觉得那东西凉凉的、爽爽的、甜甜的、滑滑的，从咽喉一直滑行到肚子里，然后向全身扩散，那东西走到哪儿他全清清楚楚。他含过一片之后，感到精神好多了，胸膛内不再感到那么闷热和难受，四肢也好像有了一点力气。于是他抑制不住地抓起一片，迫不及待地咽了下去。这一次他的感觉又不一样了。那东西不再凉爽滑顺，而是热热的、烧烧的，不一会儿这种感觉就遍布全身。他感到舒服极了，于是他不再吃，重新小心翼翼地把它们包起来，再放进贴身的包袱里，捆好缚牢。做完这一切，他的眼皮有点打架。不知道什么时候，他睡着了。

他仿佛又回到了大燕国，回到了龙山，见到了龙山圣母和众位仙姬姐姐。龙山圣母慈祥地摸着他的光头，夸奖他做得很好，告诉他不要着急，他遇到的困难她都知道。无竭抱住圣母的大腿，流着泪说："奶奶，多么难我都不怕。可现在只剩下我一个人了，丢下那么多的伙伴，我怎么有脸回家呀？"

圣母扶起无竭对他说："你已经长大了，是个顶天立地的男子汉，不可以轻易流泪，这个我已经告诫你多次了，以后切不可如此。至于你的伙伴，他们多数还在，你明天朝着太阳升起的方向走，会找到他们的。还有，过些日子你们要过火焰山，鸟王会去帮助你们。记住，你们不是孤立无援地行动，你们的背后有大燕国几百万人民，有龙山三界生灵在看着你们，做你们的后盾，因此一定要坚定信心。强人面前，神鬼让路，相信我们的无竭没有战胜不了的磨难。”

无竭擦干眼泪向圣母行礼，动情地说：“我是想圣母奶奶了，我只对你一个人流泪，不是害怕和懦弱。请你放心，我一定不辱使命！”

龙山圣母高兴地抚摸着他的头，指尖滑过他的脸颊，让他感到无比亲切，无比温暖，无比快活，他想总这样该有多好哇。可当他沉浸在幸福之中的时候，圣母却突然不见了，仙姬姐姐们也不见了，龙山的花草树木也不见了！急得他一声大喊醒来，发觉仍然仰面躺在沙滩之上。晨光里和煦的轻风正吹着他的头，拂过他的脸，轻轻的，绵绵的，像一只温柔的手。不过眼前根本没有龙山圣母，只有她的话还清晰地印在心头。但他相信这一切都是真的。于是他毫不迟疑地站起来，拂了拂身上的细沙，大踏步向东方走去，居然走得十分有力，连他自已都感到有些奇怪。

连续走了大半天之后，无竭开始发现沙滩上出现了一些稀疏的野草，虽然上边干枯，但根子里却是湿的、活的，可以充饥。走到第二天，居然发现了一些低矮的灌木丛，上边虽然没有叶子，却留下了许多干硬的果实，足可以饱腹。走到第三天傍晚，无竭高兴了！原来前面已经不见连绵的沙山，隐隐约约可见成片的草地和树林。一群飞鸟掠过之后，他发现了一缕垂直向上的炊烟。

无竭加快脚步向炊烟走去，不一会儿就到了一座茅屋跟前。宽敞的用树枝围起的院落里，堆满了干柴和野草，两只白色的绵羊正嚼食着干草，样子十分悠闲，一大一小，像是母子。破旧的用木棍支成的架子上，吊着一些干玉米。一阵阵浓浓的雾气，争先恐后地从那间草房里飘出，空气中可闻到诱人的饭香。

无竭的肚子立刻“咕咕”叫了起来，他有些生气地捶了一下上腹，“怎么这样不争气？急什么！”他没有去推那扇其实不算门的柴门，只是站在院外轻声唤道：“请问屋内有人吗？打搅了！”

一声未落，只见小屋里呼地跑出一帮人来。为首的不是别人，正是师弟无忧和无虑。他们见到无竭，两步并作一步，飞也似的跑上前来，什么也没说，抱住无竭就哭成一团，另外几人也是一片抽泣之声，弄得无竭心里也酸酸的，眼泪在眼圈里转。正在这时，一位须发皆白的老者走上前来说：“师父请到屋里坐吧！天已黑了，免得着凉。”众僧这才收住眼泪，簇拥着无竭走进茅屋。

这座茅屋其实很小，除去灶间和堆放杂物占去两间，只剩下一小间可以住人，

靠南窗盘着一铺土炕，根本坐不下几个人。众僧让老者和无竭坐下，其余的师弟们都靠墙站着。未及交流，无竭眼睛一扫，已发现这里只有十六个人，不免心中狐疑。无竭先谢过老者对师弟们的关照，然后迫不及待地问道：“还有六位师弟哪里去了？你们遇到了吗？”

众僧一听，禁不住又都抽泣起来。无忧颤声答道：“那日遇到沙暴，我们这十几个人都被卷到一片树林里，虽然都受了不同程度的伤，但都不重。幸得风停以后，老爹去砍柴发现了我们，给我们送了些吃的，又拔了许多草药给我们疗伤。现在除了几个胳膊腿有骨折骨裂的，大多数都已经好了。”

无竭听说，连忙下地向老者行跪拜之礼：“多谢老爹对师弟们的救命之恩！我们来世做牛做马、结草衔环也要报答！”

老者慌忙将无竭扶起，说道：“这一带一年四季常有沙暴，有人遇难不足为奇。不过这一次这些小师父真是天生造化，全刮在树林中了，捡条性命。哎！只可惜那六位小师父了，全落在死水潭里，当时就淹死了！”

无忧接着说：“前天老爹领着我们去寻找的时候，那六个师弟早已漂在水面上，身子上爬满了蚂蟥和不知名的虫子，都有些变味了，我们当时又找不见你，只好把他们打捞上来，就地埋了！”说完又失声痛哭。

无竭心中也十分难受，路程还没走到一半，又死去六位师弟，三成中已去了一成了，怎不令人心寒？但他想到龙山圣母的话，又收起泪容说道：“此去天竺还有很远的路，前途会更加凶险，随时可能丢掉性命。哪位师弟如果心有余悸，可以就此罢手，由这里往回走。如果大家矢志不移，就跟着我继续西行，我相信天无绝人之路，我们一定能成功！”师弟们面面相觑，一时谁也不吭声。

无忧、无虑二人齐声说道：“师兄尽管放心，我们跟着你走，死不回头！”众僧也随即响应道：“我们也都跟着你走，死不回头！”

无竭道：“既如此说，大家就不必悲伤了，哭是没有用的。我们就借老爹的宝地休整一下，恢复一下体力再走。”

次日上午，无竭与众僧去死水潭边，看望了遇难的六位师弟，给他们圆了一个合葬墓，栽下了六棵苦柳树，立下一块木牌，上书“东方大燕国西行取经僧人无边无涯无空无岸无欲无我之墓”。无竭领着众僧就地诵经，为六位师弟超度，愿他们脱离苦难，早升天界。祭拜了几位师弟以后，无竭又带领众僧采集了一些草药、干果和可烧之柴，回来之后，与老爹一起研碎熬煮，给几位伤及骨骼的师弟服下草药，又做了清创外敷，包严缠好。他又拿出一些蛇王之宝给他们含服。一连几日，无竭与师弟们外出化缘、打柴、捡粮食、采集干果，探察西去之路。不知不觉中，已经半月有余。

这一日清晨，无竭召集师弟们说道："我们来此叨扰老爹时日已久，几位师弟已能勉强下地行走，不能再住下去了。前面的路已经问清，此去西北三百里外是火焰山，乃西天取经的必经之路。我们今天准备一下，明日饭后就走。"众僧表示赞同。

无竭又领大家忙了一天，尽量帮老爹多干些活，多留些吃用之物。然后让师弟们灌满水囊，带上干果及七天之内所用之物。众人美美地睡了一夜，次日早餐后辞别老爹，沿着事先探明的路径，相互搀扶着出发了。

由于几位师弟的腿脚尚未痊愈，他们走得很慢，半个多月以后才来到火焰山下。虽然这里距真正的火焰山区还有几十里，但已明显感到燥热。树木已经明显减少，溪流已经基本没有，连飞鸟也很少见到了，但在古道旁边却有一家客栈。客栈的小二告诉他们，火焰山区南北宽二百多里，东西长八百多里。主峰四周寸草不生，全是红色的石砬子，踩上去直冒烟，鸡蛋和青菜放在石砬子上一会儿就熟。山上什么动物、植物都没有，当地人也没有去过。但这里是丝绸古道，偶尔也听说有大胆的客商经过，做买卖是相当赚钱，但风险也太大了，他们从未见过。小二说，你们要过山，那可得琢磨好了哇！别弄不好把命搭上。众僧听了都十分害怕。

无竭说道："路再难，也是人走出来的。当年张骞通西域，就是走的这条路，何况这些年也有客商走过。我们多带些水和干粮，我想一定能够过去！"

事到如今，欲罢不能，师弟们也只得同意跟着他走。无竭取出最后剩下的一些银两，给每个人又买了一只水囊，剩下的全换了可吃之物，嘱咐师弟们备好带足。

次日无竭一行十七人离开客栈，沿路向火焰山进发。虽然太阳还没有出来，但走了不一会儿就已经挥汗如雨。无竭让大家走走停停，节约体力，尽量先不要喝水。但是由于越走越热，越走越渴，几位小师弟已经按捺不住，悄悄地打开水囊开喝了。临近晌午时，他们来到半山坡上，眼前舒缓平滑的山石像一只大平锅，热得出奇。太阳也好像与他们过不去，悬在头顶上一动不动，烤得他们大口地喘气，一个个像刚刚出水的鱼。脚下的石头像烧红的烙铁，一踩下去，脚掌被烫得钻心地疼，几位小师弟已露出畏难的情绪。无竭边走边帮助师弟们拿东西，鼓励他们一定要坚持下去，停下来便是死亡。直到现在，他连一口水也没喝，全凭着坚强

的意志和超凡的体魄在支撑。他知道，他要是垮下去，这支队伍就彻底完了。

平心而论，火焰山倒不是特别的难走，就是个热，热得你没处躲没处藏的。渴得你好像浑身都干透了，刚喝完一口水，马上又渴了。走了一整天，还没有到达主峰，有几位师弟的两只水囊都已经喝干了。无竭让大家休息一下，吃些东西。可那些食品也好像特别别扭，一块块干硬得像木头片，没啃上几口，就把牙床子都硌破了，人人满口是血。无竭与无忧、无虑带头吃，给大家做样子。无竭说:“不吃东西，我们就会被烤死在山上。大家少就些水，多嚼点干粮，才能补充体力。”他把自己的水囊递给已经没水的几位师弟，让他们匀着喝。师弟们感动得直想哭，但是哭都已经没有眼泪了。

太阳落山以后气温有点降低，但是仍然没有一丝风。无竭告诉师弟们，他们休息过后，要趁着晚上凉快些尽量多走点路，后半夜再睡觉，不然明天到达主峰就更热了，众僧齐声赞同。他们手拉着手，肩并着肩，互相帮扶着又走了两个多时辰。半夜时分，他们来到主峰旁边的一座山崖下，感到多少好像有点风，于是坐下来休息、睡觉。尽管仍是热得喘不过气来，但是由于太疲劳，多数僧人们还是躺下就睡着了。

也许是由于责任感的驱使，无竭没有睡，他在盘算着明天的路。也许明天一天过去，水就喝干了，但是还没有走上一半的路。怎么办呢？自己从小受过大苦，也许能挺过去，但师弟们就不同了，说不定会全烤死在这火焰山上。再不然点难香呢？圣母临行前答应有难时可以求救。但又一转念，那日梦中圣母曾暗示，到过火焰山时，会有鸟王相助。他相信圣母的暗示是真的，因为那日的梦境后来全被事实所验证了。现在就点难香，是不是不合时宜呢？左思右想之中，他也迷迷糊糊地睡着了。

不知道过了多长时间，他睡醒了，准确地说，是烤醒了。太阳已经升起老高，山上又开始暴热起来。无竭推醒了所有的师弟，让大家匀着喝了一点水，啃了一点干粮，又出发了。

走到第三天头上，水都喝干了，体力也快耗尽了。除了无竭和无忧、无虑两人之外，其他师弟几乎人人身体打晃，走不动了。多数人提出要无竭点起难香，向圣母求救。无竭倚在烫人的石崖之上，认真地考虑了一番之后，取下包袱，打开层层的包裹之后，把剩下的蛇王之宝全部取出来，分成十七份，分给众僧，每人一份，告诉大家节省着吃，可以补充一天的体力。要不要点难香，明天再说。

他留下自己的那份包好缚牢，又带在身上，怕是再有个什么急用，想找也没有了。众僧按照无竭的话，慢慢地去品味那几片奇异的东西，果然咽下去口生凉风，神清气爽，遍体通泰。

有个小师弟埋怨无竭："有这么好的东西，咋不早说呀？何必受此大罪？"众僧听了一阵傻笑。说实在的，他们已经好长时间没心思笑了。

也许是由于蛇王之宝的作用，无竭和师弟们又坚持了一天。到第四天傍晚的时候，他们已越过主峰向北坡前进。身上带的水喝干了，坚硬的干粮也快要吃光了。大家正在发愁，幸好遇到了一头被烤死的骆驼。那头骆驼显然是某个商队的遗物，虽然死的时间不一定太长，但驼肉早已风干了。无竭与师弟们费了好大的力气，才用刀子慢慢地割下一些肉来，尽管嚼起来如同啃牛皮带，相当费劲，但毕竟可以充饥。十几个师弟换着班儿轮流上手，轮流休息，忙活了小半夜，竟然奇迹般把一头死骆驼卸巴完了。大家将就着嚼食了一些,剩余的都装起来背在身上。干完了这桩活，一个个便像一摊泥一样，瘫倒在滚热的山石上睡着了。

往北坡去的路比想象的要难走，虽然不是很陡，但放眼望去，红乎乎灰蒙蒙一片，几乎看不到边，也辨不清哪里是可走的路。无竭正在踌躇，忽见东边太阳升起的地方飞来一群大鸟，金翅金翎，好像绚烂的早霞。无竭恍然大悟，他明白一定是圣母来帮助他们了，于是解开包袱，把鸟王送给他的凤尾翎拿出来，向着飞来的大鸟们挥舞，转眼间那群大鸟已飞到他们的头顶之上。无竭认得，领飞的那只正是鸟王姐姐，在龙山时曾经相遇的凤凰。

无竭挥舞着凤尾翎激动地喊道："鸟王姐姐，我是慧根哪！真是太想你们了！"那鸟王领着鸟群在头顶盘旋了一阵，一串银铃般好听的声音传来："圣母派我来帮助你们，请跟随我们走吧！不然你们会迷路的！"说完领头向北面飞去，但飞得很慢。众僧见无竭与大鸟对话，那大鸟竟能口吐人言，均感到十分惊奇。但一听说是龙山圣母来帮助他们，心里也都明白了。于是个个打起精神，脚下顿感有力了许多。那群大鸟在空中飞行，好像一大片绚丽的彩云，不但遮住了毒烈的阳光，而且还带来习习的轻风，让无竭等人跟在后面行走舒服多了。

"真是天无绝人之路！""有圣母帮助我们，什么都不怕！""我们一定能取经归来！"师弟们一个个都有了精神头儿，纷纷抒发着感慨。无竭却只顾走路，一言不发。他似乎预感到未来的时日，绝不像师弟们想象的那么简单。

天上有鸟王带路遮阴，兜中有驼肉干可以充饥，无竭他们马不停蹄地疾走了三天，终于走出了火焰山。前边的路已经清晰可辨，沟边地格上已经长出些青草，空气也逐渐凉爽起来。到第九日清晨，前方竟然出现了一些稀疏的灌木林。当太阳升起的时候，鸟王领着那群大鸟齐齐地飞来，在空中编成一个美丽的花环。无竭知道鸟王即将告别，于是率师弟们一齐跪在地上，向空中叩头施礼，仰头说道："多谢各位姐姐远来相助，我等必不负厚望取经归来！"说罢复又施礼。

那鸟王在空中叫道："都是圣母之命，慧根不必言谢！有难事的时候，请祭起凤尾翎找我！我们龙山再会！"说完金翅一扇，一阵轻风吹过，大鸟们呼啸而去，顷刻间无影无踪。无竭与师弟们感慨万分，跪伏良久，站起身来后还不断地向东方张望。

第七回

取经僧被困达兰部　龟兹王获赠凤尾翎

过火焰山未伤一人，让无竭心中高兴，也让众僧增强了信心。随着道路日渐好走，林木、花草多了起来，偶尔也能看见行人和村落，听到些牛马撒欢儿和犬吠之声。人气越来越旺，田园越来越美。这日中午，他们来到一条大河的旁边，见渡口边站满了等候摆渡的人群，无竭便领着众僧一同等候。

站了好大一会儿，无竭在静静地想着心事。只听无忧向他附耳低声说道："师兄，你发现没有？这咋都是些女人呢？"无竭这才细心观看，发现这河边站立等候的，河中摇船摆渡的，尽管年龄有大有小，面貌有老有少，真的全是些女人，一个男人也不曾看见。无竭好生纳闷，众师弟也都嘀嘀咕咕地面露惊奇。等他们上船的时候，岸上的女人们都掩着口向他们笑，有的女人还指指点点，弄得众僧心里发毛。

摆船的是一个四十岁左右粗壮的女人，一脸诡异的神色，任凭无竭怎么问，她什么都不说，只是一个劲儿地盯着他看，不一会儿就到了岸边。

众僧的双脚刚刚落地，忽拉上来一群粗壮的女人，嘴里喊着："住店吧！住店吧！"不容分说，连拉带拽，把和尚们拖住。她们两三人拉住一个，把无竭他们分别塞进两个大板车里，推车就跑。那两个在前头拉车的女人高大肥硕，像两匹健壮的母马，健步如飞。无竭等人无可奈何，只好任由她们去了。"反正我有一定之规"，无竭心想。

两架板车跑离河滩，穿过树林，钻进城门洞，踏上城中宽阔的土街，一路疾行，惹得两旁的住户和路边的女人们皆注目观看，传来一阵阵嘻嘻哈哈的笑声。不一会儿，板车拐进一个大院子，看样子是客店。一个穿戴整齐的中年女子走了出来，一招手，又是一群女子拥上前来，七手八脚，把和尚们往屋里推。师弟们一个个看着无竭，一脸的无奈。

无竭的肩膀略微地一奓，摆脱了拉扯他的两个女人，立起身来，正色说道："各位女施主！少安毋躁！请容我问个明白，再住不迟。不知哪位是当家的？"

那位穿戴整齐的中年女子走上前来，一挥手，众女子立刻停止了撕扯，一人说："听你的意思，这位师父是领头的了，你想问什么，说吧！"

无竭略一打量，见这女子眉清目秀，面貌端庄，薄施粉黛，温文尔雅，于是上前施礼，一本正经地说道："我等乃是东方大燕国去天竺取经的僧人，才从火焰山上过来，前往龟兹国去，今天有幸路过宝地，方便时就暂住一宿，明日便行，不知缘何拉拉扯扯，多有不妥，还望女施主体谅。"

那位中年女子听闻无竭之言抿嘴一笑，"师父有所不知，这是我们这个地方的风俗，外地人乍来自然感到奇怪。如果你们自己觉得不便，那就随意吧！先洗漱一番，再喝茶吃饭。住下没有问题，啥一宿两宿的，住多久都行，分文不取。"那些女人听如此说，尽皆散去。

无竭等人谢过女店主，进得店来，发现客房十分干净整洁，清新雅致，两人一间，两张木床靠墙而放，被褥叠放整齐，木桌木椅齐全，茶壶茶碗锃光瓦亮，脸盆已经打好了水，木架上垂放着毛巾，安排得十分细致妥帖，众僧高兴异常。多少天没有洗浴了，身上脏得不行了。衣服也坏得够呛，原来灰色的僧衣已看不出什么颜色。胡须和头发一齐疯长，整得跟小鬼一般，哪还有和尚的样子？遇到这样一个上好的客店，众僧已顾不得别的了，纷纷宽衣解带，洗浴起来。

无竭、无虑让大家先洗，二人去找女店主借了只木桶，又到院子里提了几大桶冷水过来，把洗脏的水再泼出去。大家折腾了两个多时辰才全部洗完。众僧穿起客店房间里的布衣，挽起长长的头发，一个个在屋里走来走去，咧着嘴笑个不停。傍晚太阳压山的时候，那女店主招呼众僧吃饭。大家走出客房，见院子里两条长桌上已经摆好了吃食。大盆的玉米糁子粥，大块的玉米饼子，大碗的黑乎乎的咸菜。众僧饿得急了，一阵风卷残云。不大一会儿，长桌上只剩下些空盆空碗，让前来收拾餐具的女人们笑个不停。

次日早饭后，无竭带着无忧、无虑一起去见城主。那位中年女店主领着他们转弯抹角，不一会儿来到一座雄伟的土楼跟前。那土楼有几丈高，四周修有高大的围墙，垛口旁站满持枪的女兵，楼柱间挂着一排红色的灯笼。土楼的大门宽厚威严，木柱上雕刻着狮虎豹狼等猛兽的图案，粗大的门环旁镂有龙形的标记，那木头榫卯的门槛足有两尺来高。门前立着两排挎着腰刀的女兵，一个个身高体壮，十分英武。

昙无竭等三人跟着那位女店主走进城门，穿过两层院子，来到一座雄伟的大殿跟前。那女店主让三人先行等候，自己则进去通报。不一会儿，里边传来清脆好听的喊声："传东土僧人觐见！"

无竭带两位师弟小心地走进大殿，立刻闻到一股沁人心脾的香味。无竭四下打量，高大的厅堂全由巨木卯榫而成，漆成红绿相间的颜色，八根粗大的桩柱上雕满猛兽的图腾。几大扇落地式木格窗透进碎金一般的日光。四周的墙壁上画满各种鲜花的图案。正面宽大而威严的雕花木椅上面，端坐着一位美若天仙的女人。座椅的两侧，侍立着八位面容俊朗的女官。带他们过来的那位女店主，此时已经退到门外。

无竭明白，上面端坐的这位一定就是这里的女主人了，于是他趋步向前，深施一礼，"我等乃是东方大燕国去天竺取经的僧人，路过宝地，敬请放行，予以方便。"随即递上通关文牒。

一女官接过后呈递给女主人。那女子并未细看，稍掠一眼便微微一笑道："大燕国倒是山高路远，当年我随祖母去过，果是上邦大国，尽是非凡人物。今观汝等三人，哪像出家的和尚，分明是出狱的囚徒！一个个蓬头垢面，脏乱不堪。不如讲出实话，我或可以帮助你们。"

无竭再拜施礼，"我等确是东土僧人，岂能以囚徒相论？只是连日奔波，头发

胡须未加修剪，衣衫刮破尚未缝补。女主何以外貌取评佛门中人？不知此处可是龟兹国都？施主难道是女王吗？”

那女子笑起来十分好看：“这里是龟兹国不假，但龟兹国管不着我们。这里是达兰部落的城堡，我是城主达兰。三位小师父显然也不是什么东土僧人，不然的话，火焰山你们是过不来的！连说谎也不会说。这样吧！你们暂且住下休息，待我问明情况之后，再放你们西行，谅也不迟。”

无竭还想分辨，但那达兰城主已挥手送客。三个人只好悻悻地退了出来。

出了城门之后，没有看到那位女店主，三人凭着记忆走回客店。推开那几间客房不由大吃一惊：哪里还有师弟们的踪影？只有些破旧的僧衣搭在屋内。无竭等三人院内院外、上上下下找了个遍，仍是一无所获。这下他可真着急了，怕师弟们出什么意外。无忧、无虑早已大喊起来，不但没找着同伴，却喊来一大群持枪舞刀的女兵。不容分说，将三人绑了，反锁在客房之内。然后扬长而去。

按说凭无竭他们三个从小练就的功夫，那些女兵根本不在话下，但他们不敢动手。一是佛门自有清规戒律，二是师弟们下落不明，心中有所顾忌，因此只能暂受委屈，再图良策。无忧、无虑急得眼冒金星，唉声叹气，无竭则脑筋飞转，暗自分析。他觉得这些女官不像害人之辈，但她们究竟想干什么呢？

中午时分，女店主送来一些饭菜。无忧、无虑二人抓起大饼，张嘴就咬，端起粥碗，一阵猛喝。无竭却心乱如麻，毫无食欲，一点也吃不下，只是靠在墙角暗自发呆。无忧、无虑二人一边吃，一边劝无竭用饭。顷刻之间吃饱，却谁也不说话了。两个人哈欠连天，先后躺倒，鼾声如雷。无竭似觉有些不对，怎么刚吃完就睡觉了，而且还两人同时睡着？这不合情理呀！正思索着，门外忽然响起杂乱的脚步声。只听一人说道：“工夫不小了，该倒了，去看看！”说着已到门前。

无竭连忙假装睡着，靠在墙边打起呼噜来。这时“咣当”一声，门已打开，只听那女店主吩咐道：“把那两个抬到后院去！这一个我来发落！”一阵脚步声之后，无忧、无虑显然已被抬走。那女店主蹲下身来，架起无竭，向客房之外走去。无竭想弄明白究竟，就假意昏迷不醒，任由那女店主架扶着他，拐弯抹角，走进了一间卧房。一歪身，把无竭放倒在床上，转身带上门，出去了。

无竭睁开眼睛四下打量，整间屋子干干净净，收拾得井井有条。北面墙上正中供着一座神龛，一个人面蛇身的美丽女人正享受着香火，弥散开来的香烟给屋子带来一股好闻的气味。地下摆放着一张木桌、两只木椅和几件适用家具。靠南面一排粗制的木窗，挂着薄薄的纱帘。一铺土炕上铺放着被褥，虽非崭新，却非常洁净，给人一种温馨的气息和想睡的感觉。

无竭正在留心观看，耳听有脚步声响，慌忙闭上眼睛，歪倒在床上。只觉一阵风来，一下门响，那女店主已来到无竭的面前。无竭开始闻到一股奇异的香味，接着感觉到女店主在脱他的袜子，扒他的衣服，搬弄他的身体。无竭觉得好笑，他暗自运气，使出自小练就的千斤坠童子功，任凭那女店主使尽力气，累得气喘吁吁，香汗淋漓，无竭竟如铁板一块，丝毫搬动不得，女店主的汗珠不断地滴在他的身上。那女主显然有些恼羞成怒，摘下墙上的鞭子，咬着牙向他抽来。无竭偷眼观看，感到有些不妙，不能再闹下去了。于是顺势一滚，一个鲤鱼打挺站起来，风一般绕到那女店主的身后，伸出食指向她颈项上轻轻一点，那女店主立刻泥一般瘫在地上。

无竭转身，见那女店主赤膊露腹，只穿了一件很小的衣服遮体，匆忙扯过炕上单被给她围上，然后端端正正地坐在炕上，一本正经地询问起来。

事情发生得太急太快，无竭的反应让那女店主猝不及防，甚至一声未喊就被无竭点了麻穴，浑身酸软，动弹不得。这时候见无竭问她，才想起张口说话："你没有吃饭吗？怎么还能动弹？"

无竭冷笑道："你这不是废话吗？我怎么会着了你们的道、上了你们的当呢？快告诉我，你们到底想干什么？不然我就让你废在这里！"

那女主见事到如今，不得不说了，倒显得有些害羞。她说："你看到墙上的神龛了吗？那是我们达兰部落的母祖、一个人面蛇身的女神，三千年以前我们这个母系部落就是她缔造的，许多习俗戒律也是她留下的。多少年来我们这个部族都是女主当家，是个纯女人的部落，繁衍生育都是由部族中女人与外部男子之间进行的。生下的娃，女的留下养育，男的立即送走。因为女神说男人是肮脏的，女人才是圣洁的。所以我们达兰部落相当团结，是周边几百里之内最强大的部族，没有人敢欺侮我们。龟兹国王几次派重兵来围剿，一经对阵，那些邪淫的男兵见我们这边成千上万如花似玉的女人，立刻军心涣散，不战自乱，多数放下武器，跑到我们这边来捉对儿，最后连领兵的将军也被城主俘获到床上去了。"

听到这里，无竭虽有些明白，但仍迷惑不解地问道："那么那些男人呢？他们都到哪里去了，怎么我一个也没有看到？"

那女店主微微一笑，说道："根据女神母祖留下来的规矩，这些男人一旦经不

住诱惑，上了我们的床，吃了我们的饭，也就服下了我们的药，只好任由我们摆布。他们每个人须配够七七四十九个女人，来繁育我们的后代，而且每天还要不停地劳作，平日是不准他们出来的，所以你在街上看不到男人。多数男人不是累死、病死，就是被折腾死的。少数侥幸逃脱的，也再不敢回来了。因此我们这里这几年男人短缺，城主相当忧虑，有时候便到外边部落去寻找。昨天见你等十几个和尚远道而来，个个年轻力壮，都是上等的好货，大家欢喜异常。城主已吩咐先让你们吃好、睡好、休息好，然后再慢慢享用。今日我见有机可乘，您又是大国高僧，言谈举止很不一般，因此便动了私心，才出此下策，不然恐怕明天就未必轮到我了！”那女店主说到这里，脸子一红，声音渐小，显得既害羞又害怕，用乞求的口吻对无竭说道：“你快放了我吧，城主若知道此事，必会杀了我的。”

无竭说：“我本来就不想害你，但你要先告诉我师弟们的下落，我才会放你。”

那女店主见无竭态度诚恳，便告诉无竭说：“他们被关在后院的地窖里，不会有事的。我可以带你去救他们，但你必须把我也带出此地，不然我就没命了！”

无竭拍着胸脯说：“我们出家人不打诳语，你先带我去救人。然后我自有办法，尽管放心。”说完用食指轻轻一点，解开那女店主的麻穴，让她穿上衣服，然后跟着她向后院走去。

那女店主见到守门的女兵，只说带人去见城主，因此很顺利地进入后院，打开地牢。无竭走进去一看，不禁十分寒心。十几个师弟东倒西歪地躺在地下，昏暗的光线中个个面色青黄，无精打采。师弟们见到无竭虽然十分激动，但多数均已站不起来。那女店主告诉无竭，他们均是因为吃饭时误服了蛇药的缘故，过一阵子会好的，但不会去根，一犯病了只能求她们给解药吃，这也是来这儿的男人均无可奈何的缘故。

无竭见说，忽然心生灵感，解下随身包袱，取出剩下的那一份蛇王之宝，让女店主端一碗白水过来，将蛇王之宝融入水中，对师弟们说：“如今我也只有这一份蛇王之宝了，不知管不管用，现在大家每个人喝上一小口，但愿佛祖保佑我们化险为夷！”说完依次递给无忧、无虑及各位师弟。

众僧按照无竭的话，每人抿上一口，说来神奇，不大一会儿，师弟们纷纷站了起来，围在无竭身边，不约而同地说道：“师兄，没事了，又是你救了我们！”

无竭道：“说哪里话！都是患难兄弟！大家赶快回客房收拾行囊，我们即刻就走。”见那女店主还有些迟疑，又补充道：“你带我的师弟们先走，就说是奉了城主之命去城外办事，不会有人怀疑。我到城主那里去取通关文牒，随后就到！”说完带好自己的东西，向达兰城堡走去。

守门的两队女兵见是上午来过的和尚，即刻进去通报，无竭极为顺利地进入了大殿。那达兰城主懒洋洋地迈上宝座，漫不经心地问道：“什么事呀？早上不是告知你先住下的吗？”

无竭朗声答道：“住下可以，我们正好将息一下身体，恢复一下体力。但是通关文牒还望城主先予办妥，毕竟过些日子我们还是要走的嘛！”

那达兰城主见无竭仪表堂堂，声音朗朗，竟无一点服用过蛇药的症状，十分诧异，便想试探一下他的身手和筋力，于是笑着对他说：“师父说得有理。关文我已行章用印，就放在这里，不知师父能取走否？”说完抓起那只木盒，一扬手，轻轻地把它抛在大殿的横梁之上。

这大殿纯是巨木构架，横梁离地面足有两丈多高，能准确地把关文木盒轻抛在上面，足见城主有些功力。无竭抬头看了一眼，落下的灰尘掉在他的肩上，他用手指轻轻掸去，笑着对城主说：“不知城主此是何意？我若能取下，当怎说？若取不下，又当怎说？”

达兰城主不屑一顾地说道：“这么多年来，还没有人能取下来过。你若取下，即刻走人。若取不下，乖乖地做我的男使！今天就是好日子！你看，衣服鞋帽已经给你备好，今晚就与我同赴巫山！我们可以先开席、后欢会！”

无竭顺其手指一看，果见两个女官捧着衣服站在那里，旁边有一桌摆好的酒席，散发出浓郁的香气。那达兰城主搔首弄姿，脸若桃花，秋波频闪，志在必得。无竭双手合十，深施一礼，说道：“多谢城主的美意！小僧恐怕无福消受了！这酒菜还是留着你自己用吧！”说完一纵身，如同一只灵巧的猿猴般跳起，一眨眼三跳两跳已飞上大殿，然后顺着巨木，“噌、噌、噌”几步蹿到横梁之上，一抄手拿起木盒，轻轻地落在原地，面不改色，气不长出，复又微微一笑，向达兰城主说道：“多谢城主的关照，小僧就此告辞。”这一连串的动作和语言，疾如闪电，看得众人目瞪口呆。

直到无竭走出大殿，女官们才反应过来，一个女官急上前禀道：“城主何不拦住他？”达兰城主长叹一声：“拦他何用？这样的人我们是拦不住的！”

又一女官说道：“不怕他走！那帮人不是还在我们手上？”达兰城主怒斥道：“真是愚蠢至极！他必是有备而来。人早已救走了！没想到他竟是这样超凡的人才！

可惜了，没有为我们部落所用，给我们传宗接代呀！”气得她杏眼圆睁，玉手一挥，木架上的一只花瓶掉在地上，跌得粉碎。

无竭带着通关文牒顺利出城，一阵疾走。按照事先的约定，在达兰城北四五里处的一片小树林里，与女店主带着的师弟们会合。为了话兑前言，他让女店主继续给他们带路，奔向龟兹国。由于道路熟悉，他们很快穿庄越野，顺畅地到达库车，也就是龟兹国的首都。龟兹国王听说是大燕国过来的僧人，要去天竺取经，十分敬佩，不仅顺利地办好了通关文牒，知会了沿路所有守关将士，而且还设斋宴款待无竭一行。席间无竭转达了大燕国皇帝冯跋对他的问候，同时还把达兰部落的客店女主人介绍给他。龟兹国王见女店主面目端庄清秀，举止温文尔雅，十分喜欢。又听说她曾救了无竭众师弟的性命，知是个面和心善的女子，酒桌上一时高兴，竟收她为龟兹王妃。

无竭一为感谢女店主的相助，二为成人之美，三为联络燕国与龟兹的往来，把自己珍藏的鸟王凤尾翎拿了出来，双手捧着赠给龟兹国王，并动情地说道："这是鸟王凤凰赠我的金色尾翎，已经随我十年，乃是护身的无价之宝。今为表示燕国与龟兹的友好之情，就转赠陛下，也请陛下借这支宝物的祥瑞，与达兰部落融合结好。有什么为难之处，祭起宝物，鸟王会来相助！”

龟兹国王见说非常感激，即刻命人将宝物装入匣中，供奉在金殿之上。后来龟兹国王果然借这宝物的威力，请到鸟王相助，和平统一了达兰部落，成为一段佳话，今天暂且不表。且说那女店主得此殊荣，喜出望外，再三向无竭施礼，表示感谢。龟兹国王为表示回报，执意让无竭等人带些银两，以备路上急用，同时又赠送了许多衣物、鞋袜和食品，安排他们在驿馆休息，恢复体力，可谓体贴备至，极为真诚。

第八回

众行僧遇狼陷泥沼　老施主引路翻雪山

在龟兹悉心休息数日，大家理了头发、剪了胡须，换了内衣、内裤和鞋袜，又缝好洗净了旧的僧衣，备好了路上所需物品。无竭见众僧体力已经恢复，遂告别了龟兹国君臣，离开库车，继续向西方进发。

由于心情舒畅，体力充足，走起路来格外轻巧，一路之上有说有笑，时间则快如穿梭。随着几阵金风吹过，转眼间大雪飘飞，又一个冬天来临了。

好在无竭他们的食品和衣物均得到了补充，体力也得到了恢复，因此这期间他们时半功倍，赶了不少的路。初冬的一个傍晚，他们来到了沙勒国界。巨大的岩石上雕刻着龟兹、沙勒和汉族的三种文字，表明这里是龟兹和沙勒的边界。往前看，是起伏不平的丘陵和一望无际的荒原。

在无竭带的那张西域地形图上，这里标记着有个小村镇，可现在除了一片大火烧过的废墟，什么都没有了，这让无竭感到很意外。这个地方由于靠近边境，前不着村后不着店，连片像样的避风的树林也没有。往回走是不可能了，无竭只好领着大家往前走。天彻底黑下来的时候，他们来到了一座小山坡下，在厚厚的干草上坐下来，背靠着背取暖宿营。

无竭让大家尽量多拔些干草，把人群围起来。然后就着积雪，啃食着冻硬的面饼，和大家说着笑话。他说现在是有些冷，但我宁愿冷些，也不上火焰山。“妈的！热死我了！”第一次听到无竭说粗话，师弟们都开心地笑了起来。

不知道什么时候，也不知谁先睡着的，反正呼噜声此起彼伏、争先恐后地响起来。这肯定是草原夜晚一种奇妙的、不可多得的声响。他们自己浑然不知，却已惊动了草原上众多的生灵。在一位师弟起来夜尿的时候，低声推醒了无竭，告诉他说：“师兄你看，那边好像有人家，亮着不少的灯，我们到那边去投宿吧！这里太冷了！”无竭揉揉眼睛，仔细一看，不禁大吃一惊，连忙轻轻地把大家推醒，告诫大家谁都不要吱声，要准备好搏斗的武器，看他的手势行事。

不大一会儿，那些蓝绿色的“灯光”越来越多，四外都是，简直就像天上的星星。有些经验的师弟们终于明白了，这哪里是什么灯火呀？这是狼群哪！少说也有千八百头。狼群是草原的霸主，连狮、虎、豹这样的猛兽都惧它三分，何况人呢？无竭后悔没听从龟兹国守边将官的忠告：“夜晚千万别在草原露宿，那里狼太多！”可现在说什么也晚了。“不行就点难香吧！”他想。

随着夜静更深，狼群越逼越近，走在前面的头狼离他们不到二十丈了。随风飘来的那种狼群中特有的骚涩的气味，已呛得几位师弟呕吐起来。几个年龄较小的师弟已吓得抖成一团，黑暗中用求助的眼神望着无竭。无竭不敢着慌，他知道如果自己撑不住，大家就会葬身狼腹。他冷静地吩咐无忧、无虑，让大家拔光脚下和身边的干草，然后把草堆扔在外围，用火镰点燃。一时间篝火熊熊，青烟漫漫。无竭让大家坐在上风口，免得被烟呛着。然后继续点燃，在他们周围烧成一个圆形火道。那些狼群见这边火起，一时摸不清虚实，犹疑地停下脚步观望。冲风那面的狼群已被呛得后撤数丈，留下了一个缺口。有几只大狼在火道边上徘徊奔跑，似在侦察情况，沟通信息。无竭见狼群已稍静下来，便告诉大家不要慌，小时候听父亲李本元讲过，狼群怕火，不敢轻易进攻。大家要瞪大眼睛盯住，适时往火道上加干草，一点也不敢疏忽大意。

由于初冬风小草湿，又落过一场大雪，因此火堆烧得很慢，但也没灭。虽一时未成燎原之势，但也在无竭他们四周形成了一道圆形的火墙。狼群也很聪明，它们躲过了迎风面，聚到另三面来，望着这些跳动的火苗，在他们的外围趴成一个半圆形的伏击圈，在忍耐着，监视着，丝毫没有放弃之意。大概它们知道，火不会永远着下去，那时它们将有一顿丰盛的早餐。

无竭他们当然更不敢松懈，师弟们几次提出点燃难香，但无竭始终没有答应。他觉得这么大的一支队伍，又都练过武术，应该没有克服不了的困难。何况前段路那么艰难，都挺过来了。不就是几匹狼吗？难不成怕了它们？总会有办法的！他想。

就这样人狼对峙了多半夜。眼见得东方放白，晨风渐起，火苗已断了几处。狼群开始骚动起来，显然它们已经耐不下去了，太阳出来必须撤退，那么拂晓前人群疲惫之时，就是它们进攻的最好时机。于是晨光之中，一只青灰色的头狼一声嗥叫，狼群立即从四面八方逼近过来，那威严不亚于任何战斗的军阵。师弟们都有些身手，已做好打斗的准备。倒是无竭被那一声狼嚎提醒，他马上以头触地，发出一声长长的狼叫。这声狼叫在寂静的晨风中传出好远，四外的狼群听到这声狼叫，立刻停住脚步，迟疑起来。那只青灰色的头狼又发出一声低鸣，带着呼噜呼噜的余音，算是回应。无竭听到后，又以头触地连吼三声，那凄惨瘆人的低嗥比狼还像狼。那只头狼听到后即刻趴了下来，不再前进。四周的群狼也有些迟疑不决，大概是它们感到奇怪，怎么这群人中还有自己的同类？到底发生了什么？不过它们虽然暂时停止了进攻，但是并没有退却，估计它们是在分析判断，然后伺机再发起进攻，它们实在不愿意放弃这顿丰厚的美食。

这时候启明星已经高高升起，镰刀一般的月牙早逃到西天去了，晨曦中已传来飞鸟的叫声。远处的丘陵和草丛中时有蠕动，有些大一点的动物也陆续睡醒了，开始准备觅食。无竭感到时机已经成熟，于是他伏在草堆之后，发出一阵长长的虎啸。这一阵虎啸惊天动地，四外回响，差一点把星星震下来，把师弟们吓得几乎昏过去，以为狼群没走，猛虎又来了，这回真没命了。可是抬眼一看，哪有老虎哇？却见四外的狼群闻声而逃，顷刻间已逃得无影无踪。无竭又喊了一声，地动山摇，所有草原上的动物都吓得躲在草棵里不敢出来，甚至连飞鸟的影子都不见了。空旷的草原又恢复了往日的宁静，好像什么事也没有发生过。只有那些疲惫的火苗还在爱搭不理地跳动着。

无竭带领师弟们忙活了好一阵，终于扑灭了残火。他知道草原是动物的家，是它们的衣食之源。如果任从野火烧光了这一带草原，许多动物这一冬天都无法生存了。他不能因为保存自己而害了它们，否则那将是无法饶恕的罪过。

沙勒国境内多是些连绵的丘陵和断断续续的草原。这一带由于气候不正常，说不刮风的时候，一点风丝都没有，说刮风的时候，天怒地号，好像要把宇宙翻个个儿；说晴天的时候，日光朗朗，万里无云，说阴天的时候，彤云密布，黑气沉沉，好像天就要塌下来；冬天里的中午，说像夏天也不为过，可以穿单衣，甚至光脊梁；夏天里的夜晚，说像冬天也很合适，穿上老羊皮袄仍觉得很冷、很冷。因此这一带低矮的山坡上，只长着些低矮的灌木丛，既没多少叶子更没有果实；杂乱的草原上也只长些杂乱的野蒿和野草，没有蘑菇，也没见着能吃的草籽。一连十几天，无竭等人夜宿晓行，靠着从龟兹出发时所带来的充足的食物，一路顺利地向西进发。他们渴望见到村庄和人群，希望补充些食物和水，尽管冻硬的面饼和着积雪并不好吃，但也已经不多了。

世间的很多事，往往都是天不遂人愿。越是盼望见到村庄，越是没有。无竭他们从沙勒边界过来，已经连续走了二十多天，别说村庄了，连个人影儿都没有看到。身上带的食物两天前就已经吃完了，无竭只好教师弟们捋些草籽为食。遇到了就多捋些，边捋边食，吃过了再走。这不仅大大减慢了行进的速度，而且也使众僧的体力急剧下降。有几位师弟因为吃不惯草籽，已经步履蹒跚，有些走不动了。无竭看在眼里，急在心上，一时又想不出什么办法。这一日正午，他们走出了一小片草地，前边出现了一片沼泽，有的地方还泛着水的亮光。师弟们大喜不已，纷纷跑向前去，想找口水喝。还没等无竭阻拦，转眼间的工夫，跑在前边的几位师弟“咕、咚、咚”，已经陷进淤泥里，片刻没至腰部，吓得他们大叫起来，连声调都变味了。

无竭连忙大喊：“莫慌！快！无忧、无虑，岸上的手拉手，一个牵一个，牢牢地攥住！”然后他自己小心翼翼地挪到沼泽地的最边缘上，脚下踩实两棵结了冰碴儿的蒿草丛，解下腰间的带子，一甩手扔给最近的一位师弟，让他抓牢，同时对陷在淤泥中的几位师弟大喊：“你们抓住他！一个扣一个，千万别撒手！我身后的一齐使劲儿，把他们拉上来！”

众僧一个牵住一个，抻着劲儿往回倒，慢慢地往上拉。但这边往上拉的同时，那边也迅速地往下沉。陷得最深的两个师弟，淤泥已经没到脖子，憋得脸色紫红，已经喊不出话来了。无竭急了，大喊一声，大家像拔河一般一齐用力，四位师弟被硬生生拽了上来，躺在地上像出水的泥鳅。无竭由于站在最前面，淤泥也已经没裆，在无忧、无虑的帮助下才爬起来。再看前边陷得最深的那两位师弟，早已没顶不见了。浑浊的污水上面，只留下几个转动的气泡。众师弟们惊魂未定，一个个吓得目瞪口呆，闹个后怕。

无竭逐个扫视了一遍，发现少了无意、无愿两个师弟，不禁悲从心起，热泪横流。这两个师弟身体是最弱的，还不到十八岁，平素与无竭的关系极好，在龙翔佛寺那些日子，他们经常在一起练功和玩耍。本来在选人的时候，师父昙真长老因为他们年龄较小、身子骨较弱，是不同意他们来的。是两个师弟再三恳求，要跟着他走，师父才答应的。如今却在这无名的草原上、该死的沼泽中丢掉了性命！是自己没有照顾好他们呀！回去如何向师父交代？想到这里，无竭不禁放声大哭，哭得晕倒在地上。众僧急忙上前扶起，也都止不住大哭起来。这一哭不要紧，一发不可收拾，好像要把这两年所受的苦楚一齐倒出来。十几个出家人哭得昏天黑地、畅快淋漓，哭累了，不知是谁先停下的，他们又在温暖的阳光下睡着了，像一群在母亲的怀抱里哭累了的孩子。

无竭眯了一会儿就醒了。这一次意外的事故给了他一个警醒：这一行人必须要有约束，任何随意性都会造成意想不到的后果。取经的道路才走了一半，就已经失去十位师弟了。后边的路途也许更加艰难，因此必须先给师弟们一个交代。他依次推醒了众僧，十分郑重地说：“我们西行以来，历尽磨难，虽然取经的大业还没有影儿，但已付出了巨大的代价。这些代价有的是无法避免的，比如说遇到飓风和沙暴，我们一下子失去了六位师弟。但有的代价是可以避免的，比如说今天的事，无意、无愿两位小师弟的死，我有过错，这将是我永远的伤痛。但想起下边的路，我必须提出，我们大家不光要有修为，更要有法纪，要像军队一样。我们还有十五个人，好比军队里的一个小队，我来当队长，由无忧、无虑做副队长。余下的十二个人，每两个人分成一组，由一人做组长，互相照应。大家的一切行动都要听我的，我不在跟前的时候，听无忧和无虑的。我们既要商量着办事，又要听从指令。谁也不许擅自行事。大家同意吗？”

众僧异口同声地说：“同意！同意！这回大家凡事都听你的招呼。你不发话，谁也别乱走了！”不幸的事件让师弟们认同了无竭的话。想活下去，想完成取经大业，就必须一心一意，令行禁止。

无竭领着师弟们撮土为炉，插草为香，在沼泽边上祭拜了无意、无愿两位师弟，为他俩诵经超度了一番，然后洒泪登程。傍晚时分，他们走出了这块草地，见前边有片稀疏的树林和一道避风的山岗，便决定在这里过夜。无竭吩咐无忧、无虑带人撅些干树枝生火，再搂些干草搭起一道挡风的障子，然后自己带上两个身轻体健的师弟到处转悠，想采些野果来吃。真是天无绝人之路，三个人收获颇丰，不大一会儿就满载而归。

他们将捡来的蘑菇、落地果和从树上摘下来的干果，统统倒在火堆旁边，边烤边剥皮边吃。虽然谈不上可口，但不至于挨饿了。无竭又解下包袱，把从龟兹带来的盐巴拿出一点，放在一个较大的钵盂里，再抓些干净的雪和冻蘑菇，用青树棍支起在火上煮起来。不一会儿，雪融化，水烧开，火堆旁边立刻弥散开一股诱人的香气，那股清香味诱得师弟们用鼻子猛吸起来。煮好一锅之后，无竭倒出来让师弟们分尝，自己又去煮。一连煮了好几锅，大家吃得津津有味，香得不得了。直到后来回国后许多年，无竭都没有再吃过这么好的清水煮蘑菇。这一夜大家吃饱睡足。

天刚亮，无竭就叫醒师弟们，分头去采蘑菇、捡果子，这一小片树林俨然成了他们的粮站。一个多时辰以后，师弟们大包小裹地纷纷回来了。无竭又告诉大家啥样的能吃，啥样的有毒要扔掉，有用的要装好。忙活了一上午，这支队伍补充了给养之后，又出发了。

一连几天，往前走山地越来越多，山势也越来越陡，林子越来越密，天气也越来越冷。半个月以后他们来到葱岭，走近了远近闻名的大雪山。他们在山下一个有十几户人家的村庄里宿营，想好好打探一下情况，做好过山的准备再走。

房东老夫妇均已六十开外，本是敬佛之人，见无竭一行万里迢迢而来，又谦恭有礼，因此十分热情。他们一边忙着做饭，一边告诉烧火的无竭，这里仍是沙勒地界，翻过雪山，才到罽宾国，那才是真正的出了中华国界，不讲中土话了。但是不必担心，那边也有许多我们汉人，梵语是可以学的。倒是这大雪山呀，你们外地人没有经验，是不太好过呀！

无竭一边帮着添柴，一边询问老爹：“那怎么个难法呢？火焰山我们都过来了！”

那老爹盖上锅盖，一边洗手一边对无竭说：“这里跟火焰山可是不同。火焰山就是个热，能够烤死人，这里的大雪山不光冷得能冻死人，而且山上气候多变。

临上山的时候风和日丽，到山上就兴许大雪飞扬，那雪暴刮起时往往对面不见人影，随时都有可能被卷入沟壑雪谷，埋进山里。因此这里的人们提起大雪山，人人噤若寒蝉。一年四季中，盛夏时节还好一些。你们赶上这隆冬三九，应该是难上加难。”

无竭一听，不觉皱起眉头，“难道我们就无法过去了吗？我相信没有人过不去的高山。多高的山峰最终都会被人踩在脚下！老爹，我们一定要过去，而且也不能等！你老人家就告诉我们，怎么个过法吧！要注意些什么，说明白就可以了！”

那老爹见无竭如此坚决，不由得肃然起敬，便也诚挚地说：“那好吧！我就告诉你们，过这大雪山有三个窍门：第一是穿得暖些，但不能太笨重，免得在山里被冻坏。我看你们年轻体壮，衣服还可以；第二要吃得饱些，这个我来帮助你们，尽量多带些干粮；第三要走得匀些，就是要分三天走，第一天到山下，第二天过主峰，第三天下去，如果不安排好行程，就会被冻死在山上。”无竭听得明白，连声感谢。见老夫妇生活清苦，只靠种些薄田和套猎野兽度日，十分艰难，还拿出这些吃食来招待他们，心中过意不去，便暗地里同师弟们商量，把龟兹国王送给他们的银两和盐巴拿出一部分，送给老夫妇。

无竭说：“难得老爹和老妈妈一片敬佛之心，对我们出家人这般好。这是我们路过龟兹的时候，国王赠予我们的一些银两和盐巴，就转送给你们，聊表我等感谢之意。东西不多，还望笑纳！”无竭知道，在这雪山大漠，盐巴比同等重量的白银还要珍贵。许多商人历尽辛苦，拼死来到这里，贩卖丝绸、茶叶和盐巴，就是因为利润大得惊人。

老人一见连忙推辞，“我虽未出家，也是莲友。同为信佛之人，帮助你们是应该的。银两和盐巴却不能要，你们一路上还紧用得着！”

无竭说：“我们还都年轻，身体又好，过了雪山，还有募缘之处。我们此番连吃带拿，老爹和老妈妈就要挨饿了，于心何忍？”

那老爹见无竭一脸诚恳，只好收下，然后招呼无竭等人吃饭休息，一夜无话。

次日清晨，天朗气清，一点风丝都没有。老爹十分高兴，说：“贵人出行，老天有情。”一边给众僧装上干粮，一边穿戴整齐，嘱咐了老妈妈几句，然后领头出门。

无竭连忙拉住老爹，说：“路径已经问得明白，我们自己走就行了，何须老人家再送？”

老爹拍了一下他的肩膀，告诉无竭：“第一天我带你们走上去，这才放心，不然心里总像有个事似的。”说完头也不回地向前走去。无竭等人只好紧紧跟上，寸

步不离。

有老爹带路，虽然山势险峻，雪多路滑，但是行进得却相当顺畅。一路上偶尔会遇到些破衣烂裳或人及动物的骸骨，露在雪坡之上。老爹告诉他们，这是那些上山时被冻死的人们的遗物："这露在外边的是极少数的，更多的是被埋在雪峰下了。"众皆听后骇然。

上午刚上山的时候还没觉得太冷，但是越往上走，就感到冷得越厉害。虽然没有风来，但是干冷干冷的，好像浑身都被冻成了冰棍儿，迈一步都相当费劲，两条腿像两根僵硬的棒子。到了下午，起了微风，风虽不大，却像刮脸的刀子，抽得脸上钻心地疼。太阳也好像被冻得无精打采的，没有一点热乎气儿。众僧行走起来越发困难，一个个大口地喘着粗气，好像哈出的气体会被冻上。老爹细心地提醒大家，一定要坚持走下去，千万不要停下来，如果停下来，一会儿就会被冻僵。无竭也跑前跑后地照顾大家，时而帮助师弟们拿东西，时而搀扶摔倒的师弟。一天下来，行程顺畅。老爹见太阳已经西落，就找了块迎风的雪坡停下来，指导大家掏雪窝子，准备在这里过夜。众僧不解其意，问为什么不找背风的地方。老爹说："许多外地人就这样死在这里了！这也是我今天领你们上山的原因。背风的地方虽然感觉上会暖和一些，但夜里如果有风暴来袭，一下子就会把雪窝子埋上，那里面的人就必死无疑了。冲风的地方虽然看似寒冷，但风雪再大，不会积雪，百分之百会安然无恙。如果能在里边生上火，那就很享福了。"无竭一听有理，由衷佩服老爹，便领着师弟们一齐下手，掏了三个很大的雪窝子，把下面踩得硬邦邦的，四边拍得严严实实，既宽敞又实用。老爹指导他们把随身带来的一些木棍燃起来，顷刻间雪窝子里面暖气融融。大家把老爹送的干粮放在火边烘烤，就着山上的积雪，吃了一顿别具风味的晚餐。无忧、无虑开玩笑说这是"大饼蘸白糖，不用建厨房"，无嗔加一句说"气坏伙夫郎"，大家哄堂大笑，在愉快的气氛中入眠。

后半夜果然刮起了大风，天空中似有千百万个发疯的怪兽，"嗷嗷"号叫。漫天的雪糁子、雪块子如铁砂般从头顶上飞过，由于速度太快，落到雪窝子里的倒是不多。火早熄了，师弟们均被冻醒。老爹趴在耳边告诉无竭，天放亮风就会停下来。待会儿你们抓紧吃点东西，尽可能早点走，一定要在今天晚饭前翻过主峰，走到西坡去，不然就危险了。无竭点头表示已记在心里，再次施礼向老爹表达感激之情。说话间风越来越小，天越来越亮。真是奇怪了，太阳刚冒头，风雪就彻底停了。大家对老爹简直佩服得五体投地。

老爹笑着说："其实也没什么，就是待得时间长了，摸索出一点规律。你们赶紧走吧，我就在此告别。我们既有佛缘，早晚还会相见。祝你们取经成功！"

无竭等人再拜叩首，与老爹依依惜别。老爹跳出雪窝子，迈着矫健的步伐，下山去了。

无竭等人按照老爹的嘱咐，匆匆吃了点东西，拉起队伍，一个接着一个，向山上爬去。无忧、无虑打头，无嗔、无竭收尾。一路上越走越艰难，由于空气越来越稀薄，大家都感到头脑发胀，胸口发闷，浑身无力，脚下发软，每走一步都像踩在棉花团上，因此他们不再多说话，渴了、喘了抓把雪来吃。中途有两个师弟失足滑下，都被后边的无竭一把拽住，保住了性命。大家小心翼翼，互相照应。临近中午的时候，他们已来到主峰之下。无忧、无虑回头请示，无竭挥手示意，让大家休息进食。

无竭掏出干硬的面饼，运用口腔的温度洇热咀嚼，一点一点下咽，一块一块蚕食，好像在细细品味着美味佳肴，舍不得大口地吃下。中午的太阳照在雪峰之上，反射出刺眼的白色的光芒。湛蓝的天空之下，棉絮般的云朵缠着冰山，不肯离去。连绵的高原托载着辽远的苍穹，没有一丝纤尘，显得那样高洁壮美，任何人间的银塑和玉雕都赶不上它。无竭感到，它实际就像佛的胸怀，那样博大、神圣、无与伦比而又充满透明。想到这里，无竭笑了。如果不来西天取经，怎能览此人间绝景，悟出万事真谛？他望着自己这支小小的队伍，静静地蛰伏在雪坡之上，像一只待动的龙蛇，给静谧的雪山带来了生气。不知不觉之间，一块饼子吃完了，他挥手发出了行进的号令。

老天作美、老爹教诲和师弟们的团结协作，让无竭他们顺利地越过了主峰。回首望去，皑皑白雪，像一锭通天彻地的巨大银块，被他们揽在怀里、踩在脚下。午后的阳光傻傻地、柔柔地向他们发出祝贺的光彩，给每个人的身上都镶上一层金边儿，让师弟们欣喜不已。大家不由自主地加快了脚步，抢出了不少路程和时间。傍晚的时候，已到西半坡了。他们按照老爹指导的办法，掏挖雪窝子宿营。第三天早晨太阳刚出，又匆匆踏上了前进的路。大家信心倍增，好像西天佛寺就在眼前。

天近正午的时候，他们来到一座悬崖之下。在这里，他们居然遇到了几个当地人，这让众僧高兴万分。在这人迹罕见的大雪山上，见只鸟都特别亲切，何况碰到同类，胜于他乡遇故知呀！无忧、无虑很快同他们攀谈起来，无竭则四下打量，观察着可以行进的路。

严格讲前边已经没有路了，从雪山的西坡走到这里，好像进了一个死胡同。脚下踩着铁板一样坚硬的冰雪，头上顶着瓦片般大小的一块蓝天，两侧是陡峭的高山，似乎已和苍穹连在一起，看不到顶，前面是稍显低矮的一片崖壁，但至少也有十几丈高，四周环境极像一个巨大的天井。正午的阳光从井口射进来，反射在山崖之上，晶莹透亮，像一块美玉妆成的照壁，闪闪发光。景色倒是极美，却找不见前进的路。

正在焦急的时候，就听一个当地人说："我们歇够了，也该走了，晚上山下再见。"

无竭回过头来，见那几个当地人已向山崖走去。无忧、无虑告诉他，这几个当地汉子是去罽宾国做工的，看他们怎么过去。无竭点点头，三个人跟着几位当地人来到崖前，抬头仰望，只见壁立的山崖之上，虽无树木岩石可以攀登，但是从下至上却有两排凿出的小孔，像两排通天的扣子，又像一条无绳的滑梯，显然是前人为通行刻意所为。崖底下堆着些尖硬的长短不一的木棍，看样子也是登崖的人留下的。无竭等人正观望间，只见一个当地的精壮汉子抓起几根木棍，顺手插进崖壁的小洞里，然后身子一纵，两手一伸，抓住上面的木桩，两脚上去，蹬住下面的木桩，像一只壁虎，贴在悬崖之上。喘息片刻，抬起右腿，捯下一根木桩插到上面去，形成新的木桩。右手一伸，抓住新的木桩，捯下一根木棍插在右脚之下。然后又上抬左脚，左手拔桩，向上插去，再捯下一根木棍插在左脚之下，复又登上左腿。如此这般，循环往复，用几根结实的木桩倒替登爬，顷刻间已到达悬崖中间，下边又一个当地汉子也如法攀登。约摸一个多时辰的工夫，几个当地汉子已全部攀到崖顶，向他们挥挥手下山去了。

见当地人攀爬得如此容易，师弟们似乎并未十分在意，无竭却有些担心。他深知当地人攀山越岭，乃是家常便饭，自然经验丰富，车轻路熟，外地人却不一样。师弟们虽然练过武功，年轻体壮，身子灵巧，但这样的攀登从未有过，生怕师弟们大意了出事。他嘱咐师弟们吃些东西，补充体力，把衣服行囊绑缚得干净利落，又细心地为每位师弟挑选好结实的木棍。然后对无忧、无虑说："我先爬上去，给你们做个示范，大家在下边看好了！然后再依次上去，千万不要着急，一定要小心谨慎。我们有的是时间，天黑前一定都能过去。"说完绑缚好自己的行囊，拣几根结实的木棍，学着几位当地人的样子，手脚并用，全神贯注，一口气就爬上了崖顶。

下边的师弟们一片欢呼："师兄棒极了！看我们的！"从无忧、无虑开始，依次向上攀爬起来。

开始时几位师弟倒还顺利。无忧、无虑、无嗔、无悔相继爬上崖顶，倒在雪地上休息聊天。无竭则始终瞪大眼睛，用手臂扣住一块突出的岩石，探身向下张望。谁知这时候悬崖上忽然起了一阵趸风，卷着雪糁子和雪块子向下边刮去，到天井里因为四面受阻，竟形成了一个小旋风，“呜呜”地怪叫着旋转起来。爬在悬崖壁上的无知、无晓、无端、无了和无痕五位师弟，顷刻间被旋风抄了下来，摔在坚硬的雪地之上。无竭急得大叫一声，一个筋斗翻了下去，落在师弟们的身旁。见无知、无晓已口吐鲜血当场摔死。无端、无了和无痕虽还有气，但已脸色苍白，口吐白沫，双眼紧闭，只有出的气了。那几位未及攀爬的师弟吓得目瞪口呆、瑟瑟发抖，有两个已瘫在地上。

这股旋风闹腾了一阵就渐渐平息，这会儿也不知躲到哪里去了。“妈的！简直就是催命的魔鬼！”激愤交加的无竭气得破口大骂，但终是无可奈何。他拼命地呼喊着还有气的师弟，嘴对嘴地给他们喂些雪水，脸贴脸地暖着他们的身子，却也无济于事了。无端、无了先后脑袋一歪，死在他的怀里。只有无痕，在众人的呼叫声中渐渐苏醒过来，望着无竭，脸上没有痛苦，甚至还带着一丝微笑。他攥住无竭的手，断断续续地说：“师兄……我……犯错了。在……达兰，我们泄了元阳……老天在……惩罚……我们……了！……悔死了！下辈子……还跟着师兄……去西……天……”说完惨然一笑，脑袋一歪，两颗珍珠大的泪珠从眼角流下来，滴在无竭的身上，无痕也死去了。弄得无竭撕心裂肺，痛不欲生，一时不知说什么才好，只是傻傻地抱着无痕，泪如泉涌。几位剩下的师弟没了主意，怔怔地看着无竭，不知下步该怎么办。急得崖顶上的无忧、无虑失声大喊，那凄惨的叫声在峡谷中回荡。

太阳已经滑到西天去了，时间不等人。无竭悲痛了一阵，领着几位师弟用木棍掘出了一个大大的雪坑，把五位师弟并排摆在雪坑里，用纯洁的白雪盖住了他们，修成了一个圆形的白色的墓丘。无竭掰下一些木棍，摆在墓丘上，形成六个奇特的大字：“西去僧人之墓”。然后喃喃地说：“师弟们长眠吧！这也算是玉葬了，是你们修来的因果，愿你们与雪山大漠长存！”说完领师弟们诵经祭拜，转而对五位师弟说：“这回你们都先上去，我在下边看着你们，尽管放胆攀爬。有事我在下边接着，保你们平安无事。”

几位师弟惊魂未定，均心有余悸，但此时听无竭一说，稍稍放下心来，一个个小心谨慎，依次向崖上攀去。无竭在下边大气不出，全神贯注，比自己攀爬还要紧张，直到最后一个师弟登上崖顶，他才长出一口气，但后背已经全湿透了。

这时候天已经逐渐暗下来，雪山上好像又要起风，远处已传来沉闷的响声。无竭再次拜别了遇难的师弟，这才捡起木棍，向上攀爬。此时虽然光线已暗，崖壁上的洞孔也已看不清楚，只能摸索着前进，但无竭凭着自小练就的猿猴一般的轻巧和虎狼一般的体魄，还是很顺利地爬到了崖顶，让为他担心的师弟们长出了一口气。这时天已大黑，风也刮起，但下边的路好走多了。无竭与师弟们不敢休息，拼命一阵急走。半夜时分，他们终于来到了山下小镇。敲了好几户的房门，最后才敲开一家小店。店主人端着油灯，哈欠连天："谁这么晚了还住店呀？"把他们让进一间客房就走了。

第九回

罽宾国巧遇张员外　观世音梦传受记经

一间客房，对面大炕，没有油灯，也没开水，炕席上连床被褥也没有。无竭与师弟们顾不得挑剔，有间房就不错了，比在雪山上担惊受怕强上百倍。屋子虽然很冷，但他们太疲劳了。几个人蜷曲在一起，抱团取暖。不一会儿鼾声四起，都睡着了。

次日，无竭他们被一阵拍门声惊醒，起身一看，天已大亮。客店主人走了进来，面带诡异的神色，向他们问道："昨夜你们仓促而来，还没弄清是何方客人，怎么半夜住店，衣衫又如此褴褛？"无竭忙跳下土炕，向店主深施一礼："我等是东方大燕国去天竺取经的和尚，因为前几日过雪山的时候，耽搁了时间，投宿来得晚了，惊扰了您老人家的休息，还望见谅！"

那店主人听说是取经的僧人，脸色立刻变了："你们既是取经的和尚，为什么不到庙上去？看你们一个个蓬头垢面，衣衫不整，该不是山那边过来的丐帮吧？我可养不起你们这帮没钱的货色！算我今天倒霉！就不收你们昨晚的店钱，赶紧走吧！"

无竭并未生气，连忙解释说："我们确是取经的僧人，住店会给店钱的。还请为我们备些早饭，饭后一并结账。"

那店主人听后一声冷笑："给店钱？有钱你们会这样打扮吗？快走，不然我要报官了！"

师弟们气得浑身发抖，无竭却笑着说："店东家何须如此无情？普天之下，皆佛门众生。人活一世，并无可带走之财。我佛慈悲，度一切善良之人；地狱洞开，收所有淫恶之辈。还望店主广施善念，立地成佛，免受阿鼻之苦。如此说来，我等告辞！"说罢留下一些银两，与师弟们走了出去。那店主闻听目瞪口呆，不知所言，似有后悔之意。

觉没睡好，饭没吃着，又遇此不明情理之人，让众僧对罽宾国开始产生不好的印象。无竭心中也有些气恼，正领着师弟们在小街上漫无目的地行走，忽听一人高声叫道："几位师父，过来了？不简单啊！"

无竭等人侧头一看，见一座高大的门楼之前，一个挑着担子的壮汉正朝着他们微笑。无忧眼尖，即刻喊出："那不是昨天攀岩时遇到的当地人吗？这位小哥，你怎么会在这里？"

那壮汉放下担子，告诉无竭说："我们哥儿几个就是来这家做工的。这家的主人姓张，是东方中原人，多少年前来到这里，经商做生意。我们是给他卖豆腐的。你看！"

无竭等人仔细一看，果是两箩豆腐，还冒着热气。那壮汉又接着说："你们这是去哪里呀，大清早的？"

没等无竭说话，无忧自恃与那壮汉熟悉，信口说道："我们昨晚已住在客店，今早被店主赶了出来，正无处可去。"说完自知失言，望了无竭一眼，不再吭声。

那壮汉听说，连忙告诉无竭："那家店主是有名的抠门儿、吝啬鬼，人缘极差，街里人都骂他。我们来投的这家可不一样，工钱比别人高出一倍。这家的主人心地善良，一心向佛，经常为地方上做善事。对了，你们何不去投奔他？"

几个人正说着话，忽听门楼内一个声音传来："是谁在门口说话哪？怎么不进来？”话到人到，一个衣着洁净、须发皆白的老者出现在门口。

那壮汉一见，慌忙施礼，“老员外早！我正要出去卖货，遇到他们，在此说说话。”

老员外走下台阶，向众僧扫视了一眼，然后问道：“请问列位是哪里人哪？怎么一大早就来到我家门口？”

无竭见老者慈眉善目，一脸厚诚，即上前深施一礼，把自己的身份、此行的来历和前去的使命，简短而明晰地说了一遍。

那位老者听说无竭等人来自大燕国，喜形于色，十分亲热，立刻上前抓住无竭的手，摇了又摇，“你们是燕国人，那太好了！我是东方大燕国燕山人，我们算是同乡！多少年没遇到老乡了，大喜事！快请到屋内叙话。”然后手拉着手，请无竭等人走进院子，穿过门厅，来到一个很大的厅堂。老员外很客气地招呼众僧坐下，喊下人沏茶倒水。无竭很谦恭地请老员外先落座，然后取出随身携带的通关文牒和燕国皇帝冯跋的书信，双手递与老员外。

老员外览毕，不由得感慨万千，“你们万里迢迢，历尽辛苦，能平安来到这里，实属不易！想当年大汉朝武帝时期，我家祖上张骞曾两次出使西域，那时边疆一路畅通，与中原往来十分密切。后来由于战乱频繁，各地纷纷割据称王，西行的道路无人修整，从而充满着凶险。三十多年前，大秦国皇帝实行西通南进的策略，派我率五百人的商队出使西域，不想一路上钱物被抢光，兵士被截杀，过雪山草地又死去大部分，到这里只剩下三个人了。如今那两个兄弟已死，只我一个人还活着，既无力返乡又愧对家乡，常感无颜见家乡父老。每日粗茶淡饭，望月伤怀，思念故里，日甚一日。凡是东边过来的人，都觉得特别亲切。现在你们来了就好了，我终于见到家乡亲人了！”老员外一口气说了这么多话，竟然老泪纵横，泣不成声。

无竭听了也内心酸酸的，他立起身来，长揖施礼，“老员外不必悲伤，佛家讲法轮有度，人生无常。万般皆有因果，终归一个缘字。我的原籍也在燕山，家父李本元生在燕山，长在燕山，后来因从军打仗，才流落到关东燕国。我们爷儿俩在此相见，不是缘分吗？”

老员外一听，又愣住了，“难道你是本元的儿子？我与你父曾在一起当兵啊！我们都曾是冯跋的部下，后来就失散了。他如今在哪里？你既是本元的儿子，怎么就当了和尚？”

无竭一听，慌忙跪倒，“老伯父在上，请受小侄儿一拜！我在这里替父母给您问安了！”于是如此这般地把家事述说了一遍，连众僧听了都嗟叹不已，张老员

外更是百感交集。他命人摆上菜蔬果品，端上几样素食，对无竭说："不瞒小侄儿，自从我流落至此，无一日不思念死去的将士们，常常和他们在梦里相见，因此无心饮酒吃肉，已吃斋念佛多年了。如今已成习惯，倒觉得神清气爽。"无竭说我们出家之人更须如此，要以无上大慈悲心去度世上所有生灵，故以斋食谷物填饱肚子就好，说着陪张老员外入席。大家边吃边聊，话题不离故里，大半日方用餐完毕。

饭后张老员外问无竭下步有何打算，无竭说按照行前安排，进入罽宾国要修整一年，学习梵语和梵文，了解民间风俗习惯，不然再前行就无法沟通，更谈不上学习和取经了。张老员外说那正好，这里是两国交界地区，讲汉语和讲梵语的各占一半。我这家里就有教梵文的老师，是给孩子们请来的。我看你们可以在我这里住下来，一边休养生息，恢复体力，一边诵经坐禅，学习梵语，什么时候达到精熟了，再走不迟。

无竭听了喜出望外，"能得老伯这样安排，侄儿感激不尽！这真是老天的同情，佛门的造化！说实话我很早就为这件事发愁了。"

老员外坦诚地说："小侄儿就不必客气了！从今以后这里就是你们的家，放心学习修炼便是。别的事情都是我管，你就不必操心了！"

无竭与众僧再次行礼表示感谢。然后在用人的带领下，住进了张家后院的客房，洗浴、更衣、休息不提。

次日天刚亮，老员外就来敲门。他让无竭等人沐浴更衣，焚香礼拜，又让用人给他们修剪胡须、头发和指甲，换上新的鞋袜，里里外外收拾得干干净净、光光鲜鲜。十个小和尚立刻神采飞扬，精气十足，完全变了一个样子。"这才是东方大燕国来的僧人嘛！"老员外见了说道。老员外今天要带他们去摩云寺烧香拜佛，因此特地关照他们收拾了一番，无竭他们自然十分高兴。一行人跟着老员外，向小镇郊外走去。

出了散乱的小镇，绕过稀疏的杂木林，拐上南行的官道，不一会儿，就见蓝天白云之下，冰峰雪山之中，一座金碧辉煌的庙宇突兀而出。它背靠着连绵的群山，面向无际的荒原，俯视着遥远的天际，显得十分雄伟庄严。高高的红墙和琉璃黄瓦在雪地的映衬下格外醒目，翘起的飞檐和耸立的金顶在朝阳中映出万道霞光，舞动的风铃和朗朗的经声彰显着神秘，让人们感觉这里好像是西天净土。

自打离开龙山以来，无竭再也没有看到这么恢宏的庙宇了，他感到好像找到了自己的家，显得十分兴奋。老员外告诉无竭，这座摩云禅寺规模宏大，有僧人五百多人，是这方圆百里有名的古刹，是西域路上的雪山佛国。传说一千多年前，佛祖释迦牟尼云游天下，布化四方，曾来此讲经弘法，坐禅论教，住过七七四十九日，临行时留下化斋用钵盂一个，作为镇寺之宝。从此以后，八方百姓皆来拜谒，四季稼禾五谷丰登，人民衣食丰足、安居乐业，都道是佛祖所赐。

“你看这雪山僻野，竟有这鱼米之乡，不是佛光普照，又是什么？因此这里的人们多数信佛。”听了张老员外的话，无竭心想，不信的也有，比方说刚来那晚遇到的店主。正如佛祖所示，菩萨身边也绝非都是善良之辈呀！

由于老员外是寺庙的居士和莲友，又是个常来捐赠的老施主，寺中的大日长老率众僧出门迎接，并非常真诚地拉住无竭的手与他同走，显得极为热情。无竭他们在大日长老的引导下，在前殿拜过来世佛祖弥勒菩萨与四大天王，在中殿拜过西方极乐世界佛祖阿弥陀佛和普贤、文殊、观世音、大势至四大菩萨，在后殿参拜了燃灯、毗婆尸、拘尸那、拘留孙、毗卢遮那、迦叶和如来七尊古佛。然后跟着大日长老上山，走过九百九十九道石阶，穿过九道石门，进入摩云禅寺的内殿——大空居。

未及进门，大日长老率先跪下叩首，焚香四方，敬告天地，以表虔诚之心。无竭等人跟着焚香行礼，这才随同大日长老毕恭毕敬地走进内室。内室中油灯明亮，香火充盈，空气中弥漫着一股异香。这大空居实际就是个山洞，高大宽敞。洞顶上垂挂着千万个奇形怪状的钟乳，在佛灯的映照下七彩斑斓，晶莹剔透。洞壁上是描绘佛祖释迦牟尼在此地弘法时的壁画，色彩鲜艳，栩栩如生。山洞的地面到处都铺着红色的地毯，显得隆重庄严。

山洞的正中修有一座硕大的八角莲台，莲台上安放着一座两人多高的金塔，金塔的底部镶着一个圆形的玻璃宝瓶，宝瓶之中，供奉着一个白色带蓝边的钵盂。这只钵盂在佛灯烛火的映照下，从不同的角度看，发出不同颜色奇异的光，像是西天边上无比灿烂的长虹或彩霞。

无竭和师弟们虔诚地跪在地毯之上，向着佛祖的钵盂一再叩首，心中升起无限的崇拜与敬仰之情，同时也悟出了一些深刻的道理。佛祖也曾是个普通的人，他历尽千辛万苦创立了佛教，又为了自己钟情的事业奔波弘法四十九年。他的物质生活极其贫乏，但他的精神世界无比强大，因为他的心里只装着觉悟众生，所以他的大法走进万户千邦，遍布多国。无竭感到佛祖离他们很近，就在他们身边，向着他们微笑。在这佛祖也曾经来过的土地上，他们站在这里感到自豪与神圣、

骄傲与荣光。无竭觉得如果取经成功回到祖国，说不定多少年后，也会受到万民的敬仰。

从摩云寺回来以后，无竭与师弟们即刻进入紧张的学习之中。他们从早上天没亮就起床，晚上人们都熄灯后才休息。按照老员外的安排，他们先跟着达瓦老师学梵语、念梵文，早晚还要诵经、坐禅、练功、习武，弄得一点空闲工夫都没有。有几位师弟提出要出去放松一下，无竭没有答应。他说，想想临来时师傅的教诲、大燕国百姓的期待，想想龙山圣母的良苦用心，想想来路上死去的十五位师弟，你们知道该怎么做。师弟们见他如此说，一个个哑口无言，再也没有人说什么了。

无竭在随着大家一起学习、活动的同时，自己还暗暗加码。他知道时间紧迫，要学习的东西太多，怎么努力也不为过。他主动与达瓦老师住在一起，为他打水、洗脚、沏茶、叠被，从一些细小的活动和日常用语开始，到那些复杂的梵文书简，无竭一旦见老师有空，就虚心求教。晚上无竭总是让老师先睡，自己再熄灯默诵半个时辰。早上又是第一个起床，为师弟们打水、扫地，帮助他们整理内务。他的勤奋、谦虚和朴实，赢得了达瓦老师的赞佩，故非常尽心地辅导他、帮助他。

达瓦老师是北天竺人，不仅精通梵文经典和汉语，而且武艺精熟，对于以刚猛著称的北天竺长拳有独到的造诣。无谒在虚心向他学文的同时，也虚心地向他学武。两个人朝夕相处，情同手足。因此，无谒的进步很快，半年下来，他已能用梵语轻松地对话，让师弟们羡慕不已。

转眼来到八月中秋，达瓦老师回家团聚。张老员外请无竭与师弟们吃茶、赏月，共度佳节。品尝着老员外精心特制的月饼，遥望着夜空中那朗朗的明月，无竭想起了家乡故土，想起了父母、师父和龙山圣母，想起了猴王、虎王、狮王、鸟王和蛇王，想起亲人和朋友们天各一方，他们也一定在想着自己。可自己的使命还远未完成，何时才能与他们团聚呀？想起他们此时也一定遥对明月寄愁思，不禁一阵阵热泪盈眶，但他抑制着眼泪没有掉下来。因为龙山圣母告诉他，他已经长大了，成了名副其实的男子汉，而男子汉是不能轻易哭的。但他侧目一看，师弟们已是泣不成声，连老员外也是涕泪交流，抽泣不止。

这一夜无竭做了许多梦，他梦见了所有的亲人和朋友，梦见了龙翔佛寺和众位师弟，还好像梦见了如来佛祖。在天竺国那神秘的须弥山上，在那棵高大的菩提树下，在雷音寺那庄严的道场，佛祖端坐莲台，屈伸着法指，在给大众讲经说法。他感觉自己就在其中，佛祖还在向他微笑。忽然，佛祖不见了，眼前出现了浩瀚的大海，茂密的紫竹林边，有一个繁花似锦的世界。一尊法相庄严的菩萨向他走来，无竭认得，这是观世音大士，慌得他急忙跪倒叩头，不敢仰视。

菩萨对他说：“昙无竭，你慧根深厚，意志坚强，有龙山圣母相助，取经大业必成，这就不劳我操心了。但你来日方长，还要受许多艰难困苦。今奉佛祖之命，授予汝《受记经》一部。这部经乃是我多年所悟，若早晚诵之，必能受益。遇危难诵之，可保平安。你且听好！”说罢菩萨轻声细语，吐字如珠，一句一段，亲自授来。无竭耳听心记，铭刻于怀，听在耳中，喜在心里，不免无限感激。正在默诵间，忽然佛音已去，哪里还有观世音菩萨的身影？急得无竭四下张望，悔得无竭痛心疾首，没来得及看清菩萨真容，有几句尚未完全记熟。一个急劲，翻身坐起，才知是在做梦。但菩萨所授经文，言犹在耳。

无竭靠在墙上，默诵了一遍，大部分仍还记得。这梦境到底是真的，还是假的？望窗外月光如水，听室内鼾声如雷。他用手狠狠地掐了一下大腿，感觉很疼。他知道此时夜色朦胧，但自己的头脑很清醒。那么，菩萨梦中传授经文，就必然是真的了！无竭深信不疑。

中秋之后，为使无竭等人对梵文经典有更深入的理解，以便于他们将来学习和阅读梵文佛经，老员外又亲自去了一趟摩云禅寺，拜会了大日长老，聘请了寺内一位知事高僧罗舍则前来授课。那罗舍则只有三十岁，但六岁出家，修炼多年，佛学知识高深，道德功法扎实，通晓天竺各地方言土语，会过许多高僧大德。得此名师任教，众僧欣喜万分。无竭与他更是一见如故，将其视若兄长，那罗舍则与他也十分亲近，除了毫无保留地讲授佛学术语之外，还尽可能地把学习、取经可能遇到的问题掰扯明白。他还专门绘制了一张天竺地理地形图，上面不仅注明了许多名山宝刹、佛门圣地，而且特意把西去路上的一些险要地段标写清楚，热情地送给无竭，让无竭在行进的路上作参考。

为了表达感激之情，无竭把自己携带的那幅《西域山川地理地形图》送给他作为回赠。罗舍则十分高兴。他说非常想去中国的西域游览，那里的莫高山曾有佛祖显圣，是一方宝地。还说他做梦都想去东方拜会文殊、普贤和观世音三位菩萨的道场。无竭说，你去的时候先到龙山，在龙翔佛寺住下，然后我给你带路。两个人言来语去，越说越近，成了非常要好的教友。

新年过后，无竭感到来的时间够长了，进入天竺的各项准备均已就绪，于是提出与张老员外辞别。老员外不舍，但知无竭等人使命在身，终非久住之人，因

此张罗着为无竭等人送行，给他们备足了一应衣物、食品和一些银两。无竭无法表达感激之情，只好取出随身携带的故乡龙山的泥土，含着眼泪送给老员外。他动情地说："老伯对侄儿一行天高地厚！今生今世做牛做马恐也报答不完。小侄极愿在老伯身边早晚侍候，奈何故乡使命在身，责任重大，只能就此告别。一小包家乡泥土，是我在离开龙山时，皇帝冯跋所赐，就转赠给老伯父，见它如见家乡亲人！我们爷儿俩若是有缘，今生定还有相见之日！"一席话语重情深，说得师弟们眼圈都红了。

老员外格外激动，他说："祝你们取经成功！过两年我也会去天竺找你们。我这把老骨头不想扔在异邦，还得落叶归根哪！到时候我跟你们一起回国去！"众僧闻听，一齐都笑了。

正说话间，下人通报，大日长老和两位老师前来送行。无竭一听，连忙一溜小跑迎了出去。才出后院角门，大日长老和达瓦、罗舍则两位老师已经迎面而来。

无竭连忙深施一礼，"寺院这么远的路，怎劳长老和两位老师屈尊劳顿？小僧正欲和师弟们前往拜谢，如此这般，却是非常惶恐不安！"

大日长老笑道："有什么不安？你们是远来的客人，又是去谒见佛祖的和尚，理当受到尊重。我们尽点地主之谊，有什么不应当的？"一边说着，一边又与张老员外打招呼。

老员外请大家屋里坐，大日长老说："就不坐了，改日再来叨扰吃茶。我今天来却是要完成一项任务的。"说着接过身后僧人递过来的一个黄布包裹，层层打开，取出一本已经发黄的经书，双手捧着对无竭说："这部《观世音菩萨受记经》，是我师父圆寂前交给我的，告诉我说这是千年以前空月大师的遗物。空月大师密嘱：千年以后，当有一位东方圣僧来天竺取经，届时由后代住持转交给他。这也是观世音菩萨的本意，让他回东土普度众生。今天当着老员外的面，这部梵语《受记经》就送给你了，请你接过。"

无竭想起中秋夜之梦，恍然大悟，方知此事非同寻常，连忙对长老说："如此千年所托，乃是佛门壮举，弟子怎敢草率受得？且请师父进屋，把经书供于香案之上，弟子须沐浴更衣，焚香礼拜方可！"

大日长老微笑着点头赞许，方知这东来的小和尚并不寻常，便与老员外一起走进堂屋品茶。少顷，无竭等人打理停当，进得堂来焚香礼拜，对经书叩头默诵，反复多遍，方才起身。大日长老大为惊奇，问无竭未睹此经书，缘何却熟诵此经文？

无竭不敢撒谎，忙说菩萨早已教过。大日长老及众人艳羡不已。

长老感叹地说：“看来万事万物皆非偶然，一切尽在缘分之中，求之不得、强之不得呀！此书归你，佛门万幸、众生万幸啊！”老员外亦有同感。无竭领着师弟们又拜谢了两位老师，然后收拾行囊，准备出发。老员外想得极为周到，特地为他们找了一位向导，正是那位当地的精壮汉子。熟人相见，分外亲热。无竭一行与老员外和长老等人依依惜别，回头一看，已送出十里开外。

第十回

打擂台无竭献绝技　平反叛高僧建奇功

由于大家心境极好，身体得到了恢复，又有向导引路，因此行进的速度很快。五天以后，他们到达了罽宾国的国都。国王见有大日长老的书信，满脸喜悦，极为热情，顺利地办妥了关文，一路畅通无阻。一个多月以后，他们走出罽宾，到达大月氏国境。向导说："往前的路我也不熟了，该回去向老员外交差去了。"无竭与他拉手话别。当晚他们进入大月氏国界，在一个边境小村庄里住下。

房东是位皮肤黝黑的中年人，相当勤快，屋里屋外忙个不停，为无竭他们准备饭菜，但是一言不发。女主人倒是非常健谈，不停地问这问那，说个不停。她一边搅着面汤，一边告诉无竭："这里才进大月氏十五里，往前再走六十多里渡过辛头那提河，过河还有一天多的路，就到达空天寺了。那里供奉着如来佛祖的头

盖骨舍利，是大月氏的镇国之宝。谁若是得到了镇国之宝，就可以立国称王。你们宁可绕些路，也一定要过去看一看。哎呀！四面八方几百里、成千上万的人们都去拜，灵验得很哪！你们从东方来的，有上万里远，还真没听说过。”一边叨咕着，一边向无竭投去敬佩的目光。无竭向灶里添着柴草，望着灶膛中熊熊的火焰，不由得感叹，人杰地灵啊！这里离佛的故乡不远了，到处都有佛祖的遗迹，真是梦寐以求、不虚此行啊！

次日早行，他们于傍晚之前到达了辛头那提河。这是一条从北向南流淌的大河，纵穿大月氏国。波涛汹涌，水流湍急，离得很远就能听到震耳的咆哮声。渡口上人员稀少，结满冰凌的岸边靠着几只木船。可能是由于佛光普照，此地人多半信佛教，见他们是远道而来的僧人，两个艄公十分热情。先请他们入室喝茶暖暖身子，然后才摆渡他们过河，告诉说他们两人是农闲时节过来帮渡的，分文不取。无竭听了又是一阵感慨，率领众僧连连施礼致谢。

大月氏这个地方虽然多山，但是山不高；此时虽值冬季，但是不冷；路虽然比较难走，但是很安定。无竭他们起早贪黑，紧走了两日，在过河以后的第二天下午，到达了大月氏的南部重镇——拉迪那化古城。著名的千年古刹空天寺，就在古城的郊外。无竭带领众僧找到了一家僻静的客店，告诫大家住下休息，谁也不要上街，明日一早沐浴更衣，去空天寺参拜佛祖真身舍利，众僧应允。

但是由于这日投宿较早，吃过晚饭后仍有许多充裕的时间，师弟们回到两人一间的客房，都有些待不住。开始时是两个人嘀嘀咕咕，后来推开门互相挤眉弄眼，到最后由无忧、无虑领着来恳请无竭，要求出去玩玩。无竭也是一时心软，便答应了，自己仍在客房里默诵《观世音菩萨受记经》。

且说无忧、无虑领着几位师弟像出笼的鸟，别提多高兴了。西行以来，一直由无竭管着，不许擅自行动，许多好玩的地方，都没去看。但由于教训沉痛，师弟们也理解无竭，谁也没有说什么。现在到了佛祖的脚下了，他们自觉无事，便想好好放松放松。因此一行人乐乐呵呵，放心逛了起来，哪里热闹就往哪里凑。

拉迪那化古城位居交通要道，水陆皆通，十分繁华。到了夜晚仍然非常热闹，好看好玩的东西令人目不暇接。这里的建筑、街路、衣着、服饰、风俗、人情，莫不融汇着东西方不同的文化。汉语、梵语、大月氏国语都讲得通；骑马的、牵牛的、赶骆驼的、坐狗拉车的，啥样都有；反穿皮袄的、身着长袍的、腰扎绸带的、肩披方巾的，各展风姿；脚蹬毡靴的、足穿乌拉的、打绑腿着挤脸棉鞋的、穿筒

裙配双草鞋的，争相比美；黄种人、白种人、黑种人，啥色都有；光头的、梳辫的、挽纂的，招摇过市；习文的、练武的、游方的、经商的，擦肩而过；做官的、当差的、逛街的、叫卖的，似曾相识。再看那路的两边，各色房屋建筑，尖顶的、平顶的、圆顶的，啥样都有；细瞧那街边小店，多种特色小吃，煎炒的、烹炸的、蒸煮的，琳琅满目，香气袭人，惹得众僧直咽口水。才过热闹主街，前面稍显清静，却见青楼楚馆，灯笼亮成一片，老少娇娘，个个燕语莺声，招徕客人，吓得众僧落荒而逃。

无忧、无虑领着师弟们顺路走去，忽听得前面锣鼓喧天，喊声阵阵，众僧循声而去，转过墙角一看，但见人山人海，灯火辉煌。一座高大的牌楼之前，搭着一座擂台。擂台上方红旗招展，风声猎猎，极有威势。擂台两侧大书一副对联，上联为“拳打下山猛虎”，下联是“脚踢出海蛟龙”，口气倒是不小。擂台的两旁，几十盏脸盆大的油灯一字排开，油捻子足有小胳膊粗细，烧得吱吱作响。擂台下人头攒动，议论纷纷。擂台搭得高大宽敞，视野极好。擂台的一角吊着一串灯笼，上书八个大字：“大月氏南部郡守司”，表明这场擂台是由郡守衙门主办的。这时只见一个身高丈余、虎背熊腰的黑脸大汉正站在台上，一边来回走一边高声喊道：“还有哪路好汉上来较量？如果我连喊三声，再无应答，爷爷我就不奉陪了！”他讲的是梵语，穿着也不像当地人。无忧向身边的人一打听，方知他是天竺来的武师，是郡守衙门聘来的擂主，名唤辛布提，方才已连续打败六人。有两人跌到台下，看来性命不保了。

正说话间，忽听一声断喝：“武师不得出言无礼！大月氏乃文明礼仪之邦，西域武学基地。拉迪也是千年古镇，十世佛都，怎容你大言相辱？是看此地无人了吗？”言未毕，一人飞身跳到台上，落地无声。众人视之，乃是一位年轻的僧人。

那僧人上台后，先知会郡守司擂台主监，与那武师辛布提签过生死文书，方拱手向大众说道：“我乃空天寺僧人法印是也！出家人本不该争强斗狠、混迹江湖。但这位天竺武师连伤数人，已致死人命，况出言不逊，有辱我大月氏雪山佛国的国格和人格，故献身一搏。如果不赢，大家尽管散去，不要再打了，免得误伤更多！”说完双手合十，向那位天竺武师施礼。

但那位天竺武师辛布提并不还礼，笑着说道：“你一个出家的和尚，还是念经拜佛去吧！若是万一伤了你，岂不早上西天？”

台下观众一听，一片哗然，都认为这天竺武师也太狂了！有认得的说道：“这人可是空天寺当家武僧，南部大月氏武林第一等的好手！这黑大个话说得太过了！”观众正议论间，台上两人已交起手来。那天竺武师辛布提力大无比，壮如金刚，法印几番进攻得手，拳头打在他的胸膛上，竟然形同碰壁，毫无效果。法印暗自沉思：我这一拳砸下去有千斤之重，可以活活打死一头牛，可这黑大个却浑然不觉，毫不在乎，难道他练过金刚罩、铁布衫？还是哪路硬气功？于是法印改变策略，不再进攻，闪挪腾跃，与其周旋，想寻找机会，击其软肋。那天竺武师辛布提见法印示弱，以为他是无计可施，遂连连发起猛攻。有几次均已抓住法印的身体，猛地向空中抛去，以为摔在地下，不死也得发昏。不料都被法印巧妙化解，顺势连翻几个跟头，轻轻落在地板之上。气得那天竺武师黑脸变红，气喘吁吁。趁着辛布提有些懊恼放松的关口，法印旋风般发起进攻，双拳双腿如急风暴雨般倾泻而来，弄得那辛布提有些眼花缭乱、目不暇接，法印趁机一个闪身，绕到他的背后，左手推开他的胳膊，右拳用力向他肋下砸去。这一下疼得辛布提哇哇怪叫，强撑住身子踉跄了几步，险些跌倒。

台下立时响起一阵排山倒海般的喝彩之声，还有人高喊：“打得好！打得好！打倒他！”许多人随声附和，一时人声鼎沸。那天竺武师辛布提不禁有些恼羞成怒，大吼一声向法印扑来，双脚踩在擂台之上，地板被踏得“嘎巴、嘎巴”直响，气若雄狮，势如猛虎，恨不得一拳把法印打死。法印见来势凶猛，侧身躲过，一拳向辛布提腋下打去，辛布提以左臂挡住，右手掏出飞镖，“嗖”的一声，着在法印肩头之上，鲜血登时渗出。

法印初时只觉肩膀一麻，瞬间酸痛无比，继而头昏眼花，险些站立不住，知是中了带毒的暗器，气得用手指着辛布提：“你……你……你怎么使用暗……暗器？”未及说完，已“啪嚓”一声，倒在台上。

“啊！”台下观众一阵惊呼，接着骂声骤起，“使用暗器，无耻之极！”

“暗器伤人，不是好汉！”

“滚下去！畜生！”

“滚下去！”

那天竺武师辛布提却脸不红不白，扬扬得意，在台上来回走动，恬不知耻地嚷着：“谁还敢上来？！有种的再上来送死！”

话音未落，“嗖、嗖”飞上去两个和尚，把法印抬了下来，又有一个和尚跳上台去。

那辛布提傲慢地说：“你们的当家武僧已经败阵，你一个小和尚还逞什么能？”

竟然端起膀子不同台上的和尚动手。

那和尚义正词严地说："你用毒镖伤我师兄，竟然还敢做大逞能，真不知人间尚有'羞耻'二字！来呀！看我揍你！"说罢一个箭步冲上前去，双拳并用，向那武师辛布提的胸膛一阵猛擂，那辛布提哈哈大笑，并不理睬。那武僧又绕到他的身后，向其后背猛击数拳。

那天竺武师辛布提摇摇头说："嘻嘻！这痒痒挠得真好！好像一个大姑娘！"气得那武僧飞起右脚，向辛布提的脖颈踹去，大概这一次踹疼了，那辛布提恼羞成怒，回身抓住武僧的裤脚，一甩手扔下台去。幸亏台下人多，师兄弟们一拥而上，将其接住，才幸免摔死。接着又有两位空天寺的武僧一起上台，不一会儿工夫，也被辛布提双双扔下台来。台下观众均感愤愤不平，但又无可奈何。有知情者说此人与南部郡守往来密切，关系绝非一般。此番由郡守司衙门出面摆台设擂，恐有不可告人的目的，因此多数人已无心观看，准备离去。

那天竺武师辛布提越发傲慢，"堂堂大月氏国南部重镇，天下有名的空天古寺，竟然只有这般雕虫小技，如此不堪一击，怎配护持镇国之宝？我看天下佛门，只配诵经坐禅，练武强身只不过徒有虚名而已。罢！罢！罢！既然无有对手，我也收场了吧！"

话音未落，只觉一阵轻风，一个人影已落在他的面前，朗声说道："武师不必着急，我且陪你走上几回，如何？"

众人一见，是个十八九岁的青年和尚，身材精干，气度不凡。无忧、无虑等人一看，乐了！怎么竟是师兄？这下有戏看了！原来无竭在师弟们出去之后，默诵了一会儿《观世音菩萨受记经》，忽然心头一热，觉得放心不下，就信步走了出来。他找了好几道热闹街都没有遇到师弟们，只好又往前走，最后挤到这擂台之下，正好赶上法印被辛布提暗器所伤，无忧、无虑在台下大喊，被无竭发现了他们，但无竭没有吭声。他观察了一会儿，正想喊师弟们回去，却听那天竺武师辛布提口吐狂言，竟敢诬蔑天下所有佛门中人，也太不知深浅了，因此实在看不过去了，故而一纵身蹿上台去，轻轻地落在天竺武师的面前，竟然一点动静都没有，让台下所有的人都心中一惊。

那天竺武师辛布提有郡守司衙门作后盾，在此已摆擂七日，败在他手下的也有几十号人了。如今最后一晚，连空天寺的当家武僧法印也被抬下去了，料也不会再有什么高手，因此虽然感到此人来者不善，但也并未十分放在心上，装出一副爱搭不理的样子。

擂台主监过来劝道："小师父年纪轻轻，不要打了，免得丢了性命、毁了前程，还是下去吧！"

无竭大声说道："我本不欲上台，但这位武师出言太过，竟敢侮辱天下佛门，我实在看不下去了。如果今天不教训于他，怎么对得起如来佛祖？如何维护佛门的尊严？你且不必劝阻，速拿生死状来！"

那主监脸色一变："我是一片好心，你且不知好歹！一会儿跌死打伤且不要怪我事前没说！"

无竭双手一拱拳，向台下观众自报家门："我乃是东方大燕国去天竺取经的和尚，今天刚刚来到此地，未及拜会空天寺同门中人，就在这里见礼了，同时也给古城的父老乡亲们问好！我叫昙无竭，请擂台主监写上我的名字。"然后趋步上前，按上手印，复回来双手合十，向那天竺武师辛布提深施一礼，"小僧得罪了！一会儿陪你走几趟。你不用签生死文书，放心，我不会伤害你，你也绝对伤不到我；另外你可以使用任何兵器、暗器，我不会怪你。来吧，不必拘礼！"说完稳稳站在那里，等候辛布提发起进攻。

那天竺武师见无竭虽然心平气和、温文尔雅，但话却说得这样大，简直让他的脸没处搁了，一时无名火起，气往上撞，双拳的骨节握得"嘎巴、嘎巴"直响，一个虎步蹿上前来，左拳搂头，右拳奔腰，一阵风似的狂扫而来，以为这一下必击倒他无疑。哪知一股轻风过后，对手已不见人影。急转过身来，发现无竭正抱着双胛对着他笑，气得他又一个饿虎扑食，咬牙切齿地压了上去。他以为这一下若是压上，凭自己这丈高的身材，四五百斤的体重，一定会让这小和尚骨断筋折。哪知不晓得怎么搞的，不但没压着对方，自己反而收不住脚步，背上似被什么大力推了一下，"啪嚓"一声趴在地上，弄了个狗抢屎，连腮帮子和下颚也抢出血来，惹得台下一阵大笑。辛布提爬起来揉了揉眼睛，见无竭站在他的面前，正以手示意让他再来，那轻松的神态像在领小孩儿玩。经过这两个招式的失败，那天竺武师辛布提才知道对方是个高人，绝非这几日的应战者可比，因此再也不敢怠慢，小心翼翼地使尽浑身解数与无竭对起阵来。但任凭他如何发力，总是打不着无竭，甚至连他的衣服也碰不到。十几招下来，他只感觉到眼前有一团灰色的影子飞来飞去，根本看不准人在哪里，累得他大汗淋漓、气喘如牛。台下的观众人声鼎沸，涌动如潮，大家都被这位东来和尚的高超武功所倾倒，一个个赞不绝口。人群越来越密，观众越来越多。许多当地人都闻声赶来，空天禅寺的长老空云大师也早已立在人群中，默默观看，频频颔首。

那天竺武师辛布提气息稍定，正思忖如何再次发动进攻，见无竭去兵器架上摘下一把腰刀，一甩手扔给他，示意他可以挥刀相搏。本来按规定擂台上比武是对等的，若徒手都徒手，若用兵器都用兵器。但这时天竺武师辛布提已经气冲斗牛，顾不得身份和廉耻了，恨不得一刀剁了这个小和尚，心想是你主动扔刀给我的，这就怨不得我了。于是他接过腰刀，摆了个门户，趁无竭不注意，突然间一阵疾风扫落叶，“唰唰唰”一片白光向无竭卷去。台下观众一阵惊呼，人人都为这小和尚捏一把汗，以为他也太大胆了，竟然主动徒手与带刀的搏斗，这不是送死吗？

哪知这阵白光过后，天竺武师辛布提转身四顾，竟然不见了无竭的踪影，急得他双手握刀，哇哇大叫：“快出来！快出来！跑的不算好汉！”

“跑什么！在这儿哪！”声到人落，无竭从擂台的横梁上跳下来，双脚并用，向那武师的后颈蹬去。“扑通”一声，又是一个前趴，辛布提实实地摔在地板之上，腰刀飞出一丈多远，差点砍在擂台主监的腿上，吓得那人脸色都变了。台下又一次爆发出开心的笑声。

那天竺武师辛布提感到受了奇耻大辱，再也顾不得什么道德廉耻，爬起来操过一柄开山大斧，劈头盖脸，向无竭劈来。他几乎要发疯了，把一柄大斧使得风驰电掣，呼呼直响，挟仇带恨，所向披靡。大斧所到之处，劈折了两根擂柱，劈坏了几处地板，砍翻了擂台主监的条桌，砍坏了左侧的对联木板，仍然不见无竭的身影。与其说那位小和尚像个灵巧无比的猴精，倒不如说他是个无影无形的精灵，一会儿落在擂台，一会儿飞上横梁，一会儿分明站在武师的面前，顷刻间又绕到了他的身后，弄得辛布提筋疲力尽，无可奈何，感到有天大的劲儿也使不上，最后趁着无竭向观众拱手致意、准备告别的空隙，掏出飞镖“嗖嗖嗖嗖嗖”连发五镖，想置无竭于死地。

无竭知此人心术不正，最后必下毒手，因此虽在拱手告别，但眼睛的余光却把那武师盯得很准，待他的手伸向侧兜，掏出飞镖之时，无竭早已如轻风细雨，悄然飘到辛布提的身后，照准他颈后的麻穴，轻点一指，那天竺武师立刻形同木雕，立在那里，那张因杀气过重而烧得变形的脸及使用暗器的丑态被定格，让台下观众觉得十分可憎、可怜和可笑。但那位擂台主监却再也笑不出来了，他不幸误中了那天竺武师的一支飞镖，被属下之人惊慌地抬走了。

无竭笑着走到那位天竺武师辛布提的面前，说："今后切不可太过狂妄，尤其不可小瞧佛门中人。习武者应该宅心仁厚，不可轻易伤人性命。你若认错，我可以解穴放你，不然你就在这里待着吧！"

那武师辛布提此时已服输，忙说："我认错！我认错！明日我就去寺中请罪！"说着眼泪几乎要掉下来了。无竭见此，解开麻穴，那武师头也不回，灰溜溜地走了。观众一片欢呼。不少人争相跑上擂台，要与无竭叙话，可是四下打量，哪里还有那位小和尚的影子？原来无竭已经悄悄地走了。

回到客店，师弟们涌进无竭的小屋，好一阵亲昵、赞美，比他们自己打赢了还高兴。无竭淡淡地说："这有什么？我也是无奈罢了。我是看不得别人侮辱佛门才出头的，其实这并非什么好事。今晚上大家早点睡觉，我们明早就走，免得惹出什么是非。"众僧闻言，热情立刻被浇了下去，一个个拉开门，悄悄地走了。

次日刚刚起床，还未及用早饭，就听店主高声喊道："哪位是东方来的昙师父？空天寺的僧人来请！"

无竭闻声跑出门去，见两个同门中人站在院中，都是十五六岁的样子，其中一个大点的问无竭："您是昙师父吧？长老空云大师请你们这就过去，已在寺中备好斋饭。"无竭见说，已知根由，并不推辞，即刻领着众僧随两个小和尚来到寺里，空云大师早在门口迎接。

无竭一见大师鹤发童颜、面目清癯，两道寿眉垂于脸颊，一双眼睛熠熠放光，知必是得道高僧，忙上前行大礼。空云大师上前一步，伸手扶起，"昙师弟不远万里，来自东方古国，且道德清高、武功精绝，真不愧是我佛门中的卓越人物，令老僧钦佩之至。昨晚之事，我已尽知。就请寺中叙话，聊表相敬之意！"

无竭谦恭地说："小子不知深浅，一时气愤，替咱佛门张扬正气。只是有些鲁莽，在大师与宝刹面前，已是班门弄斧了，还请见谅！"二人谦让着走进山门，踏上逶迤向上的石阶，穿过两层大殿之后，来到后院西侧的两间禅房。小沙弥们陆续端来一些糕饼、汤水和咸菜，空云大师招呼大家坐下边吃边聊。

无竭拿出通关文牒和大日长老的书信，空云大师看过之后更加高兴。他说："大日长老是我的师弟。我俩自小在北天竺石榴寺出家，一起去中天竺舍卫国进修佛业，三十年前又一起来到西域，平日间也常有往来。听大日师弟说你是个文武双全的高僧，慧根很深。能来天竺取经，乃东方之幸、佛门之幸啊！"

无竭谦虚地说："大日长老是我的前辈和老师，我在摩云寺学习时受益匪浅、终生难忘。来到此地，还望老前辈不吝赐教。”二人越唠越亲近，好一阵才吃完。

饭后空云大师领着无竭他们参观整个寺院。这空天禅寺的规模比摩云寺还要大，占地有几十公顷，僧人有一千余众，前来礼佛上香的人络绎不绝。拜祭完两座佛殿之后，空云大师请他们去谒见佛祖的头盖骨舍利。

无竭说：“我们尚未沐浴更衣，如何使得？”

空云大师笑道：“一生多行善事，何必日日烧香？心若洁净无尘，即是虔诚敬佛。我们佛门讲究的是万念皆空，唯度众生，一切随缘自在，师弟何必拘泥小节？”

无竭一听，茅塞顿开，“多谢大师教诲。”遂满心欢喜地跟空云大师来到后殿，去拜谒镇国之宝——如来佛祖的头盖骨舍利。说是大殿，实际是一座特建的七级浮屠，在塔身的两侧建有配殿，十分庄严雄伟。登临塔顶，整个寺院及南部半壁山川全在其俯瞰之下。塔的底层修有宽敞的内殿，又称罗汉堂，五百阿罗汉形态各异，栩栩如生。塔的二、三、四、五、六层分别供奉着文殊、普贤、大势至、观世音和地藏王五位菩萨的玉雕法相，又称为护宝菩萨殿，寓意各有侧重，工艺各有所长。塔的第七层又称为金顶，中间修有一座巨大的莲台，莲台上放置着一座纯白玉雕成的佛塔。这座白玉佛塔有一丈多高、六尺方圆。镂空的玉座内镶有一个透明的玻璃宝瓶，宝瓶内供奉的，就是佛祖的头盖骨舍利。这块舍利有两个手掌般大小，颜色白里透红，形状像一块凹形的玉如意，在九九八十一盏佛灯的映照下，发出奇异的光彩，无论从哪个角度看，都像是一座彩虹。

空云大师领着无竭他们拈香礼拜，跪伏良久，然后绕莲台一周，才依依不舍地离去。登塔拜祭之人来来往往、川流不息，但人人面带虔诚，井然有序，气氛庄严肃穆，显示出对佛祖的无比崇敬。走出宝塔之后，空云大师才开口说话。他告诉无竭，这块佛祖的头盖骨舍利，是当年佛祖涅槃时最大的一块，在整个西方佛门是绝无仅有的。这是因为在佛祖涅槃的时候，我们空天寺的当家长老是佛祖弟子中年龄最大的一位，所以首请了这块头盖骨舍利，回到月氏古国，特地修建了这座佛塔，专为祭祀供奉之用。说起来这舍利子极为神奇，自打安放在这里之后，大月氏多年来一直风调雨顺，五谷丰登，百姓安居乐业。西域各国虽常有纷争，战乱频发，但大月氏始终平安无事。国王感念佛祖保佑，遂封此舍利子为镇国之宝、安国之神，每年逢佛祖诞辰和涅槃之日，必举国拜祭，十分隆重。同时敕封历代空天寺长老为护宝国师，寺中武僧为护宝使者。多少年来，八方百姓前来祭拜者络绎不绝。

说来这舍利子也灵验得很，但凡良善之人进寺上香，不拘所求何事，必能心想事成，皆大欢喜。若是阴险恶毒之辈，求为一己之私危害邦国或算计他人，则必遭报应。近千年以来，曾有多起恶人趁月黑风高之际，企图盗走这块镇国之宝，但均未得逞，不是被雷电击死，就是被飓风刮走，最轻者摔断胳膊腿造成残疾。因此这佛宝重地虽无重兵把守，只有一些武僧日常守护，却一直安然无恙，再也无人敢起歹念。无竭感叹地说："佛祖住世时游历天下，为普度众生吃尽千辛万苦，终创万世圣教，留下喻世经典。我方才跪拜时倒是许了一愿，若是能取经成功，回归祖国，必当大力弘扬佛教，惠及万民，以慰我佛慈悲之心。"空云大师当即说道："师弟宏图大志，为我等楷模。相信你一定会成功的，记住我说的话。"众皆点头赞许。

一行人刚刚走出后殿，却见几个武僧搀着法印在阶下等候，见大师已到跟前，法印趋前一步，双手合十，给空云大师见礼，"师父见谅，徒儿斗胆想进一言，不知可否？"

空云大师闻听已知其意，以目示之对他说道："你自己同昙师弟去讲，他若答应，我当全力支持。"

法印见说，要给无竭行大礼，慌得无竭赶紧扯住法印衣袖，"都是同门中人，何须如此？师兄武艺高强，无竭正想拜访，不想被你抢了个先，不胜惭愧！"

法印说："昙师父就不要客气了，你的功夫胜我几倍。恳请能否留居数日，对我寺中武僧指点教诲一番，以光大我空天之誉，不知意下如何？"

无竭本来取经心急，无暇别顾，但见此时法印意诚，大师又颔首默邀，不好推却，只得点头应允。但他说道："指教不敢，切磋方可。我就晚走几日，咱们互相交流一番。"法印一听满心欢喜，由武僧们搀扶着回房去了。大师则诚邀无竭他们来寺里居住，无竭欣然应允。

次日无竭早起，吩咐师弟们在寮房内默习功课，不可外出，自己同无忧、无虑来到西侧院，看望法印。原来这空天寺除中轴大殿四进院落，两侧还有东西两院，东院用为习文的场所，西院却是练武的所在。待无竭三人来到门前，法印也已走出相迎。虽然仍旧面带虚弱，时而咳嗽，但已不用人搀扶。

法印说："我就不请你们进屋用茶了，待看完练功场以后再回来慢聊，如何？"

无竭说也好，即随着法印来到练功房。这是个九间打通的侧房，十分高大宽敞。靠墙两大排壁画，全是各种拳脚招法的图示。一侧立着几排木架，插放着各种兵器用具。地面上青砖凹凸不平，显然是多年练功踩踏所致。出了练功房，是个极为宽敞的教场，几百名武僧正在晨练。或独自练拳，或捉对厮杀，或三五成群跳跃，或结队为帮对垒，虽然人多，但一点也不杂乱，显得训练有素。法印告诉无竭，寺院有武僧五百多人，平日里除为健身护寺，也是绥靖地方的一支主要力量。历史上几次盗贼作乱和官员谋反，大月氏王室都是在本寺武僧的帮助之下渡过难关。因此寺中武僧院在国内有些声望，既是朝廷倚重的一支武装，也是不少图谋不轨之人的眼中钉、肉中刺。这几日南部郡守衙门让天竺武师在此设擂，暗地里又招兵买马，积草屯粮，恐非善意。

无竭说道："其实师兄武功远胜于他，只是那人使用暗器，才伤害了你，以后留心便是，不必在意。倒是这么大的练功场，这么多的武僧，让我大开眼界，有所领悟。看来佛门弘法，也需要文武双修，方达至高境界。"

法印说："昙师父说的极是！展示佛门武学，既是弘法布施的一个组成部分，也是觉悟众生的一个重要手段，和宣扬佛门经典是同等重要的。这也是我恳求留你的原因。你一定要把东方武学多传授一些给我们，这可是个难得的机会呀！"

无竭见法印说得诚恳，愉快地答应下来："那就互相学习吧，咱们从明日就开始。"

至此无竭一行在寺中住了下来，每日里早晚诵经坐禅，学习功课，白天便随法印来到教场，切磋练武。原来这西域武学推崇强劲威猛，以力取胜，招式往往多强攻硬取，不给对方以还手之机，但纰漏相对较多，基础也不够扎实。东方武术讲求柔中有刚，藏力道于精巧，攻守兼备且十分绵密，尤以功底扎实见长。但因多是后发制人，因此也容易吃亏。无竭展平生所学，毫无保留地把自己的技法传授给法印他们，又让师弟们分头去武僧中予以指导，同时也从法印等僧人那里学到了许多新的东西。那种展其所长，用到极致，一招置敌于被动的拳法，对他大有启示。法印还送了一套《西域拳法秘籍》给他，让他欣喜万分。无竭一生喜欢练武，见了图示如获至宝，立即珍藏起来。

光阴似箭，日月如梭。转眼间一个多月过去了，无竭感到取经之事时日紧迫，便向空云大师辞行。法印还想挽留，但见无竭去意已决，长老也已答应，便不再多说。当晚空云大师设下斋宴，欢送无竭一行。同时为他们准备了新的衣物、食品及一应用具。无竭再三表示感谢，饭后即回寮房休息，准备明日早行。

睡到夜半时忽听喊声震天，无竭一骨碌爬起，开门一看，见近处院子里僧人们慌慌张张，四处奔走，听远处山门外人声鼎沸，吵吵嚷嚷。围墙外灯笼火把连成一片，把整个空天寺的夜空照耀得如同白昼。无竭情知出事了，连忙推醒了师弟们，穿好衣服，飞也似的跑到前殿，见空云大师及寺内高僧，已齐齐站在殿阶之上，几百名武僧摩拳擦掌，簇拥在前殿的周围。山门之内，一群虎背熊腰的郡府军卒环侍左右，几百名全副武装的将领如众星捧月，拥着一人策马前来。那气势、那派头如一群凶神下凡。

待来人还有三十步远，空云大师厉声喝道："来者何人？竟敢夜闯佛门净地！"

这时军马停住，一人高声回应："空天寺蓄兵谋反，奉命剿除。老和尚快快束手就擒，免受一死！"那喊声惊天动地，震得大殿砖瓦直响。无竭定睛一看，喊话者不是别人，正是那天竺武师辛布提。此刻他骑马靠在一主将身边，耀武扬威，不可一世。

空云大师闻声一笑："我空天古寺敬天礼佛，普度众生，多少年来尽行善事，造福乡梓，何谈谋反之事，岂非无中生有？"

这时那位立在中间的主将发话了，沙哑的声音慢条斯理，好像在大堂上发落囚犯。他说："空云大师不必强辩。你养兵多年，意在不轨，我也是奉朝廷之命，缉拿于你，有话、有理、有冤你到朝廷上去讲。来人哪！给我拿下！"一声令下，两旁如狼似虎的军兵蜂拥而上，要来抓人。法印等武僧见事不好，唰地从两侧冲上前来，形成一道人墙，把军兵与大师们分隔开来。

空云大师捋起长髯，微微一笑："原来是郡守大人！恕老僧眼拙，没看清大驾光临。别人说本寺谋反，情有可原，你在此地多年，难道不知？岂非白日做梦、空口瞎说？还请大人代禀朝廷，还我清白，查清原委。俗话说，'跑了和尚跑不了庙'，我们是哪也不会去的，就在此静听朝廷回音，不知郡守大人意下如何？"

那郡守道："朝廷王法，谁敢不从？国王有旨，岂容你巧言令色？没工夫跟你磨牙了，快束手就擒吧！"不容分说，就要强行抓人。那群将领闻听郡守之言，一声呐喊，挥着长剑督促着军兵攻上前来。为首的天竺武师辛布提，跳下马来，双手抓起拦截的武僧，随意向空中抛去，竟像抛掷皮球一般，顷刻间已到殿阶之上。

那郡守哈哈大笑道："辛布提乃当今第一勇士，谁敢拦他？挡之者死！"众高僧面面相觑，手足无措。法印率众武僧左冲右突，怎奈因赤手空拳，寡不敌众，已经完全处于劣势。大墙外的军卒这时也乘着混乱之机翻到墙内，把前殿后殿团团围住。那郡守命四周三千多军兵拉弓搭箭，听候命令。

空云大师环视前后左右，已知这帮人皆有备而来，必是蓄谋已久，大局暂时

已不可逆转，强行阻拦，寺庙必死伤惨重。于是他高声喝道："法印住手！我们没做恶事，不怕搬弄是非！你们守好寺院，我跟他们去！"

郡守"嘿嘿"冷笑道："想得倒美！今天凡是寺里僧人，皆有谋反之嫌，谁也不能幸免，全部给我拿下！待明日天亮以后，即刻开刀问斩，一个都不能放走！都给我听好了，谁若是擅动，立时乱箭射死！"情况已是万分危急。

无竭站在大师身后观察很久了，他不相信空天寺会蓄兵谋反，大师更不是谋反之人。听这位郡守的口气，联想到那几日打擂和今天辛布提打头阵，使他感到这里边有阴谋，定是那郡守和辛布提图谋不轨，反而嫁祸于空天寺，以达到其不可告人的目的。这时候郡守的又一句话，让他更加清醒了："杀死了你们这帮秃驴，在大月氏我就可以畅通无阻，称王称霸，谁也不怕了！来呀！受死吧！"

无竭现在彻底明白了，那郡守让辛布提摆擂台，是在张扬武力，试探社会反应。寺院的武僧是他唯一忌惮的一支力量，也是他实现罪恶目的的眼中钉、肉中刺。如果他铲除了这些武僧，又有辛布提助阵，完全可以觊觎天下。再加上占领了寺庙，拥有镇国之宝，真的有可能改朝换代，称王称霸了。想到这里，他不再迟疑，趁局面混乱之时，一纵身飞起，在众人的头顶上掠过，还没等双方明白怎么回事，无竭已闪电般落在那郡守的马鞍上，站在那郡守的身后，一伸手拔出郡守的佩剑，左手掐住甲胄的环扣，右手持剑逼近他的咽喉，一声断喝："我看谁敢动？不然我就先宰了他！"这声断喝如炸雷一般，让混乱的双方一时愣住。

那郡守更是吓得语无伦次，抖如筛糠，"你……你……是何人？你……你想……怎的？"

"我不想怎的！清平世界，朗朗乾坤，你们竟敢捏造罪名，闯进佛门净地，在佛祖身边撒野，公理何在？法度何在？你若想不死，就赶快下令退兵，不然悔之晚矣！"这时众人才看清，是无竭一人持剑逼住了郡守。

那天竺武僧辛布提一见，分外眼红，气得哇哇怪叫："怎么又是你！你个东来的秃驴，坏事的野种！前番打擂你趁老子累了，占了点小便宜，早想找机会收拾你！今天五千多人马都在，我看你再怎么逞能？来呀！别听他的！冲上去杀了他！杀了他！"辛布提咬牙切齿，冲在最前头，众将领舞枪弄刀，一齐奔向无竭。

无竭立在马背之上，手中剑锋紧贴着郡守的脖子，一声高喊："谁敢上前，我先杀了他！"这句喊声，如同虎啸，盖过所有嗷嗷喊杀的嘈杂之音，吓得那郡守长脸变成了茄子，声音都有些走了调："别……别……别……千万别……别上前，听……听他的，听他的！”

众将闻听都不敢动，一齐收住了脚步。气得天竺武师辛布提大喊：“和尚不敢杀人，我们都不要怕他！兵士们，准备放箭，射死那狗日的！”

无竭嘿嘿一笑，“辛布提！你想害死郡守，然后取而代之吗？谁若是放箭，就是杀害郡守的凶犯，我先拿他挡箭！看你们谁敢？”

那郡守也气急败坏地骂道：“辛布提！你个混蛋！你想害死老子吗？你的良心让狗吃了吗？”

辛布提一听，立时瞠目结舌，不敢言语。众将领和军兵们都大眼瞪小眼，不知如何是好。空云大师及众高僧们由于事出突然，在准备束手就擒的情况下，不想局势突变，竟然出现了这样一种场面，一时也没了主意。无竭的师弟们这时也都在前殿门口，见师兄一人冲进官兵之中，一时也不知应进应退，拿不出具体办法。那天竺武师辛布提和众将领与无竭近在咫尺之间，随时可能出现异动。三千名军兵箭在弦上，一旦有谁失手射出，众必随之，后果不堪设想。无竭已感到这样对峙不是办法，时间长了对自己是不利的。于是他趁着郡守不备，运足力气，左手提着他的甲环，右手持剑，双足在马鞍上用力一蹬，一个反弹，竟拎着郡守飞身而起，越过众人，腾空向前殿门口飞去，挡在面前的天竺武师及几个将领还没弄明白怎么回事，就都成了无竭脚下的踏板，一个个目瞪口呆，眼瞅着郡守被无竭拎进殿门，一甩手扔在地上，像丢下一只装糠的口袋。无竭的师弟们一拥而上，立时将郡守牢牢地控制住了。郡守的那匹宝马良驹被无竭双脚一踹，踉跄了几下险些摔倒，立刻咆哮着冲出人群，门口的将领们见之一片哗然。

无竭转身出来，在空云大师耳边轻轻说了几句什么，见大师点头，然后高声喊道：“现在郡守大人在我们手里，请你们马上退到寺庙大墙之外。不然的话，你们知道后果！谁说和尚不杀人？我们东土大燕的和尚可是专杀坏人！杀完了就走人！不信你们试试！”

那些郡守府的官兵们群龙无首，一时没了主意。在叽咕了一阵之后，乖乖地都从院内退了出去，寺庙重新被武僧们控制起来。这回法印给武僧们分发了武器，寺庙的大门也顶上了杠子。一时大家心里稍安。

任凭寺里的僧人们如何催问，那郡守就如同一只死狗，两眼紧闭，一言不发。无竭与空云大师商议了一下，然后走上前来对郡守说：“我有办法擒拿住你，就有办法让你开口。你若实话实说，不管罪孽多重，毕竟未成事实，尚可活一条命。

如果你执意不说，我就点了你的死穴，让你求生不能，求死不得，别人又解不开，然后送给国王发落，你看怎样？”

郡守喘着粗气，睁开双眼，这才看清眼前这位年轻的武僧，见他虽出言和善，却英气逼人，暗蕴杀机，不禁两腿抽筋，浑身发软。他确实有些怕了这个年轻的和尚。身为南部郡守多年，可谓身经百战，武艺高强的人他见过不少，但他从未见过身手这般快捷的人，让你无法防守。刚才这一幕，让他知道了这个年轻的武僧，在千军万马中取上将之首，真如探囊取物。他相信这个人的能力，他会说到做到。但一想如果实话实说，又是掉头之罪；不说吧，真怕他点了自己的死穴，那样后悔就晚了。现在遗憾的是不知王城那边做内应的是否露馅，怎样说对自己有利。正在迟疑，无竭有些急了，一伸手便点了他的麻穴。那家伙立刻觉得浑身酸软，手脚不能动弹，以为是被点了死穴了，急得杀猪般大叫起来：“我说！我说！别点我死穴！我不想死！”无竭忙叫空云大师过来同听，并请寺中文牍僧做好记录，以防郡守翻供赖账。

原来这郡守在此经营多年，兵精粮足，自恃功高德厚，窥伺王位已久。这次得到天竺武师辛布提相助，以为借其武勇，又有朝中右相为内应，必能一鼓而成，夺取政权。但顾忌空天寺武僧忠义正直，怕留后患，因此便想栽个罪名，先予剪除。没想到凭空冒出一个东来的和尚，令形势急转直下，功败垂成。不过他仍未死心，临了还说：“只要你们放了我，你们要什么，我给什么！”

无竭与空云大师耳语了一阵，然后说：“真不知郡守有此宏图大志。其实谁当国王与我们出家人何干？只是你们不该先来剿除寺院，打个招呼不就完了？如此说来，你们只管做你们的事，我们不管便是了，你们也要马上放过寺院，把天竺武师叫进来，当面交代清楚，我这就解了你的死穴。”

无竭手指轻轻一点，郡守立刻感到浑身轻松，一个哈欠站起来，走到前殿门口，用手招呼大门外的军卒，“你们把辛布提给我叫过来，我有话对他说。”

不一会儿，天竺武师辛布提拎着一柄铁锤，推开庙门走了进来，见郡守果然站在前殿门口，即急步向前小心观看。发现无竭等人虽面带严肃，但已毫无敌意，而且郡守状态完好，不像被人控制的样子。何况庙门外还有大兵压境，他们寺内僧人也不敢乱开杀戒，于是放心大胆地走上前来，随郡守一同回到屋内。还没等他们转过身来，无竭疾如闪电般绕到他们身后，“唰唰”两下，又点了二人颈上麻穴。“扑通”一声，那柄大铁锤掉到地上，把下面的青砖砸得粉碎。两个人目瞪口呆，转瞬间又被定格在那里。

无竭请文牍僧念了郡守的供词，让天竺武师辛布提听后按上了他的手印。这时郡守才知道又上了无竭的当了，但是悔之已晚。空云大师命人打开大门，无竭和师弟们把郡守和天竺武师辛布提带到门前。郡守府的军兵们不明就里，一齐围上来观看。

大师让文牍僧宣读郡守的供词，又把二人的供状展示给官兵们看，然后登上门前上马石，大声说道："郡守大人诬陷我们谋反，实际上是他想搞政变，这个天竺武师是他的帮凶，你们大家都上了他俩的当了。现在二人已经供认，事实已经清楚，你们谁愿意与他合伙造反，就过来抢人。如果愿意效忠朝廷，那就散了吧！"

众官兵一听，立刻乱成一片。有位将官大声喊道："郡守只说让我们来捉拿谋反之人，谁知道他包藏祸心？我们可不想做乱臣贼子，回去也罢！"一人招呼，千人回应，呼啦啦一哄而散，郡守府的官兵们迅速撤离。

空天寺的僧人们一见，欢声顿起。空云大师急修书一封，命法印携文牍僧带上证词供状，领四百武僧押解郡守和武师，骑快马火速进京，直接面见左丞相，奏请朝廷裁处。大师又与无竭共同在寺院内巡视了一番，吩咐僧人们清理院庭，加强巡逻防范，以防再生变故。大家一夜未敢合眼，不知不觉天光大亮。

临近晌午，无竭与大师正在小憩，忽听门外脚步声声，原来是法印领着左丞相走进殿来，二人连忙起身相迎。未及大师开口，左丞相即面带笑容，开口说道："寺院擒拿乱党，立下不世之功。经朝廷当面审讯，右丞相、郡守和天竺武师等一伙十七名乱党已下大牢。大师当机立断，力挽狂澜，粉碎了一场政变阴谋，使国家和百姓免受刀兵之苦，国王陛下十分感激，钦封空云大师为护国军师，可以参与决策军国政事，并赏赐寺院白银一万两，用以修缮损坏的门庭庙宇。"

大师闻罢忙说："都是本寺分内之事，封赏之说就不必了，我当写信向陛下请辞。倒是这位东来的昙师父，临阵制敌，功不可没。"

左丞相说道："法印已如实禀明，陛下十分高兴，说此事能得东方大国高僧相助，足见老天庇佑，是我大月氏君民的福祉。特赏赐高僧金牌一块，在大月氏境内可畅通无阻，就地募化钱财物品，各级官府必鼎力相助。如果两国之间往来，凭此牌可直接面见国王。"说完双手捧起金牌，无竭大喜，重礼拜接。

空云大师欲留左丞相在寺内用斋，说老友多日不见，怎么坐都不坐？吃个便饭也好。左丞相说："国家多事之秋，岂有饮茶闲聊的雅兴？以后吧！我还要到郡守府去安抚地方、收拢军心。”说完匆匆走了，众人送到山门之外。

回到寺内，无竭诚恳地对空云大师说：“得大师和贵寺待如亲人，无竭亦不愿分离。但弟子大任未成，心急如焚。我与师弟们在此时日已久，极想即刻启程，还望大师恩准。”

空云大师执其手说：“师弟志向远大，必能鹏程万里。老僧虽然不舍，但岂能强留？若不是郡守谋反滋事，师弟如今已是走了。要不你们休息一下，明日再走。”

无竭说道：“寺中事务千头万绪，大师日理万机，实属不易。弟子去意已决，饭后就走，就不再叨扰了。”空云大师见无竭执意要走，便告诉他：“此去南行不远，便进入北天竺。越过举世闻名的檀特山，山南便是石榴寺，那是北天竺最大的寺院。寺中长老苦海法师与我交好，我且修封书信给他。”无竭一听十分欢喜。毕竟离天竺已经不远了，这是梦寐以求的呀！

饭后空云大师与法印等数百僧人送到十里开外，无竭和师弟们与众僧洒泪而别。走出好大一会儿，猛然回头，见空天寺诸僧还在山坡上翘首相望，让无竭与众师弟感动不已。“看来天下何地无明月，人间到处有真情啊！只要你用真心待人，人家就会坦诚对你。”无竭想道。

第十一回

石榴寺苦修重受戒　盐碱滩遇难失同门

由于有了朝廷金牌，又加上衣食丰足，众僧的身体状态很好，无竭一行走得很快。数天以后，他们到达檀特山北麓，进入北天竺境内，在边关换过通关文牒，继续南行。檀特山有名不是因为它广大高峻，而是由于毗卢遮那古佛曾在此修行，留下许多传说和遗迹。此时虽仍处在冬季，但不知是由于群山掩映，还是佛光普照，不仅松柏青青，而且向阳之处的树丛和草地也已泛绿。山里阳气很盛，风也很小，偶尔群鸟在头顶上飞过，并不见喧嚣和嘈杂，是一个恬静而清幽的所在。

“难怪古佛在此清修，这是一块仙家宝地呀！”进入天竺，无竭看什么都觉得亲切，尤其是到了檀特山，对一草一木似乎都特别熟悉，好像回到了久违的家。

十多天以后，他们走出了檀特山，也走进了春天。说来奇特，檀特山就像一

道分水岭。从大月氏出发时还是朔风阵阵，如今到北天竺已是和风煦煦。近观眼前，无边的树林透出淡淡的新绿，路边的小草已露出嫩嫩的尖芽，早来的各种鸟儿在欢声地叫着、跳着，路边的小溪已发出轻轻的水声，辛勤的农户虽然身着棉衣，但已开始下田劳作，准备春耕，那清脆的鞭响和老牛的叫声，让无竭倍感温馨，好像这里就是故乡龙山；远望天边，缥缈的水蒸气在阳光的照射下，如波浪般蒸腾着升起，与天际连成一体，遥远的原野上，偶见些树木掩映的村庄，像大海中的渡船，棉絮般的云朵懒懒地飘动着，时而改变着自己的形态，似乎在吸引着人们看它的表演，一排排大雁摆着整齐的队形，嘎嘎地叫着，向远方飞去，让无竭感到人间又是这样博大和高远，自己的使命还远远没有完成，心中又是一阵惆怅。

石榴寺就坐落在檀特山的南坡，依山而建，气势宏大，僧人众多，香火旺盛。长老苦海法师年高体瘦，面目清癯，两眼深陷，眉峰突起，一双手掌指大骨突，斑驳遒劲，状如鹰爪。站在人群里如禽中白鹤，气度不凡；立在山门前似崖下老松，饱经风霜，让人肃然起敬。无竭递上空云大师的书信，苦海法师一览而过，并未露出热情的神色，只是淡淡地一招手，"请到禅房用茶。"

一杯苦茶用过，无竭感到口里苦苦的，腹中热热的，嗓子眼儿却是甜甜的。苦海法师静默良久，才缓缓地告诉他们，石榴寺是北天竺的皇家寺院，是佛门的圣地。当年上古七佛之一的毗卢遮那佛祖就在此处出家、修炼而肉身成佛。由于毗卢遮那佛祖在佛门被尊为法身佛，因此，这里又是北天竺最高的戒坛。所有内外僧人，不拘年龄大小，要想进北天竺寺庙静修，必须先在此学习九九八十一天，熟记佛门所有二百五十条清规戒律，并要发愿终生持戒，虽历尽劫难而矢志不移。特别是前十七条尤其是前五条，是为戒律中的重中之重，尚须经过严格的考核，方可发放度牒，正式为僧，否则不能入册，也无人承认你们是天竺的僧人。诸位虽远道而来，又有空云大师的书信相托，我却不能关照你们。所有"具足众戒"应知应会的律条，均要重新学习，像刚出家入佛门一样，不然甭说取经，南行也是休想。没有天竺大和尚的资格与身份，哪个寺院也不会接纳你们，那只好打道回家了！苦海法师的话语冷冷的，冰冰的，凉凉的，苦苦的，没有一丝同情和温暖，师弟们的脸上均露出不满之色。但无竭听起来却感到像喝完的这两杯苦茶，开始时味道很苦，但后来感到很甜。

苦海法师说得虽很严格，但对于这些出家多年，又万里迢迢来天竺取经，把生命都置之度外的僧人们来说，并不是什么不可逾越的障碍。尤其是对戒律中那些关于待人、接物、处世、礼仪、衣着、服饰、文明、礼貌等方面的条款，他们在龙翔佛寺做小沙弥的时候，就已经烂熟于心。对于前十七条纯属于“戒律”的规定，特别是对前五条中“不杀生、不偷盗、不邪淫、不妄语和不饮酒”方面的约束，原来在龙翔佛寺的时候，要求也非常严格。昙真长老因此事曾六次把二十七名破戒的僧人逐出佛门。长老曾意味深长地说过：“持戒是佛门的生命，没有了严格的戒律，也就没有了佛法，佛教也就名存实亡了！”无竭和师弟们至今铭记在心，再加上西来路上那些血淋淋的教训，更坚定了他们恪守清规戒律的信念。

虽说如此，石榴寺独特的考验方式，还是差点让两个师弟失去机会，险些滞留此地。一次是按照寺里规定，让他们在河边诵经打坐，七天七夜不能进食，只准喝水。这对于自小历练的无竭来说，不是难事，但师弟们能否通过，无竭没底。饿到第五天上，有几个师弟已经怨气冲天，对寺里的安排颇有微词，在无竭的再三鼓励下才坚持下来，但已经饿得头晕眼花，没好气了。到第六天中午，有几位师弟已经东倒西歪，坐立不住，眼见要崩溃了。这时河里恰有一群鱼游过，那河水清澈见底，只没脚踝，十几条一拃多长的鱼摇头摆尾，游来游去在此嬉戏，久久不肯离去，实在有引逗饿汉之嫌。那河水即在脚边，伸手即可抓鱼。

无嗔、无怒饥饿难耐，实在抑制不住了，两人挪蹭到河边，一抄手，每人抓起一条大鱼，就要往嘴边送。声音惊动了无竭，他睁眼一看，吓得不轻，忙在心中默念《观世音菩萨受记经》，手捻佛珠，反复多次，意在制止二人。果然不一会儿，就听“啪啪”两声，两个师弟最终幡然醒悟，没有吃鱼，而是把鱼放回水中，无竭这才松了一口气。后来他们才知道，寺院就是用这种挑战生命极限的办法检验僧人们持戒的定力，有不少人还真就过不了关。还有一次是寺院给僧人们放假，让他们饭后去逛街，买些东西，放松放松。由于无竭他们来到石榴寺以后就没出过门，憋得众僧人人都快长出犄角来了，这回终于寺院发话了，大家都高兴得不得了，饭后都乐颠颠儿地尾随着当地僧人上街了。先是逛了两条街的夜市，看了一阵子搭野台子的“跳脚戏”，然后随大溜儿进入了平康里。

这条胡同的两侧均是青楼楚馆，满街都是浓妆艳抹的美女娇娃。月亮上来以后，红灯挂起，香风阵阵，燕语莺声，拉拉扯扯，偎脸贴腮，打情骂俏，夺人魂魄，摧人意志。无竭与师弟们随行而入，目不斜视，任凭那些姑娘们推拉扯拽，仍口诵佛经，坚定不移。但是师弟无色、无根两人却遇到了麻烦。不知是因为他们二人出于好奇，对这些面色黧黑的长辫垂腰的大眼睛姑娘多看了两眼，突破了心理防线，还是拽他们的那两个姑娘力气太大，反正二人已被拖进门洞，一群姑娘们"白面郎君、白面郎君"地围住闹个不停。若不是无忧、无虑及时赶过去救援，差点就跑不出来了，吓得无竭惊出一身冷汗。后来他们才得知，这次晚间的放假活动，实际是寺院为考验众僧有意安排的一场好戏。

按照苦海法师的事先安排，外来僧人不仅要检验他们如何恪守戒律，而且还要组织他们学习梵语梵文，熟读梵本佛经。虽然无竭他们在摩云寺时已学过一年，好多知识都不是新课，但苦海法师明知如此，仍刻板地要求他们每课必到，每题必答，出一点差错，就要严厉惩罚。无竭认为这并非坏事，可以让他们对天竺的语言、文字、佛经、风俗等方面有更广泛的了解。果然这里的方言、土语、句式和译法，与摩云寺是不一样的，无竭与师弟们均感到受益匪浅。

三个多月的学习和静修很快结束了。无竭与师弟们均圆满通过，比同一班次的当地僧人强得多，也比苦海法师的预想要好得多。这位严厉的得道高僧那瘦长的脸上，第一次让无竭他们看到了笑容。

足底受记的仪式是在秋天到来的时候举行的。无竭他们在龙翔佛寺的时候已经削发剃度、摩顶受戒，以示进入佛门，但是按照古天竺佛教留下来的法度，他们来到这里一切均须重新开始。不仅要精通戒律，恪守戒律，特别是严守"三规五戒"，同时还要在足底受戒。即在两个脚掌心各烙上七个红痣，表示"心、肝、脾、肺、胆、肾、身"均已皈依佛门，每走一步都将受到戒律的约束，一生一世都不可走错路。因为佛家认为，脚掌心与人的五脏六腑是相通的。受足戒的场面相当庄重，让无竭与师弟们颇感新奇。但据说这种仪式后来不知什么时候被取消了。

受完足戒以后，并不准僧人们休息，而是要求他们每天绕着戒坛走一百圈，相当于二十里路。苦海法师说："知道你们会很疼，但疼的每一下都代表人间的苦痛，是佛陀对你们的提示和警醒。"无竭他们咬牙挺了下来。又是半个月过去了，黑色的结痂掉了下来，脚心上永远留下了七个红色的印记，这让无竭他们一生也不能忘怀。

中秋时节的一个傍晚，石榴寺举行隆重的僧人聚会，无竭他们终于得到了苦海法师颁发的度牒，成为名副其实的天竺大和尚。无竭感到他们离取得真经又近了一大步，高兴得热泪盈眶，师弟们也都十分激动。苦海法师一反常态，挨个儿向他们表示祝贺，并在吃晚饭的时候，亲自给他们盛饭、端菜。饭后，还赠送给每人一套僧衣、一双僧鞋和一只钵盂——这只钵盂的规格和样式与佛祖用过的别无二致，还不时暗暗地看着他们笑，像慈祥的父母对待自己行将成才的孩子。

无竭在告别石榴寺的时候，苦海法师专门送给他一张法师个人的名牒，告诉他凡属天竺境内较大禅院的当家长老，只要见到这张名牒，就会热情接待他，这让无竭喜出望外。直到这时，他才彻底地认识到，这位外表严厉、德高望重的法师，其实内心是多么火热。

连续几天，无竭与师弟们都沉浸在兴奋之中。一来是在檀特山石榴寺具足众戒，成为名副其实的天竺僧人，前去取经名正言顺；二是从石榴寺出发，北天竺一带道路平坦，风光秀丽，到处是一片和谐的景象，令众僧耳目一新，因此行进的速度很快。

但是好景不长，从石榴寺出发南行到第十天，情况就变了。越往前走，村庄越稀少，越往前走，人气越淡薄，到后来已是荒无人烟，一片萧索。放眼南望，是看不到边的茫茫草地。已经好几天无处化缘了，随身携带的食物也已吃光，仅剩下一点点石蜜可以充饥。草地上很难找到能够果腹的东西，几个小师弟已经饿得有些打晃，行进的速度明显慢了下来。

无竭把自己带的那份石蜜分给了师弟们，让大家慢点走，匀着吃，尽量保存体力。他相信天无绝人之路，他们一定会顺利走过这段草地。他一边走，一边捋些草籽来吃。到后来由于地泛盐碱，草长得矮小枯黄，连草籽也找不到了，他便选些草叶、草梗嚼食，已感到有些头昏眼花，饿得发慌，浑身无力。再看师弟们，那状态就更不行了，一个个东倒西歪倒在地上，走不动了。无竭只好让大家就地休息，他自己要去找些食物，他不能眼看着师弟们饿死。

无竭顶着秋后的烈日，在盐碱滩上踅摸了许久，结果让他大失所望。正在他垂头丧气坐在草棵边休息的时候，忽然眼前一亮，一群黑蚂蚁排着整齐的队形从脚旁通过，从它们紧张的脚步和庞大的阵容，能看出它们似乎在组织什么活动。于是无竭顺着这支队伍向前找去，发现不远处有片稍洼些的碱滩，黑湿的地面上有很多蚯蚓，横躺竖卧，显然已经死掉，有的已是半干，像一片激战后的战场。

不知是什么原因导致这些蚯蚓死亡，无竭已经来不及也无心去琢磨它了。现在他感兴趣的是这些黑蚂蚁，他们的大部队原来全聚在这里，几十只或上百只一组，连拉带拽外加推，在搬运这些死掉的蚯蚓。由于猎物体量庞大，蚂蚁们虽齐心协力，但进展缓慢。所以它们边吃边干，走走停停，显然安排得极为科学。有些蚯蚓已被蚂蚁们吃光啃光，只剩下大半个躯壳留在那里，仍向大自然展示它有过的辉煌。

无竭不由得对黑蚂蚁们十分敬佩，它们的生存能力和奋斗精神为人类所不及。他试着捡起一条半干的蚯蚓，嚼巴嚼巴咽了下去，感觉还好，甚至比小时候在龙山时吃的那种蚯蚓口感要好。那时候吃的蚯蚓是活的，肥大油腻而土腥味太重，这里的蚯蚓是死的，而且又是半干的，嚼起来有些盐巴味，虽然咽下后嗓子眼里很苦涩，但是绝对可以吃。蚂蚁们可以吃而且已经美食多日了，我们为什么不可以吃？况且碱滩上这么多蚂蚁一时半会儿也吃不完呀！于是无竭毫不客气地又捡起几条。他感觉通过比较，还是半干的最好吃，因为太湿的土味太重，太干的嚼不动。这种半干半湿的死蚯蚓，绝对是北天竺草原上独一无二的美食，它是受日精月华由盐碱滩天然焙干的绿色食品，又是由蚂蚁们品尝过的放心食品。无竭连续嚼了十几条，又眯了一会儿，感觉没有什么不良反应，这才把师弟们喊过来，让大家共同分享。

师弟们蜷曲在草地上休息，一个个正饿得难受，听到无竭的呼喊，以为师兄一定找到什么好吃的东西了，一齐踉踉跄跄地走过来，却没有发现什么食品，无竭用衣襟兜着些半干的蚯蚓，在望着他们笑。

无忧说：“师兄，这东西能吃吗？”

无竭说：“怎么不能吃，你试试就知道了！我看比在黑戈壁时的死马肉干强多了！比在火焰山上吃的死骆驼肉干强上一百倍！”

无忧、无虑听师兄如此说，每人抓起一条拼命大嚼，闭着眼睛咽下去，大概感觉还好，或是饥不择食，两人又各自抓起几条大吃起来。其他几位师弟见状，也纷纷效仿。不大一会儿，已把无竭捡来的蚯蚓吃光。

无竭笑道：“好吃吗？如果觉得还行，请大师们自己动手吧！贫僧就不再代劳了！”一句开玩笑的话，逗得师弟们都开心地笑起来。

也许是由于吃了一点东西，或是受到无竭乐观情绪的感染，每个人都精神了好多。大家又随着无竭边捡边吃，吃完了又捡了一些装在兜里，休息了一会儿，又出发了。

有了这些半干的蚯蚓，无竭他们又维持了两天。到第十五天头上，盐碱地不见了，前边的野草开始见密见高，还出现了一些阔叶的野蒿和矮小的灌木。无竭高兴了，他让师弟们坐下休息，自己带无忧、无虑去踅摸吃的。三个人转悠了好一阵，终于采到了一大捧草根蕈，又揪了一些肥嫩的野苋菜兜回来。见师弟们个个愁眉苦脸，毫无食欲，无竭故意笑道：“天竺国的法师们，长寿食物来了。这两种蔬菜，是可以上皇帝的御宴的，今天就便宜你们了！请速品尝！”

师弟无怨说道：“师兄，我们历尽辛苦，九死一生，如今已到天竺，还这般受罪，何年是个头哇？我们能走出这块草地吗？”

无竭闻之正色道：“天无绝人之路，地有可造之材。但凡人世间，古往今来，只有肌体受尽千辛万苦，灵魂才有升华之日。这条路虽然难走，但早有过往之人，人家是怎么过去的？难道我们就不如他人吗？”

无忧说：“我们不是外邦的嘛，我们不熟悉这里的情况！”

无根似在埋怨地说：“早知道路上没吃的，我们多带些食物就好了。那苦海法师装作好心，送这送那，为什么不多送些干粮给我们？却让我们带个钵盂，如今装什么？又有何用？”说着伸手就要把钵盂摔掉。

无竭听后勃然变色，“你说什么？怎把法师好心当成恶意？听说当年释迦牟尼佛祖从南方来到北天竺，就只带着一只空钵盂，一路化缘而来。苦海法师送我们钵盂，这里边含有深意。他是要我们学习佛祖的吃苦精神，靠我们自己打食走出草地，他是在进一步地历练我们。以他那等高深精细之人，怎会不知这南来路上的境遇？大家离家万里，都不容易，遇事要多动些脑子才好，切莫乱说话！”

师弟们见无竭从未这样震怒，便不再言语，也都知无根的话有些过了。大家学着无竭的样子，择些草根蕈和野苋菜来吃。休息了一阵，又往前走。

由于食物短缺，体力大减，南行的速度慢了许多。下午太阳还有老高，小师弟们便嚷着走不动了，无竭只好同意就地宿营。天气尚暖，在草地上过夜并不冷。但有两点难受，一是没有吃的，二是蚊虫叮咬。这第一条好办，无竭嘱咐大家别动，节省体力休息，自己仍带无忧、无虑去找食物，大家只要耐心等着就是了，这第二条却挺不了。

深秋的蚊虫可能已预感到好景不长，末日将临，叮起人来又狠又毒，大有与人类同归于尽的派头，叮上以后打都不走。它们一个个身形庞大，像小蜻蜓似的，成帮成伙，蜂拥而上，认准目标，缠住不放。几个小师弟被叮得难受，以手扑打已无济于事，便顺手拔起一种秆粗叶散的野蒿，拼命驱赶。由于蚊虫太多，几个人忙得满头大汗。越是出汗，蚊虫们越是闻味而来。蚊虫们越聚越多，几乎铺天盖地，那种巨大的嗡嗡声如一座旺产的蜂房。攻势越来越猛，可谓前仆后继。几个人被叮得满身大包，鲜血淋漓。蚊虫们被打伤无数，几个人也都累得先后趴在地上。

待无竭三人采得些草根蕈回来，远远地看草地上已经没人了，怎么大声喊也没人答应。去旁边灌木丛里解手的无私、无畏闻声赶过来，发现几位师弟躺在草棵里，以为是累了休息，便去薅着耳朵让他们起来，可是怎么薅也不吱声。二人慌了，伸手去拽，仍然拽不起来。

闻声而来的无竭三步并作一步跳了过去，见无色、无根、无嗔、无怨和无尚五位师弟皆躺在草地之上，双眼紧闭，面色青紫，嘴角边流出些血沫与黏液来。无竭急翻开无根的眼皮，发现瞳孔已散，再以手指一试鼻孔，气息皆无。五个师弟转眼间全部停止了呼吸，命丧荒原。无竭只觉眼前一黑，昏倒在草地之上。慌得无忧、无虑和无私、无畏连喊带掐好一会儿，才见无竭呼出一口长气，苏醒过来，但眼中已经溢满了泪水。

无忧把无竭托在臂弯里，让他躺在自己的腿上，替他擦着眼泪，自己也禁不住悲从心起。他们从小在佛寺出家，十几年来亲如手足。谁都知道师兄是位铁打的汉子，什么艰难困苦也难不倒他。西来取经的路上，他操了多少心哪！总像个大人似的照顾着大伙，可他毕竟只有十九岁呀！这回也难怪他垮了，活蹦乱跳的五个师弟，眨眼间就没了，谁受得了哇！

无忧的眼泪唰唰下掉，滴在无竭的脸上，大概是引起了他心底的共鸣，一下子哭出声来："都怨我呀！是我忘了告诉他们了！这种野蒿又叫草乌头，有剧毒哇！一定是他们顺手拔来驱赶蚊虫，有毒的汁液顺着汗水、和着蚊毒，一齐流进了被叮的伤口，造成混合性中毒，转眼间要了他们的命。我小的时候进山，父亲告诉过我。可我光顾着找吃的了，忘了这个茬。如今都快到中天竺了，眼瞅着大功告成，他们却都死在这里了，不值呀！是我害了他们哪！"说罢又放声大哭，竟如虎啸狼嚎，一时又昏了过去。

埋葬了无根等五位师弟，无竭一夜之间像变了个人，面颊清瘦，眼窝深陷，脸色灰白，二目无神，好似大病了一场。之后的几天，无竭干什么都要领着这四个师弟，采蘑菇、找水喝、探路径，包括白天走路和晚上睡觉，寸步不离。甚至他们去解手，他也要跟着，一时看不见心里就发慌。他害怕稍一大意，又会失去剩下的师弟，他实在是经受不起这种打击了。

第十二回

临危脱困皆由禽兽　载渡箪食俱显佛缘

好在五天以后，他们走出了这片噩梦一般的草地。前方出现了绵延的山岗、坡地与河谷，林木也明显地茂密起来。各种针叶和阔叶的树种交杂竞长，高矮不同的乔灌植物各领风骚，轻风吹来，可以闻到野花和秋果的香味。无竭来到这种环境，立刻兴奋起来，他边走边看，边跳边摘，轻如飞鸟，敏若猿猴，不一会儿就摘下许多成熟的野果。几个人坐在树下吃了个饱，然后就靠在树干上，迷迷瞪瞪地睡着了。

蒙昽中，无竭感到好像有人在挠他的光头，痒痒的，轻轻的，十分舒服。睁眼一看，他乐了！一只红眼金毛的小猴子蹲在树杈上，两条长长的胳膊垂在他的头上，小眼睛滴溜乱转，似在看着他笑。自打出家进了寺庙，无竭已经十多年没

同猴子们玩了，但他十分想念那些可爱的小家伙，也十分留恋在龙山金丝园那一段童年的时光。于是他没有动，用表情和手势与小猴子说着话、聊着天，显得十分和谐、融洽。

无竭推醒了四位师弟，告诉他们应该前行了，我们就跟着这位小朋友走。师弟们这才发现了树杈上的小猴子，觉得师兄的话好奇怪。但是更奇怪的是，这只小猴子并不怕人，也不远走，只是在前边不远的树杈上攀攀跳跳，走走停停，时而还回头张望，好像真的在为他们引路。这让四个师弟兴趣大增，好奇心使他们的脚步加快。傍晚的时候，他们来到一座山崖下。茂密的树叶遮挡了所有的阳光，陈腐的乱草覆盖了本就不大的地面。脚底下软绵绵的，踩上去很有弹性，像铺着一层厚厚的褥子。空气中游荡着野花、野果和腐草的气味，让人感到清香中似有些霉涩。耳畔不断传来"哗哗"的水声，说明下面是个河谷。

无虑说今天晚上好了，乱草当褥子，树叶做棉被，可以舒舒服服地睡一觉。说着放下背包，倚在一棵大树下休息，几个师弟也都坐了下来。可那位小猴子并没走，它与无竭不知在说着什么。不一会儿，竟然来了十几只猴子，他们蹿来跳去，像在表演，掰枝撅棍，又像在做工。忙活了好大一会儿，一声呼哨，叽叽地叫着全走了。师弟们看得津津有味，但均不解其意。

无竭笑着一指树上："你们看，床都给你们搭好了，快上去试试吧！"

四个人抬头一看，果见一丈多高的树杈之间，已用树棒树棍横竖相搭，形成了几张木架子床。几个师弟功夫很好，一搭树干，飞身而上，立刻觉得一股清风入怀，惬意凉爽。身下的木棒虽有些硌人，但视野开阔，感觉极好，比在下面睡要强多了。

几个师弟高兴得不得了，无忧、无虑抢着说："还是在佛祖脚下！连猴子都通人性，太神奇了！"

无竭站在下面接着说："你们有所不知。在这密林和草原之中，到处都有我们人类的敌人。地上有狮子、豹子、鬣狗和大象，天上有秃鹫和苍鹘，地下的腐草和泥石下面，则是蟒蛇、蜈蚣、蝎子等毒虫的世界。就是在这低空之中，成群的蚊虫也能把一匹马叮死。因此，随时都可能出现的危险令人防不胜防。我们睡在树杈之上，相对会安稳些。这些小猴子是我们的恩主啊！"

无私说："猴子怎么会突然关心我们？师兄怎么会懂它们的话呢？"

无竭笑而不答。由于树杈上有些微风，不冷也不热，蚊虫也不多，加之他们揪了许多树叶铺在上面，并不觉得很硌，因此这一宿应该是他们进入草地以后最舒服的一夜了。

次日当小鸟开始在树梢上鸣叫、太阳似乎已高高升起、勤劳的小猴子已给他们送来野果早餐的时候，五个人才差不多同时醒来，他们实在是太疲劳了！

无竭与师弟们啃食着小猴子们送来的水果，那种高兴的心情无法形容。自打西行以来，他们历尽苦难，能主动帮助他们的人屈指可数。而这些小猴子虽属异类，却热心地为他们搭野床、送早餐，同时给他们引路，这让师弟们感慨万千。他们觉得动物的这种纯朴的友情，有时候比人类还要真挚可贵。师弟们见那几只小猴子团团围着无竭坐，小眼睛眨巴着看着无竭吃，当无竭吃完了一个，马上就有小猴子又给送上一个，好像无竭是它们的猴王。无竭嘴里叽叽咕咕，不知在说些什么，不时掰下一些果肉喂给它们，小猴子们立刻欢蹦乱跳，似在舞蹈，十分好玩。

正欢乐间，忽然小猴子们一声惊呼，纷纷腾空而起，向高处攀去。无竭低头一看，不禁大吃一惊，一群身躯庞大的野象，看样子刚从河谷里洗完澡，浑身湿漉漉地从崖底下爬上来。它们慢腾腾地迈着方步，走到无竭他们睡觉的树下不动了。一个个扬起粗粗的、长长的鼻子，晃动着小山一样的身躯，开始在树干上蹭。蹭得树干剧烈摆动，树枝树叶哗哗作响。蹭完这面蹭那面，蹭完脑袋蹭屁股，还不时发出“呜呜”的叫声，看样子十分舒服。无竭与师弟们从来没见过真的大象，而且是这么多的大象，足有二十几只，像海边停靠着的一大片木船。大家十分好奇地看着大象蹭痒痒，忘记了害怕。

忽听得“噼里啪啦”一阵乱响，无私、无畏两人睡的那张木床被蹭散了，跌落的木棒、木棍雨点般砸在大象的头上，激怒了正在享受蹭痒快活的大象，它昂起硕大的头颅，发现有两个人蹲在树杈上，认为一定是他们坏了自己的好事，于是怒从心起，不仅晃动巨大的屁股猛撞树干，而且竖起长长的鼻子，带着一阵风向树上扫去，吓得无私、无畏慌忙腾起跳到另一根树杈上。

随着一阵强风掠过，他俩刚才蹲过的那根碗口粗的树丫子，顷刻间折为两段，连枝带叶哗地倒了下来。这一响声惊动了所有的野象，它们同时发现了树上这几个比小猴子还大的家伙。不知是出于好奇心，还是闻到了特殊的气味，或者是因为大象们的权威受到了挑战，总之它们一齐向无竭五人栖身的大树下聚来，几乎是同时晃动巨大的身躯，猛击这十几棵高大的松树，吓得无竭他们紧紧地抱住树干不敢撒手。那几只送早饭的小猴子蹲在更高的树丫上，远远地投来同情而恐惧

的目光，看样子也爱莫能助。野象们虽然笨重却相当执着，它们一个心眼儿坚持不停地做着同样的动作。强大的合力震得四周地动山摇，巨大的响声如惊涛骇浪，那几棵大松树有些摇摇欲坠了。

无竭在龙山时曾听圣母说过，野象虽然没有狮虎凶猛，但被激怒时也会伤人，它们的铁蹄和长鼻若是着上便会粉身碎骨。看来今天这些野象是真的愤怒了，可能是以为他们侵犯了属于大象们的领地，因此不达目的绝不罢休，一点也没有撤退的意思。

无竭自己安全逃跑没有问题，但他担心万一哪个师弟稍不小心，便会酿成巨大的危险，这可不是一只两只，而是一群大象啊！无奈之中，无竭灵机一动，念起《观世音菩萨受记经》，心情渐渐平静下来。念诵一会儿之后，便不再有担心和恐惧的感觉。又念过一会儿，山林外远远传来雄狮的啸声，野象们似乎慢慢地停止了撞动，一个个在侧耳细听。无竭感觉到那雄狮的叫声越来越近，于是憋足了力气，回叫了一声，比那雄狮的叫声还要响亮，在清晨寂静的山谷里产生了巨大的回响。那些野象们一个个竖耳细听，傻傻地待在那里不动了，形同二十几尊同样的泥塑。

不大一会儿，一只雄狮领着几只母狮，巍然出现在崖下的坡口。随着一阵阵清风吹来，野象们终于迈着方步，慢慢腾腾，成群结队地走了。无竭望着那几只野狮，再一次发出两声长长的狮吼，震得山林发出无数次清澈的回响。那几只野狮听到之后，转眼就不见了。

这一场人象遭遇，虽然有惊无险，但也把师弟们吓出一身冷汗。直到野狮野象均已走远，胳膊腿撑的都有些酸了，他们才在无竭的一再呼唤中跳下树来，但已站立不住，两腿都麻了。

无竭一声呼哨，一群小猴子又围上前来。它们显然对这几位朋友很佩服，居然把野象都赶跑了。无竭挨个地抚摸过它们的脸颊，又喂些食物给它们吃，于是它们继续承担起向导的职责。

进了山林路虽难走，但无竭好像回到了家乡，一路轻松自如，高高兴兴。他们不再为缺少食物而发愁，也不再因为寂寞而烦恼。有小猴子们相伴，为旅途增加了不少的乐趣。有时候无竭还同小猴子们一起，为师弟们翻跟头、折把势，惹得无忧、无虑、无私、无畏一阵阵开怀大笑。

九天以后，他们走出山林。前面的路逐渐平坦、湿润，无竭与小猴子们相拥告别。他把自己制作的几只竹笛送给小猴子，同时吹给它们作示范。小猴子们团团围在无竭身边依依不舍，这让师弟们十分羡慕和感动。直到无竭他们走出好远，那群小猴子还在树林边张望着，让人觉得动物的感情有时比人还要真挚。

脚下湿漉漉的草地和空中潮乎乎的风，让无竭他们感到快到恒河了。果然不大一会儿，就听到远处传来阵阵隆隆的涛声。

无竭说："恒河是天竺的大河，过了河便是中天竺了。那里有佛陀的故居和许多佛教圣迹，也是我们此行的目的地。我们就要成功了！"

师弟们听了倍受鼓舞，一个个满心欢喜。

无竭他们于中午时分赶到恒河边上。只见近处滩涂广阔水草繁茂，远处水天一色浩瀚无边，空中阳光火爆水鸟飞旋，但怎么观看也不见一片帆影。无竭与师弟们先吃些水果和蘑菇，填饱肚子，然后沿着河边向西南走，希望能够找到渡口和船只。走了大半天累得通身是汗，却仍然一无所获。几个人只好挤在一棵树荫下乘凉休息。

随着西落的太阳和西来的晚风，从西边方向传来一阵阵杂乱不断的声响，像暴雨之前沉闷的雷鸣，又像是千军万马在奔腾。几个人正在纳闷儿，忽见西边滩涂之上，黑压压一片，成千上万的野牛风驰电掣般跑来，其势如排山倒海，锐不可当。若是被野牛群踩踏而过，绝无生还之理。西有牛群，东有大河，往南北两边跑已来不及了。眼见情势万分危急，任凭你有再好的武功，遇上这种钢铁般的队伍也无济于事，凭命由天吧！

无竭说："我们一起诵《观世音菩萨受记经》吧！"五个人一同闭上眼睛，心无旁骛，面带庄严，手捋佛珠，诵经不止，任由野牛群咆哮而来，心神早已飘荡在九霄云外。说也神奇，当野牛群的队伍快到五人跟前的时候，一群苍鹰突然从天而降，向野牛们俯冲过去，吓得跑在前边的野牛前蹄失控，一下子摔倒，后边的野牛收势不住，接着倒下一片。两边的野牛急向两侧跑开，轰隆隆如打雷一般，纷纷跳进水中，顷刻间游向对岸去了。无竭等人只听得剧烈的风声、水声响过，待到睁开眼睛观看之时，庞大的野牛群已经不见了，只有身后几十头摔倒的"残兵败将"在痛苦地呻吟。天上有一大群苍鹰在盘旋，不时发出欢快的叫声。滩涂上的草地被踩得面目全非，好像数千老农用木犁刚刚翻过。

无竭虽闭目诵经，但他心知肚明，肯定是苍鹰救了他们。于是他运用与鸟王学会的鸟语，向天空发出了几声欢欣的鸣叫。那群苍鹰唰地俯冲下来，在他们头顶上盘旋了数圈，发出一阵阵欢快的叫声，好像在和无竭对话。良久，它们结队向西南飞去。

惊魂未定的师弟们面面相觑，心有余悸。无私嘴唇煞白，语无伦次："师兄啊！我以为这回必死无疑了！这都快到中天竺了，劫难啥时是个头哇？不会经没取着，我们都死在这儿吧？"气得无忧、无虑同时瞪了他一眼。

无竭淡淡地说："生死有命，信念在佛。我们出家之人，万念皆空。该死的时候，自然会死。若为众生而死，死亦是生；不该死的时候，绝不会死。若念一己之私，情同陷五里雾中，生亦是死也！"众僧默默领悟，随着无竭向西南走去。

天将黑下来的时候，他们终于找到了渡口，一个面目和善的老艄公非常热情地载渡了他们，还给他们讲述了许多恒河上的故事，告诉他们当年释迦牟尼佛祖曾在这里，率领众弟子踩着莲叶渡河；燃灯古佛曾在这河边浴沙练法；阿难、迦叶两位尊者曾在这沙滩上晾晒经文；金翅大鹏曾在这里率百鸟歌唱。因此不但这里的人们多数信佛，而且连有些生灵异类也心存善念。比方说这空中的苍鹰，就是这恒河上的护法使者，不知救过多少人的性命！还有这河边的巨蟒、水中的蛟龙，都受过佛的教诲，与众生成了很好的朋友。风浪大时，我这小木船也曾翻过，但从未死过人。无竭听后似有所悟。

在老艄公不停的讲述之中，无竭等人不知不觉就渡过了恒河，踏上了去舍卫国的土地。上岸后，老艄公热情地指给他们一条大路，告诉他们说，你们要去佛教圣地灵音寺，就顺着这条官道一直往前走，路上的人多得很，没有多远就能到了。无竭等人再三拜谢，连一向沉默寡言的无畏都感叹道："真是佛祖脚下，大不相同！这里的人们心眼儿真好！"无竭与师弟们都会心地笑了。

走过一天多以后，果然如老艄公所说，道路越来越宽敞，越来越好走，行人也越来越多。骑马的、坐轿的、背包的、挑担的，哪种形式都有；年老的、体壮的、读书的、学话的，多大岁数都来；雍容华贵的阔妇、风姿绰约的少女、白发苍苍的老妪、年未及笄的小囡，还是女人居多；面带踌躇的官吏、身穿绫罗的商贾、衣着褴褛的农民、风尘仆仆的僧侣，其实男人不少。一个个面带虔诚，心存夙愿，高兴而去，喜悦而归。来来往往，络绎不绝，像一条正在流淌的河。无竭等人汇入这洪流之中，立即被这种浓重的气氛所感染。这一路上，男女老少，人人争做善事，士农工商，个个相搀相扶；轻声细语、主动助人者比比皆是，恶语相加、横行霸道的一个未见。更有那些一步一个响头，从几百里之外磕到这里的，额上、手上、脚上、膝盖上都磨起了厚厚的腿子，偶见一些血迹渗出，赢得了行人一致敬佩的目光。但他们从不搭言，也不停步，而是认准了目标，目不斜视，我行我素，其乐于怀。无竭与师兄们钦佩不已，“有了这种精神和意志，就没有做不成的事哟！”

还有一个感人的场景无竭等人从未见过。在通往灵音寺的官道上，凡是有村庄和人住的地方，必有人箪食壶浆、笑脸相迎，送上茶水、食物和水果，甚至还有雨伞和蕉扇。沿路有许多饭摊和客店，虽争相招徕客人，但都是免费的，而且态度相当和蔼。无竭心里感叹：这就是教化的力量！如果天下多能如此，就不会有战争和杀戮，有的只是和平和共助，这不正是佛祖所描绘的极乐世界、自己取经所为之奋斗的目标吗？无竭的心中充满了自信，他觉得一定会不虚此行。

第十三回

取经人拜谒灵音寺　东来僧陶醉藏经楼

几天以后，他们到达了舍卫城，所见所闻令他们耳目一新。这里不仅是恒河流域的文化重镇，也是中天竺的佛教活动中心，有许多大大小小的寺院。所到之处，那些低矮的瓦房均是些民居，而那些高大的建筑大多是庙宇。路上来来往往的多半是僧人，街上鳞次栉比的饭店多数是素斋。开店的，摆摊的，不论做什么生意，多半与佛教有关，满脸和气的摊主和雇工，也多数是在家修行的居士或莲友。高大的菩提树遮挡住灿烂的阳光，炎热之中有凉爽。熙熙攘攘的人流中不断传来佛教用语，热闹之中有文明。让他们感到这里就是一座佛城。

无竭等人要去的灵音寺是这里最大的庙宇，是当年释迦牟尼佛祖修行和讲经弘法的地方。他们一路打听着赶到灵音寺的时候，立即被这座千年古刹的宏大气势所震撼、所惊呆了！望着这个多年来心驰神往的地方，他们所有的疲劳和痛楚全部飞到九霄云外，一种无比敬畏和向往的心情油然而生。

这灵音寺位于舍卫城的近郊，坐落在一道绵延向上的山坡之上。从坡底的山门下仰首北望，数千重石阶拾级而上，九层大殿依次排开，红墙黄瓦，金碧辉煌，规模宏大，气势高远，好像天上的凌霄宝殿。那最高处的圆形塔顶反射着霞光，已越过白云插入天际。站在山门外向西展望，左前方是一座略显低矮但是巍然突起的山峰。巨大的莲台在绿树的掩映下瑞霭重重、紫雾缭绕。金光四射的一尊坐佛捻着法指，晓谕众生，高踞于莲台之上，好像一座巨大的城堡。放眼东望，右前方是一片无边的林海，几十座白色的佛塔从林海中破浪而出，像一支远航待发的船队；佛寺的正南面是一望无际的平原，视野极好。登高远眺，只见绿波渺渺，林野蒙蒙，天高地远，水气蒸腾，给人以无限的深思和遐想。

从山门向上，人流如潮。当无竭等人还站在山门外怡然四顾的时候，就被一位守门的小沙弥所注意。待他们走进山门、登上石阶的时候，这位小沙弥立刻迎上前来，向无竭等人施礼问道："看几位师兄不是当地之人，不知进寺何事？可需我来引导？"语言得体，态度真诚，立刻让人对该寺产生了好感。

无竭停下脚步，连忙还礼，见这位小沙弥精瘦健壮，面孔黑黑，五官端正，两眼放光，顶多七八岁的样子。小小的僧衣裹住单薄的身体，额头上已沁出大大的汗珠，不禁顿生怜悯之心，好像看到了当年的自己。于是他俯下身来，谦恭地说道："小师弟，我们是东方大燕国来天竺取经学习的，今天刚到这里。有烦小师弟代为通禀，我们有事与长老说。"

那小沙弥闻听一笑，一口小白牙玲珑剔透，十分可爱："原来是东土来的师兄，真够远的！我们听大师说过，你们住在太阳升起的地方！我是寺里安排专门迎接客人的，请随我来吧！"

小沙弥说着在头前走，无竭等人紧紧跟上。石阶虽非很陡，但头上阳光暴晒，两侧虽有树荫，能够凉爽些，但要让给那些来来往往更需要的人们，所以无竭他们只选择在中间走。小沙弥年龄虽小，但脚步轻盈，速度很快，无竭与师弟们穿人过空，一路相随，不大一会儿就已汗流浃背。

到天王殿时，无竭告诉小沙弥稍事等候，他们要进殿上香，参拜弥勒菩萨这位未来的佛祖，由此也趁机休息一下。接着依次向上，有殿必参拜，见佛就上香。他们到第二殿参拜了五百阿罗汉，第三殿参拜了观音、地藏、文殊、普贤四位菩萨，第四殿参拜了日光、月光和大势至菩萨，第五殿参拜了阿难、迦叶两位尊者和金翅大鹏鸟，第六殿参拜了东方药师佛及十二护法神将，第七殿参拜了西方极乐世界的教主阿弥陀佛，第八殿参拜了佛教的创始人释迦牟尼佛，第九殿参拜了过去七佛。由于信众极多，香火过旺，每殿参拜上香时均要等候。待到九层大殿全拜下来，已经日落西山、时至黄昏了。虽非筋疲力尽，却早已饥肠辘辘。

小沙弥人虽不大，但精神头却很足。陪伴了无竭等人大半天，同样水米未进，却丝毫不见倦意，反而对无竭等人问饥问渴，关怀备至，表现得非常成熟。他领着无竭等人走进东院，在一排寮房前停下来。进去了好一会儿，才出来对无竭说："大师今日已无时间，他说对远来的客人应当格外尊重，不可匆忙行事，因此定在明天上午接待你们。汝等现在可随我去用饭、休息、沐浴、更衣，今天你们也够累的了！"说完领着无竭等人拐进另一个更为僻静的院子，张罗着备饭去了。

这顿饭无竭他们吃得特别香，这一夜他们也睡得特别沉。由于昨晚刚洗了澡，又换了新的内衣，浑身觉得特别干净清爽，早晨起来也格外有精神。当无竭被勤奋的小鸟儿唤醒，披上衣服走到院子里的时候，茂密的树梢边上的天空，已经露出了大片的白色。曾经灿烂的星空正在逐渐淡去，空气中荡漾着一股沁人心脾的清凉，让他感到十分惬意。于是他放下僧衣，挽起袖子，稍微活动了一下筋骨，开始练功。一会儿飞上檐头，一会儿抓到树梢，一会儿在空中盘旋数周如一只鹞子，一会儿轻轻落在地上身板笔直如一棵青松。他活动了好长一段时间，一点声音也没有。师弟们仍在熟睡，却惊醒了那位小沙弥。那小小的身躯躲在树后，一双圆圆的、亮亮的小眼睛望着无竭，而无竭也看见了他。两个人会心地笑了，但谁也没有说话。

早饭后小沙弥领着无竭他们去昨日到过的院子，刚跨进那道圆形的院门，几位看似年近花甲的老僧已在寮房前等候。无竭忙紧走几步上前施礼："列位大师在上，小僧便是东方大燕国来此取经学习的昙无竭，这四位是我的师弟。"

这时只听得一位老僧问道："昨晚休息可好？"

无竭忙说："感谢大师们的关切！昨晚睡得最好了。寺里还给我们准备了新的内衣内裤和洗漱用具，想得太周到了！"

"那就好！请随我到寮房内坐！"一位老僧说完，领头向房内走去。

寮房内宽敞洁净、高大明亮，陈设却相当简单，只一张方桌、几把竹椅、一套茶具。宽大的墙面上洁白素雅，并无一字。平整的青砖地面年代久远，几近踏坏，但利落无尘。整个房间朴实无华，只有那个竹编窗帘上空旷高远的图案，似乎在显露主人胸襟的辽阔与高雅。还有墙角上正燃着的一炉熏香，不断地释放出主人待客的热情。

落座以后无竭才发现，寺中的长老是一位身材矮小、极为精瘦的老者，坐在竹椅上宽宽绰绰，显得体量很小，多说也就八十斤重，却头大，手大，脚大，耳大，眉毛奇长，目光如炬，面色红润，声若洪钟。旁边坐着的一位老僧介绍说："这位就是我们灵音寺的当家长老鸠摩恒戒大师，年已一百零六岁，是天竺八百八十八家寺院公认的第一得道高僧。我们都是大师的学生，跟着他聆听教诲也快七十年了。"

无竭一听，不禁肃然起敬。大师竟有如此高龄，却仍步履轻盈，思路清晰，真奇人也。几位自称是学生的高僧，看样子均已年过古稀，却都像未及花甲，个个精神矍铄。这不仅是佛门的奇迹，也是人类的奇迹。单凭这一点，这里的真经就取之不完。师弟们也都露出惊奇的目光。无竭拿出燕国的通关文牒、皇帝冯跋的书信、印鉴以及石榴寺苦海法师的个人名牒，恭恭敬敬地递与恒戒大师，大师一件一件细细地看过，脸上即刻绽放出灿烂的笑容。他说大燕国我知道，是冯跋所建，冯跋是个明君。前燕后燕我也知道，是慕容氏所建，慕容皝是个大英雄，武功精绝。龙山龙城我也知道，是个好地方！"哎呀我想起来了，"大师口齿伶俐、说话很快，浓重的梵语尾音震得寮房四壁回响，"小摩吉！我的睡房还有一盒龙山苦茶，是三年前一个商人送给我的，那可是好东西！快取来！"

无竭这时才知道那小沙弥名叫摩吉，此时正在门边静立，听了大师的话语，一溜烟儿从门边跑了出去，不大一会儿拿回来一个木盒，递与大师。

恒戒大师接过木盒，接着说道："我就喜欢这龙山苦茶，它很像我们出家之人，先苦后甜，苦中有甜。多少年来我就喜好这口，三年前没舍得喝。这回你们来了，大伙都尝一尝，看是不是你们家乡的味呀？"说着打开层层包装，小心翼翼地取出一些茶叶放进陶壶里，接过小摩吉送来的开水泡上。少顷，给每个人倒上一小碗，端起来说道："这龙山苦茶有些来历，不知你们是否知道？"

无竭与师弟们对视了一眼，不好意思地说："我们生在龙山，长在龙山，从小到大，龙山苦茶可没少喝，但真不知道有什么来历，诚请大师赐教！"

恒戒大师朗声一笑，说道："大家先品一口。"然后又说："我在你们面前讲龙山苦茶的来历，用中华古语来说，就是关老爷面前耍大刀了。也许你们知道不说，但他们不知道。"他回过头来看着几位老僧，"我就说给你们听听！"

几位老僧齐声说道："愿闻老师教诲！"恒戒大师转眼对着无竭，一字一板地说："龙山是人类繁衍最早的地方之一，龙山圣母是东方人类的母祖，与我们天竺的往世佛祖一样，是人类的先知和先觉者。龙山之上有天龙池和凤凰岭，常有龙凤嬉戏于山水之间。山峰极顶有丁香树、海棠花，像昆仑山的瑶池和阿弥陀佛的极乐世界一样美好。这山顶上的苦丁香树受日月之精华，沐天地之甘露，得龙凤之眷顾，经仙姬之采摘，历数十道工序，才到得商贾之手，入得王侯之口，寻常之人岂能取得？又由于这茶味清苦甘甜，乃是润肺佳品、保肝良药、长寿之秘方也！"恒戒大师一番话，字字珠玑，如数家珍，令无竭等人极为叹服。

无竭由衷赞佩地对众人说："大师是异邦之人，却能对我们东方古国的龙山特产说得如此清楚，实在令晚辈小僧钦佩之至！"

恒戒大师笑了，"这盒苦茶是不是仙姬采摘，就不好说了，但东西绝对是极品，大家不妨多饮几碗。"说着端起木碗，一饮而尽。

几位老僧喝下去齐声叫好。小摩吉又赶紧给大家斟满。无竭连喝两碗，细细品咂，觉得入口极为清苦，但咽下后嗓子眼儿很甜，与在家时喝的确实不一样，方知道家乡的特产在国外有这么高的品位。

喝茶拉近了双方的距离，让无竭感到恒戒大师十分和蔼可亲，于是他不再矜持，不再拘束，说了自己如何受圣母所托，带着大燕国君臣和百姓的殷切期待，从龙山起程，越长城，踏高原，通过河西走廊，到达西域各国，途经河南、海西、流沙、高昌、龟兹、沙勒、罽宾和大月氏，又从北天竺来到舍卫国，历时两年多的时间。来的时候二十五人，如今只剩下他们五个，余者全死在路上了。最后，无竭动情地说："我们东方古国历史悠久，经济和文化都很发达，民风也很淳朴。自大汉朝白马驮经，佛教传入我国，良善之士趋之若鹜，各地寺庙春笋般兴起。但近百年来邪魔入侵，诸侯混战，人民惨遭杀戮，百姓饿殍遍野，淫恶之风盛行，妖孽之士当政。佛门亦受影响，灭佛之事常有发生。庙墙寺壁倒塌尚可再修，但本就不多的佛学经典惨遭破坏，无法弥补。现在完整的经卷部籍已经寥寥无几，东方佛教处在极为困难的关头。我等冒死前来，就是为取经学习，弘扬佛法，以正我民风，兴我华族，度众生于苦难，救国家于将亡也！"几位高僧听后皆嗟叹不已，赞赏有加。

恒戒大师说："列位居上邦大国，几万里迢迢来天竺取经，历尽千辛万苦，实属不易，可谓心如日月，志比金石。听你刚才说，在河南吐谷浑部落险些被杀；在黑戈壁沙漠几乎饿死，过流沙河两个师弟遇难，遇龙卷风六个师弟失踪，过草地两人陷入泥潭，登悬崖五个师弟丧生；在从石榴寺走向中天竺的途中，五个师弟中毒丧命，山林中又遭野象袭击，命悬一线；恒河岸边逢野牛遇险，得苍鹰相救才死里逃生；还有在大月氏险些被捉；等等。这一桩桩、一件件的劫难，让你们几个九死一生，侥幸活下来是你们自身的造化，也是佛祖的恩赐。我倒赞成你刚才说的话，既是生之不易，就当不遗余力。以有限之生命和有用之躯壳，为佛门大业弘光增彩。东方大陆乃世界最大之部洲，有众多之上国，与我天竺山水相连、血肉情深，民风民俗亦相接近，有许多共同之点。弘扬佛教本就是我们分内之事，天竺佛门必当义不容辞。年轻人，不知你有何所求，尽管讲来，老僧等将尽其所能，本寺将尽最大努力，助你功德圆满、心想事成。如何？”

无竭听到这里，不仅为恒戒大师超凡的记忆力所折服，更为他真挚的情怀所感动，连忙站起来深施一礼，说：“大师一片赤诚，弟子先行感谢！我们几个就想在这里住下学习，一来多读些佛学经典，二来也想抄译些范本，恐不是三年五年能够如愿，日后少不了给宝寺带来许多麻烦，因此有些惴惴不安，难于启齿。”

恒戒大师爽朗一笑，“说哪里话来？弘扬佛祖的大法，是我一生的誓愿，能得你等不远万里而来，我已喜不自禁！你们是外来的僧人，时间无比金贵，因此除早晚必做的功课之外，白天汝等可自行安排。食宿、衣物、笔墨纸砚和香烛器皿等类用品，就烦摩阇黎师弟考虑周到。”大师回头拍了一下身边高僧的肩膀，接着说，“他是本寺的监院，以后有什么事务尽管找他，或叫小摩吉打个招呼也行。”接着又用手指向另一位高僧，“这位是本寺的首座娑罗毕，一会儿你们先跟他去藏经院。想怎么看，怎么学，跟他说就是了。”

无竭见大师考虑得已十分周到，忙起身对众位高僧说：“灵音寺僧人过万，大师们日理万机，为我等小事已耽搁了许多时间，就不好意思再打扰了，我们就随着首座大师去看经书。”

恒戒大师说：“这样也好，以后就让小摩吉陪着你们，有什么要求让他跟我说。”言罢起身相送。无竭等人以目还礼，随着娑罗毕走出寮房，奔向藏经院。

这藏经院掩映在绿树之中，是个独立的院子。正面五层楼阁，东西两层厢房，坐北朝南，十分幽静。娑罗毕命小和尚打开正殿大门，领众人走了进去。无竭与师弟们一进门，眼睛就不够用了。他们先从一层走到五层，浏览了一遍，又从五层走下来，一层一层细细地看。见偌大的厅堂里，整整齐齐，满满登登，摆的全是书。那高高的、密密的书架上，有珍藏千年以上的古籍本，也有新装现译的线装本，有大量的竹简、木片和树皮，也有许多龟甲、兽骨和碑刻，算不清有多少册。规模如此宏大的藏经楼和如此众多的佛学典籍，无竭等人从未见过。洛阳白马寺的藏经阁在国内是比较大的，珍藏的经卷也比较多，但不及此处的百分之一，龙翔佛寺那点经书就更不用提了，这让他们极为惊叹。娑罗毕大师告诉他们，本寺藏有自佛教诞生以来几乎所有的经典，总计约有各种版本的佛经三百万卷。由于卷帙浩繁，整理的任务很重，仅经卷管理僧就有五十多人。每日都要进行通风、清尘、洒水、清扫、归整、修补，每季还要全盘清点一次。这里珍藏的有不少是整个天竺的稀世珍宝，所以外人是不允许轻易进来的。

“当然，你们就例外了。我在西侧厢楼给你们开两间书房，你们需要哪一卷经书，可以随用随拿，用完即还。平日就可以在书房里阅读或抄译。”娑罗毕大师说着领他们进了西侧厢楼，推开了二楼紧挨着的两间书房，“怎么样？还行吗？”

无竭搭眼一看，小屋内窗明几净，有桌有床，十分整洁清雅，非常高兴地说：“太好了！太好了！先谢谢首座大师！那就不耽误您的宝贵时间了，我们这就借书来看！”

娑罗毕非常理解无竭等人的迫切心情，笑着对小摩吉耳语了几句，转身走了，八十多岁的老僧竟然健步如飞。

第十四回
比武会无竭夺魁首　纠偏见恒戒施教化

至此无竭他们在藏经院住了下来。除每日里随着晨钟暮鼓，参加寺院集体诵经、坐禅之外，余下的时间，他们几乎整天都待在藏经院里，除了吃饭、睡觉就是看书，连风雨不误的练功都停了。小摩吉当了他们的专职联络员，打水、送饭、借书、传话，相当勤快朴实。这一个多月，他们像牛进了菜园子一样，头都不抬，基本上手不释卷，眼不离书。他们首先重读了《法华经》《华严经》《金刚经》《无量寿经》《地藏经》《戒经》以及《般若波罗蜜多心经》等原来接触过的佛学经典，做到融会贯通，然后又重点学习了从未见过的《阿弥陀经》等珍籍古本。

这样学过一段时间之后，无竭把师弟们叫到一起，他说："我们这样学法，恐怕不行。即或读了许多，不一定能记住多少。莫不如我们边读边译，边译边抄，

把梵文本都抄成汉文本，这样虽然慢了一点，却能够记得较牢，而且将来可以带走。”

无忧、无虑插话说：“你说的办法好是好，可我们什么时候能抄完哪？另外，那得多少笔墨纸张啊？”

无竭说：“抄一遍等于读十遍，抄一卷是一卷，天长日久，我们人又多，不愁我们抄不完，何况这些经卷也不一定都要抄译。至于纸笔的问题，确需一个不小的数字，我明日直接去找首座大师说。”师弟们见无竭说得有理，均表示同意。

次日无竭与娑罗毕一说，首座大师完全支持。他说：“你们万里迢迢，来之不易。能够抄译一些，带回本土，也是好事。至于纸笔，不是问题，尽管放心使用便是！”

无竭千恩万谢，极为高兴，从此便与师弟们一边埋头苦读，一边抄译起来，转眼过去一年。

又是一个春暖花开的季节。一日早晨天刚蒙蒙亮，无竭照例起来习武。刚来的时候，几个人一度停止了晨练，全身心用于读经。后来日子长了，无竭感到不能顾此失彼，应该两者兼顾，而且练功是可以促进学习的。于是他与师弟们便利用早晚人静的时候，又悄悄练了起来。

这天早晨他刚刚来到院子里，小摩吉便悄悄地跟了上来。待无竭打完一通拳，又跳跃了一番之后，小摩吉适时地递上毛巾，殷勤地说：“我见师兄武艺高强，功夫极深，能否教我几招？”

无竭笑了，“这个好说！你先走几趟，让我看看怎样？”

小摩吉闻声答应，并不羞涩。亮个门户之后，伸拳展腿，舒腰摆臂，一招一式，有模有样，而且身体轻灵，动作敏捷，看起来有些基础。几十个招式之后，小摩吉收住体势，两腿站定，弯腰一礼道：“请师兄指教！”声音清脆悦耳，十分动听，小模样亦极为乖巧可爱。

说句实话，通过这一年多的接触，无竭有点喜欢这个孩子了，觉得他身上不知哪个方面，有点像自己童年时候的样子。从刚走的这几趟来看，也能看出是从小就练，只不过一招一式均显生硬，动作衔接不够精熟，而且节奏太慢，看着玩玩可以，上场时却是无用。于是无竭告诉他说：“我每日早晚练功，你一起过来就是，我教你些东方的练法和套路，不过不可以轻易告诉别人，明白吗？”

小摩吉立刻乐了，拉着无竭的手亲昵得不行。至此无竭从站桩开始，教摩吉练基本功。然后循序渐进，练拳脚、器械和轻功吐纳之法。半年过后，小摩吉的武功已大有长进。

一日摩吉告诉无竭，寺院里三年一度要举办全天竺的武僧比武大会。今年的七月二十七日莲花盛开之际，就是比武大会开幕之时。届时不仅全天竺各寺院的武林高手都来参加，而且邻近各国的寺院武僧也会应邀出席。有人说这是天竺历史上最有名的武术盛会，热闹得很。取得第一名的武僧，会得到恒戒大师亲自授予的一柄镏金禅杖。

小摩吉问："不知师兄可有心参与？"

无竭说："我等千辛万苦，只为取经而来。偶尔练练，只为健体强身，就不参与了罢。"

摩吉说："可惜了！上两届的第一名都被别的寺院拿去，本寺的武僧人人都憋着一口气。我看那些得胜者均不如你！"

无竭道："说什么呢？山外有山，天外有天，高人强手，遍于天下。何况练武之人，各攻一道，自然各有千秋。即或胜者，也未必尽如他人，岂可如你所说？"吓得小摩吉一吐舌头，不再言语。

这一年多无竭他们可是收获不小，他们连抄带译，已学习和整理出佛经一千六百多卷，整整齐齐地堆放在一间寮房里，像一座小山，同时也扎扎实实地记在了他们的心里，师弟们都感到非常充实，精神状态都非常好。为了继续扩大成果，必须保持健康的体魄。无竭除督促师弟们恢复了早晚练功之外，也时常领着师弟们出去走走，调节一下心境。

这日午饭后，他们刚到东边林地里拜过佛塔，就见娑罗毕大师健步赶来。未及无竭等人上前施礼，大师即向无竭高声喊道："你看看！我把谁给你带来了？"

无竭刚想说话，一人已飞步向前紧紧抱住了他，良久尚不松开。无忧、无虑齐声喊道："法印！你怎么来了？我们好想你呀！"

无竭闻听后，推开来人，仔细一看，果是法印！只是头上有汗，衣上有泥，眼窝深陷，面容憔悴。眼见得是风尘仆仆刚到寺里，忙手拉着手，请首座大师与法印到书房叙话。

法印一口气喝下三大碗凉水，然后才坐下来，细细打量着无竭，长叹一声，开口说道："这种神鬼难测的地方，路也太难走了！难怪你们只剩下五个人。我临出来时带了十个师弟，如今只剩下我一个！想起来就心寒哪！"

无竭说："你在空天寺不是挺好吗？国王和长老都那么信任你，何苦非跑到这里来？也是来取经的吗？"

法印两眼一瞪："还不是为了你？！前几届比武大会，我们空天寺和摩云寺都接到了邀请，但是因为山高路险，都没派人来，听说前三名都被别人夺了去。今年比武时期将到，我们知你必在这里，又必不会参加，因此年后空云大师即张罗着让我来。三个目的：一是看望你，我们都很想念你，我就代表空云大师与全寺僧人给你问好；二是替张老员外探路，他准备要过来与你相聚；三是动员你参赛，有你这样好的功夫，正可以弘扬佛门武学，光大佛门，不参加就太可惜了！"

无竭听了极为感动，自己与师弟们在空天寺只是路过，和空云大师、法印师兄不过萍水相逢，过去已蒙多方关照，如今又千里迢迢，舍命而来，那么多武僧都死在路上，实在有些过意不去。于是他动情地说："大师与师兄大德，令无竭刻骨铭心，感激涕零！所嘱之言，敢不从命！只是这比赛之事，多是天竺内部僧人，我等外来的和尚，怎好介入？何况取经学习，任重道远，怎敢荒废时日？不是小僧不听师兄之劝，此事于本寺来说恐也不妥。"

无竭话语刚落，没等法印反驳，首座大师娑罗毕即接过话头："师弟此言差矣！练武参赛，怎么就荒废了时日，影响了修炼？本寺主办全天竺的武僧大赛已历一百一十八届、三百多年之久，其本意也是觉悟众生，强身健体，巩固家邦，光大佛门，不亚于任何一场盛大的法会，在民众中产生着非常好的影响。绝非争强斗狠，追名逐利，而是本寺的一项功德。法印若是不来，恒戒大师和我及本院众僧，也准备动员你参赛。我们已从苦海法师的信中，知道了你的情况，你现在已是名副其实的天竺僧人，已经入牒注册，哪有外来的说法？那你叫真儿说，哪个不是外来的？谁能永远住在这里？请不必顾虑。比赛时日已近，还希望你及早做些准备，为本寺增光。你和法印久别重逢，难得他这么远来舍命看你，你们先聊吧！晚上寺里备斋饭为他洗尘。我且先走了！"说完不容无竭再予推辞，转身走了出去。

法印说："怎么样？不光我说吧？这一回我也不走了！以后就永远跟你们在一起！"无竭感动万分，紧紧地同法印抱在一起。几个师弟也围上来，大家像一群劫后余生的挚友，谁也不说话，但谁也不愿意松开。

法印由此在灵音寺住了下来，每日与无竭等人切磋习武，闲暇时也读些经文，俨然成了他们之中的一员。

比赛时期转眼已到。遵恒戒大师之命，灵音寺推选无竭、法印和另外两位武僧参加，同时做好了比赛的一切准备。今年的比赛有三部天竺和邻国的一百多名武僧参加，是近年来人数最多的一次，聚集了天竺三十六大寺的武林高手，他们已于昨天晚饭前陆续赶到。首座大师娑罗毕正忙里忙外，张罗着接待来宾。由于听说今年是个盛会，所以观众特别多，有的从昨晚就赶来在寺外等候，这使本来就人流如潮的灵音寺变得人山人海。好在来此观看者多为善男信女，并无大声喧哗、滋事生非之辈。因此虽然人多，倒还秩序井然。

比赛的内容分为三项：一为大力金刚赛，就是比力气。参赛者要把山门前的两对石狮中的任何一只举起，平稳放下，就算合格，否则就算淘汰；二为天王护法赛，就是比搏击。大赛组织者从天竺三十六大寺选拔来三百名护法武僧，已从本寺山门到古佛大殿这一路两侧排好，参赛者要赤手空拳，与手持长棍的三百名武僧过招，从山门起打过九层大殿，到金塔下结束，被挡在任何一道大殿之外即算失败，没有参加下一项比赛的资格；三是罗汉升天赛，就是比轻功。主办方把一件七宝袈裟放在古佛大殿的金顶之上，那大殿雄伟高峻，直入云霄，实际是一座七级浮屠，又称金塔，有二十来丈高。参赛者要在殿底台阶下同时起身，谁最先取下七宝袈裟，并平稳落地，谁就是胜利者。当本寺维那僧摩诃比大师宣布完比赛内容和比赛规则之后，本寺当家长老、天竺第一得道高僧鸠摩恒戒大师即登上钟楼，撞响佛钟，晓谕天下，宣布天竺武僧第一百一十九届武术大赛正式开始。三百多名各地高手个个摩拳擦掌，进入第一轮。

按照抽签的顺序，无竭与法印同本寺的那两位武僧多迪和拉地站在最后。他们是东道主，按规矩由客人先来也是理所当然。无竭侧眼旁观那两对石狮，连底带座有四尺多高，哪一只都应在千斤以上。多迪轻声告诉无竭，那两对石狮看似不同，其实重量分毫不差，高度也完全一致，只是动作姿态有些差异而已，每只都是一千二百斤重，要能够举起来并平稳落下，也绝非易事。每届比赛在这一项上，就能淘汰下去一半的人。但今年好像不太一样，参赛的武僧个个虎背熊腰，身躯高大，面孔黝黑，肌肉隆起，人人如金刚下凡。所以进行到一半的人了，还没有一个武僧下去。有的虽然显得费力一些，但也算过关。轮到无竭他们四个人上场的时候，只淘汰了六个人。看来今年的参赛者准备充分，下步比赛的难度加大了。

多迪和拉地是本寺两个实力最强的高手，他们轻而易举地过关了，只剩下无竭和法印，场外的观众和长老们都投来比较担心的目光。法印是大月氏人，卷发高鼻，面色泛黄，身材精干，两臂殊长。无竭在华人中也算高挑壮健，体魄超人。但两人若跟方才过关的那些“金刚铁塔”比较起来，明显单薄瘦弱，似体力不支。又因为两人都是生面孔，不少观众心中没底，所以人人拭目以待，全神贯注。而

那些已经过关的寺外高手，显然对他们不屑一顾，有的已露出鄙夷的笑容。

无竭说："师兄你先来吧！我来收底。"

法印轻轻地点了点头，只见他撩起直裰前襟，掖在腰上，双手挽了挽袖子，走到一尊石狮跟前，以两手轻轻撼动石狮的头颅，然后猛一发力，抓住石狮，把它抱在胸前。少顷，"嗨"的一声，双手举过头顶，然后轻轻放回基座之上，场内外顿时响起阵阵叫好声。

高手群里有人轻语："这个黄脸的和尚可不一般！看他举得这般省劲，当是一流高手！"

有认得的悄悄说道："他是大月氏空天寺的护寺武僧，功夫精到，怕是无人能够胜他！"

法印回过身来，只见无竭向他竖起大拇指，不禁微微一笑。原来法印自打败给天竺武师辛布提，知自己在力道上不足，因此在这方面下了许多功夫，又由于得到无竭指点，内功上也有很大的长进，因此过这关比较轻松。何况他这几日已偷偷试过，自觉十拿九稳。对无竭能否过关，他倒有些担心。他见过无竭超凡的轻功，但不知体力如何。因此站着没走，在旁边助阵。

无竭轻松地走向前去，自觉胸有成竹。他自幼与猿猴、虎狼为伍，苍天作被，大地为床，练就了超人的体魄和无畏的性格。他既有猿猴的轻巧，又有虎狮的威猛，耐力自不必说，体力亦是非凡。入龙翔佛寺以后，随着身体日见发育，体力逐渐增强，除了习练拳脚击技之外，他还跟着师父昙真长老习练了十年气功，对大力金刚掌、神功一指禅等绝技也颇有造诣。龙山圣母曾经告诉他，武功当中，虽说轻功为首，但切记"一力降十会"，体力不支，先输一半。因此当他每次上山的时候，除了考他轻功，也教他练气。从举石锁到举石桌、举石鼎、举太极石，从小到大，由轻至重，逐年加码，不断苦练，内功已是十分精湛。对于无竭的武功来说，虽然举重不是他的长项，但拿起这尊石狮，却也不在话下。只见他走到石狮跟前，稍稍俯下身去，以两手撼动石狮，运力推起，使之旋转，越转越快，如戏陀螺，众人视之皆感有趣。无竭在石狮旋转的时候，气沉丹田，双臂较劲，顺势抓起石狮，嗖地举过头顶。稍停片刻，他并没有放下，而是从山门的西侧走向东侧，又原路返回，轻轻地把石狮放回基座之上，面不改色，气不长出，微笑着向观众拱手致意。人群中即刻爆发出阵阵欢呼之声，他们都被这位东方武僧的超凡神力所折服。那些过了关的武僧高手们多数脸露诧异的神色，他们似乎都在纳闷儿：这个看似并不粗壮高大的东方人，哪来的这么大的力气呢？真神了！法印则一步跑过来与无竭抱在一起，他对无竭佩服得五体投地。

第二项比赛看似容易实则最难。三百名武术高僧手持木棍，站成两排，从山门里一直排到金塔，简直就是一道道铜墙铁壁。这些武僧虽未参赛，但也绝对是顶尖的武林好手。又由于练武之人天生的一丝不苟、护法责任的神圣以及特殊心理作用的驱使，他们对谁都不会手下留情，甚至想把所有的参赛者都打回去，那样就难说谁比谁高了，大家皆大欢喜，因此想赤手空拳打进九层大殿并不容易。各大寺前来参赛的高手们也都心中打怵。头十几位上去,还没到前殿就被打了下来，个个摔得鼻青脸肿，满面羞愧。比赛进行到第八十名的时候，还没有一个人过去。最好的成绩是打到第六殿，就已经精疲力尽，摇摇头无可奈何地败下阵来。

那兰南寺的鸠什柯布上场了，人群中马上响起欢呼声。这不仅因为他是当地的熟人，而且还因为他是上届的头名，镏金禅杖的获得者。无竭抬头看去，见鸠什柯布体量极大，在大月氏见过的天竺武师辛布提虽够雄壮，但跟他比起来，只能算个小孩。这鸠什柯布身高超过丈二，腰围胜过头号大缸，肩宽臂长，头大如斗，满脸涂炭，一身黑肉，往那一站，就是一座铁塔，比别人高出半截，大过几倍。只见他毫不在意地走上前去，拎着两柄铁锤般大小的拳头，左右开砸。由于拳大力沉，挡路的武僧不管是人着上还是棍碰上，一概被击出老远，爬不起来。那些小胳膊粗的木棍打在他的身上像在挠痒，根本起不了多大作用，竟让他轻松地连闯六关。到第七层大殿时，凡是拦路的武僧一律被他推倒，顷刻间倒下一片，躺地呻吟。第八殿的武僧们见他来势凶猛，不再站成两排，而是把他团团围住，上下兼顾，四面出击，弄得鸠什柯布应接不暇，气喘吁吁，身上挨了很多棍子，不由得怒从心起。这时正好有一位武僧从背后跳起，一棍打在他的头上，立时使他眼冒金星、脑袋发晕。这下他急了，两条长臂一伸，一个转圈，把多数武僧的木棍划拉到手里，然后像抛麻秆一样扔向空中。十几位武僧被他顺势拽倒，其余的情知拦挡不住，跑向一边。鸠什柯布艰难地过了第八关。

第九殿的武僧们扔下木棍，围上前来，准备用群狼斗饿虎的办法缠住他，等他力尽，再一举击倒。他们一个个挥拳伸腿，闪腾跳跃，围着这个巨人像走马灯一样盘旋。弄得鸠什柯布无可奈何，愁眉苦脸，气喘如牛，大汗淋漓，眼见得要败下阵来。有几个武僧见时机成熟，发一声喊，一起冲了上去，他们有的骑上脖子，有的蹬上肩头，有的拽住胳膊，有的抱住大腿。见几人得手，“呼啦”又上来一帮，里三层、外三层、上三层、下三层，把个鸠什柯布给黏住了，大家一起较劲，想扳倒他。这下鸠什柯布有点蒙了，如果真的被扳倒，自己这么大的坨儿，被这三十人一齐压上，那是没个翻过身来，前八关就算白过了！今年这场比赛就算输定了！想到这里，他真急了，拼尽最后一把力气，猛地浑身一抖，把黏在身上的几个武僧甩了下来。然后顺势扬起大手，抓住身边的武僧，一个个像扔口袋一样抛了出去。接着一声怒吼，把剩下的那十几个一扑落全打趴在地上。那些武僧一个个东倒西歪，被摔得龇牙咧嘴，叫苦不迭。鸠什柯布两臂一举，他赢了！知事僧立时把一条黄绸带披在他的身上，他兴奋得一下子倒在地上，震得大殿墙壁嗡嗡作响，好像山倒了！

鸠什柯布是打进九层大殿的第一人，准确地说他是凭着特殊的体质闯过第二轮的，因此众位武僧心底既服气又不服气。以后虽经多位高手奋力拼搏，但终因力不从心，半途而废。只有檀特山石榴寺的武僧沙阗、南天竺圆通寺武僧稚特里和大月氏空天寺武僧法印艰难通过第二轮。最后只剩下本寺武僧、东来的和尚昙无竭了。如果无竭不能取胜，那么本届大赛的头名不管落在谁家，都与本寺无缘了。因此尽管比赛已接近尾声，鸠摩恒戒大师等几位主事高僧均有些疲倦，但仍兴致勃勃，驻足观看，希望有奇迹发生。

果然，到无竭上场的时候，奇迹发生了。尽管九层大殿三百名武僧已摆出决战的架势，拼命也不想让这位东方武僧闯过，但无竭向前殿的武僧们一拱手，趁他们摆开阵势，支起长棍阵的当口，纵身跳起，一个筋斗踏在东排一个武僧的光头之上，还没等众人反应过来，“噌、噌、噌”如蜻蜓点水一般，从十几个武僧的头顶飞过。等他们发觉后收回长棍，准备拦截的时候，无竭已立在前殿的脊瓦之上，令武僧们目瞪口呆。之后几层大殿如法炮制，不到半炷香的工夫，他已通过九层大殿三百名武僧的严密防守，轻轻落在金顶佛塔的台阶之前，掸掸身上的灰尘，向法印笑了。对于那些防卫的武僧来说，他们均未看清楚人是怎么过来的，只觉得一团灰影从头顶飞过，许多人的光头被踩了一下，就不见了，一点劲儿也没使上。这一场是他们半天以来最轻松的一次，糊里糊涂地啥也没干，就结束了。但对于山门外看台上的观众来说，那是最清楚不过了。他们从下到上一目了然。无竭就像一只矫健的苍鹰，从跳起的一刹那，到踩着每一层大殿前武僧们的头顶飞过，最后轻轻落在金塔旁边，轻巧至极！漂亮至极！潇洒至极！高超之极！收放自如，竟似儿戏。令上万名观众目瞪口呆，也让看台上的大师们半晌不语。良久，恒戒大师对众人说："我活了一百多岁了，尚未见过如此武术奇人！莫非是金翅大鹏鸟投胎转世？看来东方大国人才济济,武学高深不可测也！"遂率众僧来到金塔之前，观摩最后一场比赛。

当维那僧摩诃比大师宣布第三轮比赛开始时，那四人齐齐站成一排，异口同声地说："我们自知差距太大，就不比了。情愿让无竭师兄得第一名！"

摩诃比大师说："那怎么可以？比赛是有规则的，怎可中途放弃？"

鸠什柯布快人快语："我上这金塔，得从里边往上爬，没有一个时辰下不来。刚才见过无竭师兄这一手，我是无论如何比不过他的。就我这身材体量，爬高取物，我比他们谁都不如。我甘愿第五！"

法印、沙阗和稚特里也都说："我们心服口服！没有说的！"

恒戒大师说："三年一届，大家都在期待。不只要比出名次，重要的是展示水平，弘扬我佛门武学，这也是在觉悟众生，岂可放弃不比？鸠什师弟那样的身材，不比也就算了，你们四个还是要展示一番，如何？"

观众中也有多人喊道："快比呀！怎么不比啦？规则是怎么定的呀？"法印等三人见大师和观众均如此说，便不再推辞，与无竭并肩站在一排。只听摩诃比一声令下，四人均纵身跳起，向金顶攀去。

那檀特山石榴寺武僧沙阗和南天竺圆通寺武僧稚特里虽不及鸠什柯布高大魁梧，但也是身高体重之人，凭一双铁拳和两条利腿闯进决赛，已经是强弩之末，筋疲力尽了。何况他们自小从师学习的就是雄健刚猛，对于轻功只略知皮毛。因而在跳起之后，也只能靠手抓脚蹬，向上攀爬，速度极慢。而法印由于体重相对较轻，又受无竭指点练过内功，因此腾挪闪跳敏若狸猫，要比那两人快得多。但是等他登上第四层飞檐时，就已经听到了观众的欢呼声。忙稍停偷眼观看，见无竭已轻轻落在地上。于是他不再向上爬，一个筋斗，跳了下来。

原来无竭与他们三人一同跳起之后,连向上三个空翻,登上第一层塔楼的飞檐,然后运足力气，手脚并用，像一只猿猴，更像一只壁虎，"噌、噌、噌"转眼上了第二层。就这样连翻带爬，迅疾无比。不一会儿的工夫，已到金顶。双手慢慢解开带子，捧起金光闪闪的七宝袈裟，像驾着一朵彩云，轻飘飘地从七层金塔上落下，站到地面上竟然没有一点声音。人群中即刻爆发出海啸般的欢呼声。前边的观众往前凑，后边的观众往上踊，都想细看看这位东方武僧长什么样子。恒戒大师与娑罗毕、摩阇黎和摩诃比等几位高僧也都兴奋不已。得不得名次倒无所谓，佛门弟子万念皆空，岂重世间名利？但光大佛门武学，弘扬佛法功德，引导众生强身健体，觉悟黎民祈福长寿，毕竟是一件天大的善事。今后灵音寺的名声在三部天竺会更加响亮，德化会更加深远。

无竭、法印与沙阗、稚特里和鸠什柯布并肩而立，一齐给大师们行礼，向观众致意。监院摩阇黎大师代表主办寺院宣布比赛结果：鸠什柯布为第四名，沙阗和稚特里并列第三名，法印为第二名，昙无竭为第一名。五人均奖励丝质僧衣、僧鞋各一套，织有"金刚力士、佛门护法"字样的金色腰带一条。对荣获第一名的昙无竭，依照历届惯例，奖励镏金禅杖一根，特赐七宝袈裟一件，由恒戒大师亲自授予。颁奖场面十分庄严隆重，四方观众呼声阵阵，众多武僧羡慕不已。仪式之后，不少武僧走上前来，与无竭、法印等人拉手交谈，倾诉相敬之意。无竭十分谦虚和气，他说比赛并非实战，得奖亦属偶然。这些项目可能对我有利，因此得了便宜。师兄们各有所长，今后有机会一定前去求教。众武僧们依依不舍而去。

比武大赛之后，灵音寺在天竺武术界名声大振。不仅各名山古刹的武僧们常来常往，而且不少俗家弟子和武术高人也慕名拜会，一时间人来人往，络绎不绝。寺里由于本届获胜，倍觉光彩，对无竭他们更是高看一筹，悉心照顾。本寺的武僧们早早晚晚前来找无竭、法印切磋者，应接不暇，多迪和拉地更是几乎整天待在藏经院。对于内外的每一个来访者，无竭虽个个坦诚相待、推心置腹，把自己的所学所悟毫无保留地坦言相告，而且不厌其烦地反复做示范，但他心下已有隐隐不安：自己万里迢迢、背井离乡来此地，目的是取经学习。故乡的亲人们望眼欲穿，盼着他早点回去，正可谓一寸光阴一寸金，哪有心思整天教人练武哇？他把自己的想法讲给四位师弟，大家也感到这段时间耽误不少。于是他找到婆罗毕大师，没想到不等他开口，大师先说了："我正要找你哪！恒戒大师与我们商议了一下，感到中华武学博大精深，远非天竺可比。你来此取经学习，正是互相交流的一个绝好机会。因此寺里打算聘你做武术教习，行武僧院知事僧之事，不知意下如何？"

无竭一听，实非本意，忙说："我等来此学习佛家经典，刚刚开始。时间紧迫，心急如焚。怎好舍本逐末、荒废时日？还望大师成全！"

话没说完，恒戒大师人未到声先到："什么叫舍本逐末、荒废时日？你这个说法未免偏颇。须知佛门宗旨，万法归一，乃是慧觉三世，普度众生。为达此目标，办法却是林林总总，有八万四千法门。弘扬佛法，晓谕万民，使之归一正觉，并非只是读经诵卷。修桥补路、扶弱济贫、积德行善、救人危难，强似每日里只知烧香礼佛不知多少倍，相反读万卷经书，不做一件善事，又有何用？我们佛门讲究练武强身，一为护法护教，二为融入万民，吸引众生皈依到佛门中来，这也是一种弘法手段，有何不好？何况中华文明源远流长，若能在天竺得到传播，岂非东方古国一大幸事、人类文明一大幸事也？”

恒戒大师语言铿锵、声震寮舍，也对无竭等人的心灵产生了强烈的撞击，令他们幡然悔悟、茅塞顿开。于是无竭激动地对两位大师说："恒戒大师之言，字字珠玑、句句金石，令晚辈如拨云见日！是我错了！弟子当尽力做好武术教习，弘扬中华文明。"

恒戒大师又接着说："其实这对你也是个学习的机会，天竺武学自有独到之处，你可以兼收并蓄，将来受益无穷。但你的学经切不可耽误，就让法印做你的助手，日常让他多担一些事，你看怎样？"

无竭见大师考虑得如此周到，十分感激，含泪说道："老师高瞻远瞩，令弟子钦佩之至！定刻苦所为，不负厚望！"说完施礼，拜别而去。恒戒大师点头赞许。

至此无竭兼起了灵音寺武术总教习。他按照东方人练武的做法，编写了一套新的训练计划，融入到武僧们的日常学习科目之中。虽然事情多了一些，但因有法印相助，却也井井有条，两不耽误。而且通过这一段时间的相互切磋，也使他有了新的收获。北天竺的长拳、南天竺的飞腿和中天竺的硬气功让他大开眼界，受益匪浅，他不仅吸取了不少有益的营养，而且结交了一大批武术界的朋友。

第十五回

除瘟疫妙手救生灵　收龙女高僧得舍利

光阴荏苒，一晃五年。无竭与师弟们读经学习日有长进，练功习武也有所提高。每日里忙忙叨叨，但格外充实。偶尔有哪些问题弄不明白，无竭便记下来，寻机向恒戒大师请教。无竭去得很勤、问得很细，大师答得很准、讲得很精。每次从大师那里回来，无竭都感到心格外明，眼格外亮。恒戒大师每问必答、不厌其烦，他十分喜爱这个勤奋朴实的东方学生。

那一年的夏天特别热，雨下得特别勤。恒河发了大水，檀特山发生了地震。秋天，大祸又来了。一场亘古未见的瘟疫袭来，开始时悄悄地起源于恒河两岸，然后迅速地向三部天竺蔓延。起初只是一户两户死人，后来就成屯成村毁灭。一时间千村荒漠，万户萧疏，哀声遍野，人心惶惶。

恒戒大师闻讯后，急召三部天竺三十六大寺的长老聚会。他说："方今妖孽降世，瘟疫横行，万民遭难，天下不安。我等佛门弟子，当依佛祖大慈大悲之本意，祛瘟疫救黎庶于重生。凡一切神功法门尽可以用，以彰我释迦本师无上正等正觉之功德。"众长老匆匆衔命而去。

从此寺中每日早课，必专为祛瘟救灾而祈祷，所有高僧大德及全体僧众都来参加。遇有成屯成村百姓死亡者，寺里必专备水陆道场，为死难者超度。同时，寺里还专门支派懂得医道的僧人们下山诊治救人。一时间战胜瘟疫成为天竺上下所有活动的中心。

由于灵音寺僧人过万，流动来往人员又多，因此虽多方防治，也未能幸免。开始时沙弥院有人感染，接着是伙厨班，不几天就有一百多人死亡。小摩吉由于常外出送信，首先染病，得上后先冷后热，接着上吐下泻，浑身抽搐不停，两个时辰下来，已经危在旦夕。

无竭闻讯焦急万分，在探视了小摩吉之后，他突然想起当年刚到龙翔佛寺不久，那一年白狼河发大水，龙城地区曾发生瘟疫，沙弥班首先有人染病，不几天就死了好几个小师弟。寺里停止了所有的集会，还把患病的师弟隔离起来，专门施救，但仍无济于事，疫情还在迅速蔓延。是龙山圣母及时赶到，指点他到山上采几种草药，熬成药汤给大家喝，很快控制了瘟疫的传播，治好了所有患病的僧人。寺里及时把这个药方介绍到民间，才没有在龙城地区酿成大难。无竭观察小摩吉得病的症状，似曾相识，但不知这天竺的山中，是否有这几种草药。急难之中，他顾不得向大师们请示了，带着四位师弟及法印飞也似的跑到后山。后山很高很陡，阳光很暴很毒。五个人跟着无竭爬石砬、钻林子，一个个累得气喘吁吁，满头大汗，只好坐在一棵大树下稍事休息。

无竭撩起衣服前襟擦汗，又揪下身边一片大大的麻叶扇风。正在茫然四顾，忽觉眼前一亮：在他们脚下不远的地方，一片鲜草如众星捧月般簇拥着一棵枝叶特别的植物。无竭飞步跑上前去一看，不禁喜出望外：这不是棵老山参吗？见几个师弟围上来，无竭告诉他们，有了这棵山参，一会儿我们再到松林里采些茯苓，去草地上挖些白术根、甘草根，回到伙厨班再找些桂皮、生姜，小摩吉的病兴许就有救了。当年龙山圣母告诉他的几味药名至今记忆犹新。大家听了一阵欢喜，立刻精神起来，也顾不得休息了。由于无忧家里世代从医，他从小耳濡目染，对中草药知识懂得不少，知道什么是茯苓、甘草和白术。于是他和无竭小心翼翼地挖出老山参，又领着大家去寻找另几味草药。老天不负有心人，虽然没有找到白术，但另外几味凑全了。无竭带着无忧、无虑亲自去厨房，把草药洗净切碎熬成汤，一勺一勺地喂给小摩吉喝。小摩吉吐泻多次，浑身无力，两眼不睁，牙关紧闭，喂下的汤药多数流了出来。无竭、无忧二人只好捧起他的脑袋，撬开他的牙齿，一点一点地把汤药灌下去，灌了整整一大木碗。然后守在他的身边，用生盐水搓他的胸口。半个多时辰以后，小摩吉的脸色由青白转向微红，呼吸也均匀多了。无忧见状又喂了他一碗汤药，扶他躺下休息。

两个时辰以后，小摩吉不再吐泻，睡态平稳，四肢显得很自由舒展。睡觉之前，无竭又让无忧喂他一碗。连续三碗汤药下去，第二天早上，小摩吉已能坐起来，虽然嘴唇干涩，说话无力，但已开始要稀饭吃，显然已经完全脱离了生命危险。

小摩吉被治愈的消息风一样传开了。恒戒大师急匆匆到藏经院找到无竭，坐都没坐，开口就说："听说你用草药治好了摩吉，赶快随我去救别人！别在这里读经了。'救人一命，胜造七级浮屠'，比你读经重要万倍！"

无竭说："我只是用家乡的土方试一试，对多数人使用怕无把握，所以没有主动跟大师禀报。天竺郡守司和朝廷医官不是在抢救吗？不知效果怎么样？"

大师不容分说，拉起无竭，"地方官府虽在救治，但一是病人太多，二是疗效也不太好，我们寺里等不得他们了。救人如救火！现在就由你来负责，死马当作活马医，我来承担责任。我们不能让大家等死呀！"

无竭见大师如此说，不再推辞，立即叫起四位师弟，随同恒戒大师走出藏经院，只留法印守护摩吉。

按照恒戒大师的意思，无竭让无忧开好药方，派出多名僧人分头去各地购买草药，自己则带领几百名身体健壮的武僧去山中采集，这样双管齐下，避免落空。果然一天下来，所需要的几味中草药基本备齐，无竭又让无忧带着伙厨班煎汤熬药。在给小摩吉用的那几味的基础上，又加些陈皮、大枣和新鲜的莲梗。熬出来的汤药黑黑的、苦苦的，整整几大桶。恒戒大师带着首座、维那和监院等几位高僧，亲自去给染病的僧人喂药，并首先喝下一碗，一为做个示范，二也让大家放心。八百多名患病的僧人连服两日，三碗汤药下去，多数均已痊愈，少数亦明显好转。至此，灵音寺再无僧人因瘟疫死亡，恒戒大师高兴万分。一方面迅速将药方知会当地官府，另一方面举全寺之力，在中天竺瘟疫最严重的地方，设置医药点一百处，分派八千多名僧人下去，连购买带采集带熬制汤药，并负责把汤药送到村、送到户、送到老百姓的病榻前，风餐露宿、夜以继日、不愈不归。

无竭和无忧他们几个这一段时间更忙了，除了给重灾区的患者们诊病送药，他们还得随时接待各地官府的医官们，指导他们如何配药、熬药和给病人用药。为了提高效率，恒戒大师给他们备了十匹快马，带上所需草药，哪里有急难病情，他们就赶到哪里，简直成了一个临时医疗队。无竭他们提供的药方很快得到推广和运用，中天竺地区的疫情也迅速得到控制，死亡人数急剧下降。半个月以后，大多数村屯得到恢复，一度萧条的原野焕发了生机，几乎无人光顾的街市又开始热闹起来。未到两个月，瘟疫已彻底在中天竺消失。临近各邦闻讯前来取经，纷纷推广使用这种医疗方法，均收到非常明显的效果。一时间，天竺上下都知道灵音寺有两个东方神医，是玉帝派来驱除瘟神、救助百姓的天使，纷纷前来求方问药，甚至连得了别的病的也来找他们。无竭多数都回避了，而主要由无忧接待，因为他实在懂得甚少，许多病症他也看不明白。但无忧不同，他出身于中医世家，在中草药的使用上有较深的造诣，一时成为八方尽知的名医。

这场罕见的瘟疫震动了天竺，给国家和人民带来了巨大的损失，却也给灵音寺带来了无上的荣光。三部天竺的国王对灵音寺大加褒奖，敕封恒戒大师为“天竺国师”。中天竺的百姓们将一块刻有“菩萨再生，佛光普照”的巨匾赠予寺庙，以表达爱戴之心。但恒戒大师和几位高僧们却怎么也高兴不起来，死难了这么多的百姓和僧侣，给他们带来了沉痛的教训和启示。寺院里需要设置医道僧，同时需要引进东方古国的医药学。这不仅能光大佛门三宝，而且能够救助众生，有利国家。于是恒戒大师亲自找到无竭、无忧面谈，任无忧为本寺医道僧，行知事之责，负责组建医道院，希望他能让中原医学在天竺发扬光大，为救助苦难中的众生做出贡献，无忧欣然应允。

忙过这一段，无竭与师弟们又进入了紧张的学习、翻译和抄写佛经的工作。又是四年多下来，他们取得了重大的收获。且不说抄完的佛经已把三间寮房装得满满的，单是用秃的毛笔就堆成了一座小山。

一日恒戒大师把无竭叫去，告诉他说：“本寺虽然规模较大，僧人较多，历史比较悠久，又是当年释迦本师弘法的道场，收藏的佛学经典也算不少，但那兰陀是天竺佛教活动中心，那兰南寺和灵山北寺等较大的寺院，还有很多不同的门派。三部天竺的各邦、各郡以及各名山古刹，高僧大德比比皆是，大家对整个佛教的认识以及对某一部佛经的理解都是不一样的。你已经来到这里九年了，委实已经学习、抄译了不少。照此下去，恐怕尚须十几年、二十几年甚至更长的时间，也未必能抄完、译完。我不是说你这种学习方式不好，我是觉得你应该在学到一定程度的基础上，走出寺院，去拜访高僧大德，去体察众生百态。其实悟透佛门经典，也不一定看得很多、读得很多就好，专攻几部甚至专攻一部佛经，得其真谛，达其境界，自然触类旁通，成为大正觉者。比如说大势至菩萨，专修《无量寿经》，专念阿弥陀佛，终成正果，乃我佛门弟子之榜样也。”

无竭听后，顿受启迪，感动地说："大师教诲，字字千钧。正所谓醍醐灌顶、茅塞顿开！弟子就遵大师盛意，不日即赴各宗各庙登门求教。有不明白之处，请大师随时指正。”

恒戒大师说:“你这个东方学生慧根很深，悟性极好，又广具菩提心，有大志愿，必能成就一番大事业，我就收你做个关门弟子吧！”

无竭一听喜出望外，连忙跪下磕头，“能得老师悉心栽培，言传身教，是无竭三世的造化。弟子绝不辜负您的厚望，定当弘扬佛法，光我佛门，不枉老师教导我一场！”

恒戒大师双手扶起无竭："你且去吧！以后有机会我们再补拜师礼。”无竭叩谢而去。

自此无竭带着无忧、无虑开始游历天竺，遍访名山古刹。无私、无畏、法印和小摩吉本来均要相随，但因无畏生病，正在服用草药，只好留下无私在寺里陪护。法印要带武僧院，小摩吉正在习练中国功夫，都被无竭劝说着留了下来。无竭与两位师弟先拜访那兰陀地区的所有寺院，接着又到三部天竺其他寺院遍访高僧大德，当面聆听真知灼见，虚心体味独到之处，逐渐感到耳聪目明，每日都有新的开悟。正所谓读万卷书不如走万里路，半年下来，三个人均感到收获颇丰，与在屋里读经大不相同。

在遍访名山古刹的同时，他们还追寻释迦牟尼佛祖的足迹，来到北天竺的东部，拜谒了佛祖故乡迦毗罗卫城，瞻仰了佛祖的出生地和他童年的旧居，目睹了四月初八那一天，方圆百里万人空巷、三教九流停工停业、四面八方跪者如潮的场面。说来神奇，那一日午时刚到，忽然一阵阵清风吹来，天空中一片片彩云骤现，一声声丝竹唢呐如仙乐响起，霞光中清清楚楚有一座莲台出现，那莲台上隐隐约约有佛祖法身端坐其中，顿时金花、银花、曼陀罗花、曼珠沙华如雨般洒下，瑞霭、紫雾、香风、彩虹，五颜六色，照耀天际。众生见之，均俯伏在地，礼拜不止。无竭等人见佛祖慈眉善目，端坐跏趺，手捻法指，宝相庄严，良久方去，心中敬慕不已，高兴万分。据身旁的一位当地僧人讲，佛祖诞辰之日，年年有此盛会，但能目睹显圣、得瞻天颜者，几百年尚属首次。“对你们东方人来说，更是千古奇缘了！”无竭等人也知殊遇非常，心中溢满了幸福的感觉。

离开迦毗罗卫古城，无竭他们一步三回头，依依不舍，半天也没有走出多远的路。日落以后，三个人有些累了，便坐在一棵大松树下休息。无忧、无虑解下水囊喝水，无竭则掏出毛巾擦汗。三个人还沉浸在佛祖显圣的喜悦之中，正在发着感慨，无竭突然感到耳边好像有婴儿的哭声，强一阵，弱一阵。

无竭轻声问无忧、无虑：“你们俩听到什么了吗？我怎么觉得有婴儿的哭声？”

两个师弟侧耳细听了一阵，都说：“没有哇！什么也没听见。”

无竭仄耳再听，感觉还是有，而且好像比刚才还声大了一些。于是他站起身来，琢磨着声音传来的方向，边听边走，听一阵，走一阵。好一会儿，他们走进了一片树林，那婴儿“哇哇”的哭叫声已听得清清楚楚。三个人加快了脚步，来到林中的一块草地旁，抬眼一看，无忧、无虑吓得“啊”的一声，一屁股坐在地上，浑身颤抖不止。

原来在这片小小的林中草地上，有一块凸起的岩石，方方正正、平平整整，岩石上放着一只蓝色的包袱，哭声就是从那包袱中传来的。这本身并不可怕，要命的是在包袱周边草地上，盘着两条巨蟒：一条白色，一条黑色，每条盘着的身躯都有磨盘般大小，扬起的头足有二尺多高，眼似铜铃，颅大如斗，伸出的紫红色的信子如柄利剑，呼出的气浪形成阵阵腥风，难怪无忧、无虑吓成那个样子。无竭若无其事地走上前去，轻轻拍拍两条巨蟒的头，抱起那个哭叫的婴儿，学着母亲的样子颠起来。

果然，那孩子马上不哭了，把小手指伸进嘴里吮着，两只小黑眼睛眨巴着，望着无竭笑。无竭抱着孩子颠了一圈，心想这孩子的命真够大的，竟然有两位护法神在这里守护，一定有些来历。但不知这孩子是谁遗下的，应该在此等候，看是不是有人来找。于是他坐在岩石上，慢慢地拍着孩子，逗孩子笑。那两条大蟒大概见无竭对孩子如此亲热，不再高度警惕，此时已低下高扬的头颅，半眯缝着眼睛盘在草地上，进入半睡眠状态。但是无忧、无虑仍然远远地站着，不敢上前，而且做出随时逃跑的架势。

三个人等到天已大黑，还是不见人来，无竭只好抱起孩子，向两条大蟒点点头，

拍拍它们硕大的头颅，与它们告别。待无竭他们走出很远回头看时，那两条大蟒仍在目送，四只眼睛如灯炬一样，发出绿色而热情的光，让无竭心里很感动。

无竭和两位师弟走出树林，踏上官道。由于路本来就不太好走，加上天又黑了，三个人的行进速度很慢。此地前不搭村后不着店，连个化缘的地方都没有，晚上又没处踅摸吃的，他们都感到又渴又饿，浑身一点劲儿都没有。偏偏这个时候孩子又大哭起来，一个劲儿地吸吮自己的小手指头，看来孩子也是饿了。无竭一边哄着孩子，一边加快了脚步。

又过了一个时辰，孩子越发哭得厉害，三个人也越发感到饥饿。正想找个地方休息，忽听得路边传来呻吟声。无竭紧走几步近前一看，熹微的月光下，路边的树丛旁，歪倒着一位老婆婆，一个看似十来岁的女童立在身边，抹着眼泪。老婆婆低声地呻吟着，一声连着一声，看样子十分痛苦。

无竭急忙问道："老妈妈，您怎么啦？"

那女童见有人来，像得了救兵似的，抢着说："奶奶腿摔坏了，怎么办呀？离我们家还有很远的路哪！您是出家人，心地良善，就帮帮我们吧！"

无竭见这荒郊野外大黑的天，这一老一少委实可怜，如果挨到半夜，这个地方野兽又多，说不定性命难保。于是他喊过无忧、无虑，让他们搀着老婆婆走。可是没等走几步就不行了，老婆婆呻吟得越发厉害。原来老婆婆腿已骨折，脚根本无法着地。无竭只好把孩子交给无忧，蹲下身来背起老婆婆走，这样老婆婆可能感到舒服一些，也不怎么呻吟了。但是孩子却拼命地大哭起来，在这寂静的夜里听着格外揪心。无忧、无虑两个人换班抱，又拍又颠，掉换法子哄，但是怎么都哄不好，孩子已经哭得上气不接下气了，小脑门儿上全是汗，大有休克的危险。

无竭只好暂时放下老婆婆，去哄孩子。说也奇怪，孩子一到无竭的怀里，还真就不怎么哭了，只是不停地抽泣着，好像受了莫大的委屈。无忧见状主动去背老婆婆。可能是因为肚子空、身体虚、力气不足，走几步就要往上颠一下，疼得老婆婆大声呻吟，急叫赶快停下来，忍受不了了。无虑只好接过去背，可是没等走上几步，就被一块石头绊倒，摔了一个大跟头，自己虽然只擦破点皮，却把老婆婆摔得不轻，疼得几乎背过气去。

那女童见状扶起奶奶，埋怨不停，向着无竭说："还是这位师父背吧！就你背得好！"

没有办法，无竭只好又把老婆婆背起来，但孩子还是大哭。这一老一少，各有痛楚，无法侧重，只能兼顾起来。无竭只好背上背着老婆婆，胸前兜着孩子，艰难地一步一步前行。这下可倒好，孩子不哭了，老婆婆也不怎么呻吟了，无竭却已累得不行了。他虽是铁打的汉子，金刚的化身，有着超凡的体魄，但他毕竟也是人，一天没吃东西了，感到一阵阵头昏眼花、心虚腿软，每迈一步似乎都要付出千斤的力气。但他想起圣母的教诲、家乡的重托、西来路上死去的师弟们，想起来天竺这八九年恒戒大师等人待他的好，想起白天佛祖显圣时那慈祥的笑容，他好像又忘记了苦和累。他觉得只要老婆婆和孩子舒服一些，自己心里就坦然一些。如果连这一老一少两个弱者都帮不了，还说什么普度众生啊！那不是空口说白话吗？想到此时，他似乎明白了恒戒大师要他出来游历的深意。

记不得走出多远的路，反正无竭身上的汗已经干了，他甚至不再感到饥饿和劳累，只是机械地向前挪动着脚步，好像一部负重的机器。估计将至夜半，他们终于在路边遇到一户人家。等无忧耐心地敲开房门，房主人哆嗦着点燃油灯，几个人一齐走进这间屋子的时候，他们都为这一家艰难的遭遇表示出极大的同情。原来房东是位双目失明的老奶奶，靠南窗的炕上躺着一位年过花甲的瘫痪在床的老爷爷。狭小的茅屋里家徒四壁，炕的一头摆着半小盆吃剩下的粥和一堆破衣服。无竭放下老婆婆说明来意,那位双目失明的老奶奶苍白的脸上泛出一丝笑容。她说：“出家人四海为家，有了难处谁都应该相助。我那里还有半小盆稀粥，你们将就着用吧！别的我也没有了，得明天出去要。”

无竭见状，端起那个盛粥的陶盆，发现还有些温度，并未凉透，忙拿起两只小木勺，一只递给老婆婆，一只自己拿着舀些粥来喂孩子。孩子真是饿坏了，小嘴抿着，一口接一口地吃，不一会儿就吃下十几勺。无竭把余下的粥都端给老婆婆吃，自己去外间舀了些凉水，先让那女童喝，然后自己和无忧、无虑每个人“咕咚咕咚”灌下去几大木碗。解渴是解渴了，但是更饿了。

无竭见老奶奶这样困难，觉得不能丢下不管。于是他和两个师弟商议了一下，决定先把老婆婆和女童安顿在这里，明日他们出去化缘，帮助这对房东老夫妇想想办法。

次日天还没亮，无竭留下无虑照顾三老一小，自己抱起孩子领着无忧走出院门去化缘。由于这一带地处高原，山多路远，不用说找寺院了，连村落都极为稀少。两个人从早到午，又从午到晚，除了无竭采些野果、山蘑之外，什么收获都没有。他们只好挤些水果的汁水给孩子吃，把一些干果、干蘑带回去，给家里的人当干粮。

无竭还顺便采了些草药，捣碎后给老婆婆敷上，使老婆婆的疼痛大为减轻。老奶奶和老爷爷虽然只跟着吃些野果山蘑，但因为人多了，家兴旺了，苍老的脸上明显露出笑容。

天亮后无竭他们继续出去化缘。连续三天，北、东、南三个方向走了个遍，均不理想。第四天头上，他俩向西走，还没到中午，就遇到了三个村庄。虽然每个村庄只有十几户人家，而且多为穷苦的山民，但一听无竭说明情况，又带着个这么小的孩子，纷纷伸出援助之手。有一个叫拉吉的中年汉子极为热情，还牵出自家的毛驴跟着无竭他们走，把各家捐助的东西驮上。同时告诉无竭，往西十里山下还有个大庙，叫曼陀寺。长老慧那多是个极为热心的人，方圆几十里的百姓都称他为活菩萨。无竭一听满心高兴，当即和无忧、拉吉一起来到曼陀寺，见寺庙虽然不像拉吉说的那样大，但背山面水，林木葱茏，殿宇巍峨，气势雄伟。隐隐间有紫气缭绕，微微乎见瑞霭蒸腾。

无竭见之叹道："真宝刹也！"及至进得院内，见三重大殿错落，拾级而上，满庭院绿树笼罩，处处见鲜花开放。山门内一个偌大的莲池，莲叶竟有车轮般大小，盛开的莲花在中午太阳照射下，放出奇异的光彩。台阶上一盆盆金银花、罂粟花、曼陀罗花、曼珠沙华争芳斗艳，一直排到金顶之下。大殿中佛灯闪闪，香烟弥漫。不时敲响的铜磬的清音绕梁飞出，让原本清静的梵寺增添了几分神圣。

无竭见此地清幽雅静，且管理井井有条，再次为之赞叹。待到见过长老慧那多，更觉得如睹天人。只见那长老慈眉善目，大耳有轮，满头卷发，身披袈裟，红光满面，声若洪钟，举手投足之间，颇有点释迦牟尼佛祖的风度。当听完无竭述说之后，未加思忖，当即率数十位僧人随无竭前往，又有点大势至菩萨的做派。这对于出家多年、见过许多高僧大德的无竭来说，仍然感到十分惊奇。

待一行人到达那座茅屋，站到院子里的时候，慧那多先向那位失明的老奶奶赔罪。他说宇宙万物莫不在佛祖关怀之下，人间疾苦，理应在佛门体恤之中。小寺离此地这般近，我等却茫然不知，罪过呀罪过！接着又进屋对老婆婆说："莫不如随我去寺中将养，也好由我等小辈早晚照料，不知意下如何？"

那老婆婆说："这几日我敷过无竭师父的草药，已大有好转，就不麻烦寺里了，先行谢过！"

慧那多大师当即率领众僧把老爷爷和老奶奶扶上车子，接到庙里奉养去了。无竭也把老婆婆扶上毛驴，抱着孩子继续西行。当两支队伍一齐走到曼陀寺门前的时候，无竭刚想与慧那多大师告别，却见那老婆婆已跳下毛驴，轻如微风般地带着女童向大殿走去。众人均感到十分诧异，连忙跟着往前走。那位老婆婆和女童到前两殿均未停步，直接进入第三殿拈香礼拜。无竭抬头看时，正中供奉的乃是释迦牟尼受记之师、上古七佛之一的往世无上正等大正觉者、开天辟地的盘古大神的化身燃灯古佛，又叫锭光佛。上午来时匆忙，未及拜谒，今此一见，慌忙跪下，诉说取经之愿及光大佛门之心，以兴佛陀之伟业，拯东方众生于水火，必欲粉身碎骨，不辞辛苦。言毕泪如雨下，磕头滴血。众皆礼拜并均为无竭痴情所感动。

待得拜完回到院子里，无竭再找老婆婆时，哪里还有她老人家的踪影？急得他高声大喊并叫无忧快四处寻找，因为老婆婆的腿尚未彻底好哇！正着急间，只听得天空中一声凤鸣，那老婆婆和女童已升在空中，转眼间金光闪过，丝竹奏起，观世音菩萨法相慈悲，正偕着仙鹤童子向大众微笑。慌得众人连忙跪倒，不敢仰视。

只听菩萨说道："昙无竭！你慧根深厚，心地慈善，胸怀广大，意志坚韧，有广度众生之宏愿，有光大佛门之定力，真乃志无竭、意无竭也！今临佛门圣地，当年燃灯古佛修行之处，特奉佛祖之命，赐你燃灯古佛真身舍利子一十八枚，这是你与古佛三世的缘分。望你不负古佛所望，奉舍利子于东方，光佛陀于宇宙！"说完随手抛下一朵莲花，随风飘飘落下。莲瓣中红光四射，香气袭人，正是燃灯古佛真身舍利。

无竭一见，大喜过望，忙说："感谢佛祖圣德！感谢菩萨眷顾！无竭必不负古佛所望，愿以有用之躯，为光我佛教不遗余力！"说罢捧起莲花，见花下还有一偈，曰："龙女下界，带回中国，承接大任，取名舍得。"方知这女婴乃菩萨安排，将来还有重任，又是叩谢不已。

这时又听菩萨说道："慧那多！你慈悲广大，教化山乡，彰古佛之功德，助众生于僻壤，善果初现，其心可鉴。佛祖有旨，你随我进见去吧！"说罢手中杨柳枝轻轻一挥，一朵莲花托起慧那多，奔西方去了。观世音菩萨立身彩凤之上，转眼间销声匿迹。

无竭等人瞪大眼睛，一直看到云散风轻，一点踪影也没有了，仍然痴痴地站在那里。直到小舍得哭叫起来，众人才如梦方醒。

此番出行无竭等人先拜谒了佛祖故里，后又到古佛修行之地，得遇佛祖显圣和观世音菩萨当面点化，又意外地得到了燃灯古佛真身舍利，并收养了小舍得，可谓收获多多，惊喜多多。虽然经历了一些辛苦，却让无竭和两个师弟灵性大开，信心百倍，头清眼亮，浑身好像有使不完的劲儿。

三个人带着小舍得穿山越岭，健步如飞，见村化缘，遇寺上香。于次年夏日，他们到达了西部天竺恒达卫邦正觉寺，得到当家长老雷音大师的转告，他说一个多月前，灵音寺派专人送来消息，说寺里有急事，恒戒大师请他们立即返回。无竭听了，急与雷音大师告别，心想寺里一定出大事了，不然大师不会召他们回去，不免心急如焚，寝食不安。但不管如何着急，路还得一步一步地走啊！等三人匆匆赶回寺院的时候，已经是两个多月以后的事了。

无竭三人刚到山门，小摩吉老远就跑了出来，一见面抱住无竭大腿就哭了。无竭越是着急问他，他越是哭个不停，弄得连话都说不清楚。急得无竭三步并作一步，飞也似的从山门一口气跑到东院寮房，直奔恒戒大师的居室。见大师正端坐在蒲团之上，双目紧闭，手捻佛珠，口中念念有词。无竭见状不敢打搅，收住脚步站在门旁，轻声喘气。

少顷，大师并未睁眼，开口说道："你回来了？回来就好！快去看看吧！你的两个师弟圆寂了……"

无竭一听，如闻山崩，立时瘫软在门旁，小舍得"哇"的一声大哭起来。

只听恒戒大师说道："死的方去，生的转来。万事有因有果，无竭不必悲伤，速去灵堂吧！"

这时无忧、无虑和小摩吉已经赶到，几个人一齐奔向藏经院。当他们走进院子的时候，发现这里已经成为花的海洋。各种盆栽的罂粟花、洋金花、曼陀罗花、小叶莲花和窄叶兰花层层叠叠，占据了绝大部分空间。一个较大的寮房内，停放着无私、无畏两个人的遗体。法印与另三位少年比丘低头肃立，正在为他们守灵。十几个僧人敲打着木鱼，高声诵经为他们超度。那抑扬顿挫的大悲之声听了让人心碎。无竭见到两个师弟的遗体，一股急火攻心，立刻昏倒在地上。

好大一会儿，在众人的呼叫捶打之下，无竭才呼出一口长气，眼泪如泉水般奔涌而出。但他没有哭出声来，也没有说话，只是任由眼泪流淌，任凭它们湿透了他的前襟，就如同傻了一般。法印附耳轻声告诉他，无畏患病，每日咯血不止，无私昼夜守护，寸步不离。小摩吉帮助煎汤熬药，本来已日见好转。就在四个多月前的一天晚上，估计快到半夜了，无私服侍无畏喝完药刚刚躺下，就听到隔壁寮房有响声。"那间还是你无竭住的寮房，放着你日常用的东西，平常是没有外人去的，只是无私偶尔去开开窗，放放风，怕东西被虫子蛀坏。那天晚上听到有动静，无私就披上衣服过去观看，刚刚打开你的房门，就被人暗中用钝器击中胸部，摔倒在地上。无私重伤已不能行走，一点一点爬到无畏的房间，摇醒无畏只说了几句话就圆寂了。无畏一股急劲起来大喊。等我和摩吉赶到掌灯观看的时候，发觉你的那件七宝袈裟不见了。窗户大开，盗贼已经逃走。无畏见师兄不在家，无私又已圆寂，悲愤交加，没说上几句话，一大口鲜血吐出，也归西天去了。我们急着去找恒戒大师，大师忙差人安排后事，并撒下众多僧人外出找你。可一时上哪里去找哇！一晃就是几个月了，若非恒戒大师拿出他珍藏的两粒宝珠，镇在两位师弟的嘴里，他们的躯体早就腐烂了。几个月了，就是在等你，若不然早就火化了。”法印一口气说了这么多，自己也禁不住眼圈发红，流下泪来。

良久，无竭才喃喃地说：“十三年前我在龙山出发时，我们一共二十五个人，西来的路上，丢了二十位师弟的性命，我的心痛啊！但我没有完成使命，我必须苦撑下去。后来我们五个终于来到天竺，师弟们辛辛苦苦地跟着我学经译经，经历了多少艰难痛楚，已经十年多了。本来过几年我们是可以一起回去的，但他们俩却先走了，让我心里多难受哇！都怨我呀！不得什么七宝袈裟，怎么能引来盗贼？盗贼不来，师弟们怎么会丧命呢？”说完他一下子扑到无私的身上，贴着无私的脸庞放声大哭，哭得厅房震响，地动山摇，哭得佛灯忽闪，香烟回旋。哭声淹没了经声，传出院外。无竭又一次昏迷过去。

两垛干柴堆在藏经院的院子中间，用鲜花围起。九十九位高僧高诵《无量寿经》，为无私、无畏送行。无竭见两位师弟面色红润、神态安详、衣履整洁、栩栩如生，并无任何痛苦之状，他没有再哭，只是在心中默默地说：“你们早日到西方去吧！师兄定不负重托，完成你们未竟的宏愿！”他念着两位师弟的名字，亲自动手点燃了两个柴堆，熊熊的火焰立刻升起，映红了每一个人的脸庞，也吞噬了两位师弟的身体。不一会儿就燃起了冲天大火，无竭在火光中仿佛看到两个师弟在笑。他俩手拉着手朝无竭点点头，高高兴兴地向西方去了。无竭揉眼细看，果然在西边的天上正飘着两朵彩云。

第十六回

登法坛无竭谈认知　游圣地观音赠佛宝

无私、无畏焚化以后，无竭亲自捡起了他们的骨灰，精心地装在两只木盒里，他想把他们带回故土。恒戒大师说他们一生志在佛门，这里有他们未竟的事业，就让他们留在天竺，给后世作个纪念吧！无竭说这样也好，也给我们这次取经留个见证。于是恒戒大师派人在寺东林海之中新修了两座石塔，把二人的骨灰葬在塔下，并用梵汉两种文字镌刻了两座石碑，分别是："东方大燕国取经僧人昙无私之墓"和"东方大燕国取经僧人昙无畏之墓"，这让无竭非常感动。他知道，以往只有本寺大师级的高僧圆寂以后，才会有此殊荣。因此，他带着无忧、无虑专门拜谒了恒戒大师，郑重表示感谢。大师随即告诉他，年末在本寺将举办新一届的弘法大会，届时三部天竺的高僧大德都会来参加，是个很好的学习机会。大师让他好好准备一下，代表灵音寺登台讲法。

无竭急忙推辞道：“弟子年轻稚嫩，才疏学浅。佛经都没有完整地读上几部，对其中的高深内涵更是只理解皮毛，所以断不敢妄言也。”

恒戒大师坚定地说：“往届都是我们几个老僧轮番主讲，如今年事已高，有点糊涂。何况已讲不出什么新的理念，不如让你这远来的和尚登登法坛。一为学习，二为历练。或许能为本届法会带来清新之风，也未可知。你就不要推辞了！”

无竭见大师口吻斩钉截铁，明白这是对自己的关怀和培养，只好应允下来。但他胸中没数，一时不知道该讲些什么才好。

这一段时间无竭除了吃饭睡觉、读经抄卷、练功习武之外，脑袋里一直苦想着要演讲的课题。他反复阅读了《法华经》《华严经》《无量寿经》和《地藏经》等重要经卷，认真揣摩着每部经卷中蕴含着的广博而又深远的含义，曾经想把“怎样才能修成正觉、正等正觉和无上正等正觉”“从觉、正、净何处入手达到正等正觉的境界”“谈怎样理解《无量寿经》与普度众生”等内容作为演讲的题目，但很快又被他一一推翻了。他明白跟那些高僧大德们讲这些，无异于班门弄斧、关老爷面前耍大刀。百无聊赖之中，他去请教恒戒大师。大师并不具体告诉他应该讲什么，只是提醒他说：“你是东方人，那里的众生百相跟这里是不同的，你又是取经人，你来的目的是什么，跟天竺的僧人是不一样的，你正年轻，对这个娑婆世界的感知，与老僧们也是不一样的。话从心来，源自本出。你尽可以随心所欲，畅所欲言，切不可望山却步，拘泥于一经一卷之间。”无竭听后，似有所悟。

一眨眼的工夫，半年时间就过去了。年终岁首，各大寺的长老们纷纷来到舍卫城，在灵音寺住下来，一时间高僧荟萃、大德云集。四年时间没见了，不少寺院的长老已换了新人。恒戒大师忙着礼迎接待，每日忙得不可开交。无竭几次去登门讨教，俱是无果而归。看来只能硬着头皮上阵了。古有两句老话，一句叫“滥竽充数”，一句叫“打肿脸充胖子”，想到这里，无竭不由得一阵苦笑。

法会的讲坛设在西山之上，那里过去曾经是佛祖释迦牟尼讲经说法的道场。山虽较高，但山顶之上相当平坦宽阔。四周有参天古木环绕，脚下有东来紫气蒸腾。道场北依雄伟连绵的高山，南俯广袤千里的平原，东牵灵音古刹金碧辉煌的殿宇，西挽舍卫国错落有致的古城，视野极好，气势非凡。如今靠北面修建起一座巨大的莲台，莲台上佛祖的坐像霞光四射，栩栩如生。莲台下五百阿罗汉形态各异，环侍左右，如众星捧月。道场上设三千大莲座、九千小莲座，受教听众可逾万人。

传说当年佛祖讲经说法的时候，不仅山顶上坐满了僧众，山坡上站满了百姓，就连林中的走兽、天上的飞禽也来聆听。一时间彩云为之遮光，微风送来清凉，天上飘来仙乐，林中奉上花香。佛祖宣扬大彻大悟，众生听得如醉如痴。现在虽不比当年之盛，但也人山人海，不比寻常。无竭与两个师弟在最后边一排的莲座上就位，距离虽说远些，但也能听得清清楚楚。

法会要举办五天，前几日登坛主讲的都是三部天竺的一些高僧大德。虽说法会每四年总要举办一次，多年下来，讲说的内容难免雷同，但大师们好像都有默契，每一届又都各有重点。今年这一场法会，多数高僧均围绕着佛说《无量寿经》展开传讲。佛门不同的宗派之间，同宗同派但不同的主讲人之间，均有着不同的理解和认识。真可谓仁者见仁，智者见智，各抒己见，各有千秋，让无竭他们听来顿觉耳目一新，受益匪浅。

法会最后一天的下午，三部天竺的高僧们大多数都已讲过，大家不约而同地把目光投向恒戒大师，期望这位年高德劭的前辈讲出新的见地，展示更高的境界。果然这位大师不负众望，瘦小精干的身躯走向讲坛，银髯飘飘，二目如电，红光满面，声震寰宇，简直就是一尊现世的活佛。他说："这个神圣的讲坛，我已登上过二十回了。我已讲不出比各位师弟们更深层次的认知。今天，我要给大家介绍一位新人，他也是我的学生，东方大燕国来天竺取经学习的和尚，本寺武僧院的知事僧昙无竭。听听他是怎样看待佛教、理解佛法的。下面就请昙无竭登台演讲！"说罢走下台去。

在场的僧人们举目四顾，只见从最后一排的莲座上站起一位年轻人，高挑的身材，黄色的皮肤，迈着坚定的步伐走向讲坛，两眼显露出自信的光彩。只见他向所有在座的僧人们深施一礼，然后朗声说道："恒戒大师让我上台，实感手足无措，惭愧之至。这几日聆听各位前辈的演讲，如醍醐灌顶，茅塞顿开，让我今生受益匪浅。说到对佛门经典的理解，我一是读得少，二是学得浅，与各位高僧比较起来，如果各位是座高山，那我只是一抔黄土；如果各位已成沧海，那我不过是一滴清水。但是既然大师让我登台，我已明白他的深意。我就把对佛门、佛教和佛法的理解讲给各位老师，请各位师父不吝赐教。"

说到这里，无竭停顿了一下，听全场静悄悄的，见恒戒大师投来赞许的目光，接着说道："我来自东方古国，离此地有两万多里，位于南赡部洲的东部，是人类最早繁衍生息的地方，有着悠久的历史和灿烂的文化。三千多年前，我们的祖先就生活在我的故乡龙山一带。那里山清水秀，物华天宝，曾经是人类的天堂。然而近几百年来，妖孽横行，恶人当政，诸侯混战，民不聊生。灾祸连年，饿殍遍地，歹毒之人肆虐，邪恶之风盛行，把一个好端端的文明古国弄得满目疮痍，面目全非。千百年来，多少仁人志士探求救世救民的至理，几多诸子百家各展宏论，施才图治，但均无济于事，甚至形势愈演愈烈。佛教从汉明帝时传入我国，至今已有三百多年。虽经历代高僧不懈努力，为普度众生而讲经说法，奔走呼号，但终因孽障重重，力不从心。许多寺庙为战乱所毁，许多佛经被付之一炬。动荡中的神州已容不下一块清静的圣地，泱泱东方大国已没有多少完整的经卷。这次我来天竺取经，见佛门经典浩如烟海，佛教事业一派繁荣，让我为之震撼。来天竺已历十年，早晚聆听大师们的教诲，每日汲取佛祖典籍中的精华，使我如拨云见日，心中豁然开朗。游历三部天竺，遍访名山宝刹，目睹民间疾苦，倾听众生呼唤，让我对佛门、佛教和佛法有了更深层次的理解。我认为，佛学是一个伟大的思想宝库。它不单单是一部哲学，也不仅仅是一门宗教，它是释迦牟尼佛祖以及众多的大正觉者、大智慧者、大慈悲者、大道德家们共同创立的一个宏大的思想体系。它是对人类、对众生，也就是对所有现世和未来的人们进行思想教育和灵魂洗涤的教科书。它比现存的有些宗教理论要完整得多，深邃得多，也实际得多。佛说佛法有八万四千法门，所有入门修炼的人，不管从觉、正、净哪一门入手，目的都是大彻大悟，达到正觉、正等正觉甚至是无上正等正觉，同时普度众生，让大家都觉悟，都修成正果。佛说宇宙无限广大，时间无始无终，空间无边无涯，一切万事万物亦无尽无休，不断发展变化。因此，我们的佛教亦应秉持真一，不断地对众生进行思想教育，启发众生的自觉。佛祖住世的时候，讲经弘法四十九年，每邀必至，每去必讲，每讲必尽菩提之心，每次听众都不下几万人。佛祖每日只进一餐，行宿亦十分清苦简单，但他具大智慧心、大慈悲心、大光明心，给众生带来无上的快乐。我们宣扬佛学的思想，也应该以佛祖为榜样，不能只顾自己闭门清修，读经诵卷，求无量长寿去西方极乐世界。而应当像地藏王菩萨那样，以觉悟众生为己任，以拯救万民为重责。以个人有用之躯壳，光佛门无限之伟业。这次我来天竺，感同身受。见这里虽然社会相对稳定，佛门一派兴旺发达，但贫困、愚昧、黑暗和丑恶的现象亦大量存在。半年多前就在本寺，我的一位师弟在寮房里被人打死，盗贼只为偷去一件七宝袈裟，这还只是一件小事。那些持个人歹毒之心，对众生大肆杀戮的情景亦屡见不鲜。这些人恐怕只对他讲经是不行的，他一时半会儿是不会觉悟的，也绝不会放下屠刀，立地成佛。当然我们佛门的宗旨是普度众生，

也包括那些做了大量坏事和恶事的人，甚至包括魔鬼。但是我们的佛法亦必须‘慈悲为本，方便为门’，也要有惩治恶人歹念的办法。不然我们就无法按照佛的本意，去广义地普度众生，去创造一个美好和谐的世界。我认为，在当今这样的劫世当中，佛学作为一种教育思想，是可以大有作为和行之有效的；佛法作为一种贴近众生的教育手段，是可以广泛推广和应用的；僧人作为佛门三宝之一，是可以而且应当首先觉悟、首先成佛、首先考虑为这个世界做贡献的。我们二十五个人同来天竺取经，目的就是要多学习、多领会佛门经典，回去为我们那苦难的国家、苦难的民族和苦难的众生尽些绵薄之力的。现在已有二十二位师弟魂归佛国，只剩下我们三个人了。如果只为闭门清修，求自我圆满与完善，那我们就不会来了，而且那样也永远不会圆满。因此我理解，修行必须以普度众生为目的，也必须时时事事从这个基点上开始，按这个原则去做，才能求得个人的无上正果。这就是我的几点浅薄粗陋的体会。如果哪些地方讲错了，诚请大师们立刻登台指教，弟子先致感谢。”

无竭没拿讲稿，他一口气讲了这些话，好像从心上卸掉了一块巨大的石头。他不在乎别人怎么评、怎么看，他只是说出了自己的心里话。在回到座位上去的时候，他感到相当轻松。

良久，在座的僧众们都没有说话，满场鸦雀无声。无竭的这些观点有许多人认知，但他们不敢讲、不能讲;无竭的做法有许多人认同，但他们不想做、不愿做。然而恒戒大师和前排的许多高僧们却极为赞同，他们一齐站起来，双手合十，向这位东来的和尚表示由衷的尊敬。场上其他僧人见状也都纷纷站起，向无竭投来敬佩的目光。慌得无竭连忙站起，向各位高僧和全场僧众施礼致谢。

弘法大会以后，恒戒大师满心欢喜，为无竭举办了隆重的收徒典礼，邀请了中天竺数十位长老前来参加。檀特山石榴寺的苦海法师闻讯，千里迢迢跋涉而来，还特地带给他一个喜讯：原来在大月氏遇到的那位天竺武师辛布提被押送到京城以后，于某一深夜砸开门锁，打死、打伤狱卒数人，逃出水牢后流落江湖，始终未敢公开露面。半年前他一次醉酒后失言，说得一无价之宝，要献给天竺国王，国王已答应事成后让他做北天竺留守。恰巧被石榴寺一位护法武僧听见，暗里跟踪他到居住之所，在他翻弄包袱时发现里面红光闪烁，正是那件七宝袈裟，这位武僧在比武大会时见过的，急忙回报苦海法师。法师听后亲自带领数十名武僧，悄悄地围住了辛布提的住所。在他呼呼大睡的时候将其抓获。次日问他时，辛布提对他在灵音寺偷盗袈裟，击死无私和尚的事情供认不讳，法师当即将他押送官府。现在辛布提已重新被打入大牢，等待发落。

这件七宝袈裟，因是灵音寺的东西，苦海认得，因此特意带着它赶来，一来物归原主，二来给无竭道喜，恭贺他得遇恩师。

无竭听了高兴万分，“扑通”一声给苦海法师跪下，连磕了九个响头，说：“前三个头是替我师弟无私和无畏磕的，您替我捉拿了盗贼和凶犯，师弟们在西方必心感安慰；这中间三个头是为本寺磕的，您亲自找回了七宝袈裟这件佛门至宝，是恒戒大师的功德，也是我的造化；这后三个头，是弟子真心诚意为您磕的，法师这么大年纪了，千里跋涉，前来贺喜，无竭不胜感激！”

苦海法师连忙扶起，对恒戒大师说：“您能在百岁高龄，得此贤徒，是您一生一世修行的妙果。无竭必能为光大佛门立下不世之功德，这是灵音寺的大欢喜事，也是天竺佛门的大欢喜事。师兄真是慧眼识人哪！令苦海羡慕之至！”

恒戒大师说：“我一生收过六个徒弟，均已先后过世。无竭是我今世最后的一个徒弟，也是我最满意的一个。相信他能够继承我的衣钵，在东方古国为光大佛门有所作为！”说完在无竭跪拜之后，送给他三部精装的佛经和一个钵盂。

那三部佛经分别是《法华经》《华严经》和《无量寿经》。那钵盂是赤铜所制，上面刻有恒戒大师的名字，已跟随大师一百来年。无竭跪地叩首接过，激动地说：“恩师待我天高地厚，学生定不负重托，有生之日即是戴德之年。无竭的身心和灵魂，即是恩师生命的延续！”说罢泪如雨下，众皆感动不已。恒戒大师又留苦海法师在寺里住了一些时日不提。

却说无竭自打正式拜认恒戒为师，每时里学习新的经卷，必直接跑去请教，大师亦必耐心讲解，不厌其烦。师徒两人来往愈勤，情意日深。无竭见老师年岁实在太大了，虽说身体很好，精力十足，但有些小灾小恙总是难免的，因此，愈发不离左右，精心照料。饮食起居无不过问，煎汤熬药更必躬亲。

恒戒大师见此，对无竭说道：“孝敬之心，乃佛门第一大德，也是众生人人所能做也。汝之所为，我心已知。但你来自东土，身负重责，光阴辗转，时不我待。你不必整天围着我这个半死的老和尚，而应刻苦用功，速图进取。现在主要的经卷抄译得不少了，你还应当出去走走，到佛祖悟道成佛和涅槃升天的地方体会一番，当有你意想不到的收获。”

无竭见老师如此诚恳，只好答应下来，但他叮嘱法印和摩吉，要日夜不离大

师左右。有什么事情，以最快的速度找他回来。

无竭把小舍得托付给摩吉照管，自己依旧带着无忧、无虑踏上游历的征程。四月的天竺，晴空万里。和煦的阳光透出暖暖的春意，清凉的晨风送来阵阵花香。两个师弟情绪很好，一路上有说有笑，可无竭却怎么也高兴不起来。他无意留心身边的景色，一会儿想起年迈的老师，一会儿想起年幼的舍得，一会儿想起无私和无畏，一会儿又想起逝去的所有师弟，一句话都不说，只是紧紧攥住无忧和无虑的手，好像生怕他们从自己的身边离开。

三个人按照恒戒大师的提示，一路打听着来到迦耶圣地——释迦牟尼顿悟成佛的地方。残存的摩揭陀国的城垣展示着故去的痕迹，奔腾的尼连禅河的流水带走了历史的沧桑。他们在河边的草地上，找到了那棵举世闻名的菩提树，想象着佛祖当年游历天下，体察众生百相，于千辛万苦之后，吃过了牧羊女施舍的一小碗乳糜，便静坐在这棵菩提树下。七七四十九日不饮水，不进食，风雨袭来身不动，蚊虫叮咬志不移，体存尘世之中，魂游三界之外，终于大彻大悟，立地成佛，成为三千大千世界万世众生之导师。如今菩提犹在，历千年之沧桑而更根深叶茂，经十世之霜雪而愈干挺枝荣，然佛祖已早升法界，久居佛国，给世人留下无尽的深思与向往。

无竭见之不禁感慨万千。想佛祖住世之初，历尽千辛万苦，修行之时，每日只一粥一饭，住宿时天被地床。成佛后历七七四十九年，游遍天竺，讲经说法，何曾一日清闲？出家之人就应以佛祖为榜样，不计个人得失，时时以觉悟众生为己任，以造福万民为重责。无竭与两位师弟徜徉在尼连禅河边，流连在林中草地上，在那棵菩提树下跪拜了很久很久，也想了许多许多。他忏悔着自己的患得患失，谴责着自己的儿女情长，痛恨着自己心胸狭隘，坚定了自己为僧做人的信念。三个人接着拜谒了菩提道场，进入正觉寺大殿参拜了释迦牟尼本师。据说这座释迦牟尼佛祖的塑像，是按照他当初成佛时候的样子塑造的，因此略显年轻、瘦削，甚至有些憔悴，但是衣服如何褴褛已经看不到了。因为不知是哪位好心的居士或莲友，已给佛祖披上了一件镶金的袈裟。无竭很失望，感觉还是原样的更真实、更美好。

无竭三人在迦耶流连了好几天。他们在尼连禅河边佛祖遇到牧羊女的地方，在佛祖成佛以后首次弘法的正觉道场，在佛祖曾经住过的大雁塔下，在那尊举世唯一的金佛面前，都盘桓了很久很久。他们在佛祖成佛和弘法的地方，思维和认知似乎也完成了一次飞跃。

怀着依依不舍的心情离开迦耶，三个人不辞辛苦，昼夜兼程，急不可待地来到另一佛门圣地，释迦牟尼佛祖涅槃的地方拘尸那伽罗。他们饭也没吃，觉也没睡，匆匆穿过巴特那古堡，徒步涉过希连若跋提河，直奔优波伐檀那林。一路上行人来来往往，络绎不绝，但人人表情严肃，缄默无声。路两旁连绵平坦的草地，像天公织就的地毯，旷野上挺拔雄伟的娑罗树，像一根根擎天的玉柱。风儿轻轻的，树叶虽动却没有声响；鸟儿悄悄的，成群飞过却默默无言。过往的马车，虽在奔跑却十分宁静；耕田的水牛，鞭子虽然落到身上也不鸣叫。无竭感到十分惊奇，欲言又止。

三个人随着人流，不由自主地来到双娑罗树下，情不自禁地随着众人一起磕头。无竭看到，在那两棵顶天立地的娑罗树下，一尊佛祖的纯白玉雕像静静地长眠。双娑罗树下是一片平坦的草地，草地上开满了各色各样的野花，野花间有蜂蝶在轻舞，风中传来阵阵馨香，周围的一切是这样和谐、安谧。无竭拜服良久，思绪万千，一种崇敬之情油然而生。佛祖住世七十九年，一生颠沛流离，讲经说法，为的是普度众生，广种善果，他实在是太累了，应该好好地休息。无竭这才明白此地这般安静的原因。一个人离世千年之久，尚能受到后人如此敬佩，不能说不是一个奇迹。三个人拜毕起身，忽见一群凤凰飞来，落在佛祖身后，一阵花雨飘过，天空中似有仙乐响起，空气中传来好闻的香味。无竭与两个师弟循香而进，穿过小树林，蹚过清溪水，绕过罗汉坡，跨上晒经台，来到一座清音雅舍的庙宇——双娑罗寺。这座庙宇很奇特，前边没有钟楼和鼓楼，飞檐上也没有风铃。僧人诵经时只是口动而不出声音，也不敲木鱼。所有的人都没有大声说话的，好像都怕惊醒佛祖或影响他的休息。

无竭等人拜完正殿刚要起身，只觉得有人轻轻地扯动他的衣角。回头一看，不觉大惊：师父恒戒大师怎么会来到这里？正待发问，却见大师轻轻摆手，示意不要说话，跟着他走就是。三个人跟着恒戒大师走出正殿，来到后院，拐进一间精致的寮房。恒戒大师关上门窗，领着无竭一人走进里间。无竭又是一惊：“这不是在曼陀寺前遇到的老婆婆吗？难道是观世音菩萨又来了吗？”

正犹疑间，老婆婆已说话了：“昙无竭！你的故国来人了，刚才还向我提出了多年的意愿。你想知道是谁吗？”

无竭一时猜不到是谁，但他脱口而出：“想！当然想！太想了！”

老婆婆告诉他："难道你就没有看到那九只凤凰吗？刚才是龙山圣母来过了！"

无竭一听说龙山圣母来了，急得脸都红了，忘了老婆婆和师父恒戒大师在场，赶忙站起来就想出去找。

老婆婆笑了，说："她已经走了，她这次来并没有想见你，好在你们见面的时间也不远了。圣母和释迦世尊早有往来，佛祖住世的时候曾去过龙山，还在古佛洞住过一宿。后来佛祖涅槃了，圣母就年年来这里祭奠。但今年这次来不比往常，她提出了一个意愿，这也是佛祖住世的时候，他们达成的默契，希望把一部分真身舍利施舍给中国，在那里弘扬世尊的佛法。如今我把恒戒大师找来，就是告诉你们，佛祖涅槃的时候共得到八万四千颗舍利子，绝大部分已送给天竺内外佛门宝刹。尚有三百六十颗较大的血肉舍利，包括一枚佛指，是仅次于大月氏供奉的那块头盖骨舍利，全密藏在灵音寺古佛殿塔基的石匣之中，多少年来没有人知道。现在我已代表佛祖答应送与中国，并不是让你现在就拿走。我只是告诉你，等到你离开天竺的时候，你的老师恒戒自会密赠于你，此事不可再让外人知道。你来天竺时日已久，龙山圣母急盼你归。我理解你的心情，想在这多住几年，但佛门的经卷是你一生都学不完的，你可以在回国后继续研读。记住我说的话，一个佛门觉者，不在于他读了多少经典，而在于他是否悟通了佛讲的道理，即便悟通了佛讲的道理，还在于他是否心系众生、助其觉悟。做好一件有益于众生的事，比熟读百部佛经更重要。恒戒，你这个弟子不凡，看来你眼光不错。"

老婆婆停顿了一下，又接着说："这次你没有带舍得来，也好。因为她实在年龄太小，旅途劳顿对孩子也不利。但你一定要照顾好她，她会接替你完成安放佛祖舍利的使命。到时候她还会回到普陀山去的！"老婆婆一直在娓娓而谈，无竭不敢插嘴。听说要送给中国三百六十颗佛祖舍利，乐得他两眼放光，但也深知责任重大。

这时见老婆婆讲完了，他才瞄了师父一眼，见师父点头才说道："佛祖大德，光垂宇宙。菩萨眷顾中华，无竭愿代表所有中华儿女深致谢意。无竭无以为报，愿以毕生精力，不辞劳苦，光我佛门，让东方古国的佛教事业焕然一新。"说完再次叩头表达虔诚之心。

恒戒大师说："菩萨尽管放心，事情一定办好。能受佛祖和菩萨的委托，是我恒戒一生的殊荣，定当不辱使命！"

老婆婆笑了，"如此说来，我们走吧！将来自会有再见之日。"说完起身。等无竭打开房门，回身礼让时，老婆婆已不知去向。

恒戒大师见无竭诧异，笑着对他说："菩萨从另一个空间走了！"无竭愕然。

无竭随师父走出寮房，与师弟无忧、无虑一起，陪同恒戒大师离开拘尸那伽罗古城，踏上回归灵音寺的路。无竭见师父年高体弱，担心他不胜劳苦，张罗着给他找辆车子，或者找头毛驴代步。

恒戒大师说："我能来得，便能去得，谁能奈何得我？别看我年岁大了，你们若能赶上我，也是不易！"

三人听了似信非信，但一上路，立刻心服口服。恒戒大师身轻体瘦，脚步飘飘，似在腾云驾雾。虽在不紧不慢之间，已累得三人气喘吁吁，无忧、无虑都有些跟不上了。无竭一见，方知师父功力不凡，非常人可比。半天下来，大师一路上评山议水，谈笑风生，似在春游散步，饭后闲聊，已累得无忧、无虑筋疲力尽。无竭也是浑身发热，汗水淋漓。十多年来，他见师父多是在室内打坐禅定，有时出来也是不离本寺。此行随师父第一次出门，才明白这位天竺第一高僧何以德服四夷，名满天下，何以活了一百一十多岁还如此健康。看来师父轻功实属了得，自己还远远不了解他。

跟着师父回到灵音禅寺，小摩吉已领着舍得在山门外等候。其实小摩吉已经不小了，他已长成了一个大小伙子，一个典型的黑脸长身、卷发大眼的天竺青年，而且跟着无竭学了一身好本事，在本寺武僧院里也是数一数二的，连法印都十分佩服。这时他领着小舍得从台阶旁走过来，远远地看见恒戒大师和无竭他们走近，小舍得挣开摩吉的手，张开双臂，像只小蝴蝶一般向前跑去，一直扑到无竭的怀里，小脸儿累得通红，小脑瓜在无竭身上使劲地拱蹭，亲热得不得了。无竭赶忙蹲下身子，把小舍得抱起来。小舍得那张小脸满是汗水，紧紧地贴着无竭的脸，让无忧、无虑十分嫉妒，他俩都过来逗孩子，想从无竭怀里抱走她，可小舍得紧紧搂着无竭的脖子，谁也不跟。

恒戒大师说："你对谁亲、谁对你亲，万事万物皆有因果。不论过去世、现在世和未来世，不论天上、地下和人间，一切事情都没有无缘无故的。"无忧、无虑听后一笑。但无竭却觉得师父的话蕴含着宇宙间无比深刻的道理。

今天无竭特别高兴，一是随师父远道归来，一路上聆听教诲，受益颇深，觉得不虚此行。二是到寺后摩吉和小舍得都来迎接。特别是摩吉告诉他，自打无竭他们出门以后，小舍得天天念叨着。这几日，她张罗着到山门外，小脑袋冲着西边，两只大眼睛不错眼珠地盯着西边的方向，等候无竭他们。小家伙长大了，懂事了。三是尚未走进寮房，法印就迎了出来，告诉他罽宾国摩云寺的大日长老和张老员外来了。无竭一听大喜过望，抱着小舍得就跑。当他随着法印跑到屋里，见到两位白发苍苍的老人时，再也抑制不住自己的情感，“扑通”一声跪在地上，眼泪如断了线的珍珠一样掉了下来，吓得小舍得哇哇大哭，法印连忙接过去又拍又哄。

无竭抽泣了好一阵才抬起头来，两手抚摸着二位老人的双腿，动情地说：“太想你们了！一晃十多年了！没有一天忘了你们！”

张老员外扶起无竭说：“我们也一天都没有忘记你呀！听参加弘法会的长老们说你还没走，而且看样子暂时还不能走，因此就商量着来看你了！”

无竭感动地说：“你们两位老前辈这么大的年纪，这么远、这么难的路，是怎么过来的呀？”

张老员外侧过脸去，用手一指大日长老：“多亏了大师一路相助！虽多绕了一些路，却能走得过来。但我们两人出来时带了一百六十多人，也有十几个病死在路上了。五十多辆车子、一百多匹驴马只剩下一半。真是不易呀！”说完不禁老泪纵横。

大日长老接过话茬说：“这次我来一非专门陪他，二非专来看你，我是来寺里达禀的。当年恒戒大师答应我去摩云寺四十年即可返回，如今年届已满，我须向大师当面禀报。”

无竭说：“大师不必如此说，无竭心里明白。你若是正常的履职述禀，给师父发封信也是可以的，何须千里迢迢、历尽艰险？你若不来，老员外是来不了的！”

张老员外说：“无竭说的极是，大师纯是陪我来的。这回来了，我就不回去了，而且还要同你一起回故乡去！罽宾国那边的产业，都交给两个大孩子了。家里没有一个人同意我出来，但我这把老骨头不能扔在外头哇！一定要回到故乡去！这次我把小儿子也带出来了，让他随我回燕山认祖归宗。”

几个人正说着话，恒戒大师带着首座婆罗毕、维那摩诃比和监院摩阖黎三位高僧走进来。刚跨进门槛，恒戒大师就瞅着大日长老说：“你回本寺，怎么不先到我们那里？倒先来看昙无竭，是嫌弃我们老了吗？”

大日长老连忙站起来向几位大师见礼，然后说：“我是随这位张老员外而来的。他是昙无竭的同乡，因此只好先到这里了。我正想过去拜见，没想到您几位都来了，让弟子惶恐之至！”

无竭忙给几位大师看座，并首先把张老员外介绍给他们。

恒戒大师见张老员外鹤发童颜，气度不凡，脱口赞道："东方多奇人也！"张老员外赶忙以礼相谢，接着半开玩笑地说："我是来邀请无竭一起回国的！不知何日能够起程？若是时间长了，恐怕我这个年纪就等不到了！"

恒戒大师也半开玩笑地回答："你来了就让他走吧！若不然真想让他留下来，不走了！"众人一阵哄笑。大日长老随即跟恒戒大师等人出去，无竭则陪着张老员外促膝长谈。老员外说过几日他就派小儿子去南天竺租船。这次他带来了足够的银两，就把无竭他们所抄译的经书一起带回去，顺便再捎买些天竺的特产。

无竭说："老伯想得太周到了！不然我正愁着怎么运走这些经书，是走旱路还是走水路，准备向恒戒大师讨教呢！有您老人家这样安排，我就不再担心了。不知怎样感谢老伯才好！"

张老员外爽快地说："感谢什么？我也是信佛之人，就算积件功德。何况你既叫我伯父，我们就是一家人，还客气什么？"

无竭一听心里甜甜的、香香的、暖暖的。他想我最近要风得风，要雨得雨，诸事皆十分顺利，是谁在帮我呢？他忽然恍然大悟。

一说准备要走，无竭的心里就长草了，他再也坐不住、学不下，整天寻思着这点事。于是他请求监院摩阖黎大师同意，找来十几位帮手，把已经抄译完毕的八百多部佛经整理停当，打包装箱，做好起运准备。然后又关照两位师弟整理行装、衣物，告诉摩吉购买好小舍得路上应带的东西。做完这一切，他又到前后大殿、左右寮房、西部道场、东部塔林和武僧院、练功房细细地走了一遍。他已经来了整整十三年，对这里的一切他太熟悉了。他真有点舍不得这个神圣的地方，舍不得亲如手足的师兄师弟，舍不得那几位和蔼可亲的当家长老。特别是自己的师父恒戒大师，待自己情同父子、恩重如山。如今年龄一年比一年大了，虽说非常健康，也难说哪日魂归天国。在这个时候，自己真不应该也不忍心离开他。想到这里，他的脚步不由自主地拐向恒戒大师的禅房。还没等想好说什么、怎么说，就已经来到师父的门口，他不由得站住了。

不知是凭着脚步声已做出判断，还是源自内心的某种感应，正在禅定的大师突然发话："来了就进来吧！不要站在那里！"

无竭听话地走进来，见恩师端坐蒲团，双目紧闭，左手托定乾坤，右手捻动佛珠，口中喃喃自语，但没有声音出来。屋内清洁而静寂，只见一支佛香燃烧的轻烟扭

动着升起，空气中弥漫着一股好闻的香味。

无竭跪在大师侧面的一个蒲团上，闭上双眼，屏住呼吸，贪婪地但是慢慢地吸吮着这股馨香，没有说话。他想与大师共同享受这一份以后难得的宁静。他听见自己的心脏在咚咚地跳，而且在一点一点地慢下来，后来几乎就听不到了。他感觉到师父在带着自己飞，飞上蓝天，飞向大海，飞向灵霄殿，飞向须弥山。他觉得自己的身体很轻、很轻，轻得像一根鸿毛，像一片枯叶，飘啊飘，飘落到龙山的天龙池里，飘落到紫竹林边的莲花台上。突然，他感觉到自己在莲台里站起来，越来越高，越来越大，简直就要顶天立地了，他有些害怕。然后又一点一点变矮、变瘦、变小，成了一个侏儒、一个胎儿、一块石头，最后竟然小得不得了，小得藏在一个个沙粒、一片片灰尘里。突然间他感到自己没有了，他已完全融入这个世界。

不知道过了多长时间，大师说话了。他说无竭，刚才我带你完成了一次禅定，也是为师最后与你同时坐禅。你要明白，我们一个人的生命比起浩瀚的宇宙来说，比起佛陀的事业来说，无比渺小，这样我们才能找到自己的位置；但是我们做人、做事，又应该顶天立地，心容日月，这样才能实现我们的雄心壮志，完成觉悟众生的崇高理想。

“无竭，你听明白了吗？这是为师一生的感悟。”恒戒大师依然闭着双眼，自言自语地说。

少顷，恒戒大师睁开双眼，用无限慈爱的目光看着无竭，缓缓说道：“我知道你的来意了，也同样舍不得你走。你是为师最后一个学生，也是最好的一个学生。你的性格、气度、佛学、武功都很像当年的我。但我们个人的好恶和相互之间的情感，比起释迦本师的宏图大业来说，真是太渺小了，就好比灰尘和沙粒。我们出家之人，每日进食五谷，身着麻线之衣，无非是为了确保让这有用的躯体，为无限无量的众生服务，岂可存个人之杂念？菩萨已经把话讲明，佛祖的意图也非常明显，你的家乡、如今四分五裂的东方古国，受苦受难的芸芸众生，急需你回去传教弘法，振兴佛门，怎能够为些小个人情感而耽搁时日？何况你既具菩提之心，你的灵魂就永远同为师在一起。因此不必犹豫，当择日起程。但你的两个师弟就暂不要回去了，一是他们的功业尚须深造，二是天竺目前也需要他们，就让他们权且留下。我已说好，让无虑去罽宾国摩云寺，去接替大日任住持。让无忧留在本寺，做医道知事僧。法印已找过我几次，本来执意要跟你走的，我好不容易说服了他，让他留下来，到武僧院做个护法知事僧。就让他和无忧二人为弘扬中华武术和中国医学再做些贡献。小舍得就不用说了，那孩子是你捡来的，也一刻都离不开你，你就带走，好好抚养成才，继承大业。至于小摩吉，他在心中早已认定你就是师父了，是无论如何也要跟着你走的，我也不勉强留他。什么时候船期定下来，你再提前告诉我，我们好把最后一件大事安排好。”

讲到这里，恒戒大师停顿了一下，用手拍着无竭的肩膀，故意似很平淡地说道：“我能想到的就是这些了，有哪些地方漏掉了，你再考虑。反正我们还有时间，你有什么困难再来找我！”

无竭一听感动至极。自己一听要走，心忙意乱，到处游走，手足无措，杂念丛生。而师父这样一位一百一十多岁的老人，却在同样承受离别感情蹂躏的同时，默默地做了这么多的事，而且想得那么周到、细致，安排得那样妥帖、确切，让无竭佩服得五体投地。他深知自己的修炼比起师父来，还要差十万八千里。

六个月以后，张老员外告诉无竭，船已租好，船期也已确定，他和小儿子采买的天竺特产已经运走，问无竭经卷何时装车。无竭告诉他经卷就是生命，甚至比生命还重要。今晚去见恒戒大师，明日护着经卷一起走，同时与寺里的长老和师兄弟们告别。

当无竭用过晚饭，悄悄地走进师父居室的时候，禅房里一片静谧，只有那股熟悉的馨香。见无竭走进来，恒戒大师随手关上房门，拉上窗帘，又吹灭了油灯，朦胧中无竭只能看清师父的身影。恒戒大师显然已经做好了充分的准备。他对无竭说：“这三百六十颗佛舍利是我一个人从塔基中取出，又是我一个人装在木匣里封好的。现在就正式转赠给你，这可是龙山圣母的请求、观世音菩萨的委托，你可一定要保管好。见了舍利如见佛祖，不可轻易观看，更不可随意示人。这块油布和包袱我已给你准备好了，你一定要贴身携带，须臾不可离身。我出家一百年了，从来没见过这么多的佛舍利，也从未担负过这么重的任务，这是我一生一世的荣光，也是我恒戒修来的造化。记住，佛祖就在你的身边，会时刻保佑你的。至于何时何地安放，让舍利大放光明，自有天赐机缘，到时候你会知道的！”

无竭捧起那个密封的木匣，先给佛祖叩头行礼，然后按照恒戒大师的嘱咐，用油布包好，把包袱紧紧地缠在腰上，对着黑影中的师父，“扑通”一声跪在地上，以双手抱住师父的双腿，一言不发，泪流不止。

恒戒大师抚摸着无竭的光头，用从来没有过的轻轻的、但是极为亲切的声音

说道："孩子！起来吧！不要再感情用事。我也是舍不得你，但你有大事在身，不可以婆婆妈妈，藕断丝连！"

无竭抽泣着低声说道："我怕这次分别，从此就再也看不到师父了，我心里痛得很！"

恒戒大师说："收了你这个东方学生，是我晚年最大的快乐，也是我对佛门最大的贡献。以你的才学和悟性，本来我是想让你接替我在这里做住持的，但你有更重要的使命，你那个苦难的国家更需要你，因此你必须回去。虽然今后我们会天各一方，相隔万里，但只要我们心灵相通，就等于天天在一起。宇宙再大，没有人的心大，光阴再远，没有人的眼光长远。心通天也近，意连地不远。无缘之人无缘之事即或在你眼前，也会擦肩而过；有缘之人有缘之事千里万里，也会突然相会。相信缘吧！不然你我生在异国，怎么会成为师徒？往世之因，会成为今世之果，今世之果，往往会成为后世之因哪！"

无竭听后，似有所悟，知道师父德行高深，所讲之言，必会验证，但一时为情所困，不能自拔，仍是长跪不起。

师徒二人就这样默默相对，谁也没有再说话。但是在黑暗之中无竭的双手抱着师父的双腿，一刻也没有分开。大师的双手抚摸着无竭的头，也一直没有放下。两人都明白，他们是通过躯体的接触用心在交流。其实师徒二人此刻已融为一个整体。

直到半夜了，无竭才在师父的再三催促下，回到藏经院去。他的寮房里亮着灯光，两个师弟和法印、摩吉都在等他。只有小舍得可能因为白天跑累了，已甜美地睡着了。

无竭对法印说："我知道你的心意，大师已经跟我讲过。你在这里再待一段时间也好，跟着大师有你一生学不完的东西。"

法印说："我现在不走，不等于我将来不走。这里也不是我的家乡，我不会永远留在这里。感恒戒大师盛意，我在这里再待上几年。但我早晚是会到中国去的，跟着你再学中国武术，我们一定会再见面。你们聊吧！我先走了，明日再来送你。"

无竭把法印送到门外，然后说："摩吉你也早点休息，明天我们还要赶路。小舍得就交给你了！"

摩吉说："师父你就放心吧！我一定把妹妹带好！"尽管无竭始终没有答应收他为徒，但摩吉早已认他为师。

剩下师兄弟三个人了，无竭一下子伸开双臂，把两个师弟揽在怀里，三张脸、三个身躯紧紧贴在一起，谁也没有说话。今天晚上他们不再分开睡了，无忧、无虑没有回到自己的寮房，两个人硬挤到无竭的小木床上。即或不说什么，多待一会儿也是好的。出家二十多年了，他们始终同无竭在一起，朝夕相处，从未分离。虽然没有血缘关系，但无忧、无虑早把无竭当成了亲哥哥，甚至比亲哥哥还要亲。

无竭一走，他们觉得失去了主心骨，心里都十分难受。但他们知道这是寺里的安排，也是佛门的需要。出家之人身心早已奉与佛祖，个人别无选择。但他们希望这是暂时的，他们迟早要回中国去，还要和师兄在一起，那里毕竟是自己的祖国。三个人肉挨肉，心贴心，聊了一夜，谁也没有睡意。

次日早晨太阳刚露脸儿，无竭就起来了。他叫醒了懂事的小舍得，帮她穿好衣服，梳头洗脸吃饭，告诉她说今天我们要回家了，待会儿你要知道和寺里的长辈们告别。

小家伙似乎听明白了，高兴得很。无竭草草吃过早饭，收拾好所有行装，带着两个师弟和舍得走出寮房。院子里张老员外、法印和摩吉早就来了，大家正忙活着装车。八百多部经卷装了满满一大马车，不一会儿就捆绑牢固，等待起程。恒戒大师带着首座、维那和监院等几位高僧以及各部院的知事们共一百多人前来相送。小舍得一见来了这么多人，没等大人们吱声，就小手一张跑向前去，喊着："这回可好了！我们要回家了！我们要回家了！"好像她知道自己就是那里的人，惹得满院子的人都笑了。

恒戒大师与无竭并排而行走向山门。无竭这才发现，沿着九层大殿两侧，早已站满了人，层层叠叠。看来全寺的僧众都来送别了！无竭心中无限感激。他一路走着，一路向师兄弟们合手施礼。到得山门口，恒戒大师停下来，从随从僧人那里端过三碗苦茶，分别送给张老员外、无竭和小摩吉，自己也随手端起一碗，向无竭等人朗声说道："你们来时我用苦茶相迎，如今你走时我再用苦茶相送。苦茶来自中国，来自龙山，却把中国和天竺连在一起。喝在口里，甜在心间。人生在世，即是受苦，为苦而来，为苦而去。但苦中有甜，苦中有乐，苦中有觉，苦中有缘。期望你等功成之日，别忘了喝杯苦茶！寄点苦茶来！"说完目视无竭，一饮而尽。

无竭眼含热泪，端着茶碗，向恩师三叩首，向各位高僧三叩首，向所有送行的僧人们三叩首，然后才和着泪水，饮下苦茶，高声向众人说道："一十三年的风雨，难以忘却的时光！天竺是我的第二故乡，大家都是我的亲人！无竭不会忘记天竺，不会忘记灵音宝寺，不会忘记大家的挚爱！我决不会辜负佛门的期望！”那铿锵的语声，在山门前产生巨大的回响，像在佛祖面前表达惊天动地的誓言。

第十七回

载经船归途逢海暴　白云寺寄住理佛籍

张老员外带着小舍得坐上马车，无竭领着摩吉护着经卷，两辆车子一路南行，昼夜兼程。一个多月以后，他们到达南部天竺海边马德拉斯港。根据事先的安排，张老员外的小儿子及几位从人早在那里等候。由于是提前租好的商船，因此装货、上船都极为顺利。他们只在当地的寺院吃了一顿斋饭，就扬帆起程了。

商船很大，也很舒适，是一艘专门往返于天竺马德拉斯和中国广州港之间的货船。整艘船除了张老员外和无竭以及他们的随行人员，就是张老员外的货物，此外就是水手。船长和船上所有的船工都是天竺人，但他们对这条航线非常熟悉，而且会说日常的汉话。船上的饮食、住宿也很方便，这让无竭他们比较安心。一连数日，航行相当顺利。

但是天有不测风云。海上的气候就像孩子的脸，说变就变。上午还朗朗晴空，风平浪静，午后就可能乌云密布，巨浪滔天。这一日他们经过剧烈的颠簸，稍感平缓之后，前面出现的景象让所有人都惊呆了。

原来在前方不远的海面上，随着巨浪的退去，忽然竖起几十根巨大的水柱。水柱的下面，渐渐涌起一座座黑色的小山。那小山一座连着一座，层层叠叠，连绵不断，至少有几百座山头，挡住了商船的去路。那一日刮的是西南风，帆挂得正满，船走顺水，船速很快，转眼间已快到那片小山的跟前。

张老员外的小儿子急得大喊："赶快打舵，我们要触礁石了！"无竭和老员外闻声跑出客舱，一看到这种情况，也十分着急。

船长纳吉肯定地说："这一带没有礁石，这是鲸鱼，赶快撤帆减速！"

水手们手脚相当麻利，转眼间船帆已经撤了下来，但是满载货物的商船带着巨大的惯性，仍然快速地向"小山"冲去！

船长纳吉也有些着急了，"往常也见过鲸鱼，但都是一头两头而已，哪见过这么多的鲸鱼呀！躲是躲不过了，冲过去！凭天由命吧！"

船上的水手们一听，脸都吓白了！若是真撞上，船即便不碎，也会被撞翻。有几个水手已穿好救生的衣服，准备跳水。

张老员外父子虽见多识广，但此时也均已手足无措，急得连话都说不出来了。摩吉抱着小舍得也有些害怕，紧紧地靠在师父的身边。

小舍得倒是无所畏惧，她小手一指，"那是些什么东西呀？怎么敢挡我们的路？叫它让开！"

舍得的童言提醒了无竭，他迅速盘膝闭目，念起《观世音菩萨受记经》，心中默祷："佛祖法身在此，一切生灵让路！"一边默诵，一边捻动佛珠，心情渐渐平静下来。他感到心中似有太阳升起，观世音菩萨好像亦立在空中，于是顷刻欢喜，周身通泰，那种快感妙不可言。

正沉浸在惬意之中时，耳边听到摩吉在喊："师父快看！鲸鱼让路了！"

无竭方睁眼一看，见船头所到之处，那些"小山"迅速移向两边，在商船的左右两侧各排成一个长队，好像夹道迎接，喷起的水珠溅到船上，极似欢迎的礼花。

船长纳吉见平安通过，用生硬的汉话向张老员外说道："我的妈妈呀！吓死我了！我都见到阎王爷了！"

那些水手们也都个个如梦方醒，长出了一口气。船行过后，待无竭等人回头看时，见那些鲸鱼又排回了原来的队形，一个个喷着高高的水柱，移动着巨大的身躯，尾随着商船游来，不紧不慢，跟了很久，很久，好像是在欢送。无竭在心中又诵了一遍《观世音菩萨受记经》，向这些大海中的霸主们表示由衷的感谢。

经过了这一番惊吓，船上的人们个个精神紧张，谁也没有刚来的时候那么放松了。船长吩咐着水手们再详细检查一下船上的设备，航行时要认真瞭望，高度警惕，小心翼翼地向前行驶。张老员外由于年老体弱，又受了一番惊吓，此时已由小儿子陪同着回舱休息。倒是小舍得活蹦乱跳，吃饱了以后不仅不哭不闹，还连唱带跳，高兴异常。上船以来半个多月了，所有的人，连船长和水手们都呕吐过了，但小舍得神态自若，轻松自如，什么事都没有，非常适应海中的环境，好像这里曾经是她的家。别人不知道，无竭的心里却清清楚楚。

连续几天平安无事。这一日夜里刚刚下过小雨，早晨海风吹过来凉凉的、潮潮的，还带些咸味，给人一种从里到外的快感。东方的太阳从遥远的海面上升起，像一个巨大的火球，把无边的海水由远至近，烧成了一片橘红或橘黄。十几只矫健的海燕从船舷边飞起，射向蓝天，转眼间消失在茫茫的天际。轻风泛起的微波像排列规则的鳞片向远处伸展。商船轻轻地摇晃着，如一片树叶在漂泊中缓缓前行。

“太美了！真是太美了！”无竭在心里暗暗地赞叹。他长到这么大，还是第一次坐上商船穿越大海，也是第一次看到这么美妙的景色。大海的辽阔壮美，天空的广博深远，太阳的骄横傲慢，波涛的任性执着，彻底把他慑服了！他感到在大海面前，人类显得那样渺小。在天空面前，人类显得那样狭隘。在太阳面前，人类显得那样无奈。

忽然，小舍得的呼叫打断了他的沉思。他顺着舍得的手指望去，也一下子惊呆了。原来在船尾的方向，在那片水天相接的视野里，竟然出现了一座山城。那些楼台亭榭、小桥流水、峰峦树木和街道店铺都历历在目，清清楚楚。特别是山边那座佛塔，下依辉煌的殿阁，上接绚烂的彩虹，左靠莲花宝池，右临无边的林海，晶莹剔透似玉塑金镶，烟霞笼罩如天上人间。佛塔红墙黄瓦，翘脊飞檐，廊台上隐隐有仙姬走动，塔身中闪闪有佛陀放光。那盛开的莲花，娇艳欲滴。挺拔的苍松，直上云霄。无竭凝视良久，感觉这楼台佛塔似曾见过，可一时又想不起来。正沉思间，舍得已经把摩吉和老员外等人都喊来了，大家看了都觉惊奇。

摩吉说：“怪我们起得太晚，船长也是的，有这么好的地方，也不告诉我们，停下来看一看呀！”

一位水手说："那不是海上的仙山琼阁，那是海市蜃楼，传说是大海中的蜃精吐气所致，船不能靠近它。你走到跟前会发现什么也没有，还会被它吃掉。"

"有那么可怕哪！那我们赶紧走吧！"摩吉闻听一吐舌头，不敢再看了，回到客舱里。

无竭抱起小舍得，发现那仙山的情景已有些变化。彩虹中似有一车辇飘来，众多的鲜花、众多的仙女簇拥着车辇越走越近，已经能依稀看清她们的面孔。无竭突然大声喊出："这是龙山啊！这是龙山啊！我说怎么这样面熟呢？"

摩吉闻声又跑出来，问道："师父！龙山是哪里呀？"

无竭微嗔道："我不是告诉过你，那是我的家乡啊！"

摩吉更加好奇地问："师父！您的家乡这么美吗？"

无竭头也未回地答道："那当然！你去了就知道了，那是一座仙山哪！"

商船经过一个多月的日夜颠簸，终于驶出印度洋，向东北拐进马六甲海峡，即将进入南中国海。船长纳吉自前番遇到鲸鱼以后，始终惊魂未定，未敢放松。饭也没吃好，觉也没睡好，人好像瘦了一圈。如今见已驶进南中国海，立刻喜形于色。他叫过船上的水手长，"你来舵台上掌握方向。没事了！快到港了，我得去睡一觉了，不然就撑不住了！"说着话就伸着懒腰，打着哈欠，到客舱睡觉去了。

张老员外和他的小儿子见快到港了，顿时轻松起来。无竭师徒三人这几日也都紧张兮兮，没休息好，听船长如此说，都放下心来。不一会儿，包括大多数水手在内，一群人均已进入梦乡。海上一片安静。轻风鼓动着船帆，平稳地但是很快地向北驶去。

睡梦中，无竭忽然被一阵巨大的闷雷一般的隆隆声惊醒。他拿下舍得搭在身上的小手，轻轻地坐起来，悄悄地走出舱去。太阳光依旧很强很辣，刺得他有些睁不开眼睛。但海风却一阵阵大起，吹得船帆船桅啪啪作响，船体发生一阵阵的摇晃。他扶着一只侧桅向北观看，亮瓦晴天，海燕高翔，不见一点异常，看来前进的方向没有什么问题。急回身南望，不禁大惊失色。只见南边远远的天际，滚滚的黑云挟持着闪电，不断地变换着面孔，恶狠狠地向北面扑来。海面上狂风卷起巨浪，形成一个接海通天的水柱，旋转着、扭动着、不断扩大着向北推进。那隆隆的闷雷一般的响声就是从那里传来的。

船长纳吉揉着惺忪的眼睛跑出客舱，大喊着："海暴来了！海暴来了！快准备！"

二十几名水手七手八脚，各操工具，迅速地降下船帆，缚牢舱板上的所有物品，动作麻利得让无竭极为佩服。这时候狂风已到跟前，大雨倾盆而下。愤怒的海神一会儿将商船推向峰尖，一会儿又让它跌入浪谷。偌大的商船此时如同漩涡中的一片枯叶，被摇撼得咔咔作响，好像随时都会散架。太阳也仿佛欺软怕硬，此时也不知躲到哪里去了，船上一片漆黑。汹涌的海水肆无忌惮地冲上舱板，毫不客气地流进舱里。此起彼落的闪电就在船边划过，一个个震耳欲聋的炸雷就在头上响起。

船长纳吉拼命地呼喊着："大家快进舱！快进舱！"但他的喊声还不如蚊子叫，大家借着闪电的光亮，只看到他的嘴角在动，手在摇。于是跟着他，一个个跌跌撞撞地滚进舱里。

所有的人均不知所措，感到末日即将来临，一个个抱着舱里的床头木柱，身子随着剧烈的摇晃而磕碰，而翻滚。无竭和摩吉两个人紧紧地护住张老员外，生怕把他老人家摔坏。小舍得人小但主意很正，她好像不怕风浪，娇小的身体很自然地随着波涛的起伏而摇摆，不哭也不叫，两只大眼睛在黑暗中亮亮的，发出奇异的光彩，一只小手紧紧地拽着无竭的袖子。

张老员外的小儿子突然大喊："不好了！船舱进水了！船舱进水了！"

谁也没有听见他的喊声，但已感到了他说的事实。客舱里的水开始漫过脚面、漫过小腿，不一会儿已淹到床头。所有人的身体都泡在水里，但飓风还在咆哮，海浪还在横行。商船似乎就要沉了，情况已是万分危急。

又过了一会儿，客舱里的水已经没腰，无竭感到那种无法言状的冰冷也将湿了他的包袱。危急之中他想起师父的话："佛祖就在你的身边，他会时刻保佑你的！"于是他双手合十，默诵起《观世音菩萨受记经》。一遍，两遍，三遍，也不知念了多少遍，反正他的脑海中只有经文，不知道还有飓风和海浪，他已经完全进入一种无我的境界。不知不觉中，风浪似乎小了，商船似乎稳了，舱里的光线也开始逐渐亮起来，客舱不再进水。但舱里的人们似乎都傻了，一个个像洪水过后挂在树杈上的稻草，无精打采，完全丧失了生命的活力。只有小舍得摆动着灵巧的身体，第一个游出客舱，站到舱板之上，用尖细的童音大声喊道："风停了！雨住了！上边好凉快哟！"到底是孩子，一点也没有劫后余生的惊慌，倒好像刚玩过一场游戏。

无竭闻声第二个走出来，发现确已风平浪静。太阳依旧高傲地挂在天上，穹庐一般的天空好像被水洗过，显得湛蓝、湛蓝。轻轻飘动着的几朵白云像棉花刚被少妇的巧手弹过。海面平滑得像一面巨大的镜子,在水里倒映出一块同样的天空。可怜的天竺商船此时漂浮在水面上，随波逐流，像个醉酒回家的病汉。舷板的边缘离水面已不到一尺，稍有风浪，随时可能沉没。无竭见状，刚要喊人，却见船长纳吉已走上舱板，水手们也纷纷从船舱里走出来。一个个脸色煞白，弓腰屈臂，似乎仍心有余悸。

张老员外在摩吉和小儿子的搀扶下，走上船头，老泪纵横："想我张某一生颠沛流离，本欲叶落归根，哪承想这把老骨头险些扔在海里，我不甘心哪！"

船长纳吉接过话头说："老人家，你就别难过了！大难不死，必有后福。这样的飓风海暴，我行海多年从未遇见。已料必死无疑，谁知有惊无险。这船上有贵人哪！我看这个小女孩儿就是贵人！"说着他一把抱起小舍得，用卷曲的胡须去扎那柔嫩的小脸蛋,扎得舍得小脑瓜乱摆,"噢噢"直叫。"我们都是借你的福分了！小囡子！"船长说完，水手们共同发出一阵会心的笑声。

船长纳吉开始招呼水手们淘水。无竭让舍得跟着张老爷爷玩，自己带摩吉也参加到淘水的行列。该用的工具都用上了，能动的人手都尽力了，他们忙活了整整半天，才将船舱里的水全部淘净。张老员外的货物因为大多是天竺的瓷器、陶器和铜制酒具，而且包装牢固，所以损失不大。但无竭托运的八百多部经书，绝大部分已被水泡过，恐怕不能复原了。无竭的心里刀割一般地疼痛，他感到一阵头昏目眩，一下子跌倒在货舱里。

好长时间，无竭才在舍得的哭叫声中醒来。他长出一口气，满脸都是泪水。那是他和四个师弟十年的心血呀！两个师弟还因之丢了性命。想当初自己受龙山圣母所托,几万里迢迢带着师弟们去天竺取经,二十名师弟永远长眠在西来的路上,为什么呀？不就是为了取回真经，带回故国，弘扬佛法，觉悟众生吗？如今人只回来自己一个，经卷又淹坏了，如何向死去的师弟们交代？如何向龙山圣母交代？如何向龙翔佛寺的师父和师兄弟们交代？如何向龙城的父老乡亲们交代？想到这里，无竭捶胸顿足，又一次哭昏过去。张老员外和摩吉一直守护着他，小舍得趴在他的身上，眼泪汪汪，一遍又一遍地喊着"师父！师父"，希望把他唤醒。

两天以后,无竭从极度悲痛中苏醒,脸色焦黄,两腮凹陷,眼圈青紫,二目无光,沙哑的声音显示出他已没有一丝力气。这两天张老员外、摩吉和小舍得一直没有合眼，如今见无竭醒来，不禁高兴万分。小舍得扑在师父怀里又哭了。

张老员外抚摸着无竭的额头，安慰他说："经卷损失了固然可惜，但你不是已经记在心里了吗？可以从头再来，需要什么我还能够帮你。可弄坏了身子骨，那我就帮不上了！那才叫谁都对不起，白去了天竺一趟！何况男儿有泪不轻弹，哭就能解决问题吗？”

无竭哽咽着说：“您老人家说的有道理，无竭明白，但就是心里想不开。一想到死去的那些师弟们，我的眼泪就止不住。我真的心里很痛、很痛！但老伯放心，我今后不会再哭了！我一定要用百倍的努力，把毁坏的经卷补起来！”

张老员外说：“这话我爱听！这才像个取经人、大觉者说的话。起来吧！好好活动一下，我们就快到港了！”

五天以后，他们顺利抵达了广州港，全体人员都长长地舒了一口气。这两个多月的航行，虽然历尽艰险，但船上无一人伤亡，多数货物完好无损，这已经相当不容易了。船长纳吉显然对这里很熟，时不时与码头上的人们打着招呼，还不断发出爽朗的笑声。张老员外和小儿子张罗着卸货、托运，无竭则在水手们的帮助之下，把经卷搬上岸来。船长纳吉说，这些用毛笔抄在毛纸上的经卷，经水一泡肯定不行了，不如丢在码头上算了。无竭说不管它行与不行，我都要拿走，这可是师弟们的心血呀！待张老员外运走了所有商品，又结清雇船的费用之后，才和无竭一起，把经卷装上马车，运到了广州城郊的白云寺。寺中的方丈慧觉和尚闻听无竭从天竺取经归来，极为敬慕、百般热情，招呼无竭他们用过斋饭，又安排寮房休息。无竭提出由于经卷被淹，需要晾晒整理，恐怕要叨扰些时日，慧觉方丈一口答应，并说正好借机学习，早晚讨教，可谓求之不得，昙师父尽管放心。无竭一听十分高兴，到底是天下佛门一家人。

吃过斋饭后，张老员外要去帮助小儿子处理商品，无竭要去街上踅摸买些龙山苦茶，好托纳吉船长给师父带过去。两个人寻找了好多茶店，也没有买到。最后只好先找到张老员外的小儿子，让他帮助想些办法。恰好老员外的小儿子在白云货栈与店主喝酒，那店主一听无竭说买龙山苦茶，立刻笑了：“这你真就找对人家了，整个广州商埠只我这一家有这种货，是龙城的一个堂弟专供给我的，在国外相当热销，怎么，你要多少？”

老员外的小儿子忙介绍说：“这位是我父亲的朋友，昙无竭昙师父，刚从天竺取经归来，与我们爷儿俩同船抵达，可谓同舟共济、生死之谊。他是要买些捎给天竺的恩师。好了，老爹，昙师父，这件事您就不用管了，交给我来办！保证给恒戒大师捎些上好的龙山苦茶！”

张老员外一听，十分高兴，说：“真是踏破铁鞋无觅处，得来全不费工夫。缘分哪！说起来县无竭师父也是龙城人，他乡遇故知呀！”

“哎呀！太巧了！”那店主一声惊呼，“我老家在龙城，出来二十多年了，敝姓龙，龙城的茶庄‘龙涎居’是我的堂弟办的，认识吗？”

无竭听后也十分欣喜，说：“怎么不认识？‘龙涎居’的苦茶，多数是我们龙翔佛寺供的货源，我小的时候入寺当沙弥，没少干采茶叶的活儿，说不定您卖的货里面，就有我采的丁香叶哪！”

几个人一听，全都笑了，气氛立刻极为融洽起来。龙店主即刻命人另置一席，上些新茶。

无竭当即给三人施礼道：“如此说来，给恩师寄茶一事，就拜托几位了，无竭先行谢过。我这里有书信一封，是给我师父的平安函，望一并捎到，免他记挂。”说着掏出书信交与老员外的小儿子，接着面向龙店主说：“日后我回龙山，一定发些苦茶给你。龙城那边有什么事情，就请吩咐，定当尽心竭力！”龙店主一再留无竭用些素斋，被无竭婉言谢绝了。他心里装着经书那件事，根本无心与他们在此吃饭喝茶。

无竭匆匆地回到白云寺，在慧觉方丈的帮助之下，找到了一个宽敞的念佛堂，他要在这里整理经卷。无竭和摩吉挨盘儿查看了一下，发现八百部经卷只有一百零八部是完好无损的，其余的七百全部过水。较为严重的是泡在底层的二百多部，字已洇污，纸张已经粘在一起，属于彻底毁损不能用了。还有四百多部，虽然过水，但在上层，尚有整理修复价值，至少比完全重抄要省力得多。说来也神奇，佛门主要经典如《法华经》《华严经》《无量寿经》《阿弥陀佛经》《地藏菩萨本愿经》《戒经》和《般若波罗蜜多心经》等均完好无损。慧觉方丈见经卷繁多，整理起来颇费工夫，于是派遣数十名僧人过来相助。无竭大喜，每日里除了吃饭、睡觉之外，大部分精力都投入到经卷的晾晒、重抄和整理修复之中。

摩吉也整天跟着一起忙，连小舍得也不闲着，人虽小却帮着又晾又搬，累得满头大汗，还不时给师父们送水，惹得念佛堂里不断传来阵阵笑声。僧人们虽很累但很快乐，大家都觉得在做一件非常神圣的事情。慧觉方丈虽比无竭年龄上要大二十岁，但非常尊重和佩服无竭，说话办事极为诚恳、热情、谦和、周到，令无竭非常感动。两个人的关系处得极好。

张老员外与小儿子处理完所有的商品，专程来向无竭告别。他说：“我要回故乡燕山去了，现在把详细地址留给你，希望我们经常联系。有什么困难了，一定要前去找我！”说完老人家神采奕奕，脚步匆匆，高高兴兴地走了。真可谓奔家心盛啊！倒勾起了无竭一缕思乡的惆怅。他与摩吉带着小舍得一直送到山门之外，还站在那里眺望了许久。直到老人家的车子已经没有一点踪影了，三个人才恋恋不舍地离开。

“老伯多次助我，与佛门早有深缘，是位没有出家的长老，也是我们的大恩人哪！我一定会到燕山去看望您的！”无竭在心里暗暗地说。

从此无竭在白云寺一住就是三年多。在慧觉方丈的全力帮助下，他和摩吉带着几十位僧人重新抄写和修补了毁坏的经卷，基本上恢复到了原来的样子。在紧张的劳作之余，他还根据自己去天竺取经十六年的经历，撰写了《历国传记》一书，比较系统地介绍了西域各国的风土人情和社会动态，特别着重地展示了三部天竺佛教事业的兴盛和佛陀留下的圣迹。在每年白云寺召开的弘法大会上，无竭都受邀登台演讲。他去天竺取经那闪光的经历和对佛经的深刻理解，令许多与会僧人大开眼界，深受启迪，纷纷来白云寺抄写经卷，索要书籍，有的直接向无竭请教。无竭不拘来者老少，不管时间早晚，不论是否繁忙，一律诚心诚意，待若上宾，虚心接待，热心帮助，一时间使白云寺成为周边地区佛教活动的中心。那个时期中国正处在南北朝统治的年代，广东、广西均在刘宋王朝的疆域之内。由于战乱频发，不少寺庙和佛家经典被毁。无竭在这个时候出现，令濒衰的两广佛门为之一振，佛学经典得到了迅速的传播和推广，佛教事业也开始得到恢复和发展。

这三年多，摩吉和小舍得两个孩子在无竭身边渐渐长大。特别是摩吉，已经成为他不可缺少的帮手。舍得也已从孩童长成了一个懂事的小姑娘。无竭选择了黄道吉日，让慧觉方丈做证，正式收摩吉和舍得为徒，进一步教他们习文练武，坐禅诵经。

光阴在不知不觉之间过得很快。每当夜深人静的时候，两个徒弟均已睡着，无竭却久久不能入眠。他没有一时一刻不在思念自己的家乡，思念龙山圣母奶奶，思念父亲、母亲和弟弟，思念龙翔佛寺的师父和师兄弟们，思念龙山所有的亲人，甚至包括猴王、虎王、狮王、蟒蛇王和九位凤凰姐妹。若不是因为修补经卷心急如焚，他在这里一天也待不下去了，他的心早已回到了自己的故乡。

第十八回

返回故乡逢灾遇祸　聆听圣母解惑释疑

南朝宋元嘉十六年，也就是公元439年的夏天，离家十九年，已经三十七岁的昙无竭，终于告别了广州白云寺，带着两个徒弟踏上了回家的路。由于长期诸侯混战，藩镇割据，到处关卡林立，壁垒重重，穿州过郡相当困难。再加上沿途村镇皆萧条冷落，饥民沿街乞讨者络绎不绝，流寇滋扰百姓者亦随处可见，因此连化缘、投宿都十分困难。好在白云寺的慧觉方丈非常细心周到，临行前准备了较为充足的盘缠和路上必需的物品，才使他们没有在路上忍饥挨饿。找不到客店的时候，也能支上一顶小帐篷在大树下对付一宿。但这样行进的速度明显放慢了，尽管无竭十分着急，恨不得一天就踏上故乡的土地，却也无可奈何。出发两个多月了，他们才渡过黄河，等到达龙山的时候已是深秋了。

一过喜峰口，望着那连绵的群山和斑斓的枫叶，无竭的眼睛就不够用了。他贪婪地饱览着故国的秋色，尽情地呼吸着故乡清凉的空气，他的心像塞外的天空一样晴朗。蹚过白狼河，翻过清风岭，远远的在那片火红的晚霞中，他仿佛看到了龙山的主峰。于是他开始三步并作两步，疾走起来，连摩吉都有些跟不上了，更不用说舍得这个小姑娘。但是他并没有减速，一把托起心爱的小徒，把她扛在肩上继续加速。

夜半时分，他们到达了龙山脚下。这里的路无竭闭着眼睛也摸得到。没费多大的劲儿就找到了那个非常熟悉的小院，那座梦中出现过多次的茅草房。他放下舍得，稳定了一下情绪，轻轻地叩响了柴门。一条大狗嗖地从暗处蹿出，停在柴门内二尺多远的地方，张牙舞爪、二目如灯，嘴里发出吓人的狂叫。小舍得被吓得一下子转过身去，藏在无竭的身后。随着一声轻轻地断喝，一位中年男人手持木棍，推开茅屋的门。屋内昏黄的但是极为柔和的光亮立时从门口射出，让这个小院顷刻间充满了生机。

一个苍老的声音从茅屋内传出："谁呀，深更半夜的？"

无竭听了心里一激灵，这好像是妈妈的声音！于是他大声喊道："是我呀！我是慧根哪！"

"你是慧根？你是慧根哥哥？"开门的中年男人喝退大狗，惊讶地叫道。

"我是慧根哪！难道你是……"无竭一时语塞，猜不准开门的男人是谁。

"我是小虎哇！我是你弟弟！"开门的男人扔下木棍，打开柴门，一把抱住无竭大哭起来，哭得浑身颤抖，话都说不完整。弄得无竭不知所措，眼睛发酸。

这时门口有一老妇，已拄着拐棍走了出来，哆哆嗦嗦地问道："到底是谁呀？小虎！你说话呀！"

这时候，那个开门的男人才松开无竭，一边抹眼泪，一边往回跑去搀扶她，大声地喊道："是我哥！是我慧根哥哥！"

"谁？！"老妇人转过头，侧耳细听。

"是我哥哥！妈！是我慧根哥哥回来了！"

站在门外的无竭此时一听一看，全明白了，他两步跑到老妇人的跟前，双膝跪下，声音颤抖地说："妈！妈妈！我是慧根！是我回来了！是你的儿子慧根回来了！"

老妇人一听，浑身猛地一抖，像着了什么惊吓似的，一下子瘫软在地上。慌

得无竭连忙双手托起，随弟弟李小虎走进茅屋，轻轻地把老妇人平放在床上，又是掐人中，又是揉胸口，一阵阵轻轻而急切地呼叫，老妇人终于“唉”了一声，长长地舒了一口气，算是醒了过来。但是仍然双目紧闭，脸色蜡黄，呼吸一阵一阵地急促，胸膛剧烈地起伏，好像里边藏着惊涛骇浪。

无竭端过油灯，借着那豆大的火苗极其微弱的光线，细细端详着妈妈。见她满头的银发，一脸的皱纹，凹陷的两腮和微瘪的嘴角，隆起的眉峰和稍高的颧骨，两行泪水已越过层层沟壑流到耳轮，青白的脸上没有一点血色，有点不太像自己的妈妈。但是那宽宽的额头，大大的耳垂，还有两眉之间那颗佛爷痣，又分明是自己的妈妈。无竭搜索着自己的回忆：母亲年轻的时候多美呀！高高的个儿，白白的皮肤，大大的眼睛，还有那永远挂在脸上的微笑，给无竭带来多少幸福的梦。但是现在，妈妈咋变成这样了呢？他这样想着，不由得就说出声来：“妈妈咋变成这样了呢？”弟弟李小虎只是抹眼泪不吱声。无竭又环顾一下房间，问道：“爸爸呢？上哪儿去了？家里别的人呢？”

一听无竭问到这句话，还没等弟弟李小虎回答，母亲段玉莲忽地坐起来，柔弱的身躯不知哪来的力气，一下子把无竭紧紧揽在怀里，哭着说：“慧根哪！儿子！我的儿子！你爸没了！临死都没见着你的面呀！你咋去这些年哪？想死你妈妈了！”说着老泪纵横，又一次昏倒在无竭的怀里，良久方才苏醒。

在无竭的一再追问之下，弟弟李小虎吞吞吐吐，讲述了这些年家里的情况。他说自打无竭走后，他和父母三口人相依为命，在这大山里一待就是十多年。日子过得穷苦不用说了，还勉强能够活命，就是随着自己年龄的增长，由于家境贫寒娶不上媳妇。有村里的媒人给介绍过几个，到家一看就走了，再也没有回信儿，父母因此很上火。再加上两位老人年岁越来越大，想儿子的心情一天比一天厉害。头十来年不过时常念叨念叨，到最近这几年妈妈成天烧香祷告，望着西天发呆，有时一站就是小半天，而且吃不下饭，睡不好觉，整夜地长吁短叹，想起来说哭就哭。龙山圣母每年都来，说你在天竺那边挺好的，过几年就会回来了，不用惦念，但怎么说都无济于事。母亲的头发在你走后就开始白了，这几年白得尤甚，现在不仅全白了，还掉了不少。身体也日渐虚弱，记性越来越差。干什么都丢东忘西，常常烧着火忘了给锅里添水，几次差点儿把茅屋都燎着了。有时候端着粥碗刚吃上两口，筷子就不动了，眼睛呆呆地望着同一个方向，就像傻了一般。

三年多前有一次睡到半夜，说梦到你回来了，起身就往龙翔佛寺那边庙上跑，我和父亲就赶紧去追。没想到母亲跑得那个快呀！连我都追不上，最后还是父亲把她背了回来。第二天白天还要去，是父亲专门跑了一趟庙上，找到昙真长老询问，才知道根本没有回来，但母亲就是不信，说梦到你了，肯定回来了。还有一次说看见你掉海里了，眼瞅着就要淹死了，急得她夜里起来大哭，赶紧又点香，又拜佛，跪了小半夜，从此眼泪不断。

“这两年妈的眼神儿已不行了，几乎就看不见东西了！”李小虎说到这里一阵抽泣，“妈的眼睛都是因为想你哭坏的！身体不行拄了棍也是想你想坏的！”弟弟似在埋怨地说。

无竭的心里一阵阵刀剜般的难受。虽然自己也想妈妈，但他知道妈妈想自己胜过他十倍百倍。二十来年没在家，当年年轻美丽、健康能干的妈妈如今变成了这个样子，他简直痛不欲生。作为人子，不能在膝前尽孝，这是罪孽呀！现在父亲也去世了，连面都没见上，他对得起谁呢？无竭一时情动心迷，越想越悲，越想越窄，一头向土墙上撞去，登时额头流血，昏倒在地。摩吉和小舍得一阵急喊，慌得弟弟李小虎、母亲段玉莲一齐过来扶他。好半晌，无竭才醒过来，但已是气不匀出，语声微弱，满脸泪水。

这一夜一家人相见，本来是久别重逢大喜的事，却弄得悲悲切切，谁也没有睡觉。临天亮的时候，懂事的摩吉和妹妹舍得生火做饭，熬了些菜粥来，还把无竭在路上买给父母的几样糕点果品拿出来放在小木桌上。无竭和小虎一边一个拥着母亲段玉莲，大家勉强吃了一顿早饭。无竭见母亲情绪好了一些，便简单地把自己这些年的经历说给母亲和弟弟听。他说得很轻松、很随意，好像他不是历尽艰辛九死一生，而是很快乐、很享福地做了一次长长的旅行。母亲段玉莲虽然觉得未必是真，却听得津津有味。现在只要是大儿子在说话，不论说什么她都爱听。

太阳出来以后，无竭背起母亲段玉莲，在弟弟李小虎的引导下，带些香烛祭品去给父亲李本元上坟。父亲的墓就在南面不远的山坡上，无竭小的时候常走这条路。那时候，父亲总是把他扛在肩膀上，父子俩一路走一路聊。无竭总是有着问不完的话，比如说：“我们为什么要采蘑菇呀？”

父亲答：“采蘑菇要卖钱哪！”

无竭问：“那我们卖钱干什么呀？”

父亲答：“我们要吃饭哪！”

无竭问：“我们吃饭干什么呀？”

父亲答："为了活着呀！"

无竭问："活着为了什么呀？"

父亲答："活着为了生活呀！"

无竭问："生活为了什么呀？"

往往问到最后，总是父亲回答不出来。这时候父亲就会用大手拍拍他的头，喜爱地说："你这个小脑袋瓜里净是些稀奇古怪的东西！这样问到底，谁能回答得出来呀？"

无竭则一本正经地说："长大了我就回答得出来！"

父亲用手掐一下他的屁股蛋说道："真看不出来，你从小就是个吹牛的家伙！"

稍大以后，父亲不再扛着他或驮着他，而是让他跟在后面走，教他采蘑菇、采草药、采草籽、下套子、打鸟儿，还给他做过一把小弹弓。从他能听懂话会走路时开始，父亲就给他抻胳膊抻腿儿，教他站桩、打拳、翻跟斗。入寺以后，父亲总是每隔几天就去看他，把自己和妈妈舍不得吃的好东西带给他，而且是看着他吃过了才走。他让父亲吃的时候，父亲总是说吃过了，是专门带给他的，只是笑盈盈地看着他吃，好像是一种极大的享受。如今父亲走了，永远地走了！永远地离开了这个世界，离开了他爱的和爱他的亲人们！无竭这一生不再有父亲了，他再也看不到父亲那憨厚的笑容和健壮的身影。想到这里，无竭的心里一阵一阵地酸楚和无法形容地难受。

无竭他们来得够早的了，到达墓地的时候，太阳还没有一竿子高。但他们很快发现，有个人比他们来得更早。那个人跪在石碑前面，专心地摆着鲜花，嘴里还在不停地说着什么，根本没有发现人来。无竭放下母亲，见父亲李本元的墓地背风向阳，坐落在一片松林之中，背后是雄峻的高峰，两侧是绵延的山岗，前面是一片越来越低的丘陵和林海，远远地可以望见白狼河水和无边的天际。父亲的墓很高很大，这在大山里是不多见的。墓前立着一块石碑，上书"义士李本元前辈之墓"，落款为"龙山龙翔佛寺僧众敬立"，时间为"丙子年秋日"，正好三年了。

无竭跪下来连磕九个响头，然后与身旁的那个人目光一对，不禁大吃一惊："你是无病师兄？！"

"你是无竭师弟？！"

两个人几乎同时喊出声来，又一下子抱在一起，谁都不愿意撒开。好长时间，他们才侧转身来端详对方。二十年没见了，亲热得不得了。无竭急切地打听寺院和师父的消息。

无病长叹一声："完了！寺院全毁了！若不是为救咱师父，你父亲也不会死！"说着，他讲起了事情的来龙去脉。

原来在无竭他们取经出发的时候，北燕国正处在鼎盛时期。国家的疆域西临青藏，东至渤海，南抵长城脚下，北据内蒙古草原，纵横数千里，国势强大，天下瞩目。皇帝冯跋励精图治，选贤任能，清廉节俭，政治清明，严惩贪官污吏，狠煞奢靡之风，很得民心。经济上推行"薄赋税""省徭役""劝课农桑"的养民政策，文化上学习中原，大办教育，设立太学，厚待儒、道、佛诸宗教，国家兴旺发达，龙城商贸繁荣，为天下公认的大国之都、繁华胜地。百姓得以生息，庙宇得以重修，龙翔佛寺香火旺盛，八方来拜谒者络绎不绝。可好景不长，太平二十二年（公元 430 年）九月，积劳成疾的冯跋病死，其弟冯弘乘机即位。冯弘心胸狭隘，善变多疑，打击贤能，任用小人，听不得逆耳忠言，整日里吃喝玩乐，弄得朝政荒废、众叛亲离，国势急转直下。太兴五年（公元 435 年）夏天，北魏大军乘机进攻，燕军大败，连失数城。危急之中，冯弘修书求高句丽王发兵援助，不料引狼入室。早已觊觎辽西的高句丽王亲率高句丽兵进入龙城，烧杀抢夺，无恶不作，遭到全城军民的强烈反抗。师父曾两次上朝面君，劝冯弘驱逐高句丽军马，全国军民团结抗敌，国家可保，社稷可安，但冯弘执意不听，高句丽王却怀恨在心。

太兴六年（公元 436 年）初秋，冯弘随高句丽军马撤出龙城，东去平郭（今辽宁省营口市），临走时，高句丽王命士兵放了一把大火，把龙城烧成了平地。这还不解恨，又派领兵酋长摩羯龙带兵赶到龙翔佛寺，对僧人和信众大肆屠杀，打砸佛寺所有庙宇和物品。师父据理力争，但贼兵根本不听，像一群听不懂人语的野兽。"我率本寺中武僧保护佛门三宝，无奈寡不敌众。大殿全被毁坏，经卷悉被烧毁。师弟们被杀的被杀，逃跑的逃跑，只剩下师父宁死不走，日夜仍在寺中守护。那时我身受重伤，躺在一间未全倒塌的寮房里，陪着师父。两个多月以后，腿伤渐愈，但仍不能快走。

"一日傍晚，也就是三年前的今天，一伙高句丽兵将又卷土重来，他们不知听谁说的佛寺里有镇寺之宝，是个金佛，就藏在摩云塔下，力逼师父交出佛宝，否则就杀了他。师父当然宁死也不讲，那帮高句丽兵就拼命地打他，把他吊在山门之上。眼见得咱师父气息奄奄，性命不保。是你父亲悄然出现，趁那群高句丽兵在篝火边寻欢作乐之机，放下绳子，救起师父，背上就走。不料被那群可恶的高句丽兵发现，他们舞枪弄刀，嗷嗷怪叫，围上前来，眼见得二人行将被害。你的父亲、我的叔父不愧是一条好汉，他赤手空拳，独战群狼，面对强敌，毫不畏惧，一连打倒数人，吓得贼兵们不敢上前。你父亲乘势背起师父，飞身就走，后边贼兵人多势众，举着火把紧追不舍。是你父亲仗着体壮路熟，一口气跑出二十多里，把师父背到一个隐蔽的山洞里安顿好。但听师父说我还在寺庙里，恐遭毒手，你父亲又返回来救我。当他老人家在那个破旧的寮房里找到我时，我感动得哭了。世上咋还有这么好心的人哪，又冒死跑回来救我！

“当你父亲搀扶着我摸出寺庙的时候，由于我的腿脚不便，蹬掉了一块石头，惊动了那伙贼兵，他们‘嗷’的一声就追上来。你父亲见搀扶着跑得太慢，不容分说，就把我背起来。但那伙贼兵还是越追越近，那种杂乱的脚步声和风匣一样的喘气声仿佛就在身后。我着急地对你父亲说，老叔你快跑吧！放下我！不然咱俩都得死！但你父亲执意不肯，还是背着我拼命地奔跑。在拐过一块山崖后却突然停下来，轻声告诉我师父的藏身位置，然后一伸手把我推下山坡，自己却快步向前跑去。贼兵们号叫着狼群一般地追过，我乘机爬下土坡，藏身在一片灌木丛里。我捡了一条命，而你的父亲却身中数箭，倒在向西的石砬旁，鲜血染红了身边的草地。

“第二天贼兵走后，我背起你父亲的遗体向东走，一天以后才找到你的家。你的妈妈、我的婶娘，见了血肉模糊的丈夫，什么话都没说。我和你的弟弟、你的母亲共同埋葬了你的父亲。是你的母亲先埋下了第一锹土，只说了一句话：‘你为佛门死，血也流得值。等见到儿子慧根，我就来陪你！’我当时跪下给婶娘磕头，说叔父去世了，他是为救我而死的，我的命是他老人家给的，今后我就是您的亲儿子！无竭又不在家，早早晚晚的我来侍候您。可婶娘说：‘不用了！孩子！你是佛门中人，还要想着佛门之事。庙毁了，早晚还要建起来。你要好好守着它，无竭一定会回来的！’果然，你真的回来了！”

无病一口气说了这么多的话，眼睛里已经噙满了泪水，但他没有让它们流下来。他像是对着墓碑又像是对着无竭说：“我的命是叔父给的，我要为他老人家而活着。因此，三年来我一直记着婶娘的话，哪都没去。除了去寺里守候，就是到这里陪着叔父说话。现在你回来了，你说怎么办吧！我完全听你的！”

无竭关心地问：“师父呢？我父亲把他藏在山洞里，后来怎么样了？”

无病说：“看我这脑子！我都忘了说了。师父很好！他在山洞里待了一段时间，很快就恢复了体力，到陕西般若寺去了，那里有他的一个师弟。去年还托人捎信来，打听你的消息。他就盼着你回来重建庙宇，不然他老人家死不瞑目啊！”

无竭听完，再次跪倒在石碑之前，点着香烛，摆上祭品，洒下半斤米酒，深情地说：“父亲，您的儿子慧根来看您了！我们成为父子，是我俩往世的因缘，也是儿子今生的造化。您在儿子眼里，是天下最好的父亲。听师兄说，您为佛门献身了，您死得值，是世上所有人的榜样！儿子为您骄傲和自豪！遗憾的是，儿子自小离家修炼，长大了又西天取经，一天也未在膝下尽孝，儿子惭愧呀！后悔呀！痛心呀！难受啊！本想取经归来，看望您老人家，互叙思念之苦，可您却又匆匆地走了，让儿子心里难受哇！”说着无竭涕泪交流，头触石碑，滴血不止。无病、摩吉忙上前劝阻，小舍得也跪在无竭旁边，叫着爷爷哭个不停。

无竭接着说道：“父亲为佛门献身，必当十分欣慰。我们爷儿俩在这里就算见面了！今后您在天上看着慧根，定当以您为榜样，为光大佛门尽心竭力，死而后已！”

母亲段玉莲此时说话了：“好孩子！起来吧！别哭了。你爸死得值！他死为佛门，你生为佛门。你们两个都是我一生最亲近的男人！我段玉莲作为一个女人，我也值了！受苦受罪，我心里高兴！”

无竭上前搀起母亲，让弟弟小虎背着母亲先走。他怕老人家在这里待的工夫大了过度哀伤。他和无病及两个徒弟又坐了好一会儿，陪着父亲说了许多的话。他把取经的路上和在天竺的遭遇都对父亲讲了。山里很静，只有缕缕轻风、阵阵松涛。他知道父亲在听。

虽然事先已听无病说过，但看到龙翔佛寺如此惨败的景象，无竭还是惊呆了。昔日金碧辉煌的大殿已变成一片断壁残垣；过去高傲挺拔的佛塔被烧得一片漆黑，上边几层已经倒下，好像废弃的半截烟囱；宽阔的弘法道场里乱草丛生，庄严的莲台斑驳剥落；曾经让无竭流下无数汗水的练功房，如今成了一片瓦砾场。黄昏中一阵阵寒风吹来，深秋的落叶如雨般飘下。一群麻雀不知被什么动静惊起，呼地跃上灰黄的天空，发出一阵阵凄厉和刺耳的鸣叫。

“师父快看！”随着小舍得一句呼喊，两只野兔“噌”地从身边蹿起，很快消失在蒿草之中，让人感到这块土地还有生命的气息。

无竭一屁股坐在石阶之上，对着一堆被烧焦的雕梁画柱发呆。自己心目中的神圣殿堂，多少次魂牵梦萦的宝刹，如今竟变成了这个样子！在天竺的时候，他就设想，取经回国后，要在这里办个大大的道场，将佛学理论发扬光大。因为这里是燕国的都城，是东北亚佛教活动的中心，是关东地区最大的寺院。在从广州回家的路上，他还盘算，要和师父商量，把藏经楼好好修缮一下，将法坛扩大一倍，如今这一切都落空了！人有时候也是，遇到不顺的时候，喝口凉水都塞牙。他就感到自打在海上遭遇飓风之后，干啥事啥别扭，他实在想不通。该问问谁呢？恒戒大师的身影立即在眼前闪过。但是不行了，师父已经远隔千山万水！问观世音菩萨？谁知道她什么时候会来呢？自己又找不到她！对了！他突然想起，自己不是早就想到龙山圣母那里去报到的吗？“去找圣母！”他忽地站起身来，就往山下走去。

师兄无病以为无竭又要去龙城，紧走几步拦住他说：“师弟，龙城你就不要去了，那里比这里还要惨。和龙宫被烧成一片瓦砾场，龙腾苑变成了城内的垃圾山。曲光海、清凉池蒿草丛生，臭不可闻，成为野猪野狗嬉戏的场所。百姓们多数被胁迫到高句丽，少数都搬到郊外去了。据说现在每到晚上，老城内鬼哭狼嚎，冤魂频现，吓得人们白天都不敢经过了。”

无竭说：“我不去龙城，我要去拜谒幼时的恩师。师兄，你能坚持留守佛寺，又对我父亲的陵墓百般照顾，无竭心中十分感激。你就不要走了！在这里再守几年，等着我回来！我一定想方设法，把咱的寺庙再盖起来！”

无病说：“师弟你就放心去吧！我今后就哪儿也不去了。一是坚守佛寺，二是看护老叔的坟墓，三是照顾婶娘。我相信你说的话，龙翔佛寺肯定会有重建之日。”

无竭说：“那就谢过师兄了！后会有期！”在下山的时候，他又细心地采集了一些龙胆草、金银花、生山栀子和杭菊花等中草药，到家后又添些薄荷、天麻，亲自熬好了给母亲服下。他认为母亲的眼病是急火所致，外用些蚯蚓末和白糖汁点敷，内服些中草药汤剂，是可以慢慢治好的。

这一夜无竭紧挨着母亲睡，睡得特别香特别甜，早晨起来头清眼亮。他由此认为，不管在哪儿睡觉，任凭你走遍天下，用着锦床玉被，都没有在母亲怀里睡得舒服。他留下摩吉和舍得，让他们在家陪着母亲。自己迈开长腿，翻山越岭，奔向祥云古洞。时值深秋，金风送爽。山坡上那些嫩树娇花，叶已大部分落完。只有沟壑里那些松柏，依旧挺拔苍翠。偶尔见些成片的枫树，展示着一年一度的火红。越往上走，杂树越少，松柏越多，山风越大，气候越凉。快到中午的时候，无竭正擦着汗在一棵大松树下小憩，忽然一声呼哨，一群猴子凌空而至，个个挤眉弄眼、搔首弄姿，约有几百号之多。有的在树上，有的在树下，虽然姿态各异，但明显满腔热情。正中一位，体态庞大，金毛赤眼，正是猴王。

无竭一见喜出望外，记忆仿佛一下子又回到三十年前。他急趋步向前，对猴王说："多年不见，猴王妈妈，您发福了。"

那猴王显然还认得他，一伸长臂把无竭揽在怀里，亲个不停。那些小猴子也蹦蹦跳跳，似在道喜。正热闹间，忽听空中一声响亮，九只凤凰齐刷刷落在树下，摇身一变，九个美丽无比的仙女立在无竭的面前。

领头的凤凰姐姐笑着对无竭说："别在这里盘桓了，圣母正在洞内等你！"

无竭闻言起身，与猴王妈妈贴脸告别，又向众猴们摆手致意。然后转过身来，随着凤凰姐妹们向祥云古洞走去。路上，凤凰姐姐告诉他，这些年来兵连祸结，民不聊生，山下百姓苦不堪言。而山上却得圣母灵光，仍是风调雨顺，万木葱茏，各种生灵和睦相处，俨然世外桃源。刚才你已看见了猴王，它们的部族比过去大多了。现在的猴王、虎王、狮王和蟒蛇王均已被圣母封为守山大神，所以山上一片祥和。无竭听后心中不解：圣母既有此功德，何不惠及人间呢？也能让黎民百姓少受些苦哇！

祥云古洞还是老样子，连圣母也似乎没有什么变化，依然那样雍容庄重，仪态平和，慈祥中带着爱怜的笑容。二十年没见了，无竭感慨万千。自己是圣母看着长大，又亲自派送到西天去的。如今取经归来，也已近不惑之年。光阴辗转七千多天，他每时每刻都在想着圣母、念着圣母。在他的心中，圣母既是至高无上的女神，更是和蔼可亲的奶奶。他有满腹的委屈和难言的苦楚要向圣母倾诉，他有诸多不解的疑惑和迷茫要向圣母讨教。但是当圣母那双蓝天一般的眼睛望着他，那双莲藕一般的玉手抚摸着他的头，一句"我的小慧根长大成熟了"说出口的时候，无竭什么话也没有了，只觉得自己好像沐浴在温暖的阳光里。

喝着龙山苦茶，嚼着龙山干果，闻着洞内沁人心脾的菊香，无竭静静地坐了好一会儿，才解下包袱，拿出当年取经出发时，龙山圣母赠给他的难香，双手捧着对圣母说："谢谢奶奶临行前赠香，但我们一支也没有用。现在无竭把它带回来了，就完整地还给您老人家。"

龙山圣母摆手说："我赠给你的一百支香，确是昆仑山的神香，有祛虫辟邪的作用，但并不是什么难香，也没有一旦点着、我就会赶到的功效。当初赠你，是为了增强你必会成功的信念，让你知道有后援在帮你，换句话说，让你心中有底。但我深知你的性格，不到万不得已的时候，是不会点燃难香的！"

无竭说道："我的二十个师弟都在路上死了。如果你能出手帮我们，他们也许就不会死。”

圣母说：“日月运行，天必有则；万物变化，地必有律；三界之中，自有奥妙。人间之事，尚需人间去做，方能同类相通，觉悟众生，尽解黎民之愿，救拔百姓之苦。何况万事有因，出现了什么结果，那不过是前因之后证也。你的二十个师弟皆死于无意之间，个中原因，只有他们自己最清楚。其他的事情也是如此。”

无竭似懂非懂，仍觉有疑团没有解开，于是喝下一杯苦茶，接着说道：“我取经归来的途中，经卷被毁，虽然全力补救，但仍损失不少。且眼下龙翔佛寺被烧，已无弘法道场。孙儿斗胆请教奶奶，下步意当如何？”

圣母笑着答道：“你回到龙山，我早就知道了。今天你上山来，我也明白你的意思。你能历尽千辛万苦，取得真经归来，是震动古今中外的壮举，是一件了不起的功德，将给华夏古国的佛教历史添上浓墨重彩的一笔。三十年的光阴，你从一个毛头娃娃成为从异国归来的得道高僧，这是个天大的硕果呀！佛经被毁掉，可以再修补，再抄译，何况你不是记得更牢了吗？所以说，真正的佛经在人的心里。寺院被烧坏可以再重建，而且会建得比原来要好，旧的不去，新的不来嘛！道场不是没有了，是你的眼界太狭隘了。南北朝三千八百八十八寺，有多少现成的道场，难道不能用吗？何况当年释迦牟尼佛祖住世的时候，带着成千上万的弟子到处讲经说法，不都是在山坡上、大树下吗？哪有那么多现成的法坛和道场？现今国家分裂，战乱频发，妖魔肆虐，黎民受苦，正是你游历天下遍访名山，拜会高僧大德，宣扬佛法，救助百姓于水火，觉悟众生于苦海之时，何乐而不为，反倒愁眉苦脸也？记住，你不应只是为龙山、为燕国，而是应当为天下、为中华、为万民、为所有受苦受难的众生啊！”

见无竭频频点头，已经领悟，龙山圣母停顿了一下，接着又说：“何况你已受观世音菩萨和恒戒大师的重托，更应放眼长远。那是件光大佛门、彪炳千秋的伟业，将给我们这个古老民族的社会和文化带来巨大的影响，你肩上的使命前所未有、继往开来。你的两个弟子皆非凡人，你要带他们增长见识、提高层次，将来他们会接替你完成未竟的夙愿。刚才我已说过，这昆仑山神香虽非难香，却是用雪山的药草和香料混制而成，你把它和观世音菩萨与恒戒大师赠你的宝物放在一起，可保平安无虞，光华永存。好了，就说到这里吧！我的小慧根，你已经长大了，成熟了，凡事多动动脑筋，多想想取经的艰难和天竺的经历，多想想恒戒大师的教诲，多想想佛祖当年的作为，你自己会明白的！”

龙山圣母的一番话，如拨云见日，让无竭茅塞顿开，如同一把特制的钥匙，打开了他所有的心结；又如同一阵清风，吹走了他心中所有的阴霾。他激动得向龙山圣母连拜了三拜，由衷地说："奶奶高瞻远瞩，令孙儿钦佩之至。我回家后见父死母病庙又被烧，一时乱了心智，多承奶奶教诲，孙儿知道该怎么做了，回去后就起程。"

龙山圣母说道："你也不必太急，凡事顺其自然。古人说福兮祸所伏，祸兮福所倚，祸福皆自酿，非由神做主。世间之事，眼前是祸，将来未必是祸;眼前是福，将来未必是福。眼前得之，将来未必是得；眼前失之，将来未必是失。出家人看空宇宙，忘掉自身，方可超乎三界之外，普度天下众生也。"无竭细细品之，受益无穷，虔诚再拜，千恩万谢而出。

无竭从祥云古洞回来后又住了些日子，除了做些必要的准备，他用了大量的时间进山采药和打柴。他知道冬天要来了，茅草屋里会很冷。趁着自己在家，多给母亲准备些御寒的干柴，心里会稍感安慰。不知是由于儿子回来高兴，还是无竭的草药真起了作用，母亲的眼病已大有好转。因此他又多采了一些，一包一包地包好，嘱咐小虎每日给母亲煎服。同时，他又带摩吉和舍得一起进山，采了不少的榛子、橡子、松子、山蘑、野果及野菜，一样一样地择干净、保存好，以备母亲越冬的时候食用。他知道这些事他不做，弟弟李小虎也会做，但他多做了一些，心里就好受些，走了以后心里也会安稳些。

待了这么几天又要走，无竭实在无法与母亲张口，但是段玉莲好像看透了他的心思，一日晚饭后对他说："慧根哪！我的儿子！你在家妈当然高兴。天底下所有的母亲，谁不希望天天与自己的孩子在一起？但妈知道你是要办大事的人。你四岁离家上山，八岁入寺为僧，十八岁受命去西天取经，一晃三十多年。圣母在千百万人中选中了你，难道是让你整天在家陪妈妈的吗？妈明白！妈还没糊涂，没那么自私，也不会拖累你。再待两天你就走。这两天妈赶着摸着给我孙女舍得做件衣裳，但这眼睛不赶趟啦，一半会儿也忙不完。摩吉呀，你也大了，你的衣裳奶奶做不上了。慧根的爸爸还有两双新鞋，放着也就是个念想，没用了，我看你穿还合适，就带着吧！也是奶奶对我孙子的一番心意。"

舍得和摩吉连忙跪下道谢。

玉莲说："谢什么呀？你们俩是我的孙子和孙女呀！头一回到家来，叫一声奶奶，就应该打兑新鲜地让你们走。可奶奶实在不行了，岁数大了！"她双手抚摸

着舍得的头，好像心中有很大的遗憾和歉疚，黄瘦的脸上竟然泛起一点点红晕，额头上也浸出细细的汗珠。

第十九回

张员外布施藏经洞　冯贵人助建龙翔寺

三天后无竭带着两个徒弟踏上了云游的路。他们从龙城出发，奔承德，过长城。从长城往西到内蒙古大草原，又从内蒙古草原到甘肃、宁夏河西走廊。从河西走廊又拐回陕西、山西，直奔河南、湖北，再从湖北到湖南、四川、贵州、云南、广西，然后又从江西、福建回到广东。在广州白云寺休整半年后，从浙江、江苏、山东奔河南、河北返回。历时十三年，行程九万里。四千多个日夜的奔波劳苦，三百多个节气的雨露风霜，让无竭踏遍中华，阅尽沧桑，成为闻名南北的一位高僧。两个弟子也今非昔比。摩吉这位来自天竺的壮年和尚，文武兼备，持重沉稳，令许多武僧着迷。而当年的小舍得，如今也长成了一个佛学精湛、功夫深厚、面貌俊秀、亭亭玉立的青年尼姑。

这十三年，师徒三人有庙必投，有寺必讲。南北朝各国三千八百八十多座佛门净地，都留下了他们的足迹。每到一处，无竭都尊老敬贤，虚心讨教，事之如师，谦恭至极。而无竭那独特的经历，深远的眼界，广博的佛学知识和对佛教的理解，都让所到之处的僧人们大开眼界。遇到有环境合适的场所，无竭总是会首先征得官府和寺院的同意，召开弘法大会，宣扬佛陀的圣绩、佛学的经典和佛门的主张。有时候要连续讲很多场才能离开。

这十三年，无竭登法坛八百多次，主讲六百多场，两个弟子也各讲过一百多场。许多僧人听得如醉如痴，相知、相随者日多。尽管无竭一再婉言谢绝，怕给接待的寺院带来麻烦，但诚心为徒、誓死相随者还是达到二百多人。他们宁可居无室、食无粥也执意不走，无竭只好把他们留下来。当年无竭一行二十五人去西天取经，路过陕西法门寺时曾讥笑过他们的那位僧人，如今对无竭佩服得五体投地，已经跟随七年了。他说一定要话对前言，到龙翔佛寺去守山门。尽管听起来有点可笑，但无竭却对他的由衷转变而高兴异常。

这期间，无竭重点拜谒了九华山、峨眉山、五台山和普陀山，同中华四大佛教名山的高僧大德们切磋、交流，受益匪浅。他还在九华山地藏王菩萨的道场宣讲《地藏经》；在五台山文殊菩萨的道场宣讲《无量寿经》；在峨眉山普贤菩萨的道场宣讲《华严经》；在普陀山观音菩萨的道场宣讲《妙法莲华经》。每场都是听众过万，每次主讲都超过十场。各地僧人前来听讲者络绎不绝，在当时的佛学界产生了重大的影响。

无竭在广州白云寺休整期间，还在慧觉方丈的帮助之下，刊印《历国传记》两万多册、《观世音菩萨受记经》十万多卷，广泛赠予来访的僧人和信众，对当时广大僧众了解天竺和西域各国、推广和宣扬佛学经典发挥了很大的作用。

南朝宋元嘉三十年，也就是公元 453 年春，周游了大半个中国的龙山高僧昙无竭，带着摩吉、舍得及随行僧人二百六十多人，从河南奔河北准备返回故乡。在路过河北燕山的时候，他突然心头一热，觉得有十几年没见到张老员外了，不知现在近况如何，于是按照老员外过去留给他的详细地址，找到了依山面水的张各庄。

张各庄是个大村屯，水陆交通都极为便利，路上行人和车辆也比较多。一打听张老员外无人不知，无人不晓，而且人人都竖起大拇指，说："张老太爷吗？那是个大善人！活菩萨！有求必应！"几乎是异口同声。无竭一听十分高兴，一是张老员外还活着，而且活得很健康；二是他积德行善，造福乡里，有这么好的口碑，在这动乱的年代实属不易。

当他们走近张各庄最大的院子、最高的门楼，由徒弟们上前通报，张老员外亲自迎出来的时候，无竭还是惊呆了！他没想到时隔十几年了，老人家竟比当年还要健康而充满活力！只见老员外银发飘飘，面色红润，眼睛十分有神，步伐极为矫健，反应格外灵敏。

无竭进门跨前一步给老员外施礼，“广州一别，十年有余。无竭未能看望老伯，深感惭愧。今见老伯精神矍铄，享誉乡里，不胜高兴！”

老员外连忙双手扶起，笑着说：“别看多年未见，但我却时常打听你的消息。这几年我在燕山就听说你四方游历，声名鹊起。今日一见，名不虚传，竟然有这么多的弟子相随，比得上当年的孔仲尼了！”说话之间，底气充足，声音响亮，极具感染力。

无竭急忙摆手说：“羞煞小侄了！无竭有何德能？带得这些弟子，岂不误了人家！我是要把他们领回龙山去，重振龙翔佛寺！”说着走进正厅落座。下人们招待无竭的随从僧人去侧室休息，老员外亲自陪无竭在客厅喝茶。

此时摩吉和舍得一同过来见张老员外，两个人一齐跪下喊爷爷，老人家乐了，说：“这两个孩子都长这么大了！连舍得都成了大姑娘了！可爷爷却老了，快走不动了！”

舍得故意绷着脸说：“爷爷可不老！我看哪，爷爷是返老还童了，遇见什么好事了吧？”

无竭接过话头说：“还真是的！我觉得你比在广州时要强多了，怎么回事呀？”

张老员外先招呼摩吉和舍得坐下，然后端起茶杯，轻品了一口，得意地对无竭说：“自打从广州回来以后，这十几年说不上咋的了，一直很顺。可以说要风得风，要雨得雨，干什么都赚钱，家境越来越好。小儿子娶了一房媳妇，还得了个龙凤胎，一个孙子，一个孙女，如今都八九岁了，成天围着我转，乐得我连睡觉都能笑出声来。去年在大月氏的大姑娘、二姑娘都带着家口回来了，一大家子几十口人其乐融融。经历了海上遇险那一场，捡了条命，我就彻底明白了，这钱财生不带来，死不带去。人不知何时寿终，活着就要干点好事。方圆十里八村的街坊、邻居们，谁若是有个急事，缺个钱呀什么的，能帮上忙的我都帮。像你们这些出家的和尚为了啥呀？还不是为了众生觉悟，让黎民百姓过得好？咱们的目的是一致的！”

无竭听了赞叹不已：“怪不得人家说您是活菩萨哪！您果然是菩萨心肠！着实可敬得很！小侄我倒自愧不如。”

张老员外接着问：“上次我离开以后，那些淹坏的经卷怎么样了？”

无竭说：“难得老伯还一直惦记着。后来我在那儿待了三年多，幸亏慧觉方丈举全寺之力，帮助修补抄译，多数还好，但终不尽完整。这是我的一块心病啊！”

张老员外说：“我倒有个主意，不知妥与不妥。你不妨明日随我去看看，也许能了却你的心愿。”

当晚无竭师徒俱在张各庄住下。老员外非要与无竭同宿，两个人唠了一夜，兴犹未尽。次日早饭后，张老员外坐乘小轿，亲自领着无竭师徒离开张各庄，向北走去。两个多时辰以后，他们来到燕山南麓。眼见得前边峰峦起伏林木葱茏，隐隐间似有云雾蒸腾。

张老员外走下小轿，告诉无竭：“去年孩子们都回来了，我心里高兴，就领着他们到这边山里来游猎。傍晌时遇到大雨，山中没处躲没处藏的，都浇湿了，我们一家人只好挤在一棵大松树下避雨。这时候，忽然一声炸雷，从头顶上滚过。只听轰隆隆一阵巨响，眼前十几棵大树被击倒，半边山崖被劈了下来，露出一个很大的洞。我们当时谁也不敢过去。后来雨越下越大，好像要没完没了，几个小孩子已冻得哆里哆嗦。我的小儿子大着胆子先过去，看着没什么事，我们就都跑过去了。嘿！不看不知道，一看吓一跳。这个山洞老大了！越往里走越宽绰。我们当即捡些柴棒，在洞里燃起篝火取暖，才发觉这山洞似有人来过，石壁上有文字和图案的痕迹，地面上也很平整，好像经过了人工的雕凿。我们全家在那个山洞里待了好长时间，烤干了衣服，等雨停了才走。当时我就想，这个洞或许能干点什么。你来了正好，看一看能否用得上。”一边说着话，一边往里走，一边浏览着路边的景色。

三月的燕山春意盎然，风光如画。刚刚展开的树叶，嫩绿嫩绿的，绿得清新，绿得可爱。钻出来不久的草芽，一片一片的，多些青翠，少些灰黄。偶见一些早开的野花，随风摇曳，放出阵阵的馨香。远处苍莽的群山，似同蓝天连在一起，看不见边际。脚下流淌的溪水，欢快地叫着，像山神醒来的低语。空气中那种清凉啊，吸一口就让你心旷神怡。多少年来无竭脚步匆匆，奇峰险滩没少走过，却从来没有像今天这样，心情悠闲地品味山水、享受自然，因此心境豁然开朗，情绪极好。

小晌之前，他们找到了那个山洞。老员外命人燃起火把，领头走进洞去。两百多人悉数进洞，人多气壮，大家心定神闲，并无胆怯之感。走了好大一会儿，仍不见尽头，而且越走越宽、越走越亮，偶尔有斜射的光线进来。开始进洞的时候约有一丈多宽，到后来有两丈、三丈，最宽的地方有七八丈，竟像一个巨大的厅堂。一行人走了一个多时辰，感觉是在逐渐缘坡而上，最后在一座巨大的悬崖下走出洞口。

众人见这悬崖凌空伸出，极像一个天然的雨搭，遮风挡雨又避霜雪，好比伸出的鹰嘴。悬崖的下面是深不见底的沟壑，冷气森森，望之胆寒。洞口有缕缕烟云缭绕，爬满刚刚返青的藤萝。无竭一边走，一边细心地观察，发现这山洞西进东出，西低东高，从一道山梁的坡底，一直延伸到半山腰。东边的洞口，人是既出不去也进不来的，严格说就是个通风、通气、通光的天井。

西边的洞口是个入口，有一大片森林和灌木丛封住，外人是不会轻易看到的。若不是被雷雨劈开，也许永远就是个谜。山洞的地面比较平坦，明显被人修整过。两边的石壁大多数地方都很光滑，有一些残留的文字和图示，但是看不十分清楚。根据内容推断，此处应是战国时期的一个藏兵洞。因为有几处文字依稀提到燕太子丹，还有燕国疆域图和兵法、军士图册等痕迹。石壁相对平展宽大，石质细密柔润且结实绵软，较适宜镌刻文字。

待走到东头出口悬崖之下，张老员外问无竭："怎么样？这个洞有些用处吗？"

无竭望着张老员外的眼睛，会心地一笑，说："我已揣知老伯的意思了，但不知对也不对。我们且不妨先不要挑明，你悄悄对舍得说，我悄悄对摩吉说，然后再让他们俩一齐对大家讲出来，你看如何？"

张老员外觉得有趣，当即点头赞成。于是两人分别对摩吉和舍得耳语了几句。之后老员外大声说："你们俩讲吧！是什么？"

摩吉和舍得相视一笑，几乎是异口同声地喊道："做藏经洞！"说完老员外和无竭皆拊掌大笑，众人至此才恍然大悟。

张老员外说："去年来过以后，我就琢磨，这石壁如果刻上佛经，就不怕风吹日晒，雨打水蚀，可以流传到万世以后，不必担心毁坏了。有缘之人可以随时前来瞻仰、吟诵，有志之僧也可以在这里修炼、坐禅。今天从西头走到东头，方知这洞里宽大无比。既可以在壁上刻写经文，又可以在地下存放经碑，能够珍藏很多佛学经卷，是名副其实的藏经洞啊！"

无竭听后，紧紧拉住张老员外的双手，使劲地摇晃着说：“取经归来，经卷被毁，一直是我一块心病。这十几年来我无时不在想着如何弘扬佛法、宣传经典的事情。如今老伯点醒，真让我高兴万分！难怪人称你为活菩萨，果然处处为佛门着想，难能可贵呀！这个山洞是最好的藏经洞了！老伯的想法极为切合实际。只是要做这件事，不但耗费工时巨大，而且需要支出甚多，须从长计议。待我寻机募化些银两，邀请些布施者来，再仔细商议不迟。”

张老员外说：“还商议什么？我就是第一个布施者！如果修建这个藏经洞，我愿散尽家财，你若同意，我当即知会地方官府，过些日子就可以动手，免得夜长梦多。燕山这一带雕凿工匠很多，做成这件事并不是很难！”

无竭说：“我是担心老伯这么大年纪了，怎么操劳得起？”

张老员外说：“正因为我年纪大了，我才等不得了！趁着有生之年，做完这件善事，也不枉我流落西域、拜谒天竺一场！也是我对佛门的一份功德！”

无竭见说，再无可言，只得率僧人深施一礼，向老员外表示由衷的敬意。众人出得洞来，张老员外命人用石块和树木封住洞口，才带领大家从原路返回。当天晚上，他们又回到了张各庄。

由于张老员外在当地口碑极好，威望极高，因此在燕山南麓山中修建藏经洞一事，很快得到了官府的同意，并正式行文批准。经张老员外和无竭商量，决定由老员外负总责，他的小儿子张罗采买石材、雇请工匠、准备施工用品，摩吉和舍得负责提供佛经卷籍，并进行校对、勘误和监制。工程定于四月初八即佛祖诞辰之日正式开始。

消息传来，周围十里八乡的善男信女、豪杰富绅皆欢欣鼓舞，解囊相助者络绎不绝。张老员外皆命管家登记造册，榜告乡梓。又有一些工匠情愿义务献工，不要报酬，却被张老员外婉言谢绝。因为那里山高路远，工匠们要餐风饮露，非常辛苦，且人人都得养家糊口，岂可因一桩功德而给众生带来困苦？无竭十分赞同。

在八方百姓的帮助之下，藏经洞工程很快走入正轨，进展相当顺利。至此，无竭便提出要回龙城故里，此番一定要设法把龙翔佛寺恢复起来，张老员外不再挽留。无竭细细地叮嘱了摩吉和舍得两个徒弟，要他们时刻关注张老员外的身体，切不可让老人家疲劳过度，然后带领随从僧众北行。十多天以后，他们回到龙城。

无竭找到师兄无病，两个人商议着把带来的僧人们安顿在龙翔佛寺残破坍塌的寮房里。一连十几日领着大家捡砖拾瓦，抬檩搭椽，把能住的寮房修补一番，让大家放心住下来。接着又收拾了过去的那几间藏经楼，让僧人们暂时能有个诵经的场所。周围的山民们见无竭取经回来了，还带来了这么多和尚，不少人主动过来帮忙，还有些人送来木料和粮食。一时间寺庙里人来人往，好不热闹。这一日清晨，无竭带领僧人们上完早课，分派好当天的任务，正准备回家看望母亲，就见山门外飞驰来几匹快马。一名北魏朝廷的钦差十分恭敬地走上前来，问哪位是无竭大师，无竭说我正是，不知您找我何事？那钦差说，冯贵人有份手札在此，请过目。

无竭拆开一看，原来是前大燕国皇帝冯跋的侄孙女、山海关守将冯朗的女儿，如今做了北魏皇帝拓跋濬的贵人，听说无竭取经归来回到故里，邀请他前去一叙。因为无竭走时冯跋曾亲自饯行，路过长城时，其父冯朗还曾赠送过二十五匹军马，帮过无竭的大忙，而且冯家世代皆是礼佛之人，因此无竭见信后，立即与师兄无病及众僧们稍作交代，然后毫不犹豫地跟随钦差走了。五天以后，他们到达了北魏的首都平城，冯贵人立刻召见了他。

坤宁宫宽敞简朴，宫女们皆粗衣布履，语言平实，丝毫不见奢华娇艳之气，让无竭颇感意外。冯贵人端庄大方，知书达理，不但态度和蔼，而且语言得体，给人以朴素亲近之感。

在无竭见过礼之后，她赶忙给无竭还礼，并且说：“大师不仅德高学广，海内驰名，而且还是我的长辈，侄女怎敢做大为尊？”

无竭说：“您贵为皇妃，尊荣无比，岂可如此说？无竭不过一僧人而已，怎敢让您如此高看？”

冯贵人说道：“我知道大师祖籍燕山，我的祖上也是燕山人，我们应该算是同乡啊！小的时候我听父亲说过，你们二十五人去天竺取经，伯祖父冯跋曾经为你们饯行，后来听说你回来了，不知道其他人怎么样了？”

无竭伤感地说：“西去的路上有二十位师弟意外丧命，到天竺后又有两位师弟死亡，只剩下我和无忧、无虑三个人。他们两个如今还在天竺，只有我回来了。十几年了，一直在外边游历。”

冯贵人听无竭如此说，也是一阵感慨：“你们出家人真是不易！历尽千辛万苦不说，还要搭上性命。回来后又有多少人能够理解？你这些年在外头游历也好，若是在家就不好说了。且不说大燕国灭亡，高句丽兵放火烧城，就是在五年前，太武帝拓跋焘也曾下令尽诛沙门，焚毁佛经。许多寺庙被拆毁，许多经卷被烧掉，

许多僧尼被杀死。当今皇帝即位以后，情形已有好转，但仍不尽人意、不顺民心。我们冯家祖上世代礼佛，伯祖父冯跋和祖父冯弘做燕国皇帝的时候，都是佛教的大力倡导者。父亲冯朗笃信佛教，在做秦、雍两州刺史的时候，还随时把佛经带在身边。我小的时候还未认字，就先接触佛经。奶娘是我佛学知识的启蒙者，父亲是我信奉佛教的引路人。我多次去过龙山的龙翔佛寺，也很怀念大燕国辉煌的日子。去年我回乡谒祖特意绕道龙城，见几度辉煌的宫殿衰败成那个样子，心痛欲裂。伯祖父冯跋托梦给我，希望我能重振祖业，光大佛门。我当时就哭了，说我一女孩子，能做些什么呀？既不能当将军，又不能做皇帝，恐怕是有负伯祖父重托了。伯祖父当时就笑了，说傻孩子，你还没悟透人生啊！你只要有一颗爱民之心，以拯救天下众生为己任，不在于你做不做皇帝，当不当将军，也不在于你是男人还是女人。你如果没有爱民之心，当了皇帝和将军了，那也是个祸害。相反，你如果有了爱民之心，即或不当皇帝，不做将军，也能为天下苍生做很多贡献。记住一句老话，恶有恶报，善有善报，种瓜得瓜，种豆得豆。你看我，尽管生前没有做好，留下很多遗憾，但佛祖还是把我接引到西天来了。伯祖父的话给了我很大的启示，也让我的心灵产生了强烈的震撼。我想我虽然是女儿之身，但恢宏祖业、造福万民也是义不容辞。从龙城回来以后，我辗转反侧，夜不能寐，近几日这种心情愈炽。因此听地方官员说你已回到龙城，正在整修庙宇，故把你请来，想让你帮助我运筹一下，把龙城那个地方再建起来。龙城现在虽已改称营州，但仍是北方重镇、经济文化中心。至于怎么建，建成什么样子，就烦你先替我想一想，画一个图样出来，然后再慢慢计议。这样的事我不便委托别人，请大师也不要对旁人讲。至于龙翔佛寺，本来就是高句丽兵士烧的，早就应该恢复起来，我会找些信佛的皇亲贵胄们，帮你想想办法。”

无竭听后，非常感动，也十分敬佩。冯贵人虽身为皇妃，但毕竟只是个青年女子，却能够心系故国、不忘佛门，殊为不易。于是他极为痛快地答应道：“皇妃所托之事，贫僧必殚精竭虑、义不容辞。当年我西行临走之日，你伯祖父冯跋曾赠我一包龙山红土，多少年来我一直带在身边，时刻不敢忘记家乡故土。如今故国泯灭，宫观被毁，乡亲们惨遭涂炭，我心何曾一日得安？今皇妃有此善念，实我桑梓万民之福，也是已故大燕皇帝所积之厚德也。现在我取经归来，他已魂归佛国，但我却有一件礼物送给他，聊表相谢之意，就烦请皇妃代为收下！”

冯贵人说：“那怎么可以？晚辈怎敢替伯祖父承受？”

无竭诚恳地说："你伯祖父是个好皇帝，生前做了很多好事，至今龙城百姓仍在怀念他，我们佛门对他也是敬佩不已。从私情上讲，他曾经救过我父母的命。出家人原本清苦，我没有什么珍贵的东西。这一件七宝袈裟，是在天竺比武时，恒戒大师授予我的奖品，也是天竺的佛门至宝，就转赠于他，还请皇妃不必推辞。若是你伯祖父在世，我是会当面送给他的。如今他不在了，送给你也是一样，反正它就是你们冯家的！"

冯贵人见这件袈裟金丝银线，缀满宝石，红云闪烁，霞光万道，知非是人间凡物，乃双手接过说："我知道它的分量和深意了，就代伯祖父收下它。我定不辜负冯家祖先和龙山父老的厚望。"说罢请无竭喝茶，又要留他用斋饭，都被无竭婉言谢绝。他知道该走的时候必须得走，才有可能找机会再来，于是匆匆地返回龙山去了。

无竭先回家见过母亲和弟弟。没想到时隔十几年，母亲段玉莲非但没有衰老，反而比上次见面时年轻了很多。眼病已基本治好了，身板儿也很硬朗。弟弟李小虎娶了媳妇还得了娃儿，媳妇山芹朴素勤劳，心灵手巧，把一男一女两个孩子伺候得干干净净，漂漂亮亮。两个孩子十分认亲，那个大点的侄女凤儿靠在无竭身边，非常文静，那七岁的侄子虎儿则围着他蹦蹦跳跳，闹个不停。无竭见靠正面东山墙又盖了三间草房，西厢里拴着一头毛驴，东厢里有几只羊在咩咩地叫，院子里呢，是十几只鸡鸭在追逐、奔跑。无竭心里非常高兴，看来出去这十几年，家里的日子比过去强多了。

不一会儿饭菜端上来了，小米饭、荞麦馍，还有苞谷糁子粥，冒着诱人的香气；山野菜、炖红蘑、黑豆芽、拌杏仁，色彩鲜艳，让人胃口大开。母亲、弟弟，还有两个孩子都不停地给无竭夹菜。无竭吃得实在太饱了，他感到这是他长大以来吃得最好的一顿饭。

饭后母亲告诉他，这些年多亏了无病和山里的人了。无病比小虎还勤劳，几乎天天来干活，后来他又带了十几个师兄弟来，什么忙都帮，还一律管她叫妈妈，乐得玉莲心里特别敞亮。周边的乡亲们又帮助家里开些荒地，养些柞蚕。岭那边的姜二婶还给小虎介绍了个媳妇，山芹这孩子别提多憨厚啦，一点说道都没有。你配的药也很好使，妈这几年身板儿也好啦！心情可敞亮了，就是一阵阵想你。可一想你干的是大事，是正经事，妈心里就坦然了。妈心里明白，大伙儿都帮忙是冲着谁，你可不能辜负了人家的期望啊！无竭发现，他这次回家，母亲特别爱说，而且头脑清楚，语言流畅，不咳嗽，底气十足，别提心里多高兴了。

无竭只在家里住了一宿，次日一大早便匆匆赶回寺院，但还是落在弟子们的后头。他们已在无病的带领下，做起了早课，一阵强似一阵的诵经声从破旧的寮房中传来，让人感到这片废墟中充满着希望。早课后，无竭让师兄无病组织僧人们清理废墟，装运垃圾，摆放好有用的砖瓦、石材和木材。他自己则端坐寮房，不时冥思苦想，不时动笔勾画，开始谋划重建的宏伟蓝图。

一日师徒们正在忙碌，忽听得山门外有人高喊："钦差大人到！"

未及声音落地，只见一骑快马，已到房前。那军卒跳下马来说道："请告诉昙无竭大师，钦差大人到了。"

无竭闻声放下手中的纸笔，匆忙跑下石阶，见钦差那乘小轿已到山门之内。无竭紧走几步，即听轿旁一人高声喝道："昙无竭大师请接旨！"

慌得无竭忙整理衣袖俯身跪倒。只见轿内走出一人朗声宣道："奉天承运大魏国皇帝诏曰：'盖因贼兵作乱，扰我社稷，屠杀黎民，殃及庙宇，致煌煌之佛寺几成废墟，皓皓之浮图毁为烟塔，惜哉痛哉。今社稷咸亨，江山稳固，北国已成一统，理当匡扶正风，恢复佛事。朕知昙无竭乃有道高僧，曾取经于天竺，弘法于华夏，着即规划蓝图，重修龙翔古刹。一应土木事宜，务于三年内完工。营州刺史衙门偕柳城郡守司负责监造，不得延误。'钦此！大魏天兴三年（公元 454 年）秋日。"

钦差大人宣旨完毕，将诏书奉与无竭。无竭复又叩首言道："昙无竭领旨谢恩。"遂双手接过诏书，恭请钦差大人到寮房用茶。那钦差见佛寺虽然被毁，但已被规整得井井有条，几百号僧人往来穿梭，脚步匆匆，人人都在忙碌之中。入得寮房一看，废旧简陋不及茅庵草舍，搭几块木板为桌，攒一堆干草为床，殊为清苦，但无竭大师却神采奕奕，精力十足，不禁肃然起敬。落座以后，那钦差又对无竭说："皇妃冯贵人还捎来口信，说重建佛寺一事皇上极为重视，大师可按自己的意图规划设计好，不必呈报朝廷，交与柳城郡守司施工便是。但只有一条要求，就是一定要比过去修得好些，到时候皇上要亲来巡视。"

无竭说："感谢皇上隆恩！也感谢皇妃的关注。无竭一定殚精竭虑，尽职尽责，不遗余力，死而后已！"

那钦差即起身告辞，说："我还要到那两处衙门宣谕圣命，大师请自便。"说罢下山去了。无竭领众人一直送到山门之外。

这么快就得到了朝廷的支持，让无竭喜出望外。他知道这是冯贵人的功劳，心里不由得对这位年轻的女同乡平添了几分尊敬。由于前一个时期无竭已经把佛寺的重建方案设计完毕，这次只在原来的基础上稍作改动，扩大了藏经楼和道场，加高了金光佛塔，增加了寮房和仓库、菜园等的使用面积。他预感到重建后僧侣会多起来，到时候想修也来不及了。无竭还按照天竺灵音寺的做法，为皇室专门修建了休息室和念佛堂。蓝图形成以后，一份送给柳城郡守司，另一份直接报送给冯贵人，请转呈皇上御览并提出修改意见。

冯贵人看过之后立即呈送给皇上。拓跋濬详细地阅读了设计资料，认真地观看了设计草图，不禁对无竭的学识见地和规划才能钦佩之至，脱口赞道："真神僧也！"随即龙颜大悦，立时批示给柳城郡守命照原样准时开工。几日之后，被高句丽贼兵烧毁了十七年之久的龙翔佛寺，终于开始复建了。无竭高兴得心里像盛开了一朵莲花。

闻听龙翔佛寺得以重建，北方各名山古刹的高僧大德们纷纷派人前来致贺，并多数带来不菲的捐助。北魏国一些知名的豪绅巨贾，见是皇上颁旨赐修，也纷纷解囊施舍，方圆百里的山民们献工出力者不可胜数。许多昔日逃散的僧人也陆续归来，佛寺上下一时熙熙攘攘，热闹非凡，一派繁荣兴旺的景象。无竭这些日子更是忙得不可开交，几乎是餐无定时，衣不解带，一会儿也不着闲儿。他不但要照看着工程，而且还要迎来送往，弄得连回家看望母亲的机会都很少，日子在紧张和快乐的忙碌中过去了。

第二十回

佛寺重光畅谈妙法　柳城改造描绘蓝图

一晃三年，北魏天兴六年（公元 457 年）秋日，重修的龙翔佛寺拔地而起。巍峨雄伟的殿堂，庄严宏大的道场，高耸入云的宝塔，金光灿烂的佛陀，让古刹焕然一新，远胜昔日。僧人们个个奔走相告，喜笑颜开，百姓们闻风而来，流连忘返。中秋节的前一天，无竭得到朝廷通知，文成帝拓拔濬由于圣躬违和，委托冯皇后来参加龙翔佛寺的竣工庆典。营州刺史元景、柳城郡守姚扬率领军政官员早早前来等候。上午巳时刚到，远远见山下旗旄飞动，一队长龙般的人马逶迤而来。不一会儿，前哨大内总管太监已到山门之前。众人忙俯伏路旁，不敢仰视。两队军兵甲胄鲜明，持枪列队，在前方开道，一群内侍各执旌旗，趾高气扬，紧随其后。十几辆香车站定，一阵阵香风吹来，只听得钗环响动、玉佩叮当，在众多如花似玉的宫女簇拥之下，冯皇后走下凤辇。只听得众人贺道："臣等恭迎皇后大驾！祝皇后娘娘千岁、千岁、千千岁！"

无竭则恭立路旁，双手合十，向冯皇后施礼，"贫僧昙无竭恭迎皇后圣驾！"

冯皇后略一颔首，说："大师免礼！"

营州刺史元景说："请皇后娘娘移步寺内，法眼观看，若哪些地方有不合圣意之处，尚可及时修补。"遂与姚扬引着冯皇后一行，一殿一殿、一院一院地仔细察看。无竭见冯皇后这位女同乡虽花容依旧、光彩照人，但昔日的冯贵人已升为皇后，言谈举止中似乎平添了许多威严，便不再刻意近前，只是不即不离地跟在后面。

待走到僧人们住的寮房内，冯皇后停下脚步，轻声唤道："昙无竭，大殿建得这般雄伟壮丽，为何僧人们住的这样简陋清苦？难道是朝廷的银两不足吗？"

无竭趋步向前禀道："启禀皇后，大殿修得宽大庄严，为的是安放佛陀法像、菩萨金身，不宽大不足以彰显佛门之恢宏、佛法之无量也；寮房修得简陋清苦，为的是让僧人们持戒修行，不忘众生之苦难也。其实这已经很奢侈了，皆托皇上与皇后的洪福，无竭已常感不安。朝廷所拨银两，尽由郡司支出，当绰绰有余。佛寺得八方捐助，尚有一些可用之资，贫僧欲增添一些经卷，以藏佛门之宝。"

"好！这个想法很好！大师取经于天竺，理当弘法于天下，增加些经卷是应该的，朝廷可再拨付些银两给你！"冯皇后听完无竭的话，十分赞同地说。

看罢重建工程，冯皇后极为满意，表示要回去奏明皇上，对营州刺史司、柳城郡守司进行表彰。元景将军诚请皇后去行营用饭，并说已准备多日，水陆俱备，还算丰盛。冯皇后一摆手婉言谢绝，她转向无竭问道："寺院中就没有斋饭吗？"

无竭忙说："斋饭是有的，倒也洁净。只是皇后千里迢迢，不辞辛苦，到这里来滴酒不沾，只用些斋饭，让我等于心何忍？"

冯皇后一笑说道："今日我来佛门，理当遵规守戒，敬佛食素。元景将军和姚扬太守可领众人去行营用餐。我就在这里用些斋饭，有些话还要与无竭大师聊一聊。你们先过去吧！"元景、姚扬等人闻声退出，率人马回行营用饭去了。

无竭命僧人重置杯盘，给冯皇后奉上一杯龙山苦茶，摆上几样龙山干鲜果品，恭请皇后品尝。冯皇后饮了小半杯苦茶，又捡起几颗杏仁，对无竭说道："这苦茶和干杏仁对我来说太亲切了，仿佛让我回到了童年。小的时候曾随父亲来过佛寺几次，昙真长老给我们沏过苦茶，那时候喝一口就吐了，觉得很苦。可现在喝起来口感真的很好，苦是苦了一些，但苦中有甜，就好比是人生啊！"

无竭见冯皇后有些感慨，也随口说道："人生在世，自己苦一些并没有什么不好，你会给别人带来甘甜；可你自己的甘甜享受得多了，就会给别人带来痛苦。"

冯皇后一听感叹道："大师说的极有哲理，但世间有多少人能悟透此理？一味追求个人甘甜者多矣！"

说话之间，僧人端上来几盘青菜，一盘豆腐，两碟腌制的小咸菜，一盆小米粥，一盆荞麦饸饹，几样用刺玫花、小米面、糜子面打制的月饼。

无竭亲自给冯皇后盛上一碗小米粥，端过一盘月饼，对冯皇后说："龙山的小米天下无双，从西汉以来就是贡米。我在天竺的时候才知道，只有三部天竺的贵族们才能吃到它。皇后是家乡人，就先喝碗龙山的小米粥吧！这月饼的原料，是最好的龙山小米和龙山黄米的两合面，加上天然的甜叶菊花、新采的刺玫瑰花、新摇的龙山香蜜，用龙山天龙溪的泉水和面，经九道工序精制而成。是千百年来龙城人民的节令佳品，也是历代王朝皇宫里的佳肴美食。皇后若是不来，我也会专门制作一些送到平城去，让您品尝一下故国的美味！"

冯皇后听无竭一说，兴趣大增。又见盆盘碟碗均十分洁净，几样素菜虽然平常，但色泽淡雅，清香诱人，因此十分高兴。她说："我入宫多年，过去在闺中时家境也很好，但从未吃过这么清淡可口的饭菜，不知是何道理？"

无竭回答说："松柏长在沃野之中，未必会成参天大树，或者其形不正，或者早早夭折。而若生在岩石之旁，虽土地瘠薄，却能够迎风斗雪，展千百年英姿，愈老愈健，直接云表。做人何尝不是如此？长期饮食清淡，自会头清眼亮，身轻体健，寿可百年。如饮食过于油腻，久而久之，必心志衰敝，身体臃肿，百病齐发也。"

冯皇后说："大师借物比人，言之有理。但长期食素，营养何以为继？"

无竭说："精肉美食，固然营养丰富，但取之过度，岂非生害也？斋餐素食，虽清淡无香，却营养俱全，于身心多有益也。况人生在世，活着只为'追求'二字，饮食只是维持躯体的必需，维持得好一些、长一点才是目的，才能实现你所'追求'的梦想。真正人体生存的养分不仅在物质，更主要在精神、在情绪、在心态也。想佛祖当年住世的时候，清苦异常。日进一粥、树下一宿，历时七七四十九年，讲经说法，游遍天竺，但他涅槃的时候，已经八十岁了。为什么呢？因为他具备大智慧心、大光明心、大慈悲心、大正觉心、大欢喜心。他的心里只想着普度众生。因此他虽清苦，但他乐观，欢喜，豁达，宽广。相反那些整天大鱼大肉，吃遍山珍海味，一门心思谋求自我的豪门贵族，得高寿者能有几何？贫僧这一番话，只不过据实讲来，还请皇后不必介意。”

冯皇后说：“大师的这一番话，的确让我受益匪浅，明白了许多做人做事的道理。想我们冯氏家族曾贵为国主，父亲归顺大魏以后，也做过秦、雍两州的刺史，可谓荣耀到了极点。但是燕国灭亡以后，祖父去世，不久父亲又被害，我们这个家族又跌入谷底。那时候我虽很小，但也觉得世事无常、红尘难料，曾经想出家为尼。是姑母在无奈之中收留了我，让我因祸得福，走到今天。当今皇上虽钟情于我，但我却一点都不留恋皇室，经常想着遁入空门。今天听了大师的话，始觉如梦方醒，真想拜您为师，每日里晨钟暮鼓，青灯古佛，安度此生，岂不更好？”

无竭说：“皇后此言不妥。岂可拜贫僧为师入空门为尼？人从往世来到今生，虽千种分工，万般所为，但皆有定数和因缘也。佛讲普度众生，人皆可以彻悟，但起的作用是不一样的。比方说大家都信佛，都想为佛门做贡献，当厨师的只能多炒几样好菜，让客人吃了高兴；做艄公的想着多摆几趟船，让渡河的人早点过去；入沙门的尽量多传播佛经，促使众生早些觉悟。而您呢，贵为皇后，母仪天下，可谓一人之下，万万人之上，与那些常人是不同的。如汉高祖之妻吕雉者，能够篡皇权，乱社稷，动刀兵，致千万人丧生；如汉和帝之妻邓绥者，也可以扶幼主，安天下，稳后宫，驱乱贼，使国家中兴。以皇后出身之显贵，家学之渊博，资质之贤淑，见识之高远，必能为国家、民族做一番大事业也。”停顿了一下，无竭给冯皇后斟上一杯新茶，又接着说：“比如说这次重修龙翔佛寺，如果不是皇后从中力主，哪有这般顺利的事？今后贫僧在此讲经弘法，设坛收徒，免不了与地方官府有些往来，还望皇后垂顾。”

冯皇后说：“我们冯家世代礼佛敬禅，出些力那是一定的。这几年我一直有一个想法，大燕国虽然灭亡了，祖父和父亲也都去世了，当年的龙城已改称柳城，划归营州管辖，作为一国京都的龙城已经不存在了。但是龙城的乡亲们还在，龙城的皇宫旧址还在，特别是刻在脑子里的那种对故国的怀念还在，并时时折磨着我。每次我一入梦中，就会出现祖父和父亲在龙城时的样子。龙城的那种繁华、高贵已融入我的血液里，永远都不能忘怀。因此我这次来，一是好好看看这座佛寺，二是想再把龙城建起来，盖一座像样的殿宇，让龙城恢复往日的繁荣。不然的话，我这一生都不能释怀。”

无竭说：“龙城虽非京都，但仍是北方重镇，摄六胡而面中原，跨四水而成一统，

其地位仍不可替代。皇后有这个想法甚好！这也是当今朝廷应做的一份功德。当年大魏兵伐燕国，高句丽贼兵放火焚城，武帝拓跋焘也难辞其咎。如果能把它重新修建起来，也是对百姓的一种补偿。不然这块风水宝地沦为废墟，就太可惜了！”

冯皇后说：“大师赞同那就太好了！我看只有您见多识广，具备重新规划设计的才能。就烦大师再付些辛苦，做出一个方案来送给我看，咱们以后再慢慢商量。”

无竭说：“那就多谢皇后的信任。我也是龙山人，贫僧当义不容辞，尽快草拟方案呈您御览。”

当日两人谈得十分融洽。冯皇后乘兴而来，载兴而归。临走的时候，还特地向无竭索要了一些龙山特产，说带回去也请皇上尝一尝。

冯皇后留下来的这个任务看似随口一说，却让无竭大犯踌躇、费尽了脑筋。他想起来就画，画好了又撕，折腾了半个多月，搞了三四套方案都不遂心。原因是龙城曾经是国都，宫殿的规格和样式均代表皇家，过去那种雄伟和华丽程度在当时的中国是独一无二的，想完全恢复是不可能的，就是局部搞得太像了，也有僭越杀头的危险。但是如果按普通州郡那样修建，无竭又不太甘心。怎么样才能避开当今朝廷的忌讳，又能让冯皇后心满意足，使百姓安居乐业呢？无竭陷入了深深的思考之中。师兄无病和弟子们见无竭如此苦思冥想寝食不安，不知道为什么，也根本帮不上忙。倒是女弟子舍得的一句话提醒了无竭，让他的思路豁然开朗。

原来当无竭这几天忙着设计的时候，舍得带着张老员外的口信回来了，说佛经已经刻了六万多块，请无竭抽工夫过去观看，并随车运来一尊石雕的巨型弥勒佛像，以表达老员外对佛寺重光的心愿。

舍得见师父有些憔悴，不觉心疼，又见寮房里散放着好多张没有画完的图纸，有的画了一半，有的画完了被揉成一团扔在那儿了，便问师父画的是什么。

无竭脱口而出：“我在画龙城啊！当今朝廷想重修龙城。”说完又后悔了，不该让弟子们知道，因为此事尚不一定，不知是福是祸。如果是祸就自己一个人扛了，何必让弟子们跟着吃挂落？

没承想舍得看了也脱口而出：“师父！这哪是龙城啊？那一年我们在海上的时候，你不是告诉过我，龙城是什么样子的吗？还说那是座仙山呢！”

无竭一听，即刻恍然大悟：“对呀！我何不避开现实，设计出一个梦中的仙山琼阁，一个人们心中的世外桃源，一个文明古国的东方佛都呢！”于是他思路豁然开朗，设计灵感顿生，思如闪电，笔走龙蛇，按照海市蜃楼中的幻境，糅进了天竺佛城那兰陀的风格，把龙城的重建归结为建一座佛山，筑一座佛塔，修一座道场，栽一片菩提林，引一条护城河，挖一塘莲花湖，修复城关四片老民居，开垦郊外十万亩水浇田，使之阡陌纵横，街路归方，让龙城变为众生的乐园。不几日的工夫，草图设计完毕，并附注有详细的文字说明。

舍得见了拍手叫道："太像了！太像了！太像我们在海上见到的龙城了！只是缺少一些走动的神仙。"无竭说道："等建完了，百姓们就是这里边的神仙！"说完师徒二人会心地笑了。舍得向师父投去极为敬佩的目光。

无竭把设计草图定名为《柳城改造示意图》，送达冯皇后参考。冯皇后看过之后笑了，"大师倒是聪明过人，深藏不露。提出柳城改造重建，理由也还充分。只是这建佛山修佛塔，打造东方佛都，这样提合适吗？"

无竭说："不提重建龙城而说改造柳城，顺朝廷而得民心，皇后上折可以名正言顺，免遭非议，在故国京都来建造佛都，稳社稷而利众生，皇上可以拢万民而安天下，皇后可以告慰祖先而彰显贤名，正可谓公私兼顾，心到佛知，一举数得也！"

冯皇后赞道："好一个心到佛知！我明白了大师的深意！"即刻亲上奏折，请文成帝拓跋濬御览。拓跋濬阅后非常慎重，密召营州刺史元景和柳城太守姚扬商议。

元、姚二人在龙城任职已经几年了，对焚毁以后的破败景象非常清楚，也深深了解广大百姓的呼声，于是一致认为柳城乃北方重镇军事要塞、东北经济和文化中心，修复城垣，改造街市，让黎民休养生息，使老城日益繁荣，乃巩固边陲之必需，稳定社稷之大事，冯皇后所提出的建议并无私心，乃是替国家着想之美意也。

文成帝闻言大喜，即朝议批准。但明确应以城垣、民居、街道、河流、农田、林地整治为先，佛山、佛塔建设在后，并着即由柳城郡守司负责实施。至此从北魏和平元年（公元459年）开始，龙城改造工程全面启动。中间由于皇室人事更迭，朝廷无暇旁顾，曾经一度耽搁。后经冯皇后直接过问，才又坚持下来。断断续续历时二十多年，直到北魏孝文帝太和九年（公元485年），城区改造才告结束。此时冯皇后已晋为太后，临朝摄政二十年之久了。但她仍念念不忘心中的夙愿，终于按照无竭的设计，在原来北燕皇城和龙宫的旧址，修建起一座佛塔，直接取名为"思燕佛图"，毫不掩饰她对家乡故国和祖上亲人的怀念，以及对佛教的信仰。塔高八十五米，为土木结构七层八角歇山式建筑，塔的四周与殿堂相连。每面殿堂均有十一间，为僧侣们坐禅诵经的场所。佛塔与殿堂之间有三米多宽的过道，可以供人们绕塔礼佛。

塔的后面建有三座佛殿，依次为天王殿、大雄宝殿和藏经楼。塔身之上雕满了佛像，大的有三米多高，小的不足盈寸，形态各异，栩栩如生。寺院的四周建有围墙，围墙的四角建有角楼，围墙雄伟宽阔，上面可以行人。塔内挂有灯笼，殿堂四面修有照壁。晚上月亮上来，灯火点起，僧人们在塔中或墙上行走，真如天人一般，与无竭在海上看到的景观别无二致。龙城的莲友们都称之为“佛图仙阁”，焚香礼拜者日甚一日，使它与龙翔佛寺一起，成为东北地区的佛门圣地。从而也让古都龙城实现了一个华丽的转身，一跃变成了东北亚地区佛教文化活动的中心，此是后话。

第二十一回

摩吉献技蝙蝠出丑　无竭发功刀客沉迷

且说无竭待龙城改造工程启动以后，便带着舍得赶赴河北。老员外和摩吉高兴异常，急不可待地领着无竭去藏经洞。七年的光阴，硕果累累，让无竭喜出望外。他见不仅洞壁之上已经雕满，而且洞中地面上还整整齐齐堆放着许多经碑。老员外自豪地说已雕完八万九千多块，无一处错字，无一块毁坏，皆字迹工整清晰，横竖行结构合理，让人看了赏心悦目。

无竭高兴地说："这么大的数量，这么多的文字，你上哪儿去找这么好的书家？"

老员外捋髯一笑："开始时找了几位当地的秀才，后来许多名人大家闻风而至，主动帮忙，而且分文不取。他们说这是万世的功德，赶上了是自己的荣幸，有不少人一待就是半年。还有这些刻字的石匠，除了吃、喝、住、用等必需的费用，

一提给工钱都急头白脸。所以说这藏经洞是大家帮助建起来的。"

摩吉插话说："还有天助呢？"

"对！对！还有天助！"老员外接着说，"前年我们雕完洞的四壁，正寻思着找石材刻经碑。突然有一天下大雨，一阵雷鸣闪电，就听'咔嚓'一声巨响，把大伙儿的耳朵险些震聋了。天晴一看，对面山坡上的石崖被雷劈开了。那露出来的石脉光光溜溜的，平平整整的，与这洞壁的质地一样，而且有层有缝，非常好采，用铁钎铁棍即可撬动，简直像特意给咱预备的一般。距离又近，材质又好，省了好大的劲儿了，你说这不是天助吗？要不然也不会进展得这么快！"

摩吉又告诉他说："师父，还没等藏经洞修完，不少僧人就已经慕名而来，在这里抄写经文，他们说有些经卷过去从未见过。还有些文人学者前来欣赏，说这是一座艺术宝库，有极高的学术价值。你看，师父！那不是几个外地的僧人吗？他们都来了十几天了！"

无竭走上前去施礼，对他们说："借问小师父，你们是从哪里过来的呀？为什么要抄写经文呢？"

其中一个约三十多岁、面色黝黑的僧人答道："我们来自河西走廊莫高山。敢问您是？"

摩吉告诉他："这位是我的师父！"

那僧人慌忙施礼，"原来是昙无竭大师！弟子早有耳闻，只是无缘见面。今日偶遇，真是万幸！"

无竭一听，说："哦，莫高山？我听师父说过，一百年前乐尊大师不是在那里开凿石窟吗？现在怎么样了？"

那僧人说："那还是前秦时候的事，乐尊大师奉命开凿了四窟就停下了。后来因为战乱频发，河西走廊地区几乎三五年就易主，没有人再提开窟的事。今我等见北方一统，皇上宽仁厚泽，大师取经归来倍受礼遇，佛教事业日见兴起，因此慕名前来学习，想回去立刻开凿。到这里才发现许多经文闻所未闻，见所未见，都是新的，故多待了几日，多抄写了一些。"

无竭接着又问道："那里的鸣沙山和月牙湖现在是什么样子？"

那僧人说："提起这鸣沙山和月牙湖，那可神奇啦！湖水淹沙沙山走，流沙侵湖湖不干。据说当年千佛显圣，就在这个地方，不过后来再也没人看到过。"

无竭平生已走过不少地方，可以说足迹遍布大半个中国，但他却没有去过莫高山。过去曾听师父说过“千佛显圣”一事，如今听那僧人再次提起，不觉心中一动。难道佛陀真的有所喻示，提醒世人应做些什么？若不然，在茫茫沙漠之中，怎么会有千佛显圣？

无竭又和几拨外来的僧人打过招呼，向正在忙碌的工匠们道过辛苦，然后对张老员外说：“如今朝廷不再灭佛，冯皇后又大力支持，此是振兴北方佛门的大好时机。龙山那边，佛寺已经建完，香火非常旺盛，龙城改造工程也已启动，有师兄无病在那里主持，各方面蒸蒸日上，前景看好。藏经洞这边一帆风顺，成果辉煌，有老伯主事，我就更一百个放心了。刚才听那僧人说起莫高山之事，我倒有心去一趟。一是那一带我还没有去过，不知那里有无寺庙，是个什么样子；二是现场参观一下，如果能借助朝廷之力，把佛窟开起来，那可是件万世的功德呀！”

张老员外说：“按照洞中现在的容量，再凿个一两万块经碑，也就装满了，工程量已经不大，你就放心地走吧！不过你得把舍得给我留下，有这个孙女在眼前，我整天高兴着哪！”

无竭说：“那好吧！就依老伯，这次我带摩吉过去，时间不会太长就可以回来。老伯不必着急，千万注意身体。舍得要多跑多干多挨点累，把老伯照顾好，同时别忘了习练武功。师父虽不在你身边，但你一天都不能耽搁，记住了吗？”

舍得说：“师父你就放心吧！我保证爷爷身体越来越好！”

张老员外说：“还真是的！我干着这件事，心里高兴着哪！一点毛病都没有，倒比在天竺的时候还硬实了！前些日子，我叫小儿子又发了一船货到天竺，以你的名义给恒戒大师捎带了一箱龙山苦茶。我还准备活恒戒那么大岁数呢！”

无竭感动地说：“老伯想得太周到了！我虽时时想着师父，但回国这些年了，连书信都很少写，心中常感内疚。老伯虽是替侄儿圆脸，却是让晚辈羞愧之至。”

张老员外说：“我做的只是一些小事，你做的都是些大事，你师父心里明白得很，他不会怪罪你的。听到你回国后的所作所为，他一定非常高兴！”

无竭说：“多谢老伯的激励与教诲。不过我真是太想师父了！什么时候能去看看他呢？”四个人走下山来。

次日，无竭带着摩吉随同河西走廊来的那几位僧人，踏上了去莫高山的路。那时候北魏势力强大，已经统一了北部中国，社会相对安定，因此一路比较顺利。两个多月以后，他们通过玉门，由此向北，即将进入敦煌。这一日天气炎热，几个人走得又饥又渴，便坐到路边一个小茶摊上，一边喝水纳凉，一边休息。无竭

则与几位当地僧人聊着天儿，探讨着下边的路。

忽然一阵马蹄声响，众人抬头一看，从南边树林里跑出来一队人马，转眼间已到跟前。大热的天，一行十几个人居然一律戴着黑风帽，披着黑斗篷，穿着一身黑衣服，个个都骑着一匹黑马，加上人人黑面黑须，手提黑鞘宝刀，真如一片乌云飘了过来。动作之齐，速度之快，又像一阵旋风。无竭与摩吉见了倍感新奇，正待问话，却见那店小二吓得脸都变白了，茶摊主人忙小跑着招呼那些人入座，倒茶，腿也有些打摽，话也说不清楚了。那些黑衣人毫不客气，一个个把马拴在大树荫下，大大咧咧地在空闲的几张桌子旁坐下来。他们一边拍桌子，一边踢凳子。一个黑衣人大概嫌水和茶点上得慢了，一脚把店小二踹出一丈多远，那店小二登时一声惨叫，疼得爬不起来了。

无竭见状低声问一位当地僧人："这些黑衣客是什么人哪？怎么这般蛮横无理？"

那当地僧人附耳告诉他说："千万别大声说话！我们今天算倒了霉了！遇上了戈壁滩上的'黑衣蝙蝠'。这是一群杀人不眨眼的刀客，河西走廊的恶魔，个个武艺高强，身怀绝技，专干打家劫舍、杀人放火的勾当，历届官府都奈何不得，因为他们来无影，去无踪。没办法，碰上了就花钱买命吧！我们有多少银两都掏出来，谅他们也不一定就会杀了我们。"那当地僧人说着话，已是结结巴巴，而且不断用眼偷看，显然已是吓得不轻。

那店小二显然受伤很重，尽管被火辣辣的太阳晒着，浑身汗水已经湿透衣衫，但仍然倒在那里爬不起来，茶摊上连主人带帮工的有三四个人，都忙着给黑衣客斟茶水上食品，也不知是没工夫还是不敢，反正没有人去扶他，去管他。邻近的还有两家卖吃食的摊子，凉棚下十几个客人正在吃饭。不远处大树下似乎是有十几个当地人在乘凉，不时地向这边指指点点，但也都没有人过来帮忙。摩吉有些看不过去，他一口喝下一碗凉茶，与师父对视了一眼，见无竭点头示意，于是起身走上前去，伸手把店小二扶起来。那店小二两手捂着右胯，动弹不得，龇牙咧嘴，疼得大气也不敢出。摩吉用手试了试那店小二的腿弯和腰部，又褪下他的裤子观察了一下，立刻明白是胯骨被踹脱位了。于是用左膝顶住那店小二的右胯，右手揽住他的腰部，用左手抓住那店小二的右大腿，轻声问了一句："还疼吗？"趁那店小二想回答不注意的当口，左手猛力一托，只听那店小二大叫一声："哎哟！"疼得脸都变形了。摩吉放下他，拍拍手，回到茶桌旁。那店小二愣怔了一会儿，竟然一瘸一拐自己走了回来。

一切都发生在一瞬之间，不少围观者都为摩吉的高超技艺所折服，已有当地人在拍手叫好，这大概激怒了那群黑衣客。其中一人高声喝道："哪里来的洋和尚，在这里装大瓣蒜？显示你有本事咋的？"

摩吉朗声答道："这位施主此言差矣！都是苦海众生，理当互相怜悯。即或店小二上茶慢了一些，也不至于被踹掉胯骨，你不觉得有些过分吗？"

那黑衣客见有人敢当众驳斥于他，立刻勃然大怒，横眉立目，大声吼道："你是什么东西，敢来教训于我？真是不知深浅！"右手一掌下去，拍在茶桌之上，茶壶茶碗跳起老高，一阵响声过后，众人视之，那茶桌的一角被齐齐拍了下去，竟如刀砍斧剁的一般，众皆大惊失色。

那群黑衣客品着茶水，嚼着干果，脸上露出鄙夷的神色。有一人叨咕道："什么东西？狗拿耗子，多管闲事！"有几个似乎无意识地抽出腰刀，在黑皮鞘上磨磨蹭蹭，斜眼向无竭他们这边张望。邻近那两家吃食摊上的过客，此时已停止吃喝，歪过头来观看；大树之下那群当地人一个个张大嘴巴，瞪大眼睛，鸦雀无声；茶摊主人和几个帮工吓得手足无措，连大气都不敢出；几个当地僧人脸色煞白，目瞪口呆，瘫坐在茶座之上。大家都预感到一场悲剧不可避免，空气似乎凝固了一般。

无竭闭着眼睛手捻佛珠，嘴里不停地念诵着什么，好像这里发生的一切与他无关，连看都懒得看一眼。摩吉喝下一碗凉茶，抓起几枚瓜子，眼睛看着那群黑衣人缓缓地说："江湖中人，当以礼仪行遍天下，布贤名于四海，岂可无端指责，恶语伤人？却是不好！"说罢似乎漫不经心，随手一掌，拍在茶桌旁一块磨刀石上。那块磨刀石有半尺多宽，三尺多长，二尺多厚，至少也有二三百斤重，竟被摩吉一掌击为两半。

众人见了一声惊呼，不知是谁高声赞道："这位和尚好硬的功力！"连黑衣客中也有人发出赞叹之声。

摩吉当即取出一块银子递与摊主，歉意地说："适才不慎，坏了您的家什，理当赔偿，就请再置买块新的吧！"

那黑衣客冷笑一声："虚情假意，露强逞能，也不怕风大闪了舌头！和尚小心！有个天牛咬你！"语落手动，一镖飞出。摩吉只觉一阵疾风，一个物件紧贴耳边飞过，回头一看，一枚金镖把一只天牛牢牢钉在树干之上。那天牛蹬腿舞须，还在挣扎。

众人齐声赞道："好功夫！"黑衣客人群中发出一阵得意的笑声。

有一人竖起大拇指说道："老七的飞镖炉火纯青，果然了得！"

那位被称为老七的黑衣客谦虚地说："这算什么？怎比得上五哥的神力？那才管用！"

正说笑间，只听摩吉喊道："施主留意！请慢喝茶，绳头落您茶碗里了！"

黑衣客老七稍一愣怔，只觉一道红光，快如闪电，"嗖"的从自己眼前飞过，"啪"的一声，落在身旁支凉棚的木杆之上。他的手一哆嗦，发现手中的茶碗里有一小截绳头，如黄豆粒般大小。从棚顶上垂下来的一根细绳儿，还在额前飘动，他抓住那根线绳细看，发现那崭新的茬儿，像被什么利物切断。再回头一看，大吃一惊：一根红色的筷子牢牢插在木杆之上，已把那根胳膊粗的木杆彻底穿透。黑衣客们尽皆愕然。旁边的人们直如看傻了一般，默不作声。

摩吉付过茶钱，轻声对师父说："账已结了，我们走吧！"

那几个当地僧人也赶忙说："对！对！赶紧走吧！我们还有很远的路哪！"

几个人正待起身，忽听那黑衣客老五轻声说道："且慢！我看几位师父出手大方，似很阔绰，给我们结了茶钱如何？"

摩吉一听笑了，"世界如此广大，见面即是有缘。施主能如此说，即是瞧得起我。就连同那张损坏的茶桌，也一并结清了吧！事情也算因我而起。"说罢掏出银两递与摊主。

那黑衣客老五嘿嘿一笑，说："这位师父果然够敞亮！我喜欢。不过你既然有钱，就多留点吧！最好把银两都留下！怎么样？"

摩吉听了仍然不紧不慢地说："施主此言不妥。我们出家人云游四海，坐地化缘。此次带些盘缠，是要办一件大事，怕路上无村无店，备作急用。若您是冻饿之人，我当倾其所有，毫不吝惜。但您等并非如此，还请见谅，我确实并无余钱给你。"

那黑衣客老五腾地站起，身高过丈，虎背熊腰，如一座铁塔般雄壮。他走上前来说："没有余钱也就算了！我们也不难为你！不过你这柄禅杖，看似很沉，带在身边也没啥用，就给我们留下吧！我们留着挂个衣服啥的，可以吗？"

摩吉一听，恍然大悟：这家伙绕了这么大一个圈儿，原来是看上了师父的镏金禅杖，真是屎壳郎打哈欠，好大的口气！但是他仍然没有着急，也没有生气，只是一字一板地说："施主有所不知。这禅杖留给你，倒是真的没有什么用处。你说用来搭衣服，那就太可惜了。而对于我们僧人来说，它却是一件宝物。坐禅的时候，它掷地有声，可以让我们避免瞌睡，保持清醒，参悟经文；走路的时候，它可以当作拐杖，助我们翻山越岭，防止摔倒；云游的时候，遇到野兽恶徒，它可以当作武器，用以防身；困倦的时候，把它倚在身边，可以放心入眠。而且你看这禅杖的形状，下直上圆，就像我们出家人在修行，只要你持戒恒久，不走弯路，就一定会实现圆满。说它轻，可以矫如飞燕直上云天；说它重，可以立如泰山根入大地。施主若是不信，请来观看！”说罢用手抓起禅杖，向上轻轻一抛，只见那禅杖带着哨音，像只小鸟钻入蓝天，越来越小，顷刻间又越来越大，风驰电掣般地冲了下来，吓得茶桌旁的人们急忙躲闪，却被摩吉顺势一绰，抓到手中，拄到地上。面不改色，气不长出，像小孩子在玩耍。众人又是一阵叫好之声。

那黑衣客老五见了摩吉这一番演示，知道这个黑脸和尚不太一般，确有几手绝技，但他纵横大漠二十几年，凭一身神力无人能敌，怎能输在这个出家人手里？于是他走到摩吉跟前说道：“小师父的确有些手段。你这个禅杖玩得轻巧，我服。但你说它立在地上可以重如泰山，我却不信。如你所讲，是不是说过头了点？”

摩吉见这位黑衣客老五出头，已明白他的用意，于是微笑着说：“施主如果不信，你可以来拿。拿走了就是你的！”那黑衣客老五说：“此话当真？你不反悔？”

摩吉说：“出家人不打诳语，岂可假话骗你？我若反悔，你们人多势众，还怕我不给不成？放心吧！说话算数！在场的都可以做证。”

那黑衣客老五说：“那好吧！我可下手了！你看着！”说着稍微蹲下身子，右手抓住那禅杖的铜杆，猛力一绰，心想凭自己的体能，这一绰也有千斤以上的力气，连这个黑脸和尚的人都得抓起来，这是老太婆擤鼻涕——手拿把掐呀！所有黑衣客和围观的人们也都认为没问题，因为他们都知道这黑衣客老五是大漠有名的大力金刚，多少年来论力气还未遇敌手。出乎意料的是，黑衣客老五这一手不但没有成功，还险些把自己弄个后坐。这让他恼羞成怒，感到大大丢了面子。于是伸出两手，握住禅杖，哈下腰身，双臂较力。暗想这一把指定如愿，等把禅杖拿到手，再好好羞辱这黑脸和尚一番。没承想不管自己如何使劲，那禅杖真如生了根一般插在地上纹丝不动。急得黑衣客老五黑脸变红，浑身冒汗，两臂发酸，臭屁嘟嘟，一屁股坐在地上，双手挓挲着松开，尴尬异常。围观的人们交头接耳，不解其意，不明白咋回事，黑衣客人群则大失所望，议论纷纷，对摩吉投来怀疑的目光。

方才在黑衣客老五用力的时候，摩吉一直正襟危坐，以左手扶左膝，右手执禅杖，两眼平视，目向前方，面带微笑，气定神闲，好像在看戏。这时看到黑衣客老五面带沮丧，好像是要泄气了，便笑着告诉他：“你拿不动，可别怨我！这柄禅杖来自异国，是用赤铜打造，镏金妆成，乃名震天竺的佛门至宝，普天之下，只此一件，灵气贯通，尊贵无比。现在我再给你一次机会，你可以找两个帮手来，三个人一齐用力，如果再拿不走，就说明你与这件宝物无缘，不要再开口了！我们还要赶路哪！”

围观的人们越聚越多，大家听了摩吉的话以后，一阵嘁嘁喳喳。有的说这黑脸和尚话说大了！三个人还拿不动你一柄禅杖，笑话！有的说这黑脸和尚有些来头，你没看方才人家用一只手，还没费劲吗？说不定是罗汉下凡，佛法无边哪！还有的说得有鼻子有眼，说摩吉长得黑脸长身，跟五百罗汉里的第一百三十九尊一模一样。你“黑蝙蝠”武艺高强，但毕竟是人哪！你跟咱老百姓有能耐，今天你遇见神了，碰到罗汉了，就完了！再比也是输，别自找难堪了！云云。

先不说黑衣客老五颜面丢尽，满脸羞愧，那一群黑衣客听了观众的话，全炸锅了，一个个摩拳擦掌，气愤异常。他们都感到今天若在这黑脸和尚面前栽了跟头，今后在大漠上就没法混了。他们不相信有什么罗汉下凡，更不相信三个人仍不能取胜。于是一个个你争我夺，都想上前。最后一致推举了老六、老七两个上来助阵。三个人简单商议了一下，随即蹲下身子，两股撑站开。六只手握定，“嗨”的一声，一齐发力，必欲夺走禅杖而后快。观众们不免一阵阵担心。

这时候的摩吉仍然保持原姿势未动，他双目微闭，气运丹田，理通经脉，力贯全身，使他的身体同禅杖、座椅和大地形成了一个整体。人们只见他的脸由黑转黄，又由黄转红，头顶上一团白色的气体旋转着升起，整个人如同一尊巨石雕像。任凭那三人使尽吃奶的力气，仍然纹丝不动，那禅杖就如同顶天的柱子，分毫不移。黑衣客们一个个屏住呼吸，挺胸收腹，好像都跟着使力气。观众们一个个瞪大眼睛，全神贯注，生怕丢掉任何一个细节和玄机。

僵持的时间不算漫长却寂静得可怕，人们仿佛听得见彼此的心跳和肠胃的蠕动。没有风，树叶也没动，往常没完没了地越热越叫的伏蝉这时也老实了，可能也正趴在树上观看。人们不知道谁能获胜，但大多数观众都同情这位黑脸的和尚，觉得时间长了会对他不利，因为他毕竟是一个人哪！

忽然一声轻轻的断喝：“你们三个下去吧！别在这儿丢人啦！”语音未落，一个瘦小的黑衣客手一扬，一团黑影如利箭般脱手而出，直奔摩吉的上身射来。

围观的人们“啊”的一声惊叫，心想这下子完了！这个黑脸和尚必输无疑。有认得的暗自嘀咕：这黑鹰也太不讲究了！双方较力，以三对一，本来你黑蝙蝠够占便宜的了，这时候你再使暗器，缺德至极。还有的更知根底，说黑鹰肯定是相中这柄镏金禅杖了，才下此狠手，不然他是不会轻易出手的。但只要出手了，必然会百发百中。这在大漠尽人皆知，早已令人闻风丧胆。也怨这位黑脸和尚，谁让你逞能来？

就在人们认为输赢已成定局的时候，只见摩吉的身后一股风起，一团灰色的东西随风而出，迎上前去，与黑鹰发出的暗器撞在一起，“噗”的一声，落在黑衣客老五、老六和老七的身上。三个人一走神，摩吉趁机大叫一声“嗨”，令三兄弟心中一惊，手一松，齐齐地一屁股坐在地上，像三个跟大人玩累了的孩子，满脸汗水，滑稽无比，惹得众人发出一阵阵笑声。

有细心者捡起落在地下的暗器，不禁哑然失笑。原来黑鹰打出的是几颗蜜枣。但这些蜜枣非常不幸，它们个个半路中弹，多褶的肚子上个个都插着一两枚灰色的瓜子。这种奇异的食品搭配和有趣的造型，让围观的人们倍感惊奇，也让黑鹰和他的兄弟们哭笑不得。

三对一较力的结果，黑衣客又告失败。

摩吉站起身来说道：“世间万事，皆有因果，一切随缘，何必强求？禅杖出自佛门，乃是我师父的随身之物，还请各位见谅。”说罢扶起无竭，就要起身。

围观的人们也觉此事会到此为止了，正欲纷纷散去，忽听黑鹰轻喝一声：“慢！几位师父的功力不凡，不妨留个姓名，今后也好相见！”

摩吉与无竭对视一眼，见师父没有点头，正欲回话，却听那当地的黑脸僧人抢先答道：“各位豪杰有所不知！这位是天竺高僧摩吉师父，那位是他的老师昙无竭大师，是随我们去敦煌的。大家都在江湖上行走，就请各位行个方便！”这个家伙倒是爽快，竹筒倒豆子，都告诉人家了，气得摩吉狠狠地瞪了他一眼。

黑鹰闻言一笑，说：“天竺高僧头次领教，没听说过。这位昙无竭大师倒是声名赫赫，德行远扬，听说是去天竺取经回来的。好哇！太好了！机会难得。古人讲远来的和尚会念经啊！就给我们念一段如何？弟兄们！怎么样？”

那群黑衣客闻听黑鹰之言，一个个挤眉弄眼，一阵哄笑，一齐嚷道：“念一段！念一段！让我们开开眼！”

围观的人们见此情形，都不走了，大伙儿感到黑蝙蝠们是要纠缠下去，后来说不定还有好戏看哪！一时纷纷聚了过来，把茶点摊围成了一个圆圈。

摩吉气愤地推了那当地僧人一把，“都是你嘴快！出门报号有什么用？”

无竭笑了，说："摩吉不必怨他！我们佛门中人讲经说法乃是本分！各位既是想听，那我们求之不得。还请各位静下心来，不要喧哗，念经讲究入心、入脑、入肝、入肾，听到深处，自然灵魂贯通，遍体舒泰，个中好处，一会儿你们就知道了！"说完转头告诉摩吉和那几位僧人："我们盘膝打坐，念诵《观世音菩萨受记经》吧！"然后自己首先坐下身来，二目微闭，手捻佛珠，口中念念有词，诵经不止。

摩吉和那几位当地僧人也都席地而坐，开始诵经。黑衣客们一开始听黑鹰说让和尚们诵经，觉得好玩，现在见和尚们有模有样，一本正经，又觉得好笑，想说点什么，见大哥黑鹰一言不发，不知道他心里是怎么想的，因此谁也不敢吱声，只是眼睛望着无竭和摩吉，默默地坐着，偶尔喝一口茶水。大哥黑鹰当时说让和尚们念段经，只是句戏耍和玩笑的话，以为这位大和尚不会答应，他也顺势找个台阶下，这段小插曲也就算过去了。因为通过方才几番过招，他已看出对方是世外高人，不想因为这点小事再纠缠下去。没承想这位大和尚居然痛痛快快地答应了，而且还坐在那里正儿八经地诵经，这让他有点摸不着头脑。他不知道这位大和尚打的是什么主意，脑筋在急速地旋转着，思索着，因此他一直没有吱声。

围观的人们见几位僧人盘腿打坐，闭目诵经，皆感到十分有趣。又见黑衣客们个个倾耳静听，一言不发，因此也没有人敢说话，只是紧紧地把这两拨人围在中间，形成一个封闭的圆圈，静观着事态的发展。

无竭领着几位僧人念诵了一遍《观世音菩萨受记经》，顿觉耳聪目明、头清眼亮、心平气和、周身通泰，阖体经脉无比畅达，心中也在快速思考。他不知道今天这场遭遇是福是祸，但他们必须赶快离开这里，不然说不定会发生什么意外，就耽误了去敦煌的大事了。他微睁双目轻轻一瞄，运动内力四围一扫，发觉今天这里的气场极好，不觉在心中暗笑，"对不起了！黑衣客们！请你们睡一会儿吧。"于是他发动自己的内力，调动自己的意念，向黑衣客们念诵起"无上催眠咒"。这一套内气功法是在龙山学艺之时，由龙山圣母传授给他的。这本来是圣母在调教守山大神的时候用的，只有内功修炼到一定程度的人才能使用。它是通过发功把自己的意念强行传送给对方，使其达到昏昏欲睡的效果。龙山圣母本来不打算把这一功法教给他，是他再三央求后才学到的。后来到天竺取经，发现师父恒戒大师也熟谙这套功法，因此又跟着师父练了多次，现在随着年龄增长，内功日渐精熟，他这一套功法已是炉火纯青了，只是不常用而已，今天偶然一试，也是无可奈何，为了尽快脱身嘛！

摩吉和那几位当地僧人还在反复念诵着《观世音菩萨受记经》，无竭却在一边念诵着“无上催眠咒”，不断地以强大的功力向黑衣客们输送着自己的意念。不知不觉之中，黑衣客们似乎一个个全神贯注，如醉如痴，好像完全进入了经文的世界，他们从不说、不动到最后眼珠不错地看着无竭，如同一群听话的孩子。黑鹰因为内力深厚，当他感觉到浑身发软，眼皮发沉，自己不由自主地被无竭左右的时候，曾试图强力反击，用自己的内功抵挡对方强加的意念，但已为时过晚，虽然头脑清醒，但是周身无力，动弹不得，只想入睡，不禁暗自苦笑：自己纵横江湖二十多年，未遇敌手，看来今天是真遇到高人了！古语有言，人外有人，天外有天，一点不假！自己也是咎由自取。

围观的人们看不明白，和尚们的经文怎么会有这么大的威力，让黑衣客们迷恋到这个程度？早知道有这样好的佛经，何不早点给这群“黑蝙蝠”们念念，也省得他们在这大漠上打家劫舍？哎呀！这事也真就怪了！我们在旁边也是一起听的，为什么他们入迷了，我们没入迷？这是怎么回事呢？

有的人就开始叽叽咕咕：“佛法无边哪！”

“真罗汉下凡了！”

“那个老和尚更厉害！是那个罗汉的师父哪！说不定是佛陀到了！”开始时有人行礼，接着就有人叩头，不一会儿居然跪倒了一大片。

无竭见状，急忙拉起摩吉，说：“我们走吧！夜长梦多！”又赶紧给跪倒的人们还礼，说：“乡亲们！不必这样！大家散了吧！”说完转身捡起包袱，拿过禅杖，领着几位僧人大踏步走了。

事有凑巧，正好这时天上飘过一片白云遮住太阳，正午的阳光给那朵白云镶上了一道金边儿，万道彩色的光线从白云边上射下来，一阵轻风吹过，眼见着无竭他们转过一片小树林，就不见了，好像消失在彩色的阳光里。

跪伏着的人们见状惊呼：“佛陀下凡了！佛陀下凡了！”一时间欢呼雀跃，奔走相告，并很快传遍了戈壁大漠，传遍了河西走廊。

黑鹰和他的兄弟们眼睁睁地看着和尚们走了，但他们无可奈何。因为他们太累了，太困了，太想睡一觉了！不知从什么时候开始，他们真的都睡着了。茶食摊的主人不知是心眼好还是怕人家，不仅喂饱了他们的马匹，而且还为他们又支上一个凉棚，以防阳光晒着他们。邻近吃食摊上的客人也陆续都走了，此地又恢复了平日的宁静。只听得见黑衣客们此起彼伏的呼噜声和那些马匹时而发出的响

鼻儿，证明这件事情此时还没有完结。

走在路上的无竭此时也觉得这件事情没有完结。因此他脚步匆匆，一路疾行，尽管几个当地僧人已经屁滚尿流，一再要求休息，但无竭始终没有答应。在约摸走出来一个时辰以后，当那个当地的黑脸僧人呼哧带喘地又一次请求休息的时候，无竭问他：“此处离敦煌还有多远？我们在晚饭前能够赶到吗？”

那个当地的黑脸僧人回答：“从这儿到敦煌不会超过三十里了，路也比较好走。我们还是歇一会儿吧！走那么急干什么呀？”

摩吉明白师父的意思，他瞅着来路说：“那群黑衣客盯上了这柄镏金禅杖，他们是不会善罢甘休的，估计不久就会追上来。我们在天黑前赶到敦煌，会省去许多麻烦！”

那位当地黑脸僧人说：“他们还追上来干什么呀？不是已经彻底服气了吗？我们当时念完经，就走出来了，他们不是老老实实，什么都没说吗？”

摩吉笑了，看着那位黑脸僧人说：“你真以为念经会有那么大的作用吗？若不是跟着师父，我们今天就出不来了！”

那位黑脸僧人依然不解地摇了摇头，而无竭则对摩吉投去赞许的目光，觉得近几年来这个弟子越来越成熟了，他的心里高兴万分。

虽然无竭师徒俩能够坚持，但是为了照顾几位当地僧人的情绪和体力，他还是决定休息一下。他们找到路边一棵柳树，在树荫下乘凉。摩吉解下水囊递给师父，自己则揪下一片肥大的野麻叶扇风。几位当地僧人喝过水后，一个个横躺竖卧倒在树荫底下睡着了。无竭看着他们，也很同情，觉得他们跟着自己，是太累了。哎！让他们睡一会儿吧！这可恶的天儿，也真是太热了！

几个人在树荫下休息了好大一会儿，眼见得太阳西移了，跑得比兔子还快，说不定一会儿天就黑了，摩吉推醒了那几个当地僧人，那个黑脸和尚有些不高兴了，说：“急什么呀？一会儿太阳下去，赶凉快，一抻腿就到了。”说完又躺下了。

摩吉正想去薅他，却见那家伙腾地自己坐了起来，嚷着：“坏了！有马队追上来了！”

几个当地僧人闻言都慌了，四下撒目，什么都没看见。无竭望着他们几个说：“他说的没错。这支马队离这里不会超过三里了，你们先走吧！今晚敦煌见！”说话间来路上烟尘滚滚，隐隐已有马蹄声传来。

那个当地黑脸僧人说：“快走吧！刚才我躺在那儿就听到马蹄声了！对不住了，

保重！”说完带着那几个僧人急匆匆地走了。

无竭笑着对摩吉说：“让他们走了也好！免得担心他们的安全。一定是那群黑衣客又追来了。一会儿他们到的时候，一定会围住我们，到时候你看我的眼色行事，你先打晕他们的马匹，我再去点他们的麻穴。怎么样？”

摩吉说：“放心吧师父，马匹交给我了！”

无竭说：“只是打晕，千万不要把马打死！”

说话之间，“黑蝙蝠”马队名不虚传，如一片黑云转眼飞到眼前，将师徒二人团团围住。

原来这群黑衣客在茶食摊前听了经文，酣然入睡，这一觉睡得香极了！一直睡了一个多时辰。醒来后一个个伸着懒腰打着饱嗝通体舒服，只有黑鹰一个人坐在凉棚下一言不发。其实他早就醒了，严格说根本没睡，只是眯瞪了一小会儿。他在冥思苦想，这位昙无竭大师和天竺高僧来大漠干什么呀？他们千里迢迢，不避凶险，一定是干什么大事来了，那么他们去敦煌干什么呢？

黑衣客们见老大黑鹰默不作声，以为他仍在生气，于是一个个嚷嚷起来。十几个人的一支马队，大漠里人人闻风丧胆的“黑蝙蝠”刀客，竟然被两个和尚弄得颜面扫地，今后还怎么在这里混下去？又有几个人嚷嚷着说那柄镏金禅杖就是个宝贝，说不定价值连城。还有一个钵盂，好像是赤金的。妈的！夺下这两件东西，够咱们弟兄过一辈子啦！对！操家伙！谅他们也走不远！不就是去敦煌吗？一会儿就能追上！快！快！一群人嚷嚷着去牵马匹，还有几个人在看着黑鹰的脸色。

见黑鹰迟迟没有吱声，黑衣客老七耐不住了：“大哥！你说话呀？我们倒是追也不追？”

“追什么呀？去找死吗？”黑鹰站起身来，慢慢腾腾，一字一句地说，“就你们几个，追上了打得过人家吗？追上了又怎么样？又不是没交过手，弄不好东西没得着，还得让人家羞辱一场！”

老七不服气地说：“大哥你怎么长他人志气，灭自己威风？我们‘黑蝙蝠’在大漠怕过谁？还不是关键时刻你不出手，又不发话，让他们白白跑了吗？”

“你懂个屁！都是你惹的祸！踹什么店小二？你这个臭脾气怎么总也不改？看不出来吗？这两个人不是一般的高手！那个老和尚可怕得很！你说说，你们是怎么睡着的？你知道吗？”黑鹰发火了，身材干瘦却声音洪亮，震得树叶沙沙作响。

黑衣客们多数被黑鹰训得默不作声，但老五、老六和老七不干了，他们说大

哥你怕他们我们不怕！这口窝囊气不出我们无脸见人！你就擎好吧！我们一定把禅杖给你抢过来，你就等着发财吧！说完飞身上马，随后又有几个弟兄跟了过去。十个人十匹马如风驰电掣，朝敦煌方向猛追过去。黑鹰无可奈何，叹了口气，带着余下的四个弟兄，慢慢跟了上来。

却说黑衣客老五、老六和老七率众一阵疾驰，远远地就看见两个和尚站在柳树下休息，好像知道他们要来，一副满不在乎的样子，顿时气上加气。老五朝其他人一使眼色，十匹马唰地散开，把无竭师徒团团围住。

黑衣客老七在马上“嘿嘿”一笑：“念经啊，打赌啊，比什么力气呀，你们俩把我们蒙苦了！看你们还有什么招？你们倒是跑哇？看你们能跑哪儿去？这大漠是我们‘黑蝙蝠’的天下！乖乖地把禅杖交出来，饶你们不死！不然就送你们上西天！”

“交出来！”“交出来！”十个人一齐呐喊，叫声震天。

无竭轻轻一笑，说：“阿弥陀佛！施主何必苦苦相逼？这禅杖乃恩师所赐，重如生命，岂可轻易送人？还是请回吧！免得伤了和气，却也不好！”

“有什么不好？妈的！快将那禅杖，还有那钵盂，放在地下，不然就将你二人剁成肉酱！”黑衣客老五吼声如雷，随着老七一个暗示，十个黑衣客唰地抽出腰刀，寒光闪闪，眼见得将要扑上前来。

无竭放下禅杖，取出钵盂，低声说：“动手！”师徒俩蹲下身子，人影一晃，转眼间就不见了。十个黑衣客正在迟疑，只觉得颈上一麻，钢刀脱手，掉在地上，随后身子一瘫，从马上摔了下来。接着，十匹马也像倒山墙，“扑通扑通”地栽在地上。整个过程快如疾风，迅如闪电，十个黑衣客还没明白怎么回事，已经横躺竖卧，倒了一地。

无竭拍拍手，好像要掸去身上的灰尘，笑着对摩吉说：“干得好！马不会有事吧？”

摩吉说：“放心吧！师父！我只是轻点了马的前腿髈，它们一会儿就能站起来。”

“那就好！”无竭说，“我却点了他们颈上的麻穴了，没有一个时辰，他们是起不来的！”说着向那些黑衣刀客们深施一礼，“列位施主，对不住了，请你们稍事休息，我们要到敦煌去了。”

黑衣客老五、老六和老七听得清楚，看得明白，但嘴里说不出话，浑身也动弹不得，眼睁睁地看着两个和尚消失在夕阳里。

第二十二回

发慈悲搭救黑鹰队　睹显圣议凿莫高窟

无竭与摩吉上路就一阵急走，他们要在天黑前赶到敦煌，太阳已经不算太高了。约摸走出十几里，拐过一小片灌木丛，却发现那几个当地僧人站在路边张望。那个黑脸僧人跑上前来说："我们几个走了一会儿，越走越觉得不是滋味，就站在这里等你们了。好在已经不远，前面十几里外，就是敦煌了！"

无竭放眼望去，见前边依然是一片片沙丘，一座座土山，一丛丛干黄的骆驼刺和偶见出现的灌木丛。一阵阵旱风吹过，扬起一团团沙尘，把天地搅得混沌昏黄。一条小路蜿蜒伸去，像一条僵死的蛇。空中不见飞鸟，连傍晚的太阳都有些无精打采。无竭心想：这个地方怎么会有圣迹？佛陀会在这里显圣？无竭暗自摇了摇头。

正行走间，忽听一个僧人喊道："大师请看，前边就是绿洲了！那树木葱茏之处，

就是敦煌！”

无竭举目望去，果然看见前边不远之处，隐隐出现些树木和野草，再走近些，竟然有了一些湿地和水洼，又过了一会儿，甚至可以看到一块较大的湖泊，草木也开始茂盛起来，路上渐渐发现有人牵着骆驼行走。再往前走，村屯出现了，街市出现了。规整的土路边房舍干净整齐，为数不多的商家看起来却很活跃。过往的行人不论男女，均面色黑红，长发过肩，虽不及南国人物标致俊美，却显得极其健壮。时至黄昏，天气已有些见凉，年轻的姑娘们仍身着纱衫长裙，不少中老年男子已穿上皮袄皮裤。一个当地僧人见摩吉似乎有些不解，告诉他说，此地昼夜温差很大，因此穿戴五花八门，不同的人们和不同的时间，衣着都是不一样的。

另一位僧人对无竭说：“大师一路劳顿，我们不妨在此住下，明日再去莫高山，如何？”

无竭问道：“莫高山离此还有多远？”

那黑脸僧人说：“不到四十里了，今晚去是啥也看不成了！”

无竭说：“也好！我们就暂住一宿，明早早行。莫高佛窟是个圣地，我们也应该沐浴更衣才是。”众皆微笑赞同。

吃过晚饭，无竭和摩吉打了些水，洗洗涮涮，又把穿脏的衣服洗净晾上，才回到客房打坐诵经。自打从天竺回来以后，无竭已经习惯了像恒戒大师那样，饭后打坐诵经，睡前练功习武，并按照这一套路严格要求两位弟子。所以即使摩吉在燕山藏经洞一待几年，不在师父身边，也从未间断这样做。师徒两人刚刚坐下不大一会儿，一部《观世音菩萨受记经》还没诵完，就听到大街上吵吵嚷嚷，人声鼎沸，灯笼火把将客房的窗户都照亮了，隐隐传来大队人马行进的脚步声。二人正在纳闷，一位当地僧人急匆匆推门而入，大叫道：“大师呀！出大事了！‘黑蝙蝠’被官军抓住了！”

无竭一听，心里“咯噔”一下，立时怔住了：以“黑蝙蝠”这些人的身手，在茫茫大漠上驰骋，官军是奈何不了他们的。不用说，是由于自己点穴制敌导致他们瘫软在地，束手被擒的。这样说来，“黑蝙蝠”被抓自己难辞其咎。想到这里，犹如五爪挠心，让他坐立不安。

摩吉似乎觉察到了师父的情绪，安慰他说：“师父不必在意，我们也没有料到会有这个结果。官府不是一直在抓他们吗？干这一行，哪天‘掉脚’谁也料不到！”

“对呀！”那当地僧人说，“‘黑蝙蝠’被抓，不少当地富豪拍手叫好，都说官府立了大功哪！”

无竭接上一句：“那普通百姓呢？他们叫好吗？”

“普通百姓……他们，倒没见……叫好。那‘黑蝙蝠’平常也不咋欺负老百姓啊！”那当地僧人一时有些语塞，接着又说，“‘黑蝙蝠’打家劫舍，主要针对那些有钱的人，特别是那些为富不仁的富商大贾。至于普通老百姓，倒没咋听说。”

摩吉说：“我看不然。那店小二是富人吗？为什么一脚给人家踹掉胯骨？这不是横行乡里吗？”

正说话间，那个黑脸僧人推门进来，告诉无竭：“刚刚听说，方才那十个‘黑蝙蝠’是束手被捉，可能是喝多了，躺倒在路上，被出门回来的守备府官兵们捡个洋落。黑鹰领着另四个投案自首去了。够义气！是条汉子！街上的人们正夸着哪！”

无竭闻言，腾地一下站起，叫声“摩吉，跟我走一趟！”就出了房门，摩吉旋即跟着跑出去了。弄得两个当地僧人莫名其妙，目瞪口呆。

无竭一路打听着直奔守备府，穿过两道土街来到城郊，高大的门楼前竖吊着一排纱灯，“敦煌守备使司”六个大字赫然在目，八个守门的军兵手按腰刀，燕翅儿排开。院子内灯火明亮，但很安静，并不见嘈杂的人声。

无竭走上前向守门军兵深施一礼，谦恭地说道：“打扰几位了！烦请代禀一下守备使大人，贫僧有要事相告。”

一个守门军兵问道：“你是何人，夜晚还来造访？守备使大人已经安歇了！”

无竭再次和蔼地说：“有劳列位了！您就说龙山县无竭求见。”

那军兵说：“那好吧！你等着。”说罢进去通报。

不一会儿，正厅内灯光亮起，那通报的军兵告诉无竭：“大人请你进去哪！”

没等无竭和摩吉跨进门槛，就见一个人急匆匆地迎了过来，一边挥手让座，另一只手还在系着衣服的带子。一个军兵刚刚倒上茶水，那位守备使大人便说道：“大师千里迢迢，怎么来到这里？夜来造访，想必有些急事？”

无竭打量此人，约摸四十多岁，仪表堂堂，身材雄健，二目有神，颇有点儒将风度。眉目之间似曾相识，又想不起来在哪儿见过。于是合掌一礼：“敢问将军尊姓大名？何方人氏？我怎么觉得有些眼熟呢？”

那守备使大人爽朗一笑，说：“我在平城听过大师讲经，一连听了三场，而且一直坐在前排，有些面熟那就对了。但我对大师的印象却深刻得很，一直不能忘怀。所以方才听说您到敦煌了，我喜出望外，跑了出来，衣服都没有穿好。我提一个人您准认识，冯朗将军是我的叔父，我叫冯翊。这些年来一直在雍、凉二州任职，来这已经五年了！”

无竭听后高兴万分：“原来是冯翊将军！令叔冯朗可是我的恩人哪！当年我取经时路过长城，曾赠我们二十五匹军马，帮了大忙啊！”

冯翊长叹一声：“叔父去世已经多年。他活着的时候笃信佛教，我们都受了他的影响，对名利看得很淡。这敦煌虽然地处边远，却也清静。对了，大师夜来造访，有何吩咐？”

无竭便把来莫高山考察，路遇“黑蝙蝠”的前前后后说了一遍，末了他说道：“当年乐尊大师在此开凿佛窟，名扬四海，不想中道停工。方今冯皇后宽仁厚德，礼佛敬禅，贫僧就想乘盛世洪福，延续这份功德。这‘黑蝙蝠’是被我点翻，如就此被杀，我心终觉不安，可谓好事还没成，倒先做了一件恶事。我观黑鹰，还不是恶毒无比、不可救药之人。还望将军据实论罪，在可能之时尽力开脱。”

冯翊听后恍然大悟，“我今天是派两名校尉带五百人马去巡哨，没想到他们把‘黑蝙蝠’抓了回来。我当时还纳闷儿，这些兵士怎么能抓得住‘黑蝙蝠’？他们告诉我说这十个‘黑蝙蝠’，不知是喝醉了还是中毒了，当时都倒在地上，没有还手之力，轻而易举地被绑了回来。”

无竭忙问：“那黑鹰呢？‘黑蝙蝠’的那个头头、老大，他怎么样了？也抓来了吗？”

冯翊感叹地说：“这个黑鹰真讲义气！我这刚把那十个‘黑蝙蝠’投入大牢，他就带四个人来投案自首，说十五个兄弟是磕过响头、喝过血酒的，要生同生，要死同死。我当时就成全了他，把他们五个也关了起来。他们的对头太多了，不太好办。不过我也知道他们多数是劫富济贫，对平民百姓很少祸害，尤其是黑鹰，是穷苦人出身，义气深重。在查证的时候看吧，我会尽力的！”

无竭说：“那就先谢过将军了！我再给朝廷冯皇后修封书信，派专人送给她，这样冯将军也好说话。”

冯翊说：“堂妹那里如大师能先打个招呼，那是最好。至于在莫高山开凿佛窟一事，我举双手赞成，需要我来帮什么，大师讲话就是。”

无竭一听，非常高兴，领着摩吉拜别冯翊，走出守备使府。冯翊一直送到门外，待二人走出很远了方才回去，令无竭十分感激。

次日天刚亮，无竭与摩吉练功归来，草草洗漱并吃了一口早饭，便带上几个

当地僧人，匆匆赶往守备司大牢。摩吉刚与守门军卒说上几句，那军卒便说："昨晚守备已派人交代，要好生关照'黑蝙蝠'人犯，大师尽管进去便是。"

无竭听后心中一热，觉得这冯翊还真是细心之人。几个人在狱卒的引领下拐弯抹角，走进最后一座监室，见这里墙高房固，门厚窗严，守卫人员很多，整个形状像一个天井，密闭得连一点风都没有，给人一种强烈的压抑感。狱卒悄悄地告诉无竭，这里就是死囚牢。一个人一间囚室，都是单独关押，互不见面，虽然不打不骂，却是生不如死，许多死囚犯都因为受不了这种与世隔绝的生活，而提前死去。'黑蝙蝠'们因为是昨晚刚来的，被关在紧靠西边这十几间。

"黑鹰就在这一间，你们可以抓紧时间说几句话，没有太多的工夫。"狱卒打开一间牢门，无竭几人小心地走了进去。

因为监室内光线太暗，无竭等人的眼睛一时啥都没看见，等到有人说："你来了，我知道你一定会来的！"无竭才发现黑鹰坐在一个墙角里，瘦小的身躯加上黑色的衣服，让人只感到一口牙齿和两只眼睛的存在。无竭俯下身来蹲在黑鹰的对面，才依稀看见了那张黑瘦的脸，一股怜悯之情油然而生。他拉着黑鹰的手，歉意地说："没想到我们会在这里见面！更没想到一场小小的误会产生了这样的后果。都是贫僧的过错！对不起你们哪！"

黑鹰坦然地说："大师不必自责，这根本就不是你的错，是我们这帮兄弟罪有应得。从走上这条路开始，我就知道会有这一天，但没想到来得这么快。想我黑鹰从八岁开始随父贩马，在这大漠纵横二十几年，是做了不少错事，但我自认对得起良心！我虽打家劫舍，但我从未伤害过贫民，只是对那些欺压百姓的人动手。如今结怨甚多，说也无益，自知必死无疑。不是人之将死，其言也善，其实我并不恨你。我认为你是一位高人，是我从未遇见过的武功奇人。从你用瓜子击落我的蜜枣，我就知你功力非凡。到现在我也不知道，你是用什么办法让我们入眠的，更不明白你们师徒何以让十个武功高手瘫软在地，而身上一点伤痕都没有，输在你手里我口服心服。老五、老六和老七他们十个是自讨没趣，我知道他们不是你的对手，连你的徒弟都打不过，果然，让官兵捡了个大便宜。等我赶到的时候，一切都晚了，他们已被官兵五花大绑地抓走，惨透了！但兄弟们将死，我不能独生，我要带他们共赴黄泉！下辈子还做兄弟！"黑鹰说着情绪激动起来，身躯瘦小却语言铿锵，震得牢房四壁回响。

无竭见黑鹰如此通情达理，义气深重，便也态度诚恳地说："义士之言，未免过于悲壮。你们兄弟虽然身入大牢，也未必就必须得死，我看你们并非不可救药之人。就拿你来说，先不谈你多年来杀富济贫，并未做违背良心的事，就凭你和我一天的接触，也知你心存良善。比如开始你用蜜枣发镖，虽想助你兄弟夺走禅杖，却没有真心伤害我徒弟的意图，接着三对一夺取禅杖失败，你并没有倚仗人多势众、强夺硬抢的意思。再比如老五、老六和老七率众追来，你并没有带队齐往，一定是劝阻不住。又比如十个兄弟被抓，你能主动投案自首，这都是你心地良善、义气深重的一面，对于平常人来说，是很可贵的品德。但是反过来说，所谓作恶和行善是有标准的。对于豪强贵族来说，他们驱动万民，发动战争，使无数人死于非命，你说是作恶还是行善？他们强征暴敛，奴役百姓，使之饿殍遍地，民不聊生，你说是作恶还是行善？你说你杀富济贫，没害百姓，那你恃强凌弱，夺人财产是作恶还是行善？所以佛家认为，凡是为自己的都是作恶，为别人的都是行善。你把自己的所得、快乐都建立在别人的所失和痛苦之上，不是作恶又是什么？不光是杀人算作恶，放火算作恶，偷盗算作恶，欺负人也算作恶。举个玩笑的例子，老七一脚踹掉店小二的胯骨，是不是作恶？几个人一起非要抢我的禅杖，是不是作恶？抢不过又非去追杀我，是不是作恶？这都算作恶。但作恶的程度是不一样的，得到的结果也不一样。”

听到这里，黑鹰有些明白了，但又自暴自弃地说：“依照大师的说法，我们为自己想、为自己做都是作恶，那么世上有几个人不这样做？我们岂不都是不可救药了吗？”

无竭笑着说：“这正是佛要普度众生、觉悟众生的原因。在这人类社会之中，人人都有业障，菩萨都不圆满，所以人人需要修炼，日日需要提高。只要你坚持心念众生，不为自我，破除‘我执’和‘法执’，就一定能修成正果，到达西方极乐世界。”

黑鹰长叹一声：“大师说的我也明白，心念众生的人才是高尚的人，才是可以修成正果的人。但像我等弟兄，作恶多端，业障已满，说什么都晚了，还上什么西天呀？不得进阿鼻地狱呀？阿弥陀佛能要我们这样满身业障的人吗？”

无竭笑着答道：“义士此言差矣！佛讲普度众生，就包括像你这样，甚至比你还罪孽深重的人哪！要不怎么叫‘普度众生’呢？一个都不能漏下。不管你过去做过多少错事、恶事，只要你幡然悔悟，弃旧从新，心念众生，多做善事，就一定能逐渐消除业障，修成正果，皈依到西方极乐世界，无所谓晚与不晚的问题。

身有业障的人不能去西方极乐世界，那么西方极乐世界怎么也会存在三六九等呢？这你还没有听明白吗？所以你从现在省悟，是完全没有问题的！”

黑鹰听完，紧紧拉住无竭的手，使劲地摇动着说：“听君一席话，胜读十年书！我早点遇见大师就好了！从今往后，我会坦然面对生死！如果能活着，我一定在余年为众生多做善事！”

无竭说：“请义士放心，我已同冯翊将军讲过，他会考虑实情，对你公平论罪，我也会再向朝廷争取。这一段时间就在监牢里静静反省，必会受益多多。如果有机会，也和你的兄弟们讲一讲，安心坐牢，我会尽快想办法帮助你们！”

黑鹰说：“有大师您这番话，我死了也值了！我黑鹰不白活了。您走吧！工夫不小了。”

无竭紧紧拉住黑鹰的手，说：“那好吧！我们走了，来时给你带了些吃的东西，就慢慢用吧！”说完领着众人走了出来。他让摩吉给狱卒留下一些银两，叮嘱狱卒把食品分给“黑蝙蝠”的所有弟兄们，然后心情沉重地走出牢门。

无竭回到客房后仍放心不下，他坐下来修书一封，详细地说明了遭遇黑鹰和“黑蝙蝠”马队的实际情况，讲明敦煌守备使冯翊已在审理此案，请冯皇后在可能的情况下予以关照。他知道这位女同乡的果决性格，能帮忙的事情，她一定会帮的。信写好后，他责成当地两位僧人火速进京，面呈冯皇后。至此，才稍稍安下心来。

做完这一切，无竭才感觉有点饿了，他与摩吉带着几位当地僧人走进一家小店，要了十几张馕饼，一大盆清汤，转眼间一扫而光。无竭感到这馕饼实在太好吃了，外酥里软，面味十足，于是又让摩吉多买了几张带上。几个人连歇都没歇，就向莫高山出发了。

由于心情迫切，他们走得很快。午后刚交未时，就来到了莫高山。这莫高山又叫鸣沙山，因为风吹沙动，吼声如雷，故而得名。山的西边有一泓碧水，因为形同月牙，故名“月牙湖”。山的东麓有一排石壁，突兀立于沙山之旁，因山得名，称为莫高石崖。无竭与众僧登上鸣沙山的山顶，举目四望，见到处沙海茫茫，渺无边际。那高低不平、连绵不断的沙丘，恰似大海中涌起的波浪。而敦煌呢，绿洲环绕，郁郁葱葱，东高西低，昂首四顾，极像在瀚海中向旭日航行的一艘巨轮，有一种独特的、壮阔的美。

无竭在当地僧人的带领下，走下沙山，来到石崖之下，观看乐尊大师留下的石窟。一个僧人介绍说：“当年乐尊大师曾经计划开凿一百洞，后来因为前秦灭亡，

大师去世，只留下这四洞，均是大师亲自设计和绘画，由当地的能工巧匠协力完成的。每洞里有主佛一尊，佛龛一百零八个，彩绘飞天图像三十三幅。这四洞的主佛分别是释迦牟尼佛、毗卢遮那佛、阿弥陀佛和药师佛。”

无竭依次拜祭了四洞的佛祖、佛龛和神像，仔细观察了这些雕塑和彩绘图案，发现虽然有的地方被人为损坏和剥落，但乐尊大师的作品不仅构思精巧，造型优美，而且雕琢细致，工艺高超，在这茫茫荒漠中历时百年，依然色彩鲜艳、栩栩如生，仿佛形成于昨日，不免十分敬佩。无竭师徒二人走这洞，进那洞，又是模仿，又是临描，如此反复多次观看，已有些流连忘返。那当地僧人提醒道：“大师请回吧！如若想看，明日再来。不然日落起风，就要来沙暴了。”无竭这才同摩吉走出洞来。

一行人爬上沙丘，向西走去。此时风平沙静，万籁俱寂。东边的天色已经开始暗下来，西边的天空此时正灿烂辉煌。远处连绵的沙丘被染成红色，像一排排正在接驾的车队。太阳迈着方步，沉稳地、慢慢地着落，像一只巨大的蛋黄。天边的彩云在不断地变换着颜色和姿态，向世人展示着它们的造型美。

摩吉被这沙漠落日的美景惊呆了，痴痴地、怔怔地站在那里一动不动，眼珠不错地盯着西天的方向。忽然间他大声喊道：“师父快看！西天上佛祖出现了！”无竭此时也正在驻足西望，他清楚地看见佛祖端坐莲台，出现在彩云之间。接着，又看见两边的阿难、迦叶尊者和文殊、普贤、观音、大势至四位菩萨侍立于彩云之端。

那几位当地僧人此时也都看见了，其中一人说道：“大师请看，南边的那尊不是阿弥陀佛吗？北边的那尊好像是药师佛！”

另一人接着说道：“你看那彩云的上面，那些不都是佛吗？哎呀！这么多！莫不是五百罗汉？”

无竭移目上瞧，果见那彩云边上隐隐约约、千姿百态，似有无数尊佛陀的法身出现，照耀得西天万紫千红，绚烂无比。无竭率众僧慌忙伏地叩头，然后起身飞也似的向西奔去，他要近距离多看佛陀几眼。说也神奇，那些佛陀看似遥远，但好像就在眼前，连衣服的颜色、脸上的笑容和手上的指甲都能看得清清楚楚。无竭出家这么多年，除了在天竺看见过佛祖显圣，观音现身，在故国的土地上，还从未见过这么多佛陀的法身出现，今日一睹，不禁欣喜若狂，发疯一般奔西天而去。但那些佛陀跟他若即若离，看着觉得很近了，仿佛已到了跟前，但一停下脚步，感觉还是那么遥远，仍在西边的天际。于是他就拼命地跑，希望能融进那片彩云里。跑着跑着，无竭突然感到眼前一片金光闪烁，佛陀都不见了，西天上只留下半边暗红色的晚霞。四周静静的，只有几颗早起的星星在调皮地向着他笑，好像什么事也没有发生过。无竭一屁股坐在沙地上，他发觉已跑到月牙湖边。

过了好大一会儿，摩吉才追上来，但天已黑了，摩吉是凭感觉才找到无竭的。他气喘吁吁地说："师父！你跑得也太快了！简直是在飞呀！"说完忙坐在地上休息。那几个当地僧人就更不行了，他们是又过了很长时间，一边喊着一边走过来的，待找到无竭和摩吉之后，累得一齐都趴在那儿了。

那个当地黑脸僧人说："我的妈呀！好是太好了！就是太累了！"

无竭说："过去我只听说过此地有千佛显圣之事，今日一见，方知确真无疑。看来莫高山是块佛门圣地呀！佛家曾把人生比作苦海，劝众生彻悟，及早回头，难道这茫茫沙海、一叶绿洲与佛门是有关联的吗？也未可知。难怪当年乐尊大师在此开窟礼佛，这敦煌与佛家必有深刻的渊源。"过了一会儿，无竭又说："今天在这里看到了千佛显圣，是我们几人的三世奇缘。今晚上就不走了，我要在这里诵经坐禅，参悟此地的灵光宝气！"

摩吉一听，正合心意。那几个当地僧人也觉福分非浅，不知是自己的因缘还是沾了无竭师徒的光，一时心意顿诚，全都赞同无竭的想法。一行人原路返回。此时沙漠上夜风已起，声音由小到大，逐渐震耳欲聋。飞沙刮起，已不分天地，好在那几个当地僧人道路很熟，他们走了很长的时间，才互相搀扶着回到佛窟之内。

不知是什么原因，莫高石崖原本面北冲风，此时倒感觉风比别处小了不少。几个人进窟后诵经打坐，不一会儿，那几个当地僧人便鼾声四起，只有摩吉陪着师父尚未入眠。无竭念诵了一阵《无量寿经》，又默诵了一遍《观世音菩萨受记经》，打坐良久，毫无睡意，心中如明灯般亮起，兴奋异常。他悉心揣摩，今天佛陀显圣，一定是有深意晓谕于他，莫不是让他继承乐尊前志，把石窟开凿完毕？以及在此地修建庙宇，供奉金身？因为他听说当年乐尊大师在此见过佛陀显圣，才奏请前秦皇帝苻坚，在这里开凿石窟的，以后一百多年就再也无人见过。他翻来覆去地琢磨了一夜，通宵都没有合眼。

次日天刚放亮，无竭便叫醒了摩吉走出洞来，沿着崖边观察山石的走向、石崖的高度和周围的地形地貌。几个当地僧人醒来以后，太阳已经升起来了，无竭吩咐他们去多准备些食物和水，计划在这里多住上几日。他和摩吉起早贪晚，攀上爬下，又量又测，又凿又撬，除了吃饭睡觉，几乎都忙于勘测。一连九日，无竭和摩吉没有离开过莫高山。敦煌的风味馕饼和此地的月牙泉水让师徒精力百倍、神采飞扬。连续忙碌了这么多天，两个人不但没有累瘦，而且都红光满面，好像比来时还精神了许多。几个当地僧人均迷惑不解。那个当地黑脸僧人问道："我们只是陪伴着帮些小忙，已感到疲惫不堪，大师与摩吉师父为什么倒觉不累？"

无竭笑着答道："当年佛祖住世的时候，日进一粥，树下一宿，遍历天竺，讲经说法,历尽艰辛四十九年,哪一天不是欢欢喜喜,高高兴兴,快快乐乐,精神焕发?世上所有之人，当你心中有所寄托，为了实现这个伟大的目标而奋力进取的时候，你虽然很苦很累，但你的心灵快乐着，肌体兴奋着，你浑身就有使不完的劲儿；当你胸无大志，只想自己，得到小利就欣喜若狂，遇到困难就唉声叹气，特别是个人目的没有实现的时候，往往就会心灰意冷，别说受苦受罪了，待着都觉得累；若是一个人身不由己，在做着自己不愿意做的事，那么就不仅累身，而且还累脑、累心了，甚至连动都不愿意动。我们出家人心系众生，佛祖就是我们的榜样。如果此地如我等所愿，成为佛门圣地，我们心中当然高兴无比！怎么会觉得很累？"众僧听了，包括摩吉在内，均感到茅塞顿开，赞叹不已。

无竭在摩吉的帮助之下，把勘察的结果画成草图。他计算了一下，发现这道东西走向的石崖，可以开凿石窟一千余个，甚至规模要大于燕山的藏经洞。如果全部开凿完毕，那这里就是一个佛的世界，是天下独一无二的佛学宝库。做完这一切，无竭来到敦煌守备使司，面见冯翊将军，并详细地讲述了自己的想法。他把绘制的草图拿给冯翊将军看，说开凿千孔石窟尚须守备使大人全力支持。

冯翊仔细观看后惊叹不已，由衷地说："大师真奇人也！能在这么短的时间内，拿出如此内容详尽、规划周密的草图，让晚生钦佩之至！如果此事成功，那真是一件天大的功德。若有开工之日，守备司八千官兵愿为前驱，以尽绵薄之力！"

无竭高兴地说："将军如此开明豁达，眼光远大，不愧为冯家后人也！贫僧为你自豪。还有一事，不知'黑蝙蝠'一案怎么样了？"

冯翊回答："大师不来问我，近几天我也要如实相告。'黑蝙蝠'被抓之后，是有不少仇主盯上堂来，必欲置之死地而后快，有的甚至想喝其血、生啖其肉，千刀万剐了他们。但我责成专人查证，却发现这些案件大多事出有因。被'黑蝙蝠'所杀的皆为罪大恶极、横行乡里之人，个顶个的都有人命，死有余辜。但'黑蝙蝠'杀人放火，抢人钱财，罪过也是有的。我已命人归卷整理，不日将上报朝廷。就依大师所言，尽力如实论罪。在我看来，事出有因，罪不至死！"

无竭说："那就太感谢将军了！我此番回去，也当明奏朝廷，争取让皇上给予从轻发落！”

无竭与摩吉又到大牢看望过黑鹰他们，给他们留下了几本经书和许多食品，然后才匆匆踏上归途。师徒二人昼夜兼程，走得很快，一个多月以后便回到龙城。无竭在佛寺写好奏章，没有回家看望母亲和弟弟，便马不停蹄地赶到平城，面见冯皇后。

无竭向冯皇后详细讲述了自己此番莫高山之行的所见所闻和所思所想，并把自己写好的奏章和绘制的草图拿给冯皇后看，同时把“黑蝙蝠”所犯罪行及冯翊将军查证的结果透露给她。末了，无竭说：“莫高山乃一方圣地，也是魏国边陲，如能开凿佛窟，必能收拢人心，巩固社稷，乃利国利民之万世功德也。冯翊将军亦有同感，并让我代他向皇后问候。至于‘黑蝙蝠’嘛，可否免其死罪，让他们为开凿石窟、保卫石窟尽力？妥与不妥，请朝廷定夺。”

冯皇后笑了，说：“大师风尘仆仆，不辞辛苦，全是利国为民，难道就没有一点私心吗？”

无竭闻言也笑了，回答：“佛门心系众生，一切不为自我，哪里来的私心？若说有些杂念的话，那就是竭诚为皇后尽力，希望帮我这位龙城老乡积一份天大的功德，留一份万世的基业。”

冯皇后感叹道：“你倒是真会说话呀！这就是修炼的高明之处，所以我相信你说的事能够成功。”

冯皇后非常赞同无竭的设想和方案，很快将奏章呈报到皇帝那里。文成帝拓跋濬览毕奏折，看过草图之后，极为高兴。尤其对无竭在奏章中所说的“河西乃我大魏边陲，敦煌实为沙海绿舟，北接番绥而南达玉门，为西北之屏障也。今千佛显圣，灵光骤现，乃我皇帝之洪福，朝廷之吉兆也。若能开石窟而雕千佛，兴教化而惠万民，必能稳边疆于百世，利社稷于天下，虽秣马厉兵不如也”这一段话特别赞赏。他对冯皇后说：“昙无竭虽一僧人，却处处为国家和民众着想，其才能和见识非朝中大臣可比，真当今屈指可数之贤人也！”遂廷议下旨，着即由右丞相元瑛办理。

但事有凑巧，此事还未及办理，先是元瑛去世，接着文成帝拓跋濬生病了不能上朝，不久也撒手人寰，由十二岁的太子拓跋弘即位。冯皇后被尊为皇太后，临朝听政，处理国事。新皇登基，千头万绪，故无竭没有着急上疏请示。但这位冯太后行事果决，当机立断，听政不久即下谕：“遵文成帝生前所嘱开凿莫高山佛窟，所有规划勘察设计雕刻等事项，均由县无竭大师负责，开凿工程由河西节度使冯翊署理。敦煌守备使司所报送‘黑蝙蝠’一案，查其打家劫舍，杀人放火，多年与官府作对，罪不可赦。但恰在新皇登基、国家用人之际，开凿佛窟，虽囚拘之才亦可用之，故死罪可饶，活罪不免，责其为开凿佛窟、护卫佛窟尽力，观其后效，以再论责。”谕旨迅速下达，传至敦煌。

无竭闻听，高兴万分，当即入朝叩拜，激动地说：“太后英明天纵，实乃万民之福！贫僧当不遗余力，赴敦煌以成大业，不负朝廷之厚望也！”

冯太后说：“开凿莫高佛窟，是新朝的一件大事，必须圆满成功。如今冯翊已主政河西，有利条件多多，望尔等同心协力，造个辉煌出来。这可不是为我积什么功德，这是在稳定西北边疆啊！”

无竭与摩吉再赴敦煌，他们带去了开凿佛窟的全部规划和设计资料。冯翊特意从凉州赶来，也带来了工程的管理官员和施工人马。事情进展得这般顺利，让两人一见面就紧紧地抱在一起，这种僧俗都不常见的礼节让众人先是惊讶，接着哈哈大笑。良久，二人松开。

冯翊说：“大师你看，我把谁给你带来了。”无竭抬头一望，旌旗之下，十五名黑衣客翻身下马，一齐跪在无竭面前。

领头的黑鹰朗声说道：“大师救命之恩，没齿不忘！再生之德，以死相报！愿为开凿佛窟、保卫佛窟肝脑涂地！在所不辞！”

那十四个黑衣客一齐跟着喊道:“肝脑涂地！在所不辞！”声音雄壮,气吞大漠，令所有在场之人为之震撼。

无竭忙拉起黑鹰说：“列位请起！快请起来！释放你们是朝廷的恩德！帮助你们，是冯翊将军的苦心！贫僧不过是做了应做之事，谢什么呀？”

黑鹰感动地说：“大师教诲，如拨云见日，让我们知道今后如何做人了！我等从此将心系众生，为万民着想，鞠躬尽瘁，死而后已！”

黑衣客们又是一齐大喊：“鞠躬尽瘁！死而后已！”最后连兵士们都跟着喊了起来，简直成了一个开凿佛窟的战前动员。

冯翊深有感触地说：“大师你看！拉回一个人心，比修一座佛窟更重要哇！让这十五个人不死，戴罪立功，对朝廷来说，也不仅仅是善举，简直就是良策啊！”

无竭从此在敦煌一待就是两年。开凿佛窟的工程按照预想，全面铺开，而且进展得相当顺利。工程经费、施工人员及工程管理，冯翊都安排专人打理得井井有条。无竭和摩吉只负责按设计进行指导，对即将完工的石窟考虑下一步的雕刻事宜。“黑蝙蝠”在大漠彻底消失了。黑鹰等人被编为“黑鹰马队”，专门负责佛窟的工程保卫，他们尽心竭力，令冯翊和众人非常满意。无竭见一切转入正轨，恰好龙翔佛寺又有信来，他便与冯翊将军打个招呼，留下摩吉，自己一人回龙山去了。

无竭从莫高窟返回龙山，见师兄无病把佛寺打理得井井有条，十分高兴。无病说无竭母亲近几年身体不太好，天天在念叨他。燕山张老员外也有信来，让他过去一趟。无竭见寺院一派兴旺，僧众已发展到一千多人，每日来进香者川流不息，确实不用自己操心。龙城的改造工程也很顺利，护城河已经挖好，城墙也已修完，大部分荒废的农田都恢复了耕种，两大片民居基本修复完毕，城中的商号、店铺亦日渐繁荣。寺院和郡守司的关系处理得很好，也不用自己牵挂。于是他匆匆告别无病和各位弟子，急忙回家看望母亲。

家里的情况却让他有些担忧。母亲段玉莲明显衰老了，眼睛虽然还能看清人，但是一般的细活都做不了了，腿脚也明显的不灵便。无竭这次回来她没有哭，只是不停地说：“我快找你爸去了！这几天他一直托梦给我，跟我一宿一宿地说话，让我去呢！”

无竭说：“妈妈你一辈子吃苦受累，现在年岁大了，该享点福了！你得活过一百岁呢！你看小虎的两个孩子，您的孙子、孙女，都成了小伙子、大姑娘了，多好哇！”

段玉莲说：“人活七十古来稀，我都九十多了，知足了！再活着就是累赘了。这几年就是总想你，想我的大儿子，想我的慧根。你回来了，见着了，就得了，就放心了！”

无竭见母亲饭吃得很少了，觉也睡得很少了，整天就念叨梦中那几句话，心中十分忧虑。他在家中一待就是十几日。他搀着母亲散步，陪着母亲聊天，背着母亲去墓地，拉着母亲看晚霞。

早上，晨风吹来，他迎着朝阳，在院子里给母亲梳头；傍晚松涛阵阵，他披着晚霞，在小溪边给母亲洗脚。他帮着母亲洗衣服，跟着母亲择野菜，随着母亲喂鸡鸭，陪着母亲唱山歌。母亲爱吃鲜蘑菇，刚下过雨，无竭就往山上跑，采着了又赶紧回来，他要尽快地做给母亲吃。母亲的腿遇冷怕凉，无竭急忙去龙城，给母亲新添了一条羊皮裤和一件羊皮袄。半路上还不忘采些草药，回来捣碎了给

母亲敷上。她的膝盖已有些红肿了。

这十几天，娘儿俩形影不离。白天，无竭有一会儿不在眼前，母亲就会着急地问小虎："你哥呢？他上哪儿去了？是不是不回来了？"晚上，无竭始终同母亲睡在一起。尽管他早已过天命之年，母亲依然拿他当个孩子，一边拍着他，一边嘴里唱着催眠的歌谣，就像当年搂着她的小慧根一样。

这一日无病派人来，告诉无竭说燕山藏经洞那边又捎信儿来了，让他早点去呢。晚上睡觉的时候，母亲段玉莲一边轻轻地拍着无竭，一边对他说："慧根哪，我的大儿子！你一头扎在家陪了妈这些天了，妈高兴啊！妈这一生，从小受苦，长大了嫁给你爸，妈乐呵。你爸是条汉子，是个顶天立地的男子汉，妈跟着他过了几年神仙般的日子，是妈一生中最美好的时光。以后妈有了你，又有了小虎，两个活蹦乱跳的儿子，妈看着眼仁儿都乐。现在又有了孙子、孙女，我跟你爸后继有人啦！妈没什么遗憾的了。慧根！你这些年没在家，一个人在外，妈惦记呀！揪心撕肺地惦记呀！但妈知道你干的是大事。你是龙山圣母送来的孩子，不是妈一个人的，妈明白。你为天下人在劳累、在奔波，妈觉得自豪和骄傲，走在村子里，去到大庙上，或者在龙城，妈遇到熟人心里头美得很！他们都知道，我的大儿子是个不简单的人，是个了不起的人，是个文武全才。有时候妈晚上睡不着觉，就披上衣裳坐在门口看星星。那西边天上有一颗星星特别大，特别亮，我一看着它，它就向我笑，还眨巴眼睛跟我说话。我知道那就是我的儿子，不然别的星星咋不那样呢？于是我就天天看着它，天天跟它聊，它也天天早早地等着我，笑眯眯地望着我。我就知道它肯定是我的儿子，别人谁能做到这样啊？哪个天上的神仙搭理我这个老婆子呀？"

母亲段玉莲饶有兴味地说着，她说得很慢，像嚼着一块好吃的糖那样甜蜜，苍老的脸上洋溢着幸福的笑容。无竭能感受到母亲的体温和那熟悉的心跳，也感到内心中一阵阵酸楚。他觉得自己一生中，最对不起的人就是母亲了，母亲给了他生命，给了他智慧，给了他纯朴，给了他人类最博大、最无私的爱。但是他回报给母亲什么了呢？他做得太少了，实在是太少了。他应该再多做些什么，哪怕能补偿于万一，他决定多住些日子，甚至不走了，他怕留下终生的遗憾和永久的心痛。

母亲段玉莲的话打断了无竭的思绪。她说："慧根哪！我的大儿子，妈知道你忙，许多事在等着你，燕山那边已几次来信儿了。你走吧！妈知道你在为众生忙碌，那也是妈的心愿。你成天在家陪着妈，妈倒难受，好像妈是一个多么自私的人。好了，明天你就走！听见没？”

无竭说：“妈我不走，我想在家再陪您多待些日子，不然儿子心里难受哇！”

母亲段玉莲似有些嗔怪地说：“我的慧根从小就听话，妈一下都没打过，一句都没骂过，这么大了，不用妈说了，听话！”任凭无竭再三央求，后来简直是声泪俱下，母亲段玉莲再也不发一言，甚至把头也转过去，不再拍他，好像突然心地变得很硬。

次日母亲段玉莲起得特别早，张罗着给无竭煮粥、做菜，准备要带的衣物，还给他装了不少干果，让他在路上吃，好像她的慧根仍然是个孩子。无竭知道不能违背母亲的心愿，不然她真的会生气了。当一家人目送着无竭上路的时候，母亲段玉莲笑容满面，一副极为快乐的样子。但无竭明白，她的心里一定很苦。当无竭迈着沉重的脚步即将拐过山坳，回头张望的时候，见母亲那苍老的身躯还站在那里，不断地向他挥手。他鼻子一酸，眼泪唰唰地往下流。

第二十三回

冯太后亲临般若洞　昙无竭两失至亲人

藏经洞的工程全部完工了。最终连洞壁带经碑，共雕刻完成九万九千九百九十九块，镌录佛经五百六十部共六千六百六十卷。同时在入洞口不远处，雕成佛祖释迦牟尼坐像一尊，高二丈，宽一丈五尺，由优质汉白玉精琢细作，造型生动，气势高古，莲台别致，法相庄严。在石洞东临出口处雕阿罗汉十八尊，形态各异，巧夺天工。佛祖和罗汉的石像都披上了红色的法衣，显得神秘莫测，栩栩如生。洞口外开辟了一个小广场，铺上了特制的石砖。广场的周围移植了五百株粗大的松柏，英姿勃发，直入云霄。洞门口不远处，放置了四只石鼎、两只香炉，整日里紫雾缭绕，香气袭人，恍如仙境。

张老员外领着无竭，一处处、一件件仔细观看，边走边谈，面带喜悦，如数家珍。

无竭见藏经洞修建得这样好，简直出乎意料，不禁对这位银发飘飘、年近百岁的老人再次升起崇敬之情，心中不由得暗暗想道：这真是位不出家的大师、尘世间的活菩萨呀！自己能遇见他，难道是佛祖的安排？正沉思间，不知不觉已经看完，就听张老员外说："藏经洞工程历时十六年，终于完工了，总得给它起个名字吧！你是当家大师，无竭你来定吧！"

无竭忙说："老伯十六年来含辛茹苦，花了多少心血，无竭清楚得很！没有老伯的发现，没有老伯的投入和努力，就没有这个藏经洞。这是您老人家的一份功德，也是您与佛家的缘分，这个名字必须由您来起！"

两个人正在推让议论之间，忽然张府的家人来报，说朝廷冯太后巡察河北，听涿城郡守讲，此处修了个藏经洞，规模宏大，风格独特，简直就是个山里的寺院、艺术的宝库，便想过来看看，现在车仗已到山下。二人一听，顾不得准备，慌忙快步跑出洞去，想到山下迎接。半路上遇到燕山知县来打前站，方知车仗马上就到，只好在路边恭候。

不一会儿就听到马蹄声声、旌旗猎猎，转眼间朝廷的车仗已到跟前。未闻香气来，没听裙钗响，一乘轻便小轿停下，冯太后一身戎装，英姿飒爽，在几名佩剑侍女的陪同下，走向前来。

没等张老员外和无竭说话，她老远就与无竭打招呼："无竭大师，我可是不期而至啦！听说你这个藏经洞建得很好，就顺便过来看看，是不是打扰你们了？"

无竭赶紧上前见礼，说："太后巡察，求之不得。倒是我们这个小工程非为政事，不敢叨扰太后于百忙之中。"

见冯太后已到跟前，无竭忙介绍张老员外："这位是河北燕山有名的张老员外，是从大月氏归来的富商。藏经洞工程从发起筹划、花钱用工乃至于修建完成，都是老员外一手操办的，他才是真正的大施主，贫僧不过是提供些经卷而已。"

张老员外忙行礼见过太后，冯太后急忙双手扶起，说："老先生年高德劭，当是我的长辈，不必拘泥礼仪，那样反觉不便。我的祖上也是燕山人，我到这里就是回到了故乡。早听说老家这边有位仁商义贾，多年来造福乡里，百姓有口皆碑。今日一见，果然不同凡响！"

张老员外说："不逢盛世，难行善举，这也是朝廷的功德呀！"

冯太后笑了，"不愧为故乡的尊长、昙无竭大师的朋友，真的很会说话，我听了心里高兴啊！"

一行人边走边聊，不觉已到洞口。冯太后在众人的陪同下，极有兴致地从头到尾很认真细致地观看了洞壁上的经文和地下的经碑，瞻仰了如来佛祖和十八罗汉的法相，在洞口外的香炉里上完了香，望着周围参天的松柏，听着大山里传来的阵阵林涛，深有感触地对无竭说："没想到你们修建得这么大，这么好，完全出乎我的意料。这得算我们魏国最大的藏经洞了！能告诉我，为什么要这样做吗？"

无竭回答道："不瞒太后说，这也是吸取了失败的教训。如果不是因为取经归来的路上，被海水淹坏了经卷，也不一定能想起这个办法。这种做法比之手工抄印，看似蠢笨了一些，却不易被自然灾害和人为所破坏，能够传承百世，留存万年，为众生所用。百姓的彻悟是社会稳定的基础，任何朝代都离不开佛学呀！"

冯太后听后恍然大悟："原来是这样！那么我们过去的好多庙宇、佛像、经卷都因为战乱被毁掉了，如果能建在石洞里，岂不是很合适吗？还省去了不少的土地和材料，反正好多庙宇也应该建在山里的嘛！"

无竭当即接道："太后大智，当世无双。许多庙宇皆可以这样做。比如说莫高山，不是已经动工了吗？"冯太后听完后若有所思。无竭乘机向冯太后禀道："太后光临，天赐机缘。正好我们修的这个藏经洞还没有名字哪，贫僧斗胆，就请太后给赐个名字吧！"

冯太后沉吟片刻说："那好吧！我就不推辞了，我明白这是大师和老伯对我的信任和鼓励。我自小就笃信佛学，知道这大千世界千变万化，茫茫宇宙无边无涯，万事万物皆有定理，历史长河有其规律。能够解释这种宇宙现象，明白这种定理和规律的，叫作智慧。智慧推动着社会和事物的发展，有时甚至决定着社会和事物的发展。但是随着社会的变革、人类的进步，人们的无明和烦恼也越来越多。那么能够让人断掉烦恼、破除无明的智慧，换句话来说，能够让人彻悟的智慧叫作'般若'，这是佛学知识中的精髓。我想你们修这个洞的目的，不就是为了让大众了无明、断烦恼、弘扬佛法、普度众生吗？那么就叫'般若洞'吧！怎么样？"

张老员外大喜："好啊！太好了！就叫'燕山般若洞'！"无竭诚挚地说："太后心系国家，身关社稷，日理万机，本不住佛门，还能对佛学理解得如此独到，确实让贫僧钦佩之至。'般若'这个名字最好！正如太后所说，这是我们全部佛经的浓缩和精华呀！"随从众官员也齐声赞赏。一时间"燕山般若洞"名扬天下，各地僧人和信众们纷至沓来。

冯太后巡察回朝不久，即在全国推行"给官禄、立三长、实行均田制"等方面的改革。所谓“给官禄”，是针对官员薪酬方面的弊端而来的。原来自北魏立国以来，官员们是没有俸禄的，打仗的时候靠官职高低、军功大小分配战利品。等武帝拓跋焘统一了北方，不再打仗的时候，绝大多数官员没有了经济来源，便开始截留赋税、贪污公物或榨取民脂民膏，百姓怨声不绝，社会矛盾尖锐。冯太后巡察州郡发现了这个弊端，果断地实行“给官禄”的改革，即不论官职大小，包括皇亲国戚，一律按照相应等级配给一定的俸禄。官员得了官禄以后，如果再贪污腐败，就要受到惩罚。朝廷因此查处了一大批官员，官场的腐败风气得到了一定程度的遏制。

所谓“立三长”，是针对贵族豪强和大地主占有大量土地和奴隶、侵吞国家财富的现象而来的。“立三长”实质是清查全国的户口和人数，便于如实征收赋税。朝廷规定“五户为一邻，五邻为一里，五里为一党”，“邻有邻长，里有里长，党有党长”。这样国家就把全国的户数和人数普查清楚了，便于实行均田制。那些豪强地主们再想多霸占奴隶和土地，就做不到了，国家的赋税和收入得到大幅度增长。

所谓“实行均田制”，就是进行土地改革。朝廷规定凡是十五岁以上的男子，每人授给“露田”（不栽树的田）四十亩，妇女二十亩，奴婢和平民同等待遇。农户有耕牛的，一头牛给三十亩地，以四头牛为限额。另外，每个男子授给二十亩“桑田”，在这些桑田里，必须栽上五十棵桑树、五棵枣树、三棵榆树。但是露田里不能栽树，否则要受到法办。对那些不适宜栽桑树的地区，每个男子给十亩“麻田”，妇女五亩，奴婢与平民均同等待遇。农民对麻田有使用权，没有所有权。但露田和桑田都是“世业田”，可以世代继承，连续使用。“均田制”的实施，极大地调动了农民种田的积极性，农业生产得以迅速发展，国家的赋税也大幅度增加。冯太后倡导的这些主张，使国家的实力增强了，政治上比过去清明了，由此也使文化、教育和佛教事业得到了恢复和发展。

一日早朝后，冯太后下旨，把无竭宣进内殿。先是征询了一下各州府县对朝廷三项改革的反应，然后对他说：“方今天下稳定，世风日朗。但国家要想长治久安，光靠施行几项仁政是不够的，尚须教化百姓，导育万民。我观儒、道、佛三教皆巩固社稷之途径也，应予适度提倡。我在重修龙翔佛寺、修建藏经洞和改造龙城几件事情中得到启示，这些都是利国利民的德政，是千百万黎民所拥戴的，包括开凿莫高佛窟，也会对稳定边陲发挥重大的作用。我觉得你虽从佛门出发虑事，却很有政治眼光。因此想请你帮我勘定一下，能否在平城附近，也开凿一座像燕

山藏经洞和莫高山那样的石窟，既助我国都声威，又利于万民瞻仰。”

无竭听后心中一喜，立即回答说：“承蒙太后青睐有加，贫僧感激不尽。我观平城西北有一道山梁，由西向东，绵延数里，丘陵起伏，有巨龙奔腾之状，林木森森，似藏万种仙机，紫气常随日起，瑞霭总伴霞飞，风水极好。如今中间不是有座寺庙吗？可在其两侧山崖之上开凿洞窟，供奉佛门之宝，必能皇天后土保佑，令国祚永康，其巨大作用当比‘般若洞’和‘莫高窟’犹过之耳。”

冯太后听后十分高兴，接着问道：“你说的那个地方叫云冈。这地方的岩石质地与别处可不一样，雕刻上有没有问题？”

无竭从容答道：“我从龙城来谒见太后，多次路过云冈，对那里的山川地貌曾留心过。此地虽多为次生沙砾岩，但开凿洞窟是没有问题的。雕刻的时候可采取一些手段，比如先灌润一些豆浆进去。内里的佛经佛像，也可以从别处雕成了再安奉进去，不一定全搞摩崖石刻嘛！”

冯太后说：“如此甚好。就烦大师筹划。”

无竭接着说：“还有一个地方甚好！”

冯太后忙问：“是什么地方？”

无竭说：“就是在昌黎（今辽宁义县）。那里有座福山，北依高峰，南临河水，东西两侧有龟、蛇二岗拱卫，风水绝佳。在福山南麓，有白狼河水蜿蜒流过，形成一个龙形的滩涂，滩涂北侧，石崖陡峭，绵延十数里。此地东挽闾山，西牵龙城，自古乃咽喉要地。当年大燕国皇帝冯跋曾先在此即天王位，真龙兴之福地也。若能镌十方佛陀镇守，必能绥靖一方，且能彰我朝廷功德于塞外、慰先祖英灵于地下也！”冯太后闻听大喜。

次日升早朝议事，冯太后在诸臣禀过、处理一应事务之后，即提出在平城云冈和辽西昌黎两处开凿佛窟一事，文武百官一致赞同。及至皇榜公布，又有豪绅、巨富及善男信女踊跃捐资，愿施舍一窟乃至几窟费用者不下百人。冯太后请无竭主办此事，无竭说：“贫僧可勘察规划，做好详细设计图示请太后定夺。但具体施工监造，因我莫高山工程尚在进行，加之事务繁多，恐有误进展。故斗胆推荐一人，足可胜任。”

太后问是何人，无竭说：“即吾本家师叔云冈禅寺方丈昙曜法师是也。此人也是从龙山的龙翔佛寺来到这里的，且智量宽宏，心思缜密，必能身体力行，完成使命。”冯太后听后应允。

无竭与弟子们又是一阵繁忙，一连小半年奔波于两地之间。好在平城附近的武周山与辽西的福山相距不是很远，无竭对这两地的情况又早有了解，因此很快提出了开凿方案。根据云冈附近的实际，计划沿六里石崖开凿石窟六十六座，修建佛龛三百三十三个，雕刻佛像一千一百一十一尊，镌刻经文九十九卷。由于辽西福山那里的石崖较长，计划开凿石窟九十九座，修建佛龛六百六十个，雕刻佛像九千九百九十九尊，镌刻经文九十九卷，故后人称之为“万佛堂”。此方案送达朝廷后，冯太后极为满意，即刻下令命营州刺史元景负责监造辽西福山工程，命平城太守拓跋恭负责监造云冈石窟工程，命云冈禅寺方丈昙曜法师负责两地工艺指导。朝廷一声令下，两地雷厉风行，分别于北魏太和六年（公元 482 年）和北魏太和八年（公元 484 年）相继竣工。庆典之日，冯太后均曾到场致贺，并礼佛上香，题字留念。两地石窟开凿的主体工程均历时十几年，规模宏大，气势非凡，构思精巧，工艺精绝，集中了当时的书法、绘画、雕刻和建筑等方面的最高成就，不仅是北方佛门，而且是中华文明史上的艺术珍品。在当时的南北朝各国以及整个东北亚地区，都产生了极大的影响，使之成为佛教文化的中心，成为天下僧侣和黎民百姓向往的地方。可惜后来由于北周灭佛加之战乱的毁损，两处石窟均遭到严重的破坏，给中国人民留下了永久的遗憾。

北魏延兴三年（公元 473 年）初冬的一个傍晚，太阳刚刚落山，老天就变脸了。晴朗的天空突然彤云密布，刮了好几天的北风忽然转换成南风。还没等人们弄明白怎么回事，漫天的雪花落下来了，转眼间笼罩了整个世界，高傲的龙山也无奈地披上了银装。而且随着佛寺的鼓声，雪花好像受到了激励，越飘越密，不一会儿竟然成了鹅毛大雪。

正在禅房打坐的无竭此时忽感意念杂乱，屡驱不止。初时只觉浑身燥热，静不下来，继而头痛欲裂、心急如焚。他坚持反复默诵了两遍《观世音菩萨受记经》，仍然稳定不住心神，痛感愈炽，难受愈烈，几乎坐不住了。无竭感到非常奇怪。他自出生以来，从小就在山林野地里跑，经常与猿猴野兽为伍。稍大出家为僧，练功习武，内功深厚，身体素质极好，从来不知道什么是生病，也很少觉得乏累。如今虽已年届古稀，但精神矍铄，腿脚灵便，思路清晰，反应机敏，自觉功夫亦一点没差，那今天是怎么了？难道是真的来病了吗？还是有什么意外的不测？正在凝神自我调节间，师兄无病领着弟弟李小虎破门而入。

李小虎进门就哭了，六十多岁的人了，哭起来没头儿，抽咽个不停。急得无

竭再三追问，李小虎才哽咽着说："哥！咱妈没了！"

无竭一听，犹闻晴天霹雳，一时目瞪口呆，手足无措。呆坐了一会儿，似觉不信，又盯着问道："你说什么？再说一遍！"李小虎大哭着说："哥！咱……妈……去……世……了！"

无竭这回彻底听清楚了，也不知哪来的力气，倏地从蒲团上跃起，冲出房门，头也不回地向家中奔去。山中的小路刚蒙上雪花，又光又滑，无竭急不择路，也不知摔过多少跟头，飞也似的跑回家里。见院中已经搭上灵棚，挂起纸幡，两个孙辈儿正在陶盆里烧纸钱。

无竭两步跨进屋内，看见母亲段玉莲已经静静地躺在茅屋中间临时搭起的木床之上，身上穿着青色的寿衣，脸上盖着一块红布，脚上穿着一双绣有莲花的布鞋，两只手很自然地垂放在身体两侧，显得很安详、很平静。无竭一见，眼泪唰的就下来了，顿觉心口往上一撞，一口血噎在喉头，一腔气堵在胸间，既咽不下，又吐不出，想哭又哭不出来，憋得满脸煞白，冷汗直流，一下子倒在母亲的灵前。

等到弟弟李小虎和师兄无病等人赶到家中，连掐带捶地把无竭弄醒的时候，已经过了两袋烟的工夫了。这一刹那间无竭好像老了二十岁，眼窝深陷，二目无神，嘴唇煞白，嗓音嘶哑。正所谓大哀无声，此时无竭已经难过得说不出话来了。他觉得一生中最对不起的人就是母亲，他欠母亲的太多太多了！自己作为长子，没有在她老人家膝前尽孝，几十年来东奔西跑，母亲从来没有责怪过他，而且不论在人前或是背后，总是支持他、夸奖他，并把他引以为自豪。

母亲一生勤奋朴实，心地善良，与街坊邻居们处得极好。寺院里的僧人们都尊称她为妈妈或是奶奶。母亲心慈面蔼，乐善好施，谁若是有了难处，她总是倾其所有、义无反顾地帮忙。家里的东西谁若是喜欢了或者是用得着了，尽管拿去，从来毫不吝啬。在无竭的心目中，母亲就是一尊活菩萨，是慈爱的化身，是天底下最好的人。如今母亲走了，他心如刀割。这几年他知道母亲年岁大了，便一直住在龙翔佛寺，这样便可以经常回家看望母亲。前两天回来的时候，见她还好好的，说话明明白白，口齿清清楚楚，吃饭比往常还多一些，气色也很好。怎么两天之间，说没就没了呢？他心痛没有见到母亲最后一面，觉得对不起她老人家，一阵阵抓心挠肝般难受。

弟弟李小虎告诉哥哥，这两天母亲始终很好，没看出有啥疾病的征兆。今儿个白天还剥了半筐落花生，晚上还喝了一碗多小米粥。吃完饭她像往常一样，靠在被摞子那里休息，嘴里叨咕着说：“我有点困，要找你爸爸去了。告诉你哥，别惦着。”说着说着就眯着了。李小虎说：“这几年母亲常说这样的话，我们当时听了谁也没在意。没想到我们吃完饭以后，发现母亲睡觉时发的呼噜越来越响。开始时我以为可能是睡觉的姿势不对，就把她身体放平，脑后垫上枕头。这样做的结果是呼噜的声音越来越小，但气脉越来越短了，呼吸越来越慢了，急得我一个劲儿地喊着母亲，可是怎么喊，她也不醒，她已经彻底地睡着了。慢慢地，只有出的气，没有进的气了。她的胸腔不再起伏，不一会儿，就平静地停止了呼吸。我当时就蒙了，不相信母亲会死，又是喊又是叫，都无济于事。等你侄儿急着把村里郎中找来看时，才知道母亲已经去世了，没有什么疾病，属于正常衰老死亡，一百零五岁了，算是喜丧。我这才急匆匆地去找你。母亲这一辈子，最疼爱、最惦记的人就是你！可她为什么不等你见上最后一面呢？”

无竭喃喃地答道：“父亲之死，事出偶然。但母亲去世，却是瓜熟蒂落。他们走的时候都没让我见面，虽然有悖情理，但是绝非偶然。世间万事万物，皆有因果。我想这里定有什么前因吧！”

兄弟二人暂时扼制住伤悲，接待着往来吊唁的乡亲们，日夜陪护着母亲待了七天，然后把老人家埋在南山，与父亲李本元合葬在一起。无竭为母亲单立了一座石碑，上书“慈母段玉莲之墓”，下署“儿李小龙、李小虎敬立。大魏延兴三年冬日”。在僧人和乡亲们的帮助之下，无竭父母亲的坟墓修得很大。四周用块石垒起，上面用松针土盖顶，旁边还移植了很多灌木和草花的根。无竭说，到明年春天，花就开了，就让这萋萋芳草、阵阵清香永远伴随着咱的父亲、母亲，让他们静静地安息吧！

古语说，福无双至，祸不单行。无竭发送了亲爱的母亲，整日郁郁寡欢。每到一七、三七、五七去坟上祭奠，他都痛哭一场，所以心绪一直不好。他想近几年哪儿也不去了，就在这里给母亲守墓。因此，每日里除打坐诵经，就是练功习武，什么话都不说，食量也大减。师兄无病和弟子们都极为忧虑，但谁都无可奈何。正当母亲去世将到一百天，准备次日去上坟的时候，那天晚上，法印到了。法印远涉重洋，又跋涉几千里，风尘仆仆地来到了龙山，走进了龙翔佛寺。当师兄无病把法印领到禅房的时候，两个人立刻紧紧地抱在一起。他们没有眼泪，只有相同节奏的“咚咚”心跳和情感的无声交流。很久，他们才舍得松开对方，四只眼睛马上又对视起来，然后两个人几乎同时喊出：“你老了！我也老了！咱们都老

了！”是呀！三十八年过去了，谁能不老呢？当年的精壮武僧都已经变成古稀老人了！两个人坐下饮茶，不禁扼腕叹息。

过了一会儿，无竭说："师兄，你这怎么说来就来了呢？事先连个信儿都没有！"

法印说："我说过，我迟早要跟你来的。但这次来，我是有任务的，是师父让我来的！"

无竭一听法印说到师父，立刻急切地问道："师父他怎么样了？"

法印眼圈马上红了，悲戚地说："师父去世了！"

无竭一听，火往上撞，忙问："什么时候啊？"

法印回答说："就在三个月之前，明天就是一百天了！"

无竭听完，立时泪流满面。他"扑通"一声跪下，脸朝着天竺的方向，边哭边说："师父！弟子想死你了！自从与你分别，天各一方，无法与你见面，但弟子每时每刻都在想你。疲惫的时候，你的笑容给我力量；困难的时候，你的教诲给我方法；醒着的时候，你的形象总是浮现在我的眼前；睡着的时候，你的音容时常出现在我的梦里。我的躯体里虽然没有流着你的血，但我的灵魂里有你给我的精神。如今你走了，让我到哪里去找你呀？"无竭一边哭诉，一边磕头，情感的潮水似无穷无尽，但额头已磕得鲜血淋漓，禅房的青砖地上已凝起一片血渍。

法印与无病强行将他扶起，对无竭说："师父已经走了，哭有何用？而且师父是笑着走的，好像什么都在他的意料之中。"说着，法印拎起茶壶，给无竭倒上一碗茶水，讲起了恒戒大师去世的经过。

"三个多月前，不！严格说是在九十九天前，吃过午饭，师父把我叫去，对我说：'法印你来有四十多年了吧？'我说：'是呀！都已经四十多年了。'师父说：'无竭也走了三十多年了！他几次捎来的龙山苦茶我都收到了。听说他回国以后做得很好，我很欣慰。你们两个都是我的好学生。如今无忧、无虑已经相继过世了，我今天找你来，是要你去一趟中国，有件事情要办。'说着师父从衣袖里拿出一封封口的信来，告诉我说：'你把它贴身藏好，千万不可丢失，找到无竭后让他独自拆看，他心里自会明白。'"说到这里，法印解开腰带从怀里取出一封信来，递与无竭说："就是这封信。师父千叮咛万嘱咐，你自己慢慢地看吧！"

无竭并不着急看信，他关心地问："师父接着怎么样了？"

法印喝下一口苦茶，接着说："师父给了我这封信，就像办完了一件大事一样，显出如释重负的样子，对我说：‘你把首座、维那、监院及各部院的知事都找来，我有话对他们说。’我急匆匆地挨个儿去通知，等我回到师父的寮房、全寺院的高僧们陆续到齐的时候，师父把里间的房门打开了，领着大家最后诵读了一遍《无量寿经》，然后转身坐在蒲团之上，对大家说：‘我六岁出家来到本寺，如今已有一百五十年了。朝代更迭、世事沧桑。佛门几度兴衰，大法得以永恒。从中我悟出一个道理，即闭门清修难成正果，要想彻悟必普度众生。出家之人只有时刻心悬大众，并且事必践行，最后才能修成正觉或者正等正觉。在这一点上，我的中国学生昙无竭是大家的榜样。如今我归期已到，望大家念兹在兹，光我佛门。切切！’

“大家听过后尽觉突然，刚想问些什么，师父接着说：‘我圆寂以后，由娑罗毕首座接任本寺的住持，一切依佛祖旧制，不可改变！’言毕淡然一笑，以两掌发功向头上一拍，只见‘呼’地一团火起，众人急切上前，师父在火中说了最后一句话：‘众僧勿动！我走了！’等众人再看时，师父的身体已燃成熊熊烈火，顷刻间化为灰烬。奇异的是，房内物品毫发无损，连蒲团都没有烧坏，只是在上面留下一堆晶莹的舍利。众人嗟叹不已，抬头望去，只见金塔旁边有一朵彩云，师父隐隐间伫立其上，通体闪闪发光，笑盈盈地向大家一招手，然后向西方飘去。娑罗毕大师忙率众人叩首相送，又当众把师父的真身舍利捡起，共得一百五十六粒。师父正好活了一百五十六年，众人不由得又一次暗暗称奇。师父是佛祖涅槃以后本寺寿命最长的得道高僧，寺里准备给他修一座最大的佛塔，以便安放他的真身舍利。我等不得这些事了，急匆匆地跟娑罗毕大师说明了情况，就赶忙搭商船骑快马到这里来。还真是的！出奇的顺利！一天也没有耽误，可能是师父在保佑我吧！”

法印一口气说了这么多，不禁感慨万千：“我出家也算年头不少了，高僧大德见过无数，但像师父这样的人，却是古今少有、菩萨再世！其身躯瘦小却心如宇宙，看似孱弱却武功卓绝，德行高古却平和谨慎，寿比仙翁却性若顽童，真几千年罕见之奇人也！”

无竭说：“师父是我们为僧修行、为人做事的楷模，是佛门僧众的万世师表，是释迦佛祖最好的学生。师父永远在我心中！”说着眼泪又流了下来。

法印实在是太累了！他说完了这一番话，坐在凳子上就睡着了。无竭让师兄无病陪着法印，自己迫不及待地拆开书信，如饮甘露一般认真读起来。

师父在信中说：“无竭！我的孩子！我最亲爱的弟子！自从天竺一别，已历

三十八年，你我虽天各一方，但为师时时刻刻都在想你，好像仍然在一起一样。你几次捎来的龙山苦茶，均已收到，喝起来觉得特别甘甜。偶尔听到关于你的消息，心中更像灌了蜜糖一样。你的事业做得很好，为师十分欣慰。但我知中华仍在战乱之中，国家四分五裂，因此有一事始终挂怀。如今我年事已高，即将归去，菩萨所托的佛祖舍利安放一事，时刻萦绕心中。望你善观形势，把握良机，待国家统一之日，圆满安置，使之四海重光，以不负为师重托，使我人虽去而心安也。自然法则,人皆难违。舍得徒孙,可以信赖,乃我与你住世生命之延续也。书不尽言，似同见面，阅信之时，为师已去。唯愿汝功业早成，你我在另一空间相见。今托法印带去，至嘱。”

恒戒大师在信中情真意切，语重心长，在生命的最后一刻，仍念念不忘佛门大业，令无竭再次极为感动和震撼。同时师父也提醒自己，去天竺取经归来，还有一件最大的事情没有办完。他明白师父的意思。目前南北乱世，依然处在混战之中。只有天下统一，四海安宁，社会稳定，万邦咸服，那样大事才能办好。否则致佛祖舍利流落民间，甚至成为别有用心之人的囊中之物，自己则罪莫大焉！即使入十八层地狱，又怎能弥补佛门损失之万一？但死生有命，世事无常，自己已届古稀之年，虽身体康健，但来日几何，孰难预料。能否赶得上天下统一，实在是不太好说，因此是到认真考虑这个问题的时候了。

次日无竭带法印、无病等人去给母亲上坟，远远地就看见坟前摆着很多用松枝和色纸扎成的花圈，知道乡亲们已经来过，心下十分感激，也为母亲感到自豪和骄傲。回到佛寺以后，又率领众僧遥对西方天竺，给师父诵了三遍《无量寿经》，愿他老人家灵魂永居佛国。未及中午，摩吉从莫高山回来了，见了法印，伯侄二人又亲热了一阵。摩吉告诉无竭，莫高山石窟开凿工程总体顺利，进展也不错，目前完工的四十九窟，无论造型和彩绘，均堪称国内精粹。现已轰动了整个河西走廊及西域各国，每日来参观和拜谒者络绎不绝。黑鹰马队忠于职守，冯翊将军尽心竭力，开凿工程已完全进入正轨。但由于工程难度较大，敦煌一带气候条件不好，有时候一年时间倒有半年多干不了活儿，因此也不是十年八年甚至二十年能完工的事。无竭听后喜忧参半。

下午未及天黑，广州白云寺又有信来，慧觉方丈诚请无竭过去一趟，说有要事相商。无竭见有些事均须要办，在家为母亲守孝三年的想法只好作罢。他在心里暗暗地对母亲说：“妈妈，儿子实在是太忙了！容不得我天天在此陪您老人家。

但我人虽走了，可我的心始终会在您的身边！”他突然发现母亲段玉莲竟然站在他的面前，笑盈盈地对他说：“慧根哪！我的儿子！妈明白，你去忙吧！你是佛门的人，要想着为天下做事，为众生着想！不要光想着妈妈！”说完话就悄悄地走了。无竭揉揉眼睛，心想这难道是心理作用？可母亲的话言犹在耳呀！

准备了几日以后，无竭先带法印和两个弟子赶往平城，谒见冯太后。待摩吉把工程情况奏明之后，无竭说：“西域各国原多为中华国土，少数也是友好邻邦，历史上曾拓为丝绸之路，商贸一直畅通。后因中原南北对峙，有些部族才趁机割据称王，致使流通中断，道路堵塞。今我朝可趁开凿佛窟之机，遍邀西域各国，疏通各部关系，再次打通丝绸之路。这对于促进各国往来，推动经济发展，固我江山社稷，好处多多。贫僧这里有个金牌，是当年取经路上大月氏国王所赐，凭此可通行西域各国。另外，河南国吐谷浑部有我家旧亲，九年前我二赴敦煌时曾去探望。如今姑母虽已去世，小表弟巴兰赞普却在主政，老一代龟兹国王不在了，我当年赠送给他们的凤尾宝翎还在。太后若差一如张骞之能臣，当可事半功倍，彰我朝天威于化外也。”

冯太后闻言大喜，高兴地说：“大师深思熟虑，处处为国家着想，真我朝股肱之臣也，莫若就请入朝为官，全心全意谋划大事，岂不更好？”

无竭急忙推辞道：“太后临朝，英明睿智，每闻良策必从、良谋必用，方有我朝空前恢宏之局面也。贫僧栖身佛门，眼界狭小，实乃井底之蛙，怎敢担纲国家大事乎？偶有一孔之见，也只有当着是龙山同乡，方敢提出耳。”

冯太后一笑说：“大师聪明至极。这样也好，你就住你的沙门去吧。不过你提的这条建议，却是极好。此事就责成河西节度使冯翊全权代表朝廷，出使西域，你看如何？”

无竭说：“那就再合适不过了！”遂取出金牌，呈了上去，与冯太后拜别。后来无竭听说冯翊带领黑鹰马队三赴西域各国，刚柔并用，不但使商贸流通得到恢复，丝绸之路畅通无阻，而且把吐谷浑等十几个部族纳入本国的版图，使北魏进入历史上最鼎盛的时期。

第二十四回

光佛门法印留南国　除恶道摩吉住嵩山

无竭一行四人从平城出发，又特意绕道燕山，去了一趟般若洞，还特地看望了张老员外，给他送去了龙山苦茶和几样土产。法印见了般若洞后十分惊讶。他从头看到尾，感叹地说："看来你到天竺是没白去呀！你把多数的大乘经卷都搬到这里来了，比那兰陀的藏经院要大得多！而且不怕风吹雪打，日晒雨淋，简直就是一个佛教学堂！"

法印的话无意之中又提醒了无竭，这里不仅要多多地藏书，而且更要多多地育人，要办成一个学堂才好。于是他高兴地对法印说："师兄的提议甚好，就烦老伯先予筹划。"

张老员外说："藏经洞没修完的时候，就有僧人想来入住，现在要求者就更多

了。不光是僧人，那些居士和莲友愿望更强烈。我看咱们不能光面对僧侣，把它变成一个山里的寺院，而是应当吸纳所有信众，让它成为一个宏大的野外念佛堂，你看如何？”

法印见张老员外这么大年纪了，精神头儿还是这么足，干了这么大的事，头脑还是这样清醒，再一次感叹地说：“看来心系众生，使人年轻；行善积德，使人长寿哇！老员外是修来的福分！”

无竭见老员外的状态确实很好，每日里除打坐诵经，便是逗曾孙子们玩。一家人五世同堂，其乐融融。老员外每日只食一餐，十天里还辟谷两日，苦修的精神令人折服。于是临走的时候对老员外说：“老伯的提议是个创举，连佛祖听了都会高兴的，可以实行。但您千万要注意身体！您可是我们燕山的活菩萨呀！”

无竭等四人在张各庄住了两宿，便启程前往广州。一个半月后，他们顺利地来到了白云寺。慧觉方丈不知是推算了日期还是心里着急，这几天老派人在山门外瞭望。无竭等人刚迈上第一层大殿的石阶，慧觉方丈已在两人搀扶下于殿门外等候。无竭一见，十分感动，急忙上前施礼，执其手说：“师兄身体有恙，何必亲来迎接？令无竭惶恐之至！”

慧觉方丈拉着无竭的手说：“一封书信，寥寥几言，大师竟能往返万里，亲来相会，让老僧十分敬佩。”

无竭说：“师兄一片至诚，无竭怎能不来？倒恐让师兄久等了！”他把法印介绍给慧觉方丈认识，然后几个人一起走进后院寮房。方丈招呼僧人布茶，一时小屋内清香四溢。

舍得见这茶叶儿青青，一个个好像教场上站队的士兵，昂首挺胸，挤在茶碗的底部。茶汤碧绿清澄，好像一块透明的翡翠。小品一点，醇厚清香，连喝几口，周身通泰，便好奇地问慧觉方丈：“师伯，这是什么茶呀，这么好喝？上次来时怎么没有见到？”

慧觉一笑答道：“这是武夷山的明前茶，是这几年才有人给送过来的。说起来还得感谢你们师徒！”

舍得诧异地问：“怎么会感谢我们师徒？”

慧觉方丈说：“就是自打那年你们兄妹俩跟着你师父在这里设坛，讲经说法三十多场，开元寺的僧人来此听课，收益颇深，才和本寺建立了联系。从那以后每年春天，都送一些新茶来，倒是让我们尝了鲜了。其实人家明明说是送给你师

父的。”

舍得说：“哦！我知道了。我跟着师父喝惯了龙山苦茶，喝起这种茶，觉得很新鲜，口感和味道都是不一样的。”

无竭接过话说：“其实茶是人类最好的朋友，别看它只是一种饮料，实际上它是有灵的。吃饱助消化，困倦可提神，闲时能待客，急时解饥渴，它是终身为众生，时时助觉醒的。尽管口感和味道、外形和颜色各不一样，但它们的作用是一样的。你听说过喝酒喝坏的，听说过喝茶喝坏的吗？茶本身还是一味药材，茶和我们佛门是相通的、有缘的。”

舍得说：“头一回听师父这么说。原来这一碗茶，有这么多的说道哪！”

无竭说：“当然有，茶道是一门很深的学问，我也只是了解一些皮毛。比如说，红茶表示热情，绿茶隐喻清纯，煮上砖茶足可以彰显友谊的厚重，泡碗菊花茶蕴含主人情趣的高雅。一个‘茶’字，花字头、木字底，中间是一个人字。祖先早早就告诉我们，在花木之中，茶是和人联系最紧密的，是分不开的。再比如我们佛教的‘佛’字，是个人字旁，是和人分不开的，佛首先是人。”

慧觉方丈听了由衷佩服：“无竭大师佛学精湛、触类旁通、知识广博、语言幽默，让大家听了入迷。开元寺的僧人们佩服得五体投地，听说他们已去过般若洞了，回来后欢喜异常。我因为腿脚不便没有去成，心中抱憾得很！”

无竭说：“师兄腿好些时，倒是可以去看看，顺便再到龙山做客。龙翔佛寺早已重修了。”

慧觉方丈说：“龙山宝地，慕名已久，但我恐怕无缘了。我现在不光是腿脚不便，内脏也有多处疾病，发作时痛不欲生。这也是我专门发信邀请大师过来的原因。我来白云寺已历六十二载，做方丈也有三十多年了，其中曲曲折折、磕磕绊绊走到今天，也是不易。早些年虽然寺院没倒，僧人没散，但已日见凋敝，每况愈下。是无竭大师来了以后，白云寺才焕然一新，声名鹊起。如今已是南朝有名的丛林，香火旺盛，信众日隆。此时寺庙理应顺势而上，张大山门，做一番更大的事业。但我的身体不能做主了，寺中更无有可接替方丈之人。因此我想到了无竭大师您，相信您能为佛门着想，助我一臂之力，择一得力高僧到此主事，则白云寺幸甚，南朝百姓幸甚。否则，让大好局面付之东流，老僧心中不安哪！”慧觉方丈说完这番话，热泪盈眶，极尽赤诚，令在座之人均十分感动。

无竭说：“师兄为佛门着想，真心诚意，品德高尚，令人敬佩。无竭一定会认真考虑。还请师兄容我些时间，仔细斟酌一番，不日将给师兄回话。”几个人推心置腹，饮茶闲聊，极为投机，很久方散。

无竭经过慎重考虑，认为法印留在白云寺比较合适。他试探着敲开法印居室的房门，见法印尚未入睡，就走了进去。法印笑着说：“我知道你的来意，正想去找你哪！”

无竭见法印如此坦诚，便也直爽地说：“那我也就直言不讳，不拐弯抹角了。我建议师兄就留在这儿吧！你我相识，本身就是缘分。师父的来信，又意义深远。目前中国南北的对峙，时间不会太久了。天阴总有天晴之日，大乱必有大治之时。我们光大佛门的良机即将到来。我想我们四人应各居一方，把握天下动态。你在广州，我在龙山，把摩吉和舍得放在中原，彼此常通音讯，互相呼应。建议你留在广州，一是因为你年高德劭，是来自大月氏的天竺高僧，文武双全足以服众；二是因为你通晓梵语，很容易和商埠上的人打交道，可以常打听到天竺和海外的消息。如果把咱这两个孩子不管谁留下一个，慧觉方丈好说，我怕寺里的僧人们不服气，对寺院的前景不利呀！”

法印说：“我白天听慧觉方丈说，就觉得我最合适了。本来这次到中国来，也没打算再走，就想和你在一起不分离了。我们都是恒戒大师的学生，既然你如此说，我就听从你的安排，在这里当你的千里眼和顺风耳吧！但你可要想着常来看我！”

“师兄！你就放心吧！中国这一点强似天竺，路还是比较方便的。我们肯定要经常往来！”无竭痛快地说。

留下法印做方丈，让慧觉十分高兴。他已看出这位年过古稀的天竺高僧极不寻常。因此全寺上下一片欢腾。俗话说“远来的和尚会念经”嘛！请帖发出，南朝各大寺庙的高僧大德们一片赞许之声。庆典之日，宾客如云，人流如潮。不少人专程前来一睹天竺高僧的风采，让白云寺盛况空前。

办完了白云寺这件事，无竭心中十分高兴。他觉得有法印坐镇南方，自己今后对这一边就比较放心了。于是在小住几日之后，便领着两个弟子踏上了归程。

师徒三人夜宿晓行，这一日来到中州地界。时近中午，天气有点热了，三人正想找个地方吃饭喝水，顺便休息一下，忽见北边官道上烟尘滚滚，旌旗蔽天，一队队官军的骑兵转眼间急驰而过，不一会儿又有大队的步兵向南开去。接着不少百姓也推车挑担、携儿带女接踵而来。三人均感到有些奇怪，舍得上前扶起一位摔倒的老婆婆，又给她拾起地上的包袱，顺便问道：“老妈妈，你们这是干什么

去呀？怎么都往南走哇？”

老婆婆喘着气说：“谢谢小师父！年岁大了，走不动了。我本来是想到邯郸看女儿的，现在过不去了，只好往回走了！”

舍得不解地问道：“为什么呀？怎么会过不去了呢？”

那老婆婆颤巍巍地说：“人家官军不让过！”

旁边一个推小车的老汉插话说：“南朝萧道成北伐，两军开战啦！朝廷调集了黄河上所有的船只，民间封渡啦！小师父你想往北去吗？河是没法过了！哎！这年头，这场仗不知要打到猴年马月了！活该老百姓遭殃！”

无竭一听，立刻明白了。他们前些天从南边过来的时候，刘宋朝廷也在调集军马，向北集结，看起来这场大战不可避免了。于是他对两位弟子说：“此处过不去黄河，咱们也不能在这里等！我们绕道吧！从此往西，从陕西、山西那边回家吧！”

师徒三人无奈改道向西，这比直接北渡黄河奔河北多绕两千多里，但是没办法，动乱的年代出门在外，这是常有的事。从那天往后第五天的上午，他们到达少室山，此处离嵩山寺不远了。

摩吉提议说：“师父！那一年我们在这里讲经说法，住了十几天哪！不知道那几个武僧现在咋样了，我还真有点想他们！”

无竭说：“是呀！一晃又是二十多年过去了。我也想看看海空长老，我们中午就在这里打尖。”

说着话赶在头小晌儿，师徒三人来到嵩山寺。离寺院老远，摩吉就感到很奇怪。四周冷冷清清，不见信众来往，也没有僧人进出。他紧跑几步到得跟前，心中更觉诧异。只见庙门紧闭，麻雀乱飞，石阶上满是垃圾、杂物，两棵高大的松树被拦腰撅断，写有“嵩山寺”三个大字的巨型匾额斜搭在庙门上，随时可能掉下来。这种情景好像此处刚着了一场飓风，又像是唱完了几天大戏刚散台的样子，十分狼狈凋敝。

无竭和舍得也觉纳闷儿，正想说些什么，摩吉已迫不及待地敲起门来。敲了好大一会儿仍不见动静，摩吉愈发着急，索性抡起铁拳，使劲儿擂了起来。

又过了一会儿，听见院内有杂碎的脚步声响。接着，“吱呀”一声，庙门被推开一道小缝，一个亮着两只黑眼睛的小光脑袋从门缝伸了出来，轻声问道：“谁呀？谁在使劲儿敲门，不要命啦？”

摩吉忙大声说道："小师弟！关庙门干什么呀？赶紧打开！"

那小脑袋缩回门去，大概是转身张望，旋即轻轻推开庙门，走了出来。原来是个十一二岁的小和尚，黑黑的、瘦瘦的，脏了吧唧的僧衣又大又肥，已看不出是什么颜色，但两只眼睛却黑黑的、亮亮的，炯炯有神。

摩吉又急切地问道："小师弟！你快说话呀！这庙里怎么啦？"

那小和尚把右手细细的食指竖在口边，做出一个"嘘"的姿势，说："师兄！小点声！小点声！让他们听见就没命了！"

无竭一听，感到事态严重，于是两步赶上前来，轻轻地抚摸着小和尚的头，和蔼地说："小师弟，不要怕，我们是路过此地的僧人，不过是想进去讨口水喝，不会给你添麻烦的。你叫什么名字呀？"

小和尚见这位老师父语气平和，相貌奇伟，慈爱中透出几分威严，随意中蕴含着无比庄重，站在那里身板笔直，稳如泰山。小和尚感到他的笑容特别慈祥，他的手掌特别温暖，于是平添了几分信赖，扬起头来说："老师父！我叫迭剌，还在沙弥班，长老还没给我起法名哪！"说着眼泪竟流了下来。

无竭蹲下身来，用大手替小和尚擦去脸上的泪水，问道："迭剌，我虽是过路的僧人，但海空长老却是我的朋友。能告诉我寺里出什么事了吗？"

迭剌又哭了，说："海空长老被官府抓了！"

"啊？！"三个人一听全急了，怎么会这样？

"为什么呀？那寺里其他的僧人呢，比方说武僧智真、智广他们？"摩吉更加着急地问。

迭剌说："我也不知道为什么。其他的师父和师兄们都被关起来了，就关在练功房里。"

无竭轻轻地问："迭剌，那寺里现在什么人在主持呀？"

"是四个游方道人！"迭剌回答完赶紧扭过小脑袋回头观看，好像十分害怕的样子。随后他看着无竭说："对不起了！老师父，您也别进去喝水了！赶紧走吧！免得招惹是非。对了，我也该进去了，不然又要喊我了！"

无竭与两个弟子对视了一眼，然后果决地对迭剌说："小师弟！同门有事，不能不管，我们必须进去。但不是为了喝水，是要救出他们。你放心！我们不会连累你的！"

不知是什么原因，自打一见面，迭剌就对这位老师父产生了极为信赖的感觉。

虽说他说话轻声细语，一字一板，但迭剌却觉得句句千钧，掷地有声。于是他点点头说："那好吧！三位师父请跟我来！"说罢轻轻推开庙门，领着三人走了进去。

越过头殿、二殿，迭剌走在前边小声说道："长老和首座那几间禅房，都被那几个道人占了，我们从左墙边绕过去！"

三个人跟着迭剌走过后殿，穿过藏经楼边的夹道，来到菜园前边的一趟砖房。

摩吉说："这不是伙厨班吗？"他对这里熟悉得很。

迭剌把师徒三人引见给伙夫僧净知，正在忙着切菜的净知当时就愣了，"这不是无竭大师吗？哎呀！多少年了！摩吉师父、舍得师父也来了？咋这个时候来呀？"

摩吉一见，紧跑两步上前拉住净知的手，"你还在做饭哪？你做的饭菜我们可没少吃呀！至今还记着哪！"

迭剌在一旁看着说："你们认识？"

净知说："怎么不认识？这是鼎鼎大名的昙无竭大师呀！这两位都是大师的学生，天竺高僧摩吉师父和舍得师父！还不过来拜见！"

迭剌说："哎呀！真是有眼不识泰山！这下可好了！不怕他们了！迭剌给大师和两位师父见礼！"

无竭说："哎呀！小师弟！我们不是见过了吗？"

迭剌脸都羞红了，忙说："这怎么可以哪？两位师父都是前辈，大师是前辈的师父，怎么管我叫小师弟，折煞我了！"

无竭说："那有什么呀？既入佛门，人人平等，不拘年龄大小，我们都是佛祖的学生，世尊才是唯一的本师呀！"

无竭的话拉近了彼此之间的距离，让迭剌不再拘束。他微笑着对无竭说："大师，请你们跟净知师父聊吧！我要去上菜啦！不得先稳住那几个人嘛！"说着拿起托盘，端着菜走了出去。

摩吉急不可待地问净知："到底发生什么事了？快告诉我们，真是急死人了！"于是净知一边做饭，一边讲述了事情发生的经过。

"七天前平地起波澜。那天早晨就听说皇上要来，中午在寺院用斋饭。海空长老亲自过来跟我交代，让我们准备得好一些，多上几样嵩山的野菜。傍晌的时候，圣驾到了，有洛阳太守李昕和中州刺史元铎等人陪同。大概他们是先拜了佛殿，用了香茶，具体啥细节我就不知道了。后来到斋房来用饭，由于我经常跑上跑下端饭送菜，接着发生的一切我就清清楚楚了。

“小皇上年岁不大，就像迭刺那么高，架子却不小，主意也很正。开始的时候是洛阳太守李昕说，皇上此番南巡，天地献瑞，山河增辉，乃万民之福分也。小皇上元宏大概被捧得很舒服，接着说：我观中原腹地，虎踞龙盘，山川秀美，物阜民丰，抬头直览吴越，伸手可得荆楚，真天下之形胜也，无怪乎当年晋武帝在洛阳建都，宝地呀宝地！李昕察言观色，似乎窥透了皇上的心思，献媚地说：我朝若能在此建都，必能大展宏图，一鼓而得天下，强似平城百倍也！皇上转头问中州刺史元铎，元铎说：当年道武帝拓跋珪在平城建都，自有他的道理。陛下看重洛阳，也必有陛下的考虑。彼一时此一时也。元铎回答得比较含蓄，没说赞成，但也没说反对。于是小皇上元宏问咱的师父海空长老。大师深通易理，知晓天机，小皇上问自己对在洛阳建都有何高见，是想听几句恭维的话。但咱的师父生性耿直，一贯不会阿谀奉承，没有顺着小皇上和李昕的意图，而是据实直言。他说洛阳虽地处中原，携北方九郡而雄视天下，但此地南有龙门和香山两峰对峙，中有伊河水穿山而过，一泻千里。可谓‘洛阳洛阳，落下太阳；龙伊龙伊，龙脉尽遗’。此非建都之地。只有以无上大德镇峙，方保中原王气不外泄也。皇上一听，面露不悦，我眼瞅着头歪过去了。洛阳太守李昕则勃然大怒，说无知老朽，一派胡言！皇上好心问你，是敬你年高几岁，你却蹬鼻子上脸，恶语相加，说什么太阳落地，龙脉走失，分明是诽谤圣上，图谋不轨！来人哪！给我拿下！元铎欲阻拦，见小皇上没有吱声，又坐下了。师父就这样糊里糊涂地被抓起来，投进了洛阳大牢。

“师父被带走以后，寺院就炸了锅。首座和监院等几位师叔明白，这是洛阳太守李昕在挟私报复。谁都知道李昕这人上谄下压，贪得无厌。洛阳地区两百多家寺院，包括白马寺那样举世闻名的禅林，每年都得给他上‘岁贡’，不然他就想法子找你碴儿。但咱师父不买他的账，他来这儿五年了，一次也没给他上过‘岁贡’，李昕早就怀恨在心，只是因为嵩山寺是有名的大寺，师父是八方敬仰的高僧大德，因此迟迟没能下手。这次借助于小皇上年幼，正好抓住机会泄私愤，也是咱师父太实在了。

“师父被带走的当天，首座和监院等几位师叔就领着八名知事僧跟到洛阳。第二天上午去太守衙门找李昕理论，李昕根本不见，还派衙役一顿乱棒把他们打了出来。几位师叔当时就被打成重伤，躺倒在大门之外。洛阳的老百姓们听了几位师叔的哭诉，听说海空大师被抓了，一时义愤填膺，不一会儿就聚集了一两千人，围住太守衙门呼喊请愿，要求释放咱家师父。不想李昕这小子头上生疮，脚底流脓，坏透腔了，反诬嵩山寺僧人挑动是非，聚众谋反，派出几千名官兵，如临大敌，强行把百姓驱散，把师叔他们赶出洛阳不说，还查封了嵩山寺院，取消了寺院的一切活动，说等把咱师父的大案审完了再一并处理。

“师兄弟们抬着几位师叔回来跟大伙儿一说，大伙儿全气炸了肺了，智真、智广等几位武僧挑头，要集中全寺僧人把师父抢回来。可首座师叔说劫大牢那可算谋反，要定死罪呀！怎么办？有人说再不然我们集体去告状，就不信能杀了我们。可监院师叔说你上哪儿去告哇？皇上都来了！上玉帝那里去吗？那也不能眼看着师父被害死呀！全寺三百多号人都哭了！关键是大家束手无策呀！”

这时候迭剌又回来取菜，对无竭说：“这些个可恨的家伙，又开始喝上了，一个劲儿喊着要上菜呢，我还得马上给送过去。刚才那个使剑的家伙问我谁在敲门来着，我说是几个过路的，被我岔过去了。你们可要加点小心，那个坏家伙鬼着呢！”说完赶忙端起菜走了。

摩吉和舍得见厨房里就净知一个人，确实忙得很，就自动帮助他烧火、择菜。无竭问他：“那么下文呢？以后怎么样了？整个寺院，咋就剩下你和迭剌两个人呢？”

净知把几瓢水舀进锅里，接着说：“古人说福无双至，祸不单行，这话真不假。正当大伙儿着急上火想辙的时候，就听庙门外有人大喊：‘有出气的没有？有的话赶紧出来！’几位师叔被打伤了，不能出屋，智真、智广就带几个人出去了。到外头一看是四个游方道人，三男一女，站在门口发威。智真说：‘几位道友何事站在门口呼喊？’有个黑大个道士说：‘我们要在这里吃饭！’智真说：‘这件事好说。僧道虽不同门，但同为出家之人，云游在外，既不带锅，又不带灶，化口吃的，谁都同情。别说我们寺庙了，就是寻常的平民百姓，也是不会拒绝的。不知各位是在庙外随意用些，还是到庙内来吃？’那个黑大个道士说：‘那就送几碗粥来吧！’智真师兄派人传话，我当时就拿个托盘，盛几碗粥给端过去了。没想到那个黑大个道士只瞥了一眼，便一巴掌把托盘打翻在地，粥和咸菜溅了我一身。那黑大个道士骂道：‘这是人吃的东西吗？简直是猪狗之食！’我们在场的僧人听了都怒火满腔，智真师兄说：‘我们好心好意地送粥给你，你怎么出言不逊张嘴骂人呢？难道是来找碴儿的吗？’那黑大个道士说：‘你还真说对了，就是来找碴儿的！’智真师兄说：‘你称二两棉花好好纺纺，嵩山寺虽是吃素的，却也不是好欺负的！’那黑大个说：‘我看你们嵩山寺徒有虚名，啥也不是！’智真、智广两位师兄从小在咱庙里出家，自幼习武，脾气火爆，容不得别人说寺院不好，于是就反唇相讥。那黑大个道士口无遮拦，破口大骂，什么砢碜骂什么，还不如一个泼妇。另三个道人则抱着双胛，在一旁冷笑。是那黑大个道士先下的手，伸拳去打智真师兄，被智真师兄抓住手腕，顺手一带，摔了个狗抢屎。两个人来来往往，打了十几个回合，那黑大个道士根本不是智真师兄的对手，又摔了两个大跟头。那家伙恼羞成怒，顺手抓起地上的一根链子锤，带着风声，舞了过来。那锤头上还带个枪尖，足有五六十斤重，上下翻腾，左右飞旋，招招不离智真师兄的头部。可是智真师兄灵巧得很，总是当那黑大个道士的锤头将到眼前的时候，飞身躲过，偶尔抽空跳到那黑大个道士身后，击他一掌，气得那道士哇哇怪叫，遂趁智真师兄躲闪链锤之机，从兜里摸出一把毒砂，甩了出去。这把毒砂呈扇子面形状飞出，智真师兄闪身躲过，多数毒砂落空，但左臂不幸着上几粒，立时鲜血直流，痛痒无比。智真师兄见黑大个道士这般无耻，竟然使用暗器，正待还手，奈何左臂迅速肿起，黑血流出，胳膊竟似断了一般，方知是中了毒砂。在场的武僧们气愤万分。智广师兄一纵飞出，挥拳向黑大个道士打去，眼看将要击中黑大个道士的面门，这一拳要是着上，任凭他黑大个再体壮如牛般禁打，至少也得鼻口蹿血，鼻梁子打塌，揍他个四仰八叉。众武僧正庆幸这一拳能给智真受伤找个平儿呢，没承想站在旁边那女道士手儿一抖，一连串暗器轻轻飞出，扎在智广师兄右胳膊上，使他那只铁拳在离黑大个道士的鼻头仅小半寸的地方停住，随即右臂一垂，一个踉跄，险些跌倒在地上。原来他胳膊上中了好几颗暗器，拔下来一看，是些二寸来长的桃木发钗，伤口之处留下几个小红点儿，奇痒无比，不能自制。不一会儿半身酸麻，失去知觉，看来也有剧毒。嵩山寺的武僧们见两个师兄全都受伤了，怒不可遏，发一声喊，一齐冲了上去，不想被那几个游方道人一阵暗器打回，另两个道士一个用毒水枪，一个用毒袖剑。三十六个武僧有一半受伤中毒，跌倒在庙门之外，寺院的僧人们闻讯赶来，一个个目瞪口呆，不知所措。那黑大个道士舞起链子锤，发一声吼，照准庙门前松树砸去。'啪、啪'两锤，两棵瓦盆粗的松树被拦腰砸断，又一锤砸到庙门上的牌匾旁边，把一颗伸头的龙椽砸得稀烂，牌匾立刻歪了下来。黑大个道士发完疯，大喊着'快滚，快滚！都滚到院子里去'，就像赶牲口一样，把寺院里的僧人们赶进练功房。只留下我和小迭刺，让我给做饭烧水，让小迭刺给跑腿传话。他们四个道士强占了师父和首座师叔的几间禅房，在里边胡吃海喝，为所欲为。前天不知从哪里弄来几个青楼女子，整日在屋里宣淫，嬉笑之声不止，艳叫之音不绝。又找人送来酒肉，边吃边乱扔乱撇，把好端端一个佛门净地弄得乌烟瘴气。”

无竭着急地问：“那些受伤的武僧呢？怎么样了？难道几百名僧众，就任凭这四个人胡作非为吗？”

净知叹口气说：“有什么办法？那个白脸道士欧阳松每日拿出一点解药，让受伤的武僧分着混在粥里喝，可保他们不死，但也不愈，伤口的红肿日甚一日。所有的僧人每日只给一粥，人人饿得打晃，又都锁在练功房内，还能怎的？那白脸道士对我和迭剌看得很紧，不管送什么，都要迭剌和我先尝。我有时真想一把火烧死他们，或乘他们酒醉杀死他们，虽然有悖戒律，我也豁出去了。但我一想到师父还被押着，十几个武僧生命危在旦夕，又犹豫了。我想天无绝人之路，作得紧的人必死得快，说不定哪天就有救了！果不其然，你们就到了！苍天有眼哪！”

净知连干活带说话，说完了双眼通红，泪水和汗水混到了一起，从脸上滴滴答答地流下来，洇透了他的上衣和袖管。他擤了一把鼻涕，说：“大师你来了，就有救了！快看看他们去吧！”

无竭点点头说：“你先在这里别动，万一哪个道士过来了，也好支应着。练功房我们找得到，自有办法进去。你先心中有数，告诉迭剌不露声色，过一会儿我再来找你。”说完领着两个弟子走出灶厨间。

摩吉对这里的情况相当熟悉，当年他没少在练功房与武僧们切磋与交流，没想到这个神圣的地方，今天竟成了临时囚房，令他心中一阵酸楚。当他轻轻扭开门锁，站在练功房门口的时候，屋内的凄惨景象还是让他惊呆了。

宽大的练功房里横躺竖卧摆满了人，像一堆堆废弃的灰色布袋，每个人的姿态虽然不同，但相同的是他们都安静不动，只是从他们仍在滚动的眼球中，才能感觉到生命的存在。屋子里飘动着难闻的大小便和污血、臭汗混合的气味，一群群绿头蝇们嗡嗡乱飞，欢快无比，表明此处已是它们的天堂。

也许是房门打开射进一道光线，也许是此次开门与往常不同，瞬间的平静之后，一些灰色的“布袋”开始蠕动起来。当摩吉喊出一声“无竭大师来看你们了”，安静的练功房立时沸腾起来，僧人们以最快的速度向门口挪去，不少人发出欢快的叫声。无竭知道尽管一天只给一次稀粥也不至于变成这个样子，关键是他们感到没有希望了，这就是哀莫大于心死的道理。

当所有的僧人被放出练功房的时候，小迭剌呼哧带喘地跑来了。小家伙小脸憋得通红，上气不接下气地说："大师！不好了！那个白脸道士过来了！"

无竭爱抚地摸着他的头说："孩子！别慌！要不我也得去会会他们，看他们有没有三头六臂？不就是几只会放毒水的蝎子蜈蚣吗？"

迭剌一听，立刻放松地笑了。刚走出练功房的僧人们此时虽仍心有余悸，但见无竭如此神态自若，满不在乎，脸上也都露出了喜悦的神色。

摩吉在人群中找到智真和智广，不禁大吃一惊。昔日嵩山寺有名的精壮武僧，短短的五天工夫，竟然被剧毒折磨得不成样子！包括所有被暗器所伤的武僧，一个个脸色铁青，嘴唇黑紫，瘦如竹竿，走路打晃，但他们的眼睛里依然放射出电火一样的光芒。一个没有受伤的武僧告诉摩吉，这几个家伙不知是从哪里来的旁门左道之人，一个个武功怪异，人人都有毒门绝招。他们的暗器上都煨有剧毒，一旦着上，痛痒无比，迅速青紫糜烂。师兄可千万要当心哪！

随着迭剌的一声轻呼，无竭抬头看去，见对面一位道士飘飘而来。这人三十多岁的年纪，身材高挑，面目清秀，皮肤白皙，两臂修长，身着一件合体的道袍，手提一把三尺长剑，顾盼之间，流星闪烁，轻风拂过，长髯飘飘，颇有一丝仙风道骨。

那道士走到离无竭等人两丈多远的地方站住，提剑施礼，说道："无量天尊！敢问大师究竟是何人？为什么要放了他们？"语句清晰，文雅至极。

无竭轻声笑道："阿弥陀佛，罪过呀，罪过！汝是何人？为什么夺人寺庙，又关了他们？倒来问我，殊为可笑！"

那道士不愠不火，仍然语气平和，"我乃西岳华山炼气之人欧阳松是也。因此地海空长老犯罪被抓，寺庙被官府查封，我等奉洛阳太守之命前来接管，不日将改名为清风观。这些僧人不识好歹，竟然出手伤人，我等只是略微教训他们一下，杀一杀他们的傲气，自会放了他们。看大师不是此地之人，还是请回吧！莫要多管闲事，免得伤了和气，反而不好。"

摩吉听后怒从心起，"佛道两家虽非同门，但你我皆为出家之人，不能同气连枝，却也应互相怜悯，岂可乘人之危，落井下石？海空长老罪与非罪，自有朝廷论处，嵩山禅寺关与不关，不仅要有官府的律令，还要看百姓的意愿。此地乃中华名寺，普天之下尽知，如尔等恃强凌弱，鸠占鹊巢，岂非为天下人耻笑？至于说本寺僧人，这是佛门之宝，他们犯了门规，自当按戒律处罚，哪一条规定说要由你们道家惩处？而且是你们上门寻衅，却说人家挑事。你们阴狠毒辣，用这种下三滥手段，看把他们祸害成什么样子了？竟还在这里装模作样，大言不惭，难道就不知人间有羞耻事吗？”

摩吉的一番话义正词严，理直气壮，说得众僧拍手叫好，听得无竭喜笑颜开，也使得云中剑侠欧阳松斯文扫地，颜面尽失。他的白脸由红变紫，又由紫变青，立时怒从心头起，一改方才轻松文雅的样子，大叫一声：“汝是何人？竟敢当众羞辱于我？”

摩吉轻声一笑：“哼！羞辱于你？我这已经给你留足面子了！你们做了禽兽不如的事情，还怕人家羞辱吗？我问你：你们把青楼女子弄到这寺庙里，修炼什么房中术，整日里大酒大肉，寻欢作乐，是出家人该做的事吗？难道是太上老君让你们这样做的吗？你就不怕他老人家用天罡五雷活劈了你！真是作孽呀！”

那云中剑侠欧阳松此时理屈词穷，无言以对，险些被摩吉一番话噎死，此时只气得须毛奓立，手指乱抖：“你等着！你等着！一会儿有你好受的！”说罢转身就走，搬兵去了。

摩吉对其背影大喝一声：“伤天害理！邪门歪道！怕你不敢回来！”众僧人见那道士灰溜溜地走了，顿时一阵开心大笑。

无竭率领众僧绕过藏经楼，刚刚穿过大雄宝殿，就见那四个道人已全部走了出来，一个个怪模怪样、阴阳怪气地站在禅房门前，摆出一副满不在乎的神态。

那黑大个道士显然是酒喝多了，舌头略有些短，“谁……谁他妈……谁他妈把我师……师兄……气、气着了？站……站出来！”

迭刺轻声告诉无竭，此人名叫沙里吼，绰号铁臂天王，就是使链锤的那个家伙，力大无穷，惯用毒砂伤人，坏着哪，成天搂个女子鬼混。

无竭待众僧站定，趋前一步，双手合十行礼道：“阿弥陀佛！老僧这厢有礼了！还请各位道兄看在我佛如来的金面之上，自寻方便，别处云游去吧！不是苍天不怜悯，佛门不慈悲，实是因为本寺长老涉嫌公案，寺中同门无暇照顾，我们还是井河两水互不相扰，各自清修吧！”

那黑大个道士铁臂天王沙里吼见无竭语态谦恭，出言文雅，以为是被他们四人的阵势吓住了。又见对面虽然人多势众，可大多数是他们的手下败将，只有三个新面孔，还有一个是看似文弱的女尼。这个说话的老僧至少有七十岁了，不见得有什么高超的武功，剩下个年近花甲的和尚，再有本事，咱四对一还打不过他？！想到此处，他不禁斜眼瞟了师兄欧阳松一下，叨咕了一句：“小……小题大……大做！”于是他暂时不想打了，只想露两手把这三人吓退算了，因为刚刚喝过酒，血脉偾张，禅房里还有俩美人等着他呢。

众人见铁臂天王沙里吼没有吭声，以为他又要使什么坏道呢，却见那沙里吼两手扑腰，一头向院中的一块石碑撞去。众僧顿时“啊”的一声，以为这家伙喝多了，自己找死。有的说我看是，刚才说话舌头不是有点短了吗？作得紧，死得快。

但是众僧高兴得太早了，那铁臂天王沙里吼一头撞折了一块石碑，乐呵呵地直起身来，拍拍双手，一副若无其事的样子。武僧群里立即有人喊出：“嘿！铁头功！这家伙的劲儿可真不小！”

僧人们一阵嘁嘁嚓嚓，没人敢伸头，不约而同地将目光投向了摩吉。另三个道士抱着双胛，一阵冷笑，那云中剑侠欧阳松紧紧盯着摩吉的脸，两眼射出鄙夷的目光，心想怎么样，这下子你完了吧？说大话管什么用？但他此时没有吱声，他要看看这个洋和尚有什么动作，静观事态的发展。

无竭侧目看去，这个黑大个道士无怪乎号称铁臂天王，块头是真不小，身高足以过丈，腰围超过六尺，脸色黑过锅底，两眼大似铜铃，肩宽膀圆，大手大脚，体量跟那个在大月氏遇到的天竺武师有一拼。他撞折的这块石碑高约六尺，宽过二尺，厚度也足有六寸之多，足见这家伙蛮力不小，硬气功不比寻常。不过他一点都不担心。他见摩吉向他投来征询的目光，于是看似不经意地点了点头。

摩吉从一开始见这个黑大个道士两手扑腰向石碑撞去，便明白这是在露绝活亮肌肉，就想挫一挫这家伙的锐气，省得那几个道士在那儿耍牛，一副目中无人、趾高气扬的样子。这时候见师父点头默许，于是轻轻地走向前去，旋转身体飞起一脚，把另一块同样的石碑踹成两截。僧人群里发出一阵阵惊呼，那四个道人不禁微微一愣。

黑大个道士铁臂天王沙里吼见状，方知这个洋和尚手段非凡，看他那力道比自己要大。但沙里吼心中并不服气，他想这充其量算个平手，能说明什么？于是他顺手从地上捡起一块青砖，一掌击去。那青砖顿时变成酒盅大的均匀碎块，从手指间撒落下来。沙里吼拍了拍手，若无其事，另三个道士再次露出得意的笑容。

摩吉轻轻一声：“雕虫小技，也来展示？”也顺手捡起一块青砖，以食指为锥，向中间钻去。只见手指转动，砖面纷飞，不一会儿“噗”的一声，三寸厚的青砖被钻透，留下一个圆圆的、透亮的眼儿，众人顿时一阵喝彩。

那云中剑侠欧阳松此时已看明白，这洋和尚手段了得，绝非等闲人物，沙里吼根本不是他的对手，急以目视铁臂天王，摇头暗示别再比了，再比也是无用。

但沙里吼不知是误会了他的意思，还是心中尚未服气，终于露出了看家的一手：一双铁臂。别看他身高体壮，但动作却很灵巧，一个倒立，大头朝下，用双手走路，健步如飞。待一会儿，双手变成单手，一只手掌着地，腾起跳跃，旋转自如，像一只巨大的鸵鸟，在院子里跑了一圈儿，一个鹞子翻身，轻轻站在地上。僧人中有人赞叹："这家伙是有些绝活儿！"不少人向摩吉投来担忧的目光。

无竭一点儿都不担忧，因为这正是摩吉的长处。四十几年的时光，摩吉跟着师父悉心修炼，他的轻功早已练得出神入化。在燕山般若洞这十年，他整天跟石头打交道，又拜一位老石匠为师，认认真真地练了几年硬气功。那些单掌开碑、脚断石匣、一指透砖、头破石门的硬功夫，都是那个时候练成的。无竭知道后提醒他，学会倒是可以，但不能凭此在江湖上争强斗狠，因为弄不好会非伤即死，不想今日却派上了用场。

果然摩吉见黑大个道士铁臂天王沙里吼用这一招，禁不住悄悄乐了。待沙里吼表演完毕，正以得意的眼神向这边张望的时候，摩吉在众人注视之下轻轻跃起，一纵身落在大殿檐头之上。在离地面两丈多高的情况下，飞身落下来，以食指和中指两个指头戳在青砖地上，稳稳当当，轻轻巧巧，像一只独立的金鸡。稍停片刻，便又重新飞起，一会儿落在墙头，一会儿飞上树梢，一会儿挺立砖地，一会儿跃上石阶，虽然始终以两个手指沾地，却能如蜻蜓点水、巧燕翻飞，又像一只大鹰在院内盘旋，精彩至极！漂亮至极！看得众僧人如痴如醉，看得那几个道士目瞪口呆。

当摩吉收起动作，轻轻落在师父面前的时候，人群中立刻响起暴风雨般的欢呼之声，弄得那几个道士有些尴尬。无竭乘势说道："出家之人练些功夫，无非为了强身健体，延长寿命，以期多为众生尽力，岂有他意？我看各位道兄就不要比了，我们就此罢手。那几位青楼女子就请你们送走，佛门净地，岂容尔等污损？"

在几位道士中，云中剑侠欧阳松诡诈奸滑，他看出这三个外来的僧人绝不简单，颇想就此罢手，但另三个岂肯善罢甘休？尤其是铁臂天王沙里吼，更觉得丢了面子。他这几招一一亮出，非但没镇住对方，反闹个技不如人，自讨没趣，心口窝一股火憋着，烧得挠心。他自感与另三人合伙下山以来，五年来走遍大江南北，横行无忌，从来没遇敌手。难道今天就栽在这里？栽到一个黑脸的洋和尚身上？他心中太不服了。尤其是他们的杀手锏——独门暗器尚未使用，怎么能就此认输？于是他在与师姐飞天神鼠胡月仙和师弟神水蜈蚣叶长兴目光对视之后，毅然决然地捡起链子锤一抖，“哗啷啷”一声响，高声断喝：“黑脸和尚不要逞能！你敢和我走几趟吗？”

摩吉闻言微微一笑，“师父好心好意劝你们，你却鬼迷心窍，棒打不回。看起来你是光屁股上街——不丢尽砢碜不回头哇！来呀！有啥招都使出来，不就是有股毒脓吗？憋得难受？我帮你挤出来！”

铁臂天王沙里吼闻言大怒，舞起链子锤就向摩吉打来。摩吉“腾”地跳出圈外，与之周旋。那沙里吼不愧叫作“铁臂天王”，是真有力气，这根五六十斤重的链子锤，叫他给舞得虎虎生风，遮天盖地，你在外边根本就看不到人，只见到一阵阵白光闪烁，那锤头就像长了眼睛一样，缠住摩吉不放。无竭不禁暗暗叫道：“这个道士也算有些好功夫，只可惜用错地方了！”正在这时，只见摩吉嗖地跳上树杈，那铁臂天王沙里吼的锤头随后到了，“啪嚓”一声巨响，一根粗大的树丫子被劈了下来。摩吉趁他的链锤减速的当口，一个飞跳，从空中落下，两脚交替向沙里吼的后颈踢去，吓得沙里吼一个愣神，扔下链锤，不由自主地掏出毒砂，向摩吉甩去。

众僧人看见不由得心下一紧，许多人情不自禁地喊了出来：“哎呀！坏了！”以为摩吉必着上无疑。哪知摩吉早有准备，他趁着沙里吼舞锤起劲儿的时候，已经把直裰悄悄脱了下来拎在手上。这时候见沙里吼发出毒砂，立刻手腕一抖，那件直裰带着强大的内力迎了上去，只听得“扑扑”几声轻响，那些毒砂全被这件直裰裹了进去，不但没打着对方，反而随着摩吉一声“还给你”，那件直裰像听话一般“啪”的摔在沙里吼的脸上，那些毒砂顺势而下，掉在沙里吼自己的身上。众僧立刻哄堂大笑，沙里吼不仅羞愧难当，而且觉得脖颈无比痛痒。他反遭了自己的毒砂，灰溜溜地败下阵来。

一直在一旁站着没动冷眼观战的飞天神鼠胡月仙，是一个极其俊秀的中年道姑。她中等身材、体态轻盈、两眉如画、秋波似水，不仅粉面桃腮，而且发如墨染，穿一身合体的道袍、两只勒带的布鞋，走起路来，分花扬柳，顾盼之间，万种风情。如果不是混迹于这三个道士中间，不是听过了她参与做的那些丑事，你无论如何也想不到这么美貌的女人会心如蛇蝎。这时候她见沙里吼败下阵来，也不搭话，一个飞身跃起，手腕顺势一甩，“嗖嗖嗖”一串暗器向摩吉打来。舍得在旁边看得清楚，高声叫道：“师兄，交给我了！”一个侧旋，把摩吉挡在身后。众僧看见，又是一惊，心想这中年女尼为救人不管不顾了，用身体掩护师兄，你着上不也够呛吗？照样痛痒无比。哎呀！真是的！智真、智广等武僧不禁皆扼腕叹息。无竭

和摩吉心中有数，两人根本不急。这时众人方才看清，那中年女尼不知何时手中多了一只钵盂，飞天神鼠胡月仙打出的几支暗器，全都“叮叮”“咣咣”落在了那只钵盂里。中年女尼毫发无损，而且还站在飞天神鼠的对面看着她笑。胡月仙见第一拨暗器进攻失败，忽地飞身跳起，一纵身跃上大殿，“噌噌噌”在大殿房脊上奔跑，迅疾无比，灵巧异常，真好比一只神鼠。

舍得见状也飞身上房，追了上去。趁大家的注意力被高度吸引的机会，飞天神鼠胡月仙手腕一抖，发出第二拨暗器，“嗖嗖嗖”向无竭大师打来。无竭此时根本没有防备，他的双眼紧盯着另两个道人——神水蜈蚣叶长兴和云中剑侠欧阳松，怕他们俩暗中使坏。摩吉倒是看得清清楚楚，但他身在院中地下，距离太远，使不上劲儿，心中不免着急。旁观的僧人更不用说了，急得双脚直蹦：大师这么大年纪了，说啥也不能让他受伤啊！有几个武僧也不知哪来的力气，唰地蹿了过去，把无竭挡在了身后。哪知他们这种担心都是多余的。舍得见胡月仙第一次发暗器没打着自己，并没有接着向自己进攻，而是蹿上大殿跑了，自己又没有追她，她为什么要跑？显然是别有用心。舍得心中有数，早早就给她准备上了。这时见胡月仙发出暗器，奔人群中的师父去了，心想好家伙，够狠毒的。于是手儿一扬，一个物件带着风声，呼地从侧面截了过去。在离那几个武僧面前二尺多远的地方，舍得发出的物件把胡月仙的暗器全部截获了，扑哧扑哧地落在地上。

那几个武僧低头一看，不禁全乐了。胡月仙打出的是几只小桃木钗，红红的、光光的，十分好看。而舍得打出的是十几颗花生米，有的已变成两瓣，三瓣，龇牙咧嘴地躺在地上，十分好玩，显然有几颗花生米已在与桃木钗的搏斗中“以身殉职”。

飞天神鼠胡月仙两击未中，不禁恼羞成怒。以她的盖世轻功和绝妙技法，还从未失手过，今天竟然连连败北。同样是年轻漂亮的女人，她不禁对舍得妒恨交加。于是趁舍得关注师父的时候，突然转身，把剩下的几枚桃木钗分上、中、下三路，向舍得打来。两个人相距不到一丈，胡月仙先下手为强，舍得见正常的还击已来不及了，急中生智，身体倏地向横下侧身飞出，几乎平躺在殿脊之上，顺手揭起房上泥瓦，雨点般地向胡月仙飞去。这一连串的动作来得太快了，让胡月仙防不胜防。

一向目中无人的飞天神鼠，本以为自己最后这一拨暗器，舍得是无论如何也躲不过了，正在暗自庆幸艰难获胜，没想到这位漂亮的女尼动作也太快了，一片片泥瓦铺天盖地，打得她骨痛筋麻。有一片竟然打在她的发髻上，像钝刀一样打坏了她的发钗，一头乌发顷刻散落。她披头散发地从殿脊上摔了下来，好在她体轻如燕，不然这下就魂归故里了。

云中剑侠欧阳松眼睁睁地见自己这一伙人中四人已折了两个，铁臂天王沙里吼被他自个儿的毒砂所伤，虽已悄悄服下解药，并无大碍，但仍是痛痒难禁，动弹不得；飞天神鼠胡月仙被连摔带打，弄得鼻青脸肿，花容失色，呻吟不止，何况桃木钗已经用完，从根本上丧失了攻击能力。剩下自己和神水蜈蚣了，胜算能有几何？实在是把握不准。于是他悄悄和叶长兴耳语了几句，然后转过身来，向众僧拱手施礼，谦恭地说道："在下与几位师弟几天来多有得罪，我在这里赔罪了，其实都是误会。我等三人是西岳华山天仙观的道士，师妹胡月仙是水月轩的道姑。我等奉师命去南岳衡山上香，归来路过这里，恰巧表兄洛阳太守李昕说嵩山寺长老获罪了，寺院已经关闭，不日将遣散僧人，大庙闲着也是闲着，你等如果有意，改作个道观岂不甚好？我们四个一听觉得有理，但不敢做主，已派同行的师弟陈玄子去中州凌云观向师叔凌虚道长请示，未及回来，我们四个便在此权住几日。如有不妥和唐突之处，还请各位海涵，我们即刻就走。那几个青楼女子是过来陪酒的，也是为了挣钱活命，我们也一并带走。小小插曲，就算过去。贫道在此先谢了！"说话之间面带微笑，语气平和，言辞谦恭，态度诚恳，让人听了不由不信，甚至觉得是真的误会了他们。众僧闻言，面面相觑，多数人认为此事似应了结，不然还能怎的？难不成真的杀了他们？那可是犯了佛门大戒呀！

智真长叹一声："唉！就算一场噩梦吧！"说完转身走了。众僧见状，纷纷慢慢走开。眼见得一场武戏曲终人散，一起纷争烟消云灭。只有无竭师徒三人巍然屹立、纹丝没动，好像三尊美玉雕琢的石像。

那云中剑侠欧阳松先把沙里吼和胡月仙让进屋去，自己跟在最后。他悄悄偷眼旁观，见众僧已经散去，只有那三个外来的和尚没走，但好像也毫无防备。于是在他即将进屋、抬腿已迈向门槛的一刹那，忽然一个侧旋，斜向飞出，随即舞起长剑，向无竭师徒杀来。欧阳松不愧称为云中剑侠，他的身体跳在空中，把一柄宝剑使得风雨不透，只见一团白光，疾如闪电，偷袭无竭的上三路。另一只手却悄悄伸向皮囊，取出小剑，"嗖、嗖、嗖、嗖"连发四剑，向无竭的胸腹部中三路打来。

真可谓长剑短剑、数剑齐发，剑中有剑、剑剑有毒，阴险之极，恶毒之极！

欧阳松自以为此招攻其不备，必成无疑。对手即或躲过了他的长剑，却万万躲不开他的小剑。没想到无竭早有准备，在欧阳松说那番话的时候，已感到这家伙虚情假意，暗藏杀机。这四个人中哪怕有一个像他说的那样通情达理，会出这种事吗？及至看到他与神水蜈蚣悄声耳语，已料到他们不怀好意，必搞袭击。因此在众僧行将散去的时候，无竭没动，而且暗暗告诉两个弟子，小心神水蜈蚣，欧阳松就交给我了！摩吉、舍得点头会意，虽然身体未动，但已做好一切准备。所以说人算不如天算。这几个道士作恶多端，尽管云中剑侠欧阳松精于谋划，煞费苦心，最终也必落个竹篮打水一场空。他们算作到头了！

就在欧阳松舞着长剑从半空中袭来，又摸出暗器偷袭无竭中三路的一瞬间，无竭一扬右臂，那柄镏金禅杖带着风声，箭一般向那团白光冲击而去，同时一个青松顺山倒，笔直地躺在青砖地上，左手飞快地抓起钵盂，向从身上飞过的那团黑影猛砸过去。随即一个鲤鱼打挺，站了起来。

一切都发生在极短的时间之内。人们的耳中只听到“当啷啷啷”“嗖、嗖、嗖、嗖”“啪嚓”“唉哟”几阵声响，两个人的搏斗就结束了。胜负当然不说大家也明白了。

原来就在欧阳松舞着长剑杀来的时候，他的身体跳在空中，宝剑按照既定的招数已经收势不住，恰巧和无竭掷来的禅杖撞在一起，他只觉得右膀一麻，手腕一阵剧痛，宝剑“当啷啷啷”脱手而飞。但左手摸出的几柄短剑已经发出，“嗖、嗖、嗖、嗖”带着呼哨从无竭身上掠过，全插在对面的两棵树上。这时欧阳松的身体带着巨大的惯性，如同一团人肉软锤，随着暗器也从无竭平躺着的身上飞了过去，不幸被无竭甩出的赤铜钵盂砸在背上，只听“啪嚓”一声，欧阳松摔倒在地，立刻疼得“唉哟”一声，爬不起来了。

先不说云中剑侠如何自作自受疼得躺在地上打滚，且说神水蜈蚣叶长兴在得到师兄欧阳松授意之后，即已做好了攻击的准备。他的两支毒水神枪历来百战百胜，当世无双，他自信没有人能躲得过。你即便侥幸逃过长枪的袭击，但你无论如何躲不过短枪。而短枪里的毒水更加厉害，进入伤口，必死无疑。

就在云中剑侠欧阳松突然转身往斜刺里飞出，舞起长剑袭击无竭的时候，神水蜈蚣叶长兴也闪电般转过身来，挥起长枪，摁动机关，那枪头上一股毒水如巨蟒吐信般划成一道优美的弧线，在阳光下居然形成一道彩虹，向摩吉和舍得两人身上刺来。早有准备的摩吉和舍得双双纵身跳起，往斜刺里飞出一丈开外。舍得一扬手，又一把花生米带着强大的功力雨点般砸在神水蜈蚣叶长兴的脸上。与此同时，摩吉飞起一块青砖，以迅雷不及掩耳之势，拍在叶长兴的右膀之上。只听得“啪嚓”“妈呀”两声，神水蜈蚣的毒枪落在地上，左手捂着满头的大包和不断流出的鼻血，嗷嗷怪叫，引得寺里的僧人们去而复来，继而笑声不绝。

四道士均遭惨败，个个鼻青脸肿，狼狈不堪，躲在一边唉哟不停，痛苦之极，倒好像他们受了莫大的委屈。待众僧人全都跑来在院中站定之后，无竭笑着对大家说：“别看他们现在貌似可怜，实在是他们的所作所为殊为可恨。不是我们师徒无情无义，是他们几个咎由自取。我们若不破了他们的招数，就会死在他们手上。现在好了，请大家清理现场，打扫庙宇，让他们走人吧！”

无竭话语未落，就听前院传来一声断喝：“且慢！谁说让走人就走人的？哪有这么便宜的事？”众僧一愣，循声望去，只见几十名道士气势汹汹，一个个横眉竖目，转眼间来到跟前。那几个原本受伤的道士，此刻见来了救兵，也立即打起了精神，不但不哭不叫了，而且人人露出了笑容。

摩吉见一下子又来了这么多道士，生怕伤着了师父，一个箭步挡在无竭前面，高声叫道：“汝是何方道长？来此想干什么？”

一个二十来岁的俊朗道士走上前来反唇相讥：“干什么？你们不知道吗？看把我几个师兄打的，成什么样子啦？如此以多欺少，以强凌弱，是何道理？来人哪！给我上！把领头的老和尚抓起来！”众道士摩拳擦掌，蜂拥而上，眼瞅着一场打斗又要发生，众人见了个个胆寒。

无竭走上前去，推开摩吉，向众道士作揖行礼，然后朗声说道：“世间万事，难逃一理。话要说开，再抓不迟。嵩山古寺乃多年佛门净地，他等四人无端滋事，强占寮舍，殴打僧人，引来女色，在此胡作非为，恣意玩乐，受些折磨，也是自讨苦吃。尔等众多道友，不问青红皂白，就来帮忙助阵，岂非为虎作伥？是否被人蒙骗？还请众位深思。”无竭之言，句句在理，声虽不大，但底气十足，震得殿墙嗡嗡回响，有股慑人心胆的力量。众道士听完面面相觑，一时安静下来。

那年轻俊朗的道士想必就是陈玄子，是从西岳华山来的那四位道士的同伙，果然他见众道士都不吱声，于是比比画画，大声嚷道：“别听这个老和尚胡说！这个寺庙长老被抓了，洛阳太守李昕已经下令封寺，这地方改作清风观了！……”

“谁说这地方改作清风观了？好大的口气！”一声断喝，打断了这位年轻道士的话语。

那道士一蹦老高，正想发作，却听又有人高喊道：“钦差大人到！”吓得马上

蔫了回去。众人抬头一看，中州刺史元铎全身铠甲、满副戎装，率领几十名将校，威风凛凛地闯了进来，道士们四外张望，全蒙了。见前后院、大墙外，官兵们舞枪弄刀，已把寺院团团围住，立刻吓得连大气都不敢出了。

说话间中州刺史元铎已到跟前，他是认得无竭的，于是急忙上前施礼，说:“原来大师也在这里！您来看，我把谁给您请回来了？”身后的将官们两边一分，一乘小轿落在阶前，海空长老在两名小校的搀扶下走出轿来。

众僧一见，齐喊：“师父！师父！您可回来了！”

无竭上前一步施礼：“师兄在上，无竭想煞你了！”

海空长老一见，老泪纵横，一下子扑倒在无竭怀里，激动得口不能言。

元铎将军说：“老人家身陷大牢七日，水米未进，身体已极度虚弱，是强撑着回到嵩山的。若非多年修炼的功夫，早就倒下了！”众僧听了又喜又忧，无竭心中一阵阵感慨。

待嵩山寺几位僧人扶走海空长老，元铎将军在众将官簇拥之下登上石阶，高声喝道：“请僧道两家接太后谕旨！”遂拿出朝廷冯太后亲笔诏书，朗读起来，满院之人除元铎外，跪了一地。

冯太后谕旨说:“盖闻嵩山佛寺乃中华古刹,据中州而接南北,望山海而贯东西。德润乡梓而万民口碑，弘扬武学而扬名四海，不惟不重、不惟不名，乃我社稷之柱石也。华山道士挟毒门邪术，鸠占鹊巢，胡作非为，殊为可恶，实乃洛阳太守李昕之过也。查李昕借吾皇巡视之机，巧言惑上，妄言迁都，致人心不安，百姓生乱，有损我朝江山之稳固也。且假传圣意，拘捕高僧，欲陷朝廷于不义，有辱圣上之英名也。又无端关闭禅林，造成佛道相阋，其用心叵测，罪莫大焉。着即免去洛阳太守一职,贬为庶民。责成中州刺史元铎宣吾盛意,对海空长老好生抚慰,送回嵩山佛寺。一应游方道士,速返宫观,勿再生事,谕旨到时,克日躬行。切切！”

元铎将军宣读完毕，满院一片欢呼之声。众人皆为冯太后的圣明决断而赞叹不已，僧人们个个喜笑颜开，如同重见天日，那些后来的道士们至此方知上当受骗，险些酿成大错，一个个义愤填膺，对几个华山同道怒斥了一番，悻悻而去。五个华山道士除陈玄子外，余皆受伤，此时又得朝廷申斥，自觉无脸见人。摩吉命他们拿出解药，留给嵩山寺受伤中毒的武僧们，又亲自给他们抹上一些，令他们很是感激。无竭又命人送些粥饭给他们吃，然后让他们带些食品，相扶相搀着下山去了。那几个青楼女子也被无竭派人送走。

元铎将军与无竭本是老友。当年无竭云游天下时讲经说法，元铎、元景兄弟是法坛常客，他们追随无竭听过多场，甚至想出家为僧，但因两人均为皇族贵胄、朝廷重臣，冯太后甚是信任，只好作罢。此番小皇帝元宏南巡，元铎一路随行，对李昕等人的所作所为早就看在眼里，记在心上。这次李昕借重圣意，抓捕长老，关闭佛门，妄言迁都，激怒百姓一事，元铎当时看似默不作声，实则连夜修书，派亲信乘快马急速报与太后，又暗使人秘密监视洛阳和嵩山的动向。所以对寺院发生的事情清清楚楚。他听说有几位过路的僧人搭救了被关的僧众，但不知是无竭大师。他也知道中州凌云观的道士们前来助阵了，生怕酿成大祸，便急忙带兵赶到这里。不然他是准备让海空长老休息一宿，恢复一下，明天再来的。

无竭给元铎将军续上一碗清茶，赞佩地说："将军头清眼亮，蓄势而动，真朝廷之栋梁也，令无竭钦佩之至！"

元铎将军感叹地说："方今天下纷争，战事不断，北方虽天下一统，但因皇上年幼，许多人蠢蠢欲动，图谋不轨。幸得冯太后英明睿智，主持大局，不然后果不堪设想。此番皇上回京，被太后狠狠地训斥了一顿，迁都一事暂时没人敢提了。但我看出皇上并未死心，前景堪忧哇！"

果然在冯太后去世之后，孝文帝元宏捡起旧话，立即迁都。结果北魏在迁都后很快分裂成东魏和西魏，国家灭亡。此是后话。

元铎将军因为军务繁忙，坐了一会儿就告辞了。无竭去禅房看海空长老，见长老正在休息，便想晚上再来。不料刚一转身，就听里屋喊道："是无竭吧？快进来！我有话对你说。"

老方丈虽身体虚弱，但心亮如灯，耳力极好。无竭轻轻地走进来，坐到炕边海空长老的卧榻之旁，俯下身来悄声道："师兄有什么事尽管吩咐，无竭当在所不辞。"

海空长老紧紧抓住无竭的双手，长叹一声说道："此番嵩山劫难，也是天数。外得太后明断，内得大师相助，才逃过这一关。倘若以后再遇到不测，恐怕也就不一定有这么幸运了。中州天下膏腴，嵩山地处要冲，南北虎视狼顾，往来人员繁杂，又恰逢国家多难之秋，适居风口浪尖之所，偌大一个禅林，需一德高威重之僧为住持，方可怒海行舟，乘风破浪。今我年事已高，自知将不久于人世，即或不遇此劫难，也当来日无多，现下有了这场折磨，我担心不定哪夜过去，就看不到第二天的日出了。因此我琢磨着，要找一个合适的人及早接班。"说到这里，海空长老已气喘吁吁，红头涨脸，无竭忙扶着他坐下来，才稍好了一些。又给他倒了一杯白开水喝下，脸色方见好转。

等到海空长老平静下来，无竭才缓缓说道:“师兄身体欠安，何必想这些杂事？还须好好将养，待精神好起来时，再详细考虑不迟。”

海空长老摆了摆手，眼睁睁地望着无竭说道：“大师此言差矣！如不早虑，悔之何及？我知大师西去天竺，扬名海内，心高日月，志比昆仑，既不能久居于龙山，也必不能蜗居于此地也，故不想强求。但膝下弟子摩吉，却是天竺高僧，佛学深厚，武功精绝，足可担此重任。何况他也已年逾花甲，难道就总跟着你吗？如能执掌嵩山古刹，不比跟着你还有必要吗？”海空长老此时一字一句，语言清晰，说理明确，感情真挚，一点都不喘气，好像回到了十多年前的样子。

无竭为海空长老的诚恳所感动，他也坦白地说：“师兄之言发自肺腑，无竭心领神会。所托之事，重若千钧，还望深思熟虑。非是我不同意摩吉留下，长老信赖之深，天高地厚，我岂不知？实因此地藏龙卧虎，文武兼备、德高望重者何止一二？此事似应从长计议。”说罢无竭站起身来，扶着海空大师躺下，又轻声加了一句：“我们都再好好想想，行吗？”随即轻轻走了出去。

第二天早饭后，无竭师徒收拾停当，即将由此向西，踏上归程。寺院中由首座、维那和监院僧率领八部知事三十六武僧及全寺三百多位僧人都来送行，小迭剌眼泪汪汪地跑在最前面，非要跟着摩吉走，他要跟着这位高僧学武功。伙夫僧净知准备了不少便携食品和干果，给他们带上，还特地给舍得拿来了一小布袋花生米。他一想到舍得用花生米作武器打得那神水蜈蚣满头大包就想笑，他没想到这道菜还有那么大的功力。智真、智广等十几位武僧则簇拥着摩吉，嘁嘁喳喳，依依不舍。

眼见得一行人送出庙外，无竭正想说话与大家告别，忽听院内有人喊道：“大师慢走！海空长老来送您了！”无竭急忙回转身去迎接。本来他这次离开就不想与长老告别了，生怕因伤感影响长老的健康。这时见海空长老由两位僧人扶着，步履艰难地走出庙门，不由得感动万分，连忙行跪拜大礼：“师兄病体如此虚弱，何必带恙强来？让无竭心中无比难受！”

摩吉、舍得也跪地齐说：“师伯身体欠安，还是休息吧！”

海空长老扶起无竭，颤颤巍巍地说：“大师何必行此大礼？只有一事，答应我便可！”

无竭说：“师兄德高望重，一言九鼎，但不知所说何事？”

海空大师以手一指："你把摩吉给我留下，做嵩山的住持！你可答应？"

无竭望着海空长老，为难地说："我们昨晚不是说过了吗？还望师兄见谅！"

海空长老把目光转向寺中僧人："你们同意我的提议吗？我可是为了嵩山！"

"同意！同意！"众僧人喊声如雷，并以首座、维那和监院僧为首，"唰"的一声给海空大师跪下来，高声喊道："长老高瞻远瞩，我等感激不尽！"旋即转过身来面向无竭："诚请大师恩准，让摩吉师父留下！"语言铿锵，惊天动地，真心诚意，气壮山河。无竭师徒见了此情此景也极为感动。

无竭忙说："众位快起！折煞老僧了！俗话说'恭敬不如从命'，既然长老和大家都如此说，那就让摩吉先留下吧！还请长老和众位以后对他多多教诲！"一听说无竭答应了，众僧人立即欢呼起来，那群武僧一拥而上，一下子把摩吉围在中心。

第二十五回

挽颓寺师徒施绝技　留舍得太后封住持

把摩吉留在了嵩山寺，无竭的心里总像少了一点什么，脑子里空空的，怎么也高兴不起来。舍得理解师父的心情。几十年了，自己和师兄始终跟在师父的身边，就像他的两个孩子。如今师父这么大的年纪了，冷不丁的身边少了一个弟子，就像一个家庭突然离开了一位亲人，当然难受。还记得昨天离开嵩山，师兄摩吉送出二十里开外。临别的时候，他伏到师父的怀里抽泣不停，六十多岁的人了，一个铁打的天竺汉子，竟然哭成泪人，让舍得都有些忍不住了。出家这么多年了，这些人之常情总是挥之不去，她想这也许是太多的人不能成佛的原因。

从嵩山奔洛阳进入陕西地界，无竭突然想起，师父昙真长老离开龙山这么多年了，自己始终没有去看望，说起来不太对。可能是因为父亲为救师父而死去的

缘故，使他每想起来就心痛欲裂。前几年在平城还听到过师父的一些消息，现在不知道怎么样了。他决定这次一定要去看望师父，不然他的一生将永远受到良心的责备。

十几天以后他们到达了陕西冯翊，找到了那座建在城西的般若寺。走进院子一看，两个人不禁大吃一惊：昔日规模宏大、建筑精美的一座寺院，怎么破败成这个样子？只见三座大殿檐颓脊落，四周围墙石倒砖塌，殿前的石阶多被拆毁，院中的青砖已被起走。殿内的佛像和供桌上挂满了灰尘，甬道和墙脚处疯长着野草。舍得连喊了几声，惊起一群群麻雀飞来踅去，却不见有人出来，也听不到有人答应。师徒二人走到后院，才感觉到西边寮房里好像有动静。一个十二三岁的小沙弥跑出来问："请问两位师父，你们找谁呀？"

舍得客气地说："小师父，我们找这里的方丈，他在吗？"

那小沙弥说："师父在那儿！他病了！"

无竭一听急了，马上三步并作两步跑到屋里，抬头一看，果见师父昙真长老半靠在土炕之上，面容憔悴，脸色灰黄，胡须杂乱，二目无神，瘦弱得好像皮包着骨架。一听到有动静，嘴唇哆嗦着问道："智仙，是谁来了？"

无竭上前一步抓住师父的手，急切地说："师父！是我！我是无竭！"

昙真长老似乎没有听见，他歪过头来大声地说："你是谁？我听不清楚哇！你大点声！"无竭见师父耳朵有些背了，于是冲着他大声但却一字一顿地说："我——是——昙——无——竭！来看你了！"

昙真长老用左手蒋起耳朵，冲着这边，这一回好像听清了，他自言自语地说道："不是咱特别，就是病闹的，看不准人，听不清话。"急得无竭哭笑不得。舍得上前说了几句，昙真长老仍是摇头，看得出心里也十分焦虑。

小沙弥智仙见长老听不清楚，一个劲儿打岔，就走上前去对着他的耳朵说："是昙无竭！昙无竭来看你！"

"啊！"这回师父昙真长老好像真的听清了，喃喃自语地说："是昙无竭？是取经回来的昙无竭？是我的徒弟昙无竭？"

小沙弥智仙肯定地说："是！是昙无竭！"

昙真长老听完伸出双手，语气急促地说："是昙无竭？那你伸过头来我摸摸！"

无竭听话地伸过头去，说："我是昙无竭，是您的徒弟昙无竭呀！"

昙真长老伸出枯枝一般的手指摸着无竭的脸庞，微弱的呼吸直喷到无竭的脸

上，好一阵子，脸部的皱纹剧烈地抖动，干涩的双眼流出了浑浊的泪水，忽然一声干号，震人心魄。“无竭！你爸爸死了！我对不起你呀！”说完上气不接下气，竟然再也说不出话来了。

无竭接过小沙弥智仙递过来的水碗，一边给师父慢慢地饮些水，一边轻声问智仙：“小师父，这是咋回事呀？我师父怎么病成这样啊？”

智仙告诉他说：“师父您看见山坡下的那一片高大的建筑了吗？那是当地的豪绅，名唤元嗔的家。不知道听哪个风水大师给他算的，说咱们寺庙的风水极好，是块龙脉，将来必出大贵之人，要把咱们的庙宇强占为后花园，开始假意说买，后来就派人来抢。师父据理力争，被他的家丁们打个半死，僧人们见苗头不对，都跑了。大殿、院墙、石阶也都给拆了。师父宁死不走，他们就每天来连打带骂，折磨师父，周围的乡亲们气愤无比，但慑于元家势力，均敢怒而不敢言。一晃这都半年多了！”

无竭问：“那师父为啥不去找官府呢？难道他们不管吗？”

智仙说：“师父去了，那县官反把师父大骂一通，说他诬陷朝廷重臣，罪在不赦，关了好几天才放出来。师父去长安找刺史衙门，那些官员们一听说要告元嗔，连听都没听就把师父轰了出来。后来师父才知道，元嗔是皇亲贵族，朝中有人，到哪儿也告不赢他，又不甘心寺庙被抢，一时气火攻心，就生病了。”

“啊！原来是这样！那么，小师父，你怎么不走哇？人家不是都跑了吗？”无竭问道。

智仙望着无竭答道：“我不是这里的僧人。我是城东法华庵的，离这里不算太远。我见师父孤苦可怜，又得了这么重的病，就常来照料他。老人家一天不如一天，近些日子耳朵听不清了，眼睛也看不准了，身子也坐不起来了，但是心里特别明白，意志特别坚定，他说要用自己的死，让元家背上万载骂名，因此他说啥也不离开寺院半步。元家的恶奴们天天来撵，要把咱师父扔出去呢！”智仙一边说着，一边眼泪汪汪，小脸气得煞白，无助地看着无竭。

舍得听罢，怒火满腔，起身就要去找元家评理，无竭拦住了她，说：“我们得先找个郎中给师父看病，然后再找他们算账不迟。我就不信这天下就没有讲理的地方了！”

智仙说：“师父，没有用的！没有哪个郎中敢给咱师父看病，那样元家会打死他的！”

三人正说话间，就听得殿外吵吵嚷嚷，脚步杂乱。不一会儿就有十几个家丁进来了，一个个横眉立目，气势汹汹。为首的一个人大声喊道："老秃驴！还没死吗？不要臭了这块宝地！赶紧滚出去,省得我们动手！"昙真长老见来了这么多人，只是气得用手指着他们，干嘎巴嘴说不出话来。

无竭站起身来，上前施礼，对家丁们说道："师父身染重病，你们让他到哪里去？般若寺自本朝立国以来，一直是皇家承认的寺院，是几百年的佛门净地，汝等何故前来骚扰？"

那为首的家丁一见，冷笑道："谁的裤裆没系严，露出你这么一个家伙？你是什么人，竟敢管我们元家的事！"

无竭双手合十，感叹地说道："阿弥陀佛！罪过呀罪过！贫僧这般年纪，当是你的爷爷，难道你在家也是这么说话的吗？小小年纪，动辄就污言秽语，出口伤人，就不怕报应吗？"

那为首的家丁嚷道："报应？什么报应？我马上就叫你遭报应！骂你了，那是瞧得起你！爷我还要打你哪！"说罢一招手，"给我上！先把这两个秃驴打走！然后再把那老秃驴扔出去！"

众家丁"嗷"的一声，一拥而上，伸拳拽腿，齐向无竭和舍得打来，吓得智仙一溜烟儿跑进屋里，躲在门后。

舍得见状，迎上前去，挡在师父的前面，厉声喝道："谁敢下手打我师父，让他骨断筋折！"

说话间几个家丁的拳脚已到跟前。舍得立身不动，只用双手轻轻一拨，几个家丁的力道使空，"扑通"一声摔倒在地上。

无竭说："舍得！不要动手，你到我身后来！"

舍得怕师父被伤着，不肯退步。无竭只好跨步向前，复向为首家丁合十行礼，朗声说道："诸位施主息怒！此处寺院归属，自有官家裁定，何须动武解决？师父已年过百岁，体弱多病，你们打他撵他，即或不怕损了阴德、折了阳寿，难道就不怕街坊邻居耻笑？何况苍天有眼，雷电袭来，你们就不胆寒？师父病躯沉重，我们先找郎中给他看病。至于寺院归属，容再作理论，如何？"

那为首的家丁正要说话，众人早已七嘴八舌吵吵嚷嚷："别听他的！算什么东西！"

"在大魏国的天下，还没有元家办不了的事！"

“打他！把他扔出去！”

“下手哇！不然怎么跟老爷回话？！”尤其是刚才摔倒的那几个家丁，觉得丢了面子，大喊着，“妈的！敢跟老爷我们还手？找死呀！”

没等为首的家丁发话，又一窝蜂地冲上前来，拳头和脚一齐往无竭身上招呼。无竭脚下轻移莲步，身子一纵，轻轻落于圈外，站在院子正中，再次以手合十，对家丁们说：“阿弥陀佛！汝等年轻力壮，何必以强凌弱，欺我古稀之人？你们还是找管事的人来，咱们以理说话！”

那为首的家丁闻言冷笑：“想找管事的？我看你还不配！来呀！抄家伙！我看这俩秃驴有些身手，就乱棍打死他们！”言毕抄起一根六尺多长的木棍，向无竭头上砸来，舍得见状急忙迎上前去。

这时寺院内外，闻声而来的百姓越来越多，不少人愤愤不平，暗地里大喊:“元家仗势欺人！”

“扒庙毁佛，没好下场！”

“横行乡里，必遭报应！”

但慑于元家威势，无人敢公开出头。

元府的家丁们恼羞成怒，感到下不来台，索性一不做、二不休，就想把无竭师徒二人打死。他们在地方上横行霸道惯了，打死几个百姓就如同碾死几只蚂蚁，根本不放在心上，也没想到有人敢还手。因此发一声喊，一齐舞着长棍冲上前来。

围观的百姓们脸都吓白了，有个老妈妈叹口气说：“可惜了！这两个无辜的和尚，又做了冤死鬼了！唉！那个女尼才多大呀？”人群中一阵阵骚动。

无竭见家丁们来势凶猛，向舍得轻声一句:“凌波莲步身法，打掉他们的棍子！”

说时迟，那时快，待家丁们的棍子将要落到他们头上的时候，师徒二人倏地闪入家丁群中，未见他们如何动作，只见两个灰色的身影如清风一样在家丁群中游走，家丁们手中的棍子噼里啪啦纷纷落在地下，十几个家丁如同卖不了的秫秸，全戳那儿了。

还没等家丁们明白怎么回事，围观的老百姓早已发出赞叹之声：“好厉害的功夫哇！疾如清风，快如闪电！这两个和尚当是奇人！”无竭与舍得一纵身，轻落于大殿台阶之上，面不改色，气不长出，围观的人们又是一阵喝彩。

无竭双手合十，歉疚地说：“阿弥陀佛！老僧多有得罪，各位还是请回吧！否则伤了谁都不好！”

可那十几个元府家丁岂肯轻易罢手？他们自恃有元嗔撑腰，历来无恶不作，何时受过这般羞辱？那为首的家丁也觉得面子上过不去，十几个身强力壮的家丁竟然打不过两个赤手空拳的和尚，如果就这样回去了，今后在这百八十里的地面上，脸还往哪儿搁？寺院还要得去吗？元府的老爷怎肯放过他们？想到这里，他放下狠话："给我往死里打！先打他们的下盘！削死这俩秃驴！"说着又捡起棍子，领着家丁们冲了过来，十几根长棍向师徒二人的下腿横扫过去。

无竭见状，明白这场打斗已不可避免，于是轻声告诉舍得："点麻穴！不要伤了他们！"说完纵身腾空跃起，跳出一丈开外，站在围观的百姓旁边。

舍得遵照师父的教诲，跳起后双脚离地，脚尖在家丁们的头上或肩上行走，"嗖嗖嗖嗖"，一圈过后，那些家丁一个个被点了颈上麻穴，棍子横七竖八扔了一地，人人龇牙咧嘴，呆若木鸡，像一群被雕成蜡像的小鬼。再看那领头的家丁，模样更惨。原来舍得不知从哪里捡来一只破烂的鞋底，在打斗的过程中一声怒喝："你的嘴也太臭了！堵上也罢！"将鞋"啪"的一声飞了过去，正好打进那领头家丁的嘴里，把他的嘴塞了个严严实实，两边腮帮子鼓起老高，眼睛瞪得大大的，扬起脖子喘气。这家伙一口一个"秃驴"，早把舍得骂急了。

围观的百姓见状，一个个笑得前仰后合。

有的说："该！活该！这回遇到强手了吧！"

有的说："作！作！这溜儿作！早晚得作出头来吧？"

还有的说："报应啊！报应！纯粹是现世报！他们早该如此！"

家丁们耳听着百姓的谩骂，一个个无可奈何，动弹不得。无竭与舍得向百姓们施礼，正在打听谁是郎中，忽听人群后边一阵大乱，一个声音响若炸雷随后传来："哪来的狂徒，敢在这里撒野？"说话间声到人到，一队舞刀弄枪、顶盔贯甲的兵丁冲了进来，足有百八十人。一个个身高体壮，面目狰狞，如凶神恶煞一般。百姓见之如避瘟神，潮水般向两边撤去。

无竭见为首一人面如黑漆，须若钢针，身似铁塔，眼像铜铃，身穿一套黑衣黑甲，骑在一匹黑马之上，手拿一根黑色的纯铁狼牙大棒，简直就像天神下界。围观的百姓全都认识，他叫元婴，是元府豢养的府兵统领，力大如牛，武艺高强，人称"陕西第一勇士"，方圆五百里内无人能敌。且带领的两千名府兵个个都是魁梧的关西大汉，人人弓马娴熟。元嗔凭这一支武装力量，又仗着是皇亲贵族，因此根本不把地方州县的官员放在眼里，平民百姓就更不在话下。刚才听仆人报说家丁们在寺院受挫，有两个外地僧人帮助昙真长老拒迁，双方僵持在那里，围观的百姓成千上万，议论纷纷。元嗔大怒，急令府兵统领带人把那两个和尚抓来。他说："我倒要看看这两个和尚是何等人，敢在太岁头上动土。"

元婴点齐一百名府兵赶到寺院，驱开人群，见十几名家丁东倒西歪，瘫在那里，不由得脱口骂道："一帮废物！老爷白养了你们这群饭桶！"

再抬眼望去，见大殿门前的石阶之上，站着一老一少两个和尚。那年老的和尚身材精干高挑，肩宽臂长，须髯飘飘，面色红润，二目如灯，立在那里腰板笔直，就像一株千年古松。那年轻的女尼体态修长，面貌俊美，眉宇之间，正气凛然，宛如黄土高原的一株白杨。一老一少，气定神闲，好像什么事也没有发生一样。

元婴高声喝道："哪来的和尚，竟敢骚扰元府，打伤家丁？赶快束手就擒，免得伤及皮肉！"

几个兵丁凑上前来，跃跃欲试。无竭轻声说道："阿弥陀佛！这位军官此言差矣！这里本是寺院，何时成了元府？是家丁们上门滋事，打伤了我的师父，又来抓我们，怎么就成了我打他们？旁观的父老乡亲们都在呀！大家看得清清楚楚。"

人群中立刻有人响应道："是呀！这里不是寺庙吗？咋成了元府了呢？"

"这位长老说的对！是家丁们先打人的！"

"那棍子不都还在那儿呢吗？瞎呀？看不见咋的？"

那元婴一听勃然大怒，"大胆的和尚，还敢巧言令色！看我拿住后怎么收拾你！来人哪！给我上！"说完狼牙大棒一挥，率领着兵丁们猛扑过来。

无竭见元婴骑在马上，耀武扬威，不可一世，索性拉舍得坐下，盘腿抬头，双手合十，闭着眼睛对元婴说："阿弥陀佛！不该来的终是来了。我倒要看看你们怎么收拾我！"

原来无竭的眼睛早已观察好，这座大殿的正门两侧，各有两棵粗大的桃树，估计至少也有上百年的历史，枝繁叶茂，树冠庞大。由于近年来寺院衰落，无人打扫，树底下积攒了一层厚厚的桃核。

师徒二人坐下以后，无竭轻声告诉舍得："用桃核击落他们的武器！"

舍得会意地点点头说："明白！"

在场围观的百姓浑然不知，均以为这两个和尚是要束手就擒了，不时有人发出同情和惋惜的叹息声。元婴和手下的兵丁们也都以为这两个和尚害怕了，大模大样地抢上前来，有两个兵丁甚至已准备好捆人的绳子，上来就想绑。殊不知他们刚迈出几步，离两个和尚还有两丈多远，只听得一阵“啪啪啪啪”和“当啷当啷”的声音，兵丁们的手腕不知被何物击中，疼得他们跳脚乱蹦地号叫，长枪和大刀纷纷扔在地上。在场的百姓和元婴都感到很纳闷。

看那两个和尚时，他们仍然稳稳当当地坐在台阶之上，没有人看到他们出手。元婴急了，一招手，又一批兵丁冲上来，照样被乒乒乓乓地打回。这一把元婴看清楚了，那老和尚闭目坐禅，纹丝没动，却见那年轻的尼姑手儿一扬一扬，像过春节时女孩子玩欻子儿，显然这暗器是她打的，不禁心中大怒，挺起狼牙大棒，纵马而来，恨不得一棒把这个美丽的女尼砸扁。

舍得暗中早已看在眼里，待那匹黑马刚刚跃起的一刹那，两颗桃核带着强大的功力飞出，“啪啪”两声，正中那黑马的咽喉，疼得那匹黑马前腿高高扬起，身躯几乎竖了起来，一下子把元婴掀翻在地。狼牙大棒“咣当当”摔在青砖地上，把几块老青砖砸得稀碎。这一屁股蹾把元婴摔得龇牙咧嘴，狼狈不堪，惹得围观的百姓发出阵阵开心的笑声。

元婴恼羞成怒，爬起来挥动狼牙大棒砸在树上，立时把粗大的柳桃树砸为两截，树丫子“喳”的一声劈下来，吓得跟前的百姓躲出老远。但那师徒二人仍是神态自若，如观儿戏。元婴被无竭和舍得那种旁若无人的态度彻底激怒了，心想我自出师二十多年，虽说没有打遍天下，但也从没人敢跟我如此趾高气扬。就是朝廷那些领兵大将们也都敬我几分，在陕西那就更不用说了，到目前为止，还没有人赢过我。难不成今天就窝在这里，败在这两个和尚的手上？妈的！不甘心哪！于是他一招手，大吼一声，率领在场的所有兵丁，一齐扑上来。

眼见得师徒二人寡不敌众，危急万分。围观的百姓都为他俩捏一把汗，瞪大眼睛看着他们如何被擒。待等到那群兵丁快到跟前的时候，只见那位年轻的尼姑两只手不断地扬起又落下，那抛出的柳桃核像弹雨般落下，直打得那帮兵丁鼻青脸肿，掩面而逃。前边的打跑了，后边的又上来，元府的兵丁们一拨儿一拨儿往前冲，又一拨儿一拨儿地被打回来。如此这般几番之后，元婴带来的这一百名精兵，竟无一人不被打伤，但也无一人丧命，甚至连打伤眼睛的也没有。后来任凭元婴如何大叫，兵丁们已心生畏惧，不敢上前。

此时舍得站起来说道：“列位父老乡亲都看见了，是谁想连抓人带打人，成帮成伙地欺负人。我们出家人以慈悲为本，万般无奈才出手自卫。师父已提醒我不能伤人，故而小尼已经手下留情。如果是在战场上生死相搏，诸位的眼睛还保得住吗？我劝你们还是请回吧！不要再来无理取闹！”

围观的百姓们也发出阵阵嘘声：“回去吧！寺庙本来也不是元府的！凭啥抢啊？不要脸！”

“真是光屁股推碾子，转圈儿丢人！”

“人没抓着，还让人家给打个犊子似的！快走吧！待会儿裤子尿了！”

一时七嘴八舌，议论纷纷，气得元婴牙齿咬得嘎嘣嘎嘣直响，心想我堂堂元府的统兵头领，手下也有两千人马，如果今天就这样蔫不唧地回去了，今后还有啥脸见人？脑袋还不得掖在裤裆里呀？想到这里，他狠下心来，大吼一声：“谁要是再敢往后跑，我立马宰了他！给我上！抓活的！”

那帮兵丁滞目瞪眼地刚想上前，舍得笑了，她顺手抓起一把桃核，对元婴说：“你不是不服吗？大家看着，我现在就打他帽子上的盔缨！”话音未落，手起子出，“唰”的一声，元婴帽子上的大红簪缨应声落地。众兵丁皆大惊失色，踌躇着不敢上前。

元婴说：“你这算什么本事，打人冷不防！纯属雕虫小技！”

舍得并不生气，笑着说：“我们女孩子家没有你有力气，舞不动狼牙大棒，只好练些省劲儿的招儿，不过对付你还是没有问题。刚才你不是说我冷不防，这回我告诉你打哪儿，让你有所准备，怎么样？”

元婴说：“那就试试看吧，如果你再说哪儿打哪儿，我便服了你了，立马带兵回去！”

舍得乐了，“那好哇！这可是你说的！刚才听说你是陕西第一勇士，红口白牙的，说话可要算数！大家都看着哪！”

元婴说：“算数！你就来吧！你打不着我，我可要打倒你，你别后悔！”

舍得说：“你尽管放心，我绝不后悔。我只喊两声，若打不到你的额头，自动束手就擒，不用你来抓我。大家都能做证，你就来吧！”

元婴一听高兴了，心想我一根狼牙大棒纵横江湖，就不信护不住自己的额头！你牛吹大了，我看你一会儿咋收场！说罢舞起狼牙大棒，带着“呼呼”的风响。众人只见到院心中有一个巨大的圆盘，飞腾旋转，黑乎乎一片，把元婴严严实实地罩在里面，根本看不到人在哪里。这元婴也是真有力气，把这狼牙大棒使得出神入化。

人群中不禁有人赞道：“好功夫！可惜投错人家了！”

舍得也感到元婴的功夫不错，若想击中他的额头，确实不易，不过话已说出，驷马难追。于是她高声喊道：“我要打你的额头了！忍着点啊！”手一甩，几颗桃核飞出，“啪啪啪啪”纷纷撞在狼牙大棒上，立刻被撞得粉碎，碎屑带着巨大的离心力飞向兵丁群中，有几个兵丁马上被打翻在地，叫痛不迭，元婴却啥事也无。

这下子元婴乐了，暗想小尼姑你这头一声算白喊了，没打着我，第二声你也是白扯，我是胜利在望！于是他舞得更来劲了，观众们的担心也增加了。大伙儿眼瞅着第一声喊小尼姑发子没打着人家，这下子麻烦了，于是心跟着提起来了。但是无竭心中有数，他依旧坐在石阶之上，眼都没睁，口中似在念念有词。

这时只听舍得又在高喊：“我要打你的发髻了，请留心！”

元婴一听又是一阵猛抡，自以为仍然会打不到他。没想到舍得此时脚蹬树干飞身跃起，跳在空中一丈多高，一大把桃核呈扇面形状唰地自上而下飞了出去。正舞得起劲的元婴忽觉手腕一阵剧痛，“当啷”一声，狼牙大棒脱手而飞，“啪嚓”一下砸在大殿檐头之上，“哗啦”一声，半边殿角塌了下来，把个旁边的观众吓得“妈呀”一声，倒下一片。许多人闹个后怕，这若是让狼牙大棒捎上，命还有吗？再看那陕西第一勇士元婴，此时丢了大棒不说，又觉得头顶的发髻好像被什么东西重重地拨拉了一下，挽发的丝绦被打断，如瀑布一般垂落下来，遮住了他的眼睛。他像个丈二金刚一样，披头散发地站在那里，又像个被押往地狱的小鬼，蒙头蒙脑无脸见人。惹得大殿内外哄堂大笑，连那些被打疼的兵丁们也抑制不住发出了阵阵笑声。

舍得轻轻地落在地上，拍拍双手，又回到师父身旁，笑呵呵地对元婴说：“怎么样？服气吗？你的额头正中还有一块被打中，有些青肿，但肯定没有流血，已给你留面子了！这回还有说的吗？”

元婴站在那里羞愧难当，遮着头一言不发，正想要走，无竭忽睁开双眼，低声喝道：“且慢！请回去转告元府老爷，不要再寻衅抢占寺庙。你们想的那个理由，是摆不到阳光之下的，说出去是要杀头的。别说原来就是寺庙，即或真是块龙脉，那也不是你们应该占的，而应该归朝廷所有。何况般若寺已有几百年的历史了，怎容你们说扒就扒，说抢就抢？现在不是灭佛的年代，当今太后正主持修三大佛窟，你们不知道吗？我不到朝廷告你们图谋不轨也就罢了，不要再得寸进尺！否则性命难保，可不是今天挨一顿桃核的事了！我们师徒俩今天用桃核打你们，是救你们一命，是助你们逃过一劫！否则你们把寺庙抢到手之日，就是你们掉头之时，甚至会被诛灭九族，全家伏法！请仔细思量，好自为之吧！现在事情未成，尚有挽回余地。但你们要迅速找医官来，给我师父看病！”

无竭一番话义正词严，剔骨刮肉，让元婴惊出了一身冷汗。他现在才觉得元府这件事做得太冒失了，于是不禁低声问无竭："敢问师父尊姓大名？在下也好到府上回禀。"

无竭说："出家人行不更名，坐不改姓。我乃龙山龙翔佛寺僧人昙无竭是也。这位是我的学生舍得。多有得罪，还望见谅！”

元婴一听吓了一跳，心想我的妈呀，怪不得这二人武功这么好，原来是天下第一高僧！早知道咱也不能招惹他呀！于是诺诺连声说："我们告退！我们告退！”捡起狼牙大棒，牵着战马，领着伤兵，灰溜溜地走了。

围观的百姓们顷刻欢呼起来，有的说："到底邪不压正啊！”有的说："还是苍天有眼哪！”还有的说："佛门广大，佛法无边！谁不知道无竭大师从西天回来，是菩萨下凡呢！”

有位老婆婆喃喃地说："我看那女尼就是佛祖身边的人，我好像从哪个佛龛上看过呢！”众人听后，皆发出赞同的笑声。

让无竭师徒意想不到的是，元府很快派医官来给昙真长老看病，同时让许多仆人和杂役来收拾庙宇，元府管家还代表元嗔来向无竭致意，说以前那些事都是下人所为，他根本不知道，因此请无竭也不要向冯太后提起。至于庙宇的修复，元府愿承担一切费用，并对闹事的家丁进行处治。无竭明白元嗔说的全是假话，并无真心诚意，但事情到了这个程度也只能如此，所以也就不再多说。

无竭原本想顺道看望师父，住几天就走的，现在见寺院被破坏成这个样子，师父这么大年纪了，又在病着，他无论如何是走不开了，他要在这里打理一段时间。幸好这时智仙的两位师姐觉仙和慧仙过来相助，无竭便拜托她们照料师父，自己带着舍得急匆匆赶到平城，去谒见冯太后。

冯太后临朝听政，操劳国事，十分繁忙，恰逢此时国家正与南朝刘宋政权开战，可谓日理万机。无竭在平城驿馆等候了三天，才在一天晚饭后见到冯太后。傍晚的余晖在西天留下了一片彩霞，黄昏的轻风驱赶着白日的炎热，喧嚣了一天的皇宫此时仿佛安静下来。后花园里林木葱茏，空气中弥漫着花草的芳香。

因为是同乡人，冯太后邀请无竭边走边聊。也许是操劳过度的缘故，无竭见这位当年端庄秀美的女强人有些憔悴和衰老，白色的发丝毫不客气地爬上了她的两鬓，皱纹在她的脸颊上留下了岁月的印痕，体态不再那么苗条曼妙，反而显得有些臃肿，只有那双好看的眼睛依然睿智明亮，给人以明察秋毫的威严。

冯太后见无竭没有说话，大概是觉察到了他的心思，于是感叹地说：“你看我们几年不见，我已如同明日黄花，你也发白如雪了，我们都逃脱不了自然法则的约束，这就是做人的悲哀和无奈，你说是吗？”

因为身边只有贴身的宫女，冯太后说话很随便，完全没有了在朝堂上的庄重威严，让无竭感到很亲切，也很真实，于是他笑着对冯太后说：“您看见这身边的鲜花了吗？它们曾姣美于一时，风光于尘世，展仙姿于厅堂，留香气在人间，让人们记住了它们的名字。现在它们开始凋落了，它们的花瓣将变成泥土，它们的枯叶将变成飞尘，但是它们的芳心还在，它们的灵魂永恒，它们在养精蓄锐，蓄势待发，因为它们确信一定会再有春天到来。您再看那西边的太阳，它也行将下山去了，就像一个即将走完人生的老人，想当初何等纯洁壮美，何等朝气蓬勃，后来又何等辉映中天光芒万丈，暴风吹不走它，乌云遮不住它，阴霾骗不了它，严寒冻不坏它。因为它心中燃烧着不灭的烈火，它的灵魂执着而灼热。现在它虽然即将下山去了，行将消失在人间，但它坚信生命不会停止，明天还会到来。”

冯太后望着西天的晚霞，停下脚步，有感而发：“大师说得真好！但人不比鲜花，更难比太阳啊！生命既去，岂可再来？”言语之间，无比惆怅。

无竭此时也停下脚步，他从衣袖中取出一本经书，对冯太后说：“这是一本精装古本《无量寿经》，是我在天竺取经的时候，我的老师恒戒大师送给我的，是一部传承千年的佛门经典，非纸张订录，而是树皮装成，经药汁浸过，不怕虫蛀。里边都是梵文，但我已小心用华文标译。我知太后熟读此经，领悟颇深，但此番相赠，非比寻常，就请太后收下，细细品味，如睹佛陀，自当受益无穷也。”

无竭将经书双手呈与冯太后，接着又说：“不是我在沙门，就说佛家之好。人之一生，长则逾百年，少则几十年，迟早要去，不可避免。若为一己之虑者，虽高官厚禄，金山银山，甚至于富有四海，威加天下，但终不能逃脱此劫。至于求仙问卜，炼丹吃药，不仅没有丝毫用处，反而适得其反，徒留笑柄耳。如秦皇汉武这等雄才大略之人，尚且不能解脱此厄，教训不惟不深刻也。然而若如释迦世尊或孔圣人者，生时以有用之躯体尽献度众生之伟业，时时以无我为追求，处处为众生谋善事，必能无忧、无虑、无私、无畏，去后虽肉体消失，灵魂必将长存于宇宙之间，英名当永活在百姓心中，个人亦必能修成正觉或正等正觉。这难道不是人生最高的追求吗？太后德政，著于四海，官民无不称赞，百姓有口皆碑，其事业如花之正艳、日行中天，如若能百尺竿头，更进一步，则必会名垂青史，魂上九霄，达至最高境界，则生命永存矣！青春永驻矣！”

冯太后双手捧着这本经书，极为专注地听完了无竭讲的每一句话，由衷佩服地说：“大师之言，字字金石，令哀家头清眼亮，真如一阵清风吹来，让我喜不自禁。多少年来忙忙碌碌，难以脱身。朝堂之上，所虑多为权势之争，宫墙内外，所见尽为利益之逐，琐碎之极！庸俗之极！有时真想不理朝政，退居山林，但又怕贻误大事，愧对众生啊！是进也难、退也难。”说到此冯太后手托经书话锋一转，“大师此番当不会专为赠书而来，必有大事相告吧！你我同乡，不必拘泥，尽管讲来！”

无竭一笑说：“知无竭者太后也。我本欲见面就讲，知你时间宝贵。但一见太后似有感触，故大胆借题发挥，妄言一通，还请太后海涵。”

无竭说到此时停顿了一下，见冯太后颔首相视，便把陕西般若寺的情况说了一遍，末了他诚恳地说：“无竭此来，绝无私心。我观般若寺群峰拱卫，碧水相迎，林木葱茏常观紫气，霞光频顾暗蕴仙机，真天下少有之宝地也。庙宇凋零，殊为可惜，莫若辟为皇家寺院，作为女尼修炼之所。太后既可常来光顾，挂名修炼，也可为皇族女眷提供一个念佛的地方，岂不甚好？”

冯太后闻听十分高兴，说：“你这个主意甚好！皇族女眷人数不少，每年在后宫之中，倒也有几次聚会，无非饮酒作乐罢了，我已有些厌倦了。若能引导她们吃斋念佛，多行善举，这对于她们的家庭来说，未尝不是一件好事。国内女庵倒是不少，但我们皇家女眷能去的地方，却也不多。我早就想选个随缘的寺院挂名修行了，只是尚未遇到合适的。既然你说般若寺样样都好，我看可行，但你要让舍得来当方丈，我才能去。不然的话，我若在那里住些日子，谁来陪我读经？”说着伸手揽过舍得的肩膀，“我们娘儿俩有缘，我早就喜欢这个孩子了！不知你这个当师父的是否舍得？长时间不能见面，你能放得下吗？”

无竭闻言诚恳地说：“只要是为众生，诸事皆可放下。太后若能中意，是舍得的造化，也是诸多信女的福分。太后若能挂名修行，也给天下女子做了个榜样。去年我母亲和师父同一天去世了，母亲活了一百多岁，师父活了一百五十六岁。师父圆寂的时候得到了一百五十六颗真身舍利，成为整个天下佛门的传奇，足见清修是可以长寿的。太后今后可视轻重缓急，逐渐还政于陛下，挤出些时间多读些经书，每日里坚持清修坐禅，必于养生大为有益，乃天下万民之福祉也。”

无竭见冯太后频频点头，接着说道：“前些日子我从嵩山奔长安，路过洛阳，从伊水河上走过，见西有龙山为屏障，东有香山为依托，北面隐隐有重山叠嶂，直入云表。一水从远方飞驰而来，真好比一条巨龙从天而降。而正南方则两山对峙，状如石门，古人称为伊阙仙关，真天下一奇绝之地也！”

冯太后听无竭如此说，似有不解地问道："大师博学，举国尽知。你说洛阳地形奇绝，究是何意？前些日子皇上下去巡视，有李昕等人鼓吹迁都，已经打动了圣意，被嵩山寺海空长老劝阻，还险些酿成一起乱子。难道今天你也劝我迁都不成？洛阳那个地方，真的那么神圣吗？"

无竭摇摇头说："非也！太后误会我的意思了！我的看法刚好相反，与海空长老是一致的，洛阳并非合适的建都之地。历史上曹魏在此建都，政权只维持了四十年，而西晋王朝在此仅维持五帝，不到五十年也灭亡了。我的看法是此地不但不能建都，还要迎请十方佛陀在此镇守，锁住石门，方保中原龙脉不再外流、北方王气不外泄也。"

冯太后说："如果依大师所言，要怎么做才算合适？"

无竭从容答道："最好的办法是像云冈和莫高山那样，在那里的山上凿些石窟，再迎请些佛像进去，让那里成为新的佛教圣地，自会天地和谐，众生和畅，于社稷江山大有利也！"

冯太后闻言大喜，于次日在早朝上亲自下旨，着即由长安刺史元朗派员修复般若寺，并把般若寺作为皇家女眷的念佛堂，由朝廷亲管，敕命天竺高僧舍得女尼为般若寺方丈，有事可直接向太后禀报。命法师昙曜即刻勘察龙门山及伊阙仙关，看是否具备开凿石窟的条件。两件事要定期向太后禀报，半年后交朝堂再议。

圣旨颁布以后，听到消息的元嗔倒吸了一口凉气。他庆幸那日躲在围观的百姓中，偷偷地看到了无竭和舍得的武功，间接地算认识了这师徒两个，没敢贸然行事，并且悄悄地服软了事。不然的话，这回脑袋就搬家了。他暗暗赞赏无竭的人品，没有在冯太后面前说他的坏话。现在般若寺成了皇家寺院，那漂亮的女尼竟成了太后的红人，他明白以后再也不能招惹他们了，他小小的元府惹不起这位通天的取经高僧。

无竭和舍得师徒二人从平城回到般若寺，见师父昙真病情已大有好转，虽然依旧耳聋眼花，体质极弱，但已能下地行走，小沙弥智仙和觉仙、慧仙两姐妹始终在这里侍候，寮房内外，收拾得干干净净。院子里元府的管家正督促着工匠们修整寺院，吵吵嚷嚷，比比画画，十分尽责，好像给元府自家做事。有意思的是，那些闹事的家丁们也来了，他们成帮成伙地帮着忙活，有的铲野草，有的清垃圾，干得还很卖力气。舍得看着觉得好笑，对无竭说："这些人也真是的！墙头草一样！怎么变得这样快呀？难道他们就没有自己的是非观吗？"

无竭听了回答说："这没有什么好奇怪的，它是大千世界最为普遍的现象，弱肉强食、适者生存嘛！其实他们也挺可怜的，不过是为了自己的生存，帮助他人做损害别人又伤天害理的事，其实他们也是受害者。红尘之中，比这种事情严重的受害者还有许多许多，他们在罪恶之人的驱使下举起屠刀，面对众生，做着罪恶的事。它是和佛门的宗旨相违背的。因此佛祖才教导我们要弘扬佛法，普度众生，让各层次的人们都觉悟起来，都明白，都清楚，都觉醒，都般若，从根本上消除这种丑恶的现象，打掉它们的根源，让人不再跟着罪恶的人和现象跑。佛门讲善念如水，无空不入，无孔不入，永远倾向于最低层受苦受难的众生。地藏王菩萨发下大愿'度尽众生，方证菩提，地狱不空，誓不成佛'，讲的就是这个道理。所以《地藏经》是我们出家人要读的首部经书，也是对大众进行弘法的入门经典。"舍得听了连连点头。

由于般若寺被冯太后钦定为皇家寺院，长安刺史衙门亲自派员督造，地方上各州、府、县全力支援，加之周边士绅闻风而动，多有捐助，又有元府上下出人出力，八方百姓热心相帮，不到一年的功夫，般若寺全部整修完毕。不但几座大殿、四面的围墙及院庭院落都焕然一新，而且连所有的佛像都重塑了金身，所有的壁画都重涂了油彩。远远望去，在一片片绿树掩映之中，金光闪闪，若隐若现，颇有几分神秘色彩。近而观之，红墙黄瓦，翘脊飞檐，左拥右抱，虎踞龙盘，足以显示大庙的威严。过往之人，谁见了都称赞。

昙真长老初愈之后，执意要回龙山。无竭按照师父的意愿，准备陪同他一起回去。临行前无竭对舍得说："如今寺院已经修好，法华庵的多数尼姑们也已过来，四方百姓前来拜谒者日多，诸事已经转入正轨，为师略感放心。但你自小随我多年，从未单独主事，因此凡事要反复斟酌，慎重思考，千万不可急躁鲁莽，尽量多与大家商量，最好不要动武解决。日后我就在龙山的龙翔佛寺和燕山的般若洞这两个地方清修，你有大事可以去那里找我。记住，凡事以众生为本，以慈悲为怀，勿以恶小而为之，勿以善小而不为。积小错可成大恶，聚滴水可为沧海。每日躬行一小善事，则正果可成矣！"

舍得说："徒儿谨遵师父的教诲。我会常去看你的，也请你常到这里来。"无竭点点头说："我会的！毕竟你是师父最小的学生，像是我的孩子呀！"舍得一听，眼圈就红了。这时候车到了，智仙、觉仙、慧仙几个人扶着昙真长老坐上马车，装上长老随行要带的东西，头里走了，寺里一百多名女尼一直送到门外，无竭施礼与众女尼告别。舍得陪着师父走了一程又一程，就是不愿意回去，任凭无竭怎么撵她都不行，眼见得已送出二十里开外。

无竭停住脚步，对舍得说："鸟儿长大，迟早总要单飞，孩子长大，早晚也会单过。山高有岔，树大分枝。如今你已过不惑之年，早就该自撑门户了，这都有些晚了，只不过没遇到合适的机会而已。如今太后钦命，水到渠成。我的小舍得已经长大了，不能一辈子总跟着师父吧？别送了，回去吧！"

舍得说："您是我的师父，更像我的父亲。前些年我小的时候您还年轻，身子骨又好，我并未在意。如今您年岁大了，跟前需要人照顾。因此，只有跟着您我才放心。现在让我独掌一家寺院，弟子明白您的苦心。可我是真的舍不得您哪！我是您的孩子呀！师父！"

无竭笑着扶起舍得说："我才七十多岁，怎么就算年岁大了？我的师父恒戒大师活了一百五十六岁哪！我现在身体还好，精力十足。更重要的是我还有大事要办，一定会再活好多年的。你若是想念师父，就当好你的方丈，不要辜负了我的希望。师父的将来还要依靠你哪！"说完两手拍拍舍得的肩膀，头也不回地走了。

舍得望着这熟悉的背影，眼泪唰唰地往下流。待无竭走出很远，即将拐上岔路的时候，发现舍得还跪在那里，远远地望着他，如同一尊石头雕像。

无竭护送师父昙真长老回到龙翔佛寺以后，亲自精心照料。除每日晨昏定省之外，饮水喂饭，煎汤熬药，无不亲力亲为。龙城附近的郎中请了个遍，各种祖传秘方用了几十服，但昙真长老终因年老体衰，痼疾难愈，于一年以后去世，高龄一百一十九岁。无竭与师兄无病商议，在佛寺北面背风向阳的山坡上，为师父修建了一座佛塔，并在此守孝三年。在此期间，他常去父母的墓地上填土、拔草、送鲜花，偶尔也去龙城街里，指导城区的改造工程。

此时，冯太后敕命修建的"思燕佛图"佛塔已经奠基，无竭又担负起工程监造的重责。北魏太和十四年春天，"思燕佛图"佛塔工程竣工。本来想到此追念先祖并安度晚年的冯太后，此时却病得卧床不起，未能成行，在八个月以后带着满腔遗憾告别了人世。据说她在病重的时候，还谆谆嘱咐守在床边的孝文帝元宏："替我谢谢无竭大师！他为我的家乡做了许多好事，你要亲自去拜佛塔。"冯太后去世时五十七岁，临朝听政二十七年。她在位时精明能干，惩贪爱民，很受百姓的拥戴，是历史上有名的贤后。后来孝文帝元宏果然遵照她的遗命，亲来参加“思燕佛图”佛塔的落成庆典。但此时无竭因师兄无病去世，悲痛万分，情绪很差，没有去参加佛寺的庆典。不久便离开龙山，到燕山般若洞清修去了。

第二十六回

拜圣母舍得接重担　染风寒无竭得奇梦

青山不改，绿水长流。这个时期中国的政坛发生了很大的变化。公元 479 年，南朝的萧道成建立南齐，取代了刘宋王朝六十年的统治，可叹南齐换了七个皇帝才维持了二十二年，于公元 502 年，又被萧衍建立的南梁所取代。北魏在公元 494 年迁都洛阳，不久分裂为东魏和西魏，结束了一百年来中国北方一统天下的局面。大规模的军阀混战日趋激烈，皇帝如走马灯一般轮换，社会步入极不稳定的时期。

公元 503 年春天，正在燕山般若洞清心修炼的昙无竭收到家人捎来的书信，弟弟李小虎去世了，弟媳也身患重病。在忍受失去亲人苦痛的同时，他自己也感到时光流逝，人生易老。尽管现在仍然身体健壮，精神矍铄，但毕竟已经年届百岁，来日几多，难以预料，不免一阵阵生发出大事未办、壮志未酬的缕缕惆怅。一日

他诵完早经，做过晨练之后，对着东方喷薄而出的朝阳，忽然心里一动，感到不能再这样一天一天地等下去了，他要去找龙山圣母，他要像师父一样，在世时就把大事托付好，免得留下永久的遗憾。想好之后，他匆匆用过早饭，即发出两封书信，分别派人速去中州嵩山寺和陕西般若寺，约两个弟子一百天以后在龙翔佛寺相见。他自己则简单准备了一下，于次日便提前回乡了。

北国的春天，生机盎然，万物生发，千山泛绿，到处洋溢着一派蓬勃的气息，让无竭顿感神清气爽，脚步轻轻。他突然觉得人的生理状态是不能用年龄来衡量的。比方说自己，已经一百岁了，仍然觉得年富力强，好像四五十岁时的样子。而师父呢，就更厉害了，当年去天竺取经见到他的时候，就一百零六岁了，可是后来又活了五十年。

五十年，那是半个世纪呀！师父走的时候依然头脑清醒，料事如神，简直难以置信！但那些帝王将相呢，又有几个长寿之人？远的不说，就说从北魏立国以来这八任皇帝吧，平均年龄只有三十三岁，最短命的文成帝拓跋濬只活了二十五岁，太武帝拓跋焘算是活得最长的，也只有四十四岁。看来人托生到世上一回，要想做成一点事情，不仅仅需要机遇和能力，更需要时间和寿命啊！不然就会力不从心，留下许多遗憾。比方说周瑜和诸葛亮，当年何等英姿勃发，潇洒风流，叱咤风云，名扬天下！别说让他们都再活五十年了，就是再活二十年，甚至是十年、八年，那么中国的历史会不会重写就很难说了。走着走着，无竭心中浮想联翩，不禁生出了许多感慨。

无竭回到龙山以后，没有先到龙翔佛寺，也没有回到那几间茅屋的家，他直接去了父母的墓地。仲春的龙山，风和日丽，姹紫嫣红。勤劳的小溪早早醒了，流得撒欢，清得见底；新发的树叶刚刚展开，嫩得流油，绿得可爱。无竭顺手摘下一片杨树叶子放在口里，细细地咀嚼，给他的口腔和肠胃带来一股股苦涩的馨香。

他还记得小时候，父亲驮着他摘下许多新发出来的杨树叶子，母亲用开水焯一下，掺在苞谷面里贴饼子吃，那个清香味，就甭提多好吃了。现在父母早就走了，连弟弟也走了，过去的许多事情都变成回忆了，只能自己去慢慢地品味。无竭突然觉得，好多事情你当时可能觉得并不怎么样，可是一旦以后回忆起来，就觉得是那样的甜蜜和幸福，而且幸福得不得了，甚至连苦涩都会变成香醇。

他静静地望着父母的坟墓，把两个用鲜花和松枝扎成的花圈安放在石碑的旁边。父母的坟墓周围树木葱茏，各种颜色的野花争相绽放，显得生机勃勃。而弟弟李小虎的坟墓由于埋过不久，都是些新鲜的山土，则有些冷冷清清。无竭心想，也许世间许多事情都是这样，新来的时候有些苍白落寞，时间长了就好了，就同大家一样了。无竭同样在弟弟的墓前放上一个花圈，给弟弟深施一礼，跟弟弟聊了许多话。然后以双手为锹，给弟弟的坟墓上添了许多新土。他觉得这也是自己的一点心意吧。

他认为自己不仅仅欠父母的，也欠弟弟许多许多，严格说他没有尽到一个哥哥的责任。“哥”字怎么写？是两个“可”字的重叠,是可以信赖、可以依靠的意思。但自己从小在外边跑，不仅没在父母膝下尽孝，又帮弟弟做过什么呢？什么都没做！他觉得自己愧对“哥哥”这个称谓。而小虎呢？不但对自己十分尊敬，还担负起赡养老人的全部责任。相比之下，什么叫作真正的孝顺呢？无竭似乎又明白了一个道理。

按照事先约定的时间，摩吉没到，舍得带着智仙、慧仙来了。如今的舍得，虽然已是七十来岁的人了，但依然身材笔直，精神饱满，面貌俊美，青春勃发。几十年风风雨雨的洗礼和磨炼使她成为名震北方的传奇神尼。般若寺香火日旺，声望日隆，前来礼佛还愿、求医问药者络绎不绝，寺中女尼已增加到一千多人。

由于此处是皇家寺院，皇亲贵族的女眷们常来常往，有的一住就是半年一载，挂名修行的居士和莲友更多，因此朝廷和地方官府无人小觑。想入寺修行者络绎不绝，但舍得要求十分严格，持戒的标准很高。院中女尼不仅要品貌端正，德行甚好，还要言词恭谨，悟性极高，而且应具备一定程度的武学修养。特别是舍得神尼，得师父无竭一生六十年真传，自己又潜心苦练，不懈钻研，不仅佛学知识深厚，而且武功出神入化，可谓青出于蓝而胜于蓝。她又亲手培养了智仙、觉仙、慧仙、灵仙四位高手和二十四位轻功高超的女尼，从而使陕西般若寺扬名天下。不少江湖中人去以武会友，均乘兴而去，铩羽而归。无竭见舍得师徒三人如期而至且英姿飒爽，极为高兴，心下甚觉欣慰。过了几日，仍不见摩吉到场，却等来了中州嵩山寺一名信使僧，送来了摩吉的一封亲笔信，说这么多年身体一直好好的，不知怎的，临来的头一天晚上突然染上风寒，阵冷阵热，实在是来不了了。信中摩吉说了许多想念和遗憾的话，信纸上还明显留有泪痕。

无竭见了不由得心中一紧，陡然产生了强烈的惦记和思念，还有一些隐隐的失望和不安。看来要交给两个人去办的事情，现在只能托付给舍得一个人了。无怪乎师父在信中只提到舍得一人，这难道是天意吗？还是佛祖或菩萨的安排？无

竭不解地摇了摇头。

次日一大早，无竭把智仙、慧仙留在龙翔佛寺，只带着舍得一人奔向龙山极顶。师徒俩上山心切，健步如飞。露水打湿了他们的衣裤，汗水湿透了他们的脊背。也许龙山圣母知道他们要来，早就派两名仙姬在半山迎接，待无竭他们随着二人风尘仆仆地来到祥云古洞的时候，龙山圣母已经等在洞外，永远年轻的脸上绽满了笑容。

龙山圣母让无竭头里走，她拉着舍得的手儿跟在后面，样子十分亲热。舍得见了圣母似乎并不陌生，一副孩子见到长辈的神情，既恭敬又亲昵，让无竭十分羡慕。三个人走进古洞的深处，圣母屏退了所有的侍女，对无竭说："我知道你必然会来，也明白你来的意思了，有什么想法，你先说吧！"

无竭端起龙山苦茶，喝下一口，好像立即回忆起那些过去的往事，心中不免升起一种无名的惆怅。他望着龙山圣母深情地说："自从我四岁上山，在圣母奶奶的刻意培养下长大，八岁出家入寺，十八岁去天竺取经，回顾起来已经八十多年了。我在天竺待了整整十三年。在双娑罗寺受菩萨和师父所托，带着这三百六十颗佛祖真身舍利回到故乡，无一时不把这件事挂在心上。我知道这是圣母奶奶让孙儿去西天取经的目的之一，是让我把佛经、佛宝一齐取回来，光大佛门，教化众生，拯救苦难中的文明古国。我不能辜负奶奶的一片苦心，也不能辜负死去的师弟和龙山的父老乡亲，更不能对不起我的师父恒戒大师，他在去世前还来信嘱咐我，让我把这件事情办好。回顾起来，光阴似箭，日月如梭，时间过得太快了，一晃我从天竺回来都六十多年了。这些年来我们师徒三人殚精竭虑，把全部身心都放在了传播佛学、讲经说法上面了。在圣母奶奶的点拨和关怀之下，借助于各个方面的支持，可以说食不甘味、夜不安寝，尽了最大的努力了。在寺庙的恢复和建设、在佛教的宣传和推广上取得了一些成效，也看到了一些可喜的变化，特别是开凿了燕山般若洞和云冈、莫高及万佛堂等几座石窟，极大地弘扬了佛教文化，在我们这个文明古国，甚至在周边各国，都产生了极为重要的影响。但是每当夜深人静的时候，一想起来我就腾腾冒汗，没有一点成就感，总觉得这件大事没办，像一块千斤巨石压在我的心头。几次想启动这件事，总感到不是时候。我曾寄希望于冯太后，期望以她的聪明才智和胆略气魄，让北魏进取南方，一统天下，但这个想法被无情地打破了。如今我年事已高，倘上苍不假我长寿，岂不误了佛门大事？因此虽然现在天下大乱，我也等不得了。今天我本打算带着摩吉和舍得一起来的，当着您的面就把事情托付给他们，但摩吉临时生病了，不能前来，因此只能把舍得带来见你。下一步究竟如何安排，愿听圣母奶奶明示。”

龙山圣母听完笑着说：“是我把担子给你们压得太重了！让你须臾不得放松。这么多年也难为你了。但你们的努力没有白费，事情已经发生了天翻地覆的变化。中国的佛教事业在这些年得到了极大的发展，我都看在眼里，喜在心上。不说别的，就单指这佛门的寺院吧，南朝和北朝加在一起，就有三万八千多所，僧尼加在一起有四百万人。据我所知，仅北朝就有寺庙两万多所，僧尼二百多万人，这是多大的成绩呀！比你取经回来时增加九倍呀！这里边凝结着多少你们的心血呀！实际上你去天竺取经的目的已经达到，我们想要的效果已经实现，甚至超过了预想，比方说开凿般若洞和几大佛窟，简直就是创举，将对佛学的传播发挥重大的作用。应该说，无形的舍利子已经深深扎根在百姓的心里，人们向真、向善、向美和求和平、盼统一的愿望日益强烈。至于你说的这个事，固然是佛门的壮举，天大的事情，但那从根本上说也只是个形式和手段，是以此来弘扬佛法，光大佛门。你说的很对，要做好这样一件光耀千秋的大事，没有一个天下一统的国家和一个信佛的国君是无论如何也办不好的。你回忆一下，在北魏这些年，如果没有冯太后的支持，你所张罗的那些佛事，能那么顺利吗？所以这件事仍是急不得，还必须等待时机。不过今天舍得已经来了，知道了全部内情，不妨就把此事托付给她，我们两个寻机相助便是！”

无竭听完高兴地说：“太好了！圣母奶奶，您说到我的心里去了，就是这个意思！”说完解开僧衣的纽襻，取下贴身的包袱，双手捧着递给圣母，动情地说：“这宗佛宝保佑我六十多年了，一刻也没有离过身，如今我就转交给您了。这本来也是您从菩萨那里请来的嘛！什么时候安放，就听您的。”

龙山圣母并没有去接包袱，而是转过身来对舍得说：“大乱必会大治，时机即将到来，事情还得靠你们去办。既然无竭有这个意思，那么就交给舍得吧！”

舍得望着龙山圣母，又望望师父，有些迟疑地说：“这么大的事情，我怕我……万一出了差错怎么办呀？”

龙山圣母对她说：“你要学习你师父的精细劲儿，他随身携带六十多年，一直平安无事，除了他谨慎小心，佛祖也是在保佑他。你能珍藏这宗佛宝，这是你的福分和功德呀！”

龙山圣母接过包袱递与舍得，又说：“至于何时何地交予何人，甚至是何时安放，

菩萨到时候会有明示，你留心等待便是。”

舍得小心翼翼地接过包袱，坚定地说："请圣母和师父放心！我一定会保管好的！”

龙山圣母笑着说："孩子！不仅仅是让你保管好，是要你完成这个神圣的使命，这个任务艰巨得很哪！”

舍得望着无竭说："那师父你可要帮助我！”

无竭认真地说："你就放心吧！我一定会帮助你的！”说着眼圈竟有些红了。

由于舍得是第一次来到祥云古洞，龙山圣母又特别喜欢她，因此亲自领着舍得里里外外前山后山看了个遍，同时介绍她与四位守山大神和九位丹凤姐姐见面，还请她喝了好几样龙山苦茶，装了不少珍贵的干果。临走的时候，又把圣母自己的一根龙藤手杖送给她，告诉她说："这根手杖是由龙山古藤精心制作而成，不怕刀斫斧砍、油炸火烧，是一件防身的利器，已随我多年了。如今你一个女娃子，要担当起如此重任，就把这根手杖送给你吧，做个应急之用，同我就在你的身边。”

舍得千恩万谢，跪下行礼接过。

无竭笑着对舍得说："圣母奶奶真是太偏心了！对你这么好，我都有些嫉妒了。”

龙山圣母似在嗔怪地说："真是活了一百岁也没出息！你嫉妒什么呀？给她就是给你了！我是在替你打兑徒弟，还不快点感谢我！”

无竭忙拉着舍得给圣母磕头，然后又吃了一些干鲜水果，才依依不舍地告别龙山圣母，走下山来。

无竭因为惦记着摩吉的病情，所以没有留舍得师徒在龙翔佛寺居住，他要马上赶往嵩山寺。舍得也想与师父同往，无竭说："你就不要去了，回去后把寺院打理好，处处小心。我看冯太后去世以后，魏国的天气可能就要变了，你要格外注意，静观时局动向。切记此时要严格约束众尼，多在寺中读经习武，切不可出去招摇滋事。天下大乱在即，先要洁身自保！圣母所托之事，不可告诉任何人！有什么意外情况，随时与我联系。以后我就不出去了，可到燕山般若洞找我。”师徒二人在山下匆匆告别。舍得带着智仙和慧仙回陕西般若寺去了。

无竭自己一人赶往中州嵩山寺。自从取经回来这么多年，弟子们一直跟着他，像今天这样独自一人出行的时候并不多。虽然他并没有感到失落，但也觉得有些孤寂。天气很热，人们多在纳凉休息，小动物们根本见不到，连那些鸟儿也都躲起来了，只有树上的伏蝉还在不知疲倦地叫着，但绝对叫不出什么新曲调来，重复不断的频率让人觉得很烦、很闷。

无竭脱下长袍，解开直裰，立时感到有一阵凉风吹来，觉得舒心透腹的凉快，他已经有许多年没这样敞怀了。于是拣一块高阜之处，在几棵大树旁坐下来，顺手解下牛皮水袋，一口气喝了许多的水。那水其实已经不凉了，温温的，热热的，像一壶老酒，顺流而下，迅速地到达了身体的相关部位。他立时感到骨节疏松，周身通泰，软软地靠在大树之上，不一会儿觉得眼皮发沉，不知不觉地就睡着了。蒙眬中无竭做了很多梦。开始的时候他觉得自己的身体飘飘升起，脚下腾起一片祥云。那片祥云闪着七彩霞光，从龙山、从燕山、从武周山、从莫高山、从龙门山、从许多山的顶上飞过。那一片片无边无际的连绵的群山，就像大海中的波浪。而他脚下的这片彩云，忽然又变成了一件七宝袈裟。他驾着这件袈裟飘呀飘，不知飘到了什么地方，只见眼前出现了许多高大的柱子，那些柱子通体晶莹透明，周围白云缭绕。柱子的前方有一个巨大的牌楼，飞檐翘脊，金碧辉煌，上面写着三个大字，无竭看得清清楚楚，那是“南天门”。几个守门的神将正在那里来回游弋，还不时地交头接耳，窃窃私语，仨一群、俩一伙地似在议论着什么。忽见又有两个神将从旁边过来了，一个个红头涨脸，盔歪甲斜，一边走一边互相推推搡搡，骂骂咧咧，那几个神将还一个劲儿地向他们行礼，显然这俩家伙还是个官儿，不定是在哪儿喝多了。无竭暗想，这都啥时候了，才来办差?

天上地下一个样，哪儿都有这种玩忽职守的人！还有那几个神将，不在那里好好站班，专门热衷于嚼舌头、扯闲话、挑动是非。南天门那是多么神圣的地方，那么重要的岗位让他们给糟蹋了！无竭平生最瞧不起这种自由散漫的人。过了南天门，跨上了瞭望台，无竭低头俯视，发现这里的视野极为广阔，把天下的几大部州都看得清清楚楚。西域、天竺、南海、北漠、龙城、东溟，尽在眼下；皇都、山野、寺庙、农庄、森林、湖泊，一览无余。廊角一侧，几个大仙模样的人正对着下界指指点点、比比画画，一个急赤白脸，一个面红耳赤，好像争论得十分激烈。无竭顺着他们的指向往下看去，发现一个衣衫褴褛却非常清秀的少妇抱着一个小孩儿正在乞讨，跪在一个高大的门楼下苦苦哀求，而一个恶少此时却放出狗来去咬那少妇。那只大黄狗已叼住了少妇的衣裤，怀中的孩子吓得哇哇大哭，可那恶少却嬉皮笑脸，去摸那少妇俊俏的脸蛋儿，被那少妇打了一掌。没想那恶少恼羞成怒，一脚把少妇踹出一丈多远，孩子当场被摔死，那少妇也已奄奄一息，街上立时就围起了好多的人。

无竭一见怒从心起，正待发作，却听见那白脸大仙说道："这种事见怪不怪，天下多得是，你管得起吗？"

红脸大仙则厉声痛斥："这等欺负妇孺的恶徒，纯属人间的败类！若是不管，岂不白拿了官俸禄米？要我等这些专司人间祸福的仙人干什么？"

那白脸仙人笑道："你知道那踹人的恶少是谁吗？他是玉帝的表外甥，派到人间做九王爷的，你惹得起吗？"

那红脸仙人愈发愤怒，"玉帝的表外甥怎么了，就可以草菅人命吗？"

两个人吵吵嚷嚷，互不服气，竟然扭打起来，旁边几个仙人过来相劝，也拉不开，便一起直奔凌霄宝殿，找玉帝评理去了。

无竭心生好奇，便悄悄跟了上去。不知越过几重仙山，跨过几道琼阁，只觉得不一会儿，耳边传来丝竹管乐之声，空气中飘动着一种奇异的香味，一座玉石般玲珑剔透的殿宇，突兀地出现在紫霞瑞霭之中。一排排神将持枪而立，一队队仙女进进出出。朝堂宽大而又明亮，御座神秘而又庄严。文武仙班，两旁并列；歌姬舞女，正中献技。那几个大仙吵吵嚷嚷，不顾武士的阻拦，拉拉扯扯，闯进大殿，显然是破坏了这里的雅兴。只听得正前方一人喝道："什么人扰乱朝堂，坏我正事？金瓜武士，给我拿下！"

那几个大仙赶紧跪下见礼，叩头不迭，"启禀玉帝陛下，臣等是南天门外专司民情监测的小仙，有件急事请您裁断！"

那红脸仙人便如此这般，把看到的事情说了一遍。玉帝闻言大怒，"这等小事也来烦我！你们没见朕与众卿饮宴，和王母商议开蟠桃盛会的事吗？人间那些鸡毛蒜皮的破事，自有他们的朝廷和官府办理，朕管得过来吗？还不快快退下！"

那红脸仙人大着胆儿说："这不是牵扯到天宫吗？那少年不是您的……"

没等他把话说完，玉帝即大声斥责道："无知小辈，不知天高地厚！还敢犟嘴！误了大事，小心金瓜把你击死！"

那红脸仙人还想分辩，金瓜武士已来驱赶。白脸仙人幸灾乐祸地说："怎么样？不识时务的家伙！挨顿呲儿活该！没要你的小命算便宜你了。"

那几个仙人悻悻而退。无竭见了深感不平，真想大喊几声，可就是怎么也喊不出来。无竭心里明白了，到这种地方，人家不让你说话呀！他万万没有想到，自己过去心中极为崇拜的玉皇大帝，这个据说是修炼了十万八千八百八十八年的圣人，竟然如此不顾民间疾苦，纵情玩乐，而且听不进去忠义之言，还不如人间有些清廉的官吏呢！真是百闻不如一见！那些高高在上、像模像样的神仙们，也未必都是什么好东西！但他也对那位红脸仙人深表赞同，最起码敢说真话呀！可惜这样的仙人，上边没人愿意理你。

无竭带着满腔的鄙夷离开了凌霄宝殿，毫无目的地随风飘荡。他感觉自己好像来到了三十三天之上，这地方天高路远，仙迹罕至，离老远就能看到前方烟霞密布，紫气蒸腾，原来是太上老君的兜率天宫到了。刚进宫门，就见正中一尊硕大无比的八卦炉炉火熊熊，热浪滚滚，旁边有上百名道童大汗淋漓，扇风吹火。及至走进宫内，又见几十名道士在照单配药，忙个不停，并不见一人聊天闲逛。无竭想这个地方倒是不错，不但清静无争，而且人人都在做事，是个效率很高的去处。

没承想转过宫墙，来到太上老君的寝宫之前，却发现人山人海，吼声震天。人人摩拳擦掌，个个义愤填膺，大声喊着:“老君出来！还我命来！”情绪相当激烈。为首的两个人居然是秦始皇和汉武帝。

无竭悄悄地询问一人这是何故，那人告诉他说，这些人都是生前受骗、吃了游方道士们的“仙丹妙药”而被毒死的冤魂。他们活着时被道士或方士蛊惑，企图长生不老，食用了大量的“仙丹”或“神药”，死后方知上当受骗，因此便聚在一起闹事，十殿阎君管不了，他们便成群结队闹上天庭。本来天宫是不允许冤魂们上来的，但因为他们魂多鬼众，玉帝也拿他们没有办法，便推脱到兜率天宫来处理。开始时老君还出来好言接待，说冤有头债有主，此事都是下界的弟子们所为，与他无关，谁骗你你找谁去。后来见聚集的冤魂越来越多，便再也不敢出来了。尤其是那位秦始皇凶得很，口口声声说老君的徒弟徐福害死了他，大喊着“狗屁金丹，全是假药”！带人猛踹宫门，弄得兜率宫摇摇欲坠。

无竭觉得好笑又可气。好笑的是，谁让你们这些人鬼迷心窍，花重金买什么“仙丹”呢？死后却来这里闹事，岂不是自作自受、咎由自取？普通的平民百姓连口饭都吃不饱，肯定也没钱买什么“仙丹”，当然也不会上当受骗。可你们这些人能怨谁呢？可气的是，明明假仙药害惨了那么多的人，却不吸取教训、悬崖勒马，依然大量炼制，良心何在？道德何在？何况谁见过服了“仙丹妙药”就长命百岁的人呢？无竭原来觉得人间的许多事情无法解释，现在看来天上的许多事情更无法解释。

蒙眬中无竭觉得自己的身体在下沉，在下坠，而且好像有阵阵阴凉的冷风从下面吹来。他低头一看，原来自己已经离开了兜率天宫，脚下是一片茫茫的苦海。那苦海的水色黑而浑浊，泛着白沫，时而卷起阵阵恶浪。海水中有无数的生灵在挣扎，虽然多是些人，但也有家禽、骡马和其他动物。他们偶尔被推上浪尖，偶尔被摔下浪谷，似乎死亡在随时等待着他们。海滩上横躺竖卧，聚集着一些半死的、病着的、饿着的、冻着的、半裸的人们，一个个嘿哟呼叫哀声不绝。天空中阴沉沉的、偶尔划过几道闪电，稍纵即逝。只有东西两边的天际似乎还露出一点橘红，给人以希望，肯定会有天晴之日。在熹微的光线中，无竭好像看到：观世音菩萨挥舞杨柳枝抛洒着净瓶水，在为人们驱寒送暖，解除饥渴；药师佛祖手握着许多“诃子果”，在指挥着十二神将采集药草，煎汤熬药，救助病痛之人；弥勒菩萨领着八部天龙，正在吸饮苦海之水，他发誓即使喝上六十亿年，也要把苦海喝干；地藏王菩萨则端坐于苦海之上，反复念诵《地藏经》，并发下宏愿，一定要度尽苦海中人，否则宁愿永远不见天日，永远也不成佛。无竭心中一阵阵感动，也许正是因为这些大悟之人的不懈努力，才给苦海中的众生带来了希望。

忽然一道闪电划过，无竭仿佛离开了苦海，他好像看见下面是一个村镇，一群穷苦的饥民在沿街乞讨。那少妇怀中的孩子快要饿死了，而旁边一座寺庙里的僧人们却在喝着白米粥，他们不仅对乞讨者熟视无睹，还无情地关上了红色的庙门。倏忽间风雨大作，滔滔洪水呼啸而来，转眼间冲垮了百姓的茅屋，成千上万的灾民在浪涛中挣扎逃命，而在旁边那座高大的寺庙里，一群僧人却正在闭门清修，他们高诵着阿弥陀佛的佛号，却不肯开门救人。恍惚之间，无竭觉得那个地方就是长安，他好像还在那个地方讲过佛经，传过大法。于是他怒火冲天，气愤无比，心想：天下怎么还有这样的僧人？简直灭绝人性、有辱佛门！着急之中，他就想跳下去问个究竟，谁知刚走出不远，竟碰到了恒戒大师。他不禁惊喜地问道：“师父！你去哪里？我怎么会在这里遇见你？”

恒戒大师笑了，“还记得那只赤铜钵盂吗？自从送给你的那天起，我的法身就一直跟在你的身边。你就不要去了，一切都是真的，问什么呀？”

无竭说：“我要问问为什么，出家人怎么可以这样？”

恒戒大师拍拍他的肩膀，提醒他说：“你都一百岁了，凡事该顿悟了。怎么还是这样一根筋的性格？大千世界，纷纭复杂，长河奔流，泥沙俱下。何况鱼目尚能混珠，难保白玉就能无瑕。佛门广大，人员众多，修为自有深浅，品质良莠不齐，出几个败类也是正常现象。正视现实而及时除草拔杂，心存正觉而不断摒弃异念，才能成为大智慧者。你自己慢慢体会，我还有事，就先走了。”说完话师父就推开了他，转眼间就不见了。急得无竭一阵大喊，但师父却再也没有回来。他连喊数声，觉得嗓子发干、头脑发涨、心虚体软，昏昏沉沉。脚下的彩云不见了，身边的袈裟也不见了，他的身子迅速下沉，一下子跌进了冰冷的地窖里。

不知道这是什么地方，四周黑乎乎的，只有一点点暗淡的、蓝色的光。一道道黑色的栅栏在蓝光中若隐若现，一阵阵哀号之声从栅栏中不断传来，惊得无竭发根竖起、浑身发麻。无竭走近前去一看，不禁十分意外，在那排黑色的栅栏之中，他竟然看到了那位天竺武师，那个比武时用暗器伤害了法印、与郡守合谋造反、在天竺偷去了他的七宝袈裟、又打死师弟无私的坏家伙，此时正被四个小鬼按着，放倒在木案之上，如同一头待宰的猪。这时只听有判官念道："查此人生前合谋造反，为害百姓，暗算他人，伤害人命，属于良心泯灭，又兼偷盗佛宝，罪大恶极，根据地府律条，剜其心、剁其手，以为此行者戒！"言未毕，观一小鬼手执牛耳尖刀，"咔嚓"一声剖开那武师的胸膛，摘下黑心，放在托盘之中，那心还在抖动，流下滴滴黑血。这时又听"乒乓"两声，那小鬼放下利斧，把那武师的两只断手也放在托盘之内，端走了。看得无竭毛骨悚然，不禁低声嘀咕道："这是什么地方啊，这么厉害？！"

"什么地方？阿鼻地狱！进来你就知道了！"无竭回头一看，吓得不轻，跟他说话的是个小鬼，生得青面獠牙，红发蓝须，眼睛陷得极深，像两个黑洞，舌头吐得老长，像根红布条，身体很高很瘦，如同一根竹竿，穿一身黑衣服，扛一根黑布幡，正向他狞笑，呼出的臭气熏得他直想吐。旁边站着的那个小鬼跟这个正好相反，穿一身白衣服，扛一根白布幡，脸白得像石灰，手白得像面粉，人瘦得像麻秆儿，味儿骚得像狐狸。

无竭明白这就是地狱里的索命鬼黑白无常了，正想质问找他何事，无奈两个小鬼不容分说，扌足起他的胳膊就往里拽。别看黑白无常瘦得可怜，但力量却大得出奇，任凭无竭怎样挣扎，都无济于事，他的胳膊腿好像都不是自己的，根本不听使唤，只好由那两个小鬼摆布了。无竭被那两个小鬼架着，顺着那道黑色的栅栏一直往前走，眼睛不经意地往两边看，吓得他魂都要飞了。只见那两边的栅栏之内砍头的、绳绞的、腰斩的、斜劈的、清蒸的、油炸的、剖腹的、剜心的，什么死法的都有；剁手的、割鼻的、锯腿的、砍足的、去耳的、抠眼的、薅舌的、削乳的，各种刑罚俱全。还有什么车裂磨拉、五马分尸、千刀万剐、电打雷劈之类，看得无竭心惊肉跳，脑袋里一片空白。

那黑无常一阵冷笑："恶有恶报，时候已到，犯啥罪孽，自己知道！"

那白无常接着说道："啥罪啥刑，绝对公平，自作自受，不准求情！"

所到之处，各种酷刑惨不忍睹；所经之路，鬼哭狼嚎充耳不绝。无竭虽已修行多年，对地狱是什么样也有所耳闻，但这种残酷的景象还真是头一次看见。他不明白自己为什么会来到这里，难道入佛门做善事也要下地狱吗？正疑惑间，只觉眼前一亮，发现自己已被带到一间大殿之内。宽敞的厅堂里冷风习习、阴气森森，十几根粗大的蜡烛随风摇曳，忽明忽暗，形同鬼火；潮湿的空气中霉臭扑鼻，呛人心肺，一滴滴浑浊的污水从上而落，触之奇痒，好像毒汁。时常有魑魅魍魉来来往往阴阳怪气，偶尔见牛头马面忙忙碌碌鬼使神差。墙角有蝙蝠乱飞、老鼠怪叫，地面有蜈蚣横行、毒蛇盘绕。正前方一个宽大的条桌上，四围画满了骷髅的图案，桌旁边蹲着一只肥硕的魍狗，口中吐出血红的舌头。条桌后端坐一人，青面獠牙，红发虬须，头大如斗，二目如灯，戴一顶冲天冠，着一身蟒龙袍，扎一条蓝玉带，穿一双无忧履。从穿着来看，无竭知道，他应该就是阎王了。

果然那黑白无常两个恶鬼把无竭按倒之后，随即禀报："启禀陛下，此人在地狱外游逛，被我二人抓到，请示发落！"

那阎王手起之处，一声惊堂木响："汝是何人？祖籍何处？报上名来！"

无竭心中纳闷："我咋就被抓到阎王殿这儿来了呢？"但事到如今，无可奈何，只好答道："我乃龙山龙翔佛寺僧人昙无竭是也。祖籍河北燕山人氏，不知阎王传我何事？"

那阎王一听，颇感诧异，转过身去对一位判官模样的鬼吏说道："查一下！他在册吗？阳寿是否已到？"

那鬼吏判官端起名册，就着烛光，"啪啪啪啪"一连翻了好几本册子，均没找到昙无竭这个名字，赶忙告诉阎王。

那阎王不解地问道："怎么会没有？昙无竭，你出家前叫什么名字？"

无竭据实回答："小名李小龙，大名李慧根。"

那判官闻听又认真查阅了数遍，仍是没有，依然对阎王摇了摇头。那阎王笑着告诉无竭："昙无竭和尚！你不是地府在册之人，因此你的善恶卷籍也不在这里，不属我们管辖之内。想必你是哪路修行的上仙了！那你来这里干什么？"

无竭生气地回答说："我也不知道为什么，只不过随便走走，就被你们这黑白无常给抓这儿来了。我想冒昧地问您一句，你们没有证据就随便抓人，凭什么呀？"

那阎王冷笑道："凭什么？什么也不凭！就凭我们是干这个的！天皇和人皇都经常办错案，抓错人，总让我们给揩屁股，何况这是地府！抓错了怎么了？抓错了也是家常便饭，小菜一碟！屈死的冤魂有的是！别以为你是上边来的就有什么了不起，不到玉帝那里告你干扰办公就不错了！走吧，啥也别说了，我没工夫跟你闲扯。杀人的案犯这么多，我还没处理完呢。"

无竭回头一看，果见后边排着许多人，血洗龙山的高句丽王和坑杀四万燕卒的拓跋珪就在他身后。无竭这才知道，地狱里的案子压得太多、太久了，像刚才看见的自己身后这两位，都过去多长时间了，还没判呢。

这时就听见阎王对那两个小鬼大喝一声："还不快把这位上仙送走！"

黑白无常薅起无竭就往外拽。无竭有心听听阎王对他身后这两个人怎么判，于是有意磨磨蹭蹭，故意慢走。果然不大一会儿，刚走出十几步，就听阎王大声宣道："查高句丽王鄂木顺罪大恶极，杀人无数，且血洗龙城，火烧佛寺，本应罪无可赦，但念其入地狱之后，渐有悔改之心，且能主动捐资捐物，助修阎罗宝殿，故免去一切刑罪，着即转回人世、托生去吧！下一个！"

转眼间那高句丽王乐乐呵呵地从自己身边走过去了，无竭愤怒地嚷道："高句丽王罪恶滔天，死有余辜，让他上刀山、下油锅、千刀万剐、五马分尸都不过分，为什么反而放了他？"

那白无常嘻嘻一笑："这有什么奇怪？你以为他的钱少花了吗？连我俩都得了，何况判官和阎王？"

那黑无常狠狠地推了他一把，说道："你没听说过'有钱能使鬼推磨'呀？你真是书都白念了！像你这样一毛不拔，真应该把你整回去！"

两个小鬼抓住他猛劲儿一抛，就把他扔出去老远，忽忽悠悠，一下子落在了火焰山上。无竭立刻感到浑身燥热，唇开皮裂，衣服和胡须均已烧着，浑身的血液似乎将要烧干，他感到口渴得厉害，头痛得像要炸开，心难受得像要蹦出来。

忽然又听到两个小鬼一声奸笑，"让你不掏钱！教你活受罪！"又把他扔进了冰窖里。无竭立刻感到浑身"唰"的一下子又凉透腔了。开始觉得手脚麻木、口舌麻木，后来脑袋麻木、周身麻木以至于连五脏六腑全都麻了，他感到气都出不来了，浑身冻成了一根冰棍。但他心里明白：我的大事还没办完，我不能就这样死了，我的身上还带着燃灯古佛的舍利子，我必须让它大放光华！想到这里，他用尽平生力气大叫一声："啊！我要去嵩山！"一急之间，竟然翻身坐起。

"哎呀！快来看！快来看！师父！他醒了！他醒了！"随着一个小沙弥急切的叫声，一个四十多岁的中年比丘来到床前，用手摸着无竭的头说："哎呀！烧得那样厉害，怎么就突然降下来了？快躺下！快躺下！"他细心地给无竭的肩部垫起两只包袱，让无竭半靠着躺在床上，然后端起陶碗，一勺一勺地给无竭喂水。无竭昏昏沉沉，只觉得天上忽然降下甘露来，甜得不得了，香得不得了，一滴一滴地流进他的口腔里，滋润着他的身体，就像春雨滋润着干旱的土地，浇灌着缺水的禾苗。他贪婪地吸吮着，慢慢地吞咽着，像儿时吸食着母亲的奶水，又像第一次品尝着龙山苦茶。于是他慢慢地吃饱了，平稳地睡着了。这次他睡得很香、很实，感到是在龙山那间茅屋的炕上。

无竭再次醒来的时候，应当是两天以后的事了。当早晨欢快的小鸟催他起床，温柔的阳光抚摸着他脸庞的时候，他睁开双眼，发现自己躺在一间破旧的禅房里。屋子虽然简陋，但是整洁有序。墙皮虽然有些脱落，但西面壁上那幅《佛陀弘法图》仍清晰可辨。两件旧的僧衣搭在一个破木架上，几双穿烂了的麻鞋整齐地排在床边。靠北墙的一张条桌上，放着两只钵盂，一大一小，并肩而立，就像父子俩。地中间用砖头搭起了一处冷灶，灶上煨着一只陶壶。早晨的清风从破窗里钻进来，让小屋里感到有些凉爽，同时也让那陶壶上的蒸汽弯曲着身子，向门口飘去，但无竭还是闻到了草药的香味。

无竭挣扎着坐起来，想下地走走，弄清楚这是什么地方。但是当他想挪动身躯的时候，却发现浑身火烧火燎地疼痛，两条腿根本不听使唤。无竭有些生气了！自己从小到大从来不知道啥是有病，身体像钢打铁铸的一般。可如今怎么了？竟然窝囊到如此地步，还是昙无竭吗？于是他开始默念《观世音菩萨受记经》。一遍、两遍、三遍之后，他感觉到心头有些发热，接着提气运功，游串周身各穴，打通任督二脉。不一会儿，额头上浸出许多汗珠，他顿时感觉浑身舒服多了。

门帘一挑，那位中年比丘和小沙弥走了进来，发觉无竭不但坐起，而且面色红润，两眼放光，显得极为高兴。

那中年比丘走过来坐在床边，拉着无竭的手，自我介绍说："大师不认识我吧？我叫金昌觉，法号净宗，是新罗人氏。我在龙山龙翔佛寺住过两年，听过大师宣讲《无量寿经》，读过大师撰写的《历国传记》，知道大师的许多事迹，钦佩得很。

但是没有机会当面请教，这次能够巧遇大师，也是净宗今生的福分。”

无竭说：“啊！原来你曾是龙山的僧人！但是因为那里的僧人众多而且流动性大，我又不常住寺，所以确实不认得你，还请见谅！那么这位小师父呢？我又怎么会在这里？”

净宗说：“大师不急，您还是先喝点粥吧！”

那小沙弥端过粥盆和咸菜碗，净宗伸手盛上一碗想喂无竭，无竭说：“不必了！我现在已经好了，你且说说是怎么一回事吧？”

净宗说：“那好。大师您就慢慢地吃，边吃边听，我也就慢慢地讲。”

净宗拉过那个小沙弥说：“这是我五年前在路上捡的一个孤儿，名叫慕容雨，是鲜卑贵族的后裔。父母因战乱而死，随爷爷流落到中原。后来爷爷又被北魏豪强夺为奴隶，抛下他一个五岁的孩子，流落在昌黎街头，是我见他可怜，便收留了他。说起来他和龙山也有缘，不但祖上曾在北燕为官，而且当‘思燕佛图’佛塔修成之后，我曾带着他在那里待过三年，去年又随我回到新罗。别看他人小，可机灵着呢，诵经、习武样样都不含糊，基本功很扎实。我给他起个法名叫星雨。来吧，星雨，这位便是我常和你说的无竭大师，去天竺的取经人，中华有名的高僧大德。你该叫什么呢？叫师父或师爷都不对，你就叫大师吧！可以吗，无竭大师？”

无竭说：“有什么不可以？对我们佛门来说，虽然有年令长幼、辈分大小的区别，但我们都是佛祖的学生，佛祖才是我们共同的尊师。叫什么无所谓，我看不必叫大师。因我年长，叫我无竭师父就可以了。”

星雨恭恭敬敬地给无竭行礼，口里甜甜地说道：“大师在上，小孙儿星雨给您叩头了，愿您早日康安！”

无竭爱抚地拍拍星雨的头说：“谢谢你，小老乡！真有点像摩吉小时候的样子，可爱得很！”

无竭喝过一小碗米粥，感到浑身舒服了许多，净宗又给他盛上一碗，对他说：“两天前的那日上午，我们俩早晨出发时就有些晚了，因此着急赶路，走得是又饥又渴。临近中午的时候，热得越发厉害了，我们俩的前胸后背都湿透了，星雨便提议到前边的树林里去休息，顺便也落落汗。我们俩到树林边上刚坐下，眼尖的星雨就发现高岗上还有个人，好像是个同门的师父。于是就对我说：‘师父！咱们也到上边去凉快吧！那边高岗通风，还多个伴儿。’我就跟着星雨往上走，到跟前就发现了是您。”

净宗到此停顿了一下，接着又说：“当时我发现是您之后，没敢惊动您，以为您是在睡觉。可是过了一会儿，发现您的呼吸不正常，一会儿鼾声如雷，一会儿气若游丝。我当时就感到很奇怪。又待一会儿发现体征也不正常了，一阵热得大汗淋漓，一阵又冷得浑身打战。我过去在新罗时粗通医道，到龙山待这几年，因为满山都是草药，又长进了不少。我看出您是病了，就连掐人中带喊您，但是您当时怎么都不苏醒。于是我给您穿好衣服，我们俩一边一个抹着您的肩膀，一点一点扶下山去。我们走一阵歇一阵，下半晌才找到这个破庙，看样子早已人去屋空。我四外看了一下，觉得这个屋还能待人，就和星雨把您搀到这个屋里，把您放到这个破木床上。当时您大概有点清醒了，还说着‘你们要把我送到哪里去呀？我要去嵩山寺！’，当时我和星雨都很意外。大师，你去嵩山寺做什么呀？”

听净宗这么一说，无竭才明白自己是生病了，一定是大前天中午在山岗上乘凉，受了风寒，但是怎么这么重，弄得昏迷不醒呢？

无竭说：“我到嵩山寺是去找我的徒弟摩吉，如今他是那里的方丈。前些日子他病了，我这就要去看他。”

净宗说：“那太巧了！我们俩也要去嵩山寺，正好同路。”

无竭说：“你们去嵩山寺做什么？可不要专陪我，却误了你们自己的事！”

净宗说：“不是的。我们俩确实要去嵩山寺，是星雨非要去不可。说起来他跟着我五年了，诵经礼佛我还可以，但武功我却教不了他。他从小会走路就跟他爷爷学过一些功夫，大点了十分喜爱习武，听说嵩山寺武功天下第一，早就张罗着要去，是我回新罗老家耽误了一年。这回是非去不可了，我只好陪他前往。啊！原来摩吉师父在那里，那太好了！我是认得摩吉师父的！”

无竭见二人果是同路，也十分欢喜，便说：“那咱们收拾一下就走吧！”

净宗说：“大师！恐怕您的身体不可以！我看您可不是一般的风寒，还是再歇几日吧！”

无竭说：“不打紧的。”可是两脚一沾地还是觉得身子发软，肌肉疼痛，几乎趔趄了一下。净宗和星雨连忙扶住。

净宗说道：“您看我怎么说的？不行吧！我已经把草药煎好了，再喝上一碗。天挺热的，大师不要急着走，反正我们有伴了，以后能加快进度的！”无竭见如此，也只好依了净宗，又躺了下来，喝些汤药休息。

无竭在破庙中又躺了两日，才觉得真好些了。不但白天粥吃得不少，晚上觉也睡得很实，浑身感觉有了些力气，心情也变得开朗起来。净宗这个人很仔细，又热心，爱说话。星雨则又勤快又真诚，守在无竭床边一待就是半天，送水送药，非常尽心。小家伙告诉无竭，自己的祖先慕容氏何等英雄、何等壮烈，他要学好武艺为祖上争光。无竭则提醒他，小小年纪想着为祖上争光，算有志气，这一点是可取的，但如果光想着为祖上争光，就实现不了自己的梦想。一个出家之人只有心念众生，时时想着为百姓做事，这样才有出息。星雨似懂非懂地点了点头。两个人陪同无竭聊着天，时间过得很快。

三天以后，无竭带着两人起程直奔中州。嵩山其实并不远，但由于天气炎热，无竭的身体又未完全复原，行走的速度不快。二十多天以后，他们才渡过黄河。星雨从未到过中原，见这里到处是苍莽的群山、茂密的森林、奔腾的河流和整齐的麦田，感到十分新奇。一路上在前边跑着跳着，偶尔还翻个跟头，折个把势，快乐得不得了。

无竭走在后面看着十分高兴，不由赞叹道："活脱脱又一个小摩吉！"

净宗说："小星雨，这回你就要遇到高人了！摩吉师父可是中华有名的武师，够你学的了！"

小星雨说："是吗？那我一定要拜他为师！"

傍晚太阳压山的时候，他们终于来到了嵩山寺。晚风送来阵阵清凉，让人的心情豁然开朗。晚霞放出柔和的光芒，给雄伟的庙门镶上了金边儿。十几株高大的松柏伸着长臂，似在欢迎远来的客人。四只精雕细刻的石狮，昂首挺胸，像在展示大庙的威严。一阵"咚咚"的鼓声响过，院子里传来诵经之声，在静寂的山野中形成绝妙的音响。几群觅食的山雀从南边飞来，又风一般向北踅去。净宗望着这座依山而建的庙宇，见飞檐翘脊傲视苍穹，金顶带着灿烂的光华，已经插进蓝天里。

晚课的时候门口无人守候。无竭轻车熟路，领着两个人拾级而上，穿过第一道和第二道大殿，进入第三层院子，正想拐向西厢的禅房，一个杂役模样的少年从一间房里出来，问道："请问几位师父，你们要找谁呢？"

无竭答道："要找本寺的摩吉方丈。他在吗？"

那杂役答道："方丈在禅房打坐，你们稍等一下吧！"

无竭说："那好吧！"于是便领着净宗和星雨在石阶上坐下来。两个人都感到

有些不解，疑惑地望着无竭。

终于小星雨有些板不住了，说道："您不是他的师父吗？怎么还不进去，反在这里等他？"

无竭笑道："孩子，你有所不知。佛门弟子，本应除睡眠、吃饭以外，整日里诵经学法，心无旁骛。佛祖住世之时，所有的随行弟子均每日一粥，树下一宿，余下的时间皆讲经说法，打坐念佛。如今大法传入我国，已历四百多年，竟然改成了晨钟暮鼓、早晚两课，这已经是易弦更张，违背了佛祖的初衷，岂可再敷衍了事、随意打扰？何况晚课乃是一种'醒悟'，是对一天所作所为的一种反思，看一看自己是否违背了佛的意愿，是清修精进的必需，是不可以随意耽误的，严格说它比早课更重要。"

星雨忙叩头感谢说："谨记大师的教诲！是星雨想错了！"

三个人正说着话，忽见禅房竹帘一挑，摩吉走了出来，大声喊道："是师父来了吧？我在坐禅的时候看见您了！"

无竭从大树后站起来说："摩吉！是我，是我来了！你果然心有灵犀！"

摩吉见真是师父，一个箭步跳了过来，"扑通"一声跪在石阶之下，双手抱住无竭的大腿，仰脸看着无竭说："师父！想煞摩吉了！您再不来，我就要去找您了！"

无竭用双手去搀摩吉，爱怜地说："你都多大年纪了，怎么还是这个样子？快起来！我给你带来两位客人，还不快请人家进屋喝茶！"

摩吉这才看清净宗和星雨两人，站起身来挥手相让，"不好意思了！见到师父，什么都忘了！快请到禅房用茶。"

走进禅房以后，摩吉先请师父和客人就座，然后又给无竭行大礼，愧疚地说："师父召我相会，必有大事相嘱。不想弟子那几日风寒正重，浑身疼痛，口不能言，急得我心如火焚，只好去人送信。耽误了师父的大事，摩吉痛感对不住您。这几日已见好转，每日打坐诵经，习练内功，寻思过几天就去龙山看您，没想到您却亲自来了，让弟子惭愧之至。"

无竭扶起摩吉，说："你既身体有病，为师怎么会怪罪你呢？只是心里惦记得不行了！这不，刚送走舍得，我就来了。你已跟着我六十多年，身体一直很好，如今突然染病，叫我如何放心得下？"

摩吉接上话说："师父！前些天不知怎么回事，我心里难受得很！说句您老人家别忌讳的话，我总觉得您好像有了什么事，心里头七上八下的。今天打坐就不一样了。我刚入定，就发现您已笑吟吟地站在我的面前，红光满面，精神焕发。我问您说师父是您来了吗？您点点头，我连问几声，您都是这样回答，我就觉得您是真的来了！”

净宗叹道：“你们师徒真是心有灵犀,.佛门奇缘哪！”

无竭喝过一杯茶后问摩吉：“你的病是怎么得的？怎么这等严重？”

摩吉回答说：“在师父面前，我不应该说老了这样的话，但这确实跟年岁有关系。您看以前那些年，跟着您餐风饮露，走遍中华，什么苦难艰险没经历过？啥时候有过病？那时候身体像钢打铁铸的一样。可现在呢？别提了。那日因为寺里的武僧要参加中州比武大赛，请我去指教。最近这些年由于年岁大些了，我已很少去武僧院,只是早晚自己练一练。那天我看过武僧们的演示之后,觉得不太理想,着实责备了他们一番，又相机有针对性地进行了指教。没想到那帮小武僧非让我练几手，说要开开眼，尤其是小迭剌那小子喊得最欢。我感情上过不去，就答应了他们。那天天气特别热,又临近半天晌午了,闷得很。我开始打了一通天竺长拳,接着表演了几招硬气功，最后按照您教我的套路，走了几趟轻功，顿时大汗淋漓、内衫湿透。我便解开僧袍，在大树下乘凉，又喝了几大碗井拔凉水，当时觉得很畅快，回到禅房就不行了，浑身发冷，哆嗦成一团，好像掉进了冰窖里。不一会儿又热，烧膛般高热，像被扔进了八卦炉。接着就头疼、背疼，浑身都疼，不知怎么的就昏迷了。寺里的医道僧开始熬草药给我喝，不见效，后来又到山下去请郎中，守了我一天一夜，才苏醒过来。那时候刚苏醒过来的我就着急了，因为师父召我去的日子到了，可心里头明白，嘴上却说不出话来，浑身针扎一般疼，无奈之中，我只好写信告假了。心里一上火，病又加重了，再次昏迷过去。一连躺了一个来月才能坐起来，整个人瘦了一圈。您现在看弟子这样挺好的，是这几天有点缓过来了！您说这不是因为年龄大了吗？若搁过去，能有这事吗？”

无竭听完，即刻笑了，说道：“我们师徒俩算是同病相怜了，谁也别说谁了！”

摩吉忙问：“师父！难道您也病了吗？”

无竭说：“可不是吗！跟你情况差不多。在看你来的路上受了风寒，已经昏迷过去了。不瞒你说，还到阎王爷那儿走了一趟哪！”

摩吉似恍然大悟地说：“是吗？怪不得那几天我心里特别难受，果然是师父病了！”

无竭说：“还真多亏了净宗师父和小星雨了！是他们师徒俩救了我！你看，咱

们光顾说话，我还没给你介绍客人呢！”

净宗见状，忙主动说：“不劳大师介绍了，我就自报家门。小僧金昌觉，新罗人，法号净宗。说起来我也算大师的学生，几次听过大师讲经，曾在龙翔佛寺和‘思燕佛图’都住过几年。”净宗说到这里停顿了一下，一手拉起星雨对摩吉说，“这是我的徒弟，名叫慕容雨，东胡人。自幼父母双亡，跟随爷爷长大。爷爷被抓走后，便流浪街头。是我外出化缘时，意外收留了他。小家伙还没有具足戒，我给他取个法号叫星雨。星雨勤奋好学，专心诵经学法，练武的基本功也很好，是个悟性很高的孩子。可我教得了他读经，帮不了他习武。”净宗摇了摇头，一副无可奈何的样子。

星雨见净宗说到这里，立刻上前一步给摩吉行大礼，接上话说：“大师受我一拜！星雨这次来，就是投奔嵩山寺习武来了。我们东胡人自古生活在草原上，从小习武练功，人人都会骑马射箭，祖上也曾经一度灿烂辉煌。但这些年我们的部落备受异族蹂躏，皇门贵族拿我们当牲口看待，动不动就活埋和杀戮，我们的部族处在水深火热之中。我和爷爷失散，是净宗师父收留了我，让我入佛门修行。但我在读经念佛的同时，一刻也没有忘记习武，一刻也没有忘记惨死的爸爸妈妈，一刻也没有忘记我们苦难的部族那些即将被人杀光的兄弟和姐妹。我素知嵩山寺在天下武林声名赫赫，大师武功卓绝。我这次来就想拜您为师，在这里多学几年。您就发发慈悲，收留了我吧！”星雨一口气说了这么多，末了眼泪汪汪地望着摩吉，小嘴唇一个劲儿地抖动，鼻子洼边全是汗，弄得摩吉有些不知所措。

净宗接着说：“实不相瞒，我这次来，就是专为送他来的，我并不想习武。多年来我非常仰慕无竭大师，这次天赐机缘，让我巧遇并有幸相识，我就不舍了。我已下定决心，今生就跟着大师走。至于小星雨，因为我不善武功，我也无法再教他，我们的缘分也应该到此为止。我看摩吉大师您就留下他吧！这孩子挺朴实的。”

摩吉听后摇了摇头，迟疑地说：“这孩子虽出身贫寒，根基不错，但他心结未开，尘缘太重，练武非为强身，一心想着复仇，恐日后功夫练成，专门用来杀戮，摩吉岂不罪莫大焉？何况天下武林，山外有山，高人国手，岂止千万？怎么就非要投在嵩山门下？这是为何？”

小星雨一听，泪如雨下，哽咽着说：“也许我言语不周，话说错了，却是我的真实想法。我听说嵩山弟子，乃天下僧人楷模，不仅武功精湛，而且德行甚好。我投这里，先学做人，再学习武，长大以后，心为众生，躬行善事。让我们的部族不再受难，只是我的信念之一，还望大师体察。星雨心如明镜，绝无纤尘，还请大师开怜悯慈悲之心，收下我吧！”说罢长跪不起。

小小的人儿语重心诚，让摩吉有些感动，他以目视净宗，发现对方一副近似哀求的神情，便把目光投向师父。

无竭看着他说：“星雨还小，孺子可教。苦难受得太多了，心中刻下很深的印痕，也是自然。佛门广大，日久天长，是块好料，自会成才。你就让他留下来吧！先到武僧院去习武。但是诵经念佛是万万不能耽误的，如果悟不上正道，再好的功夫也没有用。至于练到什么程度，将来是不是收他为徒，那就要看他的缘分和心性了。摩吉你自己把握去吧！”

摩吉见师父说话了，立刻双手扶起小星雨，对他说道：“既然你的师父和我的师父都发话了，我就留下你。说实在的，你很像我小时候的样子，我也有些喜欢你。但你我相差七十多岁，能否有缘，也未可知，我们共同努力吧！”

星雨见说，千恩万谢。净宗也连声说：“谢谢摩吉师父！”

摩吉说：“谢什么呀？既是与师父同道，就是一家之人，何必如此谦恭？”言毕招呼一名僧人进来，安排净宗和星雨去寮房休息。三人先后出去。

禅房里只剩下师徒二人了。摩吉给师父又续上一杯新茶，对无竭说：“不知师父召我何事？弟子斗胆相问。”

无竭说：“我此行来，有一件天大的事情要拜托于你。当年我在天竺的时候，与你两位师叔游历各邦，在曼陀罗寺得到燃灯古佛舍利子一十八枚，是观世音菩萨亲手所赐，这些年来我一直带在身上。如今天下纷争，乱局未定，统一尚无时日。但我年事已高，恐负菩萨圣眷，因此我把它转交给你，希望你好生珍藏。待四海康宁之日，择一大庙奉养，并予昭告天下，供万民瞻仰，以光大佛门于万世，弘扬大法于中华。”说罢解开僧衣，从怀中取出一个小包袱，庄重地递与摩吉，又说：“此事断不可让外人知道，以免引起事端。”

摩吉双膝跪地，两手接过包袱，坚定地对无竭说：“师父请放心，弟子一定不负菩萨的厚望、恩师的重托。想我天竺佛国高僧大德何止千万，能亲眼看到佛祖舍利者屈指可数，而能得珍藏燃灯古佛舍利子者，更是凤毛麟角。我知道这是摩吉的缘分，是我三世修来的功德，弟子一定不辱使命。”

无竭说：“做完这件事，为师心中清亮了许多。我马上要回般若洞去了。一是要在那里清修，二是再开凿新洞，把雕刻佛经这件事再进行下去。净宗愿意跟我去，我就带他走。今后你若有事，就到燕山去找我。”

摩吉说：“师父刚来，怎么就要走？我真想陪师父多待几日呢，就这么急吗？”

无竭说：“人生在世，生命有限。老天给我们的时间本来就不多，那就更耽误不起了。你看我，转眼已经百岁，大事还没有办完，经常感到时间不够用，担心为佛门、为众生做事的机会越来越少了，因此，我一点也不想偷懒。就这样每天入睡前还常怀愧疚之心，久久不能入眠。摩吉，记住！我们必须要每日苦行，天天精进哪！”摩吉知道留不住师父，师徒俩聊了一夜，都毫无睡意。

次日早饭后，无竭带着净宗启程回燕山，摩吉和星雨以及寺院各知事僧都来送行。迭剌因为多了一个小师弟，非常高兴，肩挨肩、膀靠膀地同星雨站在一起。出了山门以后，无竭执意不让他们再送，摩吉只好目送师父远去，一直看着无竭消失在早晨的霞光里。

无竭回到燕山后不久，张老员外便仙逝了。老人家活了一百二十九岁，最后无疾而终。因为他一生做了许多善事，又对佛门有特殊贡献，无竭把他的遗体用石棺密封起来，葬在燕山般若洞里，还雕了一尊石像纪念他，让绿水青山和佛门大法与他相伴。

出殡的那天，方圆百里的十几万百姓前来送葬。纸幡鲜花如漫天飞雪，低号之声惊天动地，上百家商号为之停业，几十条官道因之拥堵。张家后人极为感动，在县城及张各庄舍粥三年，以谢乡梓。同时又出资出力，帮助无竭再开新洞，续雕佛经，以继承张老员外一生之善举。无竭至此在燕山般若洞住了下来，每日除诵经打坐之外，便是开凿新石洞，雕刻新佛经。偶尔也习练轻功，探索养生吐纳之法。他经常在净宗陪同下去山里采药，以帮助周边百姓医病。每年他都回龙山给父母扫墓，并看望龙山圣母。摩吉和舍得常来常往，师徒三人各得其所，其乐融融。日子在不知不觉中度过。

第二十七回

杨公子泰山逢佳偶　吕苦桃陕西遇神尼

西魏大统六年的严寒来得比较早，还没到腊月便北风呼啸，大雪飘飞。一日清晨，下了一夜的白毛雪有点停了，只是还飘落些松散的雪花，表明这次降雪还没有结束。阴沉了好些天的云彩开始扒堆儿，几天不见面的太阳红着脸儿挤开云缝，顷刻间便烧红了东边的天际。不知从哪里飞来的左一群右一群的铁雀[illegible]来趟去，对着漫天漫地的洁白进行着徒劳的寻觅。随着一阵阵悠扬的钟声响起，陕西般若寺的早课又开始了。一群小尼姑和十几个女杂役则拿起木锨、铁铲和扫帚等工具，开始清除积雪。一个十二三岁的小尼姑刚刚卸下门杠，推开庙门，探出头去向外张望，就吓得大叫起来："哎呀我的妈呀！不好了！快来人哪！门口有个人！"十几个女杂役和小尼姑闻声而至，果见一个衣衫破旧、蓬头垢面的人蜷曲在庙门口的石阶之上，看体态像一个女人。一个年龄稍大、有些胆量的女杂役走上前去，用手指试了试鼻孔，发现还有气，连忙叫过几个人来。大伙儿七手八脚地把这个人抬进院内，立刻有人去报告舍得神尼。

舍得这时候已经年过百岁。岁月的流逝增添了她的智慧，刻苦的磨炼加深了她的修为。厚重的佛学修养、精湛的医术和卓绝的武功让她享誉佛门，名满江湖。乐善好施、有求必应和慈悲的胸怀又使她深得乡亲们的拥戴，在民间有着极好的口碑，人们都亲切地称她为舍得神尼。

这一天的清晨舍得诵完早经，正在打坐，忽然觉得一阵阵心烦意乱，各种杂念争相涌来。她竭力控制情绪，清除不良意识，试图专注唯一，只念佛陀，但是无论如何也静不下来。自己正感到奇怪，就听有人敲门。一个小尼姑随后进来，报告说庙门口有个女人，生命垂危，已经抬进院里。舍得闻听忽地站起，三步并作两步赶到前院，见那人脸色惨白，牙关紧闭，二目不睁，呼吸微弱，急忙拉过那人的手腕，顿觉肤如冰块，脉若游丝，生命已经非常危险。

舍得连忙大声喊道："快把她抬进殿内，再撮盆雪来！她是冻的！"

待众人把她抬进前殿之后，舍得立即挽起袖子，抓起盆中的雪块，在她的双手、双脚和脸部、脖颈等裸露之处反复揉搓。智仙、慧仙见状，也学着师父的样子过来帮忙。三个人用雪块反复擦过了那女人的四肢和头部之后，又解开她的衣服揉搓前胸和后背等处。师徒三人忙活了好大一阵子，用去了十几盆雪块，人人都累得满头大汗，方见那女人的脸部和四肢慢慢地变过色来了，身体逐渐热乎，呼吸也慢慢地平稳起来。舍得站起身子，摆摆手说："好了！不要再搓了，把她抬到寮房去！"

众人一齐下手，轻手轻脚地把那女人抬进一间宽敞的寮房，给她盖上厚厚的棉被。舍得亲自动手，慢慢地一勺一勺地给她饮下一碗温开水，然后坐上炕去，拉过那女人的双脚，焐在自己的胸口。智仙和慧仙见师父这么大年纪了，都想代替舍得给那女人暖脚，均被拒绝了。

舍得告诉她们说："这不仅是个冻坏的女人，而且是个有了身孕的女人。我不仅是用体温，而且是用功力给她暖脚，扶正她的中宫，恢复她的元气，不然她的孩子会流产的。"

智仙和慧仙这才明白师父的深意。大约过了一个时辰，舍得感到这个女人的脚已经热了，额头上也浸出细细的汗珠，脸色红润，这才放心地站起来，对身边的智仙和慧仙说："你们两个要细心守候。待她醒来，先喂她喝点姜汤和红糖水，让她再睡一觉。什么时候睡醒了，再来叫我！"说完走了出去。

舍得回到禅房以后，感到有些疲劳，便为自己沏上一杯清茶，靠在一把木椅上休息。刚喝上一口茶，就觉得眼皮有些发沉。不一会儿，便迷迷糊糊地坐着睡着了。

舍得感到自己的身子轻轻的，脚步飘飘的，好像是随着白云在飘荡。身边的景物一扫而过，耳边的风声呼呼作响。她揉了一下眼睛，发现前边有一只白鹤在引导她，她是跟着那只白鹤在飞。她们飞过了洛阳、飞过了黄河、飞过了长城、飞过了燕山。啊！前边好像是龙山。对！是龙山！舍得清楚地记得，她跟着师父来过龙山，虎王、狮王、猴王、蟒蛇王这四个守山大神她全都认识，还有那九个丹凤姐姐，不正站在祥云古洞的洞口吗？舍得熟悉洞内的路，不用仙鹤带路，她也能找到圣母太奶奶。果然不大一会儿，她就来到了古洞的深处，看到了龙山圣母，还有师父！舍得激动地大叫："师父！您什么时候来的？怎么不告诉舍得呀？弟子太想您了！"

无竭正要回答，却见龙山圣母抢先说道："小舍得，不对吧？你光记着想你师父，就不想我了吗？是不是没良心哪？"

急得舍得连忙分辩说："不是的，太奶奶！我不是挺长时间没看见师父了吗？我这心里想太奶奶更厉害着哪！"

龙山圣母和无竭闻言一齐大笑。这时只听无竭说道："我们今天找你来，是要告诉你一件事。你救的那个女子，当生大贵之人，你要好生伺候，帮助她把孩子带大，这本身就是件无量的功德。"

龙山圣母从衣袖中取出一件东西递给舍得，接着说道："这是只桃形挂件，是用龙山天龙池旁一棵千年桃树上的木料精雕而成，用多种香料和药汁浸过，具有祛瘟、避邪、镇静、安神的功效。待这个孩子生下之后，必然会啼哭不止，你就把这个挂件给他戴上，并如此这般地告诉于他，他自会转啼为笑，并深深地依赖着你。"说到这里，龙山圣母不知与舍得耳语了几句什么，接着又说："你要精心把他养大，教他习文练武，诵读佛经，熟悉儒道之学，做个全面之才，将来功德无量。"

舍得听后感到十分惊奇，又有些疑惑。惊奇的是圣母和师父怎么会知道她方才救了个女人？这才多大会儿的事呀？疑惑的是，般若寺是个佛庵，满院子都是

女尼，突然来了个女人又生个男孩，还要把他带大，这不仅不太方便，传出去也不太好听啊！何况佛门女庵从来没有这样的先例。龙山圣母大概看出了舍得的心思，婉转地对她说："这也是没有办法的事，而且必须这样做，将来你就会知道了。我不是要你们真做他的奶奶和妈妈，你可以先把她们母子留在寺里，以后时机成熟，自然水到渠成，不必忧虑。"无竭接着说："国家动荡，诸事小心，尽量不可外出云游，以保存寺里实力为主。近些年当悉心养护她们母子，静候时机到来。"

舍得点头称是，正想再跟圣母和师父说点什么，却觉得脚下忽忽悠悠，好像已离开了祥云古洞，转眼间圣母和师父都不见了，急得舍得大喊："师父！师父！你在哪儿呀？"一个激灵惊醒，原来是在做梦。但舍得对方才的场景记忆犹新，她觉得圣母和师父就在眼前。可四下一望，分明又是自己的禅房，哪里来的祥云古洞？她摸摸自己的额头，发现已经浸满了汗水，就顺手去桌子上拿自己的面巾，却看到洁净的木桌之上，分明摆着一样东西：一只浅红色的桃形挂件，还拴着一条红色的丝绳。舍得用手摸了摸，似乎还带着体温，跟梦中龙山圣母给她的那只一模一样。舍得起身察看，见门窗都关着，并无外人来，又端起茶杯喝了一口，感到水还是温热的，说明入梦的时间并不长，只是不大一会儿。由此她深信，是龙山圣母和师父给她托梦了，而梦中的一切都是真的。

舍得正在沉思之间，忽然听得敲门声响，听语声是智仙在叫她。打开房门一看，果然是智仙站在门外，对她说："师父，那个女人醒了。我们喂她吃了一碗粥，让她再睡一会儿，她却说什么也不睡了，非要见您呢！"

舍得闻听，立即随着智仙走了过去。果见那女人半倚在床上，衣衫不整，云鬓纷乱，虽然依旧无精打采，眼神呆滞，但已脸色泛红，眉清目秀，看得出来是个十分俊俏的年轻女人。见舍得走进来，那女人欠了欠身子，大概想坐起来说话，被舍得轻轻阻止，告诉她说："不要动！你的身子还很虚弱，虽然已经苏醒，但仍旧会疲乏无力，你应当再好好休息一下，不要着急说话。"

那女人一把拉住舍得的手，声音嘶哑且有些颤抖地说："您是舍得神尼吧？谢谢您救了我！我就是奔您而来的，没想到昨晚上到庙门那儿就晕倒了。我有话对您说，有事求您办，行吗？"说完用乞求的眼神望着舍得，苍白而瘦弱的双手使劲儿地摇晃。

舍得轻抚着她的肩膀，轻声对她说："你先不要着急，有话可以慢慢地说。有事咱不怕，我一定会全力相助。但目前你的身子太弱，需要很好地休养，这对你和腹中的孩子都有好处，等过几天你恢复得差不多了，我们再慢慢地聊，行吗？”

那女子闻听此言，两眼放光，立刻高兴地说：“无怪乎人们都说您是活菩萨，果然名不虚传。那好！我就听您的。这回我们娘儿俩有救了！得怎么感谢您哪！”

舍得亲切地说：“佛门以慈悲为本，救人是应该的事，千万别再说客套的话了，你就拿这里当成自己的家，想吃什么、喝什么、用什么尽管吱声，我们会尽全力去办！”说到这里，舍得回头指着智仙和慧仙对那女人说：“这是我的两个学生，也算是你的姐姐，有什么事，就跟她们俩说。”说着扶起那女人的上身，放好枕头，帮助那女人躺下去，又替她掖好被子，转身对智仙和慧仙说：“告诉膳房准备些红枣、枸杞、野山参和香菇、紫豆等物，给她多熬些上好的粥来补一补，她的身子实在是太虚了！”说完向那女人点了点头，走了出去，感动得那女人两眼噙满了泪花。

三天以后，当舍得再去寮房探望那个女人的时候，她已经在床上坐了起来，自己端着碗在那里吃粥。头发显然已经用心梳过，乌黑油亮，在头顶上挽了个高高的纂儿，显得很是精神利落，红润的脸庞上流光溢彩，一颦一笑之间充满着喜气。宽大的僧衣裹不住曼妙的体态，洁白的小臂如新鲜的莲藕，修长的手指像葱白一样秀美，坐在那里俨然是一个尚未剃度的俊俏女尼。见舍得走进来，那女人放下粥碗，兴奋地跟舍得打招呼，扯过床上的被角，让舍得坐在她身边。舍得忙告诉她：“你快吃吧！粥若是凉了，就不好吃了！”

那女人把粥碗递给智仙说：“神尼你看，我已经吃过两碗了。这几天就盼着您来，跟您好好说说话。今天您来了正好！我就把心里的这些事都倒给您听。您看我这事该怎么办哪？”说着那女人拉住舍得的手，从头至尾讲起了她的故事。

“我姓吕，名叫苦桃，山东泰安人氏。祖辈以行医卖药为生。祖上曾在济南、青州、莱阳等许多地方开过大药店，医德医术曾名震齐鲁。后来因东晋元兴三年瘟疫流行，祖上倾尽家产救治灾民，家道中落。到我父亲这一辈，只靠在泰山脚下开个小药店，勉强度日。家道不兴了，人丁也不旺。我父母结婚十年，仍然无子，急得到处求神上香。后来我母亲怀孕十四个月生下我，没到两年就去世了。是我父亲既当爹又当娘，一把屎一把尿地把我拉扯大。小时候受的罪就甭提了，苦不堪言，因此父亲给我起了个名字叫作苦桃。我一天学也没上过，一天书也没念过。懂事了就给父亲看家，大点了就帮父亲做事。是父亲教我学了一点文化，传授我一些医理。我们爷儿俩就这样相依为命，打发时光。父亲每日里上山采药，我便在家里看店守摊，也做些零活。日子虽然平淡清苦，却也很和谐幸福。我清晨目送父亲背着背篓，拿起药铲上山，傍晚守在门边盼着父亲准时归来，给他打上一盆清水洗脸，倒上一杯热茶解乏，然后我们爷儿俩一起吃晚饭，粗粮、稀饭、野菜、水果，十分香甜。晚饭后我们爷儿俩在茅屋前休息，山泉、晚风、松涛、明月，也颇有情趣。但是随着父亲的头发慢慢变白，我的年龄一年比一年大，我们家的闲事开始多起来。保媒的、拉纤的、自己找上门来的，隔三岔五就能来一位，年轻的后生我可没少看，不过我却没有一个相中的。父亲说，我的苦桃从小受苦受罪，可得找个好人家。我的心里虽然很朦胧，但我总觉得，他们都不是我要找的人，我的机缘还没到。

“直到今年五月里的一天，我的命运终于发生了变化。那一天我记得特别清楚，父亲起得非常早，他说端午节快要到了，采完药以后顺便买些大黄米和粽叶子回来，要我准备包粽子。我守在店里一边招呼着买药的人，一边擦擦洗洗，清扫灰尘，归整家具，收拾旮旮旯旯。正在忙着，忽然听得“咣当”一声门响，我急忙跑出去一看，发现一个黑大汉背着一个人闯进来，后边还跟着一个十七八岁的后生。我忙问来人这是怎么回事，那黑大汉一边把人放在诊床上，一边喘着粗气回答：‘被毒蛇咬伤了，赶紧给看看吧！死没死？’我一听，急忙扔掉扫帚，跑过去一看，不由得大吃一惊，只见那人左腿的小腿肚上，被毒蛇狠狠地咬了一口，整条腿呈青黑色，肿得如同小檩子一般。脸色煞白，牙关紧闭，早已人事不知。鼻腔里虽然还有气儿，但已经粗细不均，而且时断时续。我在匆忙中掐了一下他的脉搏，感觉一阵阵急如擂鼓，一阵阵弱若游丝，显然生命已经危在旦夕。时间不容许我迟疑，救人要紧！我捋起那人的裤脚，两手挤压那人的腿肚，立刻有一股黑血从伤口流出，我急用口去吸吮那股黑血，再把它吐掉。就这样边挤边吸，被我吸出来的黑血足有一小陶盆。吸过之后，我又赶紧把治蛇毒的膏药给他敷上。这时候我觉得自己一阵阵头昏眼花，胸腔里一个劲儿翻腾，十分恶心难受。我明白有些蛇毒已进入我的身体了，不一会儿就要发作。这一定是那种极为厉害的蝮蛇，不然别的蛇毒没有这么严重。趁着自己意识还明白，我迅速地冲开两服解毒散，在那位黑大汉和那个后生的帮助下，撬开那人的牙关，把汤药给他灌下去，然后我自己也喝了一碗。喝完这碗汤药，陶碗被我扔在地上，脑袋一晕，我就什么都不知道了。

“后来听父亲说，我当时一下子摔倒在地，脸色青紫，口吐白沫，吓得那黑大汉和那个后生不知所措，急得跑到门外满街大喊。街坊邻居们来了一大帮，但谁也没有办法。正在危急之际，我父亲回来了，见被毒蛇咬伤的那人已不要紧了，便开始给我救治。折腾了小半夜，我最后哇哇地吐了一阵绿水，终于醒了过来，父亲已累得瘫软在地，好半天都爬不起来。但还是坚持着煮了一些杂米粥，给我和那位被蛇咬的人喝。喝完我便睡着了。

“第二天我一直睡到过晌了才爬起来，走路还有些打晃。脚下像踩着棉花团似的，浑身一点劲儿都没有。那位被蛇咬的人仍然不能动弹，但头脑已经清醒。那个十七八岁的后生显然是他的跟班，一天跑八趟，张张罗罗，极为真诚热情。那几天父亲没有上山采药，一边打理着店上的生意，一边照看着两个病人。到第四天头上，我基本上恢复了正常。但那位被蛇咬的人伤口尚未愈合，还须将养数日。于是我便承担起煎汤熬药和煮粥换药等护理方面的责任，父亲则仍旧上山采药去了。

“这时候我才发现，这位被蛇咬的人年龄并不大，也就二十左右岁。精干高挑的身材，笔直健壮的躯干，方正微黑的面庞，两条超长的臂膀，粗眉重眼，鼻直口方。说话之时温文尔雅，顾盼之间神采飞扬，颇有些与众不同。那个十七八岁的跟班管他叫少王爷，那个黑大汉管他叫杨公子。后来我了解到他姓杨，叫杨忠，是西魏国北燕王宁远将军杨祯的儿子。此番他带了六个随从到泰山来给母亲还愿，在泰山极顶东岳庙舍过金银、奉上厚礼、叩过上天、燃上九炷香烛之后，又焚烧了母亲的还愿纸笺，便带着随从下得山来。谁知刚走到中天门，便遇上一伙杨祯的仇人。这伙江湖盗匪在燕北时，曾遭到杨祯的追杀，因而怀恨在心。这次不知怎么打探到杨忠来泰山上香，便一路跟踪，在中天门设下埋伏。杨忠的那几个随从死战护主，均被盗贼杀死。杨忠因为艺高力大，盗贼们上不得前，又擒他不住，便放出毒蛇来咬他。杨忠挥剑斩杀数条，终于不慎被一蛇咬中，当时头晕眼花，摔倒在地。盗贼们刚想上来补刀，恰巧遇一黑大汉从山上下来，众盗贼以为杨忠必死无疑，遂一哄而散。那位小跟班因为躲在草丛中，侥幸捡条性命，这时见盗贼已跑，急大喊救人。那黑大汉见状，急帮小跟班共同给杨忠挤毒血，然后又背起杨忠，飞也似的跑下山来。如果再慢一点，杨忠也就没有命了。

“杨忠因为疗伤，在我们家那个小药店住了十几天，一点也没有大户人家少爷的架子，态度可谦虚啦！说话可和蔼啦！对他那个小跟班和那个黑大汉特别好。听说黑大汉的母亲病了，没有钱买药，他拿出身上所有的银两，还当了那口七星宝剑帮忙。我们家历来是野菜素食，这对于吃惯了山珍海味的杨忠来说，肯定是不习惯的，但他从来不嫌弃，每顿都吃得特别香，还直夸我做菜的手艺好。每次我给他煎汤送药，他总是连声表示感谢。病情好转、能下地之后，他就帮助我择野菜、挑药草、做些零活，虽然笨手笨脚，但是非常认真。后来基本痊愈了，还和父亲一起上山采过草药，和我一起上山挖过野菜，早晚就在山下的松林里习武。那个小跟班背后当着我的面总是夸他，说他们少王爷脾气如何如何好，武艺如何如何高强，在家如何如何孝顺，眼界如何如何高，媒人踏破了门槛，他就是不同意，等等。还说少王爷曾多次表示，要自己找个中意的人，这次对我特殊好等话。我当时觉得杨忠这个人不错，但也仅此而已，可父亲就不一样了，他有天晚上对我说：‘我们原来虽然与杨忠素不相识，但通过这一段时间的相处，他像是个有根基的人，人才难得，可遇而不可求，难道我女儿就没有一点感觉吗？’言下之意是在暗示我，但我当时没敢往那儿想，咱一个穷苦人家的女儿，他一个王侯贵胄的公子，怎么可能呢？

“是在半个月以后的一天晚上，吃过饭以后天还没黑，我提着篮子要去河边洗几件衣服，杨忠与我共同去了，我没有拒绝。不知怎的，我心里有点希望他去。我洗衣服，他也帮我忙。夕阳的余晖照在我俩的身上，清澈的河水映出我俩的倒影。我们停下洗涤，望着水中的自己，杨忠突然说：‘苦桃，你为什么要叫这个名字？你长得多美呀！简直就像个仙桃！’我听了之后脸腾地就红了，有点嗔怪地说：‘你瞎说什么呀？谁像仙桃啦？’杨忠用手指着水中我的那个倒影，说：‘你看！脸都红了，越发像个仙桃了！’我有点生气地用手一推他说：‘越说越不像话了！怎么偷看人家的脸？’不想脚底下河卵石一滑，身子一歪，险些栽倒。杨忠就势一把手把我揽在怀里，说：‘这回仙桃归我了！’把我紧紧地抱住。我感到有些突然，心慌得咚咚地跳，像要蹦出来。我想要挣脱杨忠的怀抱，但浑身根本没有力气，只能任由他抱着我。那时候河边的晚风有点凉，我们穿得又都单薄，我感到杨忠的胸膛暖暖的、厚厚的，靠在上面有一种很舒适、很安全的感觉，我就没有再挣扎，也没想挣扎。我们俩就这样静静地坐在河边，许久，谁也没有说话。直到太阳已经落下山去，西天上燃起火烧云，河边明显渐冷的时候，杨忠才拥着我站起来，但是仍然没有松手，我们拥抱着又站了一会儿，杨忠替我提起装衣服的篮子，我们一起向松林中走去。至于为什么去松林，我也不知道，反正不知不觉就跟着去了。

“我长这么大还是第一次知道，其实那个时间是旷野里最静的时候。千家闭户，百鸟入林，风轻得连树叶都懒得动。我和杨忠挨着走路，能听得见对方的呼吸。我们走出小河滩，穿过松树林，来到了一片很大的桃园。桃花已经谢了，大概开始做果，空气中弥漫着一种青涩的香味。脚下的草地软软的、厚厚的，像一块块新铺的绿毯。杨忠拉我坐了下来，我们仍然依偎在一起。不一会儿，月亮上来了，那一晚的月色特别好，看着它心里就安静。我们头倚着头靠在一起，共同凝望着东边天上那轮明月，杨忠突然问我：'苦桃，月有阴晴圆缺，人有生死离别，明天我就要走了,你会想我吗？'我说:'会的！一定会的！你是个好人！'杨忠又说:'苦桃,我也会想你的！从我苏醒过来第一眼看见你,我就喜欢上了你。你是那样美丽、纯朴、真诚、善良，为了救我，你险些搭上自己的性命，我真不知道如何感谢你才好！'我说：'感谢什么呀！救死扶伤是我们行医人家的宗旨，救你是我应该做的，换了谁也会一样对待，你不必挂在心上。'杨忠说：'不是的！我见过许多许多的人，但很少遇到像你这样好心的人。你的家虽然穷苦，但你却有一颗金子般的心，这是最难得的！也是我这次来泰山最大的收获。我是因祸得福了，如果不被蛇咬，怎么会遇上你？说句心里的话，我是看上你了，你愿意跟我走吗？'我虽然预感到杨忠可能会说这样的话，但他说出来以后我还是觉得有些突然。我说：'怎么可能哪，我们贫富差距这么大？何况我还要照顾我的老爹呢！'杨忠说:'贫富差距是什么？一文不值！人若不好，再多的钱有什么用？我看中的是你的人品。至于老爹，我当然会一起接走！'我说：'容我想一想吧！我们都还不十分了解对方啊？'杨忠对着月亮，长叹一声说：'有缘千里来相会，无缘对面不相逢！这明月，见证了多少人的悲欢离合。归结起来，都是一个'缘'字。我杨忠活了二十年，今天就认定了与你有缘。苦桃，我们对着月老定下终身吧！'说罢他解下自己的玉佩，双手捧着对我说：'这纯洁的玉佩代表我的心意，就作为定情之物送给你！我杨忠今生今世一定要娶苦桃为妻，如有假话，天打雷劈！'我急忙用手去掩住他的口说:'不要讲这种不吉利的话！'杨忠接着急切地问:'那你答应我吗？'我望着杨忠那渴望的眼神，实在不好拒绝他，不知怎么地就顺嘴说出：'我答应！我答应！'杨忠听我说答应了他，高兴得像个七八岁的孩子，一伸手把我抱起来抛向空中，连抛了好几次，吓得我心惊胆战。当杨忠在我落在他怀里又想往上抛的时候,我顺势紧紧地抱住了他,他也立刻紧紧地抱住了我。我们俩不知怎么闹的，一齐滚倒在草地之上。杨忠开始热烈地亲我、吻我，堵得我有些喘不过气来，心里想拒绝他可身体好像又欢迎他。杨忠热血澎湃，我则身不由己。他的胆子越来越大,手也越来越不老实,我却感到浑身越来越没有力气,胳膊腿像面条一样绵软，任由杨忠解开我的衣裤，发生了不该发生的一切。

“那天我已不记得是怎么回去的了，反正已经很晚了。父亲跟那个小跟班在门前焦急地徘徊，看见我们回来了，高兴得什么似的。父亲见我情绪不佳，什么都没说，但给我倒上一杯茶，打来了洗脚水，然后关上门就走了。我一个人静静地坐在那里好长时间，脑袋里一片空白。我不知道方才是做对了，还是做错了。

“那天晚上我睡得特别不好，成宿都是梦，乱七八糟的，什么都有，但一点也没记住。到快天亮的时候，我居然梦到了我的妈妈。虽然在我很小的时候，妈妈便去世了，但我们家有一张妈妈的画像，是泰山东岳庙的海山大师画的，端庄秀美，栩栩如生。从小到大，我和父亲每天都对着妈妈的画像说话，妈妈始终活在我的生命里，她的音容笑貌我相当熟悉。梦里妈妈对我说，她已回到老家龙山去了，在龙山圣母身边做事，圣母待她特别好，叫我不要挂念。临分别的时候，妈妈拿出一枚仙桃，对我说，那是龙山圣母送给她的，让她务必转赠给我。还说我的事情圣母都知道，杨忠是个可以依赖的人，与我有今世之缘。妈妈说圣母再三嘱咐，让我一定要吃下这枚仙桃，才能早生贵子，这是我的一段功德。还说我既然叫苦桃，还要再受一段苦，不过会有位高人助我，我会很圆满的。说完妈妈嫣然一笑，又说：‘苦桃，我的孩子！妈妈要走了，圣母在找我呢！你的苦楚快到头了，放心地往前走吧。我们娘儿俩还会相见！’转眼间妈妈就不见了，急得我大喊：‘妈妈！妈妈！苦桃还有话没跟你说哪！’可哪还有妈妈的踪影？一急之间醒了，浑身都是汗，才知道是个梦，但梦中的情景却记得清清楚楚。我再也睡不着了，就起来点亮蜡烛，借着光亮去看妈妈的画像。妈妈还是那样淡淡地笑着，跟梦中一模一样。我凝视良久，顺手把蜡烛放在桌上，一下子惊呆了！原来桌子上赫然放着一枚硕大的蜜桃，绿中泛黄，黄里透红，在烛光中焕发出异样的神采，跟梦中妈妈手里拿的完全一样！难道真的是妈妈来过了？不然这枚蜜桃哪里来的？眼下这个季节的泰山，也没有成熟的桃哇？父亲不会也不可能去买一枚桃子给我。那么极大的可能，这就是那枚仙桃了！如此说来，我必须相信妈妈的话，把它吃掉！寻思一番之后，我用茶水漱了漱口，把那枚桃子拿起来，轻轻地咬了一口。哎呀！那个香甜的劲儿，就甭提了！咽下去之后，从嘴里一直清爽到心里，浑身都舒服。我慢慢地像品尝山珍海味一般吃完这枚仙桃，天就已经亮了。我把桃核珍藏在衣袖里，起来洗脸和梳头。对着镜子里的自己，我很奇怪，一夜没睡好，竟然满面红光，神采飞扬，眼波流转之间，充满着青春的活力，走起路来脚步轻轻的，觉得特别有劲儿。父亲不一会儿也醒了，我们爷儿俩开始烧水做饭。我一边淘米洗菜，一边轻轻地哼着歌儿，弄得父亲不时地偷眼看着我，心里一定想着：我的女儿这是怎么了？一夜之间咋变化这么大呢？

“吃过早饭，杨忠正式与我们父女俩告别，说了许多感谢救命之恩一类的话，还说此番因遭意外，身上已无银两，待回家后一定派人送来。那个黑大汉也来了，执意要保护杨公子一齐走，杨忠没有拒绝。父亲送到门口就不往前走了，因为要留下看店，示意我再送一程。黑大汉和那个小跟班在头里走，我和杨忠在后边行。我俩一路走，一路聊，似乎真的是生死离别，有说不完的话。送到十里开外了，眼见得要出泰安城，杨忠怕我回去不安全，执意不让我送了。他告诉我说回家后就向父母提亲，过一段时间就来接我们父女俩。他说他若食言，天诛地灭！我相信杨忠的话是发自内心的。为了表示我的一片赤诚，我说：‘杨公子，我的郎君！我吕苦桃活了一十八岁，第一次把自己交给了一个男人。我虽穷苦，但志比天高，决不做趋炎附势之辈。你若负心，算我倒霉，是我命苦；你若真心实意，我们夫妻自会有相聚之日！’我当时剪下自己的一缕秀发送给他，对他说，我一无金银，二无玉器，这缕秀发乃父母所赐，是我闺中的无价之宝，就代表我的一颗心永远伴随着你。杨忠含泪揣进他的贴胸衣袋里。我们俩相偎良久，依依不舍。我一直望到杨忠他们转过山坳，看不见人影了，才转身回到家中。但我知道，我的心已经被他带走了。

“杨忠走后，我们家表面上又恢复了往常的样子。父亲依旧每日上山采药，我仍然每日在家看店，但生活的实质却发生了根本的变化。我无时无刻不在想着杨忠，盼望他早点来接我。父亲则越来越关心我，生怕我有什么意外，他大概窥透了我的小秘密。日子就这样一天一天地打发着，我的身体却发生了异常的变化。开始的时候一阵阵心慌、气短，后来常感到无名的恶心和头晕，吃饭的时候尤为严重。起初的时候由于症状轻微，还能瞒得住，后来时间一长，岂能逃得过父亲的眼睛？终于有一天，父亲对我说：‘你的事我已经知道了！但不知他是怎么和你说的？’我见瞒不住父亲了，只好一五一十地都跟他说了，末了我告诉父亲：‘杨忠说了，一定会来接我们的，咱们爷儿俩的好日子就快要来了。’父亲听了也很高兴。我就在家里掐着指头天天盼哪，那种急切的心情就别提了！可是一个月没动静，俩月没动静，仨月还没动静，我就有些沉不住气了。说得好好的呀，怎么就变卦了呢？难道杨忠真是个负心汉、白眼狼吗？不能啊，看着不像啊！可为啥就没有一点信儿呢？还说派人送钱来呢，结果送钱的人也没来，能不能出了什么事了呢？能出什么事呢？我一次又一次地揣测着可能出现的各种情况，又一次又一次地推翻了自己的想法。

“后来实在板不住了，我就说给父亲听。父亲帮助我分析，认为杨忠是盗花贼的可能性不大，他看准的人一般不会走眼。从送信和送钱的人都没来这一点猜测，杨忠没变心，可能出了什么意外的事情。他这一说我更急了，一是惦记杨忠，怕他真的出了什么事，二是我已有了身孕，如果再等下去，显出身孕来怎么办？我还是个未出嫁的大姑娘，将来在这里怎么做人？我说出要去陕西找杨忠的想法，父亲开始说啥也不同意，经不住我一再说，后来他也感到时间长了不好办，只好忍痛同意我去，但是难过得流下了眼泪，说：‘这简直是要我的命啊！’

“九月初，我带着身孕，穿上肥大的、破旧的衣服，把头发挽成个小纂儿，脸上涂些黑色的锅灰，打扮成一个半老的婆婆，踏上了来陕西寻夫的路。父亲让我带些银两，我说带多少也没用，带多了会被抢去，不带钱反而更安全。我一个穷老太婆，别人能把我怎么样？就这样我一路靠沿街乞讨，要着饭来到陕西。嗨呀！这一路上啊，别提多难啦！白天我混在人群里走，饿了、渴了要饭、要水，晚上就找个破庙或者闲房子啥的眯一宿。那个害怕呀！一只老鼠走动，一声猫头鹰叫，能吓得我一宿睡不着。挨几句骂、挨几下打是常有的事。还有一次差点被一个老地痞祸害了我，是一群小叫花子把我给救了，我还加入了他们的丐帮，这不，还发给一个路牌呢。你还别说，以后到哪儿亮出了这个木牌，真就有叫花子帮你。唉！天下穷苦人是一家呀！

“就这样我硬性地走了仨来月呀，才来到长安城。按照杨忠告诉我的地址，摸到了北燕王府。高大的门楼上纱灯挂着，黑漆的大门有护卫把着，不让我进去。我翻来覆去地说明情况，那军卒就是不听，真是侯门深似海呀！后来还是遇到一位买菜回来的老太太，可能看我也是老太婆模样，才发了善心给我通报。等了好大一会儿，门终于打开了，一个老妈子模样的人让我进去。我跟着她穿过好几层院子，过了两三个月亮门，来到后院一间大厅，听到老妈子说：‘启禀王妃，人带到了！’我见十几个下人簇拥着一位老太太，身着紫缎衣装，头插金钗翠簪，雍容华贵，面带威严，估计就是杨忠的妈妈了。我好像见到了亲人一样，‘扑通’一声跪下了，眼泪哗哗地流了出来，正想说什么，却听那位王妃说：‘你是什么人？你有杨忠的消息吗？’我想说，没有哇！我是为打听杨忠的消息才来的。可我是杨忠的什么人呢？我没法儿直接回答，只好说：‘我是来找杨忠的，不知他在家吗？’

那位王妃一听就生气了：‘你也来找杨忠？他都半年不在家了！王爷都找翻天了！你是他什么人？也配来找他？让她下去吧！以后不要让什么人都来烦我！’说罢转身进去了，不再理我。那个老妈子拉我起来推我出去，我还想分辩，人家也不容你说话呀！七手八脚把我撵了出来，把我的肺都要气炸了！我就寻思，杨忠的母亲怎么一点耐心都没有哇？一点都不容人说话呀？那么好的儿子怎么会有这么差劲的母亲哪？杨忠到底上哪去了呢？

“我一边惦记着杨忠，一边又恨着他的母亲，不甘心就这样走了，想找个机会进去再说说。我想可能是杨忠的母亲因为没有儿子的音信气晕了，所以态度不好，这事放到谁身上都够闹心的，下一次见面如果我把话说明白，或许会好些，因此我又在杨府门口待了三天。终于有个晚上来机会了，说是王爷要回家来，我就躲在石狮的后边，等卫兵们在两边排开了，王爷跳下高头大马的一刹那，我突然几步跑上前去，跪倒在王爷跟前。杨忠的父亲大吃一惊，急问：‘你是什么人？找我何事？’两边的卫兵一拥而上，要架我出去。王爷拦道：‘且让她说，有何冤情？为何到我府上伸冤？’我连忙说，我不是来告状的，我是来打听杨公子消息的。这时候我也顾不得羞耻了，拿出杨忠给我的玉佩，一五一十地把杨忠在我们家的情况说了一遍，末了说道：‘杨忠说过一段时间就去接我的，可一连四个月没有消息，我才来找他，有些冒昧了，请王爷海涵。’杨忠的父亲听完了我说的话，接过那枚玉佩看了又看，沉吟了片刻，说：‘东西是杨忠的，但杨忠已经半年多没回家了。他去了泰山以后就没有音讯了，我们也不知道他如今在哪里，全家几乎都要急死了。姑娘，你受苦了！我相信你说的话，也很同情你的遭遇，但在目前的情况下，仅凭一块玉佩我也没法儿收留你。这样吧！我给你先找个客店住下来，等杨忠有信儿了，我再派人来通知你，好吗？’随即对身边的一个护卫说道：‘带她去城中悦来客栈，安排一个上好的房间住下，以后再说！’言罢向我点了一下头就走了。我无可奈何，只好又藏起那枚玉佩，跟着那名护卫住进了悦来客栈。那天晚上我一夜没睡，心里一直惦记着杨忠，怕他真的又出了什么事情。但我相信他不会死。古人说，大难不死，必有后福，经历了被毒蛇咬伤这一场，以后他就不会出大事了。我自小信佛，相信佛祖会保佑他的。因为我坚信杨忠是个好人。

“悦来客栈的店主和小二都很客气，每日里茶饭水果侍候着，住宿的条件也很好，但我在那里却度日如年。住到啥时候是个头哇？一连几天我心乱如麻。客栈的老板娘是个善良的女人，听了我的诉说之后深表同情。她对我说，你一个未出

嫁的姑娘，不远千里，前来寻夫，又遇到这种情况，着实不易，但你这样下去也不是办法。你的身子越来越重，下一步怎么办？杨忠不回来，杨家会认你吗？难不成你把孩子生在客栈里？我说，那可怎么办哪？我也没主意了，我回家去也不行啊！说不定我和孩子都会死在路上，那也对不起杨忠啊！那老板娘说，我倒有一个办法，你不妨试一试，不行你再回来。离我们这儿不远有个般若寺，方丈是个年过百岁的神尼，那是尊活菩萨，有求必应，有难必帮。民间老百姓有个灾呀、病啊或者什么不好办的事呀，都去找她，她只要能帮忙的都给办。我们陕西不有句顺口溜儿嘛，叫作‘有难你莫急，赶快找神尼，神尼若出手，包你好运有’。你的这件事找找她，让她帮你想想办法，拿个主意，说不定能遇难呈祥。她可是皇家寺院的方丈，与朝廷的关系密切着哪！北燕王杨府也得给神尼面子。我听后高兴异常，立刻就往这边赶。没想到天气不好，道也不好，走了九天多，又赶上下雪了，一时连冻带饿，就晕在你们庙门口了。多亏你们大家救了我，不然我们娘儿俩早就没命了。”

苦桃一口气把话说完，连口水都没喝，一点也没觉得累，反而脸色泛红，神采奕奕，有一种如释重负的感觉。舍得递给她一碗茶，苦桃接过去，一口就喝干了。她紧紧攥住舍得的手说：“我现在是走投无路了。眼见得这身孕都五个多月了，老爹一个人在家我又惦着，杨府不肯收留我，杨忠又找不着，我究竟该怎么办呀？”说着说着，眼中就噙满了泪花。

舍得一只手抚摸着苦桃的肩膀，对她说：“孩子，别着急！你来到般若寺就算到家了，就先在这里住下来。你的身子这种状态，哪里也不能去了，到时候就在寺院里把孩子生下来。你的老爹也不必在泰山那边住了，省得你们爷儿俩两头牵挂，莫不如让老人家也到这里来。我这庙里每日来寻医问药的人很多，正缺少个懂得医道又能采药的人，你们爷儿俩正好在寺院前开个药店，岂不很好？两下都得照顾，还帮了我的忙。至于说杨家嘛，我会时常到朝廷打听情况，一有杨忠的消息，我会第一个告诉你。如果杨忠回来了，我会让他到寺院这里来接你。苦桃，你看这样行吗？”

苦桃听了这番话，一下子倒在舍得的怀里，激动地说：“无怪乎人家都说您是活菩萨，什么难事到您这儿都化解了！神尼奶奶，我该怎么感谢您哪？”

舍得爱抚地理着苦桃的秀发，笑着说：“谢什么呀？佛门历来以慈悲为本，你的事就是我们寺院的事呀！好啦！安心地养身体吧！今后你就在这个房间里住，缺什么、少什么，智仙、慧仙想着备齐，有什么困难，直接来找我，我的禅房就在后院。”说完随手递给苦桃一本书，说：“这一卷《无量寿经》，你先拿着看吧！怀孕的时候读读书，对于凝神养胎还是大有好处的。”说完拉了拉苦桃的手，转身出去了。

至此苦桃在般若寺住了下来。不久，父亲也随着智仙、慧仙来到了陕西。父女俩在寺院前开了间药店，每日里医来患往，十分繁忙，只是在静下来的时候，苦桃抚摸着日见隆起的肚腹，思念杨忠的情感日甚一日。

第二十八回

别嵩山摩吉遂夙愿　访般若净宗道前缘

初冬的一场大雪，给百里嵩山披上了新装，往日斑斓的峰峦变成了洁白的世界，显得清静、安详。夕阳的余晖给雄伟的寺庙镶上了一层金边儿，让挺拔的殿宇更加神秘辉煌。浑厚的暮鼓声传来，惊起觅食回家的山雀，朗朗的诵经声响起，让这傍晚的山野顷刻间充满了活力。

习惯了在晚课时打坐的摩吉尚未入定，就听得敲门声响。不一会儿星雨在外面说道："师父，燕山般若洞有信使来，您见还是不见？"

摩吉一听腾地站起："见！怎么不见？快请进来！"说罢打开房门，果见星雨领着一个僧人走进来。

那僧人背着包袱，裹着头巾，显得风尘仆仆，一进门"扑通"一声跪下说道：

“小僧是燕山般若洞净宗师父打发来的，有一封书信要交给大师。”

摩吉连忙扶起说：“千里迢迢，一路劳顿，小师父何必如此客气，快快站起来说话！”那僧人解下身上的包袱，取出一封粘得严严实实的书信和一个小布包，又从身后拿过那柄镏金禅杖，双手捧着递与摩吉，说：“东西圆满送到，小僧就算完成任务了，大师请慢阅，小僧告退！”

摩吉接过禅杖，心里“咯噔”一下子惊出一身冷汗。从打星雨一敲门，说燕山般若洞有信使到，他心里就忽悠一下子，觉得准是师父有啥事了。及至看到这柄镏金禅杖，就如同见到师父本人，眼泪“唰”的就下来了，急切地问：“你来时见到我师父了吗？他老人家现在怎么样？你怎么会把禅杖送到这里？”

那僧人说：“我来时没有见到无竭大师，是净宗师父把东西交给我们四个人的，让我们一定安全送到。他说你看了书信就什么都明白了。小僧这就下去，我们同行还有三个人呢！”星雨招呼着他们去吃饭休息，两个人一同走了出去。

摩吉迫不及待地扯开书信，一目十行，先浏览了一遍，知道师父还健在，稍稍放下心来，这才仔细认真地咀嚼师父的每一句话。只见无竭在信中说：“摩吉！我最亲爱的学生，我的亲人！你我虽然分开多年，但你的形象始终刻在我的脑海里，你好像一直都在我的身边，我们虽然相隔千里，但我们的心永远连在一起。回想天竺相识，结下深缘，从此生命相托，患难与共。你不惜离开故乡，告别亲人，随为师远涉重洋，来到这东方古国。寒来暑往，冬去春来，我们一起云游天下，讲经弘法；一起餐风饮露，开凿石窟。茫茫中华，留下你多少艰辛的足迹；浩浩神州，洒下你多少辛勤的汗水。危难之中，你执掌嵩山，弘武学于中州，扬义名于天下，受佛门八方之好评，得百姓四海之赞誉。你是为师的助手，更是为师的自豪、为师的骄傲。你作为一个天竺高僧，为我们这个苦难的国家、苦难的民族做了这么多，做得这么好，我们虽为师徒，但我还是要代表我的国人，真诚地说一声谢谢你！摩吉！我的学生，你辛苦了！”

无竭写到这里，显然很激动，因为纸张上留下了清晰的泪痕，空了一大块。他接着写道：“光阴似箭，沧海桑田，回想往事，感慨万千！你我虽尽心佛门，奔波百年，但生逢乱世，许多事力不从心，壮志未酬，其心何甘？方今南北纷争愈烈，暂且未到天晴之时，然为师已老矣，恐不能目睹天下之一统也，故所托之事，须臾不可忘怀，伏望妥善处置，使之继往开来，弘佛门于后世也。你我之情，地厚天高，书不尽言，心意早通。你敬为师，恭谨有加，事之如父，让我虽出家之人一如有子之甜蜜；为师待你，爱少严多，体恤不周，故心中亦常感愧疚之极。为师一生，身无别物，一柄镏金禅杖，是师父恒戒大师所赠，就转送于你，以为纪念。那包蛇王之宝，乃天下奇药，是我上次回龙山时守山大神送给我的，是习武之人绝好佳品，算作为师的一点心意，也留给我的学生，我的摩吉！近日龙山圣母召我前去，恐我们今后相见的机会就很少了，也许你读到这封信的时候，为师已经离开燕山。请不必再来找我！但相信我们还会重逢。摩吉！我的学生！我的孩子！让佛祖保佑我们的情谊永恒。”

摩吉一字一句地读完师父的信，已经泪水涟涟，心潮起伏，周身颤抖，他觉得师父就在他的眼前，师父的每句话，都说在他的心里。他实在太想师父了，他不想在这里再待下去了。当初同意留在嵩山，是迫于无奈，是临危受命，是师命难违。如今自己和师父都这么大年纪了，都已经来日无多，所以这生命中最后的时光，他想和师父待在一起。他明白师父来信是在与他告别，但他也看出了师父心中的依依不舍。他决定要找师父去，他要尽自己最后的孝顺之心，去照顾他一生中最尊敬的老师和待他如父亲一样的人。想到这里，他毅然决然地喊来了首座印光长老、监院星雨长老、维那净觉长老和五部知事僧，要他们速到自己的禅房议事。众人闻听方丈夜晚急召，必有大事，瞬间到齐，但面面相觑，不知为何。

摩吉在大家落座以后，平静地说："我的师父无竭大师来信了，我要到燕山去看他。明日便想起程，所以今晚召大家来，是想打个招呼。首座印光收拾一下，与我同去，再带上两名武僧及随行物品。我不在寺院之日，由监院星雨暂且主事，一切法度规矩照旧，不可偏废。不知大家意下如何？"

众人互相观望，谁也不好说什么。良久，监院星雨长老劝道："师父偌大年纪，正宜稳坐嵩山，清修静养，不宜往来奔波，劳心伤神。何况无竭大师并无大恙，又兼天冷路滑，师父何故说走就走？让我等惦念之至！"众僧听后，也都七嘴八舌，纷纷劝阻。

摩吉感叹地说："生我者父母，教我者师父。我既随师父来，当随师父去。当初留在嵩山，无非无奈而已，实际上我一天都不愿意离开师父。这一晃都两年多没见到师父了，我心中惦记得很。如今师父年事已高，我必须去看他，请各位不必阻拦！"众僧见摩吉如此说，便不再言语，纷纷帮助印光做准备去了。

星雨走在最后，对摩吉说："师父出行，弟子理当相随，怎么反倒把我留下？让学生心里不安。"

摩吉说："如今智真、智广已先后去世，寺中论谋略武功，你是最好的，只有把你留下掌握大局，为师外出才会放心。方今天下多事之秋，中州地处要冲，嵩山也乃旋涡之地，凡事三思而行。切记一不可以愧对众生，对百姓不利之事坚决不干；二不可以对抗朝廷，徒惹灭门之祸。江湖之中，能让则让，屈身事礼，屈节以恭。陡遇事端，能忍则忍，少说为上，万事从长。相信你能做得很好，为师也是多虑了。"

星雨说："师父教诲，牢记在心，弟子绝不敢忘怀。只是惦念师父何日归来，我们有大事到哪里去找你哪？"

摩吉笑着说道："世间万事，顺其自然，当去必去，当回则回，心存善念，好运自来。有些事本就不用问我，有些事问我也无用了。"星雨听了，似懂非懂地点了点头，转身走了。

次日早晨当太阳升起来以后，摩吉像往常一样诵过佛经，用过斋饭，便起身与众僧告别。寺中僧人知方丈此时出行，颇感惊诧，纷纷前来相送。摩吉一边走着，一边向两边的僧人挥手致意，一边还在向身边的高僧们嘱咐着什么，谁也没有看出此时竟是这位天竺高僧与大家的永别。走出庙门，摩吉向这座自己生活了几十年的庙宇深情地望了最后一眼，然后大踏步地面向东方，向那个光芒万丈的地方走去。

首座僧印光长老想得很周到，他不仅带上了足够的盘缠、必需的衣物，还特地准备了一辆毛驴车、两床棉被和应急的食品及药品，两个跟班的小武僧也都精明能干，十分灵通。四个人一路夜住晓行，倒也顺利。路程虽然并不算远，但由于天冷路滑，他们二十天后才到燕山。到达洞口的时候，太阳已经压山了。

摩吉一行的到来让净宗喜出望外，他又是嘘寒，又是问暖，满腔热情地招呼大家烤火、喝茶、吃水果。摩吉惊奇地发现，几年没来，般若洞已经发生了巨大的变化。不仅在原来的基础上开凿了两眼新洞，而且宝殿、寮房、山门、经院等一应俱全。规模堪比天竺舍卫国的灵音寺，比龙翔佛寺都大得多，而且环境清幽，风光秀美，怪不得师父晚年选择留在这个地方。想到这里，他急切地问道："师父在吗？我真想马上见到他。"

净宗答道："师父给你写完信，第二天就走了，说是龙山圣母召唤他。"

摩吉接着问道："那师父没说什么时候回来吗？"净宗回答道："没有。师父每次走，都不说什么时候回来。可谓来无影，去无踪，神奇得很！我们也不便问他。"

摩吉感兴趣地问："怎么就神奇了？"

净宗摇摇头说："师父这么大年纪了，精神头儿却足得很，历来都是独来独往，谁都不带，也没见他骑马、坐轿什么的，不知道他是怎么走的，又是怎么回来的。"

摩吉听了恍然大悟："原来是这样！是师父得了正果了！"

接着又听净宗叨咕道："不过这回师父可能还要回来，因为他那天走出洞口时曾说过一句'摩吉也许会来呀'，我当时听了就很纳闷儿，没想到你这么快就来了。"

摩吉说："我知道了，我明白师父是怎么想的了。"

第二天早饭后，摩吉和印光等四人参观了新开凿的两洞佛窟，又在张老员外的墓碑前礼拜进香以后，才来到无竭大师的禅房"接云洞"。这里位于石窟的东端，清静幽雅，冬暖夏凉。洞口外白云缭绕，松涛阵阵，洞口内香气弥漫，水流潺潺。天井上有霞光飞来，呈数道彩虹飞下；佛窟里有轻风吹过，引万朵鲜花颔首。摩吉见师父的居室之中，钵盂和袈裟还在，经卷和古籍更多，桌案上还摊开着一本未读完的书，长几上平放着一幅刚写完的字。文房四宝展示书香，宝剑金镖透出侠气。而正中供桌上冉冉飘起的香烟，莲台上慈眉善目的佛祖，均毫无疑问地告诉来者，主人是个虔诚无比的佛门中人。

看过师父的居室，摩吉觉得师父不是真的还活着，就是得了正觉了，应该肯定还会回来，他不必耗费时日到处去找，因为他与师父当有三世的缘分。想到这里，他的心情忽然平静下来，并变得非常清醒。他相信在这里一定能得到师父的消息，他要在这里静候师父的音讯，并做出最后的决策。

第二十九回

育阿宝神尼托重任　探恩师舍得赴燕山

次年六月的一个傍晚，太阳刚刚落下山去，般若寺的鼓声余音还在，才吃过晚饭的苦桃像往常一样，拿起那卷《无量寿经》，借着窗前的微光轻声诵读。正专注间，忽然觉得腹中剧痛，不能忍受，便急忙扶着墙壁，挪蹭到炕边上。刚刚斜倚着坐下，便觉得疼痛愈发严重起来，急得苦桃失声大喊，隔壁的觉仙、慧仙闻声而至，见此情景，忙扶苦桃平躺在炕上，并擦去她脸上的汗水。觉仙立即去找师父，舍得快步赶来，伸手一把脉，高兴地说道："大喜事呀！苦桃！快要生了，不要害怕，忍着点，你马上要做妈妈了！觉仙、慧仙赶快准备热水、毛巾、棉絮、草药和被褥等一应用品。智仙呢？喊她速来接生！"

几个人手脚麻利，顷刻间准备完毕。舍得紧紧握住苦桃的手，告诉她说："孩

子！有我在你身边，保你平安无事。我会发功助你，帮你用力，减轻痛苦。实在疼你就大声地喊出来、叫出来！这里就是你的家，没人会笑话你的！”

苦桃直疼得大汗淋漓，只觉得身体像裂开一般，几次险些昏了过去，是舍得那双坚定的眼睛给了她力量，还有那双滚烫的手掌，紧紧地握着她，似有一股巨大的暖流，源源不断地涌进她的身体，给了她坚持下去的力量和勇气，使得她攥住舍得的手掌，用尽全身的劲儿大叫：“啊！”随着一连声响亮的啼哭，小小的寮房里红光骤现，满屋异香，苦桃生下了一个壮硕的男孩。小家伙生得粗眉重眼，头发黝黑，手脚奇大，鼻直口阔。四肢乱挠乱踹，哇哇地哭个不停。

智仙兜着孩子连颠带哄，这孩子哭得越发厉害，震得小小的寮房“嗡嗡”回响。觉仙、慧仙轮番来抱，使用了各种方法，包括喂汤水儿、啃果肉儿，都不顶事。这孩子只是啼哭，哭得喘气不迭，惊天动地，青筋暴露，让众人心寒。连虚弱已极的苦桃也忍不住坐了起来，抱过孩子用奶头喂他。可小家伙晃头不吃，仍旧啼哭不止。寮房内外闻风而至的有几百号女尼，大家都感到非常奇怪。

智仙对舍得说：“我接生过何止上千个孩子，再哭闹的孩子只要一含上母亲的乳头，便立刻安静下来。不知这孩子是怎么了？”

舍得闻听笑了，说：“万事有因，见怪不怪。待与我抱来一试。”说罢接过孩子，以手抚摸其头说：“莫要心寒，佛门解难。不哭！不哭！方为丈夫！”连说三遍，那婴儿果然停止了啼哭，把小指头伸进嘴里吸吮着，黑亮的眼睛环视着众人，笑了起来。

在场众尼皆感到十分惊奇：难道这小孩子也认人？知道她是神尼？智仙从舍得怀里接过抱起，这回小家伙再也不哭了，乖乖地靠在智仙胸前，一副十分听话的样子，惹得众尼不由得都笑了起来。

舍得随手从衣袖中取出一只桃形挂件，给孩子带在脖子上，对苦桃说：“你得了一个这么好的儿子，也是寺院的喜事。我没有什么贵重的礼物，就把这只桃木挂坠送给孩子，保他一生平安！”

苦桃感动地说：“神尼想得这般周到，真不知让苦桃怎么感谢你才好！能得到佛门如此垂爱，是这孩子的福分哪！”

众尼见这孩子此时正用两只小手抓住挂坠，往嘴里头送，“咯咯”笑个不停，好像极为喜爱的样子。

孩子的降生，给苦桃带来了希望，她不再成天愁眉苦脸，而是每日笑容满面，忙个不停。苦桃的父亲因为当姥爷了，也十分高兴，父女俩像掉进了蜜罐里，幸福得不得了。孩子的降生，也给寺院带来了喜气，女尼们经常仨一群俩一伙地过来看孩子、抱孩子，智仙和觉仙、慧仙更是每日必来，给孩子洗澡、换尿布、洗衣服，逗孩子玩。舍得倒是不常来，但每次来抱孩子的时候，那小家伙都“呀呀”叫个不停，好像在和舍得聊天，舍得也好像用谁也听不懂的语言，在和孩子说着什么，大家见了都感到十分纳闷。

孩子长到六个月的时候，舍得带来一个好消息。她说朝廷已得到南朝梁国的文报，杨忠现在被关在南梁，他是在泰山的时候遭遇北伐的梁军，因寡不敌众力疲被俘的。梁武帝萧衍喜欢杨忠是个将才，千方百计诱他投降，但杨忠至死不从。梁武帝无奈把他囚禁起来，让西魏朝廷用两座城池交换，否则立斩杨忠不赦。丞相宇文泰和魏文帝元宝炬已经答应南梁的要求，但北燕王杨祯说什么也不同意。他说不能用朝廷的城池去换我儿子的性命，国家的土地是无数将士用生命和鲜血换来的，难道我儿子的命是命，老百姓孩子的命就不是命吗？杨祯在朝堂上斥责了南梁的使臣，赢得了普遍的赞誉，梁武帝萧衍恼羞成怒，虽然不能立刻处斩杨忠，但也不能很快放他回来。

苦桃闻听又喜又悲。喜的是杨忠还活着，夫妻肯定有相聚之日，一颗悬着的心终于放了下来。悲的是杨忠被囚禁在南梁，不知道自己的音信，肯定是肝肠寸断，度日如年！全家何时才能相会呢？不由得又悲上眉梢。舍得安慰她说：“福兮祸所伏，祸兮福所倚。杨忠被囚禁，是个祸事，但北燕王义薄云天，朝野上下交相赞誉，未尝不是一件好事。要叫我说呀，苦桃生了个大儿子，又得到杨忠的消息，这是双喜临门哪！”苦桃一听也有道理，不禁转忧为喜。

这孩子天生硬实，六个月会走路，八个月会说话，一周岁时就能与人简单交流。抓周的时候，满炕的金银珠宝、绫罗绸缎、玉器古玩、山珍海味他连瞅都没瞅，一手抓起一只金印，另一手拎起一个钵盂，跌跌撞撞地走到舍得跟前，一下子把金印放在钵盂里，两只小手端着送给舍得，并用奶声奶气的声音说：“奶奶，给！”众女尼见之无不暗暗称奇。

智仙笑道：“这孩子抓这两样东西，是想靠着佛门当官呀！”

舍得听后纠正道：“这孩子是在告诉大家，他掌了大印之后，是不会忘记佛门的。”

苦桃则似有感悟地对大家说：“这孩子生在佛门，长在佛门，从小心里就想着

佛门，看起来他与佛门是有因缘哪！”众女尼听后皆频频点头。

苦桃接着又对舍得说：“这孩子生下来就与你亲，就请你老人家给他起个名字吧！”

舍得沉吟了片刻，对苦桃说：“孩子的大名，将来还是由他的父亲给取吧！我就给他起个小名。大家既然都觉得他是佛门之宝，那么就叫他阿宝怎么样？”

众尼一齐赞道：“阿宝！好名字呀！我们佛门有佛、法、僧三宝，这孩子也是一宝呢！”

舍得说:“正是此意！我们希望阿宝长大了,能振兴佛门三宝！”“那是一定的！一定的！”苦桃高兴得笑起来。

光阴似箭，一晃五年。小阿宝在母亲苦桃和寺院众位女尼的共同呵护之下，如同一颗小松树般健康成长起来。从他会说话、会走路开始，舍得就命智仙教他识字读书、诵经念佛，自己则亲自教他抻胳膊压腿，习练武功。五年的工夫，阿宝不仅会默诵许多佛门经典和古代诗歌，而且在练武方面也打下了很好的基础。尤其是舍得从师父无竭那里学来的独门轻功，更是毫无保留地传给了阿宝，就像当年师父教自己一样。再加上阿宝性格内向，很少贪玩，一有工夫，不是读经就是练武，因此进步很快。小小年纪有时竟敢和寺中的武尼们过招儿，一招一式，像模像样。智仙在教他读书的同时，专门给他绘制了一幅《中华山川地理图》，告诉他哪些曾经是中国的领土，如今被外人占领，哪些地方是中国外围的疆域，世界有多么大，等等。从小就培养他虽身在佛门但胸怀天下的意识，使阿宝在幼年时就显得与众不同。

阿宝五岁那年的秋天，喜讯传来。南朝梁国与西魏罢兵，梁武帝萧衍与魏文帝元宝炬讲和修好，两国关系恢复正常，杨忠因之被释放回国。由于杨祯去世和功勋卓著，杨忠回国后，立即承袭了其父的爵位，任大将军、随国公。杨忠不久得到了苦桃母子的消息，立即亲自赶到般若寺，当着全寺女尼的面，把苦桃抱进八抬大轿，风风光光地娶回杨府。

苦桃母子客居五年，终于苦尽甘来。苦桃成了北燕王妃，阿宝当了少王爷。杨忠觉得欠他们母子太多，想着法让他们高兴。但阿宝一天也没有在杨府住过，他已离不开舍得神尼、智仙女尼和寺院中所有爱他的人们。他过不惯杨府那种锦衣玉食、游手好闲的生活，他已习惯了每日里粗衣素食、念佛习武，晚上就同舍得神尼睡在一起。苦桃离不开儿子，多次亲来劝说，但阿宝就是不肯回去，因为他感到杨府的人非常陌生，更不喜欢那个整天板着面孔的奶奶，弄得苦桃只好常到寺里来。

杨忠对这个儿子也非常喜爱，觉得孩子长这么大了，他也没尽到父亲的责任，因此常怀着负疚的心情，给孩子买这个买那个。一来了就把阿宝扛在肩上，亲热得不得了。但小阿宝可不客气，动不动就想跟父亲过招儿。别看杨忠五大三粗，功夫很好，但是任凭他累得气喘吁吁，通身透汗，却怎么也抓不住阿宝。那小家伙矫若游龙，滑若游鱼，神出鬼没。父子俩一闹起来，必招来满院观看，众女尼一阵阵开心大笑。

阿宝九岁的时候，在舍得的劝说下离开寺院，被父亲杨忠送进华堂书院，追随当时的大儒独孤信读书。但还是时常跑出来，回到般若寺看望舍得神尼和众位女尼。舍得和智仙也常去书院看望他,并定期教他习武。这个时期的阿宝进步很快，他已逐渐成为一个胸怀大志、学识渊博、武功过人的雄壮少年。由于父亲杨忠战功卓著，阿宝子以父荣，十四岁便被朝廷授予散骑常侍、车骑大将军。十六岁时，北周取代西魏，杨忠为开国功臣，阿宝又沾了父亲的光，升为骠骑大将军。十九岁上被朝廷外放为随州刺史，成为独当一面、执掌军政大权的一镇诸侯。

那一年的中秋佳节来临，阿宝离开任所回京省亲。在拜见了武帝宇文邕和大冢宰宇文护之后，他没有回家见父母，而是迫不及待地来到般若寺，看望他想念已久的舍得神尼和智仙女尼。走进庙门的时候，晚课已过。他绕过前殿，轻车熟路地走近后院的禅房。趴门一望，见舍得神尼正在打坐，他没敢打扰，默默地站了一会儿。这时候月亮上来了，朦胧的光亮给万物镀上一层银白，也给这庄严的殿宇增加了几分神秘。风儿轻轻的，但还是送来一股股桂花的香味。阿宝贪婪地吸吮着这久违的温馨，幸福地回忆着自己在这里度过的童年时代，有些忘我、有些沉醉了。

这时候只听得舍得神尼在屋内说道："既然来了，就进来吧！"

阿宝从沉思中惊醒，忙推门进去，双膝跪下给神尼见礼。舍得从蒲团上站起身来，双手搀起阿宝，对他说："请跟我到内间来，我有话跟你讲。"说罢撩开门帘，先到里屋去了。阿宝跟着舍得走进来，见里屋东墙之上有两张画像，看模样一为女神，二为高僧，但阿宝均不认得，因为神尼从来没让他进过这间屋子。正疑惑间，只听舍得说道："阿宝！你随我跪下行礼！"阿宝闻听此言忙双膝跪下，在行过大礼之后，舍得对阿宝说："我们跪拜的这两个人，一位是中华民族的人文母祖龙山

圣母，是一位修炼了五千多年的上仙。另一位是我的师父，去天竺取经的昙无竭大师！”

阿宝听了忙说：“我知道这两个人，一位是我们共同的祖先，一位是当世的活菩萨。他们在黎民百姓的心中，具有极高的威望。但不知您老人家今日缘何让我拜见他们？”

舍得一边把阿宝拉起来，一边告诉他说：“当年我师父去天竺取经，曾受观世音菩萨和恒戒大师之托，带回来三百六十颗佛祖真身舍利，是应龙山圣母的请求，安放在中华古国来弘扬佛法、普度众生的，但因国家分裂，战乱频繁，师父没有机会完成他的使命，便把责任转托于我。如今我已如此高龄，但国家尚未统一，唯恐误了佛门大事。昨夜圣母和师父托梦给我，让我酌情自处。阿宝，你从小在佛门长大，根基深厚，胸怀大志，识见高远，胆略过人，又有别人无法相比的门庭优势和盖世武功，在乱世之中必能有所作为。我斟酌再三，决定把这些佛门至宝托付给你，望你妥为珍藏。据我观察，方今有天下一统之前兆，你也有乱世崛起之命相，重要的是韬光养晦，把握时机，以成大事。周武帝宇文邕雄才大略，心机很深。你要处处小心，助他开疆拓土，立下不世功勋，但切忌张扬，宜低调做官，必要时以退为进，以免引来杀身之祸。宇文护恃强凌上，目中无人，早晚必被诛杀，不足为虑。但宇文邕立业心切，事必躬亲，宵衣旰食，操之过急，必生痼疾，当不久于帝位。汝可见机行事，乘势而上，顺应民心，水到渠成。但切记时时施仁政，处处惜平民，留一个好形象，挣一个好口碑，如此阿宝心愿可遂，天下可得矣！我的话你明白吗？”

阿宝闻听舍得之言，如醍醐灌顶、茅塞顿开，立刻感到头清眼亮。他跪在地上对舍得说：“乱世之中，宦海迷茫，每日见你争我斗，血肉横飞，孩儿真不知道这官儿应当怎么做，常感到虽有救民之心却无所作为、身不由己。今天听了您老人家一番话，心里如同开了两扇门，阿宝知道以后该怎么做了。至于这些佛宝，是全人类的宝贵财富，能交给我保管，是对我极大的信任。请您老人家放心，也请您转告龙山圣母和无竭大师放心，我不但要珍藏好，而且还要安放好，完成佛门几代大师的夙愿。请相信我，神尼奶奶！我虽非佛门中人，但我是佛门出生、佛门长大的孩子。我阿宝有今天，也是佛门教育了我、培养了我。将来我如果真有出息，一定不会辜负佛门。我起誓！我向您老人家、向龙山圣母、向无竭大师、向观世音菩萨、向如来佛祖起誓：如若食言，天地不容，神人共戮！”说罢以头叩地，额头出血，殊为真诚。

舍得见状，取过包袱递与阿宝，阿宝双手接过，立即缠于腰间，又向舍得三叩首方才起身。舍得说："此事不可与任何人提起。什么时候适合安放了，再昭告于天下不迟。"

阿宝说："谨遵神尼奶奶教诲！"

舍得抚摸着阿宝的头，动情地说："都当了大将军了，不再是个孩子了，干什么事都要有大人的样子。做人要有做人的尊严，做官要有做官的威严，干大事要有干大事的胸怀，谋天下要有谋天下的气度，你回去慢慢地玩味。"说到这里，舍得顺手拿过她的龙藤手杖，对阿宝说："这件宝物，是龙山圣母送给我的，已跟随我五十多年了，一直舍不得离身。阿宝生在佛门，从小跟我长大，也是咱们祖孙俩的一段缘分，奶奶身无别物，就把这龙藤手杖转赠给你。平日可以祛瘟避邪，保你平安，上阵可以斩妖除魔，所向披靡，就留给你做个纪念吧！"

阿宝又一次跪下叩头，眼中已经噙满了泪水，他哽咽着说："神尼奶奶！您对孙儿太好了！我妈妈的命是您救的，我的生命是您给的，我的武功是您教的，我的道路是您给铺的。今天又把这么重要的使命托付给我，还赠予我这件稀世之宝，真不知让阿宝怎么感谢您才好！我永远不会忘记神尼奶奶的大恩大德！"

舍得长叹一声，"只要你今后以众生为念，不忘记天下百姓就好了。我们的国家分裂太久，百姓实在太难太苦了！"阿宝还想再说些什么，舍得拦住他说："你今天就不要多待了，有些话奶奶已经与你讲清，赶紧回家看看你的爸爸妈妈吧！苦桃也是不易。"说着已打开房门。

阿宝有些不舍地走了出去，到门外很远了，还一步三回头地说："奶奶中秋快乐！过些日子我还会来看望您的！"

舍得望着阿宝的背影，摇了摇头，似在自言自语地说："乱世之中，人才难找，也只能如此了！"

舍得神尼交代完这件事情以后，如释重负，她连夜收拾好随身要带的东西，可心里却像长草了似的，怎么也睡不着。她自己不禁暗自好笑："都多大岁数了，怎么仍然像个孩子？"一宿迷迷糊糊，似睡非睡。次日早课以后，召集各部知事女尼到禅房聚会，宣布自己要带觉仙、慧仙去看望师父，寺中暂且由智仙主事，所有规矩如常。又特别嘱咐智仙，多与朝廷联系，注意观察阿宝的动向。有紧要的事情，请到燕山般若洞去找她。说完就带着两个女尼出发了。她已经有两年没见师父的面，实在是太想念师父了。

半个月以后的一个黄昏，伴随着凉爽的秋风和满天的晚霞，舍得师徒风尘仆仆地赶到燕山。当守门的僧人把她们三人全领进禅房的时候，骨瘦如柴的净宗忽地从病床上跃起，一把抓住舍得的手，使劲地摇晃着说："你可来了！你可来了！来了！来了！"说着已是老泪纵横，泣不成声。

前些年舍得常来看师父，与净宗很熟，没想到当年身体强健、文雅俊朗的新罗高僧，如今竟衰弱成这个样子，一种不祥的预感立刻袭上心头，她不由得急切地问："师父呢？他老人家在哪里？快告诉我！"

净宗呆呆地站在床边，嘴唇哆嗦着，眼睛睁得大大地看着舍得，竟像傻了一般说不出话来，干树枝一样的手指乱摆乱摇，急得舍得再次问他："师父呢？快说呀！他怎么啦！"

净宗憋得满脸通红，喉结颤动，浑身发抖，腾腾冒汗，良久，终于像山洪暴发一样喊了出来："师父他去世了！去世了！"说完"扑通"一声，一屁股坐在床沿之上，一言不发。

舍得猛然听到师父去世的消息，脑袋立刻"轰"的一声，像炸开了一样，眼前一片漆黑，浑身如稀泥般瘫软，两只耳朵像钻进了蜜蜂一样"嗡嗡"乱叫，一颗心一阵阵跳如擂鼓，险些要蹦出来，又一阵阵鸦雀无声，不知躲藏到哪里去了。她只觉得自己的身体轻飘飘的，好像是回天竺，又仿佛是回南海去了。

好大一阵子，舍得才在觉仙、慧仙的呼叫声中醒来，她发现自己坐在地上，眼中、脸上都是泪水，灰色的僧衣上部已洇湿，但眼泪仍然像断了线的珍珠一样滴个不停。舍得一生虽为女尼，但生性刚直，烈胜须眉，有那种宁折不弯、宁死不屈的品格，觉仙、慧仙跟随她数十年，从未见她流过泪水。今天的这个消息对于舍得来说，虽然已有些预感，但还是感到太突然、太猛烈、太难以承受了！这些年来，在她的心中，师父不仅是她的老师、她的父亲、佛学的泰斗、武功的翘楚，还是一个铁打的金刚、当世的活佛，是一个难不倒、摧不垮的当之无愧的最完美的男人！师父是她的偶像，是她的楷模，是她的榜样，是她生命的动力。这样的人怎么会死？她从来没有想过师父会死。在她的脑海里，师父总是那样精神矍铄、神采飞扬，总是那样心念众生，行色匆匆，好像浑身有使不完的劲儿。前些年她常来看师父，师父身体一直很好，跟年轻的时候好像没什么区别。近些年由于关注阿宝的成长和监造龙门石窟，她已经有二十年没来了，但师父每年都去看她，而且经常出现在她的梦里，好像师父一直都在她的身边，总是那样笑吟吟地看着她，那慈父般的眼神让她信赖、让她着迷。就在前年中秋，师父还到陕西般若寺去看她，也没觉出什么异样啊？怎么说没就没了呢？她压根儿就觉得师父不会死，但又觉得净宗绝不至于在蒙她。到底是怎么回事呢？于是她停止了抽泣，不甘心地问道："师父真的去世了吗？是什么时候的事呀？"

此时的净宗，好像是经历了一场暴风雨的晴空，完全恢复了往常的宁静。他望着舍得师徒，给她们倒上茶水，轻轻地说："师父是真的走了，已经走了二十年了！他老人家是再三叮嘱，不让我告诉你们哪！他说你们兄妹俩都身负重责，不能因为他的去世，影响了佛门的事业。他说人早晚都是要走的，但让人知道的早晚却有很大的不同。"净宗喝下一口茶水，缓缓地讲起了过去的事情。

他说："那一年也是秋天，气候刚见凉爽，师父就张罗着要闭关。我们听了也都习以为常了,因为师父每年都要闭关清修一段时间。但那一年的闭关跟以往不同。往年师父闭关的时候，起初喝点水，后来连水都不喝，水米不进，完全辟谷，结束以后却容光焕发，精神倍增。那一年师父自己事先就进山采好了草药，经过晾晒焙干,委托我们进行煎熬,每日里分两次喝两碗汤药。自己则在石洞内闭关清修。一连七七四十九日,他每天两碗，一直在喝,始终没有停下来。因为师父佛学广博，武功深厚，他的行为往往高深莫测，我们不懂但也不敢问他。到第四十九天的那个晚上，我又一次送去汤药的时候，师父递给我两封信，告诉我说，给摩吉的那封信，明日马上送走。写给舍得的那封，就不必送了，她什么时候来了，你再亲手交给她，但切不可经过他人之手。我接过那两封信，师父让我坐下来，问我来这儿多少年了，家中还有什么人，以后打算怎么办，等等。我和师父聊着天，发现他的精神状态极好，面色红润，两眼有神，谈吐之间喜气洋溢，于是大着胆子问他说：'师父，你今年闭关，怎么不辟谷了，还喝了这么多的汤药？这是为何？'师父笑着告诉我说：'净宗，我知道你一定会问这个问题。你跟了我四十多年了，办事谨慎，忠心耿耿，对佛门绝无二心，我也就不再瞒你。实话对你说，我的归期到了。龙山圣母已经几次催我，我行将告别人世。感谢我到晚年的时候，你对我的悉心照顾。我喝下的这些草药，是为了保存我的遗体不致腐烂变坏，若干年以后，让它再为佛门做一次贡献。今天晚上我就走了，明日日出之后，你带两个人把石门关上，石洞封好，就说我到龙山去了。估计摩吉和印光会来找我，但你也不要告诉他们。万事随缘，顺其自然吧！'我听了师父的话，当时就傻了，不

相信师父会死，急得说不出话来，但一个劲儿地摇头。师父明白了我的心思，依然笑着对我说：‘净宗你跟随我这么多年了，看我像是打诳语的人吗？龙山圣母告诉我，该来的时候让我来，该走的时候让我走，万事有因，岂可随意？想当年佛祖住世，才待了七十九年，我昙无竭已活了一百三十九岁了，早就该走了，只是有件事不能亲眼看着办完，有些遗憾罢了。其实人之繁育，如大海波涛，一代接一代，后浪压前浪，无论时间如何推移，终究还是一脉相承，尽心了也就是圆满了！好吧，我要睡了，记住我的话，净宗，我们再见！’师父说完话不再言语，我只好依依不舍地退了出来。那一夜我一直没睡，不时地到师父门前听听动静，希望有意想不到的奇迹发生。

“第二天清晨东方刚刚放白，我就再也待不住了，急忙悄悄地推开师父的房门，发现屋内的蜡烛和香火都已熄灭了，房间里静静的，弥漫着一种非常好闻的药草的香味。我轻轻地喊了两声师父，没听到答应，顿感情况不妙，即刻绕到佛祖雕像背后，见师父闭关清修的那个小石洞的石门开着，但里面视线模糊什么也看不清。于是我点燃蜡烛走进洞内，发现师父像往常一样，盘腿端坐于莲台之上，两手平放于膝盖之旁，二目微睁，正襟平视，身姿笔直，满面红光。我又轻声唤了两句师父，没有回应，慌忙中用手指去试师父的鼻息，发现早已停止了呼吸。我这才确信师父真的走了，一时悲从心起，瘫倒在石门之旁。回想起我自四十岁开始跟随师父，其间极少分离，早晚聆听教诲，虽未正式拜师，实则情同父子。师父待我天高地厚，恩重如山，他教会了我怎样做一个合格的人，怎样做一个合格的僧人，怎样做一个合格的高僧，怎样做一个合格的长老。师父是我最好的导师，我跟着他一辈子都学不完。现在师父走了，我将再也看不到他的笑容，再也听不到他的谆谆教导，这一切只能成为我美好的回忆。想到这里我悲痛欲绝，很长时间都爬不起来。直到远远地传来了脚步声响，我才急忙关上石门，若无其事地走了出来，把来人支走。

“我明白师父的良苦用心，我不能违背他老人家的意愿，因此我忍着巨大的悲痛没有声张，对别人只说师父闭关以后，到龙山拜见龙山圣母去了。太阳出来以后，我找来两个僧人，搬些石块和白灰，把石门前的洞口砌严封死，然后把师父的房门打开，摆出一副师父还在的样子，每日里房间照样打扫，香烛照样点燃，鲜花照样摆放，经卷照样摊开，一切和师父在世时没有什么两样。

“一个多月以后果然如师父所说，摩吉带着印光师弟和两个武僧过来了，他是看到师父的书信以后赶过来的。我虽然不知道师父在信中是怎么写的，但我明白师父肯定没告诉他真相。算让我猜对了，摩吉到了以后急切地找师父，我告诉他说师父去龙山了。他到师父的房间转了一圈以后信以为真，便在这里住下来等师父。一连等了一个多月没有消息，他感到有些不对，便领着那三个人到龙山去了。没想到他们找不到祥云古洞，没有看到龙山圣母，到龙翔佛寺去打听，方知师父根本没去龙山，师父父母的墓上也没有献过鲜花的痕迹。转了两个多月，恍然大悟的摩吉又回到了燕山般若洞。但他没有和我生气，也没有埋怨，只是在有天晚上对我说，恒戒大师给他托梦了，说他归期将至，要他回天竺去，还说法印已经到了，无忧、无虑早就在那儿，就缺他一个了。恒戒大师说让四人做灵音寺的护法神将，只是让他临行前再给师父无竭一个交代，并把那件大事委托好。我听完摩吉师父的这番话，觉得再也不能隐瞒他了，于是把师父已经去世的话原原本本地说了出来。摩吉听后并未惊诧，他说我早该料到了，师父发信给我，就是跟我告别，而且他知我归期将至，特地让我出来到燕山和龙山再看一看，因为这些地方留下我太多的印迹了。他知道星雨杀心太重，也知道我最信任迭剌，就是印光，你的师弟，一定会把印光一起带出来。师父太了解我了，他知道我一定会来找他，现在我别无他念，只求你告诉我师父在哪里，我要见他老人家最后一眼。他是怎么走的，我就怎么走，他在哪里我就在哪里，我要陪他老人家最后一程。

“听了摩吉的一番话，我无法拒绝他的真诚，于是再次领他走进师父的禅房，扒开洞口，打开石门，见虽然几个月过去了，但师父的遗体毫无变化，仍然红光满面，栩栩如生。摩吉一看，立即拜伏在地，长跪不起，涕泪交流，几度昏厥。是我把他硬搀了出来，陪他待了整整一个晚上。那一夜，摩吉只是静静地靠在墙上，一句话都没说，好像一尊朦胧中的佛像。

“次日天刚亮，摩吉从我这里要去了两块竹板，就着清晨的霞光，我见他用短刀在竹板上刻满了字，并用梵汉两种文字刻上了自己的名字。两块竹板一模一样，字也刻得完全一样。我见上面刻着四句话、三十二个字：‘罢兵休战，返回家园，爱惜民力，礼佛敬禅，舍利重光，江山永年，迭剌子孙，践吾师言。’下面是摩吉的署名。接着他又亲自挑选了几味草药，亲自点火煎熬，熬出汤汁来又亲自把这两块竹板泡好盖严。我们都不明白他做这些是为了什么，他的徒弟印光，也就是迭剌和那两个随行武僧，均伸手想帮忙，他一概不让，只是自己默默地做着这一切，一句话都不说。

“午饭后摩吉把他的三个随从招呼到一起，不知说了一些什么，还单独和迭刺耳语了好长时间。我见摩吉把两块竹板其中的一块、一只蓝布包袱和一柄镏金禅杖交给了迭刺，迭刺好像非常激动的样子，频频叩头又泪流满面。后来摩吉坐在蒲团之上闭目养神，那三个人则在他面前长跪不起。我估摸跪了有一个多时辰，那三个人才在摩吉的再三催促下，向他们的师父行注目礼，倒退着一步步走出洞口。

“迭刺和那两个武僧走后，摩吉立刻站起身来对我说：‘从明天开始，我要像师父一样闭关清修，不过这熬草药的差事就不烦别人，由我自己来做。我自己熬自己喝，你们谁也不要管我，到时候我自会找你。你只管听信儿好了！’事情到了这个程度，我已明白了摩吉的全部心思，也只有按他说的去做了。

“从此摩吉像师父一样，每日里闭门诵经，早晚自己熬药。说来也奇怪，师父原来采集的这些草药，倒像是给两个人准备的，摩吉也好像与师父有默契，他用的配方与师父完全相同。在熬到七七四十九天的时候，那些草药也已用完了。那天晚上，摩吉把我叫去，他已经走进石门，坐在了师父的身边，而且不知是什么时候、用什么办法还给自己准备了一个稍小些的莲台，紧靠在师父莲座的边上。摩吉笑着对我说：‘我的归期已到，明日要回天竺去了。但师父委托给我的使命还没有完成，我的躯体还要在这里陪伴师父，也不枉一百年来师父培养我一场。净宗，记住：我虽然走了，但我的生命永远留在了中华，能做的我都做了，没有什么遗憾。只是我很想念师妹，她来的时候，你打开石门让我们再见最后一面。以后你就把石门封死，把师父的这间禅房也封好，不要再让任何人进来了。我要和师父一起，永远静静地守护这块佛门净土。’摩吉说完就不再理我了，不一会儿就坐禅入定去了。我只好悄悄地退出来。

“第二天早上摩吉去世了。我按照他的叮嘱封好了石门，心也仿佛随他去了。师父和摩吉相继离世，而且都在我面前，我成了他们离开尘世最后送行的人，这种打击我实在受不了了。眼睁睁地看着自己崇拜的人一个个走了，这像是在摘我的心哪！我一下子就崩溃了，躺在床上什么事都不能干，脑海中全部都是他们的影子，我睁开眼睛闭上眼睛全是他们的音容笑貌。我水喝不下，饭吃不下，觉睡不着，不几天就瘦成了皮包骨，我以为我也要去了。

“有一天我正迷迷糊糊地在床上躺着，忽见蝎、蜈两个鬼使张牙舞爪地来了。对了，我忘了告诉你了，你们中国讲的催命鬼使不是黑白无常吗？我们新罗传说中的催命鬼使是毒蝎和蜈蚣。我心想你们来就来吧，反正我也活够了，正想随着师父去呢。没想到这俩家伙刚一上前抃住我的肩膀，就听师父大喝一声：‘你们想干什么？还不快走？你们想趁火打劫吗？’吓得那两个鬼使灰溜溜地跑了。师父微笑着对我说：‘净宗，你别怕！这些鬼使没一个好东西，明明没死呢，他们也要硬把你拽去领赏。这些鬼使们历来欺软怕硬，中国的、外国的都是一样。不过净宗你暂时还不能死，师父给你的任务还没有完成，你一定要等到舍得前来，把我写的信亲自交到她的手里。记住了吗？’师父说完端起水碗给我喂水，一口下去，甜如甘露，两口下去，舒肝润肺，三口下去，流遍全身，我激动地大喊一声：‘师父！’一下子挺身坐了起来，睁眼一看，哪有师父的踪影？是两个僧人在我背后扶着我，小徒静琬在端着碗拿着匙给我喂水，见我坐起，一齐高兴地叫起来：‘师父！你醒了？你都昏睡了七天了！’这时候我才知道方才是做了一个梦，一个真真实实的梦。

“虽然只是个梦，却忽然提醒了我，我不能再这样浑浑噩噩下去，我不能就这样死了，我的任务还没有完成。在屏退了他人之后，我悄悄地摸出师父给你的信，捧在手里，仔细端详，一种神圣之感在心中油然而生。我朦胧地感觉到我在参与着几代佛门中人一项光荣而伟大的事业，我必须坚强地活下去，不管等多少年，也要把这封信亲自交到你的手里。”

舍得和觉仙、慧仙静静地听完净宗的叙述，半晌都没有说话。她们不仅对无竭师徒那份对佛门的无限忠诚感到无比震撼，而且为他们以死相托的旷世奇缘而赞叹不已，同时，也对净宗的这份忠诚和执着敬佩万分。舍得接过那封沉甸甸的书信，没有立即拆封，此时她已大概猜出师父要说的话了。她揣起书信，走出禅房，来到洞外，一股清凉的微风拂面而来，让她那滚热的思绪立刻平静而清醒起来。

深秋的燕山，月光如水。苍莽的群山已经睡去，茂密的森林时而发出梦的低语。轻轻的微风不断送来阵阵果香，不分昼夜地向人们展示成熟的欢喜。星星们挤眉弄眼，暗送秋波，争先恐后地张扬着自己，表现着自己。只有天边上那轮明月，沉着冷静，一如既往，沿着自己的轨道运行而坚定不移，从来不在乎人们说些什么。它在向万物贡献着自己的光华，它有着自己不变的信念。

舍得遥望着晴朗的夜空，似乎突然悟到了什么，她转过身来，回到洞内，打开书信，那熟悉的字体就像明朗的月光，一下子展现在她的面前，让她眼前一亮。

师父在信中说：“舍得！我最亲爱的学生！我的亲人！我的女儿！师父是第一次这样叫你，也是最后一次这样叫你了！当你读到这封书信的时候，师父早已离开了这个世界。原谅我以这种方式与你做最后的告别，我的孩子！

“世事沧桑，光阴如水。想当年你奉菩萨之命来到人间，你我天竺相遇，已过百年。你慧根深厚，功底扎实，又得菩萨早晚教诲，早登正觉仙界。是龙山圣母的一片苦心，让我西天取经，是观音菩萨的刻意安排，让你下凡相助。恭迎佛宝的光荣使命，让我们的心紧紧地连在一起，从而成就了我们的一段师生之缘和佛门佳话。

“自从你在天竺长大，跟为师来到中华，弘大法足迹遍布天涯，开佛窟汗水浸湿寒暑。你是师父的好助手、好学生，也是师父的好孩子、好女儿，师父因你而骄傲、而自豪、而年轻体壮，至少多活了二十年！

“你在陕西，德行卓著，所做善事，师父尽知。以佛门之慈悲，让寺院作摇篮，得贤才以育之，候良机以成大业，真英明睿智之所为也。师父看在眼里，喜在心上，相信必水到渠成，花开果落，成佛门万事之功德矣！

“人生在世，万般是缘。宇宙虽是无涯，生命却是有限。我们都是无尽长河中的灰尘，落在何方，命亦然，运亦然。想我西去途中那些师弟，早已葬身荒野，活下来的几位，也已长眠异邦。法印在六年前就故去了，摩吉也已将到归期。但我们活着为众生，死去报佛门，自信为我们这个苦难的国家、苦难的民族做了该做的一切，师父去而无憾，且心地坦然。

“舍得，我的孩子！你是为师生命的延续，你还担负着未尽的使命，这最后的希望就寄托于你。你一定把为师的嘱托记在心里，因为菩萨也在看着你。方今天下虽仍在乱，但是统一不会太久，望你好自为之，相机处理。不必挂念为师，你我还会相见。

“师父一生，清贫如洗，除深情厚谊，别无送你。但禅房中尚有两物，非你莫属。一是那件七宝袈裟，原本赠与冯太后，但她辞世之前又送还给我，说佛门宝物，不应流落民间，让我找机会转赠给你，还说这是你和她的一段缘分。二是两根凤尾翎，是上次回龙山时丹凤姐姐让我捎给你的。这两件本来就是你的东西，就留个纪念吧！那只赤铜钵盂，你替我送给净宗。他挺不易的，几十年勤勤恳恳，忠心耿耿，后开的这两洞佛窟，凝结着他的辛劳。中国太乱，过几年让他回新罗去吧！但切记告诉他，走之前把所有洞窟封好填严，给佛门留下一份永久的财富。

“别了，舍得，我的学生！我的孩子！不必悲伤，不必惦念，天下苍生事大，百姓利益为首，欢欢喜喜，坚持到底！阿弥陀佛！”

舍得靠在墙边，把师父的信读了多遍，感到师父仿佛就在她的眼前，微笑着在和她聊天。她品味着师父的每一句话，觉得师父还真是语重心长，自己还真是任重道远。如今师父和师兄都走了，这未尽的使命就落到自己一个人的肩上，自己绝不能辜负他们的期望，也不能辜负龙山圣母、观音菩萨和恒戒大师的期望。舍得浮想联翩，彻夜未眠。

次日早饭后太阳升起，舍得让净宗扒开洞口，打开石门，她要带觉仙、慧仙看师父和师兄最后一眼。当石门被慢慢推开的一刹那，舍得完全惊呆了！师父和师兄两个人并排坐在一起，跟活着的时候一样，正襟端坐，满面红光，两眼微闭，神态安详。舍得没有痛哭，也没有说话，她默默地凝视着师父和师兄，嘴唇似在微微地抖动，好像在和他们无声地交流着什么。良久，她点燃了香烛和佛灯，给师父和师兄叩头行礼。舍得跪伏默泣，半晌不起。直到一炷香燃尽，才在觉仙、慧仙的再三劝说下站起身来，两腿蜷曲得已经不能行走。她含悲饮泪回看了师父、师兄最后一眼，随即下令关闭石门，堵塞洞口，打扫师父的禅房，一切布置跟师父在世的时候一样。她要在这里守孝三年，每日里亲自为他们诵经念佛，烧香礼拜。她要最后为她的老师、和父亲一样的人，为她的师兄做一点事，这样她觉得心里会好受些。

这期间嵩山寺星雨长老派人来打听师父摩吉和师兄印光的消息，无果而回。舍得在燕山般若洞一直待了三年，然后就回陕西去了。至此舍得常往来于两地之间，有时也到军营和任所去看望阿宝。她每年都到龙山来拜见圣母，也顺便给师父的父母上坟，并时刻关注天下动态，静候时机到来。

第三十回

践前言杨坚安舍利　省遗训辽王解佛心

阿宝接受了舍得神尼的重托，更加坚定了自己的志向。平日里谦虚谨慎，勤于政事，注意倾听百姓的意愿，留心结交青年好友，威望越来越高。北周保定八年（公元 568 年），父亲杨忠病死，阿宝子承父爵，被朝廷封为随国公，任定州总管。不久又转任亳州总管。由于他足智多谋，英勇善战，立下了许多大功，深得朝廷信任，因此仕途一帆风顺。

北周建德二年（公元 573 年）春夏，关中地区先旱后涝，遭受了严重的自然灾害，粮食供应非常紧张。刚刚亲政两年的武帝宇文邕下令，不论公私道俗，凡有积存粮食者，只准留下口粮，余者一律出卖。圣旨一下，富商大贾抵制者甚众，个别寺院也有囤积居奇、不去赈济灾民，反而大放高利贷的现象。周武帝宇文邕闻报

大怒，决定从佛道两教开刀，实行“灭佛行动”，提出“求兵于僧众之间，取地于塔庙之下”。于次年五月，大举灭佛，下令禁断佛道二教，没收寺院财产充作军费，摧毁佛教经卷，扒掉全国寺院一万多所，驱散僧尼一百多万人，令其还俗从军或从事农业生产。

建德六年（公元557年）北周灭掉北齐，宇文邕再次推行灭佛政策，使整个中原地区两万多所寺庙全部沦为王公府第，三百多万僧尼全部还俗。中州嵩山寺被迫解散，五百多武僧全部从军，被编入骁骑营，给宇文邕夺天下打头阵去了。星雨长老无奈行走江湖，流落到北方老家，晚年立志复国，成为一代游侠。

燕山般若洞事先得到消息，即刻按照无竭大师生前所嘱，封闭所有洞口，填满林木山石做好隐蔽，僧人们一起到龙城去了。据说当北周的士兵奉命去拆扒龙翔佛寺的时候，天上忽有彩云升起，无竭大师骑着一条黑龙在山顶上盘旋许久，接着倾盆大雨从天而落，吓得北周的官兵如落汤鸡一般逃跑了，龙翔佛寺得以保存下来。

陕西般若寺因为历来是皇家寺院，北周的许多贵族女眷均在此挂名修行，加之舍得神尼名满天下，又是随国公阿宝出生的地方，因此宇文邕投鼠忌器，没敢擅动。宇文邕此次的灭佛行动，表面上推动了经济发展和领土的扩张，但暗地里却在民间留下了许多怨恨的种子，不断有人刺杀他，弄得他郁郁寡欢，惶惶不可终日。建德七年(公元578年)宇文邕病死,宣帝宇文赟即位,阿宝被任命为上柱国、大司马。次年初转为大后丞、右司武，不久又升为大前疑，也就是丞相了。在宣帝外出时，由他处理朝中事务。

北周大象二年（公元580年），周宣帝宇文赟病死。阿宝受遗诏辅佐八岁的宇文阐即位，是为周静帝。周静帝年幼不能执政，实际上是丞相阿宝主宰了朝廷的军政大权。次年二月，群臣以北周气数已尽，当效仿魏王曹丕代汉献帝的故事，劝阿宝即皇帝位。阿宝顺水推舟，听从众愿，封周静帝宇文阐为介国公，食邑五千户，原来享受的车马、服饰、旌旗、音乐等帝王待遇都不变。介国公今后也不算新朝的臣民，只算是新王朝的客人。

阿宝因为是子承父爵从“随国公”起家，自己又做过“随王”，所以就把新王朝的国号定为“随”。后来又感到“随”字有“辶”，与走同义，似乎不太吉利，故把“随”字的“辶”去掉，称之为“隋”，仍以长安为国都，以开皇为新年号。阿宝就是隋朝的开国皇帝隋文帝杨坚。杨坚这个名字是他的父亲杨忠从南梁回来

以后起的。但杨坚喜欢人们称他阿宝，他总觉得这个名字吉祥。

阿宝在做丞相的时候，就觉得武帝的灭佛行动有些过分，伤了民心，也丢了周朝的天下。在做了皇帝以后，虽然百废待兴，日理万机，但他没有忘记神尼的教诲，很快就兑现了自己的诺言。开皇元年初，他就下诏令，动员民间各方面的力量，修复已经被毁的庙宇，雕刻曾被破坏的佛像，抄写被毁被烧的经书。规模较大或在全国较有影响的庙宇，则由国家责成州府出钱修建。同时允许百姓信仰自由，儒、道、佛诸家一律平等。不论僧俗或官员百姓，如有破坏庙宇和毁坏佛像者，按罪论处。阿宝的这些举措很得人心，使一度衰靡的佛教事业又重新得到发展。

阿宝最后一次见到舍得神尼，是在他做亳州总管的时候，当时舍得曾赠他十六字真言："入朝拜相，别舍兵权，承接大统，莫忘前言。"可当他做了丞相去找神尼报喜的时候，却说什么也找不到了，这让他感到很失望。其实在宇文邕去世以后，阿宝的核心地位已经稳固，龙山圣母和观世音菩萨见大局已定，就把舍得召回南海去了。舍得从天竺下凡到返回普陀山，在人间一百四十六年，圆满地完成了佛门赋予她的光荣使命。而在此时，智仙和觉仙、慧仙都已去世了，般若寺的女尼们根本不知道舍得的来历和行踪，因此阿宝找不到舍得神尼，就是十分正常的事了。

阿宝在做了皇帝以后，思念舍得神尼的情感愈炽。每当夜深人静的时候，往往辗转反侧，夜不能眠。他永远忘不了神尼带他的童年，教他的武功，给他的智慧，指他的志向；他永远忘不了二十年前的那个中秋佳节，神尼给他的重托和谆谆的教诲;更永远忘不了在多次紧要关头，都是神尼奶奶指点迷津，让他转危为安，一路凯歌。如今他功成名就,夙愿已遂,多么想向这位导师般的神尼奶奶开怀一述，或扑在她怀里大哭一场也好。

父亲杨忠去世了，母亲苦桃去世了，神尼奶奶是他在这世上唯一的亲人，可如今到哪里去找呢？阿宝悄悄地撒下许多心腹四处查访，但始终没有找到神尼的下落。他不相信神尼会死，他知道奶奶是个修为极深的人，在他的心中，奶奶就是一位女神，她一定在哪个清静的去处关心着自己并保佑着自己。阿宝昼思夜想，不能释怀，甚至有时茶饭不思，精神恍惚，这一切都被皇后独孤氏看在眼里。

独孤氏是北周大将独孤信的女儿，通情达理，貌美如花，很有大家的气度，在听了阿宝的倾诉之后，真诚地对阿宝说："受人滴水之恩，当以涌泉相报，这是凡夫俗子都明白的道理。山野村夫得了人家五斗米的好处，尚知道世代不能忘怀。如今你已贵为天子，富有四海，既然神尼对你天高地厚，何不大张旗鼓，表达孝敬之情、感恩之义，也为天下之人做个榜样？不强似你背后长吁短叹、暗自伤怀？”

阿宝一听豁然开朗，遂亲自设计、亲选位置、亲临奠基、亲绘画像、亲自督办、自己出钱，在京城长安修建了一座连基座双塔，名为“得仙庵”，以此来纪念培养他长大成人的舍得神尼和智仙女尼。阿宝不仅亲自绘制了两位女尼的画像，还把自己在寺院的成长过程绘成壁画，向世人展示他奇特的童年。他把舍得神尼的挂像和那根龙藤手杖供在正堂，让所有的人瞻仰。阿宝多次率领文武百官前来祭拜，每逢月圆之日，则必偕独孤皇后及亲眷前往。国人均知道皇帝对这位神尼奶奶情意甚笃，前来叩拜者络绎不绝。地方官员们来京觐见，往往也都先到“得仙庵”，一睹神尼的风采。一时阿宝孝顺之名闻于天下，好评之声不绝，民间则争相效仿之。

阿宝统一天下以后，经过十几年的励精图治，社会逐渐趋于稳定，经济得到恢复和发展，文化事业也开始繁荣起来。他认为安奉佛宝的时机已经成熟。于是在大隋仁寿元年（公元601年）六月十三日，也就是在他生日那天，他决定启动这件旷世壮举。那一天他起得特别早，在近侍的帮助下沐浴更衣，然后先同独孤皇后一起，起驾到“得仙庵”，给舍得神尼和智仙女尼上香，同时参拜了释迦牟尼佛祖和观世音菩萨。饭后早朝，在接受了百官的朝贺之后，他对全体官员们说：“今天是我的生日，我的感慨很多。我自幼生在佛门，长在寺庙，是舍得神尼把我带大，是佛门大法滋润了我。我的文治、武功都来自于佛门，是佛祖保佑我一路腾达、荣登大位。可以这样说，没有佛门的培养，就没有我的今天。如今天下承平，海晏河清，百业兴达，万民安乐，国家蒸蒸日上，神尼却已早升天界。我虽年届花甲，岂可忘却大恩？四十年前，般若寺的方丈舍得神尼，也就是我的恩人，转赠给我三百六十颗佛祖真身舍利。这是她的师父昙无竭大师去天竺取经，应龙山圣母之邀，受观世音菩萨委托带回来的。她嘱我在天下一统、万邦承平之际，把它们安奉在神州各地。如今喜讯频传，佳瑞纷呈，乃天赐良机。我欲在一些州府建立佛塔，奉养舍利，以彰佛门之德，以慰神尼之心，众卿意下如何？”

文武百官听罢，一片欢呼之声。杨约、杨素齐声奏道：“我朝建立乃因佛而兴，我主童年乃寺庙培养，因此修建佛塔，奉养舍利，上应佛祖之心，下合百姓之意，此陛下无量之功德也！此举必能匡正民风，巩固社稷，理应速行。”群臣也多有赞同之辞。阿宝见状大喜，亲自首选了三十个州，作为第一批修建佛塔的地区，由

朝廷统一设计图样，直接派员监造。在佛塔建成之后，阿宝钦点全国三十位高僧大德到朝中聚会。他自己先沐浴更衣，亲到密室，打开七宝箱，恭恭敬敬地取出舍利，置于香案之上，在焚香礼拜之后，才将取出的舍利分装于三十个金瓶之中，又将金瓶分别装在玻璃瓶之内，以熏香之泥封印其盖，当着群臣的面交给三十位高僧大德，由朝廷派兵直接分送到三十个州，全程监督，直到安放完毕，整个过程十分庄重严谨。据说这三十个州安放舍利之时，均天清日朗，祥云当空，香风西来，万人空巷，场面相当热烈，为几百年未遇之盛典。

隋朝仁寿二年（公元602年）正月二十三日，阿宝再下诏书，令在全国再选五十三个州修建佛塔，并定于农历四月初八正午，也就是佛祖诞辰之日，五十三个州同一时刻将舍利置入铜函，封入石匣，统一安放。皇令一出，各州府雷厉风行，这一批佛塔很快建立起来。据当时许多州郡呈报的奏章反映，安放之时，祥瑞纷呈。多地见有霞光万道、佛陀当空现身之说。龙城当时已为营州治所，传说佛祖舍利安奉之时，正午天空无雨却忽现数道彩虹，彩虹之中隐隐有无数佛陀出现，时大时小，时远时近，金光闪烁，久久不去；又有人发现龙山上空有多条黑龙和白龙盘旋，龙山圣母带九只丹凤偕无数仙女伫立于彩云之端；又有人说北塔佛舍利安奉之际，当营州刺史和佛寺的长老取出御赐佛宝、焚香礼拜之时，忽有两位高僧不期而至，与他们一起点燃佛灯，同他们一起参拜佛祖，一起将舍利金瓶置入铜函、封入石匣，然后飘然升空而去，令刺史和长老极为诧异，不知是何方圣人光临，在场之人皆感神奇，顿时万众欢腾。

后来有认得的人说，那个身材高挑、银髯飘飘的是昙无竭大师，那个面貌俊秀、亭亭玉立的是舍得神尼，是师徒二人一起参加仪式来了。果然后来听龙翔佛寺的僧人们回忆，说那天二人在龙翔佛寺停留了好长时间，无竭大师和舍得神尼曾经住过的寮房，还有大雄宝殿和葬有昙真长老的塔林，都曾见过他们的身影。由于当时没有人敢上前打扰，因此错过了与他们见面的机会。还有的山民说，在山南李本元夫妇的墓地旁见到了昙无竭，他和舍得两个人边聊着边摆放祭品，说得真真切切。到底是真是假，不得而知。

大隋仁寿四年（公元604年），阿宝再次下令，在全国三十一个州修建佛塔，安奉佛舍利。就这样，从仁寿元年开始，阿宝三次下诏，共在全国一百一十四个州修建了佛塔，安奉了三百六十颗佛祖真身舍利。三次建塔，规格一样；三次安奉，时间统一；三次庆典，举国欢腾。这三次一百一十四个州的大型法会，极大地提振了佛门，光大了佛教，唤醒了众生，对稳定当时的社会秩序起到了极为重大的作用，也是中国历史上绝无仅有的宗教盛举。

至此，阿宝终于如愿以偿，完成了舍得神尼托付的神圣使命，心情极为高兴，先后到陕西般若寺和京城得仙庵上香，向释迦牟尼佛祖和舍得神尼表明自己的心愿。接着又亲下诏令，继续开凿龙门石窟、云冈石窟、麦积山石窟和敦煌莫高窟，派官员专门打通西域道路，恢复和西域各国的联系。做完这一切，他就把国事托付给太子杨勇，自己到全国各地巡视去了。他心中还有一个最大的愿望：希望再次见到舍得神尼，求得长生不老之法。

再说摩吉知道自己归期已近，师父无竭交代给他的使命已无法完成，于是便把古佛舍利的事情托付给了印光，叮嘱他一定要妥善保管，勿使流失，待国家统一之时再筑佛塔，昭告天下。印光含泪告别了师父，带着两个武僧离开燕山，一路北行，回到了自己的故乡蒙古草原，在西剌木伦河畔停留下来。他记得河的附近有座神山叫木叶山，山的上面有座神庙叫乾罗庙，庙里供奉着一位神仙叫乾罗，而乾罗就是他们的祖先。相传当年就是乾罗奉玉帝之命，骑着白马拿着长枪，乘着白云来到这里，繁衍起一个强大的部族，曾经统一过北部中国。而如今这里依然牧草青青，河水淙淙，苍鹰在空中盘旋，牛羊在草原游荡，蝴蝶在花间飞舞，小鸟在林中歌唱，可自己的族人们到哪里去了呢？一连许多天，印光在西剌木伦河边徘徊，在神山和树林边游荡，他不相信游子会找不到自己的母亲。终于有一天，他在河边遇到两个儿时的伙伴，又过了十几天，神山下居然一下子来了四五百人，他们都是印光的族人。他们弹着马头琴、喝着马奶酒，互相讲说着离别后的遭遇，倾诉着被异族欺压的痛苦，还告诉他说神山被占领，神庙被毁坏，族人们已被赶出这片肥美的草原，现在这里是狼德部落的天下，他的族人们每户每年要上交十匹牛马，否则就要被赶尽杀绝。印光听后微微一笑。他很快把族人们组织起来，凭着自己超人的胆识和卓绝的武功，不战而屈人之兵，吓走了狼德部落，夺回了自己的家园，并使之不断稳固和发展壮大，成为草原上无人敢于小觑的强大部族。从此他不再使用印光这个法号，恢复了儿时的称谓——迭剌。别看他改变了自己的名字，但他一刻也没有忘记摩吉师父的重托。他亲自绘制了无竭大师和摩吉师父两人的画像，并请人精心雕刻，供奉在神庙里。那包古佛的真身舍利、师父的镏金禅杖和临别赠他的竹板，被他用石匣精心封好，珍藏在木叶神山的石洞里，并用一块万斤巨石堵住了洞口。在他临终的时候，他召集起所有的族人，嘱咐大家要齐心保卫神山，誓死不离家园，要世世代代牢记师父的重托，不忘师父的遗愿，待国家统一之日，祭拜神山，开启石洞，安奉舍利，光大佛门。言罢含笑而去。从此，迭剌部落的后人们铭记祖先的遗训，虽历尽沧桑巨变，但始终坚守家园。中间虽曾有贼徒盗匪多次图谋，妄想盗取佛宝，但不是被电打雷劈，就是被巨石砸死，一次也没有得逞；三百多年间西剌木伦河几次大水，均绕神山而过；隋唐五代时期经三次较大地震，石洞安然无恙，神庙秋毫无损。随着部族的不断发展壮大，神山已成为人们心中的图腾，遗训已变成世代为之奋斗的梦想。但由于北部边疆始终战乱频繁，迭剌后人们的愿望多年没有实现。

直到公元 9 世纪初，迭剌的第八世子孙耶律阿保机统一了北方，建立了大辽国，才有了安奉古佛舍利的可能。但阿保机一心想问鼎中原，他想在夺取全国以后，再做这件惊天动地的大事，以告慰祖先的英灵，结果大功未成，抱憾而去。后来辽圣宗耶律隆绪和他的母亲肖燕燕带兵南下，与北宋大战后签下澶渊之盟，得胜回国。在途经燕山的时候，有一投降的宋朝官吏献媚说，从前燕山有一张姓富商大贾，曾在大月氏和天竺经商，家财巨万，富可敌国，传说把无数金银珠宝藏在燕山的石洞里，目前尚无人找到。萧太后似信非信，停下车辇。辽朝官兵用火药炸开洞口，打开石门，见里边除佛经佛像以外，没有任何财宝。辽军的官兵们有些失望，但并不甘心，他们继续在洞中乱挖乱炸，最后终于在一个类似禅房的石洞中又发现一个小洞，官兵们欣喜若狂，以为此处必是藏宝洞无疑。他们小心地扒开洞口，又轻轻地打开石门，不由得惊愕万分。小洞里除了两个僧人的遗体和一块竹板，什么都没有。官兵们不敢妄动，立即呈报皇帝和太后。萧太后闻报过来一看，不禁大吃一惊，只见两个和尚并排端坐，似在诵经，面色红润，肌肤饱满，眼光似在流动，神态十分安详，不但与活人无异，简直如化外神仙一般。萧太后凝视片刻，急拉皇儿耶律隆绪跪下叩头，辽军的官兵们顿时跪倒一片。

待礼拜过后，萧太后急令上香，大将耶律休哥似有不解，悄悄地问太后这是为何？萧太后轻声地说：“你还没看出来吗？这两位高僧是咱迭剌部族的师祖，神庙里不是有他们的雕像吗？”

耶律隆绪听后恍然大悟：“怪不得我咋觉着他们面熟呢？原来是无竭大师和摩吉师祖！哎呀，险些酿成大错！”

这时有一个将官将洞中竹板呈与太后，太后母子二人一齐观看，只见上面刻道：“罢兵休战，返回家园，爱惜民力，礼佛敬禅，舍利重光，江山永年，迭剌子孙，践吾师言”，下面是摩吉师祖的署名。

二人看完以后，全明白了，原来这些年风云变幻，师祖们早在四百年前就料到了。萧太后不由得头皮发麻，胆战心惊，忙拉隆绪再次跪下叩头，说：“师祖之言，醍醐灌顶，迭刺子孙，如梦方醒。立即返回家园，落实师祖的遗愿！”在场的辽军官兵也一齐跟着跪下，叩头盟誓。当萧太后和隆绪跪拜完毕，抬起头来，又一次惊得他们几乎晕倒。原来二人行礼的一瞬间，两位高僧的身体已经不见了。石洞中空空的、亮亮的，只有大小两座莲台还放在那里，禅房里除了轻风在流动，就是官兵们疑惑的目光。两位师祖是怎么出去的呢？人们已经完全彻底惊呆了！

萧太后和耶律隆绪走出洞口，离开燕山，一路上感慨万分，默默无言，他们的心灵受到了极大的震撼。连年的征伐，沉重的徭役，百姓已陷入深深的灾难之中，他们早已违背了师祖的教诲，一种难逃报应的恐惧牢牢地攫住了他们的心头。回朝以后，萧太后立即召集群臣廷议，决定践行先祖遗愿，拜祭神山，开启石洞，安奉舍利，光大佛门。当众人推开万斤巨石，打开石匣，取出师祖的镏金禅杖和古佛舍利，由隆绪亲自朗读师祖留在竹板上的三十二字真言的时候，神山上下几万人欢声雷动，天空中有上百只苍鹰飞来，遥远的西方有两道彩虹同时升起。萧太后当场登高宣布：从此以后罢兵休战，让人民休养生息；朝廷要在无竭师祖的老家龙城修建佛塔，安放燃灯古佛的真身舍利；同时在古城昌黎（如今辽宁省义县）修建皇家寺院奉国寺，供奉燃灯古佛等七位佛祖；在白狼河边福山南麓继续开凿“万佛堂”，让古佛的光辉佑护大辽国社稷咸亨，百姓安宁。太后一声令下，辽圣宗耶律隆绪亲自督办，不久佛塔在古都龙城竣工。塔高四十五米，为青砖空心十三层密檐式建筑，巍峨高峻，雄伟庄严。佛塔基座内放置石函，石函内安放玻璃瓶，瓶内奉养燃灯古佛真身血肉舍利一十八粒。

相传当年佛塔建成、安放古佛舍利的时候，辽朝萧太后、皇帝耶律隆绪和满朝文武、地方官员及八方百姓共有十几万人到场，庆典极为隆重。那一天上午大雨骤停，太阳被云层遮住，天空中还飘着牛毛般的雨丝，天气不算理想，人们不免有些失望。谁知萧太后刚刚宣布仪式开始，就见西边天际云缝裂开，万道霞光喷薄而出，云层迅速向四方退去，一道巨大的彩虹突然升起。彩虹中一尊古佛高大魁伟，法相庄严，若隐若现，旁边拿着杨柳枝的观世音菩萨、穿着红色袈裟的无竭和摩吉两位师祖，都清清楚楚，面带笑容，摩吉师祖还似乎在向大家招手。万众欢腾了！人们齐声高呼：“古佛显灵了！菩萨显灵了！师祖显灵了！”此起彼伏，如山呼海啸。萧太后凝神细看，果见西天彩虹之上，似有数座莲台飘荡，一尊巨佛顶天立地，菩萨和两位师祖依稀可辨，忙率百官行礼叩拜，口诵佛号，感动不已。顷刻间抬起头来，但见风静云飞，天清日朗，彩虹退去，诸佛消失，只有那座莲台，似乎还停留在西天之上，令众人不由得暗暗称奇。辽圣宗耶律隆绪有感而发，对众官说道："我先祖追随佛门，得其庇佑，才有我部族世代荣光，大辽国日益兴旺。我等当常怀礼佛之心，深悟师祖本意。施政当存善念，凡事体恤众生，方能国祚长久，万民安康！佛即众生！众生即佛也！"

萧太后听后大加赞赏："我儿有此灼见，必为一代明君也。"后来耶律隆绪秉承祖训，尊重佛门，鼓励农耕，减少战事，让人民休养生息，创造了大辽国历史上最稳定、最繁荣的时期，为我国北部边疆带来了一百多年的和平环境。

至此，龙山神僧昙无竭去西天取经带回来的两佛舍利，历尽波折，经他和弟子们的不懈努力，终于全部被奉养在中华大地上，为光大佛门、弘扬佛法而熠熠生辉。他所带回来的佛门经典，虽大部分毁失，但他所倡导修凿的几大佛窟和燕山石经，最终成为中华的无价之宝而流芳百世。尤其是他那种敢于吃苦、不畏艰辛、不屈不挠、心系众生、不达目的誓不罢休的大无畏精神，更是留给我们及后代子孙的宝贵财富。

古都龙城、如今的朝阳发现两佛舍利的消息，震撼了世界的佛学界，吸引了无数高僧大德和专家学者来此考察、学习，也极大地鼓舞了当地人民建设家乡的热情。如今，国内外慕名来访者纷至沓来，古老的龙城蒸蒸日上。享誉全球的东方佛都，正以崭新的姿态，在有中国特色的社会主义道路上阔步前进！这里，必将成为人们心中的极乐世界。

后　记

辽西是生我养我的家乡，是我学习和工作了四十多年的地方，我对这里的一切充满着无限的热爱与眷恋，就像孩子觉得他的母亲永远最美好一样。

辽西是块神奇的土地，不但有着秀美的风光，而且有着悠久的历史和灿烂的文化。地球上第一只鸟——中华龙鸟在这里起飞，地球上第一枝花——辽宁古果在这里开放。牛河梁红山文化遗址的发掘，把中华文明史向前推进了一千五百年。而“女神”塑像的出土，则告诉我们这里是世界

最早的人类发祥地之一，是伟大的中华民族最为古老的故乡。

辽西地灵人杰，在浩瀚的历史长河中，出现了许多英雄人物，谱写了许多荡气回肠的赞歌，留下了许多优美动人的传奇。比玄奘法师还早二百多年的龙城高僧昙无竭，就是其中之一，他去天竺取经的故事，多少年来在这块黑土地上广泛传唱。

退休以后闲暇的时间多了，很想再为家乡做点什么，于是在阅读欣赏之余，就拿起了这支笨拙的笔，以昙无竭取经的故事为主线，草成了一部不成样子的书稿。是好友王根、韩耀刚和史济坤伸出友谊之手，在谋篇布局、设立标题、遣词造句和标点符号的使用上，都进行了认真的、全面的修改。县供水总站的刘爽、曹爽、魏畅、王雪和马玲几位小朋友，也在工作之余给予了热诚的帮助，在此一并表示衷心的感谢！同时也希望读者随时提出宝贵的意见，那将是本人最大的荣幸。

作者 2018 年 1 月于辽西黑山